『경성일보』 문학 · 문화 총서 ❼

신강담 단계 사젠

〈『경성일보』수록 문학자료 DB 구축〉 사업 수행 구성원

연구책임자

　　김효순(고려대학교 글로벌일본연구원 교수)

공동연구원

　　정병호(고려대학교 일어일문학과 교수)

　　유재진(고려대학교 일어일문학과 교수)

　　엄인경(고려대학교 글로벌일본연구원 부교수)

　　윤대석(서울대학교 국어교육과 교수)

　　강태웅(광운대학교 동북아문화산업학부 교수)

전임연구원

　　강원주(고려대학교 글로벌일본연구원 연구교수)

　　이현진(고려대학교 글로벌일본연구원 연구교수)

　　임다함(고려대학교 글로벌일본연구원 연구교수)

연구보조원

　　간여운 이보윤 이수미 이훈성 한채민

주관연구기관

　　고려대학교 글로벌일본연구원

京城日報

일본학 총서
51

『경성일보』
문학·문화 총서
07

신강담

단게 사젠

하야시 후보(林不忘) 지음 | 강원주 옮김

역락

〈『경성일보』문학·문화 총서〉 기획 간행에 즈음하며

본 총서는 고려대학교 글로벌일본연구원에서 한국연구재단 토대 연구사업(2015.9.1~2020.8.31)의 지원을 받아 〈『경성일보』수록 문학자료 DB 구축〉 사업을 수행하는 과정에서 발굴한 『경성일보』 문학·문화 기사를 선별하여 한국사회에 소개할 목적으로 기획한 것이다.

조선총독부의 기관지로서 일제강점기 가장 핵심적인 거대 미디어였던 『경성일보』는 당시 정치, 경제, 문화, 사회 지식, 인적 교류, 문학, 예술, 학문, 식민지 통치, 법률, 국책선전 등 모든 식민지 학지(學知)가 일상적으로 유통되는 최대의 공간이었다. 이와 같은 『경성일보』에는 식민지 학지의 중요한 한 축을 구성하는 문학·문화의 실상을 알 수 있는 일본 주류 작가나 재조선일본인 작가, 조선인 작가의 문학이나 공모작이 다수 게재되었다. 이들 작품의 창작 배경이나 소재, 주제 등은 일본 문단과 식민지 조선 문단의 상호작용이나 식민 정책이 반영되기도 하고, 조선의 자연, 사람, 문화 등을 다루는 경우도 많았다. 본 총서는 이와 같은 『경성일보』에 게재된 현상문학,

일본인 주류작가의 작품이나 조선의 사람, 자연, 문화 등을 다룬 작품, 조선인 작가의 작품, 탐정소설, 아동문학, 강담소설, 영화시나리오와 평론 등 다양한 장르에서 식민지 일본어문학의 성격을 망라적으로 잘 드러낼 수 있도록 구성하였다. 아울러 본 총서의 마지막은 〈『경성일보』 수록 문학자료 DB 구축〉 사업을 수행하는 과정에서 발굴된 문학, 문화 기사를 대상으로 식민지 조선 중심의 동아시아 식민지 학지의 유통과정을 규명한 연구서 『식민지 문화정치와 『경성일보』: 월경적 일본문학·문화론의 가능성을 묻다』로 구성할 것이다.

본 총서가 식민지시기 문학·문화 연구자는 물론 일반인에게도 널리 읽혀져 식민지 조선의 실상을 바라보는 새로운 시각을 제시하고 동아시아 식민지 학지 연구의 지평을 확대시킬 수 있기를 기대한다.

2020년 5월
〈『경성일보』 수록 문학자료 DB 구축〉 사업 연구책임자 김효순

일러두기

1. 『단게 사젠』은 1934년 1월 30일부터 9월 23일까지, 『경성일보』에 연재되었다.

2. 현대어 번역을 원칙으로 하나, 일부 표현에 있어 시대적 배경을 고려하여 당대의 용
   어와 표기를 사용하기도 했다.

3. 인명, 지명 등과 같은 고유명사는 초출시 ( ) 안에 원문을 표기하였다.

4. 고유명사의 우리말 발음은 〈대한민국 외래어 표기법〉(문교부고시 제85-11호) '일본어
   의 가나와 한글 대조표'를 따랐다.

5. 각주는 역자주이며, 원주는 본문의 ( ) 안에 표기하였다.

6. 본문의 기호는 원문 그대로 표기하였다.

차례

단게 사젠
(丹下左膳)

하야시 후보
(林不忘)

1
발단편
미미고케자루(耳こけ猿)[01]

"건드리는 게 아니야 손 대면 아프다구, 이가(伊賀) 망나니와 밤 송이."

오본골선(五本骨扇)[02], 삼백의 제후들을 거느리고, 도쿠가와 금빛 문 장이 60여 주에서 빛나는 8대 쇼군 요시무네(吉宗)[03]라고 하면 도쿠가 와(德川)도 한창 절정을 구가할 때입니다.

그 무렵, 지금 말한 것 같은 노래가 유행하였습니다.

노래의 주인공.

이가 망나니, 야규 겐자부로(柳生源三郎)는 에도에서 백 삼십 리, 검 술다이묘(劍術大名)[04] 야규 쓰시마노가미(柳生対馬守)의 동생으로, 이 녀 석 굉장히 실력이 좋은 무서운 게 없는 젊은 사무라이. 미남인데다 대 단한 바람둥이. 조금 불량스러운 구석이 있는 인물이었습니다. 에도 로 장가들게 되어 야규가 대대로 내려 온 고케자루 차 항아리, 조선 에서 건너온 미미고케자루라고 하는 이것은 소아미(相阿弥)[05], 게아미

---

01 『단게 사젠』에 나오는 보물지도가 들어있는 항아리 명칭.

02 살이 5개인 접부채. 주로 무사가문의 문장을 나타내고 있다.

03 에도막부 8대 쇼군

04 검술로 유명한 다이묘. 다이묘란 에도시대 봉록이 1만석이상인 무가의 수장을 말 한다.

05 무로마치시대의 화가, 시인, 감정가

(芸阿弥)[06]가 편찬한 보물첩에 실려 있는 매우 훌륭한 천하의 명기입니다. 그것을 혼인예물로 들고 이가의 겐자부로, 일행과 함께 시나가와(品川)까지 왔습니다.

그런데 그날 밤.

야쓰야마(八ツ山)아래 본진, 쓰루오카이치로에몬(鶴岡市郎右衛門)쪽 숙소에서,

"도련님! 큰일 났습니다! 미사마에서 고용한 쓰즈미노 료키치(鼓の 与吉)란 놈이 고케자루 항아리를 들고 도망쳐 버렸습니다!"

엄청난 소동이 벌어졌습니다. 에도 코앞 시나가와의 밤에 시작된 파문은 넓고도 크게 에도 전역으로 퍼져나갔습니다.

그 에도의 중심 쓰마코이사카(妻恋坂)에.

줏포시라누이류(十方不知火流)라는 간판을 내건 시바(司馬) 노 선생의 도장이 야규 도련님이 장가드는 곳으로, 딸은 하기노(萩乃) 라고 합니다. 노 선생은 오랫동안 병을 앓고 있었습니다. 후처인 중년부인 오렌(お蓮れん)님은 사범대리 미네 단바(峰丹波)와 한통속이 되어 지금 즐거운 마음으로 시나가와까지 몰려오고 있는 겐자부로를 어떻게든 물러나게 해서 도장을 빼앗으려 합니다.

" 선생님께서 돌아가실 때까지 예물을 훔쳐서 감춰두고 겐자부로 놈을 시나가와에서 꼼짝 못하게 해."

쓰즈미노 료 녀석, 단바의 명을 받아 야규일행에 몰래 들어가 고케 자루 차 항아리를 훔쳐낸 것입니다. 예물 없이는 신랑의 행렬도 오도

---

06 무로마치시개의 화가, 시인, 표구사, 감정사

가도 못하는 거지요.

일동 시나가와에서 발이 묶인 형세. 그 근처 청루인가 뭔가는 벌써 어디에 가든 이가 사투리가 남발했습니다. 매일 대오를 짜서 칼을 차고 고케자루는 어디에 있냐며 에도 시중을 소란하게 했습니다.

사라져 버린 고케자루 차 항아리, 귀가 하나 달려 있어 미미고케자루, 고케자루라고 하는 이 차 항아리의 비밀을 둘러싼 갈등이 이 이야기의 중심입니다.

그럼.

이야기는 여기에서 해자의 물 조용한 치요다(千代田)성 안 깊숙이 들어가 8대 쇼군의 욕실. 흰 바탕에 검은 무늬를 짜 넣은 다다미 8장의 방 옆에 같은 크기의 탈의실이 있습니다. 도쿠가와 문장이 그려진 욕조 앞에서 금가루로 장식한 의자에 단정하게 앉아 있는 이가 있으니 그가 바로 후에 우토쿠인덴(有德院殿)이라고 불리는 요시무네공입니다.

내년은 20년마다 돌아오는 닛코묘(日光御廟)를 수리하는 해입니다. 몰래 군자금이라도 모으고 있을 것 같은 웅번(雄藩)을 닛코토쇼궁(日光東照宮)[07] 조영부교(修理奉行)[08]으로 임명하여 그 돈을 착착 토해내도록 하는 도쿠가와 최고의 정책입니다. 아무리 뚱뚱한 번(藩)이라도 닛코를 한번 먹으면 바로 홀쭉해진다고 전해지지요.

"이보게, 구라쿠(愚楽). 내년에 할 닛코 말인데 이번에는 누구한테 시켜야 할까."

---

07 닛코에 있는 신사로 도쿠가와 이에야스를 모시고 있다.

08 수리를 전담하는 부교. 부교는 명을 받아 행하는 무가의 직책으로 신사, 회계, 공사, 마을행정 등 다양한 방면에서 일하도록 되어 잇다.

요시무네공, 목욕당번과 의논 중입니다. 무릇 이 사람을 보통 남자라고 생각한다면 대단한 착각입니다.

(1934.1.30)

2

발단편
화려한 닛코

등이 굽고 체구가 작은 남자 구라쿠노인, 쇼군의 목욕당번은 때밀이 하타모토(旗下)[09]라고 불리는데, 대단히 훌륭한 학자이자 인격자였습니다. 쇼군의 때는 밀지만 아첨은 떨지 않는다. 정보계 총수이자 스스로 칭하기를 지옥귀라 하여 뭐든지 알고 있습니다. 8대 요시무네, 최고 기밀 정책은 모두 목욕할 때 이 곱사등이 구라쿠와 의논하여 결정한다고 합니다.

"내년 닛코 조영 부교는 누구를?"

하는 하문에 구라쿠가 답했습니다.

"이가의 야규 쓰시마노카미가 어떠십니까? 작은 번이지만 상당히 쌓아놓은 것 같습니다만."

야규 쓰시마노카미는 겐자부로의 형입니다. 구라쿠가 이렇게 진언한 결과, 막대한 비용을 필요로 하는 닛코수리는 격검(擊劍)과 궁핍으

---

09 에도시대 쇼군 직속의 만석이하 녹봉을 받는 무사

로 유명한 야규가에 떨어지게 되었습니다. 결국 그 야규가에 배당한 것입니다.

옛날에는 번거롭게 일을 벌여 금붕어 뽑기로 결정하였습니다.

성의 큰 방에 쇼군가와 모든 다이묘들이 나란히 앉은 가운데 앞에 하나씩 물을 담은 유리그릇을 놓고 구라쿠가 한 마리씩 금붕어를 넣고 겁습니다. 그 금붕어가 죽으면 그 사람에게 도쇼궁의 신의(神意)가 있다고 하는 것이지요. 뭐 이놈이다 싶은 사람 앞에 미리 따뜻한 물이 든 그릇을 두게 하는 것이라 금붕어로서는 정말 곤란한 일이랍니다.

이렇게 사람들이 싫어하는 닛코수리를 떠맡게 된 야규번, 검이라면 야규잇토류(柳生一刀流)로 특기이지만, 이거야 주군을 비롯해 중역들 모두 이마를 모으고

"곤란해! 난감하네! 어떡하지……."

의 연발…… 괴롭고 답답한 한숨만 나옵니다.

이 닛코조묘(日光祖廟) 수리건은 이윽고 이 이야기의 큰 줄거리의 하나가 됩니다.

그런데.

야규번에 백 살이 넘은 잇푸 선생(一風宗匠)라고 하는 살아있는 번의 역사 같은 인물이 있었습니다. 이 사람에 따르면, 야규 선조가 이런 경우를 대비하여 어딘가의 산속에 터무니없이 큰 돈을 묻어두었다는 것입니다. 이 이야기를 들은 야규번은 소생의 빛으로 술렁거렸습니다. 구라쿠노인이 말한 것은 역시 거짓말이 아니었던 것입니다. 그 돈만 찾아내면 야규는 가난하기는커녕, 일본제일의 부유한 번이 되겠지요. 하지만 그 대금이 묻힌 곳은 오직 한 장의 비밀지도에 그려져 있을 뿐 아무도 모릅니다.

그러면 그 비밀지도는?

"고케자루 차 항아리에 들어 있습니다."

말 못하는 잇푸 선생, 필담으로 대답했습니다.

아차, 큰일 났다! 기쁨도 잠깐, 문제의 고케자루 차 항아리는 동생인 겐자부로의 혼인예물로 가져가 에도에서 행방불명……

"명기도 명기지만 그 지저분한 차 항아리가 야규가문을 한 번도 떠난 적 없는 일품이라고 전해져 온 것은 그러고 보니 그런 보물산 열쇠를 담고 있어서였나. 그런 것도 모르고……."

하고 발을 동동 구르며 분해해 봤자 이미 지난 일. 서둘러 번사 한 무리가 결사의 기세로 항아리를 찾으러 에도로 향했습니다.

쓰마코이사카, 시바도장의 미네 단바는 이 고케자루의 비밀을 알고 있는 게 틀림없습니다. 사위인 겐자부로는 오지 않기를 바라지만 항아리는 오기를 바라 그렇게 쓰즈미노 로키치를 시켜 훔쳐낸 것입니다…… 몇 백만, 몇 천만이라는 큰 재산의 소재를 뱃속에 담고 있는 항아리인 것입니다.

슬슬 사방팔방에서 찾고 있는 고케자루…… 그것은 지금 어디에 있을까요?

아사쿠사(浅草)는 고마가타(駒形)의 씩씩한 젊은이 쓰즈미노 료키치와 함께 그의 동료인 큰 누님, 샤쿠토리요코마치(尺取り横町)의 오후지(お藤)가 구시마키(櫛卷)[10]머리를 하고 씩씩하게 살고 있는 곳입니다. 고케자루는 그곳에서 쓸모없는 잡동사니와 함께 뒹굴고 있었던 것입

---

10 일본식 머리형. 머리를 끈으로 묶지 않고 빗에 감아 머리위에 틀어 올리는 방법

니다. 입은 있지만 항아리는 소리를 내지 않지요.

(1934.1.31)

3
발단편
나는 단게 사젠이라고 하는 자올시다

휘익 휘이익, 푸른 에도 하늘에 소리개가 원을 그리며 날고 있습니다. 매우 좋은 날씨입니다.

"누님, 이제 어느 정도 조용해졌으니 나 지금부터 시나가와에서 그 야규 겐자부로일행한테서 훔친 이 항아리를 쓰마코이사카의 미네단바님한테 가져다드리고 올 테요."

"잠깐. 널빤지가 사무라이 옷을 입은 것 같이 아주 뻣뻣한 시골 사무라이들이 눈빛이 변해가지고 에도 전역에서 그걸 찾고 있지 않니. 요키치 괜찮겠어?"

"말리지 마셔. 나설 마음이 약해진다고. 생각해 보니 오늘이 길일이더라고."

기세 좋게 항아리 상자를 안고 뛰어나간 요키치였지만 도중에 요공(公), 항아리 안이 궁금해졌습니다.

"겐자부로에게는 볼일이 없지만 그가 갖고 있는 고케자루 항아리는 우리가 아주 크게 볼일이 있지! 반드시 항아리를 훔쳐가지고 오게. 알겠나?"

그렇지, 미네님은 무시무시한 얼굴로 엄명하셨겠다. 좋아! 뭐가 들어있는지 한번 봐 주겠어. - 하고 요키치는 본가로 가는 도중 항아리를 열기 시작했습니다. 아! 안 돼!

마침 맞은 편을 지나가고 있던 야규 사무라이 한 무리가 이때 요키치를 발견하고 우르르 하고 눈사태가 일어나듯 한꺼번에 밀어닥쳤습니다.

당황한 요키치, 옆에서 짐을 내려놓고 있던 우뭇가사리가게 점원 꼬마 야스(安)라는 8살 난 소년에게 항아리를 맡기고 줄행랑을 쳤습니다. 아니 어찌나 빠른지, 빠르기도 하지! 휙 하고 그곳을 한 바퀴 돌아 이가패거리를 따돌리고 나서 태평하게 원래 있던 곳으로 돌아와 보니 요키치 두 번 놀랐습니다!

이번에는 우뭇가사리 가게 점원 야스가 항아리를 안고 타다닥 도망가고 있는 게 아닙니까?

"꼬마야! 기다려! 기다리라고!"

요키치는 필사적으로 쫓아갔습니다. 야스 소년은 그 항아리 보따리 속에 뭔가 멋진 것이라도 들어있을 거라고 오해한 모양으로 열심히 뛰어갑니다. 도망치는 쪽도 잘도 도망쳤지만 쫓아가는 쪽도 잘도 쫓아갑니다. 샤미센보리(三味線堀)는 사타케우쿄다유(佐竹右京太夫)님의 저택, 거기서부터 아즈마바시(吾妻橋) 근처까지 갔으니 상당히 먼 거리.

야스, 계속 달려가면서

"도둑이야, 도와줘!"

하고 큰 소리로 외칩니다. 이래서야 천하의 요키치도, 아무리 아이라도 뛰는 놈 위에 나는 놈 있다면서 기막혀 했지요.

순식간에 야스의 모습이 휙 사라졌습니다. 다리 밑 자갈밭으로 뛰어내린 것입니다. 요키치도 뒤를 따라 다리 밑으로 숨어들어가 보니 거기에는 딴 세상에 있는 것 같은 반원형 오두막, 거지움막이 있었습니다.

야스, 굉장한 데로 도망쳐왔네…… 멍석으로 된 발을 걷어 올려 요키치가 얼굴을 들이밀어 보니!

어두컴컴한 안에서 벌떡 일어난 사람은, 아이구! 상투가 풀려 이마에 걸쳐져 있고 외눈에 외팔, 비쩍 마른 로닌(浪人)[11]의 모습. 빗자루 같은 불그스름한 머리카락. 한쪽 눈은 텅 빈 채 움푹 패여 있고, 눈썹에서 입꼬리에 걸쳐 고랑같이 깊은 한 줄기 칼자국—검은 옷깃을 단 흰 옷에 해골무늬를 크게 물들이고, 아래는 화려한 여성용 나가주반(長襦袢)[12]이 , 대나무 막대기 같은 마른 정강이를 휘감고 있습니다.

"아하하하. 나 말이야? 나는 단게 사젠이라고 사람 베는 병이 걸린……."

그 등 뒤에 야스녀석, 시동 같이 대기하고 있었습니다. 아아, 요키치놈, 깜짝 놀랐습니다.

(1934. 2.1)

---

11 섬기는 주인이 없는 무사

12 겉옷과 같은 길이의 일본속옷. 여성용에는 화려한 무늬가 있다.

4
발단편
빙글빙글 도는 주마등

이렇게 우연히도 만인이 노리는 고케자루 차 항아리는 거리의 방랑아 야스의 손에서 고르고 골라 외눈 외팔의 검괴, 단게 사젠의 손으로 넘어가게 되었습니다. 이거 참, 번거롭게 되었습니다.

이 꼬마 야스라고 하는 점원은 이가 야규출신이라는 것 말고는 양친의 얼굴도 이름도 모르는 완전히 천애고아. 당시 아사쿠사(淺草)의 류센지(竜泉寺), 돈가리 나가야(長屋)에서 담뱃대를 만드는 사쿠(作)할아범 옆집에 살고 있었습니다. 사쿠할아범에게는 오미야(お美夜)라고 하는 일곱 살 난 손녀가 있었습니다. 이 아이가 야스와 어릴 적 친구, 뭐 아이들 사랑도 사랑이지만 상대가 도깨비 마냥 되바라진 야스니만큼, 이유도 모르고 종내는 부부가 될 거야 하고 서로 말하곤 했습니다. 어쨌든 무섭도록 사이가 좋은 놀이친구 야스와 오미야. 그런 야스가 어느 날 훌쩍 여느 때처럼 우뭇가사리가게에 나가서는 돈가리 나가야로 돌아오지 않았기 때문에 오미야는 엄청난 비관과 걱정.

이런, 야스공, 나가야에 돌아오지 않은 까닭으로 말할 것 같으면,

"맞은편 큰길 지장보살님, 침을 흘리며 올립니다. 만두를 올립니다. 잠깐 물을 테니 가르쳐 주세요. 내 아버지는 어디로 가셨나. 내 어머니는 어디 계시나, 네, 답답한 지장보살님, 돌은 말을 못하네……."

야스가 만든 부모를 그리며 찾는 노래를 들은 사젠, 동정한 나머지 그를 옆에 데려와 말했습니다.

"음, 지금부터는 내가 아버지 대신이 되어 주겠다. 아무데도 가지

마라. 그 사연 있어 보이는 항아리는 갑자기 생긴 이 아버지가 맡아 주지. 부자지간에 사이좋게 자갈밭에서 둘이 살자꾸나. 천애고아 그쪽이랑 덧없는 이 세상 아무 희망도 없는 단게 사젠이랑, 우하하하하.”

이렇게 된 것이었지요. 이상한 부자가 생겨버렸답니다. 그러고 나서 얼마 안 있어.

자갈밭 움막에 항아리를 둔 바람에 밤이면 밤마다 노리는 자가 많아, 사젠은 야스에게 사람들 눈에 띄기 쉬운 사무라이차림으로 항아리 상자를 가지고 가 류센지 돈가리 나가야에 있는 사쿠할아범네에 맡기도록 하였습니다.

아이가 어른도 상 어른인 로닌차림으로 길을 가니 눈에 띌 수밖에. 역시 그 뒤를 쫓아 항아리가 사쿠할아범네 집으로 들어가는 것을 끝까지 지켜본 자가 있었으니, 밤낮으로 사젠의 허름한 움막을 망보고 있던 쓰즈미노 요키치입니다. 야스, 그것을 아는지 모르는지 항아리 상자를 사쿠할아범에게 맡기고 오미야와의 오랜만의 만남을 아쉬워하며 돌아갑니다.

이 사쿠할아범, 실은 사쿠아미(作阿弥)라고 하는 대단한 조각의 명인으로, 당시 까닭이 있어 에도의 좁고 더러운 뒷골목에서 숨어 살고 있었습니다. 그 딸, 즉 오미야의 어머니 되는 이는 시녀였다가 이제는 어느 대갓집 후처로 들어가 오미야와 아버지는 돌아보지도 않고 있답니다.

이야기는 바뀌어서……

혼고 쓰마코이사카, 시바 줏포사이(司馬十方齋)의 도장에서는.

노 선생은 병이 심해져 죽음이 다가온 상태. 오늘일지 내일일지 모르는 처지에 검을 통해 서로 알고 지낸 야규 쓰시마노카미의 동생을 딸 하기노의 데릴사위로 간청해 얻었습니다. 그 야규 겐자부로의 도착을 베개 위에서 목을 길게 빼고 기다리고 있습니다.

하지만 제일 중요한 하기노는, 이가 망나니라고 노래에도 나올 정도로 강하기만 하지 노(能)[13]에 나오는 야생원숭이 같이 못생긴 남자임에 틀림없다고 멋대로 결론을 내고는 아직 본 적도 없는 겐자부로를 벌써부터 싫어하고 있었습니다.

이 때였습니다. 쓰마코이사카에 있는 시바저택에 고용된 젊고 멋있는 정원사가 있었습니다.

재미있고 굉장히 좋은 남자.

(1934.2.2)

5
발단편
겐짱이 죄인이네요

죽어가는 시바 줏포사이 선생은 같은 검가(劍家)인 야규일도류(柳生 一刀流)의 대가 쓰시마노카미와 혼담을 결정하고 나서 그의 동생인 이가의 겐자부로가 에도에 들어오기만을 오늘, 내일 하며 기다리느라 죽지도 못하고 있었습니다.

겐짱, 시나가와까지 온 것은 좋았지만 예물로 가져온 고케자루 차

---

13 일본의 전통 가면음악극

항아리를 잃어버려 목하 대소동을 벌이고 있다는 것은 모두 숨기기만 해서 선생의 귀에는 들어가지 않았습니다.

"겐자부로의 얼굴을 보고 하기노와 결혼시켜 이 도장을 물려주지 않고는 가려 해도 갈 수가 없어,"

라는 것이 죽음이 가까운 병상에 누운 시바 선생의 입버릇.

하지만.

당사자인 하기노는, 사랑을 모르는 19세 처녀. 교토비단으로 만든 후리소데도 버거운 나이였지요.

"겐자부로님이라니, 예복을 걸친 말처럼 보기 흉한 남자일 게 틀림없어."

지독한 생각을 하고 있습니다.

"정말 싫어! 이가 산골짜기에서 원숭이가 한 마리 온다고 생각하면 돼."

아직 당사자를 보지도 않고 몸서리칠 만큼 무서워하며 떨었습니다.

그런데.

푸른 향 내음이 나는 겉옷 위에 종려나무 끈을 가로로 묶고 거기에 가위를 찔러 넣은 정원사 오라버니 - 낯선 일꾼이 4,5일 전부터 이 시라누이저택으로 불리는 장려한 시바저택에 들어와 싹둑 싹둑 열심히 일하고 있었습니다.

"건드리는 게 아니야 손대면 아프다구, 이가망나니와 밤송이."

입안에서 이상하게 신경 쓰이는 콧노래를 부르고 있습니다. 이 녀석이 하기노에게 묘하게 친근하게 말을 거는 것을 보고 사범대리 미네 단바는 화가 났습니다.

성미 급한 단바라고 불리는 남자……

"정원사 따위가 이 안마당까지 들어와 있다니 무슨 짓이야! 누구한테 허락을 받은 거야? 무례한 놈!"

휙! 던진 작은 칼을 정원사, 팔꿈치를 방패로 하여 홱! 옆으로 넘겨버렸습니다. 야규류 비전의 이초가에시(銀杏返し)¹⁴ 한 수. 이초가에시라고 하니 우아하지 않습니까. 대단히 우아하지 않는 검술이지만 미네 단바는 얼굴빛을 싹 바꾸고 털썩 툇마루에 앉아 손가락을 접기 시작했습니다.

"흐음, 야규류를 이 정도로 사용하는 사람은 먼저 첫 번째로 쓰시마노카미님, 이 사람은 물론이고 다음으로 사범대리 아사카 겐신사이(安積玄心斎) 선생, 고다이노신(高大之進)…… 앗! 이런 멍청이! 그 앞에 형인지 동생인지 하는 야규 겐자…… 오옷!"

건방진 단바의 얼굴은 땀으로 범벅이 되었습니다. 그 신음소리를 뒤로 하고, 건드리는 게 아니야 손대면 아프다구, 하는 노래 소리가 정원수 사이를 빠져나가며 멀어져 갑니다.

나무 심는 젊은이로 떠돌이일꾼 가네구(金公)라던가 뭐라던가 하는 이름으로 들어와 있었는데. 이 사람이 사실은, 이가의 젊은 도련님 겐자부로 그 사람이었던 것입니다.

이것이 겐자부로가 겐자부로인 이유.

함께 한 일행은 시나가와를 본거지로 하여 눈빛을 바꾸어 고케자루의 행방을 탐색하였습니다. 그 사이 자신은 잠시 시간도 보낼 겸 이렇게 정원사로 변장하여 장가갈 시바도장의 상황을 살피려고 스스로

---

14 여성의 머리모양. 정수리에서 모은 머리를 좌우로 갈라 반원형으로 틀어 맨 것

스파이가 된 것입니다. 그런 것이라고는 모르는 하기노는 이 미남 정원사에게 몰래 열렬한 연심을 품게 되었습니다.

"저런 초라한 정원사를 이렇게 생각하게 될 줄이야, 나는 대체 어떻게 된 걸까…… 아아, 그건 그렇고 겐자부로님이 저 정원사 반만이라도 아름다우시다면 좋겠는데……."

소녀는 틀어 올린 머리를 푹 숙였습니다. 작은 가슴에 넘쳐나는 커다란 근심.

죄인이군요. 겐짱은.

(1934.2.3.)

6
발단편
사가미다이신보와 누레쓰바메(相模大進坊濡れ燕)[15]

애써 훔쳐낸 고케자루 항아리를 꼬마 야스라는 애물단지가 들고 달아나더니 단게 사젠이라는 괴물사무라이에게 빼앗긴 쓰즈미노 료키치. 쓰마코이사카의 미네 단바님께 뭐라고 변명해야 좋을지. 언제까지 입을 다물고 있을 수는 없어서 료키치녀석, 시바도장으로 돌아왔습니다. 어쩌면 이 목이 날아갈지도 모르지, 벌벌 떠는 그에게는 가벼운 나무쪽문도 무거운 철문같이 느껴졌답니다.

---

15 단게 사젠이 아끼는 검

바로 그때.

들어서자마자 마주친 젊은 정원사를, 한눈에 알아본 료키치, 아이쿠, 깜짝이야, 하면서 민머리에서 기적 같은 소리를 냈습니다.

"우왓! 당신은 야, 야규의 겐, 겐, 겐자부로님!"

이 녀석 놀라지 않을 수 없습니다. 이때부터 일어난 저 심야의 활극입니다. 료키치의 입에서 야규 겐자부로라는 이름이 나온 이상, 이제는 내버려둘 수는 없습니다. 미네 단바, 이 밤 여기에서 이가 망나니에게 칼을 맞아 죽을 기세로 맞섰습니다.

"겐자부로님, 죽으러 왔습니다."

"아니, 그, 그, 그렇게 일찍부터 포기할 건 아니지."

작업복차림의 겐자부로, 정원석에 앉아 소리 없이 웃습니다. 맨손입니다.

별이 내리는 것 같은 밤이었습니다. 또 한 사람의 겐자부로가 나타나지 않으면 안 된다는 단바의 말에 료키치는 문득 그 사람을 떠올렸습니다. 료키치는 몰래 저택을 빠져나가 밤길을 쏜살같이 달렸습니다.

아즈마다리 밑 강변 작은 집으로.

이 외눈외팔의 인요(刃妖), 단게 사젠을 맞으러.

마음만 먹으면 사람을 죽일 수 있다…… 고 듣고 펄쩍 뛰며 기뻐한 것은 사젠입니다. 한참동안 사람 피를 뒤집어쓰지 않아 팔이 근질근질하던 차에 더구나 상대는 서국에서 유명한 이가 도련님, 야규 겐자부로!

"이야, 재미있게 되었는데."

호도(豪刀) 사가미다이신보와 누레쓰바메를 하나밖에 없는 왼쪽 팔로 쥐고 단게 사젠은 료키치가 떠들어대는 대로 가마를 타고.

영차, 가마!, 영차!

가마채끝에서 흔들리는 등불…… 쏜살같이 쓰마코이사카로 달려 갔습니다. 이때 사젠은, 이유 같은 건 아무래도 좋아, 오직 야규류 제일의 검사와 한번 칼을 맞대보고 싶은 열화와 같은 욕망에 사로잡혀 있었습니다.

가보니 놀랍게도!

단바와 겐자부로는 아직도 두 자루의 막대기 같이 마주선 채였습니다. 단바는 겐자부로의 눈을 향해 칼을 들고 있었고 겐자부로는 맨손. 완전히 기가 눌려 기력이 다했는지 미네 단바, 썩은 나무가 쓰러지듯이 턱 하고 뒤로 나자빠졌습니다.

칼자국을 만지면서 씩 웃은 사젠.

"꽤 하는 데. 바꾸지, 내가 상대하겠다."

애초에 아무런 원한도 없다, 찌르고 찔려야 하는 이유는 조금도 없다. 단지 검을 잡는 몸으로서 어쩔 수 없는 흥미만으로 사젠과 겐자부로, 여기에서 처음으로 진검승부 – 마치 초대면의 인사처럼. 겐자부로는 의식을 잃은 단바의 손에서 그의 검을 잡아채어 야규류 특유의 하단자세.

단바의 몸은 료키치가 집안으로 메어다 놓았습니다.

이 소동으로, 정원을 더럽히는 불한당을 치겠다며 시라누이의 문도 일동도 동시에 칼을 빼들고 두 사람을 둘러쌌습니다. 명인끼리의 지묘한 결투를 방해받았다는 분노도 더해 사젠과 겐자부로, 이번에는 힘을 합해 이 시바도장의 무리를 닥치는 대로 베기 시작했습니다.

마침 이때, 집안 깊숙한 곳에 있는 시바 선생의 병실에서는……

(1934.2.4.)

7
발단편
부처님은 나오고 도깨비는 들어가고

"오! 시라누이가 보인다! 고향의 시라누이가……."

이것이 최후의 말, 시바 노 선생은 마침내 사위인 겐자부로를 만나지 못하고 숨을 거두고 말았습니다. 정원에서 사젠과 겐자부로에게 검을 겨누고 있었던 제자들은 일제히 검을 거두고 앞 다투어 선생의 임종을 맞으러 달려갑니다.

갑자기 저택 안이 술렁거리며 환하게 불이 켜졌다 싶더니 이내 쏴 하고 파도가 밀려나듯이 주위 사람들이 물러나가자 사젠과 겐자부로, 여우에 홀린 듯한 얼굴로 마주 보고는,

"까마귀새끼가 둥지로 도망쳐갔군. 뭐가 뭔지 잘 모르겠지만. 우하하하하하."

그때……

휘익 하고 은가루가 뿌려진 하늘에서 떨어지는 별 하나.

"아, 별똥별이네. 으음, 그러고 보니 어쩌면 노 선생이 돌아가신 건……. 크, 큰일났다!"

칼을 거둔 겐자부로에게 사젠은,

"잘 있게."

하고 일별하고는,

"별이 떨어지는 밤에 또 만나세."

한 마디 남기고 그대로 쓱 가버렸습니다.

승부 없이…… 그렇게 대단한 사젠도, 이 야규 겐자부로를 한칼로

내리치기에는 더욱 더 검술을 연마할 필요가 있다고 생각했음에 틀림없습니다. 이 몸과 거의 대등하게 맞설 줄이야, 세상은 넓구나, 사젠은 몰래 마음속으로 혀를 찼습니다.

한편, 시나가와의 여관 하타고로 돌아온 겐자부로.

고케자루 차 항아리는 손에 없지만 이제 잠시도 머뭇거릴 새가 없다며 급거 일행을 모아 혼고의 도장으로 몰려갔습니다. 자잘한 무늬가 새겨진 예복에 위의(威儀)를 가다듬은 정식 혼례행렬이었습니다.

마침 이 날, 쓰마코이사카에서는 이가 망나니를 만나지 못하고 죽은 시바 줏포사이의 장례식이 있었습니다. 그 위세가 다이묘(大名)를 능가한 시라누이류 가주의 장례이기 때문에 이야, 그 성대함이란 대단하였지요.

흑백의 휘장, 생명주로 만든 깃발, 발이 달린 중국식 궤, 중국식 의자, 비쭈기나무, 사방으로 경사진 지붕을 씌운 좌관 위에는 종이로 만든 공명조를 장식하고, 관 주위에는 금란막…… 옛날에는 신도와 불교를 뒤섞어 불교식 칠 할에 신도식 삼 할로 된 양식으로 장례를 치렀답니다.

이 날, 문 앞에서 북적거리는 군중에게 돈을 뿌리는 것이 시바도장의 관습이었습니다. 당시 고토(江都)[16]에서 평판이 자자했던 시라누이 전(錢)이라는 것이 이것이랍니다.

그 산같이 뿌려지는 새전 속에 단 하나, 도장의 아가씨 하기노의 손으로 길사라면 붉은 붓으로, 오늘 같은 흉사에는 먹으로 사례라고

---

16 에도의 다른 이름

쓴 한 봉의 돈이 있습니다. 이것을 주운 사람은 거지든 술집 사환이든 그 사람만 저택 안으로 들어와 불전에 분향할 자격을 얻었습니다. 나야말로 하기노의 징표를 손에 넣어 오늘의 행운아가 되겠다고 눈빛이 변해서 밀지 마 밀지 마 하는 소동.

여기에 말을 타고 들어온 겐자부로를 노리고 돈을 뿌리고 있던 미네 단바, 쟁반째 남은 새전을 던졌습니다만 우연히 겐자부로가 붙잡은 하나가 그, 만인이 노리는 하기노의 징표였습니다. 입장표 같은 것. 이리하여 초대하지 않은 손님, 이가의 망나니는 순조롭게 분향장으로 들어가 버렸습니다.

부처님은 나오고 도깨비는 들어가고.

오늘 돌아가신 선생의 출관날에 시바도장, 생각지도 않게 흰 도깨비를 불러들였습니다.

"늦었지만 사위 겐자부로, 확실하게 하기노님과 도장을 삼가 맡았습니다. 따라서 아버님의 장례식은 지금부터 바로 상주로서……."

겐자부로의 훌륭한 인사에 실내에 있던 일동, 할 말을 잃어버렸습니다. 그 사랑하는 정원사와 보지도 않고 미워했던 이가의 도련님이 같은 사람이라는 것을 안 하기노의 가슴속, 그 놀라움과 기쁨은 어땠을까요?

(1934.2.5.)

8

발단편
딸은 한 명인데 사위는 여덟 명

고케자루 차 항아리는 아직 다리 밑 사젠의 판잣집에 있다고 짐작하고 있는 지금, 사방팔방에서 이를 노리고 매일 밤 같이 항아리 탈환을 위해 칼을 빼어들고 쳐들어왔습니다.

그대가 그리워 붉은 머리 갈매기 몇 밤인가 여기 스미다가와(隅田川)에서

그런 운치 있는 모래밭도 지금은 피비린내 나는 바람이 휘몰아치고 있습니다.

야규번 사람들은 에도에서 두 패로 나뉘어져 항아리를 협공하려하고 있습니다. 닛코공사로 큰돈이 필요한 날은 점점 다가오고 있습니다. 얼른 고케자루를 찾아내어 그 속에 감춰진 매장금의 소재를 밝히지 않으면 영주는 할복, 가문은 사방으로 흩어져 되돌릴 길이 없습니다. 일동, 불을 뿜을 듯 안달복달입니다.

밀고 들어온 사위 겐자부로의 수행원으로 쓰마코이사카에 쳐들어온 패거리들은 야규일도류 사범대리 아사카 겐신사이, 다니 다이하치(谷大八)들, 이들은 항아리를 잃어버린 당사자라 완전히 눈을 번뜩이며 사젠 주변을 살피고 있었습니다.

문제의 항아리를 겐자부로에게 넘긴 뒤에 닛코수리가 이가에 떨어져 어찌할 바를 모르던 중, 다도 선생인 잇푸 선생에 의해 처음으로

고케자루의 비밀이 알려졌습니다. 고케자루만 찾아내면 그 안에 감춰져 있는 비밀지도로 선조가 묻어둔 재산을 파내어 이가의 야규는 지금까지의 궁핍을 일시에 날려버리고 바로 일본제일의 부자가 되는 것입니다. 닛코 같은 게 매년 거듭된들 꿈쩍도 하지 않겠지요. 그런데 이렇게 중요한 고케자루가 행방불명이라니 이거야 원 당황하는 것도, 그야말로 원숭이 꼬리에 불이 붙은 듯 서두르는 것도 무리는 아닙니다.

아니, 행방을 모르는 것은 아니지요.

단게 사젠이라고 하는 외눈에 외팔인 사무라이가 항아리를 꽉 쥐고 내놓지 않는다는 것은 료키치의 급보로 먼저 시바도장의 미네 단바와 오렌님 일파에게 알려졌습니다. 시바도장이 알면 거기에서 열심히 밤낮으로 서로 스파이전을 펼치고 있는 겐자부로일행에게 바로 알려집니다.

동시에.

야규번에서 응원하러 에도에 들어온 고다이노신(高大之進)을 대장으로 하는 한 무리, 오가키 시치로에몬(大垣七郎右衛門), 데라카도 가즈마(寺門一馬), 기타가와 다노모(喜田川賴母), 고마이 진사부로(駒井甚三郎), 이노우에 오미(井上近江), 시미즈 구메노스케(淸水粂之介) 등 23명의 야규번 선발 검사들은 아자부 혼무라초(麻布本村町), 린넨지(林念寺) 앞 야규가문의 에도저택을 근거지로 삼아 겐자부로 측과 연락을 취하여 이들도 밤낮없이 사젠의 오두막에 접근하였습니다.

외눈 외팔의 희대의 요검, 단게 사젠 – 게다가 왼손에 잡고 있는 것은, 젖은 종이를 한 장 공중에 던져 떨어져 내려오는 것을 멋지게 둘로 자른다. 그 잘린 종이 끝이 제비꼬리 같이 둘로 나뉜다고 해서 누레쓰바메[17]라는 이름을 얻은 호도……. 검귀의 손에 귀검.

이 사젠의 솜씨는 누구보다도 겐자부로가 제일 잘 알고 있는 바이지요. 이가 망나니가 한 수 위로 볼 정도이니 아주 성가신 녀석이 항아리를 차지했다고 모두 조금 난처한 상황. 미네 단바 일파, 겐자부로, 겐신사이 무리, 응원대 고다이노신이 항아리 하나를 목표로 여기저기에서 손을 내밀고 있습니다. 신부는 한 명인데 신랑은 여덟 명인 형국입니다.

장난삼아 상대가 된 사젠도 좀 번거로워지던 참에.

어느 날…….

전날 밤의 칼부림으로 부서진 오두막 벽을, 햇살을 등진 사젠이 수리하고 있자니 피웅! 하고 뭔가 날아와 눈앞의 거적에 꽂혔습니다. 편지를 매달아 놓은 화살이었습니다.

순간.

"와하하하, 화살을 쏘아 먼저 미래를 정하는 거지. 이거야말로 일의 시작이 될 것이야. 어떤가, 놀랐나?"

터무니없이 굵고 탁한 목소리가 다리 위에서 들려왔습니다.

(1934.2.6)

---

17 젖은 제비라는 의미

9

발단편
시라마유미(白真弓)

표표히 부는 바람 같이 떠돌아다니는 호협, 가모 다이켄(蒲生泰軒) 선생. 지치부(秩父) 향사 출신으로, 도요토미(豊臣) 잔당이라 해서 막부에 있어서는 이른바 위험인물 중 하나입니다. 텁수룩한 머리를 어깨까지 늘어뜨리고 미역 같이 치렁치렁한 옷을 입고 수염투성이의 얼굴에 키가 큽니다. 어깨도 넓고 수북한 가슴털은 바람에 흔들리고 있습니다.

어디에나 나타나고 어떤 사건에도 얼굴을 들이미는 것이 이 가모 다이켄 선생이라지만, 도대체 무슨 이유로 이 선생이 이 고케자루 항아리를 찾는 소용돌이에 뛰어든 것일까? 그 경위는 지금으로서는 수수께끼입니다.

어쨌든.

이 화살에 매인 편지에는 어떤 사정으로 그렇게 모두가 정색을 하고 이 지저분한 항아리 하나를 손에 넣으려고 안달하는지 그 이유가 자세하게 쓰여 있었습니다. 그리하여 이제야 비로소 사젠은 항아리의 비밀……. 야규의 숨겨진 보물에 대한 것을 알게 된 것입니다. 목숨을 걸어서라도 이 항아리를 되찾으려는 것도 무리는 아니지요. 예나 지금이나 변하지 않는 황금에 대한 인간의 욕망이 이 항아리 하나에 엉겨 있었던 것입니다.

"으음, 그렇군. 그래서 그랬던 것이군. 이 정도로 진지하게 노리고 있는 걸 보고 뭔가 있다고 생각하긴 했지만……. 아니, 역시 사실을 알고 나니 더 더욱 이 항아리를 넘겨줄 수는 없지."

사젠, 왼손으로 누레쓰바메의 자루를 두드리고 하나밖에 없는 눈을 번뜩이며 굳게 결심했습니다. 이때부터 검마 사젠의 가슴속에는 황금마 사젠의 싹이 텄습니다.

"어쨌든 또 만나지. 그때까지 항아리를 잘 가지고 있으라고. 천하의 대 명물 고케자루 차 항아리 아무쪼록 소중하게 간직하라고."

다리 위의 다이켄은 그렇게 말하고는 왔을 때와 같이 획 사라져버렸습니다.

자, 이쯤에서 다시 이야기의 망원경을 성안 깊숙한 데로 향해봅시다.

"어떤가. 야규는 꽤나 고생하고 있겠군."

요시무네공, 구라쿠노인에게 하문하십니다.

쇼군님과 그의 지혜주머니 구라쿠, 이런저런 이야기 끝에 에도 미나미초 부교인 오오카 에치젠노가미(大岡越前守)까지 불러들였습니다. 그 결과 쇼군쪽에서도 고케자루를 노리는 새로운 별동대가 투입되게 되었습니다.

그건 그렇고.

줏포사이 선생 사후 시바도장은 두 개의 이상한 생활이 계속되고 있었습니다.

도장의 주인으로 들어앉은 겐자부로와, 어디까지나 그것을 인정하지 않고 룸펜 무리들이 억지로 밀고 들어와 멋대로 먹고 자고 있다고 간주하는 오렌님과 단바 음모단.

넓은 저택이 두 개로 나뉘어 묘하게 대립하고 있습니다.

중간에 끼인 하기노는 일편단심으로 겐자부로를 좋아하고 있었는

데 오렌님도 몇 번 거절당하면서도 겐자부로를 사랑합니다. 삼각관
계……

그렇다면.

로닌차림의 꼬마 야스의 뒤를 밟아 고케자루 항아리가 든 나무상
자가 돈가리 나가야의 사쿠야네 집에 숨겨지는 것을 본 요키치의 보
고로, 단바가 보낸 시라누이류 문도들이 어느 날, 갑자기 나가야를 급
습했습니다. 사쿠야를 협박하여 그 나무상자를 열어보았더니! 놀라
지 않을 수 없었습니다.

그 안에는 물에 씻겨 둥글게 된 강변의 돌이 있었습니다.

그 돌의 표면에는.

허허실실, 언젠가는 시라마유미, 라고 검은 먹으로 선명하게 쓰여
있었습니다.

사젠의 글입니다. 검괴 사젠, 속이는 것도 상당히 잘합니다. 멋지
게 모두를 골탕 먹인 것입니다.

(1934.2.7)

10
발단편
이상한 트리오

일이 제대로 되지 않아 부글부글 끓어오른 시라누이 제자들이 항
아리대신이라는 무능한 트집을 잡아 미야를 안고 가려고 하자! 불쑥
문을 막고 선 사람이 있었습니다. 치렁치렁하게 어깨까지 늘어뜨린

머리에 소나무 같은 팔뚝에 대롱대롱 매달려 있는 초라한 술병……

놀란 무사들을 힐끗 바라보고 그대로 밀고 들어온 가모 다이켄은 그날부터 이 돈가리 나가야에 눌러앉았습니다.

"오오! 이 말을 조각한 것은 우리나라 최고라는 사쿠아미님!"

나가야에 또 하나의 명물이 생긴 것은 좋은 일이었지만, 방구석에 굴러다니고 있던 말 조각을 눈여겨보고 한눈에 사쿠야의 정체를 알아본 것도 이 다이켄 거사였습니다.

그리고 얼마 안 되어.

대나무로 만들어진 나루터에 배 부르는 소리도 들리지 않는 한밤중에 일어난 일.

"버릇 나쁜 이 누레쓰바메 칼끝이 어디로 날아갈지 몰라 이놈들! 이렇게 왔다!"

이렇게 외치면서 사젠은 고케자루 상자꾸러미를 안고 뒤를 따르는 꼬마 야스와 함께 자이모쿠초(材木町)거리 고마가타(駒形) 쪽으로, 달라붙는 머리를 하얀 칼날로 털어내면서 갑니다. 좁은 강변에서의 난투는 성가시다고 쫓고 쫓기며 여기까지 온 것입니다. 오늘 새벽의 습격자는 아자부 린넨지 앞 저택에서 내보낸 고다이노신 무리. 좀 버거운 것 같습니다

아이를 잡아, 아이를 잡으라고. 그렇게 항아리보다 먼저 꼬마 야스를 붙잡는다는 전법. 사젠이 칼을 휘두르는 사이 도망간 야스가 들어간 곳이 우연하게도 샤쿠토리요코초(尺取り横町)의 고려식 주택, 구시마키(櫛巻)식으로 머리를 틀어 올린 오후지의 집이었습니다. 하필이면 그곳에 진을 치고 있었던 요키치가 큰 소리로 외치는 바람에 야스는 들이닥친 검은 복면의 무리들에게 쉽게 붙잡혀 버렸습니다. 잠시

후 사젠도 그 집에 나타났지만 야스는 방바닥에 엎어져 목에는 칼이 겨누어져 있었습니다.

"1, 2, 3, 4……."

10까지 세는 동안 사젠이 안고 있는 항아리를 건네지 않으면 쿡 하고 찔러 버리겠다는 겁니다.

"8, 9.!"

사랑스런 야스의 생명과는 바꿀 수 없지.

"기다려! 할 수 없군."

사젠이 포기하고 건넨 항아리 상자를 고다이노신 무리가 받아들어 그 자리에서 열어 보았습니다. 그러자! 안에서 굴러다니고 있는 것은 새까만 부서진 냄비 하나! 거기엔 멋진 필체로 〈고맙게 잘 받았다〉라고 쓴 종이 한 장.

적도 아군도 여기에는 벌려진 입이 다물어지지 않습니다. 항아리는 언제인지도 모르게 강변 오두막에서 멋지게 도둑맞은 것이었습니다. 사젠은 그것도 모르고 그 낡아빠진 냄비를 소중하게 지키고 있었으니.

위에는 위. 누구의 소행이지? 자, 이렇게 되면 고케자루는 어디에 갔나. 도무지 행방을 알 수 없습니다.

고다이노신 일행은 고생만 실컷 하고 아무 것도 얻지 못했습니다. 이젠 싸울 일도 없지요. 투덜거리며 돌아갑니다. 그런데 그날부터였습니다. 사젠, 오후지누님, 꼬마 야스, 이 세 사람이 이 나가야에서 이상한 트리오를 만들어 천천히 고케자루 탈환의 비책을 궁리하게 된 것은.

닛코수리날은 싫어도 다가오는데 차 항아리는 어디에?

이야기는 이제부터 큰 파도를 타고 한 길, 거칠기 짝이 없는 파도 저 너머를 향해 나아갑니다.

(1934.2.8)

11
여자는 잠시 1

겐자부로, 이를 악물었습니다. 칼날에 엉겨 붙는 천에서 뚝 뚝 떨어져 내리는 물이 기분 나쁘게 손을 따라 팔꿈치로, 두 팔로……. 이 순간, 숙연한 분위기는 마치 영원으로 이어지는 듯 했습니다.

물론 여기에는 독특한 기술을 필요로 합니다. 긴 면으로 된 천을 물에 적셔 상대의 칼에 던집니다. 그것은 팽팽하게 사슬처럼 휘감겨 아무리 해도 떨어지지 않습니다.

"어이, 그것은 떨어지지 않아. 먼저 그 칼이나 버리시지."

지금 구석에서 미네 단바가 이렇게 냉소를 지은 것도 무리는 아닙니다.

쥿포 시라누이류 비전 중의 비전, 최후의 최후의 최후의 그 또 최후의, 어디까지 갈 진 모르겠지만 그 최후의 마지막 한 수. 대단히 성가신 이 칼 감기기술입니다.

"익, 비겁한!"

갑자기 고요한 중에 불을 뿜는 듯 망나니의 신음소리가 들렸습니다. 그러나 기세만 좋을 뿐 면으로 싸인 검이라니, 이불을 덮은 검 같은 거라 도무지 도움이 안 됩니다.

이불 덮고 자는 모습 히가시야마.[18]

너무나 태평해서 칼날이 난무하는 이곳과는 거리가 먼 이야기입니다.

망연히 서있던 겐자부로의 귀에 쌀 끓는 것 같이 큭큭 하고 사방에서 떠도는 소리가 들려왔습니다. 그것은 도도로키 쥬나이(等々力十內), 이와부치 다쓰노스케(岩淵達之助) 등 시바도장 사람들의 숨죽인 웃음소리였습니다.

어두운 방에서 겐자부로는 두루마리를 펼치는 듯 분명하게 여기에 오기까지의 일을 돌아보았습니다. 자신에게 닥친 위기에 전신에 땀이 샘솟는 것을 느꼈습니다.

혼고도장에 쳐들어가 열심히 노력했지만 사위라는 것은 이름뿐 하기노와는 아직 남남사이입니다. 젊음과 힘으로 대처한 오늘 아침의 일이었습니다. 성급한 생각에 너무 멀리 나온 것입니다.

그것도.

에도 지리는 어두운 자신에게 강둑으로 가자며 이쪽으로 말을 향하게 한 것이 몬노조(門之丞)였습니다. 그리고 보니 그 몬노조가 수상합니다. 도중에 비가 와 돌아가려는 것을 앞장서서 무리하게 이곳으로 안내한 것도 몬노조…… 점점 더 수상해지는 몬노조입니다.

---

18 하이쿠. 교토 히가시야마산의 모습이 이불을 덮고 자는 사람 같다는 뜻.

여기는 무코지마(向島) 근처 마로도다이곤겐(客人大権現) 숲에 있는 오렌의 집입니다. 이런 곳에 시바가의 별장이 있다는 것을 겐자부로, 전혀 몰랐습니다. 하물며 지금 오렌과 단바일당, 15명 정도의 실력자가 몰래 이곳에 와 있을 줄이야. 최근 도장에서 모습을 보이지 않고 있다는 것은 어렴풋이 알고 있었지만.

몬노조는 어느새 적과 내통하여 처음부터 계획적으로 젊은 주인 겐자부로를 이 궁지에 밀어 넣은 것입니다. 그 몬노조는 아까 겐신사이(玄心斎)와 다니 다이하치(谷大八) 두 사람과 함께 어딘가에 마련된 방으로 사라져 아무 연락도 없습니다. 집안은 괴괴했습니다.

순식간에 오늘 하루의 추억이 겐자부로의 뇌리를 스쳐지나갔습니다. 당했다는 것을 깨달은 겐자부로, 피맺힌 목소리로 외쳤습니다.

"영감! 아사카영감! 다, 다이하치!"

그렇게 외친 순간이었습니다.

"쓰쿠시(筑紫)의 시라누이는 어두워지면 비로소 빛나는 법이지."

이와부치 다쓰노스케의 검이 오른쪽에서 뛰어올랐습니다.

(1934.2.9)

12
여자는 잠시 2

이와부치 닷짱…… 아니 이렇게 허물없이 부르면 안 되지.

이와부치 다쓰노스케, 이 사람은 우는 아이도 그치게 한다는 무서운 아저씨로 혼고 안에서는 아이들의 병을 막는 부적으로 종종 그 이름이 불렸습니다. 이건 마치 소아과의 약 처방 같은 것이지요.

농담은 이쯤 하고.

시바도장에서는 미네 단바 다음의 2인자.

대체로 이야기에 나오는 여자라고 하면 모두 다 미인. 검술이라고 하면 나오는 족족 모조리 검호투성이로 정말 기가 막히는 일이지만, 생각해 보면 이렇지 않고서야 이야기가 되지 않습니다. 약한 검사라니 전혀 어울리지 않습니다. 그래서 쓰지 않습니다. 검호 위에 대검호가 있고 또 그 위에 대대대검호가 있기 때문에 세상사가 흘러가는 것입니다.

그리고 지금.

쓰쿠시의 시라누이는 어둠 속에서 빛난다면서 대단히 멋진 대사를 읊으며 다다미를 힘차게 내딛는 소리도 요란하게 겐자부로를 베려고 한 사람이 이 이와부치 다쓰노스케입니다. 상대의 칼을 쓰지 못하게 하고서 베려 하다니 뻔뻔하긴 합니다.

과연.

멍하니 서 있던 겐자부로였지만 세차게 베어 들어오는 검기를 느끼자 휙 하고 뒤로 물러섰습니다. 여세에 휩쓸린 이와부치 다쓰노스케는 칼을 안은 채 방 맞은편으로 뛰어올랐습니다. 쿡 하고 맹장지에 입을 맞춘 것 같은 소리가 났습니다. 과연 시라누이, 검 그림자는 멋지게 어둠 속에서 흰 선을 그려나갔습니다. 이래서야 검호라고 할 수는 없겠습니다. 그리하여 이 추태로 다쓰노스케를 웃게 할 수는 없었습니다. 뭐니 뭐니 해도 상대는 이가 망나니입니다. 칼을 천으로 감을 수는 있어도 실력을 얽어맬 수는 없습니다.

천으로 휘감긴 장검을 의연하게 아래로 잡고 벽을 등진 채 스윽 조용히 뻗습니다. 야규류에서 말하는 불파(不破)의 관문지기………

역시 이 검법만은 깰 수 없다고 생각한 것은 불과 2,3초 정도였습니다. 어쨌든 이 무서운 적의 손에 있는 검은 이미 검이 아니라 지팡이 같은 것이 되어버렸기 때문에 그렇게 조심할 것은 없습니다. 시라누이일당들이 순식간에 의기양양해졌습니다.

끓어오르는 살기로 사방의 어둠을 찢고 여러 개의 칼날이 한꺼번에 겐자부로를 덮쳤습니다. 노호하는 미네 단바. 자기편을 칠까 주의를 줍니다. 당황한 도도로키 주나이의 소리, 발자국 소리와 다부진 기합소리가 얼크러졌습니다. 오른쪽에서 왼쪽으로, 앞에서 뒤로 단 한 사람을 베기 위해 모두 칼을 휘둘렀습니다.

"에잇! 이래도야!"

"자, 이 한 칼에 저승으로 가라"

"어이, 잘못 휘두르면 위험해. 한 사람씩 치라고!"

"악! 아파! 누가 칼끝으로 내 손가락을 찔렀어."

칠칠치 못한 말을 내뱉는 놈도 있습니다. 암흑 속에서 들리는 것은 시라누이일당들의 외침뿐, 번뜩이는 것은 그 일당의 검광뿐이었습니다.

겐자부로는 아무 소리도 내지 않습니다. 이 도림 속에서 아무리 그라도 견뎌낼 수 없겠지요. 이미 회 치듯 난자되었을 것이 틀림없습니다.

그런데 이때! 복도 쪽에서 이 방으로 번쩍 하고 한 줄기 빛이 비춰왔습니다.

"자, 자네들, 잠시 기다려 주게. 잠시."

이 사태를 멈추게 한 것은 의외로 오렌님이었습니다.

(1934.2.10)

13
여자는 잠시 3

보통 방법으로는 도저히 칼을 겨눌 수 없는 무서운 실력의 놈을 겨우 모략으로 끌어들여 겨우 죽이기 직전인 지금, 여기에 와 이를 멈추게 할 줄이야! 단바를 비롯한 일동은 의아하게 여기면서도 일단 주동자의 한 명인 오렌의 말이었기 때문에 모두 불만스럽게 칼을 내렸습니다. 하지만 내심, 일을 한창 벌이고 있는 와중이 아니라 이제 완전히 끝장을 낸 셈이라고 생각했습니다. 모두의 칼은 피로 물들고, 확실히 칼에 베인 상대에게서 뿜어져 나오는 피 같이 뜨끈한 뭔가를 뒤집어 쓴 기억도 있습니다. 지금 방안에 가득한 것은 숨 막힐 듯한 녹슨 철과 비슷한 사람의 혈향. 일당의 손은 피로 끈적끈적했습니다.

이곳으로 등불이 들어오면 다다미에 고인 검붉은 연못과 비참하게 변해버린 이가의 젊은 주인의 모습이 전개되겠지요.

그렇게 생각하고 서둘러 등불을 환영합니다. 모두 잠잠히 소리를 삼키고 등불 근처를 둘러보았습니다.

"자, 잠깐, 잠깐. 기다려……."

오렌은 사각사각 옷 스치는 소리를 내며 들어왔습니다.

"뭐예요? 우당탕 시끄럽게."

아까 문 앞에서 겐자부로의 저녁을 내온 소년이 앞장서서 촛대를 기울였습니다.

그 빛에.

싸악 하고 실내의 모습이 떠올랐습니다.

그 순간.

미네 단바, 도도로키 주나이, 이와부치 다쓰노스케, 그 외 십수 명.

"야앗! 이것은!"

경악의 합창이 울려 퍼졌습니다.

오렌은? 하고 보니 버드나무 같은 눈썹을 파랗게 민 자리를 팔자로 만들어 아름다운 얼굴을 찌푸리고 소리 없이 서 있었습니다. 무리도 아닙니다.

일단 봅시다! 방 한가운데에 전신을 붉게 물들인 채 누워 있는 사람은 시라누이 문도 중 젊은 한 사람. 같은 편에게 난자당해 목, 어깨, 등, 보이는 모든 곳에 칼에 찔려 벌어진 상처가 가득했습니다. 마치 벌집 같이……!

"윽! 실수로 이렇게 참담한 일을 벌이다니……."

놀란 단바의 말도 들리지 않은 듯 일동, 칼을 내리고 머리를 숙여 묵묵히 무참한 동지의 시체를 바라볼 뿐 아무 소리도 낼 수 없었습니다. 이럴 줄은 아무도 몰랐습니다. 어쩐지 뭔가 느낌이 이상하다 했습니다.

"헤매지 말고 성불하시길."

어디 눈치 없는 녀석이 있는지 한 사람이 한 손을 들고 절을 했습니다. 하지만 이 녀석이 헤매지 않기란 무리입니다. 이래서야 성불하기 힘듭니다.

발밑만을 내려다보면서 일동, 멍하니 있을 때 문득 겐자부로에 생각이 미친 것은 오렌이었습니다.

"아니! 그럼 겐자부로는 어디 있다는 거야?"

둘러볼 것도 없이 넓지도 않은 방, 한쪽 구석으로 간 오렌의 입에서 갑자기 비정상적인 경악의 외침이 터져 나왔습니다.

이가의 겐자부로, 어디에도 가지 않았습니다. 도코노마에 올라가 산수화 족자 앞에 느긋하게 무릎을 껴안고 앉아 아래를 내려다보고 있는 게 아닙니까! 그는 히죽거리며 말했습니다.

"이제 슬슬 나가봐도 되려나."

(1934.2.11)

14
생각지도 못한 일 1

챙! 하고 막을 걷고 잠시, 잠시…… 하고 무대에 나타난 멋지게 차려입은 세련된 여인. 싸움을 말리는 역할로 이 자리에 뛰어든 오렌의 마음이 어떤지는 분명하지 않습니다.

아니, 오렌뿐 아니라 대체로 여자들이란 그렇게 간단하게 확신할 수 없는 존재들이 아닙니까. 여자는 남자에 있어서 영원한 수수께끼입니다. 그 수수께끼의 어딘가가 또 남자를 끌어당기는지도 모릅니다.

도장을 빼앗는데 있어 방해가 될 뿐인 겐자부로를 없애자고 이리저리 책략을 부린 끝에 겨우 지금에서야 마무리가 되려는 찰나 이렇게 멈추게 한 오렌의 심리는 무엇일까요? 사랑하는 남자를 막상 다시 보니 아무래도 죽일 수 없었던 것인지도 모릅니다. 또, 자신에게 냉담한 겐자부로에게 이렇게 은혜를 베풀어 자신을 받아들이도록 할 속셈인지도 모릅니다.

어느 쪽이든 겐자부로로서는 지금 한 고비 남긴 셈이라 그 가늘고 긴 창백한 얼굴로 히죽거리며 태연하게 도코노마에서 내려왔습니다. 칼을 감싼 천은 이미 풀어서 아무 일도 없었던 것처럼 단단하게 칼을 쥐고 아래로 내렸습니다. 크게 팔짱을 끼고 느긋하게 있습니다. 이가 망나니, 여자들이 시끄러운 것도 무리는 아닙니다. 실로 본받고 싶은 남자다운 태도이네요.

단바무리는 어리둥절하여 칼을 내린 채 멀찌감치 둘러서서 바라보고 있을 뿐 이미 겐자부로를 칠 용기는 아무데도 없었습니다.

피투성이가 된 시체를 내려다본 이가의 젊은 도련님, 걸음을 멈추고 말했습니다.

"내 대신인가."

팔짱을 풀고 턱을 쓰다듬으며 침울한 표정. 그리고는 하얀 버선을 신은 발뒤꿈치를 올려 피가 낭자한 방을 휙 나가버렸습니다.

"겐자부로님, 이쪽으로 오세요. 잠시 말씀드리고 싶은 것이 있습니다만……."

오렌은 당황하여 뒤를 따라갑니다. 앞머리를 올린 소년이 등불을 들고 서둘러 따라가니 등불도 흔들거려 벽에 비치는 사람그림자가 커다랗게 엉클어졌습니다.

탁탁 거리는 세 사람의 발소리가 복도 너머로 멀어집니다.

뒤에 남겨진 일동, 그다지 좋은 기분은 아닙니다.

"뭐야, 죽여야 할 놈을 살리다니 바보 같은 짓이 아닌가. 아니, 겐자부로님 이쪽으로 오세요, 라니! 제기랄!"

"다들 보셨는지 모르겠는데 오렌님, 눈을 반짝거리며 저 자식을 바라보시더라고. 쳇, 너무하는군."

모두 시끌벅적 떠들고 있을 때, 오렌이 겐자부로를 안내해 간 곳은 좁은 복도를 지나 건너편 안마당에 있는 별채였습니다. 구름 속에 달이 떠 있는지 안마당에 심겨져 있는 소나무 잎이 빛나고 있습니다.

"아, 이제 괜찮으니까 등불은 여기에 두고 너는 저쪽으로 가거라."

오렌은 노려보듯이 말하며 소년을 내보냈습니다.

겐자부로는 웃으며 물었습니다.

"겐신사이, 다니다이하치, 몬노조, 이 세 사람은 지금 어디 있습니까?"

(1934.2.12)

15

생각지도 못한 일 2

오렌은 그 질문을 무시하고 희고 가냘픈 손을 들어 자신의 앞에 있는 다다미를 툭 두드리며 말했습니다.

"자, 앉으시지요. 겐자부로님."

겐자부로는 여전히 팔짱을 낀 채 방금 비가 쏟아지듯 칼날이 난무한 곳에서 벗어났다고는 생각할 수 없는 고요한 음성으로 다시 물었습니다.

"함께 온 세 사람은 어디에 있습니까? 그것을 알고 싶습니다만."

그러고는 별 수 없이 한쪽 무릎을 꿇고 앉았습니다.

정말로 이상하지요. 겐신사이, 다이하치, 몬노조 세 사람은 어디로 데려간 건지 이 넓지도 않아 보이는 집에 쥐 죽은 듯 고요한데, 가령 아무리 멀리 떨어진 방에 있다 해도 방금 있었던 칼부림 소리가 세 사람의 귀에 들어가지 않았을 리 없는데 말이지요.

한밤중의 분위기는 얼어붙어 한 점 바람도 없습니다. 담 너머는 마로도다이곤겐(客人大権現) 숲. 음침한 나무 너머 어슴푸레 보이는 것은 저 멀리 달빛이 비치는 논의 물입니다. 그 사이에 난 좁은 길에 등불 하나가 흔들리며 움직이는데 어디론가 서둘러 가는 가마인지. 결국 그것도 숲속으로 사라졌습니다.

갑자기 끅 끅 하며 목이 메는 소리가 나자 흠칫한 겐자부로는 오렌을 돌아보았습니다. 얼굴을 가리고 오렌은 울고 있었습니다. 어린 소녀처럼 양 소매로 얼굴을 가리고 제 정신이 아닌 듯 어깨를 떨고 있는 오렌. 그 소리가 점점 높아지더니 오렌은 호호호호 하고 웃기 시작했습니다. 울고 있는 게 아니었습니다. 처음부터 웃고 있었던 것입니다.

"호호호호, 와아, 겐자부로님의 진지한 얼굴이라니."

슬쩍 무릎을 들어 다가오는 오렌의 몸에서 흘러나오는 연상녀의 향기가 숨 막힐 듯 겐자부로의 코를 자극합니다.

"이보세요, 겐자부로님. 정말이지 돌아가신 선생은 하기노의 부친입니다만 그렇다면 아무리 후처라도 저는 그 아이의 어머니랍니다."

그거야 틀린 말이 아니니 겐자부로가 가만히 듣고 있자 거기에 힘을 얻은 오렌이 계속해서 말합니다.

"그렇다면 아무리 부친이 마음대로 당신을 하기노의 남편으로 결정하고 돌아가셨다고는 하나 어머니인 제가 허락하지 않는다면 이 이야기는 성립하지 않는 게 되지 않습니까?"

이때부터 오렌의 논리는 슬슬 이상하게 변해갔습니다.

"아무리 시간이 흘러도 하기노는 당신의 아내가 되지 않을 것이고 도장도 당신의 것이 되지 않을 겁니다."

호리호리한 손가락이 작은 뱀처럼 뜨겁게 겐자부로의 손으로 다가갑니다.

"당신인들 하기노가 좋고 말고 할 계제가 아니지 않습니까? 언제까지 억지를 부릴 생각이십니까? 호호호, 적당히 하세요. 겐자부로님, 그렇게 당신이 시바도장의 주인이 되고 싶다면 차라리 저와 결혼하시는 게…… 네? 아시겠어요?"

도리에 어긋난 사랑의 불꽃에 겐자부로는 무심코 뒤로 물러났습니다.

"어머님!"

이 외침은 그 시점에서 자신을 지키는 무기겠지요.

(1934.2.14)

16

생각지도 못한 일 3

칼로 죽이지 않고 미색으로 죽이려는 것이겠지요. 검에는 아무리 강한 남자라도 색기에는 약한 법입니다. 아니, 남자를 상대로 강한 남자에 한해 여자에게는 손을 못 쓰는 것이 보통입니다. 천군만마인 오렌, 그런 호흡을 잘 알고 있습니다. 하지만 아무리 뭐라 해도 딸인 하기노의 남편, 아무리 아직 이름뿐인 남편이라도 그 겐자부로에게 이렇게 말한다는 것은 오렌에게도 좋은 방법이 아닙니다. 진실, 사실, 실제, 정말, 단연, 돌연…… 아니 뭐 이렇게까지 힘이 들어가지 않아도 됩니다. 오렌, 정말로 이가의 망나니 도련님에게 홀딱 반해버린 것입니다.

남자답고, 실력 있고, 기질이 단순하고, 벌컥 하는 성질도 있고, 꽤나 불량한 데다 마르고, 키가 크고, 시종 창백한 얼굴을 하고, 조금 말을 더듬으며, 여자는 상대도 해주지 않고, 금방 사람을 베어버리는 청년……. 이런 남자에게는 여자는 모두 사랑에 빠지는 법입니다. 뭐 옛날엔 그랬다고요. 요즘은 어떤지 모릅니다.

하지만 예나 지금이나 변하지 않는 진리는, 사랑은 마음먹은 대로 되는 게 아니라는 것. 오렌은 이미 겐자부로에게 푹 빠져버렸습니다. 일어서려는 겐자부로에게 등을 기대어 뒤로 뻗은 손으로 남자의 소매를 붙잡았습니다.

"정말로 기가 센 분이시군요. 겐자부로님, 당신 말이예요."

그렇게 품위 없이 말하지는 않았지만 한층 한을 담아 올려다보는 눈빛에는 천근의 무게가 더해져 이가의 젊은 도련님, 일어서려 해도 일어설 수가 없습니다. 검난은 사라졌지만 이런 여난은 정말 자신이 없습니다. 뭐니 뭐니 해도 여자에 관해서는 검술이상으로 솜씨가 좋은 겐자부로인지라 대개의 여자에게는 놀라지도 않습니다만 이 오렌만은 어떻게 생각해봐도 그런 체면치레로 끝날 일이 아닙니다.

제2의 위기…….

"어머니, 대, 대단히 무리한 말씀. 게, 겐자부로, 정말 곤란합니다."

딱딱한 말투, 게다가 이런 경우 어머니라고 부르는 것은 열탕에 찬물을 붓는 것 같이 정말로 판을 깨는 말이지만 오렌은 움직일 기색이 없습니다.

"제가 말하는 것을 들으면 좋은 일만 있을 거예요, 겐자부로님."

"글쎄, 좋은 일이라니요?"

"당신, 뭔가 목숨을 걸고 찾고 있는 게 있으시잖아요?"

"으음."

겐자부로는 놀라 허둥댑니다.

"그, 그것은 어머니도, 단바네도 똑같이 목숨을 걸고 찾고 있지 않습니까?"

"자, 그 고케자루 항아리…….."

"음, 그 고케자루 항아리는?"

두 사람은 어느샌가 숨을 죽이고 서로를 바라보고 있습니다.

"호호호호, 그 고케자루말입니다만, 저희쪽에서는 이제 찾고 있지 않습니다."

"뭐, 뭐라고요? 그러면 찾는 걸 포기했다는 건가요?"

"우리 손에 들어왔으니 이제 더 찾을 필요가 없지요."

"뭐라고! 고케자루를 입수했다고!"

"네, 지금 이 집에 있습니다. 아니, 이 방에 있습니다."

갑자기 일어선 오렌의 손이 도코노마 옆 선반에 있는 문을 열자! 꿈에도 잊지 못할 고케자루가 그 안에서 나타났습니다. 겐자부로, 눈을 비볐습니다.

(1934.2.15)

17
생각지도 못한 일 4

우리가 미친 듯이 찾고 있는 고케자루 차 항아리가 어느새 이 일당의 손에 들어가 지금 이 방 선반 안에 놓여 있다니!

겐자부로는 눈을 깜박거렸습니다. 이쪽저쪽 볼 것도 없이 낡은 오동나무상자를 울금색 보자기로 싼 것은 틀림없는 고케자루.

"어, 어, 어떻게 이 항아리가 여기에……?"

깜짝 놀란 겐자부로, 달려들었습니다. 그러자 한발 앞서 오렌의 하얀 손이 등불에 비치더니 벽장문을 닫아버립니다. 그리고 막아서듯 등을 돌리고 그 앞에 바싹 몸을 붙여 앉았습니다.

"호호호호. 이제 와서 그렇게 놀라시다니, 겐자부로님도 어지간히 태평하시군요. 뭐라던가 하는 실력 있는 로닌이 다리 밑 거지움막에서 소중하게 지키고 있던 것을 단바가 사람을 시켜 몰래 빼돌려 왔답니다."

거의 비슷한 보자기와 나무상자를 만들고, 그 상자 안에는 깨진 냄비 하나와 〈잘 받았습니다〉 라고 쓴 그 종이 한 장……. 사젠의 집에서 진짜를 훔쳐내고 대신 그것을 놓아둔 것은 역시 미네 단바의 소행이었던가?

그것도 모르고 사젠은 고다이노신 일당이 쳐들어왔을 때 목숨을 걸고 깨진 냄비를 안고 달렸지요. 사젠 일생의 실수. 오후지의 집에서 야스가 위협받자 아이와 교환하기 위해 할 수 없이 고다이노신 쪽에 건넨 상자 속에서 중인환시리에 나온 것은 그 냄비와 감사하다는 쪽지 한 장이었습니다.

겐자부로는 그런 사정은 모르고 진품 고케자루가 처음부터 여기에 있었나 하고 생각하고는 안색을 굳히고 오렌을 다그쳤습니다.

"자, 내놓으시오. 그 항아리는 시나가와 숙소에서 내가 잃어버린 것이요. 정당한 소유자는 말할 것도 없이 나요. 나한테 넘기는 것이 마땅하오."

팔짱을 낀 채 오렌을 내려다보며 물러서! 하는 마음으로 서 있습니다. 주머니 속에서 팔꿈치를 흔드니 한쪽 소매가 흔들 흔들거립니다.

오렌은 웃으며 말했습니다.

"그렇지요. 이 항아리는 당신의 것이고말고요. 그러니 돌려드릴 수 없다고는 하지 않아요."

"음, 그러면 온당하게 돌려주실까."

"네. 건네 드리지요. 하지만 거기에는 조건이 있습니다. 단 한 가지."

"조건? 단 한 가지라는 건 또 어떤?"

"네."

오렌은 부끄러움도 허세도 잊은 진지한 얼굴로 말했습니다.

"여자의 입에서 나온 말. 저도 물러설 수가 없습니다. 겐자부로님, 그렇게 딱딱하게 말씀하시지 않아도 괜찮지 않습니까?"

눈을 빛내며 매달립니다. 겐자부로는 한 발 물러서서 싸늘한 미소를 지으며 말했습니다.

"아니, 이 몸은 이가의 겐자부로. 아주 촌스러운 사람이지. 자, 자, 항아리를 이쪽으로……."

"그럼, 저, 제 말씀을……."

"음, 먼저 항아리를……."

사랑은 마구 굴러먹은 여자라도 소녀가 되게 합니다. 볼을 붉게 물들인 오렌이 말했습니다.

"속이시는 거라면 듣지 않을 거예요."

교태를 부리며 겐자부로를 올려다보았습니다. 벽장문을 열어 항아리를 꺼낸 순간! 허리를 비틀며 장검을 뽑아낸 겐자부로. 손에는 새하얀 빛이 흐르고 푹! 하고 이상한 소리와 함께 다다미바닥에 떨어진 것은 오렌의 목…… 이 아니라 윤기가 도는 머리카락 한 다발이었습니다.

"이걸로 되었겠지. 당신 같은 여자에게는 돌아가신 선생 옆 그 한 길이 있을 뿐, 하하하하."

겐자부로의 홍소와 동시에 항아리상자는 이미 그의 겨드랑이에 끼여 있었습니다.

(1934.2.16)

18

생각지도 못한 일 5

"벌써 몇 시나 되었지?"

큰 칼을 껴안고 풀숲에 쭈그리고 앉은 아사카 겐신사이는 그렇게 말하고 옆에 있는 다니 다이하치를 돌아보았습니다.

"글쎄, 달이 기울어진 것을 보니."

다이하치의 목도 달처럼 기울어져 생각에 빠졌습니다.

마로도다이곤겐숲.

오렌의 집과는 반대쪽에 있는 수풀속입니다. 앞에는 웬만한 크기의 초원이 있어서 여러 명이 칼부림하기에는 절호의 장소.

겐신사이, 다이하치, 몬노조 이 세 사람은 누가 먼저 말을 꺼낼 것도 없이 아까 몰래 집을 빠져나와 이 관목 그늘에 몸을 숨기고 눈앞의 초원에 사람의 그림자가 나타나기를 이제나 저제나 하고 기다리고 있었습니다.

말려도 듣지 않고 젊은 주인 겐자부로가 몬노조의 안내를 받아 말을 달려 저 오렌의 집으로 간 것은 아직 초저녁 무렵이었습니다. 곧 겐자부로에게 주안상이 차려지고 세 명의 수행인들은 마음속으로 불안을 느끼면서 별실로 내려가 저녁상을 받게 되었습니다. 그때 세 사람이 있는 방 밖에서 미네 단바를 비롯한 두 세 명의 목소리가 들려왔습니다. 심상치 않은 속삭임.

"그러면, 어떻게든 일을 꾸며서 이 맞은편 들판까지 겐자부로님을 끌어내서……."

"그래서 여러 명이서 한 명을 둘러싸서 방해받지 않고 치려면 그

초원이야말로 최적의 장소. 발 디디기도 좋고 우리 편은 지리도 잘 아니까."

"비온 뒤 달구경이라도 하자고 오렌보고 끌어내라고 하는 게 좋겠어."

"아무튼 상대는 그 유명한 이가 망나니니만큼 우리들 실수 없이……."

하고 소곤거리는 소리가 창호지를 넘어 세 사람의 신경으로 울려 퍼졌습니다. 몬노조 외에 이것이 책략이라고 아는 자는 아무도 없었습니다.

이렇게 되어 들으라는 듯 말한 것을 듣게 된 겐신사이, 다이하치들은 앞지를 생각으로 집을 나와 그 부근에서 몰래 기다리고 있었던 것입니다. 실력이 좋은 수행인들을 내보내고 겐자부로를 치려는 계획이었던 것입니다. 적과 내통하고 있던 몬노조는 처음부터 전후사정을 다 알면서 모르는 척 앞잡이로 움직이고 있었지요.

이 비밀을 들은 겐신사이와 다이하치는 식사도 하는 둥 마는 둥 몬노조를 포함하여 셋이서 곧바로 집을 뒤로 하고 나와 아까부터 이 수풀 속에서 밤이슬을 맞으며 달에 젖어 난투 개시를 기다리고 있었습니다.

아무리 기다려도 사람 한 명 나오지 않습니다. 만만치 않은 겐신사이, 다이하치들은 계략을 써서 멀리 보내버렸습니다. 여기까지는 단바일당에 있어서 모든 것이 아주 순조롭게 이루어지고 있었습니다만…….

그래서.

아까 실내에서 싸울 때 겐자부로가 아무리 불러도 겐신사이도 다이하치도 전혀 대답할 수가 없었던 거지요. 이렇게 먼 곳에서 열심히 기다리고 있었으니까요.

"어떻게 된 거지? 이제 올 때가 된 것 같은데."

다시 사범대리 겐신사이가 말했습니다.

"뭔가 실수라도 있었나?"

주위를 돌아보던 다이하치가 큰 소리로 외쳤습니다.

"앗! 없어! 몬노조가 없어졌어, 몬노조가."

(1934.2.17)

19
생각지도 못한 일 6

최초에 겐자부로일행이 에도에 들어와 시나가와에 도착한 밤, 명을 받들어 혼자 나와 쓰마코이사카의 도장에 도착인사를 한 것이 이 몬노조였습니다. 그때 그는 시바가의 중역이 나와 응대를 하기는 커녕 이가의 야규 겐자부로 따위 그런 사람은 모른다며 문지기가 검을 휘둘러 쫓아낸 것에 불 같이 격앙하여 시나가와의 본진에 돌아와 복명했습니다만······

그 뒤 몬노조는 겐자부로를 가까이 모시며 그 시라누이전을 잡은 겐자부로가 돌아가신 선생에게 분향하는 자리에 억지로 밀고 들어갔을 때도 이 몬노조가 큰 역할을 했습니다. 겐신사이, 다이하치와 함께 겐자부로 최측근 삼인방이었는데도·······.

아니, 사람의 마음처럼 믿을 수 없는 것은 없습니다.

사랑이 생각지도 못한 것이라면 사람의 마음도 그렇습니다. 데구르르, 끊임없이 굴러가는 것이기 때문에 그래서 마음이라는 것은 그 옛날 심학 선생들이 요코야마초(橫山町) 뒷골목 전당포 뭐라던가에 거처를 정해, 오호! 라고 하며 구마상, 핫짱[19]이나 도락가인 젊은 주인 상대로 설파했다고는 합니다만 정말 그럴지도 모릅니다. 오늘의 아군도 내일의 적이 된다. 오늘의 적도 내일은 우리 편…… 그러한 사람의 마음 사이에서 살아가는 것이야말로 인간 삶에 있어 무한한 재미라고 할 수 있겠지요.

아, 죄송합니다. 이야기가 옆길로 새어버려 송구합니다.

그런데 이 몬노조의 마음이 그야말로 문에서 나오자마자 얼토당토않은 방향으로 달려 나가 지금 이 단바일당에 가담하게 된 것은 그 줏포사이 선생의 장례식날부터였습니다.

그렇다는 것은.

몬노조, 그때 주군 겐자부로를 따라 관을 안치한 안쪽으로 들어갔습니다만 그 순간 그는 하얀 상복을 입고 상좌에 앉아 고개를 숙이고 있는 하기노의 모습을 눈에 담고 태어나서 처음으로 팟 하고 전기에 맞은 것 같은 충격을 받았던 것입니다. 비를 맞은 가을 해당화…… 이건 너무 진부한 표현. 격정의 폭풍우에 시달려 희미하게 숨 쉬는 아마릴리스…… 이건 여드름 같은 작문이라 별로군요. 하여튼 뭐라 말할 수가 없네요. 하기노님의 아름다움, 애처로움이라고 한다면. 다시 말

---

19 라쿠고에 등장하는 인물. 구마고로와 하치고로의 애칭. 경솔하고 시비 잘 거는 에도토박이.

하지만 사랑이란 생각지도 못한 것.

와키모토 몬노조, 당년 스물 하고도 여섯 살. 하기노를 처음 보고 등골이 싸악 하고 털이 곤두서면서 사랑에 빠져 버린 것입니다.

"아아, 세상에 이런 여자도 있었던 가."

몬노조, 하아 하고 한숨을 내쉬며 옆 사람이 뭐라고 말해도 전혀 알아듣지 못합니다. 몽유상태. 이 몬노조라는 청년은 거무튀튀한 외모에 실력은 상당히 있어 그런대로 괜찮은 청년입니다. 아침저녁으로 도장에서 기거하는 사이 흘깃흘깃 하기노를 멀리서 볼 기회도 많습니다. 한 층 한 층 생각이 깊어지는 사이 결국에는 남몰래 이런 생각까지 하게 되었습니다.

"미안하지만 우리 주군 겐자부로님만 죽어준다면……."

터무니없는 놈입니다. 소위 마가 씌워진 것일까요?

그리하여…… 겐자부로를 멀리 나오게 한 것도 이 몬노조. 오렌의 집으로 안내한 것도 몬노조. 오렌의 집으로 안내한 것도 단바들과 도모하여 비밀이야기를 겐신사이와 다이하치에게 듣게 한 것도 몬노조. 지금 그 몬노조는…….

(1934.2.18)

20

허리띠는 풀리고 1

"어이, 가마꾼!"

조금 늦었지만 가게가 문 닫은 뒤 남은 손님을 주우려 요시하라에라도 돈 벌러 가려고, 지금 혼죠(本所) 쪽에서 아즈마바시노다모토(吾妻橋の袂)로 다가오는 가마 한 대가 있었습니다. 이렇게 어둠속에서 부르는 소리를 듣고 바로 멈췄습니다. 요즘 같으면 콘크리트 산책로에 무코지마로 서둘러 가는 심야자동차만 윙윙 달리고 바로 앞에는 현대적인 공원이 있는 곳입니다만. 옛날 이곳은 살인현장 같이 좀 무서운 곳으로 맞은편에는 하나가와토(花川戸)에서 야마노슈쿠(山之宿)에 걸쳐 몇 몇 집에서 흘러나오는 불빛이 금박가루처럼 반짝반짝 빛나고 있습니다.

이쪽은 다리 바로 앞이 나카노고가와라초(中の郷瓦町), 그 앞이 호소가와 노도노가미(細川能登守), 마쓰다이라 에치젠(松平越前)님의 문, 어느 모로 보나 이곳은 에도근교의 별저지역입니다. 오른쪽으로 겐베다리를 건너 맞은편에 시커멓게 침묵을 지키고 있는 나무들은 미토저택과 같은 별저. 밤눈으로 봐도 하얀 벽이 길게 늘어서 있는 것이 멀리서도 보입니다.

안으로 연결된 76간(間)[20]의 아즈마다리.

한밤중의 에도는 거짓말처럼 조용하게 쉬고 있습니다. 때마침 만조가 되어 철썩 철썩 하고 다리 아래 말뚝을 씻어 내리는 물소리만

---

20 1간은 약 1.82m

들리고 으스스한 가운데 말뚝 아래로 새하얀 물거품 꽃이 피어나고 있었습니다.

끼익 하고 가마가 바닥에 내려놓은 앞채잡이가 막대기로 가마를 세웠습니다.

"헤이, 가마 부르셨습니까?"

어슬렁거리며 나타난 것은 사냥이라도 다녀오는 길인지 바지 아랫단을 졸라맨 젊은 무사였습니다.

"혼고까지 가지."

구름사이로 흐르는 달빛 아래 비친 얼굴을 보니 서둘러 달려온 듯 머리도 흐트러져 있는데다 안색도 창백하여 마치 가부키화장이라도 한 것 같았습니다. 새 칼을 시험하기 위해 사람을 베러 나온 무사? 흔히 있는 놈이지요. 그렇지 않다고 해도 그다지 기분 좋은 손님은 아니어서 앞채잡이와 뒷채잡이는 슬쩍 눈빛으로 조심하라는 신호를 줍니다.

"혼고 어디까지요?"

"쓰마코이사카. 그쪽에 있는 시바도장은 알고 있겠지? 서둘러 가지."

"예에, 이봐, 쓰마코이사카야. 나가초바근처라고."

"네네, 무사님. 그쪽에서 돌아오는 참이라 이제부터 숙소에 돌아가 한 잔 하고 자려는 참이었습니다만. "

"이제 전철은 없으니까 곤란한 처지시네요. 기름도 상당히 드니까 70전으로 해 주세요."

이렇게 말하지는 않습니다.

"비용은 얼마든지 치를 테니. 술값까지 충분히 되도록 줄 테니 얼른 출발하게."

"오케이, 자, 타십시오."

가마꾼이 가마 안으로 손을 넣어 작은 방석을 뒤집어 놓습니다. 이 것은 좋은 손님에 대한 대접. 특별서비스.

흔들거리며 최고속도로 달려가는 가마 안에서 눈을 감고 팔짱을 낀 와키모토 몬노조, 생각에 빠져있습니다.

"저 어둠 속 수풀에서 겐신사이영감과 다이하치놈을 버려두고 나왔는데 지금쯤은 이 몸을 찾아 틀림없이 소란을 피우고 있겠지."

갑자기 그 마음의 눈에 떠오르는 것은 목숨도 그 무엇도 아깝지 않을 정도로 사랑하는 하기노님의 얼굴. 쓰마코이사카[21], 쓰마코이사카, 이 이름은 몬노조에 있어서 아무 관계가 없는 것이라고는 생각되지 않는답니다. 가마는 그 쓰마코이사카를 향해 빠르게 달려갑니다……

(1934.2.19)

21

허리띠는 풀리고 2

방금 저쪽 끝 덧문에 톡 하고 뭔가 사람이 건드리기라도 한 것 같은 이상한 소리가 들렸습니다. 하기노는 놀라 고개를 들었습니다. 미간을 찌푸리고 먼 곳에서 나는 소리를 듣는 얼굴. 곱고 아름다운 볼에

---

21 쓰마코이사카(妻恋坂) ; 아내사랑고개

먼 산의 안개를 그린 등의 불빛이 꿈결 같이 흔들리고 있습니다. 한쪽 편에 있는 미닫이문에는, 약간 이 방과는 어울리지 않아 보이는 바닷가 바위에 거친 파도가 부서지는 그림이 그려져 있습니다. 여기에는 까닭이 있습니다. 아무리 여자라 해도 검가의 딸이니만큼 항상 웅혼 호쾌한 기운을 길러야 한다고 해서 돌아가신 부친 줏포사이가 당시 유명한 화가에게 위촉하여 이 회심의 붓을 휘두르게 한 것이지요. 말하자면 선생의 가정교육의 하나인 셈입니다. 그 아버지가 지금은 없습니다. 아아. 상냥하게만 보이는 하기노이지만 어딘가 함부로 대할 수 없게 하는 의연함이 보이는 것은 생전의 선생이 바랐던 대로 씩씩하고 단단한 정신이 거센 파도가 치는 바닷가 그림과 함께 그녀의 마음에 깃들어있는 것이겠지요. 하기노뿐 아니라 보통 때는 그렇게 보이지 않아도 일본 여성은 모두 이 옛날 무가여성의 상냥한 가운데 강인함을 잃지 않고 있습니다. 무사도는 결코 남성들의 점유물이 아닌 것입니다.

여기는 시바가 깊숙한 안쪽, 하기노 아가씨의 침실입니다.

문자 그대로 심창(深窓), 더군다나 한밤중. 좀처럼 사람이 드나들기 어려운 곳이지만 지금은 강담 속 세계인 만큼 편리하게도 어디든지 당당하게 들어갑니다.

방 한가운데에 가을화초를 물들인 침구가 깔려 있었는데 하기노는 거기에 없습니다. 화려한 잠옷차림으로 구석의 탁자에 기대어 뭔가 깊은 생각에 빠져 있습니다.

한밤중에 잠도 자지 않고 귀여운 가슴에 무슨 걱정이 있는지. 탁자 위 하얀 손이 무의식적으로 만지고 있는 것은 부친의 고향에 가까운 하카다 토산품인 풍아하고 작은 다이리비나(內裏雛)인형[22].

등불에 비치는 그 얼굴이, 순식간에 창백해지고 결국은 참을 수 없어 방울을 단 것 같은 두 눈에서 눈물이 넘쳐 흘러내린 것은 틀림없이 돌아가신 아버지를 그리워한 것이겠지요. 그러더니 바로 입가에 말할 수 없는 냉소의 그림자가 떠올랐습니다.

"아, 정말이지, 어머님이라는 분이……."

무심코 흘러나온 한마디는 쓸모없는 계모, 오렌을 비웃는 소리. 한편으로는 가엾게 생각하는 것처럼도 보입니다. 그러자, 다음으로 하기노의 얼굴에 급격한 변화가 옵니다. 눈은 촉촉하게 빛나고 볼은 붉게 물들어 호오…… 하고 어깨를 움츠리고 긴 한숨을 내쉽니다. 생각은 또다시 신랑 아닌 신랑, 이름뿐인 남편인 겐자부로에게로……

"겐자부로님, 겐자부로님……."

열병 같이 외치며 하기노는 무심코 한 쌍의 하카다인형, 그 작은 남자와 여자인형을 꼭 붙여서 탁자위에 놓았습니다. 그리고 물끄러미 바라보는 눈에는 지울 수 없는 미소가 어렸습니다. 그때, 장지문 밖 복도에 사람이 다가오는 것 같은 소리가 들렸습니다. 하기노는 그것도 들리지 않습니다.

(1934.2.20)

---

22 천황, 황후의 모습을 본떠 만든 한 쌍의 인형.

허리띠는 풀리고 3

사랑에 빠진 이 내 몸, 물 위에 떠도는 조각배처럼 마음 달랠 길 없네. 물결치는 대로, 시라누이의 타오르는 불꽃 같이 괴로운 마음에 사라지는 생명이라네. 사랑은 우지가와의 어살 말뚝이라, 흐르는 물에 나를 맡기고……

아름다운 정취의 시군요.

일찍이 낳아준 어머니를 잃고, 본성을 알 수 없는 의붓어머니, 오렌에게는 괴로운 일만 당해 눈물 흘리는 사이에 처녀가 된 이 청춘의 날에 단 한 사람 의지해왔던 아버지와 사별한데다 남편으로 정해진 사람을 이렇게 사랑하는데도 계모와 얄미운 단바가 방해하는 바람에 아직까지 식조차 못 올리고 있으니…….

도장 한편에는 겐자부로가 끌고 온 이가의 젊은 무사들이 점령해 있었는데 그곳에는 밤낮으로 오에산 슈텐동자[23]가 이사 오기라도 했는지 뭔가 부서지고 깨지는 것 같이 소란스러웠습니다. 어서 불평을 하라고, 그럼 싸워줄 테다, 라는 식. 돌아가신 부친이 자랑스러워 한 아름다운 무늬의 기둥은 검에 찍힌 흔적으로 가득하고 선반 위 옷칠한 편지상자는 야채가 담겨져 있다고 시녀가 알려주었습니다. 그 시끌벅적한 소음이 멀리서 들려올 때마다 하기노는 오싹해져 옵니다. 실제로 어디를 보나 의지할 데 없는 하기노의 마음은 어땠을까요? 게

---

23 오에산 동굴에 사는 도깨비. 미나모토 요리미쓰가 퇴치했다는 전설이 있다

다가 계모는 아무런 힘도 되어주지 않을 뿐 아니라 단바와 한패가 되어 겐자부로를 자신으로부터 멀리 하게 하고 유서 깊은 이 도장을 횡령하려고 합니다. 또 겐자부로에게 끌렸는지 이성적으로 애를 태우고 있는 것 같이 보였습니다. 얼마 전부터 단바패거리를 데리고 가사이료 시부에의 마로도다이곤겐에 있는 집에 요양 간다는 명목으로 나갔습니다만 필시 뭔가 좋지 않는 일을 꾸미고 있을 것이 틀림없습니다.

"아아, 비참하구나……."

그런데 하기노가 가장 신경 쓰고 있는 것은 겐자부로가 자신을 어떻게 생각하느냐였습니다. 그녀는 밤이고 낮이고 이 방에 틀어박혀 가슴 속 알지 못할 불길에 몸을 태우고 있었습니다. 지금도 그렇답니다.

이 밤. 별채에 진을 치고 있는 야규의 무사들도 사람이라면 밤에 자는 법이라 그 광대한 저택이 깊은 산속처럼 낮 동안의 소란에 지쳤는지 깊이 잠들어 아무 소리도 나지 않습니다. 주군 겐자부로는 오늘 아침 말을 타고 나가 밤이 되어도 돌아오지 않았지만 수행한 겐신사이, 다이하치, 몬노조가 다 실력자였기 때문에 모두들 아무 걱정도 하지 않고 도리어 도깨비 없을 때 세탁이라고 저녁부터 술잔치를 벌인 끝에 모두 쓰러져 두드려도 때려도 눈도 못 뜰 지경이었습니다.

그리하여 가마를 달려 도장에 돌아오자마자 먼저 살짝 이쪽을 살펴보고는 이 상태라면 좀처럼 일어날 걱정은 없다고 안심한 몬노조. 바로 하기노가 있는 안채쪽으로 몰래 들어가 긴 복도를 도둑고양이처럼 살금살금. 목적지는 하기노의 침실 앞.

밤이 깊은 데도 방안에는 불이 켜져 있습니다. 숨을 고르고 미닫이

문 밖에 섰습니다.

"겐자부로님, 겐자부로님……."

참을 수 없을 것 같은 하기노의 목소리입니다. 우리 주군이긴 하지만 남자로서 부럽기 짝이 없는 겐자부로! 그렇게 생각하니 질투로 이성을 잃은 몬노조가 덜컹 하고 문을 열어젖혔습니다.

"아니, 놀라지 마세요. 하기노님. 접니다. 몬노조입니다."

몬노조는 방안으로 들어와 버렸습니다.

(1934.2.21)

23
허리띠는 풀리고 4

"앗!"

하기노는 깜짝 놀라 어둠을 등지고 들어온 남자를 바라보았습니다.

몬노조라는 이름은 그녀는 모릅니다. 하지만 보아하니 겐자부로를 따라다니는 이가의 청년검사 중 하나. 게다가 겐자부로의 오른팔인 것처럼 앞장서서 도장에서 난폭하게 굴던 남자였기 때문에 하기노, 놀라지 말라고 하지만 놀라지 않을 수가 없습니다. 놀란 나머지 뒤쪽으로 한쪽 손을 짚느라 화려한 잠옷의 옷깃이 벌어져 향기가 넘칩니다. 하기노는 서둘러 옷을 가다듬고 말했습니다.

"취해서 잘못 들어오신 것이 아닙니까? 여기는 당신들의 방이 아닙니다. 여인의 방에 밤에 들어오시다니…… 어서 나가주세요."

"아닙니다. 취한 것도 잠결에 이러는 것도 아닙니다."

자리에 앉은 몬노조의 얼굴은 창백했고 눈은 그녀를 똑바로 응시하고 있었습니다.

"하기노님, 부디 조용히 해주세요. 결심을 하고 이렇게 한밤중에 침실이라는 것도 알면서 온 것입니다. 몬노조, 이룰 수 없더라도 이 가슴 속만은 말씀드리고 싶습니다."

"저, 당신! 이렇게 무례하게! 여자 혼자라고 업신여겨서……."

하기노는 바로 일어섰습니다. 분노로 타오르는 그녀의 눈에 비친 것은 탁자위에 나란히 놓인 작은 하카다인형세트였습니다. 겐자부로님과 저랑…… 이 남자는 아까부터 문 밖에서 자신이 이 인형을 만지는 것을 보고 있었음에 틀림없습니다. 그렇게 생각하니 하기노는 갑자기 불과 같이 붉어지면서 당황한 손으로 탁자 위 두 인형을 떨어뜨려 놓았습니다.

"저는 목숨을 내놓고 이 방에 들어온 것입니다. 이렇게 당신을 생각하고 있다는 것을 조금이라도 가엾게 여기는 마음이 있으시다면 부디 하기노님, 이 마음을……."

이미 제 정신이 아닌 몬노조입니다. 속으로만 생각해 왔던 것을 말하려고 할 때의 문구 따위 실제가 되니 아무 도움이 안 됩니다. 상대가 저렇게 말하면 이렇게, 이렇게 나오면 저렇게, 하고 순서와 계책을 머릿속으로 생각할 때는 인간만사, 다 될 것 같았습니다만. 몬노조는 이 여인이 주군의 약혼녀라는 것조차 완전히 잊어버리고 단지 자신과 자신의 정염에 눈이 멀어 정신없이 도취되어 오로지 여자 대 남자, 남자 대 여자라는 것만 생각하고 있었습니다. 묘한 향기가 떠도는 침실. 흐트러진 잠옷차림으로 공포로 혼미한 하얀 얼굴을 굳히고 서있는 쓰마코이의 아가씨, 아름다운 아가씨의 반신은 등불로 밝게 빛났고 나머지 반신은 짙은 보랏빛 어둠에 잠겨있습니다. 너무나도 아름다운 그녀! 너무나도 요염한 모습에 몬노조는 잠시 피가 솟구치며 어지러울 정도로 홀렸습니다. 눈꼬리가 긴 눈에 가냘픈 여자의 몸에 있는 한껏 험악함을 담아 하기노는 몬노조를 똑바로 쏘아봤습니다.

"소리 지를 거예요! 소리 지를 거예요!"

몬노조는 아무 말 없이 미소를 지으며 한쪽 무릎을 세웠습니다. 마치 먹이를 덮치는 표범과 같이……

(1934.2.22)

24
허리띠는 풀리고 5

언제나 시녀 한 둘이 같이 자는 법이었지만 혼자 밤새 깨어 있으면서 생각에 잠기게 되고부터는 그것도 뭔가 번잡해서 요즈음은 멀리해서 가까이 부를 사람도 없습니다. 하지만 하기노는 마치 옆방에 사람이 있는 것처럼 조급하지만 낮은 목소리로 시녀들을 불렀습니다.

"우라지(浦路), 우라지! 기쿄(桔梗)! 기쿄 없니? 잠깐 일어나 봐."

하지만 몬노조, 미리 이곳의 방들을 살펴보고 근처에 아무도 없음을 확인하고 왔습니다. 조용히 일어나서 충혈된 눈으로 하기노를 바라보면서 다가갑니다.

"아가씨, 하기노님……."

상기된 목소리입니다.

"이 소망을 이룰 수 없다면 저는 몸이 갈기갈기 찢어져도 상관없습니다. 물론 주군의 부인으로 결정된 당신에게 이런 당치 않는 말씀을 드린 이상 이 죄, 죽음에 해당한다는 것은 잘 알고 있습니다. 그러나 그러나 하기노님, 사람이 목숨을 내걸면 아무것도 무서운 것이 없는 법입니다. 하하하하하."

길을 막듯이 양손을 벌리고 웃습니다. 그 소리는 마치 괴조가 울부짖는 소리 같았습니다. 불쌍한 몬노조, 허락받지 못할 사랑으로 미친 것 같습니다.

한발 한발 하기노는 이불 끝까지 물러나면서 말했습니다.

"소리를 질러 사람들이 오면 당신도 무사하지는 못할 거예요. 제발 어서 물러나세요."

"사람이 오기 전에 할복할 겁니다."

"어머, 호호, 농담도…… 적어도 무사된 자에게 그렇게 가벼운 생명은 없습니다."

"혼자서는 죽지 않아요. 한 칼로 당신을 죽이고 할복할 겁니다."

"호호, 호호호호. 그러면 마치 동반자살인 것처럼…… 아니, 억지로 같이 죽자는 겁니까? 무사라는 사람이 어찌 그런 무도한 짓을……."

"아니, 아니! 짐승이라도 좋고 개라도 상관없습니다! 개! 그래, 몬노조는 개가 되어버렸습니다. 하기노님."

"정말로 저는 개라고 생각합니다. 하지만 이 세상의 약속, 신분의 고하를 모조리 벗겨내고 보면 남자는 모두 개가 되어 여자를 원합니다. 우하하하, 그래도 좋아요. 그래서 이 몬노조라고 하는 아까운 무사를 개로 만든 이가 누구겠습니까? 모두 하기노님, 당신이 아닙니까? 당신의 그 별 같은 눈, 그 사과 같은 뺨이 이 몬노조를 정염의 개로 만들어 버린 겁니다!"

그 시절에 사과가 있었는지는 모르겠지만 하여튼 몬노조, 미사여구를 읊고 있습니다. 처음에는 말없이 직접 행동으로 덮치려 했지만 아름다운 데다 의연하기까지 한 하기노의 위엄에 기가 눌려 이번에는 몬노조, 동정심을 구하듯 무릎을 꿇고 고개를 숙였습니다.

"하기노님, 비단에 둘러싸인 부자유한 삶보다 저 푸른 하늘 아래 자유롭고 쾌활한 삶이 낫지 않습니까? 어떻게 보내도 한 평생입니다. 하기노님, 지금 이 몬노조와 함께 도망가 주십시오."

"지금 당장이라도 겐자부로님께서 돌아오실 거예요. 당신을 위해서예요. 어서 이 방에서 나가세요."

"흥! 모르는 게 약이지. 그 겐자부로님은 지금 칼에 베어 잘게 토막 나 있을 거요."

"네?"

놀란 하기노의 가슴에서 그때 무슨 일인지 허리띠가 스르르 풀려 버렸습니다.

(1934.2.23)

25

이 얼굴이 간판이다 1

손도 대지 않았는데 선 채로 허리띠가 풀려버리다니[24] 무슨 조화일까? 저절로 풀린 허리띠는 기다리는 사람, 겐자부로님이 오신다는 조짐일까? 그렇다면 길조.

길조도 길조지만 몬노조에게 협박당하는 이때, 대대길이라고 할 수 있을 겁니다.

하지만, 혹시나 겐자부로님의 신상에 뭔 일이라도 생겨서 그런 조짐라면? 길이냐 흉이냐······

하기노의 가슴은 이런저런 생각으로 아주 시끄러웠습니다. 풀려버린 허리띠는 화려한 뱀 같이 발아래 다다미에 떨어졌습니다. 허리띠가 풀린 단정치 못한 자신의 모습. 열린 옷깃 사이 하얀 피부에 몬노조의 시선을 느낀 하기노는 재빨리 허리띠를 주워 옷차림을 정돈하였습니다.

"하고 많은 말 중에 하필이면 겐자부로님의 신상에 변고가 있다니! 겐자부로님도 그쪽 같은 가신이 있어 정말 기쁘시겠군요. 넓은 일본 안에 겐자부로님께 칼을 들이댈 자가 한 사람이라도 있습니까? 당신이 뭐라고 말해도 나는 믿지 않습니다. 그런 것보다 여기 이렇게 있어서는 훗날 오해의 소지가 있습니다. 내가 곤란한 것은 둘째 치고 이가의 겐자부로, 아니, 이 시바도장의 주인의 부하를 이런 어리석은 일

---

24 〈허리띠가 풀리다〉에는 두 가지 뜻이 있다. 하나는 남녀관계를 맺는다는 뜻. 또 하나는 걱정거리가 사라져서 안심한다는 뜻.

로 상처 입히고 싶지는 않습니다. 이제 닭이 울 때가 되었습니다. 닭이 울기 전에 나가지 않으면 정말로 큰 소리를 내어 사람들을 부를 거예요."

젊은 아가씨 하기노의 입에서 이렇게 분명한 거절을 들으리라고는 몬노조, 생각도 못했습니다. 계산착오입니다. 하기노의 관록에 압도되어 그는 어찌할 바를 몰랐습니다.

방법을 바꾼 몬노조, 낮은 목소리로 말했습니다.

"겐자부로는 지금쯤 이미 죽었을 터. 하지만 여기에 대해서는 더 이상 말할 수 없습니다. 날이 밝으면 마로도다이곤겐에 있는 집에서 오렌님과 단바가 연락해 올 것입니다. 그때 모든 것이 분명해질 겁니다. 그보다 하기노님, 저는 당신에게 항아리 하나를 헌상하고자 하는데 받아주시겠습니까?"

하기노는 의아한 듯 목을 갸우뚱하였습니다.

"항아리라고요?"

"네, 겐자부로님이 이가에서 가져오신……."

"앗! 지금 모두가 찾느라 난리 난 고케자루라는……."

"네! 바로 그 고케자루입니다."

몬노조는 눈을 빛내며 말했습니다.

"단바가 그 다리 밑 오두막에서 부서진 냄비를 대신 두고 훔쳐낸 것을 제가 또 똑같은 상자와 보자기를 몰래 구해서 이 도장에 있는 동안 바꿔치기했답니다. 그것도 모르고 단바일당은 그, 제가 만든 가짜상자를 지금 다이곤겐 집에서 새끼호랑이 다루듯 모셔두고 있을 겁니다. 하하하하, 눈에 선하군요."

몬노조는 이렇게 말하면서 뒤로 물러나 문을 열고, 아까 이 방으로 들어올 때 문밖의 마루에 둔 것을 들였습니다.

"항아리를 바꾼 뒤 한참동안 생각해서 돌아가신 선생님의 커다란 불단 안에 넣어두었습니다. 거기라면 신성시하여 아무도 손을 대지 않을 테니까요. 지금 이 방으로 오면서 다시 꺼내온 것입니다. 여기 있습니다."

"아아⋯⋯!"

"네에, 네에, 이겁니다, 이거요."

몬노조는 왠지 말투도 손놀림도 골동품상 같이 되어 취급주의 태도로 하기노 앞에 내민 상자를 보니! 아! 놀라지 않을 수 없네요. 상자를 싼 보자기 재질을 보나 나무상자의 오래된 흔적을 보나 이거야말로 정진정명, 진품 고케자루 차 항아리가 아닙니까?

(1934.2.24)

26

이 얼굴이 간판이다 2

네 방향으로 묶은 낡은 보자기 틈으로 세월이 묻은 나무상자의 결을 보이며 다다미 위에 올려놓은 꾸러미는⋯⋯ 사람이든 물건이든 오랜 세월을 지나다 보면 일종의 요기라는 것이 생겨 사무치게 사람에게 다가오는 힘이 있습니다. 그 고케자루 차 항아리를 지그시 바라보고 있자니 명기에서 발산되는 말할 수 없는 압력에 압도되어 하기노는 아무 소리도 낼 수 없었습니다. 몬노조도 숨이 막히는지 아무 말도 하지 않습니다. 잠자코 하기노를 올려다보니 하기노는 선 채로 눈을 동그랗게 뜨고 차 항아리를 내려다보고 있습니다. 한순간에 공기는 얼어붙고 두 사람은 석상이라도 된 듯 꼼짝 않고 있습니다. 아니 꼼짝할 수가 없습니다. 거대한 재산을 숨기고 있는 명품도자기의 매력에 사로잡혀……이것을 일컬어 주박이라고 하지 않을까요?

이 오래된 보자기를 풀어보니 세월에 시달린 오동나무상자. 거기까지는 밖에서도 보입니다. 십자모양으로 묶인 끈을 풀어 상자 뚜껑을 들어 올리자 안에는 비단으로 싸인 도자기 같은 것이 있었습니다. 그 색 바랜 비단을 벗겨내니 붉은 비단끈으로 짠 망을 씌운 항아리가 나타납니다. 망을 들어내니 비로소 조선에서 건너온 문제의 명기, 고케자루 항아리가 모습을 드러냅니다. 유약 상태라든가, 굽기, 향기, 그 모든 것이 정말이지 천하를 뒤흔드는 명품다운 품격 높은 아름다운 멋을 가진 항아리군요. 그래서 그 항아리의 뚜껑을 들어 올리면 그 안에 막대한 야규가의 재산이 매장된 곳을 표시한 한 장의 지도가 수백 년의 비밀을 품은 채 이 대소동을 모른다는 얼굴로 놓여 있을 터…….

하기노는 한 장 한 장 옷을 벗기는 듯 항아리의 포장을 하나씩 벗기는 것을 마음속으로 그리며 이미 그 항아리의 뚜껑을 들어 올린 것처럼 가슴이 뛰었습니다.

"열어볼까요?"

하기노는 상자 옆에 쪼그리고 앉았습니다.

"조심하세요."

옆에서 몬노조는 빙글거리며 웃고 있습니다.

하기노의 손이 보자기의 매듭에 닿았을 때였습니다. 검도수련으로 거칠어진 몬노조의 검은 손이 하기노의 하얀 손을 덥석 잡았습니다.

"하기노님, 겐자부로님이 돌아가신 지금, 혼인예물인 이 고케자루는 당연히 당신의 것이니 돌려드리겠지만 그 대신 부디 제 마음을 헤아려 주시길…… 하기노님!"

그 손을 뿌리친 하기노.

"겐자부로님이 돌아가셨다는 그런 거짓말을 또 하다니! 여자 혼자 있다고 업신여기는 건가요?"

일어서는 하기노에게 매달리며 몬노조는 말했습니다.

"아니, 거짓이라면 거짓이라고 이제 곧 알려질 터. 이는 남자의 일편단심입니다. 좋지 않습니까? 하기노님."

이미 무사의 위신 같은 것은 까맣게 잊어버리고 막무가내로 옷자락을 잡으려 하자 하기노는 옷을 잡아당기며 흐트러진 모습으로 외쳤습니다.

"시바 줏포사이의 딸, 무례는 용서하지 않겠어요!"

하얀 다리를 드러낸 채 단도가 숨겨져 있는 문갑 쪽으로 달려갔습니다.

"와하하하. 재미있는 연극이다만, 이쯤 해서 얼굴을 드러내는 게 좋겠군."

뜻밖에도 이런 말과 함께 방 한 구석에 있는 벽장문이 스르륵 열렸습니다.

"핫하, 이 얼굴이 간판이다!"

(1934.2.25)

27

이 얼굴이 간판이다 3

언제부터 어떻게 이 방 벽장에 사람이 숨어들어갈 수 있는지!

"와하하, 놀랐나 보군."

재미있다는 듯이 웃으며 책상다리를 하고 앉아 있었던 벽장 하단에서 느긋하게 일어서는 인물을 보니! 몬노조도 하기노도 소름이 끼치는 것을 느꼈습니다. 한밤중이 되면 모든 것이 죽은 듯이 조용해진다고 해서 밤은 온갖 잡귀가 떠도는 세상이라고도 합니다. 그 한밤중의 귀기가 이곳에 고여 있기라도 한 걸까요? 마귀 같은 한 무사의 모습.

붉고 버석한 머리를 크게 묶어 죽은 이 같이 창백한 뺨으로 늘어뜨린 고목처럼 마른 장신의 남자. 그의 오른 쪽 눈은 굴처럼 움푹 패여 말할 수 없이 으스스한데 눈썹에서 오른 쪽 입꼬리에 걸쳐 길게 그어진 한 줄의 칼자국은 시종 쓴 웃음을 짓고 있는 듯 울고 있는 듯 오싹한 기운을 이 무사의 얼굴 표정에 더하고 있습니다. 오른 쪽 소매는 어깨 끝에서부터 펄럭거리고 있고 흰 옷에 크게 물들여 놓은 것은 검은 바탕에 흰색으로 해골무늬…… 정말로 이 세상 것이라고는 생각할 수 없는 모습입니다. 인간이라기보다 끊임없이 올라가는 한 줄기 불길한 연기…… 가지런하지 않는 이를 드러내며 말합니다. 목소리는 쉰데다 줄로 뼈를 가는 듯한 이상한 울림.

"아가씨도 무사님도 놀라서 눈만 껌벅거리고 있군."

남자는 말했습니다.

"나로서는 너무 자주 하는 대사이긴 하지만 그대들에게는 처음 듣는 것이겠지. 성은 단게, 이름은 사젠…… 우후후후후, 이런 사무라이라오. 굉장한 순간에 실례를 했소만, 나 역시 이 항아리를 보니 몹시 가지고 싶군. 이 항아리만 준다면 더는 볼일이 없소."

꼼짝도 못하고 서있는 몬노조를 왼쪽 눈으로 흘겨보며 성큼성큼 고케자루쪽으로 다가갔습니다. 움직이자 악마와 같은 바람이 싸악 하고 일어납니다. 이 사무라이의 그림자에는 사신이 붙어 웃고 있음에 틀림없습니다.

"기다려!"

겨우 발음기관을 회복한 듯 필사적으로 외치는 몬노조의 소리에 단게 사젠은 휙 돌아보았습니다. 턱을 비틀며 음산하게 웃고 있는 왼쪽 눈을 몬노조에게 향합니다.

"뭐지, 기다리라는 건. 내가 이 항아리를 가져가면 안 된다는 건가?"

"아니, 안 된다는 게 아니라……."

몬노조는 사젠의 기운에 밀려 뒷걸음칠 뿐이었습니다.

"당신은 어떻게 여기에?"

옆에서 한 걸음 나와 하기노가 묻자 사젠은 그쪽을 향해 돌아보며 말했습니다.

"야아, 이분은 아가씨시군. 그렇게 물으시니 단게 사젠, 좀도둑 같은 행세로 부끄럽소만……."

냄비와 바꿔진 진품 고케자루는 이 도장에 있을 것임이 틀림없다고 생각하고 오후지의 집에 야스를 남겨두고 혼자서 나온 사젠, 낮부터 이 집에 숨어 있다가 등이 켜지는 초저녁 무렵 이 방의 벽장에 숨어있었던 것입니다.

"이놈이 오는 바람에 진작 못 나왔지."

사젠은 하나뿐인 눈에 살기를 피워 올리며 말했습니다.

"네 이놈, 뭐야, 이제 듣자니 주인을 배신했다고?"

말할 때마다 허리의 대도가 떨리며 웃는 듯 달각달각 울고 있습니다.

(1934.2.26)

28

하얀 무지개 1

"너, 설마 살 수 있을 거라고 생각하지는 않겠지?"

사젠은 턱을 쑥 내밀며 몬노조를 보았습니다. 사젠의 전신에서 눈에 보이지 않는 비말과도 같은 검기가 뿜어져 나와 하기노는 왠지 위험한 느낌에 살그머니 촛대를 벽 쪽으로 옮겨놓았습니다. 묶인 것처럼 손발이 움츠러들고 움직이려 해도 움직일 수 없는 몬노조. 꼼짝 않고 사젠이 하는 양을 올려다보기만 합니다. 하나밖에 없는 사젠의 왼손가락이 마치 작은 뱀이 기어가는 듯 스르르 오른쪽 허리에 찬 검집으로 다가가는 게 아닙니까?

하기노는?

장지문에 등을 딱 붙이고 손으로 입을 막고서는 눈이 찢어질 듯 크게 뜨고 서 있습니다. 살기는 실내에 가득하고 기둥도 다다미도 책상도 모든 것이 하아 하아 하고 거친 호흡을 하고 있는 것 같습니다. 파동이 일어나기 직전 한순간의 정적. 갑자기 목을 기울이며 사젠은 비어 있는 왼쪽 눈으로 빙긋 웃었습니다. 사젠의 이런 웃음은 위험신호. 동시에. 왼쪽 무릎을 살짝 꺾는가 싶더니 눈에 보이지도 않는 속도로 검을 꺼내 얼굴 위로 들어 올려 혀끝으로 살짝 핥았습니다. 몬노조의 눈에는 칼자루 아래 사젠의 얼굴이 마치 인사라도 하고 있는 듯 보였습니다. 하지만 사젠의 왼쪽 눈은 쇠사슬로 묶듯 강하게 몬노조를 압박하고 있었습니다. 사젠이 입을 열었습니다. 찬바람이 불어오는 듯 거친 목소리.

"내가 싫어하는 말만 하면서 그래도 죽기는 싫다니, 그거야말로 너, 무리라는 거다."

이상하게 끈적끈적한 말투입니다. 얼굴 반쪽은 여전히 웃고 있지요.

"나는 말이야, 제일 먼저 남의 뒤통수치는 것을 제일 싫어해. 여자 문제에서 주인도 가신도 없다는 거라면, 뭐 그것도 괜찮겠지. 하지만 넌 겐자부로를 속이고 이 여자를 구슬리려 하는 거잖아. 나는 그게 마음에 들지 않아!"

이런 이야기를 하다 언제 칼을 겨눌지 몰라 몬노조, 칼자루에 손을 얹고 긴장을 늦추지 않습니다.

"거지 사무라이의 설법 따위 듣고 싶지도 않아! 어서 일어서!"

"입 다물고 들어. 두 번째로 내가 싫어하는 것은 여자를 쫓아다니는 거야. 게다가, 뭐야, 아까부터 벽장 안에서 듣고 있자니 협박했다가 할짝대다가 정말이지 형편없는 자식이 아닌가. 그 이야기를 들으니 츳! 귀찮아도 죽여 버려야겠어. 난 말이지 여자랑 엉겨 노는 꼴이 벌레가 기어 다니는 것처럼 싫다고. 세 번째는, 네 얼굴이 꼴 보기 싫어. 우후후. 이정도면 내가 널 해치워도 괜찮겠지. 어른스럽게 죽어 달라고."

"이 자식, 미친 놈 아냐."

몬노조가 중얼거리는 순간, 탓! 하고 칼자루가 울리더니 사젠, 칼을 빼듦과 동시에 한 줄의 새하얀 무지개가 스윽 하고 몬노조의 가슴을 가로질러 달렸습니다.

(1934.2.27)

29
하얀 무지개 2

발을 벌리고 몸을 팔자로 낮춘 사젠. 오른쪽에서 왼쪽으로 후려친 사젠의 검이 그대로 허공에 멈춰 그 팔자를 납작하게 눌러 부수는 자세 그대로 꿈이라도 꾸는 듯 꼼짝 않고 있습니다. 도를 깨친 모습의 뭐라 말할 수 없는 아름다움이라니! 쭉 내밀어진 왼손의 장검, 누레 쓰바메, 칼끝에서 어깨까지 일직선을 그리며 미동도 하지 않고 다다미 위 3척 정도에 멈춰 있습니다. 이때 사젠의 얼굴은 기예의 최고 경지에 이른 자의 숭고함으로 빛나 보였습니다. 푹 팬 창백한 볼, 이에 칼집의 끈이 물려있고 가슴언저리에는 긴 칼집이 비스듬하게 매달려 있습니다. 살짝 입을 열고 홋 홋 하고 씹어 먹는 듯 호흡을 정리하며 사젠은 하나뿐인 눈을 감고 마치 잠이라도 자는 것처럼 가만있습니다. 이렇게 말하니, 굉장히 긴 시간이 지난 것 같지만 불과 5, 6초 정도의 시간이 지났을 뿐입니다.

몬노조는?

그는 아까처럼 오른 손을 칼자루에 대고 서 있는 그대로입니다. 단지……. 텅 빈 눈에 기계장치처럼 아래 위 턱이 삐걱거리고 양 볼은 자색으로 물들어 있으니, 이건 무슨 일일까요? 아, 가슴 쪽 옷에 실 같이 가느다란 핏줄이 스며들어 있습니다. 그리고는…… 사젠이 목을 까닥거리며 입에 물고 있던 칼집 끈을 뱉어냈습니다. 칼집이 툭 하고 다다미에 떨어졌습니다. 이와 함께 사젠이 후 하고 긴 한숨을 쉬며 힘을 빼고 몸을 일으킨 순간! 뭐라고 이야기하는 게 좋을까요? 저주가 풀린 듯 지주가 빠진 듯 서 있던 몬노조의 몸이 크게 좌우로 흔들리다 곧 고목이 넘어지듯 오른쪽으로 푹 쓰러졌습니다. 동시에 가슴이 두 개로 갈라져 일시에 솟구치는 피, 피…….

아아, 몬노조. 훨씬 전에 몸통이 잘려 지금까지 죽은 채 서 있었던 것입니다. 얼마나 신묘하게 베면 이렇게 되는 걸까요? 뭐라던가 하는 사무라이는 지독하게 검술이 뛰어난 친구와 싸우다 목이 잘린 줄도 모르고 돌아오는 길에 어묵집 같은데서 한 잔 마시고 좋은 기분으로 집으로 돌아 왔답니다. 그리고 다녀왔습니다 하고 머리를 숙인 순간 머리가 굴러 떨어져 그제야 자신의 목이 베인 것을 알고 아, 나는 이미 죽은 것인가 하고 당황했다는 이야기입니다만 이 녀석은 어땠을까요? 무엇보다 현대에도 이런 비슷한 이야기가 있는데…… 어떤 사람이 회사에서 상사와 싸우고 돌아오는 길에 카페에 들렀다 집으로 돌아오니 속달이 와 있었답니다. 내일부터 출근하지 말라는…… 이때서야 비로소 목이 잘린 것을 알고 공연히 자신의 목을 쓰다듬었다는데……. 우…… 아무 상관없는 이야기 죄송합니다.

"방을 어지럽혀서 미안하군. 뒤처리를 맡기지."

한쪽 구석에서 놀라 꼼짝 못하고 있던 하기노를 힐끗 일별하고는 사젠 복도로 나갑니다. 그의 허리께에는 고케자루 차 항아리가 들려 있습니다. 오렌의 집에서 겐자부로도 틀림없이 고케자루를 손에 넣었을 텐데요. 정말 이상하군요. 고케자루 항아리는 두 개인 걸까요?

(1934.2.28)

30

문수보살의 지혜 1

"이봐, 자네 봤나? 우리 선생님이 웃통을 벗고 물을 퍼붓는 걸 봤냐구? 어깨가 소나무 뿌리 같던데."

"무슨 소리야. 언제나 선생님의 등을 씻어드리는 건 이 몸이라는 걸 모르나. 선생님의 등은 다다미 네 장 반이나 한다고."

이건 마치 고래 이야기 같군요.

"내가 보기엔 파리도 미끄러질 정도로 미끈한데다 벌거벗고 등을 씻어드리다 보면 이건 마치 바위 같다니까."

"헤에, 허리힘도 그렇지. 뭐라더라 작은 나가야의 기둥이 기울자 그 다이켄 선생이 허리를 굽혀 쑥 하고 밀자 바로 섰다는 게 아닌가. 아 역시 대단한 어른이 오셨지 뭔가."

"이 나가야의 왕이시지. 아니, 이제 이 돈가리 나가야의 명물이시지 않나. 돈가리 나가야의 다이켄님이라고 하면 에도의 명물이기도 하고. 돈가리 나가야가 아니라 다이켄 나가야라고 해야 할 거야."

"다이켄 나가야라. 정말 그렇군. 뭔가 일이 생기면 그 선생님이 나서면 바로 해결되니 대단하지 않나."

"정말 든든하지. 어이, 모두들. 다이켄님을 소중하게 모셔야 하네."

옅은 빛이 비치는 거리에서 작은 바람이 일어 말라버린 말똥 가루가 빙글빙글 실처럼 집 창문에까지 높게 떠올라 춤추고 있습니다.

여기는 아사쿠사 류센지초, 돈가리 나가야의 골목 앞.

숯장이, 밤가마꾼, 사이몬가타리(祭文語)[25], 넝마주이, 우산장이, 밤우동장수 등, 가장 가난한 사람들이 이 돈네루 나가야에 모여 언제나 그 좁은 골목에는 시궁창의 악취와 뭔가 썩어 시큼한 냄새와 함께 온종일 날카로운 공기가 충만하여 나가야 주민들은 누구랄 것도 없이 모두 가난으로 거친 얼굴입니다.

남편들은 남편들끼리 서로 싸우고, 부인들은 우물가 회의의 결렬, 아귀 같은 아이들은 아이들대로 전쟁 같이 서로 다툽니다. 이러쿵저러쿵 주야로 싸움이 그칠 날 없습니다. 나가야는 언제 가 봐도 눈으로 화내고 입으로 화내며 소리로 화내는 곳이라 누구랄 것도 없이 모두가 돈가리 나가야라고 부르지요.[26] 명소안내에는 없는 아사쿠사 명소 이 돈가리 나가야에 얼마 전부터 변종이 하나 생겼다는 것인데…….

담뱃대 수리공인 사쿠야의 집에 가모 다이켄이라고 하는 대단한 사람이 들어온 것입니다. 언젠가……. 꼬맹이 야스가 맡아 놓고 있던 항아리 상자를 노려 미네 단바 일당이 이 사쿠야의 집에 쳐들어온 적이 있었습니다. 그때 상자 뚜껑을 열어보니 안에 든 것은 스미다 강물

---

25 당시 사건이나 풍속을 소재로 한 노래를 부르며 구걸하는 사람

26 どんがる(돈가루); 화내다.

로 씻어놓은 강가의 돌멩이. 사젠이 자신의 검 시라마유미로 그 돌의 표면에 멋지게 글을 남긴 것입니다. 분개한 시바도장의 제자들은 대신 사쿠야의 손녀 미야를 납치해 가려고 했다가 갑자기 나타난 사무라이에게 쫓겨난 일이 있었는데 그 사람이 바로 이 다이켄 거사였던 것입니다. 언제든지 어디든지 갑자기 나타나는 것이 다이켄 선생의 편리한 점이라고 할 수 있습니다.

지금도 이렇게 나가야 사람들이 모여 시끌벅적하게 선생에 대해 이야기하고 있는데……

"건너편 큰길 지장보살님, 맛있는 걸 올립니다. 밥을 올립니다. 핫하하하, 어떠냐, 상당히 잘하는 것 같지 않나."

이상한 노래가 거리에서 들려옵니다.

(1934.3.1)

31
문수보살의 지혜 2

대단하군요. 다이켄 선생의 인기란!

그렇습니다. 멀리서 야스 작, 부모 없는 새 노래를 부르는 선생의 목소리가 들리자 골목에서 시끌시끌 떠들던 나가야 일동이 마치 병사들이 떠들고 있는 곳에 사단장이 온 것처럼 갑자기 소리를 낮추어 외쳤습니다.

"오! 오셨다! 돌아오셨어!"

" 선생님께서 돌아오셨어!"

"귀가하셨네……."

뭔가 그 중에는 부르주아 용어를 아는 자도 있군요.

그 소리들이 입에서 입으로, 귀에서 귀로 릴레이처럼 순식간에 골목에서 돈가리 나가야 안까지 전달되어 가는 것은 장관입니다.

골목모퉁이 선 무리들은 소리 죽여 말했습니다.

"이봐, 다이켄 선생님은 칼솜씨만 대단하신 게 아니야. 학문도 말이야, 공자든 사마든 다 갖추고 계시다고."

"언젠가 사람이란, 그 뭐라더라 칠륜이 중요하다고 하셨지."

"이런 바보! 칠륜이 아니지. 오덕이야. 인의예지신, 이것을 오덕이라고 한다고."

"무슨 말을 하는 거야. 오덕만 맞고 칠륜은 없다는 건가."

"뭐라고!"

쌍방이 웃통을 벗고 싸울 태세입니다. 역시 돈가리, 화 잘 내는 나가야입니다.

그런데…….

다이켄 선생이 다가오자, 바지를 추켜 입거나 소매부리를 단정히 하거나 어떤 자는 손에 물을 묻혀 귀밑머리를 다듬거나 수건으로 옷깃을 털거나 하며 모두들 바쁘게 매무새를 단정하게 하고 있군요.

"음, 다음은…… 잠깐 물을 테니 가르쳐 주세요. 우리 아버지는 어디에 가셨나. 우리 어머니는……. 이게 맞는 건가."

다이켄 선생은 탁한 목소리로 미야에게 야스의 노래를 배우며 어슬렁어슬렁 큰 길을 건너 다가오고 있습니다.

"호호호호. 그 구절은 틀렸어요. 우리 할 때는 올리고 아버지 할 때는 내려야죠. 아저씨는 거꾸로 하고 있어요."

"아니, 꽤나 어려운 노래잖아. 우리 어머니는 어디에 계시나. 애달프구나, 지장보살님. 돌이 말을 하다니 그럴 리 없지."

"아이, 안돼요! 틀렸어요. 틀렸어요. 그렇게 하면 말도 안 되는 노래가 되잖아요. 아유, 싫어라, 다이켄 아저씨! 호호호호."

"아니, 이번에도 실패군. 또 잘못했네."

지치부 향사 출신으로 도요토미 계열이었기 때문에 도쿠가와의 세상을 백안시하고 있는 호협 가모 다이켄 거사. 어깨까지 늘어뜨린 머리, 얼굴 가득한 수염과 가슴털이 바람에 흩날리고 다부진 몸을 감싸고 있는 것은 속옷도 없이 미역 같이 축 늘어진 겉옷에 새끼줄로 된 허리띠뿐입니다. 거지라고 해도 놀라지 않을 돈가리 나가야의 주민입니다만, 이 다이켄의 풍채는 정말이지 대단합니다. 막치조리를 신고 가는 선생 옆에서 종종걸음으로 걷고 있는 미야…… 귀여운 소녀가 양 소매를 포개어 가슴에 소중하게 안고 있는 것은 다이켄 아저씨의 술병 하나. 이 기묘한 조합의 두 사람이 돈가리 골목에 다다르자 기다리고 있던 일동, 정중하게 인사를 하고는 뒤를 따릅니다. 대단한 존경을 받고 있네요.

(1934.3.2)

32

문수보살의 지혜 3

" 선생님, 저희 집 딸아이한테 요새 나쁜 벌레가 붙어서요, 정말이
지 걱정이랍니다."

다이켄 선생 뒤로 나가야 사람들이 행렬처럼 붙어서 이러쿵저러
쿵 하며 사쿠야의 집으로 향하고 있습니다. 그 무리 중 이렇게 말을
걸어오는 사람이 있습니다. 나가야 깊숙한 안쪽에 살고 있는 어딘가
의 곡예꾼입니다. 다이켄 선생은 뒤도 돌아보지 않고 좁은 골목을 유
유히 걸어 나가며 말했습니다.

"호오, 딸애에게 벌레가 붙었다니. 애지중지 키운 딸에게 언제 벌
레가 붙었나……. 역시 이나 벼룩 같은 건가?"

"아니, 더 나쁜 종류랍니다. 다리가 둘인 벌레."

"다리가 둘인 벌레라고? 거 신기하구만. 후학을 위해 나도 한번 보
고 싶군. 한번 집에 데려오시게. 그러나 자네도 그렇게 처음부터 나쁜
벌레라고 정해놓지 말고 그 벌레를 찬찬히 잘 보게나. 의외로 딸에게
좋은 벌레일지도 모르네."

"네에, 고맙습니다. 부디 그 자식을, 아니 그 벌레를 잡아올 테니
잘 봐 주십시오."

이건 마치 곤충학 같습니다. 이렇게 다이켄 선생은 그 나가야의 인
생 상담 일체를 맡아하고 있네요.

" 선생님!"

머리가 흐트러진 채 한 여인이 집 안에서 뛰어나왔습니다.

"아이고, 분해! 선생님, 저 어떻게 하면 좋을까요? 우리 주인양반

이 나쁜 데만 돌아다니며 벌써 사흘째 집에 돌아오지 않고 있어요. 정말로 정말로 돌아오면 어떻게 해야 할지…….”

다이켄은 웃으면서 걸어갑니다.

“아하하하하, 자네는 화장도 좀 하고 술 한 병에 따뜻한 밥을 지어 놓고 남편을 기다리는 게 어떻겠나.”

“아이, 바보 같이! 그런 게 되겠어요? 정말 싫어요. 남자들은 모두 남자 편만 들고. 선생님도 남자니 그런 말을 하시겠지요. 남자들은 정말이지 다들 왜 그러는지…….”

“아니, 그렇지 않아. 그렇게 하는 사이에 남편의 바람기가 멈출 거요. 우리 집에 한번 들리시오. 술이라도 마시며 천천히 이야기하지.”

다른 사람이 다이켄의 뒤를 따르며 말했습니다.

“ 선생님, 죄송하지만 다음에 편지를 한 장 써 주세요.”

“좋아, 다음에 오시오.”

선생이 사쿠야영감의 집에 들어갈 때까지 나가야 사람들은 그를 떠나지 않습니다. 하수구가 깨져도 고양이가 싸워도 모두 선생에게 의논합니다. 다이켄은 또 귀찮아하지 않고 처음부터 끝까지 그 이야기를 들어줍니다.

문 앞에서 나가야 사람들과 헤어진 다이켄은 조용히 사쿠야의 집 안으로 들어갑니다. 벽을 떨어지고 장지문은 부서져 볼 것도 없는 방에, 사쿠야, 즉 사쿠아미는 낡은 잠옷을 입고 자고 있습니다. 병이 들었지요. 이미 오랫동안.

“좀 어떠시오? 사쿠아미님.”

다이켄은 머리맡에 앉았습니다. 그리고 지금 사 온 무슨 나무열매 같은 것을 약연에 넣어 찧어 부수기 시작했습니다. 미야도 그 옆에 조용히 앉아있습니다.

(1934.3.3)

33

문수보살의 지혜 4

어디가 나쁜 것도 아닙니다. 소위 노환이라고 할까요. 그리고 몸 관절 여기저기가 아프고 점점 팔다리 움직이기가 부자유스러워지는 것을 보면 지금 같으면 류머티즘이라는 것일 지도 모르겠습니다. 사쿠야는 벌써 이삼 개월이나 베개에서 머리를 못 들고 있습니다. 담뱃대 수리사업에 나가지 못하는 것은 물론, 무엇보다 좋아하는, 아니 그것은 이미 제일의 본능이라고도 말할 수 있을 정도로 빈 시간만 있으면 언제나 손에서 떼어놓지 않던 말 조각조차 한참을 못하고 있습니다. 사쿠야는 그것이 정말 서운한 것 같습니다. 견딜 수 없을 정도로 괴로운 일이겠지요. 말을 조각할 때야말로 당대 최고의 사쿠아미가 돌아오는 것입니다. 그러고 보니 언젠가 이 방에서 구석에 굴러다니고 있던 반쯤 완성된 말 조각을 한눈에 알아보고 이 노인의 정체를 간파한 것은 가모 다이켄이었군요. 이 정도의 명인인 사쿠아미가 어떤 이유로 담뱃대수리꾼 사쿠야가 되어 손녀 미야와 함께 둘이서 이 돈가리 나가야에 숨어살게 되었을까요? 그 자세한 이유는 아직 모릅니다. 어쩌면 다이켄은 알고 있을 지도 모르지요.

좀 어떠냐는 다이켄의 질문에 사쿠야는 무거운 머리를 들고 대답했습니다.

"아아, 지극히 양호합니다. 점점 좋아지고 있다고 말씀드리고 싶지만 유감스럽게도 그렇게 좋지는 않습니다. 이제 더 이상은 끌을 손에 잡을 수 없겠다 싶으니……."

이미 사쿠아미라는 것을 알고 있었기 때문에 말투도 나가야의 사쿠야가 아닌 본래 그대로입니다.

"우하하하하."

다이켄은 일부러 큰 소리로 웃으며 말했습니다.

"무슨 대 명인이라는 사람이 그 정도의 병에 그렇게 마음 약한 소리를 하다니."

약연을 누르는 손에 힘을 주어 말을 이어갑니다.

"이 희귀한 약을 손에 넣었으니 병마 따위 놀라 도망가 버릴 거요."

과연 그 정도로 잘 듣는 약인지는 모르겠지만 다이켄, 아까 미야와 함께 오면서 없는 돈 탈탈 털어 사 온 것입니다. 뭔가 요상하고 거무스름한 것입니다. 그것을 배 모양 약연에 넣어 드르륵 드르륵 열심히 찧고 있습니다. 할아버지가 병환이라 미야는 애처러울 정도로 어른스럽습니다. 양손을 무릎에 대고 눈은 동그랗게 뜬 채 주름진 조부의 얼굴을 가만히 바라보며 단정하게 머리맡에 앉아 있습니다. 그러다 갑자기 말을 꺼냈습니다.

"야스 오라버니는 어디에 갔는지 모르겠어요."

어린아이 같으면서도 어딘가 차분한 말투입니다. 이불 사이 보이는 사쿠야의 얼굴이 마른 웃음으로 비틀어지며 슬픈 어조로 그는 말했습니다.

"미야, 야스는 우리를 버린 거야. 이제 돌아오지 않으니 너도 그렇게 언제까지나 야스에 대해 이야기하지 말렴."

초라한 방안에 잠시 어두운 침묵이 내려앉았습니다. 그때 마침 누군가가 문을 두드리는 소리가 나네요. 탁 탁 탁.

나가야의 누군가가 또 고민거리를 들고 찾아온 것일까요? 다이켄 선생이 눈썹을 올린 순간. 휙 하고 밖의 골목에서 집 안으로 살아있는 듯 날아온 한 장의 종이, 던져 넣은 사람은 그대로 사라지고 숨죽인 발소리가 점점 멀어져 갑니다. 다이켄이 펼쳐보니, 종이에는 단 한 줄의 글만이 쓰여 있었습니다.

"곧 도착하는 가마를 기다려라."

누가 보낸 글일까요?

(1934.3.4)

34
문수보살의 지혜 5

"아, 방금 사람을 보냈으니 곧 오겠지요."

다다스케(忠相)는 이렇게 말하고 볼이 불룩한 부드러운 얼굴로 웃음을 지으며 손님을 바라보았습니다. 사쿠라다몬가이(桜田門外)의 에도 미나미초 부교인 오오카 에치젠가미노 다다스케(大岡越前守忠相)의 사택입니다. 그들이 있는 안방 앞 정원은 어둠에 가려져 무성한 나무들은 검은 그림자만 보일 뿐 아무 소리도 내지 않습니다. 하지만 방안에서는……

등잔불이 밝게 빛나며 도코노마와 옷칠한 칼 거치대와 오오카의 이마를 비추고 있습니다.

"항아리 소동은 전부터 들어온 대로 넌지시 살펴보고는 있습니다만."

하고 말을 건네며 다다스케는 상대를 똑바로 바라봅니다.

손님은.

일곱 여덟 살짜리 아이 같은 작은 몸집에 육십이 넘은 분별 깊은 얼굴 – 정말로 그로테스크하게 커 보이는 얼굴, 거기에 일생의 짐을 등에 지고 있는 듯 거북이등을 하고 있는 구라쿠노인입니다. 치요다의 때밀이, 때 미는 하타모토. 쇼군의 밀정이라고 하는 쇼군직속의 은밀한 총사. 8대 요시무네공 배후의 최고고문입니다. 뒤로 모아 묶은 백발에 감색 예복을 입고 두터운 방석 위에 오도카니 앉아 있는 모습은 마치 연극에 나오는 은자 같습니다. 볼에 몇 줄기 깊은 주름을 지으며 희고 긴 눈썹 아래로 지그시 다다스케를 바라보며 구라쿠가 말했습니다.

"쇼군께서도 여간 고민이 아니시지."

굵고 잘 들리는 목소리입니다. 말을 할 때마다 등에 솟아난 혹이 움찔거리며 움직이는 모습은 마치 기괴한 동물이 옷 아래 숨어 있는 것처럼도 보입니다.

"알다시피 닛코수리는 곧 하루가 다르게 다가오고 있네. 야규는 그 고케자루 항아리라는 걸 손에 넣지 못하면 달리 돈이 나올 데가 전혀 없으니 전 번이 나서서 필사적으로 찾고 있지."

"그렇다면 우에사마[27]께서는."

다다스케는 머리를 조금 기울이며 말했습니다.

"야규를 동정하셔서 야규 때문에 걱정하신다는 겁니까?"

"음, 그런 것도 있지. 검으로 천하에 이름을 떨치는 명가를 그런 일로 어이없이 무너뜨릴 수는 없으니까 말일세."

"그렇지요."

"먼저 야규를 괴롭히는 것은 우에사마의 본의가 아니네. 그런데도 이대로 밀어붙여서 야규가 고케자루를 손에 넣어 재산을 되찾기 전에 닛코 조영일을 맞이하게 된다면 야규번은 괴로운 나머지 무슨 일을 저지를지도 모르지. 거기는 검술은 대단하지만 그 이가 망나니를 비롯해 만만치 않은 이들이 많으니까 말이야……. 우에사마께서 우려하시는 것은 그 점이네."

"과연 그렇겠군요. 결국 천하가 시끄러워질 지도 모르겠습니다."

"그러니, 고케자루가 감추고 있는 모든 재보가 야규 손에 들어가는 것도 또한 곤란한 일이라서 말이지. 아무리 닛코라 해도 그렇게 돈이 드는 건 아닐 테니 남은 돈이 야규 손에 있어서는 이것 또한 뭔가 안 좋은 일이 될 수도 있고……."

"그렇게 번번이 금붕어점을 치는 것도 다 좋은 결과가 되지는 않는군요. 하하하."

"그렇지. 작정하고 야규의 금붕어만 죽게 했네만…… 아하하하."

구라쿠노인이 온몸을 떨면서 웃었을 때, 정원 깊숙이 어둠 속에서

---

27 쇼군

이쪽으로 향하는 발자국 소리가…….

(1934.3.5)

35

문수보살의 지혜 6

비뚤어진 사람이라면 이상하게 괴팍하달까, 그것이 아니라면 비굴한 사람이 많은데, 이 가모 다이켄 선생 같이 아주 명랑하게 세상을 비틀어 보는 인물은 거의 없습니다. 대체로 인간이라면 제대로 가정을 일구고 일정한 주소가 있고 확실한 직업을 가지고 그에 상응하는 사회적 지위를 얻고자 하는 소위 시민적 외관의 생활을 영위해 나갑니다. 그러는 한편으로 걸핏하면 인생무상을 느끼고 은둔을 좋아하고 삿갓 하나에 지팡이 하나 짚고 전국의 유명한 사찰을 돌아다니며 지내고 싶다는, 반세속적인 방랑기가 있기도 하지요. 사람에 따라서 그 생각하는 정도의 차이는 있지만, 또 생각이 나타나는 방식도 다르긴 하겠지만 대체로 인간이란, 특히 동양인은 누구라도 이 현실의 속된 책임과 그에 대해 반동적인 무책임한 도피를 원하는 마음, 이 두 가지 마음 사이에 흔들리며 살아간다고 해도 좋을 테지요.

그래서.

여기.

처음부터 그런 사회생활을 거절한 사람이 있다면 그 사람은 어떤 의미에서 빼어나게 훌륭한 사람이라고 해야 할 것입니다. 누구라도 그렇겠지요.

회사나 관청에 나와 상사에게 굽실거리고, 상사는 또 그의 상사에게 굽실거리고 입에 발린 말 같지도 않은 말을 하고 동료에게는 이중삼중으로 마음을 써서 부자는 돈이 없는 척 하고 돈이 없는 이는 돈이 있는 척 하는 그런 피곤한 세상에 얽혀 살아가기보다는, 사욕을 버리고 좋은 경치나 보면서 어슬렁어슬렁 야산을 걸어 다니는 편이 훨씬 좋은 건 당연하겠지요.

우리 다이켄 거사가 그렇습니다.

다만.

버려야 할 사욕도, 배려심도, 처음부터 가진 적 없긴 합니다.

"난 말이야. 하고 싶은 일이 있을 뿐이야."

이것이 선생의 신조랍니다.

그런데, 이것은 하고 싶은 걸 다 한다고 하는 것과는 조금 다릅니다. 해서는 안 되는 것은 언제나 결단코 하지 않기로 하여 비로소 이런 일이 가능한 것입니다. 해서는 안 되는 일은 하고 싶지 않다는 것이 도덕이고, 해도 좋은 일을 하는 것이 자유인 것이지요. 다이켄 선생은 이것이 완전히 일치해 있습니다. 역시 시원시원한 심경의 사람입니다.

술병 하나 베개 삼아 언제나 거리에서 낮잠을 자는 가모 다이켄, 그 해초 같은 가슴털에 봄에는 꽃바람, 여름에는 시원한 바람, 가을의 태풍, 겨울의 마른 낙엽이 날아오고 가는 그런 시원시원한 삶 속에서 일생을 약한 자의 편이 되어 보내는 사람이랍니다. 역사에 이름을 남기지는 못해도 이웃집 대장, 뒷집의 누이, 맞은편 형님에게는 신과 같이 아버지 같이 우러러 보이는 존경받는 이인 거지요.

다이켄은 이래서 좋은 겁니다.

너무 길게 여담을 늘어놓아 정말 죄송합니다.

그러나…… 지금 미나미초 부교 오오카님의 저택에 이렇게 한밤 중에 정원에서 다가 올 사람은 이 다이켄 한 사람밖에 없습니다.

"야아, 불러서 왔네."

선생은 어두운 나무그늘 아래서 나와 불쑥 마루로 올라갑니다.

"오, 왔는가."

구라쿠노인을 힐끗 흘겨보면서 먼지투성이 옷자락을 펄럭이면서 책상다리를 하고 앉습니다.

(1934.3.6)

36

문수보살의 지혜 7

이 가모 다이켄은, 그 옛날…….

일본을 종횡하며 이세님을 참배했을 때, 도쿠가 전횡의 시대에 황실존숭이라는 국가관이 강했던 다이켄 선생은 너무나도 깨끗하고 또 매우 격렬한 일본애를 가지고 이세 대묘 앞에 공손하게 머리를 조아렸던 것일까요? 신대로부터 내려오는 성스러움으로 가득한 이세 의 신역. 어느 학자가 기타바타케 지카후사(北畠親房)의 『신황정통기』 라고 하는, 일본정신을 명확하게 규정한 옛 역사책을 평하여 이 신황 정통기는 앞으로는 멀리 건국의 창업을 바라보고, 뒤로는 아득히 메이지유신을 불러들이는 국사의 중추라고 하였습니다. 정말로 그렇습니다만, 이것은 단지 역사책만의 것은 아닙니다. 다이켄 선생 같은 인물에 대해서도 완전히 똑같이 말할 수 있을 겁니다. 이 수 많은 이름 없는 다이켄 선생이 각 시대에 걸쳐 존재하고 있었다고 하는 것은 실로, 앞으로는 저 멀리 일본 건국의 창업을 바라보고 뒤로는 아득히 메이지유신의 현란한 패업을 부르는 바, 이 가모 다이켄 자신이야말로 대일본정신을 이루는 모래알 하나라고 하지 않을 수 없습니다. 그것이 쇼와를 살아가는 오늘 우리가 보는 이 강대한 일본의식, 민족정신의 확충이 된 것입니다. 이를 가리켜 파쇼라고 하는 이탈리아 언저리에서 빌려온 것이라고 한다면 정말 멍청한 말입니다.

그건 그렇다 치고…….

영혼을 맑게 하는 삼목숲, 졸졸졸 천만년의 흐름을 노래하는 이스즈강 물소리에 마음을 씻어낸 젊은 날의 다이켄 선생은, 근본이 순수한 사람이었기 때문에 일본을 생각하고 황송한 마음으로 황실을 그리워했습니다. 연일연야 야마다의 여관에서 혼자 열심히 축배를 들었지요. 거기까지 좋은데.

그게 좀 지나쳤던 겁니다. 그 당시부터 한시도 품에서 놓아주지 않던 싸구려 술병을 흔들며 휘적휘적 야마다 동네를 으스대며 돌아다녔지요. 아아, 야마다 사람들은 놀라버렸습니다. 그도 그럴 것이 괴이한 용모의 이상한 주정뱅이가 유쾌하다 유쾌하다면서 매일같이 동네를 돌아다니니 말입니다. 그러다 결국 사거리나 어딘가에 큰 대자로 누워 자버리는 다이켄 선생, 통행방해라고 야마다서에서 잡아갔습니다. 사법주임이 취조를 해보니 거지같은 외양에 어딘가 말하는 것이 범상치 않습니다. 기발한 룸펜…… 단순한 쥐새끼는 아니다 싶어 몸소 다이켄을 심문한 사람이 당시 이 이세 야마다의 부교님이셨던 오오카 다다스케였습니다. 아직 에치젠노가미로 임관되기 전의 일이었지요.

그때, 오오카님은 다이켄에게 완전히 반해서 두 사람은 마음을 나누는 진정한 친구가 된 것입니다. 그때부터 이어져 온 교제입니다.

야마다의 대호사건에서 다이켄은 방면이 되고 그 후 수년에 걸쳐 오오카는 8대 요시무네공의 눈에 띄어 이 살아있는 말의 눈을 뽑는 대 에도의 부교 남북으로 나뉘어 두 사람이 있기는 하지만 뭐 현대의 관점에서 보면 경시총감과 재판소장을 합친 것 같은 중책을 맡게 된 것입니다. 그러니 사쿠라몬가이 부교관저의 벽을 뛰어넘어 불쑥 들어오는 것도 선생에게 있어 그다지 이상한 일은 아닙니다만……

구라쿠노인을 붙잡고,

"도깨비가 왔군."

하고 말하는 데는 놀랐습니다. 하지만 더 놀라운 것은 그런 말을 들은 구라쿠가 방석에서 내려와 갑자기 양손을 뻗은 것입니다.

(1934.3.7)

37

문수보살의 지혜 8

치요다의 괴물 구라쿠노인 - 쇼군 요시무네 측근 중의 측근, 무엇보다 때밀이님이라 벌거벗은 쇼군님을 북북 문지르는 사람입니다.

문자 그대로 적나라한 요시무네를 접하여 이러저러한 최고정책의 비밀이야기를 나누는 것입니다. 우에사마가 말씀하시는 것은 모두 이 구라쿠노인에게서 나온다……고 할 정도이지요. 다이로(大老)도 로추(老中)도 와카도시요리(若年寄り)[28]도 모두 이 구라쿠노인의 기분을 상하게 해서야 목이 위험하기 때문에 하나도 구라쿠님, 둘도 구라쿠님…… 요시무네의 정치는 구라쿠의 정치. 진정 그 힘이 비할 데 없는 하타모토입니다. 그런 구라쿠노인을 붙잡아,

"야아, 도깨비가 왔군."

이라고 하는 다이켄 선생, 괴물 위의 괴물인가, 그도 아니면 무서운 걸 모르는 하룻강아지인가? 양쪽 다입니다, 다이켄 선생은.

상대에게 요구할 것이 있으면 자연스럽게 스스로가 비굴해집니다. 세상에서 뭔가를 얻으려고 하지 않는 가모 다이켄 거사, 정말로 구라쿠노인 같은 사람은 단지 가여운 불구자로밖에 보이지 않습니다. 그러나 작은 몸집에 거북이 등을 한 구라쿠를 도깨비라고 부르는 것은, 아무리 그렇게 생각하고 있다고는 해도 면전에서 이렇게 말하는 것은 보통일이 아니지요. 어디를 가나 속내를 그대로 드러내는 다이켄에게 있어 도쿠가와는 천하의 실권자, 따라서 구라쿠 같은 사람은 그 실권자의 지배인 정도로밖에 생각하고 있지 않은 것입니다.

그런데, 도깨비라고 불린 구라쿠노인은 어떨까요? 이상하군요. 언제나 성에서 다이로 정도는 우습게 여기고 오만불손 그 자체인 구라쿠가 어찌된 일인지 방석에서 바로 내려와 양손을 짚고 다이켄 앞에

---

[28] 다이로, 로추, 와카도시요리 모두 막부의 고위직이다

서 머리를 숙이는 겁니다.

"오랜만입니다. 건강하신 듯 하여 다행입니다……."

정중하게 인사합니다. 이상하다고 하면 이상하지만 생각해 보면 그렇게 이상할 것도 없습니다. 인물을 알아보려면 그 자신도 인물이어야 합니다. 오오카를 통해 예전부터 알게 된 이 가모 다이켄을 구라쿠는 학문이든, 배짱이든 당대 최고의 인물이라고 판단하여 마음 깊이 다이켄에게 절대적인 존경심을 품고 있었던 것입니다. 성에는 같이 이야기할 수 있는 사람 한 명 없지만 지금 이 일본에서 자신이 한 수 접고 이야기할 만한 사람이라면 먼저 미나미부교 오오카 에치젠과 이 거리의 아저씨 가모 다이켄 두 사람정도입니다. 둘 다 형님이라고 하기도 어렵고 아우라고 하기도 어렵지만 이 두 사람밖에 없다고 구라쿠노인은 남몰래 생각하고 있었습니다.

오오카님도 그렇습니다.

세상에는 여러 사람이 있지만 충심으로 존경할 만 한 데다 어떤 비밀이든 털어놓고 지혜를 빌릴 수 있는 존경스러운 친우는 다이켄 거사와 목욕탕의 라스푸친 구라쿠노인 외에는 없다고 생각하고 있습니다. 라스푸친이라고 하면 뭔가 구라쿠가 지독하게 에로틱한 사이비 종교를 조종하고 있는 것처럼 들리지만 우리 구라쿠, 그런 건 조금도 없습니다. 단지 보통사람으로서는 상상하기 힘든 성 안 깊은 곳에서 일종의 요기라고 할 만 한 이상한 위세, 매력, 주박력을 갖추고 있다는 점에서 목욕탕의 라스푸친이라고 예를 들어 본 것입니다.

다이켄 선생도. 이 세상에서 어느 정도 이야기할 수 있는 녀석은 오오카와 이 곱사등이 도깨비, 둘 다 녹봉을 받는 충견이긴 해도 뭐 꽤나 상당한 녀석들이다…… 정도로 생각하고 있지요. 그래서 천하에 뭔가 곤란한 문제가 생기면 심야에 몰래 이 세 사람이 모이는 것입니다.

"오시게 해서 정말 송구합니다."

다다스케는 웃으며 다이켄을 보았습니다.

(1934.3.8)

38
문수보살의 지혜 9

지금까지 뭔가 중대한 일이 생기면 자주 한밤중에 이 에치젠노가미의 저택에 세 사람이 모여 사람을 물리고 담합을 거듭했던 것입니다. 요시무네가 말하는 것은 구라쿠노인으로부터 나온다. 그 구라쿠노인의 의견은 이 다다스케, 다이켄, 구라쿠 삼인회의 석상에서 정리되는 일이 많다. 이 세 사람에 의해 문수보살의 지혜가 나오는 것입니다. 보통 사람이라도 세 사람이 모이면 대현자 문수보살에 필적할 정도의 지혜가 끓어오른다고 하지요. 아니, 혼자서도 각각 문수보살에 뒤떨어지지 않을 정도로 머리가 좋은 사람이 세 사람이나 모여 지혜를 짜내니 이 삼인회의는 문수보살 뺨칠 정도의 지략의 샘이 되는 겁니다. 이 삼인의 비밀회의에서 해결되지 않는 일이란 거의 없을 정도입니다.

"어떻소, 목욕탕쪽은."

다이켄은 갑자기 이렇게 말하며 태평하게 웃으며 구라쿠를 보았습니다.

"여전히 요시님을 씻어주고 있소? 하지만 몸은 사람이 씻어줄 수 있지만 마음은 사람이 씻어줄 수 없는 일인지라, 아하하하."

팔대 쇼군님을 요시님, 요시님이라고 합니다. 상대가 상대인지라 구라쿠는 잠자코 빙글거리며 웃고 있습니다만, 다른 데서 이런 이야기를 하다 만약 다른 사람들 귀에 들어가기라도 하면 목이 몇 개라도 모자랍니다. 천연스럽게 다이켄은 이야기를 계속합니다.

"뭐, 마음을 잘 씻어내도록 다이켄이 잘 부탁한다고 요시님께 전해주시오."

"하!"

구라쿠노인은 겸연쩍은 얼굴로 웃었습니다.

"알겠습니다. 잘 전달하겠습니다만, 다이켄대인, 아무리 마음을 씻어도 뭔가 신경 쓰이는 일이 생기면 그것을 세탁하기가 어렵습니다. 요즈음 우에사마께서 마음에 두시는 일은 그 야규의 항아리소동입니다."

그 말을 흘려들으며 다이켄은 오오카에게 말했습니다.

"심부름 온 사람은 다이사쿠인가?"

"음, 이부키를 보냈네. 언제나처럼 편지를 던져 넣고 오라고 했네만."

이부키 다이사쿠(伊吹大作), 이 사람은, 에치젠노가미를 모시는 사람들 중 제일 신임 받는 사람입니다. 그 유명한 덴이치보사건(天一坊事件)[29], 구모기리 니자에몬 사건(雲霧仁左衛門事件)[30]에서 크게 활약한 이른바 민완형사라고 할까요.

---

29 에도중기, 쇼군 도쿠가와 요시무네의 자식이라고 주장하여 세력을 모은 사건

30 에도중기, 활약한 도둑 이야기. 실존인물이 아니라는 설도 있다.

"편지를 던져 넣자마자 문을 두드리고는 바로 도망치더군. 나와 보니 이미 그림자도 안보였네. 아주 민첩한 사람이야. 나가야에 무슨 일이라도 일어난 줄 알고 놀랐네. 하하하하."

언제나 다이켄에게 용무가 있을 때에는 그렇게 돈가리 나가야 집에 편지를 던져 넣어 불러내고 있습니다.

"당분간 그 나가야에 있을 작정이오?"

다다스케가 묻자 다이켄은 크게 웃음을 터트렸습니다.

"음, 어디 잠깐이라도 갈 수 없게 되어서 말이지. 모두가 소중히 여겨주고 있으니. 구라쿠님, 나가야 사람들은 가여운 사람들이라오. 그런데 내가 말하는 것이라면 뭐든지 그대로 믿어주니 농담도 함부로 할 수 없다오. 요시님이 일본 60여주의 쇼군이라면 이 다이켄은 돈가리 나가야의 대장군이라오. 하하하하하."

"밤말은 빠르니까 구라쿠님이 오셨습니다."

다다스케는 한바탕 웃음이 가라앉자 진지한 얼굴로 돌아와 말했습니다.

"예의 고케자루건에 대해, 그대와 셋이서 상담하고 싶다고 말씀하셔서 이렇게 모셨습니다만."

"아아, 고케자루 말이오? 꽤나 어수선하게 되어가고 있던데……."

다이켄은 가볍게 말하고는 술병을 끌어당겨 꿀꺽 꿀꺽 연료를 보급했습니다.

(1934.3.9)

39

문수보살의 지혜 10

술이 넘친 입가를 손등으로 쓱 닦은 다이켄은 이렇게 말했습니다.

"그러나 도쿠가와에게 지혜를 빌려주려면 한 가지 조건이 있네 만······."

오오카와 구라쿠는 잠시 의아한 얼굴로 서로를 바라보고는 이구동성으로 말했습니다.

"그건 어떤······."

"단 한 가지 조건이라니 도대체 무슨······."

다이켄은 자세를 고쳐 바로 앉아 말했습니다.

"대정봉환이오."

"진지하게 말하니 이쪽도 긴장해서 듣고 있네만, 하하하. 다이켄은 언제나 이렇지. 그건 우리들 선에서 해결될 일이 아니네. 조건이 너무 크지 않나."

다다스케의 온화한 웃음에 구라쿠노인도 빙긋 웃으며 말을 보탰습니다.

"아니, 물론 그럴 수 있지요. 도쿠가와도 15대나 계속되다보면 언젠가 그런 날이 오겠지요."

어떻습니까. 유신은 이때부터 제대로 약속되어 온 것입니다.[31]

다이켄이 이런 일을 이렇듯 가볍게 말하는 것에는 이유가 있습니

---

[31] 실제로 에도막부가 대정봉환, 즉 천황에게 정권을 돌려주는 것은 15대 쇼군 도쿠가와 요시노부 때의 일이다.

다. 그것은 이런 식으로라도 요로의 대관에게 존왕사상을 선전하려는 의도에서였습니다. 다이켄이라고 고케자루 항아리와 천하의 대정을 똑같이 생각할 리는 없지요. 한바탕 웃어젖힌 다이켄은 벌렁 팔베개를 하고 누웠습니다.

"그런가. 좋아. 그렇다면 그때까지 점잖게 기다리기로 하고…… "

"그런데 두 분, 고케자루 일은 걱정 마시게. 조만간 내가 이곳에 가져다주겠네."

전에도 한두 번, 세 사람이 상담하여 어떻게든 그 항아리를 이쪽에서 입수해야 한다고 한 적이 있습니다.

그것은, 이 구라쿠 노인, 성안에서는 항상 아욱꽃 무늬옷을 입고 질질 끌며 다니다 뭐라도 말하면 바로 등에 있는 혹을 덮은 아욱꽃 무늬를 가리키며 이게 보이지 않냐고 위세를 부렸습니다. 쇼군 외에 아욱꽃 무늬 하오리를 입는 사람은 구라쿠 한 명뿐이었기 때문에 모두 그 하오리가 왔다며 누구 하나 구라쿠 옆에 가려는 사람이 없었습니다.

언젠가…… 겐로쿠 아코사건(元禄赤穂事件)[32]으로 유명한 에도성 복도에서, 구라쿠노인, 마침 스쳐지나간 오오카 다다스케가, 긴 하오리의 옷자락을 밟지도 않았는데 밟았다고 일부러 시비를 걸고서는 사람들 눈을 속여 오오카를 별실로 끌어들여 거기에서 고케자루 항아리에 대해 밀담을 나눈 적도 있습니다. 그날 밤에도 곧바로 다이켄을 불러 셋이서 이 방에서 여러 가지 방책을 나누었습니다. 그리하여 그

---

32 18세기 초반 아코번 낭사들이 주군의 원수를 갚기 위해 기라 가문을 공격하여 기라 요시나카를 살해한 사건 〈주신구라〉로 유명하다.

결과.

다이켄이 몰래 항아리의 이동을 주시하게 되어 이러저러한 끝에 당시 아직 아즈마 다리 밑 오두막에 머물던 사젠에게 다이켄이 다리 위에서 편지를 묶은 화살을 날려 결국 사젠도 항아리에 얽힌 야규의 비밀을 처음으로 알게 된 것입니다.

애초에 오오카와 다이켄이 이 시간에 관여한 데다 또, 검마 사젠이 항아리의 내용을 알고 게다가 집념의 불길을 태우게 된 데는 이런 사정이 있었던 것입니다. 이전 사정을 설명하지 않으면 이야기가 진전되지 않을 듯 하여……

그래서 또다시 오늘밤 이 세 사람의 문수보살회동.

"뭐 좋아. 내게 맡겨두게. 생각하는 바가 있으니."

벌떡 일어선 다이켄의 이마 앞에 불쑥 두 사람의 이마가 모입니다. 그 다음은 세 사람의 비밀이야기. 잘 들리지 않네요.

(1934.3.10)

40
불 붙이는 붉은 대통 1

새벽달은 저 너머로 넘어가고.

지나가는 길, 널판장에서 뻗어 나온 소나무 가지가 춤추는 듯 그림자를 떨어뜨리고 도로 건너편에는 고양이가 한 마리 휙 지나갑니다. 모두 잠들어 조용한 거리에는 이 사람 그리운 밤인데도 불구하고 물소리 하나 들리지 않습니다.

시바도장의 뒷문을 살짝 열고 푸른 액체가 흐르는 듯한 달빛 속에서 발소리를 죽이며 서있는 사람은 커다란 상투머리에 휙 수건을 걸친 단게 사젠입니다. 지금 몬노조를 죽이고 그 피를 맛본 요도 누레쓰바메는 아무 일도 없었던 것처럼 허리춤에 잠들어 있습니다. 발걸음을 옮길 때마다 예의 여성용 하의가 밤눈에도 선명하게 흔들거립니다. 왼팔 아래 고케자루 항아리를 안은 사젠, 드디어 달을 밟고 돌아간 곳은 고마가타의 고려주택, 오후지의 집입니다.

"이봐, 오후지! 문 열어 봐. 나요. 사젠님이 돌아오셨다."

주위를 의식하며 톡 톡 하고 조용하게 문을 두드립니다.

안에서 신을 아무렇게나 걸치고 마당으로 내려오는 소리가 들리더니 슥 하고 소리도 없이 문이 열렸습니다. 입가에 이쑤시개를 문 오후지의 하얀 얼굴이 희미한 등불에 비쳐옵니다.

"아니, 당신. 지금까지 도대체 어디를 돌아다니다 온 거예요?"

눈을 치켜 올려 노려보는 것이 마치 부인과도 같습니다.

사젠은 의붓아들 야스를 데리고 한참 전부터 오후지의 집에 와있었던 것입니다. 그것도 반은 오후지 쪽에서 부디 와주세요 하고 열심히 붙잡는 통에…… 오후지, 이 외눈 외팔의 도깨비 같은 사젠 선생에게 세상없이 반해 버린 것입니다. 비뚤어진데다 입도 험하고 외양은 아시는 대로 낡아빠진 빗자루에 삼복에 말리는 옛날 옷을 걸친 것 같은 모습. 능력이라고 하면 사람 베는 것밖에 없는 이 단게 사젠. 어디가 좋은지 맨눈으로는 알 수가 없습니다만 여자도 오후지정도로 남녀간의 이야기에 밝고 남자란 남자는 질릴 정도로 보면 도리어 이런 공양탑이 종이옷을 입고 돌아다니는 것 같은 인간 삼분의 일, 도깨비

삼분의 이 같은 이가 더할 수 없이 좋아지는 지도 모릅니다.

오늘밤도 저녁 무렵 훌쩍 나간 뒤 밤새도록 돌아오지 않는 사젠을 기다리다 머리꽂이가 떨어진 것도 모르고 베갯머리에 앉아 선잠을 자고 있었던 듯 볼에 붉게 머리카락 자국이 남아 있습니다. 하지만 사람 마음은 생각한 대로 되지 않아 오후지가 이렇게 좋아하고 있음에도 사젠 쪽은 아주 태연합니다. 뭐, 부탁하니까 있어주지……. 그런 뻔뻔한 마음은 아니겠지만 어차피 갈 데도 없고 어린 야스를 길바닥에 재우는 것도 가엾으니 당분간은 여기에 눌러 붙어 있어보자 정도의 얄팍한 마음. 아무리 오후지가 유혹해도 사젠은 돌아보지도 않습니다. 한 지붕아래 지내면서도 두 사람 사이는 완전한 타인입니다.

지금도 사젠은.

"음, 괜찮은 벌이를 하고 왔지."

하고 손에 든 항아리 상자를 슬쩍 보여주며 쌀쌀맞게 집안으로 들어가 버립니다.

(1934.3.11)

41
불 붙이는 붉은 대통 2

오후지의 손에 든 촛불이 밤바람에 옆으로 흔들리며 꺼지는 듯하다 다시 팟 하고 타오릅니다. 사젠을 따라 오후지는 기쁜 얼굴로 맨 앞에 있는 다실로 올라갑니다. 두 칸짜리 작은 집입니다. 한쪽 구석에 놓인 얇은 이불에 꼬마 야스가 잠자리 같은 머리를 드러낸 채 작은 손발을 벌리고 기분 좋게 쌔근쌔근 자고 있습니다. 사젠은 원래부터 아버지였던 것처럼 꼬마 야스의 잠자는 얼굴을 들여다봅니다.

"죄가 없어서 좋네, 아귀는."

그러다 문득 생각난 듯 오후지를 돌아다보며 말했습니다.

"내일은 여행을 가네."

이불로 쓰는 솜옷을 펴서 사젠의 뒤편에 깔고 있던 오후지누님은 갑작스런 이야기에 깜작 놀라 가슴을 부여잡고 물었습니다.

"아니, 느닷없이 여행이라니…… 그럼 어디로?"

"어디 가냐고? 그거야 이 항아리에 물어봐야겠지."

털썩 화로 앞에 호리호리한 정강이로 책상다리를 하고 앉은 사젠, 고케자루 꾸러미를 겨드랑이에 끌어당기며 말합니다.

"어디로 갈지 나도 아직 모르네."

"어머나, 아주 이상한 말씀을 하시고."

옷깃을 치켜 올리며 오후지는 사젠을 향해 화로 맞은편에 무릎을 세우고 앉았습니다. 피우고 싶지도 않은 장죽에 습관적으로 담뱃잎을 채워 넣으며 말했습니다.

"확실하게 말씀해주시면 좋겠어요. 어디로 갈지도 모르는 여행을 가다니 저의 집에 있는 것이 그렇게 싫으신가요?"

사젠은 쓴웃음을 지으며 대답합니다.

"아니, 그런 게 아니라 지금 이 항아리를 열어 안에 든 종이에……."

"네? 그 항아리 안에 종이요?"

"어디라고 쓰여 있는지 모르겠지만 그 종이에 적혀있는 곳에 내가 어떤 물건을 파내러 가야 한단 말이지."

문득 일그러진 얼굴로 웃은 오후지, 그를 향해 말했습니다.

"이러니 저러니 좋은 말씀이시군요. 하지만, 정말로 제가 싫어져서 그래서 이 집을 나가시려는 게 아니라면 제가 따라가도 상관없겠지요? 네? 왠지 모르겠지만 저는 정말이지 당신이 좋아서 못살겠어요. 아무리 폐가 된대도 저는 어디까지라도 당신한테 꼭 달라붙어서 따라갈 테니, 호호호, 커다란 짐을 떠맡게 되시겠네요. 그런 각오를 하고 있는데 괜찮으실까요?"

"아니, 오후지. 이봐요, 오후지님."

사젠은 곤란해져버렸습니다.

"다 큰 어른이 이렇게 어린 소녀 같이 그러면 꼴사납지 않겠소. 사실 이번 여행은 연약한 여인을 데리고 가도 좋을 만큼 그렇게 간단한 게 아니오. 도대체 이가인지 야마토인지 그게 아니라면 시코쿠나 규슈 끝자락인지 어디까지 가야 할지 모르는 일이오. 이 항아리를 열어보지 않는 이상 아무도 모르는 일이지."

"음, 그 항아리 말이예요, 당신. 전에 그 쓰스미노 료씨가 시나가와의 야규 겐자부로의 숙소에서 훔쳐낸 항아리가 아니예요? 그런 더러운 항아리 하나가 도대체 어떻게 된 일이지요? 뭔가 대단해 보이는데 빨리 열어보는 게 좋지 않겠어요? 뭐든 그 뒤에 이야기해요."

그렇게 말하면서 오후지는 사젠이 갑자기 이 집을 나간다고 듣고 질투와 슬픔으로 히스테릭해진 마음에, 그렇다면 이 항아리만 없으면 사랑하는 사젠을 언제까지나 자신의 곁에 머물게 할 수 있겠지 하고 몰래 생각했습니다. 뱀이 된 여자도 있습니다. 정말로 사랑만큼 무서운 것은 없답니다.

(1934.3.12)

42

불 붙이는 붉은 대통 3

"음……."

사젠은 가볍게 고개를 끄떡이며 톡 톡 항아리 상자를 두드렸습니다.

"항아리 안의 소천지, 큰 재물을 감추고 있다니……. 열어보는 것이 기대되는군. 하지만 열면 곧바로 그 매장물을 찾으러 가야 하는 고난의 작업이 시작되겠지. 일본 어디의 산골짜기에라도 가는 거야. 그리고 또 그 재보를 손에 넣기까지 이 누레쓰바메는 몇 번이나 사람의 피를 맛보게 되겠지. 우후후, 일 좀 해다오."

침울한 얼굴로 사젠은 왼쪽 무릎 끝으로 끌어당긴 장도 사가미다이신보 자루를 만지작거리며 어딘가 으스스한 미소를 지었습니다. 그러다 뭔가 생각이 난 듯 덧붙여 말했습니다.

"아니야, 항아리를 열어버리면 그걸로 끝이야. 열기까지가 즐거움인 게지. 좀처럼 열기 어려워야 이 즐거움이 오래 계속되겠지."

오후지는 어안이 벙벙한 얼굴로 말했습니다.

"뭘 술 취한 것처럼 말씀하시는 거예요? 알아들을 수가 없네. 당신 먼저 자요."

아무렇지도 않은 듯 말하며 흐트러진 허리띠를 다시 매면서 가볍게 일어섰습니다. 그때 오후지의 마음속에는, 조금 전의 생각이 착착 형태를 갖추어가고 있었지요. 남자에게 사랑은 전부가 아닐 지도 모릅니다. 하지만 여자에게는 사랑이야말로 그 전 생명, 전 생활인 것입니다. 그래서 사랑 때문에…… 특히 이룰 수 없는 사랑 때문에 뭐든지 하는 것입니다. 특별히 오후지 같은 성격의 여자는 더 그렇지요.

그 순간, 마침 그녀가 뭐라고 했었지요? 알아들을 수가 없네, 라고 했을 때. 마치 그것에 힌트를 얻은 것처럼 방 한 구석에서 잠들어 있던 야스가 분명한 목소리로 잠꼬대를 했습니다.

"미야짱, 미야짱! 너는 어떻게 살고 있니? 나는 이렇게 있어도 너만 생각하고 있어. 아, 미야짱……."

아이에게 연모의 마음을 있을 리 없지요. 단순한 우정이겠지만 애타게 미야짱을 그리는 마음이 지금 잠꼬대가 되어 꼬마 야스의 입으로 나온 것입니다.

단 한마디. 그 뒤에는 뭐라 뭐라 음냐 음냐 하고 자면서 웃고 있는 걸 보니 꿈속에서 거친 들판이라도 달리고 있는 건지…… 아니, 돈가리 나가야에 돌아가 미야짱을 만나고 있는 게 틀림없겠네요. 야스의 잠꼬대를 들은 오후지의 마음은 죄어왔습니다. 무심코 후 하고 새어 나오는 긴 한숨.

"아아아, 어린아이조차 그리워하는 사람을 저렇게 꿈에서라도 부르는데……. 정말로 얄미운 무정한 사람이야."

유카타 옷자락에 조개를 세공한 듯한 맨발을 보이며 의연하게 서 있는 오후지, 사랑과 원망을 담은 눈으로 사젠을 바라보았습니다. 사젠은 그것도 들리지 않는지 종이를 꺼내 화로 앞에 놓고 물을 따라 왼손으로 먹을 갈기 시작합니다. 잠자리에 든 오후지의 마음속에 한 가지 계획이 있으니 자려는 건 아닙니다. 곧 일부러 작은 숨소리를 내며 살짝 눈을 뜬 채 자는 척을 합니다. 보고 있다는 것도 모르고 사젠, 입에 붓을 물고 심각한 얼굴로 종이를 노려보고 있습니다. 어디에 보내는 글인지, 외로운 촛불 아래 하나밖에 없는 눈이 이상한 열기로 타오르고 있습니다.

(1934.3.13)

43

불 붙이는 붉은 대통 4

나는 여자에게 엉겨 노는 게 제일 싫단 말이지. 이것이 하나…… 하고 세면서 사젠은 그 몬노조를 베어버렸습니다만. 또, 이렇게 진심을 다하는 오후지를, 함께 살면서 돌아보지도 않고 보는 눈이 안쓰러울 정도로 휘두르고 있는 사젠이지만 그렇다고 해서 특별히 석상이라고 할 수는 없습니다. 오후지 같은 타이프의 여성은 사젠에게는 맞지 않습니다. 취향이 아니라는 것인데 어떤 것이 사젠의 이상형인가 하면.

무엇보다 이상이 어떻다 하고 그렇게 어렵게 이야기할 것은 아니지만 시바도장의 하기노, 그런 사람이야말로 여자 중의 여자구나 하고 사젠은 아까 달빛에 젖어 돌아오는 길에 문득 생각했던 것입니다. 하기노님을? 이 단게 사젠이? 사랑한다고?

아니 너무나 묘한 일이 되어버려 하기노에게는 당혹스런 일이 되겠지만 그러나, 아무래도 그런 거 같으니 어쩔 수 없네요. 사젠으로서도 반했다는 둥 동경한다는 둥 하는 가벼운 기분은 아니니까요.

아까 침실에서 처음 만났을 때는 그렇게 생각하지 않았지만 항아리를 옆구리에 끼고 도장을 나와 돌아오는 길에 그 망연한 얼굴로 자신을 보내주던 하기노의 자태가 사젠의 뇌리에서 사라지지 않았던 것입니다. 아니 사라지지 않을 뿐 아니라 그가 억지로 지워보려고 해도 점점 더 확실한 형태로 가슴속에 자리 잡아 버린 것입니다. 옷장 틈으로 몰래 훔쳐보고 있다는 것도 모르고 탁자 위에 두 개의 하카다 인형을 붙여 놓던 하기노…… 몬노조가 나타났을 때, 놀란 와중에도 의연한 태도로 조리 있게 말하던 하기노. 그 정도로 강하고 바르고 아름다운 여성을 본 적이 없다고 사젠은 완전히 감동했습니다. 그 감동을 가슴속에 품고 돌아오는데 달빛에 물들고 밤 분위기에 취해 그만 어느새 연심으로 변했으니 사젠, 스스로도 어떻게 할 수가 없었습니다.

"항아리를 들고 나오는 나를 하얀 얼굴에 큰 눈으로 지그시 바라보았지……."

붓 끝에 먹물을 묻히며 사젠은 입안에서 중얼거렸습니다. 밤바람과 함께 사랑의 바람도 불기 시작한 단게 사젠. 사랑의 노예 검귀 사젠.

사젠의 요도 누레쓰바메도, 사랑스러워, 사랑스러워 하는 마음…… 사랑이라는 한 글자에 얽힌 마음만은 베어낼 수가 없는 것이겠지요. 아니, 정말로 터무니없는 일이 되어 버렸습니다. 하나뿐인 눈도 사랑에 어두워진다는 것은 대단한 것이니까요. 하기노의 입장에서는 몬노조라고 하는 난국이 사라지자 또 하나의 난국이 나타난 셈이지요. 호랑이가 날뛰어 이리를 물어 죽인 것은 좋으니 이번에는 그 호랑이가 발톱을 세워 달려드는 형국……

그러나 사랑에 있어서는 아주 내성적인 사젠입니다.

"뭐라고 쓰면 좋을까?"

입술에 먹을 묻히면서 다시 중얼거립니다. 이런 걸 보면 사젠녀석, 곧 하기노에게 편지를 보내려고 하는 것 같습니다. 옆에서는 고케자루 항아리가 어서 열어줘, 어서 열어줘 하고 소리 없는 소리를 내고 있는 것 같네요……

(1934.3.14)

44
불 붙이는 붉은 대통 5

사젠, 하기노에게 마음을 빼앗겨 겨우 손에 넣은 제일 중요한 고케자루를 단 한순간이라도 잊어버린 것은 아닙니다. 그렇다면 평소의 사젠이 울겠지요. 누레쓰바메가 용서하지 않습니다. 결코 그런 것은 아닙니다. 다만…… 지독하게 고생해서 얻은 항아리이긴 하지만 항아리에 발이 달린 것도 아니고. 현실적으로 여기에 이렇게 존재하고 있으니 특별히 도망칠 리도 없습니다. 열어보려다가 지금 열어보면 오히려 서두르게 될 것 같습니다. 먼저 하기노에게 글월 하나 보내고 나서 천천히 열어 봐야겠다. 보기까지의 즐거움이 크니 될 수 있는 한 그 즐거움을 길게 누리자 라는 생각.

별 거 아니네요. 좋아하는 과자를 받은 아이가, 바로 먹어치우는 것이 좋을 텐데도 좀처럼 먹으려 하지 않는 것과도 같은 심리지요.

그것보다.

이 항아리가 감추고 있는 비밀지도가 지시하는 장소에 따라 동서남북 어디든 결국은 내일 아침 일찍 에도를 떠나야 하니 이제 당분간 하기노는 만날 수 없습니다. 그걸 생각하니 사젠, 문득 암담해지는 기분입니다. 그래서, 다시 만날 때까지…… 하고 찬미가 같지만 어쨌든 사젠, 어떻게든 하기노에게 지금의 이 마음만이라도 편지로 써 보내고 싶습니다.

검만 잡으면 자유자재로 움직이는, 흔히 검선일치(劍禅一致)라고 합니다만 우리 사젠에 있어서 검도 아니고 선도 아닌 하물며 마치 공기와도 같이 색도 냄새도 없을 정도로 무도의 최고경지에 오른 남자입니다만. 편지는 또 별개의 문제. 게다가 연애편지.

"쯧! 못 쓰겠는데……."

굴뚝청소라도 할 수 있을 것 같은 굵은 상투머리를 기울이며 화롯가에 앉아 붓을 이마에 대고는 하나밖에 없는 눈을 찌푸리며 음음 하고 신음하는 모습은 정말로 진귀한 그림.

차라리 누구에게라도 도움을 청해 써 달라고 하고 싶을 정도로……. 하지만 단게 사젠 같은 사람이 러브레터를 쓰게 되리라고는 생각도 못했습니다. 알 수 없는 사람이네요……

"우웃, 땀만 나고 한 자도 못 쓰겠군,"

그때.

"당신 뭘 그렇게 끙끙거리고 있는 거예요? 배라도 아파요?"

자는 줄 알았던 오후지가 갑자기 머리를 들고 한마디 합니다. 불의의 일격을 받은 사젠 당황했습니다.

"아니, 한 수 떠올랐기에 잊어버리기 전에 써두려고."

"아, 화로 옆 서랍에 돈이 있다고요?"

"아니, 무슨 말을 하는 거요. 잠꼬대 하지 말고 어서 자시오, 자요."

"당신도 빨리 주무세요. 아까운 기름 쓰지 말고."

오후지는 그대로 몸을 돌려 어두운 쪽을 향했지만 과연 자는 걸까요?

그리운 하기노님…… 사젠은 단숨에 붓을 휘둘러 한마디 썼지만 곧……

"별로야."

하고 그 글자에 검게 선을 그어 지워버렸습니다.

"쳇, 젊은 도령의 글월도 아니고."

사젠, 혼자 부끄러워하며 가엾게도 얼굴이 빨개졌습니다.

(1934.3.15)

45

불 붙이는 붉은 대통 6

아무리 시간이 지나도 소녀를 감동시킬 만한 명문은 완성될 것 같지 않습니다. 완전히 낙담한 사젠, 머릿속에 손을 넣어 긁적이자 비듬이 날아다닙니다. 이건 아무리 의리를 생각해 멋지게 표현해 주려 해도 도저히 불가능하군요.

그러는 사이, 날이 밝아오는 군요. 방안 어딘가에서 희미한 빛이 비치고 당장이라도 우유차가 덜컹덜컹 지나갈 것 같은, 에도는 지금 교호(享保)[33] 몇 년인가 3월15일 아침을 맞이하려 하고 있습니다.

편지지를 노려보는 사젠의 눈은 바로 비상시 그 자체입니다.

드디어 다 썼다.

---

33 에도중기. 1716년~1736년

하기노님, 갑작스럽습니다만, 잊으려 하니 더 생각이 납니다.

이건 어딘가 본 것 같은 문구입니다. 살짝 차용한 것.

귀여워 귀여워 하고 지저귀는 아침의 까마귀.

이건 스스로 생각해도 멋지게 잘 썼다고 사젠, 히죽히죽 웃습니다.

우는 벌레보다 말 못하는 반딧불이가 훨씬 이 몸을 애태웁니다. 그런데 소생, 내일이면 출발. 보물을 찾으러 갑니다. 돌아오면 그 재산을 모조리 지참금으로 하여 그대에게 바치렵니다. 기대하시며 기다려 주시길. 돈수 돈수.[34]

이런 문구입니다. 간단합니다. 그래도 어이가 없네요. 지리멸렬…… 오른 팔도 오른쪽 눈도 없이 상처투성이인 것은 붓 주인인 사젠을 심히 닮아 있다고 하지 않을 수 없습니다. 사젠다운 연애편지. 무뚝뚝하고 혼자서 단정 짓고 뭐가 뭔지 모르겠네요. 갑작스럽지만, 하고 모두에 본인이 밝혔다시피 몹시도 갑작스럽습니다.

이걸 받아든 하기노님은 얼마나 놀랄까요? 다시 한 번 더 읽어보고 보내면 좋을 텐데요. 기대하며 기다려달라니, 농담도 아니고 누가 기대하겠습니까. 하지만 사젠은 만족했습니다.

---

34 돈수(頓首). 경의를 표한다는 뜻으로 편지말미에 씀

"음, 내가 생각해도 회심작이야."

하고 소리 내어 읽었습니다. 그리고 그 편지를 보고 하기노가 가슴을 두근거리는 장면을 상상하고는 자신의 가슴도 두근거리며 얼굴이 붉어집니다. 정말이지 가여울 정도인 사젠, 열심히 썼습니다. 그런데 이것을 보니 사젠은 야규의 보물을 파내어 그걸 그대로 안고 시바도장으로 가 혼례품으로 내놓을 심산으로 보입니다. 점점 더 쉽지 않은 궁리를 하고 있군요. 하지만 그렇게 되면, 그 이가의 망나니, 야규 겐자부로와의 정면충돌은 일단 피할 수 없을 터인데…… 아까 하기노 방의 장롱 안에서 몰래 들은 바로는, 겐자부로는 이미 산 사람이 아니라고 했는데 과연 그럴까요?

사젠, 겐자부로를 생각하며 그의 생사를 걱정하며 갑자기 마음이 급해졌습니다.

"죽은 남자에게 여자를 빼앗기는 싫다. 이봐, 겐자부로! 내가 자네를 벨 때까지 부탁이니 부디 살아 있게."

하고 마음속으로 크게 외칩니다.

(1934.3.16)

46

불 붙이는 붉은 대통 7

쓴웃음을 지으며 사젠은 심중 한마디를 반복해 말합니다.

"자네가 죽고 그 덕에 하기노를 얻는다는 것은 아무리 생각해도 마음에 들지 않아. 이봐, 이가 망나니! 내 손에 걸려 살아있는 좋은 피를 흘릴 때까지 부디 살아있어 주게. 자네 목숨은 이 누레쓰바메가 맡아주지. 그때까지 몸조심하게나. 함부로 소홀히 하지 말게."

검으로 연결되는 일종의 살벌한 우정이라고 할까요, 적과 아군을 넘은 이상한 감정이 사젠의 가슴속에서 펑펑 샘솟고 있습니다.

"그 겐자부로놈을 죽일 수 있는 사람은 이 몸밖에 없을 터."

한참 생각한 끝에 겨우 안심했습니다.

"그 겐자부로가 죽다니, 절대 그럴 리 없지."

머릿속에서 큰 소리로 외치는 사젠.

일단 편지는 멋지게 – 그렇게 멋지지는 않지만 – 썼으니 날이 밝아지는 것을 기다려 거리의 우체통에 넣으러 가야지, 아니, 우체통이 아니지, 야스를 깨워 쓰마코이사카에 갖다 주라고 해야겠다. 사젠은 등불 아래에서 씩 웃었습니다.

그리고.

천장까지 닿도록 양손을 쭉 들어 올리고는 크게 하품을 하였습니다. 아! 왼손뿐이군요. 사젠에게 양손이 있다면 이야기가 되지 않지요.

그렇긴 한데, 사람이 양손을 뻗어 하품을 하는 것을 한쪽 손으로 하니까 뭔가 신호 같아서 기괴한 하품이 되어 버렸습니다.

그런 건 아무래도 좋아. 이제 슬슬 고케자루 차 항아리를 열어볼 때가 되었다고 생각한 사젠은 혀로 입술을 핥으면서 옆에 둔 항아리 쪽으로 다가갔습니다. 드디어 항아리의 비밀이 밝혀지는 걸까요! 수백 년을 지나온 지도에는 과연 어디에 재보가 묻혀있다고 쓰여 있을까요? 주코쿠(中国)? 산인(山陰)? 고슈지(甲州路)? 거기가 아니면 홋카이도? 만주? 아니 거기 있을 리는 없지만 에도가 아닌 것만은 확실합니다. 거기가 어디라 해도 사젠은 지금부터 짐을 꾸려 누레쓰바메를 차고 귀여운 꼬마 야스의 손을 잡고 떠날 마음의 준비가 다 되어 있습니다. 왼손으로 제일 위에 있는 보자기를 집습니다. 매듭이 풀립니다. 어느 때 어느 곳에서라도 사람을 진지하게 만드는 사리사욕……. 그 셀 수 없이 막대한 재산이 아무도 모르게 어딘가의 땅속에서 잠들어 있습니다. 뿐만 아니라 지금 그것에는 야규번의 생사침몰이 걸려 있고, 이 에도에서만도 수십 명의 사람들이 눈에 핏발을 세우며 이 항아리를, 아니, 항아리 속 지도를 필사적으로 노리고 있는 것입니다. 고금을 통틀어 황금의 힘이란! 검귀 사젠의 외눈에 이상한 빛이 번쩍였습니다. 야규의 선조가 봉해둔 매장지는 지금 사젠의 왼쪽 눈에 드러나기 위해 항아리 안에서 어서 어서 하고 소리 없이 재촉하고 있는 것 같습니다.

날이 밝기 직전에는 한 번, 한밤중보다 깊고 어둡기도 더한 밤기운이 응축된 순간이 있다고 합니다. 지금 그렇습니다. 상자에서 항아리를 꺼내는 사젠의 호흡이 거칠어지고 얼굴에는 마귀와 같은 귀기가 서려, 보이는 것은 눈썹에서 입에까지 새겨진 한 줄기 베인 상처뿐. 항아리는 붉은 끈으로 단단히 매여 있었습니다. 그 사이로 보이는 항아리 표면의 기품! 아름다움! 과연 전래의 명기이기는 하구나 하고 사젠이 그 품격에 감탄했을 때입니다. 새벽바람을 타고 멀리서 가까이서 아! 경종소리가……

(1934.3.17)

47

불 붙이는 붉은 대통 8

"이봐요, 불이 났어요."

오후지가 말했습니다. 이불에서 목을 내밀어 사젠을 봅니다.

"음, 아무래도 불이 난 것 같군."

사젠이 건성으로 대답합니다. 그럴 때가 아닌 데 말이지요.

보자기를 벗기고 조용히 항아리를 꺼냅니다. 옛날 조선에서 건너온 명품항아리, 굽기 정도도 알맞은 데다 유약의 흐름은 뜨뜻한 봄날의 시냇물…… 미나리 뿌리를 씻어내는 그 시냇물 소리가 들린다고나 할까요, 아니면 구름과 경계를 지을 수 없는 안개 속에서 종달새 지저귀는 소리가 들리고 발아래 흙덩이가 아지랑이를 토해내는, 그 편안하고 한가로운 분위기에서 몸도 마음도 녹아드는 듯한 기분이 듭니다. 얼마나 좋은지요.

어쨌든.

지금 고케자루 항아리를 눈앞에 두고 지그시 들여다보고 있자니 그 만듦새라든가 품격이라든가 과연 천하에 또 있기 힘든 명품. 꿈과 같은 기운을 내뿜어 보는 사람으로 하여금 황홀하게 만들고 있습니다. 사젠 같이 사람 죽이는 일을 하는 무골도 그 훌륭함을 알아볼 수 있을 정도로.

"음, 성스러운 물건이군. 이정도로 사람들이 소란을 떨게 하면서도 묘하게 차분한 분위기라니. 흐음, 참으로 괘씸한 물건이지만 두려워서 손을 대기 힘들 것 같은 느낌이 드는군."

없는 왼쪽 눈을 끔벅이며 중얼거렸습니다만 이것이 이 순간 사젠의 정직한 감상이겠지요. 경종 소리는 크게 작게 새벽의 에도 공기를 흔들어 조용한 연못에 던진 돌멩이의 파문처럼 밀려옵니다.

"어디 가까운 곳에 불이 난 것 같은데. 잠깐 나가보고 와요."

부스럭거리며 일어난 오후지, 잠옷에 허리띠를 묶으며 초조한 듯 혀를 찹니다.

"뭐예요. 언제까지 그런 더러운 항아리만 들여다보고 있을 참이예요? 경종이 울리면 바로 달려 나가야 진짜 에도남자지요."

사젠은 그 말도 귀에 들리지 않는 것 같습니다.

"이야, 영험한 물건이야. 겉으로 바라보기만 해서야 끝이 없겠군. 어디, 슬슬 안을 살펴봐야겠어."

혼잣말을 하면서 항아리 뚜껑에 손을 댑니다.

과연.

미미고케자루라는 이름에 걸맞게 항아리 옆면에 3개 있는 작은 귀 하나가 없습니다. 이 안에 닛코수리를 몇 번이나 해도 될 만한 대재보가…… 아니, 지금은 한 번(藩)의 운명이 들어 있다고 생각하니 이 대단한 명물이 한층 더 중요하고 감사하게 보이는 것도 이상하지는 않습니다. 사젠의 손이 항아리 입구에 닿았을 때였습니다. 오후지가 짜증을 내며 소리 지릅니다.

"당신, 화재가 났는데 저 경종소리가 들리지 않나요? 남자라면 마땅히 어디서 불이 났는지 보고 와야지요!"

동시에 바깥에서 나는 소리.

"어이, 자네 안에 있나? 혼조쪽이 아닌가, 가까운 것 같아."

"다쓰녀석 소방복 입으면서 벌써 달려 나갔어. 재빠른 녀석 같으니라고."

"지금 시간이면 어느 조 담당이지?"

"이영차 이영차, 화재와 싸움은 에도의 꽃이지."

"어여차 어여차!"

마치 형사물 같은 소란입니다.

"남의 집에 불난 거. 이런 재미있는 광경은 볼 만 하지."

그 중에는 이런 못된 소리를 하는 녀석도 있습니다. 샤쿠도리요코초 사람들이 한 무리가 되어 도랑 위를 건너며 가고 있습니다.

사젠은 항아리를 잡은 채 문밖에 귀를 기울였습니다.

(1934.3.18)

48

불 붙이는 붉은 대통 9

야스가 눈을 뜨고 이불안에서 태평하게 말했습니다.

"아버지! 불이예요."

대체 이 꼬맹이 야스란 녀석은, 보통 아무 일도 없을 때에는 언제나 달리거나 뛰거나 비틀거리거나 소리 지르거나 하는 아주 시끄러운 녀석으로, 혼자서 동네를 소란하게 만드는 놈입니다. 지금처럼 지진이나, 벼락, 화재, 아버지…… 사실 이 야스의 부친은 행방을 몰라 그래서 사젠을 대신 아버지라 부르고 있지만…… 이렇게 당황할 만한 경우에 직면하면 반대로 한가롭게 굽니다. 얄궂은 아이입니다.

"불에는 물이라고 하는 적이 있어요. 탈 만큼 타면 꺼지겠지요. 소생은 지금 한 잠 더,,,,"

그런 시건방진 소리를 하면서 다시 몸을 돌려 눕습니다. 자신을 소생이라고 하다니 이게 일곱 여덟 살짜리가 할 말입니까.

항아리 뚜껑을 들어 올리던 사젠의 손은 그대로 잠시 멈칫 하더니,

"이봐 야스! 일어나! 할 일이 있어. 일어나!"

"아이, 뭐예요? 아버지. 일어났어요."

"아직 안 일어났잖아."

"귀는 세로로 눕든 가로로 눕든 들린다고요."

"이거, 혼고의 쓰마코이사카에 가 시바도장 아가씨께 전해드리고 와."

"뭐야, 뭔가 주려나 했더니 쳇, 재미없네. 3전짜리 우표대신이잖아."

꼬맹이 야스가 마지못해 자리에서 일어났습니다. 한편 원망을 담아 사젠을 노려보고 있던 오후지의 눈에 가득한 눈물이 당장이라도 떨어질 듯 보였습니다. 서먹한 기운이 방안에 흐르고 있습니다. 야스는 잠이 덜 깬 눈을 비비면서 뒷마당 우물가로 세수하러 삐꺼덕 장지문을 열고 나갔습니다. 경종소리는 어느 샌가 멈췄습니다. 밤은 이제 밝아 완전한 아침이 되었습니다. 그 편지를 하기노에게 보내두고 자신은 이제 곧 보물이 묻힌 곳으로 떠나가야 합니다. 아아 그렇지, 이렇게 있을 수는 없지. 항아리에 숨겨진 지도를 꺼내는 것이 먼저지. 사젠은 다시 고케자루의 뚜껑에 왼손을 내밀어 종이를 붙여놓은 뚜껑을 열려고 하였습니다.

"저, 이웃여러분. 소란하게 해서 정말 죄송합니다. 화재는 먼 곳에서 일어났습니다. 시부에무라(涉江村), 시부에무라의 검술다이묘 시바

님의 별장……."

반타로(番太郎)[35]가 딱따기를 치면서 샤쿠도리요코초에 들어옵니다.

"시부에무라라니 놀랐네. 정말이지 깜짝 놀랐어."

아까 화재를 보러 간 이웃사람들이 왁자지껄 떠들며 돌아오고 있습니다. 사젠의 얼굴을 가만히 보고 있던 오후지, 낮은 소리로 말했습니다.

"하인이 있을까, 당신한테."

세련되게 틀어 올린 머리를 면경에 비추어보면서 무릎을 세운 채 앉아 입속으로 중얼거리는 것은 나가우타[36]의 한 구절입니다.

"하인이 있을까, 당신에게. 염원은 일렀네. 부탁한 사람은 오늘도 또, 사랑의 심부름꾼인가. 답을 기다리는 사람, 참는 사람……."

사랑의 심부름꾼인가
답을 기다리는 사랑.
참는 사랑.

조용히 두 번을 반복한 오후지.

"바보 같아, 정말로. 아아아, 싫어, 싫어."

(1934.3.19)

---

35 에도시대 에도시내의 초소에 소속되어 야경을 돌거나 단속 등을 하는 사람

36 가부키무용의 반주음악으로 발전한 샤미센음악.

49

불 붙이는 붉은 대통 10

"잠이 덜 깬 경종인가. 제기랄, 가사이료(葛西領)의 화재에 아사쿠사 형님들이 달려 나가다니 그림 한번 좋네."

그 중에 한 명 박식한 이가 말합니다.

"개 한 마리가 허공을 향해 짖으면 온 동네 개가 다 짖는다고, 고우메 근방의 경종이 혼조에서 강을 넘어 여기까지 들린 것으로 보이는군."

"아, 그 시부엔가 뭔가가 일본에 있다는 것을 오늘 아침 처음으로 알게 됐지. 하나 배웠네."

"웃 추워! 이렇든 저렇든 부아가 치미네. 누가 저기에 불을 질러 이 벌충을 해야 하지 않나."

위험한 소리를 하는 이는 이 요코초 제일의 화재광인 가지야의 마쓰.

"그렇게 기세 좋게 뛰쳐나간 것까지는 좋았는데 어디를 돌아봐도 연기 연자도 보이지 않더라고. 와글와글 모인 곳에 갔더니 그 반타로놈이 멍청한 얼굴로 화재는 시부에무라라고 떠드는 것을 들었을 때는 말이지, 그 녀석을 한 대 치고 싶었다니까. 더 가까운 데에 불이 났어야지. 왜 저런 놈한테 돈을 내서 먹여 살려야 하는지 모르겠단 말이야."

말하는 것도 정말 난폭하네요.

모두 투덜거리며 각자 집으로 돌아갑니다.

사젠은.

아까 반타로가 화재는 시부에무라, 검술다이묘 시바님 별장이라고 한 것이 묘하게 귀에 붙어 떨어지지 않습니다. 항아리를 연 채 무릎가까이 끌어당기며 생각했습니다.

"그나저나, 그런 곳에 시바가의 별장이 있었나. 그러고 보면 겐자부로는 이미 죽었다고 그 몬노조란 놈이 하기노에게 말한 것에 그 별장이 뭔가 관련이 있는지도 모르겠군. 그 집에 지금 불이 났다는 것은 글쎄 납득이 안 가는데……."

마음으로 묻고 마음으로 대답하고, 혼자서 불안한 마음에 흔들립니다. 다시 항아리는 혼자. 그때였습니다.

"오, 아버지! 큰일 났어요, 큰일."

뒤편 우물에서 얼굴을 씻던 야스가 젖은 수건을 휘두르며 달려옵니다.

"이 뒷집 담뱃가게 도미씨가 시부야쪽에 친척이 있어서 어제저녁 거기에 갔는데 오늘아침 화재 말이예요. 마로도다이곤겐숲의 시라누이 별장이라고 해요. 사무라이가 한 사람 타죽었다는데, 그 사람이 그 이가 망나니 야규 겐자부로라는 거예요. 지금 도미씨가 달려와 그렇게 이야기하고 있어요, 아버지."

"아니, 뭐라고?"

사젠은 벌떡 일어났습니다.

"이가의 겐조가 타죽었다고?"

"응, 도미씨가 연기 속에서 그 시체를 꺼내는 것을 봤대요."

"이런! 애석한 일이!"

일어선 사젠, 허리띠를 꽉 매고 호도 누레쓰바메를 한 손에 들고 외쳤습니다.

"오후지!"

"네."

나랑 상관없다는 듯 부엌 앞에서 아궁이를 살피고 있던 오후지가 기운 없는 목소리로 대답했습니다. 푸우 하고 불을 지피는 오후지, 뺨을 둥글게 복어 같이 부풀이고 있는 걸 보니 심사가 여간 사나운 게 아닙니다.

"아니, 불 다 꺼진 뒤에 불 난 데 가보려는 거예요? 화재 조사하는 관리도 아니고. 별나기도 하셔라."

(1934.3.20)

50

불 붙이는 붉은 대통 11

"이봐."

사젠은 오후지가 중얼거리는 것을 무시하고 야스를 불렀습니다.

"혼고의 도장에 편지를 갖다 주라고 했지만 취소다."

"네? 편지심부름은 이제 안 해도 돼요, 아버지?"

"음. 겐자부로가 죽었다니 나는 하기노를 깨끗하게 포기하겠어. 겐자부로가 살아 있어야 하기노를 두고 서로 다툴 수 있는 거지. 죽은 녀석의 후임이 될 수는 없지."

무슨 말인지 몰라 야스와 오후지는 멍하니 있습니다. 하지만 야스는 잘 모르는 주제에 잘난 척 팔짱을 끼며 말했습니다.

"음, 죽은 사람의 후임이 될 수 없다라…… 그야말로 우리 아버지. 훌륭하시지."

고개를 갸우뚱하면서 계속해서 말합니다.

"그런데 아버지, 도미씨가 그렇게 말했다고 해서 정말로 겐자부로 님 같은 사람이 타죽었을지 어떨지 그건 모르겠어요."

"그것도 그렇다. 이가 망나니정도 되는 이가 아무리 불에 휘말렸다고 해도 그렇게 쉽게 타죽으리라고는 생각할 수 없어."

"지금 곧 시부에무라에."

"야스, 너도 갈까?"

"네에."

"거기 가서 겐자부로가 죽었다는 것이 정말이라면 너는 그 길로 이 편지를 혼고에 갖다 줘."

"넷. 겐님의 생사확인이 제일 먼저지요."

꼬맹이 야스, 겐님이라고 편하게 말하면서 먼저 나갑니다.

열릴 듯 아직 열리지 않은 항아리.

손안에 있는 이상 열려고만 하면 언제든지 열 수 있다고 생각하니 하기노에게 보내는 연문을 쓰면서 밤을 새우고 이제 드디어 뚜껑을 들어 올리려 하자 또 화재소동. 방심한 것은 아니지만 빨리 열어보았더라면 좋았을 것을…… 지금은 그럴 여유도 없습니다.

사젠은 재빠르게 항아리를 끈으로 묶고 비단으로 싸서 상자 안에 넣고는 다시 보자기로 쌌습니다. 완전히 원래 있던 대로 만들어 야스에게라도 들려서 같이 갔더라면 좋았을 텐데……

"오후지, 금방 돌아올 테니 그때까지 이 항아리를 소중하게 맡아주길 바라오. 부탁이오."

"아유, 싫어라. 뭘 그렇게 서먹하게. 당신한테 중요한 것이라면 나한테도 중요한 것이지요. 소홀히 할 리가 있겠어요? 안심하고 다녀오세요."

"항아리를 벽장에라도 감춰두고 내가 돌아올 때까지 집을 비우지 마시오."

"네, 잘 알겠어요."

하기노에게 보낼 편지를 품에 넣은 사젠, 이 말을 뒤로 하고 왼손으로 누레쓰바메를 쥔 채 샤쿠토리요코초를 달려 나갑니다. 야스는 이미 앞서 달려가고 있습니다.

그때.

큰 길에서 이 고려식 주택 옆으로 들어오려고 하는 한 넝마장수.

"넝마요, 넝마! 팔거나 사실 거요……."

세로줄무늬 긴 겉옷에 누덕누덕 기운 바지. 바구니를 메고 손에는 기다란 집게를 쥐고 눅눅한 수건을 머리에 둘렀습니다.

"네에, 넝마장수입니다……."

요코초 모서리에서 갑자기 뛰어든 누군가에게 쿵 하고 부딪혔습니다. 부딪힌 순간 비틀거리면서 외쳤습니다.

"이봐, 조심하라고!"

(1934.3.21)

51
불 붙이는 붉은 대통 12

"뭐야, 넝마장수한테 부딪힌 인간넝마 내가 주워 줄까."

수다를 늘어놓으며 일어서서 상대를 바라보았습니다. 오른쪽 눈이 찌부러진 데다 깊은 칼자국이 나 있는 창백한 얼굴. 오른쪽 소매를 덜렁거리며 왼손에 커다란 칼을 쥔 이상한 무사. 방금 한 농담으로 죽게 되었다고 생각한 넝마장수가 홱 비켜서며 필사적으로 손을 맞잡고 빌었습니다. 그런데, 돌아보지도 않는 외팔의 무사.

"내 실수다. 용서해라."

한마디를 남기고 바로 건너편으로 달려가 버렸습니다. 아주 서두르는 모양새. 먼저 달려 나간 아이를 좇아 둘이서 아사쿠사쪽으로 사라졌습니다.

"뭐야, 저런 무사님도 과연 이 몸은 무서운 가 보네? 아하하하, 엉덩이에 불이라도 난 것처럼 도망치다니. 꼴 좀 보라지."

기분 좋게 사젠의 뒷모습을 바라보다 넝마바구니를 고쳐 매며 외쳤습니다.

"에이, 넝마요, 넝마. 사실 게 있으면……."

사쿠토리요코초에 들어가 다시 외칩니다.

"넝마장숩니다. 넝마요, 넝마."

"잠깐만요, 넝마장수!"

요코초 안, 어느 깔끔한 집 문이 열리고 하얗고 작은 얼굴의 부인이 나왔습니다. 몇 명이나 되는 남자를 그대로 데구루루 죽여 왔을 것처럼 보이는 길게 찢어진 눈에, 머리는 높이 틀어 올린 여인…… 그 여인이 불 붙이는 죽통을 흔들며 불러 세웠습니다.

"항아리도 가져가나요?"

"예 예, 항아리든 냄비든 필요 없는 물건은 뭐든지 받습니다요."

"그럼 잠깐 이쪽으로 들어와 봐요."

오후지는 손에 든 죽통을 흔들어 안으로 불러들였습니다. 신혼가

정에서 기쁜 것은 입술연지가 묻은 불 붙이는 죽통이라지요. 과연 이 죽통에도 그 입구에 오후지가 바른 연지가 살짝 묻어있습니다. 애석하게도 이 사젠과의 생활에 그런 신혼의 즐거움은 조금도 없었습니다만. 그럼에도 불구하고 지금은.

이 항아리와, 항아리와 관련된 혼고 시바도장의 누군가, 다른 피어나는 꽃에 밀려 불쌍한 자신은 버림받게 되었습니다. 그렇게 생각하니 원망과 질투로 자신을 잊은 오후지, 이 항아리만 없으면 되겠지 하는 마음으로……

불 붙이는 죽통도 부뚜막 아래에서 바람을 불고 있는 동안에는 별 탈 없었지만 여기에서 생각지도 못한 소용돌이의 불꽃을 불러일으키게 되었습니다. 불을 붙이는 붉은 죽통…… 이 죽통이 일으킨 불은 정말로 붉게 타오르게 되겠지요.

"이거라오. 얼마라도 괜찮으니 가져가시오."

오후지는 고케자루 항아리를 꺼내와 매몰차게 코앞에 내밀었습니다. 항아리를 받아든 넝마장수, 얼빠진 얼굴로 말했습니다.

"어, 고맙다고 해야 하는데, 아니 뭐 이렇게 더러운 항아리를! 이런 건 공짜라도 안 받아요. 마님, 이런 건 아무래도 받을 수 없는 데요."

"무슨 말을 하는 거예요? 공짜보다 싼 게 어디 있다고. 난 이거 보기도 싫으니까 얼른 가져가요."

오후지는 문을 쾅 하고 닫아버렸습니다.

(1934.3.22)

52

발원영험장부 1

야규번 에도 가로, 다마루 몬도노쇼(田丸主水正)는 코끼리 같은 눈을 하고 있습니다.

"그러면 벳쇼 시나노노카미(別所信濃守)는?"

이렇게 말하다 말고는 그 가느다란 눈으로 회계를 바라보았습니다. 알이 큰 주판을 앞에 둔 회계가 대답합니다.

"네, 이정도입니다."

달그락 달그락 알을 두 개 튕겨 주판에 2라는 수를 보입니다.

"두 개라."

"하아."

두 냥인지 스무 냥인지 이백 냥, 이천 냥인지는 모르겠습니다만, 하여튼 돈 이야기 같습니다.

"흐음."

몬도노쇼는 입술을 비틀어 보이며 계속해서 말했습니다.

"오타키 이키노카미(大滝壱岐守)님은?"

회계의 손이 주판의 알을 세 개 놓습니다.

"셋이라."

"네. 그 외에 옷감 열 필, 술 다섯 동이."

"크게 쓰셨군. 소가 다이젠노스케(曾我大膳介)님은?"

주판은 잠자코 대답합니다.

"두 개 반. 자잘하군."

그런 상스러운 말은 하지 않습니다.

"적고 있나?"

몬도노쇼는 옆에 앉은 사람을 돌아보았습니다. 옆에는 기록계가 대기하여 주판에 나타난 숫자를 하나하나 장부에 기입하고 있습니다.

1.아키모토 아와지노카미(秋元淡路守) - 세 개 반 및 생선 한 판.

1.후지타 겐모쓰(藤田堅物) - 세 개 및 생명주 다섯 단.

1.다테(伊達) - 다섯 개 및 선다이 미소 열 통.

1.벳쇼 시나노노가미 - 두 개

1.오타키 이키노카미 - 세 개 및 옷감 열 필, 술 다섯 동이.

1.소가 다이젠노스케 - 두 개 반

이렇게 이름과 숫자와 물품이 장부에 무수히 쓰여 있습니다.

아자부 린넨지마에, 이가번 야규 쓰시마노카미의 에도저택입니다.

그 안마당 별채. 오후의 화창한 볕이, 닫힌 방문에 나무 그림자를 언뜻언뜻 비추고 산들바람을 타고 매화 향기가 떠돕니다. 어디선가 휘파람새가 지저귀는 소리도 들립니다.

번주인 야규 쓰시마노카미는 아직 이가에 있습니다. 에도 쪽 일을 도맡아 처리하고 있는 사람이 이 다마루 몬도노쇼 노인입니다. 지금 이 방에 다른 사람들을 물리고 뭔가 비밀스런 서류작업을 하고 있는 것은 몬도노쇼와 회계 한 명, 기록계 한 명 세 명뿐입니다.

"이것으로 대략 끝났나……. 음, 사쿠라이 분고노카미(桜井豊後守)는?"

몬도노쇼는 회계를 보며 물었습니다.

"여섯 개. 호오, 다테공보다 많지 않나. 대단하군. 사쿠라이 분고,

여섯 개."

"넷."

기록계가 대답합니다.

1.사쿠라이 분고노카미 - 여섯 개.

"이제 올 사람은 다 온 것 같군. 오늘 중으로 마감해야겠구나."

이렇게 말한 몬도노쇼가 두 사람을 마주보자, 회계가 주판을 달그락 흩뜨리면서 대답합니다.

"지금 현재, 벳쇼 시나노님이 제일 적습니다."

기록계가 붓을 쓰다듬으며 말합니다.

"이시카와 사콘쇼겐(石川左近将監)님은 아직……."

"허! 이시카와님이 아직이라고?"

몬도노쇼가 이렇게 말하자마자 방 밖 마루에 사람 그림자가 비칩니다.

"가로님께 말씀 올립니다."

"무슨 일인가."

"지금, 이시카와 사콘쇼겐님으로부터 사람이 왔습니다."

"왔군, 왔어."

몬도노쇼가 웃으며 일어섰습니다.

"호랑이도 제 말 하면 온다더니, 광서원으로 모시게. 세 개 반은 내려나?"

(1934.3.23)

53

발원영험장부 2

이시카와 사콘쇼겐의 사자는 다케다라고 하는 젊은 연락관이었습니다. 이시카와 가문의 문장인 둥근 원에 한 일자를 넣은 무늬의 감색 보자기로 싼 뭔가를 들고 긴장한 얼굴로 광서원에 앉아 있었습니다. 다마루 몬도노쇼는 주군인 쓰시마노카미의 대리인으로서 점잔을 빼며 들어왔습니다. 다케다는 앞에 놓인 찻상을 옆으로 물리며 납작 엎드렸습니다.

"아, 가로 다마루님…… 항상 건승하시기 바랍니다."

"아아, 거기는 말석이 아닌. 거기서 인사를 받을 순 없지요."

몬도노쇼는 손을 내밀어 위쪽으로 자리를 옮기도록 손짓합니다.

"자, 자. 이쪽으로."

"네. 오늘은 주군이신 쇼겐님 대리로 왔으니만큼 실례를 무릅쓰고 위로 옮기겠습니다."

조심스레 다다미 가장자리를 피해서 윗자리로 옮겨 앉은 다케다 모모.

"실은, 쇼겐님께서 오셔야 하는데 준비하시던 중에……."

몬도노쇼는 그의 말을 중간에 끊고 익살스럽게 말했습니다.

"아니, 알고 있습니다. 준비하시던 중에 요 이삼일 너무 추웠던 탓인지 갑자기 지병인 복통, 아니면 두통, 혹은 산증이 있어 외출할 수가 없게 되어 정말로 실례지만 귀하가 대신하여 사자로 왔다고 말씀하시려는 거지요."

다케다는 멍하니 듣다 대답했습니다.

"그렇습니다. 잘 알고 계시는 군요. 저희 주인님은 두통 쪽입니다."

"다테님, 고마쓰님, 그 외에도 두통조는 꽤 계십니다. 아니, 어느 분이나 같은 말씀. 매일 매일 같은 응접을 하다 보니 몬도노쇼, 모조리 외웠습니다."

정말로 그렇습니다. 이 열흘간 하루에도 몇 명이나 각 번의 다이묘들의 사자가 이 린넨지마에 야규저택에 와 판에 찍은 듯 같은 말을 하고 같은 선물을 내밀었습니다. 이제 다 끝났다 싶어 오늘 마감하려고 그렇게 총결산을 하던 차에 또 한 명, 이시카와의 다케다가 온 것입니다.

"네, 그러시군요."

다케다는 감동한 것 같은, 동정하는 것 같은 얼굴로 고개를 끄덕이다 이대로는 사자의 입장이 되기 어렵다는 듯 다다미에 양손을 짚고 말했습니다.

"이번에 이십 년만의 닛코도쇼구 조영이라고 하는 정말로 천재일우의 영예로운 일을 맡으셔서……."

"자, 잠깐. 말씀 중에 죄송하지만 이십 년만의 천재일우라는 것은 사리에 맞지 않습니다. 이십년일우라면 모를까. 이 말도 저는 76번이나 반복했습니다. 귀하가 77번째."

"아, 죄송합니다. 과연 가로께서 말씀하신 대로 이 이십년일우라는 호기를 맞아 신의를 받으셔서 귀번에서 조영부교라고 하는 영광된 자리를 얻게 되셔서……."

"네, 그건 아무리 미워해도 충분하지 않은 금붕어 때문이지요. 이시카와님의 금붕어가 죽었더라면 좋았을 것을요."

"아니, 무슨 말씀을! 하느님 맙소사! 어…… 어디까지 말씀드렸지요? 그렇지, 귀번에서 조영부교라는 영광된 자리를 얻으신 것을 진심으로 경하드립니다. 지금이 전국시대라면……."

오다가 암기라도 했는지 다케다 모모, 잘도 말합니다.

(1934.3.24)

54

발원영험장부 3

"만약 지금이 전국시대라면."

다케다는 이어서 말했습니다.

"쇼군님의 말 앞에 목숨을 바쳐 은혜에 보답하고 무사로서의 본분을 다할 수 있었을 텐데 이렇게 평화로운 시대에는 그때와 달리 무엇으로 누대에 걸친 은총에 보답할 수가 있겠습니까. 아니, 사콘쇼겐님은 언제나 입버릇처럼 그렇게 말씀하고 계십니다. 그런데 이번의 닛코수리, 난세에 무력으로 보답해야할 것을 이 문치의 시대에는 황금으로 그 역할을 다하는 것도 보은의 마음은 같은 것이지요. 하물며 도쿠가와의 시조가 되시는 곤겐님의 묘를 만드는 일이니 가령 한 번으로서는 이 일로 곤궁하게 되더라도 주군의 말 앞에서 싸우다 죽는 것과 같은 무사의 소망……."

"아니, 말씀하시는 뜻은 잘 알겠습니다."

오는 사자마다 똑같은 문구로 말하는 바람에 몬도노쇼, 완전히 질려버렸습니다.

"아니, 조금만 더 말씀 올리지 않으면 사자로서 면목이 없습니다. 정말로 이 닛코수리야말로 소원해 마지않는 보은의 호기입니다. 어떻게든 저희가 했더라면 하고, 그건 어느 분이나 똑같으시겠지만 특별히 저희 쇼겐님께서는 그를 위해 밤낮으로 신불께 기원하셨습니다……."

몬도노쇼는 이를 무시하고 혼잣말을 합니다.

"무슨 말이야. 입만 산 녀석. 기원은 기원이겠지만 내용이 틀리겠지. 부디 부디 닛코가 당첨되지 않도록 하고 말이지."

다케다 모모씨 큰 소리로 말했습니다.

"저희 주인 쇼겐님은 쇼군가의 평소의 홍은에 보답하기 위해 이 가을 어떻게든 닛코수리라는 영예를 얻고자 밤낮으로 신불께 기원하셨습니다. 목욕재계까지 하고 기원하셨지만 안타깝게도 금붕어점의 결과는 아아, 하늘이시여, 운명인지 결국 하늘의 뜻은 쇼겐님을 버리시고 광영의 여신은 야규번에 미소지으셨습니다……."

"이, 이거 보시오. 다케다 뭐라는 분. 적당히 좀 하시오. 너무 가신 게 아니오."

"그 때의 우리 주인 쇼겐님의 실망, 낙담. 아아, 이 세상에는 신도 부처도 없는 건가 하시며 네, 사흘이나 자리에 누우셨답니다."

"당첨 안 된 축하회 숙취때문이겠지."

"문무의 신께 버림받았나 하고 그때 주인님의 비탄은 그냥 보기에도 애달파 옆에서 모시는 소신들까지 위로할 길 없었습니다."

"이놈이나 저놈이나 인쇄라도 한 듯 똑같은 소리만 하는군. 그렇게 부러우면 영광스런 닛코조영부교 자리 유감스럽지만 넘겨드려도 괜찮은 데, 하하하하."

"아니, 무슨 말씀을요! 모처럼 당첨된 명예로운 자리, 부디 괘념치 마시고 맡아하시길. 그런데, 오늘 제가 찾아뵌 것은……."

"아니, 그것도 잘 알고 있습니다. 조영부교 추첨에서 떨어져 대단히 유감스럽지만 그러니 그 아래 다다미부교, 혹은 공사부교 자리를 나눠주십사, 라는 말씀이시지요?"

"네, 잘 아시는 군요. 말씀하신 대로 20년만의 호기를 앞에 두고 이 닛코조영에 작은 힘이라도 보탤 수 있다면 대단히 기쁘겠습니다. 적으나마 다다미부교나 공사부교 정도 할 수 있도록 부탁드리겠습니다."

이렇게 말하면서 다케다는 가문의 문장이 새겨진 보자기에 싸인 가늘고 긴 것을 몬도노쇼 앞에 놓았습니다.

"이시카와 전래의 오사후네 명도, 명함대신 넣었습니다. 닛코일에 도움이 되셨으면 하는 쇼겐님의 뜻이십니다. 쓰시마노카미님께 잘 전해주시기를 부탁드립니다……."

그는 다시 한 번 엎드려 절했습니다.

(1934.3.25)

55

발원영험장부 4

다마루 몬도노쇼는 싸늘한 얼굴로 대놓고 질문했습니다.

"하아, 칼 한 자루. 그래, 이것뿐입니까?"

"악마를 해치우는 명도. 이것에 더해 …… 아니, 부디 나중에 열어

보십시오. 방금 말씀드린 다다미부교나 공사부교의 건 아무쪼록 저희 번에 맡겨주시기를 제발 제발 부탁드립니다……."

제발 제발 부탁드립니다, 하고 힘주어 몇 번이고 반복하는군요. 얼굴을 쓰다듬으며 몬도노쇼가 대답했습니다.

"그러면 뭔가 닛코에서 한 자리 하시고 싶다는 말씀인데. 그거야 말로 매우 영험한 일이라……."

"넷. 황송합니다. 중간에서 잘 주선해주셔서 얼마간이라도 닛코님께 봉공할 수 있도록……."

그렇게 말하면서 다케다는 살짝 얼굴을 들어 재빨리 한쪽 눈을 찌푸렸습니다. 단게 사젠의 한쪽 눈이 아닙니다. 이건 윙크입니다. 윙크는 특별히 클라라 보로부터 전해져 긴자 거리에서만 하는 것은 아니지요. 교호(享保, 18세기 초반)시대에도 윙크를 했다는 사실은 정말 놀라운 일이지만 이 이시카와 사콘쇼겐의 가신 다케다 모는 일본에 있어서 윙크의 원조라고 할 수 있겠습니다.

그 윙크를 받은 다마루 몬도노쇼, 아무래도 우리나라 최초의 윙크를 받은 만큼 어찌할 바를 몰라 눈을 끔뻑이며 잠시 생각했는데 겨우 그 의미를 알아차렸는지 그도 바로 찡긋 하고 윙크를 돌려주었습니다.

"알겠습니다. 반드시 닛코수리에서 한 몫, 이시카와님께서 하실 수 있도록 분골쇄신하겠습니다. 그러나 그것도 이 보자기속에 뭐가 들었나에 따라서이긴 합니다."

이제 대화에 숨은 뜻이 완전히 통했다고 본 다케다는 안심한 얼굴.

"아니, 이 물건은 그저 경의를 표할 뿐……."

그는 그렇게 말하고 선물을 한 번 더 몬도노쇼 쪽으로 밀어놓았습니다.

경의를 표하다…… 편리한 말이군요. 백 엔짜리 다발을 신문지로 둘둘 말거나 생각만 해도 오싹한 장맛비가 내리거나…… 아니 그런 건 아무래도 좋습니다. 얼마 전부터 전국 제후의 사자가 연달아 이 린넨지마에 야규저택에 찾아와 이구동성으로 닛코수리에 참가시켜 달라고 부탁하면서 서로 경쟁하듯 고가의 선물을 두고 갑니다. 그 선물 속에는 반드시 금일봉이 숨겨져 있지요.

그 의미는.

이것을 헌상하니 닛코조영부교 밑의 다다미부교나 공사부교는 부디 우리에게 주지 말라는 그런 속내. 다시 말해 뇌물입니다. 이렇게 말하든 저렇게 말하든 뇌물은 뇌물입니다.

몬도노쇼쪽에서도 그것은 잘 알고 있어서 제일 액수가 적은 선물을 한 번에 사람들이 싫어하는 일을 맡기려고 하는 것입니다. 지금 모든 번에서 보내는 선물이 모이는 것을 기다려 오늘쯤 마감하려고 하던 참이었습니다. 그 마지막 5분전에도 이렇게 찾아오고 있습니다.

맞은편에 사는 린넨지 절 스님들은 이런 사정을 모르니 야규님네는 다이묘 상대로 도박판이라도 열었나 하고 놀라고 있지요.

다케다는 그대로 돌아가려다 다시 이야기를 시작합니다.

"아니, 지금까지는 사자로서 말씀드렸고……."

다시 자리에 앉아 낮은 소리로 물었습니다.

"그, 예의 고케자루는 찾으셨습니까?"

놀랐습니다. 고케자루 사건은 이미 상당히 유명해진 모양입니다.

(1934.3.26)

56

발원영험장부 5

"예의 고케자루 항아리는 벌써 찾으셨습니까?"

다케다가 물었습니다. 고케자루 사건이 이렇게 유명해졌다니, 놀랄 일입니다만 그것보다 더 놀라운 일은……

이 말을 들은 몬도노쇼, 필시 깜짝 놀랐겠지요? 하지만 그는 침착한 태도로 손을 두드리고 있습니다.

"시나가와 숙소에서 겐자부로님이 분실하신 고케자루 항아리는 최근 당가의 손에 돌아왔습니다. 지금 보여드리지요."

"부르셨습니까?"

열 예닐곱 살 정도의 소년이 옆방에 와 엎드렸습니다.

"음, 고케자루를 이쪽으로."

"네."

소년은 고개를 숙인 채 명을 받고 나갔습니다.

야규에서는 고케자루 차 항아리라고 하는 명기가 행방불명이 되어 그 항아리 안에 봉해둔 선조의 보물지도를 찾을 수 없어 닛코수리를 목전에 두고 곤란에 빠진 나머지 번 전체가 지금 거의 미친개처럼 이성을 잃었다……는 것이 목하 다이묘 사이에 퍼진 한결같은 소문입니다. 다케다도 이 평판을 듣고 지금 돌아가는 길에 잠깐 동정 3할에 조롱 7할 정도의 기분으로 물어본 것입니다만 세상의 풍문과 달리 지금 그 항아리는 야규 손에 잘 들어와 있다는 대답. 어, 하고 다케다가 머리를 갸우뚱하자 몬도노쇼가 빙글빙글 웃으며 말했습니다.

"상당히 세간을 소란하게 하여 송구하지만 실은 최근에 어떤 인연을 통해 몰래 항아리를 찾았습니다."

"하하, 그거 무엇보다 다행한 일입니다."

다케다는 축하인사를 했지만 내심 실망하고 있습니다. 가까운 시일에 반드시 일대 소동이 일어날 거라고 재미있는 연극이라도 기다리듯 남의 고통을 기다리고 있었는데 항아리를 여기서 찾아 아무 문제가 없는 것입니다. 틀림없이 괴로운 나머지 지금쯤이면 날뛰고 있을 거라고 생각했던 것이 이래서야 전혀 재미가 없습니다. 다케다의 실망은 적지 않았습니다.

아까의 소년이 낡은 보자기에 싸인 상자를 들고 들어왔습니다. 몬도노쇼는 일부러 긴장된 얼굴을 하고 공손하게 상자를 받아들었습니다.

"이것입니다. 이 항아리에 관해 이러쿵저러쿵 성가신 소문이 횡행할 때부터 귀하가 걱정해주셔서 무엇보다 감사드립니다. 귀하를 증인으로 무책임한 가십을 없앨 수 있도록 항아리를 봐주십시오."

"네."

다케다는 적극적으로 나섭니다. 그렇게 적극적으로 나서지 않아도 이것은 어디로 보나 누가 보나 바로 그 고케자루 항아리가 틀림없습니다. 실로 불가사이한 일이긴 합니다만 몬도노쇼가 보자기를 걷어내자 세월이 흘러 거무스름해진 오동나무 상자가 드러납니다. 그 상자의 뚜껑을 들어내니 붉은 비단끈으로 묶인 항아리가 보이고 그 항아리는 굽기의 정도로 보나 유약이 칠해진 상태로 보나 과연 조선에서 건너온 명기. 가령 미나리 뿌리를 씻는 봄날의 시냇물이 흐르는 소리를 듣는 것 같다고 할까요, 아니면 구름과 구분할 수 없는 안개 속에서 종달새 소리가 들리는 것 같다고 할까요. 고케자루라는 이름에 걸맞게 항아리 입구에 붙어 있는 손잡이 하나가 빠져 있습니다.

"음!"

다케다가 신음하듯 말합니다.

"아니, 이거 대단한 물건이군요."

(1934.3.27)

57

발원영험장부 6

이시카와 사콘쇼겐의 가신 다케다 모모. 연기에 둘러싸인 듯 완전히 감동하여 돌아가자 몬도노쇼는 그 항아리를 치우는데 꺼낼 때의 그, 대단한 명품을 다루는 것 같은 주의 깊은 태도와는 완전히 다르게! 이렇게 거칠게 다루다니 어찌된 일일까요?

고케자루 항아리를 끄집어내어 부수기라도 할 듯 난폭하게 끈을 묶습니다. 그리고는 마치 뒷골목집에서 부부싸움을 할 때 남편 머리를 잡아채듯 꽉 쥐고 툭 상자 속으로 집어넣습니다. 둘둘 굴려가며 보자기로 싸고는 몬도노쇼 다시 탁 탁 하고 손을 두드렸습니다. 그 소리에 나타난 이는 다케다를 배웅하고 현관에서 돌아온 시종.

"항아리를 보고 놀라서 돌아갔습니다. 우리 번이 대단한 부자가 되었다고 생각하다니 웃기는 일입니다. 이렇게 가난한 번은 없는데 말입니다."

"이런 이런, 쓸데없는 말은 하지 말게. 그런데 이 항아리는 잘 만들었군."

"진짜 고케자루와 똑같습니다. 잘도 이렇게 똑같이 만들었습니다."

"이걸 보이면 모두들 황송해하며 물러나니 이상하기도 하지. 이렇게 고케자루는 야규 손에 들어왔다고 선전해 두고 그 사이에 일각이라도 빨리 진품을 찾아야 하네."

"뭣이든 선전의 세상이니까요."

"시시한 소리는 하지 말고 이 항아리를 도코노마에 장식해 두게. 손님 눈에 띄도록 말이야. 아직 오지 않은 다이묘도 있으니 오늘은 한꺼번에 올지도 모르지."

소년의 손으로 가짜 고케자루는 정중하게 도코노마 중앙에 안치되었습니다. 가지각색으로 소문이 난 고케자루는 이렇게 틀림없이 확실히 이 야규가에 돌아왔습니다. 따라서 저희 번은 닛코 정도야 식은 죽 먹기인 대부호가 되었습니다…… 이렇게 크게 써서 붙인 것처럼 도코노마 안 가짜 고케자루가 보였습니다.

"지금 다케다가 가져온 칼 꾸러미를 저쪽에 갖다 두게."

소년이 그 기다란 것을 안고 회계와 기록계가 대기하고 있는 안쪽 별채로 갑니다.

그때 또 다른 사람이 나타나 고했습니다.

"가로님께 말씀 올립니다. 잇코쿠 히다노카미(一石飛驒守)님의 사자가 오셨습니다."

"오오, 마침 항아리를 올려다 놓았는데 잘되었다. 이쪽으로 모시게."

잇코쿠 히다노카미의 사자는 둥글둥글 살이 찐 남자였습니다. 들어오자마자 도코노마의 항아리를 보고 깜짝 놀라더니 가져온 뭔가 커다란 선물을 꺼내 말하기 시작했습니다.

"에, 이번에, 야규 쓰사마노카미님께서 이십 년에 단 한 번 돌아오는 광영의 사업을 맡아 곤겐님 조영부교가 되신 바 지극히 경하드립니다. 운운."

"별 말씀을요."

"그것이야말로 전국시대라면 무기를 들고 주군의 말 앞에서 죽음으로써 주군의 은혜에 보답하여야 할 터인데…… 운운."

"이 치국평천하 시대에"

몬도노쇼가 이어서 말했습니다.

"하다못해 닛코님의 일을 맡아 누대에 이르는 은혜의 만분의 일이라도 갚고자 저희 주군 잇코쿠 히다노카미님께서는 어떻게든 닛코조영부교에 임명되도록 밤낮으로 신불께 기원을……."

"네, 그렇습니다."

"목욕재계까지 하시며……."

"오, 잘 아시는 군요."

"그 일을 야규가 맡게 되어 정말로 유감스럽지만 하다못해 다다미부교나 공사부교라도……."

몬도노쇼, 크게 하품을 합니다.

(1934.3.28)

58

발원영험장부 7

"부디 부디 닛코에서 저희도 한 자리 맡을 수 있도록 모쪼록 사정 좀 봐주시기를 깊이 부탁드립니다."

잇코쿠 히다노카미의 사자는 웬일인지 횡설수설하면서 거창한 선물을 놓고 돌아갈 준비를 하며 물었습니다.

"하나 여쭤보겠습니다만 저 도코노마에 있는 저것, 저것이 고케자루 항아리……?"

"네에, 그렇습니다. 대단히 신세를 졌습니다만 최근에 겨우 되찾아온 참입니다."

"이거야 이거야 정말 잘되었습니다. 아아, 저것이 그 유명한 고케자루. 정말 훌륭한 물건이군요. 이제 이것으로 자손만대 평안하시겠습니다. 아, 축하드립니다."

거기에 또 시종이 나타나 고합니다.

"저 가로님, 호리구치 다지마노카미(堀口但馬守)님께서 사자를 보내셨습니다."

"음, 이쪽으로."

"그럼 저는 이만."

히다노카미님의 가신 당황하여 돌아가다 현관으로 가는 복도에서 호리구치 다지마노카미의 가신과 맞닥트렸습니다.

"아, 실례."

"아, 실례."

쌍방 겸연쩍은 인사.

히다노카미의 사자는 상대의 손에 있는 선물꾸러미를 슬쩍 보고는 뭐야, 우리 것이 훨씬 크잖아, 이정도면 우리가 되겠지 하면서 안심하고 떠납니다.

자리에 앉은 호리구치 다지마노카미의 사자.

"이번에 명예로운 닛코조영부교가 되셔서 실로 지극히 축하……."

이 말로 시작하여 이것이 전국시대라면…… 저희 주인 호리구치 다지마는 신불에게 기원…… 목욕재계…… 하다못해 다다미부교나 공사부교라도……

"이건 명함대신에."

하고 뭔가 굽 달린 쟁반에 올린 물건을 내놓았습니다.

"그런데, 하나 여쭤보겠습니다만 저것이 고케자루……?"

"가로님께 말씀 올립니다. 이노우에 다이젠노스케(井上大膳亮)님의 사자가 오셨습니다."

"천객만리라, 모두 오니 곤란하군."

혼자 중얼거리며 다마루 몬도노쇼, 굉장히 즐겁게 보입니다.

이노우에 다이젠노스케의 가신.

"이번에는 명예로운…… 이것이 전국시대라면…… 신불에 기원…… 목욕재계…… 하다못해 다다미부교…… 이건 작은 마음의 표시로. 그런데 저것이 그 유명한 고케자루?"

"가로님, 야마와키 하리마노카미(山脇播磨守)님의 사자가……."

다음, 우쓰기 즈쇼노카미(宇都木図書頭).

다음, 오카모토 노도노카미(岡本能登守).

다음! 빨리 부탁합니다. 붐비니까 이 정도로. 이래서야 무슨 이야기인지 모르겠습니다.

이 야규 저택 앞에는 각 다이묘들의 사자가 데려온 동행인에 하인들로 밀지 마 밀지 마 하는 혼란. 콩떡 파는 할머니와 야키도리 장사가 나오고 턱수염의 순사가 거리를 정리하고 있습니다.

몬도노쇼의 하인들은 신발담당으로 목이 쉬도록 외치고 있습니다.

"어, 로의 일육 번. 어이, 잇코쿠 히다노카미님의 동행은 돌아가셨네."

이렇게 시끌벅적합니다.

문 앞에는 근처 사람들이 빽빽이 모여 있습니다.

"지금 나온 사람은 개연꽃 무늬옷을 입었으니 호리구치 다지마님의 가신이군."

"오! 호랑나비 무늬군! 우쓰기님이야. 그림 같은 풍경이구나."

(1934.3.29)

59

발원영험장부 8

그날 밤.

심야 12시가 넘어서 뇌물 접수가 끝났습니다.

"아아, 이거 정말 대단한데."

다마루 몬도노쇼는 그렇게 말하면서 녹초가 되어 별채로 돌아왔습니다. 등이 켜진 별실에는 회계와 기록계 두 사람이 주판과 장부를 앞에 두고 쓸쓸히 기다리고 있었습니다.

"상당히 몰려왔네요. 마감하려던 차에."

하고 회계가 말했습니다.

"지금 한번 대략 훑어보았습니다만 역시 벳쇼님의 두 개가 최저 같습니다."

옆에서 장부가 그렇게 말을 덧붙였습니다.

"아주 곤란하게 되었군. 웃챠!"

가로의 위엄도 내던지고 몬도노쇼는 거기에 무너지듯 털썩 앉았습니다.

"저, 이시카와님의 사자, 다케다가 왔을 때부터 연달아 계속 오는 바람에 다리가 저릴 지경이야."

"안마 좀 해드릴까요?"

"아니, 그럴 것까지야. 그런데 놀랐어. 오늘 이렇게나 올 줄이야 생각도 못했네. 한꺼번에 우르르 오다니. 맙소사."

"이렇게 말씀드리기는 뭣합니다만 형편이 어려운 분들은 가져 오실 돈을 융통하는 게 힘드셔서 그래서 이렇게 마지막까지 늦어진 게 아니겠습니까?"

"그렇다고 볼 수 있지. 똑같은 대사를 듣고 질려 버렸네. 어떻게 저렇게 오는 놈마다 조금도 다르지 않는 이야기만 늘어놓는 건지. 마치 서로 의논해서 온 것 같아."

장부와 주판은 같이 웃었습니다.

"그리고 또, 그 가짜 고케자루 항아리를 장식해 둔 것은 이 시점에 아주 좋은 착상이었어. 모두가 다 똑같이 고케자루를 보고는 훌륭한 물건이라는 둥 이제 야규는 대단한 부자가 되었다는 둥 입 모아 축하를 하고 돌아갔지. 하하하, 식은땀이 다 나더군."

"그거 말입니다."

근심 어린 눈썹을 올리며 말하는 사람은 주판이었습니다.

"하루라도 빨리 진품을 찾아야 합니다."

"그렇지. 그렇게만 되면 더할 나위가 없는데. 고케자루를 찾는 것이 제일 급한 일입니다."

하고 장부도 어깨를 곧추세우고 힘을 줍니다.

"내 쪽에서 고다이노신한테 엄중하게 독촉하겠네."

몬도노쇼는 결연한 표정으로 고개를 끄덕였습니다.

"자 그럼 마무리를 할까."

"넷. 그러면 이것으로 드디어 마감하도록…… 네, 이시카와 사콘 쇼겐님 네 개. 그리고 오사후네 명도 하나. 잇코쿠 히다노카미님 다섯 개 반에 비단 다섯 필 반. 호리구치 다지마님……."

일.호리구치 다지마노카미 - 일곱 개

일.이노우에 다이젠노스케 - 네 개 및 부채상자

일.야마와키 하리마노카미 - 세 개 반. 사탕과자

일.우쓰기 즈쇼노카미 - 여섯 개

일.오카모토 노토노카미 - 여덟 개

이렇게 장부에 적어나갑니다. 가로로 철한 긴 장부의 표지에는 「발원영험장부」라고 쓰여 있습니다. 모두 닛코에 한 자리 하기 바라며 말로는 영험한 발원을 내세워 표면상으로는 어디까지나 그를 위한 헌금이라는 것이지요.

"호오, 여덟 개가 나왔군. 처음인데."

몬도노쇼는 기뻐 보입니다.

"아니, 사오 일 전에 온 아코의 모리엣츄(森越中)님도 여덟 개였지."

"사실 세 개나 네 개로 닛코조영의 말단에서 벗어나려는 것은 너무 심하지."

몬도노쇼, 점점 상스럽게 말하기 시작합니다.

"그러나, 이정도 선물이라면 우리 번으로서는 상당히 도움이 되지. 그럼 제일 작은 금액을 낸 벳쇼 시나노에게 다다미부교자리를 줄까."

(1934.3.30)

60

발원영험장부 9

발원영험장부…… 야유 섞인 이름의 장부가 있었습니다. 신불에게 소원을 빌면 그 중에서 가장 헌상물이 적은 사람에게 소원을 이루어 주는 것입니다.

"그런데 공사부교는 누구에게 가면 될까."

몬도노쇼는 그 발원영험장부를 훑어보면서 말했습니다.

"그러면 후지타 겐모쓰의 세 개인가."

주판이 옆에서 덧붙입니다.

"야마와키 하리마님도 세 개."

"아니, 그렇지 않아."

장부가 정정했습니다.

"하리마노카미님은 세 개 반."

"세 개 반이라면 아키모토 아와지노카미님도 세 개 반."

"음, 여기 오타키 이키노카미도 세 개인데."

"자 그럼, 후지타 겐모쓰님의 세 개와 이키노카미님 세 개 중 어느 쪽으로 할까요?"

몬도노쇼는 다시 잠자코 처음부터 끝까지 한 번 더 발원영험장부를 차분하게 읽어 보았습니다. 그리고는 큰 소리로 외쳤습니다.

"야아! 고민할 필요가 없네. 여기 두 개에 사분의 일이라는 아주 인색한 녀석이 있네."

"누굽니까? 사분의 일이라고 괴상한 숫자를 붙인 자는."

"오가사와라 사에몬노스케(小笠原左衛門佐)."

"아, 그 이상한……."

세 사람은 함께 웃음을 터트렸습니다. 이윽고 몬도노쇼는 진지한 얼굴로 말했습니다.

"그럼 이걸로 결정되었다. 오가사와라 사에몬스케님에게 공사부교를 맡기도록 하지."

이렇게 대소동을 일으킨 닛코조영부교 휘하의 두 자리도 드디어 겨우 결정을 보게 되었습니다. 몬도노쇼는 기록계에 명하여 서둘러 두 통의 편지를 만들게 했습니다. 그 하나에는,

"바라신 대로 명예로운 다다미부교의 임무, 귀하께 부탁드립니다. 벳쇼 시나노노카미님."

그리고 또 한 통의 편지에는,

"간절히 원하신 닛코 공사부교, 귀하께 부탁드립니다. 부디 자손대대로 영광스런 임무인 만큼 대과 없이 근무해 주시기 바랍니다."

각각 두 통의 편지를 상자에 봉해 넣은 몬도노쇼는 바로 젊은이 두 명을 불러 동시에 벳쇼와 오가사와라 두 집에 보내도록 하였습니다. 두 개의 등불이 린넨지마에 야규저택에서 뛰어나와 좌우로 부리나케 사라져 갔습니다.

각 다이묘의 집에서는 오늘 밤을 새며 야규의 결정을 기다리고 있습니다. 자신의 번이 그 정도 가져갔으니 어느 쪽이든 우선적으로 피할 수 있겠지 하고 모두 그렇게 생각하고 있습니다. 그때 이시가와의 벳쇼 시나노노카미의 문으로 야규가의 등불이 하나 들어왔습니다. 이윽고 내민 상자를 받아들고 안에서 중역들이 이마를 모아 근심스럽게 열어 봅니다.

"앗! 다다미부교가 우리한테 떨어졌다. 아아, 고맙기도 하지."

"정말입니까? 아, 이렇게 명예로운 일이."

"광영입니다."

명예다, 광영이다 하고 입으로는 말하면서 모두 소금에 절인 채소처럼 풀이 죽어 글을 쓰고 있습니다.

(1934.3.31)

61

쇼헤이관(尚兵館) 1

"뭐야, 이 꼴은!"

안채의 별채에서 이 검사부대가 머물고 있는 저택 내 도장 쇼헤이관에 와 한밤중인데도 이렇게 큰 소리를 지르고 있는 사람은 다마루 몬도노쇼입니다.

"마치 어시장에 참치가 도착한 것 같지 않나."

주군 야규 쓰시마노카미의 필체로 「쇼헤이관」이라는 세 글자의 액자가 정면의 한 단 높은 곳에 걸려 있습니다. 넓은 도장의 마루방에 돗자리를 깔고 한 쪽에 이불을 덮고 자고 있는 것은 고케자루 차 항아리를 탈환하고자 저 멀리 고향 야규번에서 상경한 고다이노신 부대로 오가키 시치로에몬(大垣七郎右衛門), 데라카도 가즈마(寺門一馬), 기타가와 다노모(喜田川賴母), 고마이진 산자부로(駒井甚三郎), 이노우에 오미(井上近江), 시미즈 구메노스케(清水粂之介) 등 23명의 무사들이었는데, 사젠을 상대로 몇 번 칼부림을 하느라 두 세 명은 죽고 지금은 약 스무 명 정도의 무사들이 이렇게 린넨지마에 야규저택 내 쇼헤이관이라고 하는 도장에 머물며 여전히 밤낮으로 항아리의 행방을 쫓고 있는 것입니다.

지금은 한밤중…… 낮동안의 수색에 지친 일동은 이불을 뒤집어 쓰고 잠들어 있습니다. 아니, 호박을 굴린 듯 다른 사람의 이불에 한 쪽 발을 올리거나 옆 사람의 배를 베개 삼아 자거나 시계침처럼 빙글빙글 돌다 하룻밤이 지나야 원래의 베개로 돌아가거나…… 이 정도는 좋은 편이고. 그 중에는 도장의 이쪽 끝에서 잤는데 밤새 여행하다 아침에는 맞은편에서 눈을 뜨는 이도 있습니다. 혈기 왕성한 무리가 합숙하고 있기 때문에 그 잠버릇 나쁜 것으로 말하자면 끝도 없습니다. 중폭격기 편대가 날아오고 있는 것 같은 코골이 태풍. 이 가는 놈, 뭔가 큰 소리로 잠꼬대 하는 놈.

발원영험장부의 총결산을 마친 다마루 몬도노쇼는 고케자루 일을 생각하면 어찌할 바를 모르고 안절부절 못합니다. 아침이 되는 것을 기다리지 못하고 지금. 정원 옆 이 쇼헤이관에 나타나 저렇게 고함쳤지만 누구 한 명 일어날 기색도 없습니다.

몬도노쇼는 한층 더 소리를 높여 외쳤습니다.

"여러분, 고케자루의 소재를 알게 되었소!"

무사는 재갈소리에 눈을 뜬다는데 이가 사무라이들은 고케자루라는 한마디에 모두 일제히 일어났습니다.

"고케자루라고? 어디? 어디?"

"우리가 이렇게 혈안이 되어 수색하는데도 전혀 행방을 찾을 수 없는 고케자루가 어, 어떻게 이 한밤중에?"

맞은편 한 단 높은 자리에서 조용히 이불을 걷고 고쳐 앉은 사람은 이 무리의 장, 고다이노신입니다. 야규 일도류의 명수로, 제일은 번주 쓰시마노카미, 두 번째가 이가 망나니 겐자부로, 세 번째가 겐신사이, 네 번째가 고다이노신이라 했는데 바로 그 사람입니다.

"복장을 갖추도록."

짧게 부하에게 말해두고 몬도노쇼에게 물었습니다.

"그러면 항아리는 어디에?"

약이 너무 잘 들어 당황한 몬도노쇼.

"아니, 그 소재를 알게 된 건 아니고 어서 일각이라도 빨리 알아내지 못하면 곤란하다는 거요. 제군들도 아는 바와 같이 닛코조영일은 시시각각 다가오는데 이 고케자루 건은 모든 번에서 모르는 사람이 없을 정도로……."

(1934.4.1)

62

쇼헤이관(尚兵館) 2

"제번 사이에 누구 모르는 자가 없을 정도로 유명해졌네. 그래서 지난번부터 조영부교의 하급직인 다다미부교와 공사부교를 시켜달라고……."

다마루 몬도노쇼, 도장 끝에 서서 잠옷 바람의 무사들을 향해 연설을 시작했습니다. 모두 부스럭부스럭 일어나 잠이 덜 깬 얼굴로 그를 바라보았습니다.

"흠, 닛코 수리 말단으로라도 일하고 싶다는 게 아니라 어떻게든 빠지고 싶다는 마음이겠지."

누군가 큰소리로 야유합니다.

"음, 들어보면 뭐 그런 식이라……. 각 다이묘들의 사자가 며칠 동안 여기에 온 것은 제군들도 알고 있을 것이다. 그들이 이구동성으로 고케자루에 대해 물어서 나도 괴로웠지. 그래서 계책을 하나 내어 고케자루를 꼭 닮은 가짜를 하나 구해서 장식해 두었다. 이게 맞아들어 모두 고케자루는 이미 우리 손에 있다고 생각하고 축하하면서 돌아갔지만 내 심중의 고통은 더하게 되었다. 이제 무슨 수를 쓰더라도 진품 고케자루를 손에 넣지 않으면 안 될 것이다."

"아니, 그런 거라면 가로님이 말씀하시지 않더라도……."

기타가와 다노모가 손목을 우두둑 꺾으면서 말하자 몬도노쇼가 질타합니다.

"그대들은 대체 뭐 하러 에도까지 온 건가! 보물이 숨겨진 장소를 표시한 비밀지도, 그 지도를 봉해 넣은 고케자루 차 항아리, 그 항아리를 탈환하기 위해 온 게 아닌가. 그런데도 매일 삼삼오오 조를 짜서 에도 구경이나…….”

“아니, 아무리 가로님이시라도 그런 말씀은 듣기 거북합니다.”

분개하여 벌떡 일어난 이는 이노우에 오미.

“저희들 모두의 고심도 못지않은데 무슨 말씀을!”

왁자지껄한 소리가 사방에서 일어납니다.

“상대의 정체를 확실히 알아야 비로소 우리의 강점이 발휘됩니다. 오래된 항아리 하나, 이 넓은 에도에서 사라져 버린 것을 어떻게 찾아야 할 것인가. 저희들은 그 방책을 고민하고 있습니다.”

“그뿐 아니라 똑같이 생긴 항아리가 여기저기에서 몇 개나 나타나고 있습니다.”

“이거다 싶어 입수해 보면 모두 가짜.”

“가로님도 그런 가짜를 하나 만드신 게 아닙니까?”

“다마루님, 이렇게 성가신 일이라고는 꿈에도 생각하지 못했습니다.”

“매일매일 목적지도 없이 에도 바람을 맞아가면서 걷기만 할 뿐 어디를 어떻게 찾아봐야 할지…….”

와글와글 떠드는 소리에 고다이노신이 한 마디로 제압합니다.

“약한 소리 하지 마!”

“그렇기는 합니다만 다마루님, 저도 일동과 함께 우는 소리나 하고 싶을 정도입니다. 이렇게 까다로운 일은 다시없을 겁니다.”

몬도노쇼는 소리를 높여 말했습니다.

“그렇게 말하자고 들면 끝이 없지. 그대들을 위해. 번을 위해. 기한을 정하지. 앞으로 한 달 내에 무슨 일이 있어도 고케자루를 입수해야 하네."

"뭐라고요? 앞으로 한 달 내?"

그렇게 다이신이 되물은 순간, 몬도노쇼를 밀어내듯 도장입구에서 달려 들어온 두 사람의 그림자. 아사카 겐신사이와 다니 다이하치가 당황한 목소리로 외쳤습니다.

"겐자부로 도련님은, 여, 여기에 오셨습니까?"

(1934.4.2)

63

쇼헤이관(尚兵館) 3

겐신사이의 머리는 흐트러지고 하카마 바지는 물과 연기로 더럽혀져 마치 화재현장에서 도망쳐 나온 행색입니다. 이 두 사람은 혼고의 시바가에 밀고 들어가 사위행세를 하고 있는 이가 망나니를 따라가 시라누이도장에 근거를 다지는 한편 고케자루를 찾고 있었습니다만…… 그 겐신사이 사범대리와 다이하치가 심야에 이렇게 형편없는 모습으로 어떻게 여기에? 입을 모아 묻는 일동의 질문에 대답하기를.

겐자부로가 갑자기 무코지마에서 가쓰시카쪽으로 원행을 떠나, 몬노조의 안내로 불안하지만 오렌님의 집에 들어갔다. 뜻밖에도 오렌님, 미네 단바일당이 수일 전부터 그곳에 와 있었다. 도련님께 식사가 들어가고 자기들도 별실에서 저녁을 대접받고 있던 중 옆방에서 소곤소곤 음모를 꾸미는 소리가 들려 놀라 이 두 사람과 몬노조가 밖의 수풀에 숨어 난투의 개시를 기다리는 데. 달은 뜨고 겐자부로에 대한 습격은 좀처럼 시작되지 않았다. 그러다 문득 함께 온 몬노조의 모습이 보이지 않는다는 것을 깨달았지만 당장이라도 여기로 겐자부로를 끌어내 미네 단바들이 죽이려 할 거라고 믿고 있던 두 사람은 움직일 수가 없었다.

"떨리는 가슴을 누르고 밤이슬에 젖어 밤새 그 나무그늘에 숨어있었지만……."

겐신사이의 말을 다니 다이하치가 받아 이렇게 말했습니다.

"아무 일도 없이, 마치 여우에게 홀린 것 같아서. 그래서 아사카노인을 재촉해서 다시 한 번 그 집에 돌아가려 했더니!"

그때, 집 어딘가에서 일어난 불이 새벽바람을 타고 순식간에 공들여 지어놓은 건물을 덮쳐서……

"우리 둘이서 어떻게든 열심히 불을 꺼보려고 했지만……."

"그래서, 미네 단바일당은?"

"그게 이상하게도 화재가 났는데도 아무 데서도 찾을 수가 없어서. 마치 빈 집이 타버린 것처럼."

"그래서 겐자부로님은?"

이 질문에 두 사람은 갑자기 목이 메는 듯 힘없이 고개를 떨구었습니다.

"불이 꺼지고 나서 주무시던 방으로 추정되는 근처에 항아리를 안은 검게 그을린 시체가 하나 나타났습니다."

"뭐, 뭣! 도련님이 소사하셨다고?"

일동은 일제히 일어나 잘 때도 벗지 않던 연습복 위에 재빨리 검은색 하오리를 걸치고 바지를 입고 각각 두 개의 검을 잡는 등 마치 전장에 나가는 것 같은 소동.

"사범대리를 비롯해 세 사람 모두 실력이 좋은 사람들인데 이게 무슨……."

"아니, 그 몬노조는 도중에 갑자기 없어졌다는데……."

"음, 몬노조가 수상해. 그러면 당신들 두 사람은 여기에 오는 도중에 혼고의 시라누이도장에 들렸소이까?"

"아니, 검게 그을린 시체가 겐자부로님이 아니면 다행이다 싶어 여러 가지로 조사하고 또 단바들의 행동이 아무래도 미심쩍으니 여기저기 근처를 가보거나 하느라 부득이 밤까지 시간을 흘려보내 버렸소. 하여튼 여기에 바로 달려온 셈이오만……."

이가 사무라이들은 끝까지 듣지도 않고 칼을 들고 저택을 뛰쳐나 갔습니다. 잠든 에도를 발이 땅에 닿지 않을 정도로 달려 오렌의 집 화재현장으로.

(1934.4.3)

64
불탄 들판의 도깨비 1

다른 사람들에게 물어봐도 제대로 알 수가 없습니다. 다들 새벽에 이 저택의 사방팔방에서 동시에 불이 나 순식간에 어이없이 다 타버렸다는 겁니다. 그것뿐.

누가 살고 있던 흔적 같은 건 없었습니다. 그렇다면 텅 빈 집에 불이 나 그대로 다 타버렸다는 것인데, 다만 노인과 젊은이, 낯선 사무라이가 두 사람, 뭔가 주인의 안부라도 걱정하는 듯 근처 마을의 소방대와 함께 이곳저곳을 돌아다니며 소방에 힘을 보탰다고 합니다. 그리고.

화재현장에서 새까맣게 탄 시체가 한 구, 뭔가 항아리 같은 것을 꽉 껴안은 채 발견되었다⋯⋯ 는 것이 오후지의 집에서 달려온 단게 사젠이 아직 잔불이 남은 화재현장을 둘러싸고 있는 사람들로부터 겨우 알아낸 정보의 전부였습니다.

"그 시체는 어떻게 되었소?"

질문을 받은 사람들은 괴이한 사젠의 모습에 흠칫거리면서 대답했습니다.

"어, 소방대들이 그 시체를 수습해서 이러쿵저러쿵 이야기하는 사이에 뭔가 높은 관리분 일행이 오셔서는 그 죽은 사람을 보시고 음, 이건 틀림없이 별명이 이가 망나니인 그 야규 겐자부로님이라고 그렇게 감별하셨습니다."

사젠은 가슴이 철렁했습니다.

"뭐라고? 관리가 그 시체를 보고 야규 겐자부로라고 했다고?"

마을사람은 두 손을 비비면서 대답했습니다.

"네에, 이가 망나니나 되는 자가 타죽을 거라고는 전혀 생각도 못했군⋯⋯ 그렇게도 말씀하셨습니다. 네, 저는 이 귀로 분명히 들었습니다만⋯⋯."

"그렇다면 역시 이가 망나니는 죽었군요."

옆에서 꼬맹이 야스가 입을 내밀었습니다. 잠자리 머리를 수건으로 폭 싸고 거친 줄무늬 옷자락을 걷어 올려 좁다란 바지를 졸라맨 모습은 여덟, 아홉 된 아이지만 말하는 것만 봐서는 어엿한 형님입니다.

사젠은 그 말에 대답하지 않고 혼잣말을 합니다.

"흠, 저택 사람들은 처음부터 한 사람도 화재현장에 없었다는 건가?"

그 겐자부로의 시체 같은 것이 항아리를 꼭 껴안고 있었다는 것이 사젠은 신경 쓰였습니다. 항아리…… 라고 하면 고케자루 항아리가 머리에 떠오릅니다. 고케자루는 지금 자신이 오후지에게 맡기고 나왔으니 이런 곳에 있을 리는 없습니다만…… 더 자세하게 물어보려고 돌아보니 이미 그 마을사람은 저쪽으로 걸어가고 있었습니다. 저택은 완전히 타버려 주위의 나무들도 봉변을 당해 겨우 한쪽의 대나무 숲만 남아 있을 뿐입니다. 암담한 화재현장에 서서 여기가 겐자부로가 목숨을 잃은 곳인가 하고 생각하니 사젠은 좀처럼 떠날 수가 없었습니다. 어떻게든 그 겐자부로의 시체라는 것을 한 번 봐야겠습니다.

"흠, 수상해."

이 화재 자체에 음모가 있는 것 같습니다. 사젠은 왼손으로 턱을 만지면서 머리를 갸우뚱하며 생각에 잠겼습니다. 야스도 왼손으로 턱을 만지며 고개를 갸우뚱합니다. 아무래도 야스는 아버지 사젠의 흉내를 내는 것 같습니다.

(1934.4.4)

65

불탄 들판의 도깨비 2

호적수…… 언젠가는 자웅을 겨루려고 했던 야규 겐자부로. 그의 일도류가 검마 사젠의 숨통을 끊느냐. 혹은 사가미다이신보 누레쓰바메가 이가의 망나니에게 마지막 일격을 가하느냐. 기대하고 있던 그 상대가 어이없게도 비겁한 덫에 걸려 타죽었다고 알게 되었을 때의 낙담, 그 슬픔…… 동시에 그것은 자신에게 단 하나의 사는 보람을 빼앗은 미네 단바일당에에 대한 염화와 같은 분노가 되어 사젠의 전신을 둘러쌌습니다.

"제길! 별이 흐르는 밤에 다시 한 번 만나자고 하고 헤어진 지 얼마 되지도 않았는데……."

사젠은 화재현장에 서서 한탄하며 허리에 있는 검을 두드렸습니다.

"어이, 다이신보, 너도 낙심했겠지?"

"예이, 우리도 이렇게 힘이 빠질 줄이야……."

마치 검이 대답하듯이 옆에서 야스가 이렇게 말했습니다. 그 말에 사젠은 비로소 정신을 차리고 말했습니다.

"야스, 단바일당은 어딘가 이 근방에 숨어있을 것임에 틀림없어. 지금부터 오후지의 집에 돌아가 항아리 안을 확인한 후에 여행을 떠나야 해. 그러면 한 달 두 달 보물이 묻혀있는 장소에 따라서는 이삼 년은 에도를 떠나있어야 하겠지. 떠나기 전에 신중하게 겐자부로의 생사를 확인하고 싶었는데 말이지."

"음, 그러면 아버지. 내일 아침까지 이 근처를 어슬렁거리며 넌지시 살펴보는 게 어때요?"

야스의 제안에 동의한 사젠은 저택이 불타버린 자리부터 시작하여 근처에 이르기까지 마치 형사라도 된 듯 나무뿌리, 풀잎사귀에도 주의를 기울이며 돌아다니기 시작했습니다. 그날은 종일 먼지 낀 바람이 불고 시커멓게 타버린 목재에서 보랏빛 연기가 계속 피어올랐습니다. 굉장하지는 않았다 해도 상당한 건물이었던 것이 하룻밤사이에 완전히 타버려 아무 흔적도 남아있지 않습니다. 남아있는 거라곤 주춧돌과 부엌의 부뚜막 정도. 구름이 오가는 가운데 희미한 빛이 비쳐 그림자가 생겼다 지워졌다 하다 밤이 되어버렸습니다. 사젠과 야스의 모습은 어두운 벽과 같은 어둠이 덮쳐오는데도 사라지지 않습니다. 소슬한 집터에서 야스의 노래가 쓸쓸하게 울러 퍼졌습니다. 어딘가에 겐자부로가 살아있을 것 같은 기분이 들어 그를 발견할 때까지 사젠은 아무래도 그곳을 떠날 수 없습니다. 어딘가에. 그리고 이 근처에.

"이봐 야스, 검의 연인인 겐자부로때문에 내가 이 한쪽 눈으로 눈물을 흘릴 수는 없지. 오늘밤만은 슬픈 노래를 부르지 말아다오."

"음, 그렇군요. 진짜 아버지 어머니는 행방을 몰라도 내게는 이렇게 강한 아버지가 있어요."

타다 남은 나무에 앉아 멍하니 생각에 잠겨 있던 사젠, 기어이 하룻밤을 새우고서야 겨우 단념하고 일어섰습니다. 그때! 아침 안개 속에서 돌연 사람의 목소리가 들려왔습니다.

맞은편 큰길 지장보살님
잠깐 물을 테니 가르쳐 주세요.
내 아버지는 어디로 가셨나. 내 어머니는 어디 계시나……

(1934.4.5)

66

불탄 들판의 도깨비 3

"아니, 겐자부로님 같은 분이 그렇게 죽을 리가 없어."

"그렇기는 해도 함정 속으로 단신으로 뛰어들다니 생각이 얕다고 할 수도 있지."

"실력에 자신이 있어서 오히려 위험을 초래한 것 아닌가."

우유처럼 짙은 아침안개를 헤치고 숨차게 달려온 것은 아사카 겐신사이와 다니 다이하치를 따라 아자부 에도저택 쇼헤이관을 나선 이가 사무라이들. 아자부에서 무코지마까지 상당한 거리입니다. 고다이노신, 이노우에 오미 등 사 오명의 간부들은 도중에 가마에 올라타고 다른 사람들은 가마를 따르며 새벽의 에도를 달려왔기 때문에 놀라 잠을 깬 에도사람들은 무슨 일이 일어났는지 일어나 그 광경을 지켜보았습니다. 마로도 다이곤겐 근처 불타버린 시바저택까지 구르다시피 달려온 일동.

"앗! 아니 저기 외눈 외팔의 사무라이가!"

하고 누군가 가리키는 쪽을 바라보니 안채라고 생각되는 곳에 크고 작은 두 인영이 나란히 서있습니다. 가마에서 내린 고다이노신은 부하를 거느리고 사젠에게 다가가며 말했습니다.

"자주 만나는 군, 귀공과는. 전에는 뭐라든가 하는 여자예인의 집에서 그 아이의 목숨대신 가짜 항아리 뚜껑을 열어본 이래……."

"음, 오랜만이군."

그때의 싸움으로 사젠의 실력은 충분히 알게 되어 고다이노신도 방심하지 않습니다. 뒤따르는 동료들에게 껌뻑껌뻑 경계의 눈빛을 던지며 물었습니다.

"그래, 귀공은 어떻게 여기에?"

"겐자부로를 만나러 왔네."

"그 겐자부로님은 소사하셨다고 듣고 우리들이 놀라 달려왔네만."

"죽은 겐자부로든 산 겐자부로든 이가의 겐자를 보지 못하는 한 나는 이곳에서 한 발짝도 움직일 생각이 없어."

야스는 사젠의 뒤에 숨어 허리띠를 붙들고 둘러싼 이가사람들을 귀여운 눈으로 노려보고 있습니다.

고다이노신은 다가서면서 말했습니다.

"고케자루 항아리를 찾기 위해 우리들은 매일같이 에도의 비바람을 맞고 있다. 또 겐자부로님은 혼례를 올리실 시바도장의 음모 때문에 지금 이 순간 생사를 모르는 상황에 계시고. 이것도 모두 그쪽같이 쓸 데 없는 놈이 옆에서 달려들어 항아리를 차지하려 했기 때문이지."

"아니 아니, 그건 이야기가 다르지 않나. 겐자부로가 여기에서 화재를 만난 것은 그의 사정이다. 항아리는 강한 자가 손에 넣을 뿐이고. 내가 피해를 준 기억은 없어."

"그만! 귀하는 항아리의 소재를 알고 있겠지. 여기서 만난 것도 다행인 일이야. 빨리 항아리가 어디 있는지 알면 말해. 똑바로 말하라고!"

"뭐야, 그건. 서투른 핫초보리 흉내인가. 흠, 고케자루의 소재는 이 단게 사젠님이 잘 알고 계시지. 아니, 항아리는 내 손에 있다. 물론 너희에게 건네줄 생각은 없다."

"좋아, 묻지 않겠어. 여러분."

시일은 다가오고 항아리는 어디 있는지 모르는데 간부들은 재촉해대지…… 자포자기 심정이 된 고다이노신, 갑자기 칼을 뽑습니다.

(1934.4.6)

67
불탄 들판의 도깨비 4

동시에.

쇼헤이관의 젊은 사무라이들은 한꺼번에 팟 하고 뒤로 물러서서 멀찍이 둘러쌉니다.

그 손에 한 자루씩 가을의 흐르는 물이 맺힌 듯 보이는 것은 일동 동시에 칼을 빼냈기 때문입니다.

"억지를 부리는 군."

입 안으로 중얼거린 사젠은, 왼손으로 야스를 감싸면서 턱을 내밀고 얼굴을 기울이며 고다이노신을 바라보았습니다. 그 코끝에 두근두근 하는 고다이노신의 칼끝이 적기를 노려 실룩실룩 들이대어져 있습니다. 씨익 웃은 사젠.

"흠, 그렇게 나를 죽이고 싶은 건가. 이봐! 그, 그렇게 이 사젠의 피를 보고 싶은가."

한 마디씩 소리를 높이며 말했습니다.

"아니, 아무래도 자네는 죽고 싶은 거로군. 음? 죽고 싶나?"

딱딱 끊듯이 말하면서 슥 좌우를 살핀 검요 사젠, 나른하게 하품을 합니다.

"이성을 잃었군, 이가 사무라이들. 좋아, 상대해주지."

말이 끝나기도 전에 발을 벌린 사젠, 몸을 비스듬히 기울이더니 허리를 튕겨 내지르는 호도 누레쓰바메! 탓 하는 소리와 함께 허공을 가르는 듯 하더니……

"시건방진 놈!"

정면의 적 고다이노신은 그대로 두고, 왼쪽으로 달려간 사젠은 검을 뽑자마자 뒤로 휘둘렀습니다. 그리고 사젠을 노려 뛰어들려던 오가키 시치로에몬의 옆구리를 비스듬하게 찔렀습니다. 피바람을 일으키며 뒤로 넘어가는 시치로에몬의 하카마에 때 아닌 모란꽃이 피어납니다. 정안자세[37]보다 조금 왼손을 안으로 하여 검 끝을 살짝 내려서는, 앞으로 내딛은 왼쪽 무릎을 약간 굽혀서 선 채로 한쪽 눈으로 재미있다는 듯이 웃고 있습니다. 불 탄 들판의 도깨비. 어쨌든 무서운 곳입니다. 타버린 들보나 판자, 기둥이 쌓여있는 이곳에서 앙상한 한쪽 다리를 내민 채 사방팔방 전후좌우로 눈을 돌리는 단게 사젠……보여주고 싶은 장면입니다.

"한 명!"

그때 명랑한 목소리가 울려 퍼졌습니다. 꼬맹이 야스가 그렇게 큰소리로 수를 세기 시작한 것입니다. 아주 태평한 녀석인 야스, 손에 타다 남은 작은 막대기를 하나 들고 포위한 이가들의 검륜을 피해 포위망 밖으로 도망쳐 나왔습니다. 귀신같은 사젠의 검기에 빠져 모두

---

37 칼끝을 상대편의 눈높이로 겨누는 검도 자세

아이 같은 것은 상관하지 않습니다. 야스는 쉽게 경계선 너머 타다 남은 광으로 달려갔습니다. 그리고 그을은 흰 벽에 일 하고 크게 숫자를 써넣었습니다. 사젠이 한 명씩 베어 쓰러뜨리는 옆에서 야스는 여기에 기록을 하려나 봅니다. 참으로 시건방진 녀석이네요.

사젠은? 하고 보니.

(1934.4.7)

68
빈 말 1

하기노 영애의 침실에서 하키모토 몬노조가 두 동강이 난 일로 시바도장 사람들은 놀랐습니다. 사범대리 겐신사이, 다니 다이하치와 함께 겐지로를 수행하고 있어야 할 몬노조가 어떻게 혼자서 여기에……? 하기노는 죽은 이를 욕할 수는 없다는 상냥한 마음으로 말했습니다.

"성은 단게, 이름은 사젠이라고 하는 외눈 외팔의 무서운 사무라이가 고케자루 항아리를 노려 한밤중에 숨어들어온 것을 단신으로 돌아온 몬노조가 맞서 싸우다 이렇게……."

진상은 자신의 작은 가슴에 숨기고 이렇게 둘러대자 겐자부로의 가신들은 모두 입을 모아 감탄했습니다.

"과연 몬노조님. 몸을 던져 하기노님을 막다니 대단하시다. 도련님께서 들으시면 얼마나 만족하실지."

"그렇다고는 해도 단게 사젠이라고 하는 요괴가 또 나타나다니 우리 방심해서는 안 되겠군."

사젠은 완전히 괴물취급입니다.

"우리도 고케자루를 찾고 있는 판국에 그 고케자루를 찾으러 숨어 들어오다니 잘못 짚었군 그래."

"어쨌든 몬노조님은 유감스럽게 되었군."

"우리라도 잠에서 깼다면 좋았을 것을…… 틀림없이 격전이 벌어져 소리도 시끄러웠을 텐데 아무도 알아차리지 못했다니."

동료의 충성스러운 죽음을 애도하는 이가 사무라이. 몬노조의 시체는 둘로 나뉜 몸뚱이를 붙여 하얀 천으로 싸서 공손하게 관에 안치하여 주군인 겐자부로의 귀가를 기다리기로 했습니다. 이런 저런 소동으로 그날 하루는 일찍 저물었습니다.

이들은 겐자부로의 혼례를 따라 야규의 본거지에서 에도까지 들어온 무리입니다. 줏포사이 선생이 사망한 뒤 시바도장에서 눌러 앉았지요. 린넨지마에의 에도저택에 있는 쇼헤이관의 고다이노신 일파와 함께 에도 전역에서 고케자루를 찾고 있습니다. 좀도둑이 강도로 변한다더니 이것은 사위로 들어와 집을 점거한 형국입니다.

어디까지나 하기노의 남편으로서 즉, 도장 주인격으로 들어온 겐자부로는 이 무법자들을 달고 와 도장 한 켠에 진을 치고는 제멋대로의 생활을 하고 있었던 것입니다. 정원에 면한 방을 몇 간이나 터서 갖은 행패를 다 부리는 군요.

검술다이묘라고 불릴 정도로 부호인 시바님이었기 때문에 멋진 가구나 도구가 잘 갖추어져 있었습니다. 그것을 모조리 끌고 나와 옛날부터 명성이 자자한 다갈색 찻잔으로 밥을 퍼먹는다든가, 멋진 굴대에 여럿이서 글을 써서 와자지껄 웃거나…… 그런 것도 이렇게라도 하면 시바가쪽에서 지금이라도 불평을 해오지 않을까 하는 속내에서 한 것이었습니다. 이래도야? 이래도? 하면서 시비를 거는 겁니다.

그리하여 어떻게 해야 할지 곤란해진 미네 단바와 오렌, 겐자부로를 꾀어내 죽이는 수밖에 없다고 생각을 모아 결국 몬노조를 끌어들여 저 가쓰시카의 집으로 불러낸 것입니다. 이가 망나니 겐자부로, 끝내 그들의 계책에 당해 지금은 까맣게 탄 시체가 되어 버렸을까요?

아무것도 모르는 일동은 그날도 돌아오지 않는 겐자부로를 생각하면서 몬노조에 대한 이런저런 이야기를 나누며 일찍 잠들었습니다. 그러던 다음날 새벽. 그들이 자고 있던 방 밖에서 히힝! 하고 슬픈 말 울음소리가 들렸습니다.

(1934.4.8)

69

빈 말 2

물 흐르는 것도 멈춘다는 한밤중이 지난 때에 난데없는 말 울음소리였습니다. 이가라시 데쓰주로(五十嵐鉄十郎)라고 하는 사람이 방의 제일 끝에서 자고 있었습니다. 그 울음소리를 듣고 처음에 눈을 뜬 것은 이 이가라시 데쓰주로였지요.

"뭐지……."

그는 몸을 일으켰습니다.

"도련님께서 돌아오셨나. 이런 심야에?"

시커먼 바람이 나무를 흔들고 건물을 울리며 문밖을 지나칩니다. 그러면서 뭔가 커다란 손으로 천지를 휘젓는 것 같습니다. 아무 소리도 들리지 않습니다.

"잘못 들었나? 지금 이 곳에서 말이 울고 있을 리 없잖아."

베개에서 머리를 들던 데쓰주로는 자문자답하면서 다시 누우려 했는데 이번에는 헷갈릴 리 없는 말 울음소리가 다시 분명하게 들렸습니다.

"도련님! 돌아오셨습니까?"

무심코 큰 소리가 데쓰주로의 입에서 터져 나왔습니다. 그러자 옆에서 자고 있던 사람이 눈을 뜨고 물었습니다.

"뭐야, 무슨 일이야?"

"쉿!"

"호오, 이 정원 끝에 뭔가 살아있는 것의 기운이 느껴지지 않아? 음, 말이구나."

그 말에 대답이라도 하는 듯 문밖에서 땅을 차는 말발굽소리가 띄엄띄엄 들립니다. 지금은 주저할 때가 아닙니다. 데쓰주로와 또 한 명의 사무라이는 힘을 합쳐 서둘러 덧문을 밀었습니다. 이미 하늘 어딘가에 새벽의 빛깔이 흘러 물들고 사물의 윤곽이 어슴푸레 눈에 비칩니다. 뒷문을 밀어 부수고 들어온 것이 틀림없습니다. 덧문 밖 차양아래 우뚝 서 있는 것은 한 마리의 말이었습니다. 그 말이 문이 열린 틈조차 답답한 듯이 긴 코를 문 가장자리에 끼워 넣고 있었습니다. 놀란 데쓰주로와 상대는 얼굴을 마주 보며 잠시 아무 말도 하지 못했습니다. 말은 말을 못하는 것이 속이 타는지 고개를 흔들어 갈기를 휘날리며 뭔가를 말하려는 모습입니다. 가만히 보고 있던 데쓰주로가 외쳤습니다.

"오! 이건 도련님의 말인데……."

"음, 확실히 그렇군. 겐자부로님은 이걸 타고 원행을 가셨지."

"지금 이 말이 이렇게 빈 안장으로 돌아온 것을 보니……."

"도련님의 신변에 뭔가 변고가……."

"이런! 불길한 소리는 하지 말게."

떨리는 가슴을 누르며 두 사람은 서로의 눈을 마주 보았습니다. 그러자 말이 이상한 행동을 하였습니다. 말은 동물 중에서 가장 영리하다고 알려져 있습니다. 이 말은 겐자부로의 애마로, 고향 이가에서 오는 도중에도 가마가 아니라 이 말을 타고 내내 사이좋게 왔습니다. 그, 시바 줏포사이 선생의 장례식 때도 시라누이전 중 단 하나 있는 하기노님의 표식을 잡아 겐자부로가 저택내로 들어갈 때도 그의 멋진 용자를 빛내준 것은 이 다부진 구릿빛 말이었던 것입니다.

지금 이 말이 지친 모습을 보아하니 시바별장이 탈 때 마구간에 매어 있던 것이 불을 피해 도망쳐 나와 주인을 찾아 이끌리듯 에도로 돌아온 것으로 보입니다. 혼고로 가는 길을 몰라 여기저기를 헤매다 지금에야 겨우 찾아온 것이겠지요. 말이 이상한 행동을 했다는 것은, 이때 갑자기 무엇을 생각했는지 데쓰주로의 잠옷소매를 물고 힘을 다해 정원으로 끌어내려 한 것입니다.

(1934.4.9)

70

빈 말 3

이가라시 데쓰주로의 잠옷소매를 물고 말은 쭉쭉 정원으로 끌어 냅니다.

"으음, 이건 정말 도련님의 신상에……."

말은 빨리 타라고 하는 듯 몸을 데쓰주로 쪽으로 기울였습니다.

"이래서는 안 되지. 칼을 꺼내 주게."

건네받은 칼을 허리에 차기 무섭게 데쓰주로는 휙 하고 말을 탔습니다. 그때는 이미 일동 모두 일어나 왔다 갔다 대소동이 일어났습니다.

"뭐야! 겐자부로님의 말이 돌아왔다고?"

"짐승의 슬픔, 말은 못하더라도."

"뭔가 큰일을 알리려고 온 것임에 틀림없어."

"가여운 놈이군."

"도련님은 저 말을 귀여워 하셨지."

"그렇게 한가한 소리나 하고 있을 때가 아니네. 자, 준비해, 준비."

그런 말을 들을 새도 없이 모두 준비를 마치고 정원으로 모여들었습니다.

"데쓰주로님은 어디로 가셨나."

"말은 어디에 있지?"

"데쓰주로님을 태우고 달려가 버렸어."

"가자. 놓치지 마."

희미하게 아침이 밝아오는 시바도장의 통용문에서 이가 사무라이 한 떼가 눈사태가 일어난 듯 한꺼번에 달려 나갔습니다.

정원 앞 사립문을 부수고 뛰어 들어온 겐자부로의 애마는 데쓰주로를 태운 채 모래바람을 일으키며 쓰마코이사카를 달려 내려가고 있습니다. 일동은 엎어지고 뒹굴며 따라갔지만 앞장선 것이 말이다 보니 금방 뒤쳐집니다. 그걸 깨달은 이들이 시바가의 마구간에서 너댓 마리 끌고 와 말을 타고 뒤를 쫓았습니다. 걸어가는 사람들은 길에서 가마를 잡아타고 뒤를 따르고 있습니다.

두두두두 말발굽소리가 이제 막 잠에서 깨어나려는 마을을 놀라게 합니다. 선두를 달리는 이가라시 데쓰주로의 말은 쏜살같이 달려 무코지마를 지나 이윽고 가쓰시카에 들어가 마로도다이곤겐숲에 있는 시바저택이 소실된 곳에 도착하였습니다. 말이라는 것은 기억력이 좋아서 돌아갈 때 헛길 한 번 새지 않고 주인을 생각하는 한 마음으로 정확하게 화재현장으로 달려간 것입니다. 와보니 데쓰주로는 재차 놀라지 않을 수 없었습니다. 한쪽에 타버린 나무들이 가로놓여 있는 참담한 저택터에서 지금 격렬한 칼싸움이 시작되고 있는 게 아닙니까?

고케자루 탐색에 전부터 훼방을 놓고 있는 단게 사젠이라는 외눈 외팔의 사무라이가 왼손에 장검을 쥐고 불탄 집터 한가운데에 우뚝 서있습니다. 그를 둘러싼 면면은 야규 에도저택에 있는 같은 번의 고다이노신들.

"여러분, 원군이 왔소."

큰 소리로 외치며 데쓰주로는 말에서 내렸습니다. 말을 탄 다른 사무라이들도 달려와 재빨리 칼을 잡았습니다. 가마나 도보로 늦게 온 이들도 모두 도착했습니다. 이가 사무라이들은 여기에서 뜻하지 않게 큰 집단이 되었습니다.

(1934.4.10)

71

오랜만입니다 1

난전입니다.

이중삼중의 검륜이 사젠을 둘러싸고 있습니다. 이래서야 아무리 사젠이라도 하늘을 날고 땅속으로 꺼지는 기술이 없는 이상 한쪽 팔이 견디는 한 베고 베고 닥치는 대로 베지 않으면 안 됩니다.

"우후후, 아무리 하찮은 거라도 없는 것보단 낫다더니. 잘도 이렇게 등신들만 모였군."

칼자국이 깊게 난 한쪽 볼에 조용한 미소를 띠고 사젠은 굵은 목소리로 말했습니다.

"이 누레쓰바메는 변덕으로 유명한 놈이지. 어디로 날아갈지 모르니 알아서 대응하라고."

여성용 나가주반이 펄럭펄럭 아침바람에 휘날리는 사젠의 발치에 이미 두 셋의 시체가 굴러다니고 있습니다. 그 버릇 나쁜 누레쓰바메에게 휘말린 운 나쁜 이가사람들.

"모두들 조급해 하지 마, 멀리 물러서서 지치는 것을 기다려."

고다이노신의 명령에 둘러싼 검진이 나서지 않고 뒤로 물러나 칼끝만 겨누는 지구전……

누군가 있어 만약 이 곳을 하늘에서 내려다본다면, 마치 팽팽 돌고 있는 팽이처럼 보이겠지요. 중앙의 심지에 백색의 한 점, 그것을 둘러싼 몇 개인가의 검은 선.

귀찮다고 생각한 사젠.

"건드리지 마 손 대면 아프다는…… 이가의 겐자라도 있으면 네놈들도 좀 더 기가 살 텐데. 노려보기만 해서야 결말이 나지 않지. 그쪽에서 오지 않는다면 이쪽에서 가지!"

히죽거리며 웃으며 오른쪽으로 한 발.

오른쪽의 이가들, 타다닥 두세 걸음 뒷걸음칩니다.

"조용하기로는 숲과 같다. 과연 야규일도류의 묘치. 시간이 지나도 꼼짝 않고 있는 점은 흠, 훌륭하군."

사젠은 소리 없이 웃으며 좌로 일보.

왼쪽의 이가 사무라이들이 스르르 뒤로 물러납니다. 검신이라고 할 만한 단계 사젠의 실력을 보고 이들은 이미 완전히 겁을 먹고 말았습니다.

"성가셔!"

이렇게 외친 사젠, 누레쓰바메를 위로 들어 올려 마치 봉을 쓰러뜨리듯 정면의 적들을 베어나갔습니다. 종횡으로 휘둘러지는 누레쓰바메. 쇠와 쇠가 부딪히는 소리. 삐걱거리는 소리, 부르짖는 소리, 피어오르는 재. 그 재가 가라앉은 뒤 다시 물과 같이 차갑게 조용해진 사젠의 창백한 얼굴과 요도 누레쓰바메……

그리고.

또다시 여기저기에 세 명의 이가 사무라이가, 한 사람은 무릎이 잘려 일어서지도 못하고 고통을 호소하며 재를 움켜쥡니다. 그 고통에 일그러진 얼굴이 끔찍하기 이를 데 없습니다. 또 한 사람은 어깨를 당해서 한쪽 팔로 상처를 누르며 뒹굴고 있습니다. 세 번째 사람은 어디를 당했는지 쓰러져 누운 채 피 웅덩이 속에서 조용히 눈을 감으려고 하고 있습니다.

"세 명!"

야스가 크게 소리쳤습니다. 이 난투를 조금 떨어진 곳에서 보고 있던 야스는 타다 남은 나뭇가지로 무너진 광의 하얀 벽에 표시를 하고 있습니다.

"아버지! 모두 아홉 명!"

(1934.4.11)

72

오랜만입니다 2

이른 아침부터 푸른 하늘은 아주 맑고 소실된 집터 옆을 흐르는 산보시 강에는 조용한 바람이 불고 있습니다. 하지만 인간의 피부를 찌르는 것 같이 쨍쨍 내리쬐는 햇살은 벌써부터 초여름이 시작되었음을 알리며 강물을 금으로 만든 띠처럼 아름답게 빛나고 있습니다. 집 앞 길 한쪽에 길게 늘어서있는 마로도다이곤겐의 토담에서 가지를 뻗은 나무덤불이 선선한 그늘을 만들어 주고 있습니다. 평화로운 것은 이 자연의 풍경뿐.

시커멓게 탄 집터에서 지금 모든 이가 사무라이들을 상대로 단게 사젠의 미친 칼날이 둥글게 원을 그리며 움직이고 있었습니다. 방금 말한 토담 위에는 근처 사람들과 지나가던 사람들의 얼굴이 죽 늘어서서 이 광경을 보고 있습니다.

"우와, 멋지군. 보이지 않나, 이야기에 나오는 대로가 아닌가. 한발 한발 나아가며 양쪽에서 접근해 가는데, 이야 굉장한 구경거리군."

"저 외팔의 사무라이는 굉장한 실력자로 보이는데. 둘러싸고 있는 무리들이 헉헉거리는 숨소리가 여기까지 들리는군."

"이거 한 사람 뒤로 도는데."

"칼을 아래로 내려 몰래 다가가는 군."

"아아, 나는 더는 못 보겠어."

어느 심약한 사람이 못 견디고 눈을 감습니다.

"정말이야. 저 녀석 목이 뎅겅 잘리겠어."

그 말이 끝나기도 전에 토담 위에 늘어선 구경꾼 일동, 와아 하고 환성을 올렸습니다.

제대로 볼까요?

앞으로 베어든다 싶더니 그대로 뒤로 뻗은 왼팔의 칼이, 뒤에서 몰래 등을 노리고 다가오던 이가 사무라이의 무릎을 턱 하고 찔러버렸습니다. 꺾인 하얀 뼈가 언뜻 햇살을 맞아 노출되었습니다. 일, 이, 삼, 사, 오 하고 다섯을 셀 정도의 시간을 두고 비로소 피가 뿜어져 나왔습니다. 토담위에 나란히 선 사람들이 일제히 눈을 막고 외쳤습니다.

"굉장하군."

"우와, 보라고, 봐! 굉장히 고통스럽게 보이는군. 흙을 쥐고 뒹굴고 있네 그려."

"사무라이는 히죽거리면서 혈도를 든 채 좌우로 돌아다니고 있어. 저 녀석은 무서울 정도로 배짱이 있군 그래."

"와아, 검술의 신이야!"

"사람 죽이는 대명신!"

"기다렸습니다!"

"대통령각하!"

토담위로 사람들의 얼굴만 나란히 올라와 깨지는 듯한 갈채가 쏟아졌습니다. 지나가던 사람들이 이 싸움을 피해 모두 토담 안으로 도망가 목만 내놓고 구경하고 있었던 것입니다. 감주 파는 영감이 붉은 색의 짐보따리를 내려놓더니 바로 담 위로 얼굴을 내밉니다.

"이때 기소(木曾)님은 단신으로 아와즈 마쓰하라(粟津松原)로 달려가셨지. 비명소리, 화살 날아가는 소리, 산을 뚫고 계곡을 울리며 달려가는 말에게 몸을 맡기고…… 때는 정월 22일, 해질녘 살얼음이 낀……."

영감이 태평스레 군담 한 소절을 읊고 있습니다.

(1934.4.12)

73
오랜만입니다 3

산보시 강에 낚싯줄을 드리우고 낚시를 하러 왔던 젊은 남자. 이 사람도 이 난투에 간이 졸아 낚싯대를 그대로 둔 채 토담 안으로 뛰어 들어와 사람들을 밀치고 얼굴을 내놓으려고 했습니다.

"어이, 어이. 나중에 와놓고 이렇게 좋은 자리를 차지하려고 하다니 말이야. 여기는 특등석이라구."

이렇게 말하는 사람도 있습니다. 모두들 완전히 연극이라도 보는 것 같은 기분으로 왁자지껄하게 떠들거나 큰 소리로 비평하거나 하며 아무튼 대단한 소동입니다. 그러다 사젠의 누레쓰바메가 또 한 사람 쓱 베어내거나 하면 일제히 목을 움츠리며 구와바라[38], 구와바라! 나무아미타불 …… 무서운 것을 보고 싶어서 언제까지라도 떠나지 않습니다.

"또 한 사람!"

야스가 큰 소리로 외치며 무너진 광의 하얀 벽에 타다 남은 막대기로 표시하는 기록선이 또 한 줄 늘었습니다.

"이야, 또 한 사람……. 이것으로 열세 명! 아버지, 확실하게 부탁해요."

레코드계와 응원단, 야스는 혼자서 두 몫을 하고 있습니다. 구경꾼들도 흥이 나서 합세합니다.

"꼬마야, 여기 또 한 사람!"

"열셋이 아니야. 열넷이라구."

"어이, 저기 굴러간 놈도 세었냐?"

사계(四戒)라는 것이 있습니다. 공포, 경악, 의심, 미혹…… 이것이 검도의 사계입니다. 기술과 이치는 자동차의 양 바퀴이고 하늘을 나는 새의 양 날개. 어느 하나가 빠지면 그 효과는 단절되지요. 기술을 표면에 나타나는 형태이고 이치는 안에 내재하는 마음입니다. 기술과 이치가 함께 하는 경지에 이르러서야 마음으로 생각한 것이 바로 기술이 되어 표현되는 법입니다. 하지만 이것은 아직 미숙한 단계. 사젠 같은 달인이 되려면 기술과 이치도 안도 밖도 일체 무차별. 모든 것은 조화롭게 용해되어 날아다니는 누레쓰바메가 있을 뿐. 무념무

---

38 벼락을 피하기 위해 외는 주문

상으로 움직이는 것이야말로 자연과 이치에 맞는 것입니다. 생각해서 행하는 것이 아닙니다. 또 행하고 나서 생각하는 것도 아닙니다. 천지의 이법에 행과 마음의 구별은 없기 때문에, 검심불이(劍心不異)라고 하는 것은 진정 지금 여기에서 구현되고 있는 것입니다. 그래서 거기에 지금 말한 사계의 어느 하나가 조짐이라도 보이면 이미 그것만으로도 지는 것입니다. 어떻게 하면 이길 수 있을지 따위 생각하지 않는 사젠, 누레쓰바메를 들고 마음 가는 대로 휘두르며 베고 베고 또 베어가는 그는 상대방이 한 명 두 명 줄어드는 것만을 의식할 뿐이었습니다. 하지만 대장주 고다이노신을 죽이면 어떻게든 되겠지 하고 깨달은 사젠, 순간적으로 눈을 빛내며 다이노신의 모습을 찾기 시작합니다. 그러자 이 몸이 등장하는 막은 아직 이라는 듯 다이노신도 보통이 아니라 난전에서 조금 벗어난 길가 부러진 나무 등걸에 앉아 대도를 짚고 사젠의 모습을 지켜보고 있습니다.

"이봐, 네 차례야."

사젠이 진득한 목소리로 불렀습니다.

"아버지! 일대일 승부예요!"

꼬맹이 야스가 외쳤습니다.

(1934.4.13)

74

오랜만입니다 4

"그럼 미숙하지만 상대해 드릴까."

고다이노신은 그렇게 말하고 불탄 나무 등걸에서 일어나며 말했습니다.

"도움은 필요 없다."

그는 불안해 보이는 이가 사무라이들을 향해 흘낏 눈짓을 보냈습니다.

"중요한 고케자루는 아직도 행방불명. 닛코 착수일은 목전에 다가와 있다. 이 고다이노신, 할복하지 않을 수 없는 형편에 있지. 혼자 할복하는 것보다는 이 괴물을 쳐 함께 죽어야겠다……."

혼잣말처럼 중얼거리며 조용히 신을 벗고 버선발이 된 고다이노신, 두어 번 제자리걸음을 하더니 마침내 한 곳에 버티고 자세를 잡으며 외쳤습니다.

"어차피 이제 이 목숨은 없는 거나 마찬가지다. 이 외눈외팔의 사무라이에게 죽을 것이다. 뼈는 수습해 주길 바란다."

그와 동시에 그는 스르륵 칼을 빼 들고 사젠 쪽으로 다가갔습니다. 목숨을 건다는 것은 두려운 일입니다. 칼을 섞기보다 마치 이대로 죽여 달라는 듯 사젠쪽으로 나아가는 다이노신입니다. 뭔가 상담할 일이 있어 말을 걸러 가고 있는 것 같은 태도입니다. 이를 맞이한 사젠은 사정이 조금 달라 누레쓰바메의 칼끝을 다이노신에게 향한 채 무언.

다이노신의 칼과 누레쓰바메, 두 개의 칼끝이 서로 다가가며 치치치 하고 두 개의 날붙이가 부딪히는 소리! 두 사람은 마주 서서 칼을 맞대었습니다.

모두가 조용해진 가운데 바로 옆 산보시 강물이 흐르는 소리만 졸졸졸 졸졸졸.

가슴을 찌르는 기술은 자세가 무너지기 쉽습니다. 어려운 기술입니다, 가슴은. 아랫배의 힘을 빼서는 안 됩니다. 내리칠 때는 충분한 힘을 검에 실어야 합니다. 등과 허리를 대나무처럼 똑바로 세우고 검을 내리쳐야 하지요. 내리친 다음에는 왼손주먹이 배 전방에 있어서 오른 팔과 왼 팔이 교차하도록 손을 되돌려야 합니다. 왼손을 끌어 오른쪽을 치는 경우처럼 말이지요.

고다이노신, 단숨에 사젠의 가슴을 노려 검을 크게 휘두르며 스르르 오른발부터 밟아나갔습니다. 왼발이 이를 따르고 양 발톱 끝으로 호흡을 재면서 조금씩 다가갑니다. 그 순간. 왼허리! 사젠은 빈틈을 발견합니다. 반대로 왼발부터 나아가기 시작한 사젠, 비스듬히 오른쪽으로 도는 가 싶더니!

"간다!"

웃음을 머금은 기합과 함께 누레쓰바메는 마치 독립된 생물처럼 긴 은린을 빛에 반짝이면서 멋지게 다이노신의 왼쪽 허리로……! 하지만 다이노신도 만만치는 않습니다. 뒤로 물러서더니 눈 깜짝할 새에 산보시 강으로 피했습니다.

"입만 산 녀석!"

초조해진 사젠이 사가미 다이신보를 아래로 내린 채 한걸음에 쫓아갔습니다. 마침 그곳은 불탄 자리 변두리로 까맣게 탄 판자가 네댓 장 지면에 쌓여 있었는데 사젠의 발이 그 판자를 밟음과 동시에 콰쾅 하고 큰 소리가 나며 판자가 부서지며 단게 사젠, 누레쓰바메를 손에 쥔 채로 깊은 구덩이 속으로 떨어져 버렸습니다. 함정이었습니다.

(1934.4.14)

75

오랜만입니다 5

꼬맹이 야스를 비롯해 상대하던 고다이노신, 쇼헤이관의 이가 사무라이들, 데쓰주로 등 시바도장의 이가 사무라이들, 그 밖의 토담 위로 얼굴을 내밀고 구경하던 사람들…… 백주대낮에 이만큼의 사람들이 보고 있는 가운데 단게 사젠의 몸이 훅 사라진 것입니다. 그것도 땅이 갈라져 그 안에 삼켜져 버린 것처럼 말이지요. 실제로 그랬습니다. 당장이라도 누레쓰바메가 쫓아와 자신을 벨 것이라고 각오를 다지고 있던 고다이노신은 아무 말도 못하고 사젠이 구덩이 속으로 떨어졌으니 안심하는 한편 허망한 기분. 달려가 구덩이 안을 내려다보았습니다. 이가의 사무라이들도 이러쿵저러쿵 떠들면서 구덩이로 달려가 그 안을 들여다봅니다.

"이런 곳에 구덩이가……."

"구덩이 위에 이 타버린 판자를 놓아 덮고 있었군."

"이건 처음부터 덫으로 만든 것 같은데."

사람 한 명이 들어갈 만 한 크기의 구덩이가 똑바로 땅 밑으로 파여 그 안에서 차가운 바람이 새어 나오고 있습니다. 일동 여우에 홀린 것 같습니다. 서로 마주 볼 뿐 아무 말도 하지 못합니다. 야스는 정신없이 이가 사무라이들을 밀어내고 구덩이로 다가갔습니다.

"아버지! 아버지! 이런 비겁한 수에 당하다니!'

구덩이 끝은 흙이 부드러워 힘을 준 야스의 발에 의해 흙이 무너져 투둑 하는 소리와 함께 흙덩어리가 구덩이 안으로 떨어져 내려갔습니다. 그와 함께 야스의 몸도 구덩이 안으로 떨어지려는 것을 데쓰주로가 꽉 잡아 끌어올렸습니다.

"이봐, 꼬마! 위험하잖아. 저쪽으로 가!"

"무슨 소리를 하는 거야! 이익! 아버지를 이 꼴로 만든 게 너희들이잖아. 검술로는 못 당하니까. 아버지를 구해내! 우리 아버지, 구해내!"

야스는 울면서 작은 주먹을 흔들며 데쓰주로를 비롯한 주변의 이가 사람들을 때렸습니다.

"이거 아주 성가신데."

데쓰주로는 쓴 웃음을 지었습니다.

"이런 곳에 이런 함정이 있을 줄이야 우리들도 전혀 몰랐어. 이봐 꼬마, 진정해. 이건 미네 단바일당의 수작이야."

토담 위 구경꾼들도 인정해주지 않습니다.

"이봐 당신들, 사오십 명이나 있으면서 실력도 있을 텐데 한 명을 못 이겨서 함정이나 파다니!"

시끌시끌한 사람들의 소리를 사젠은 구덩이 안에서 조용히 듣고 있었습니다. 처음 발을 디딘 판자가 아래로 떨어졌을 때 사젠의 몸은 직립자세 그대로 일직선으로 땅 밑으로 떨어졌습니다. 양 허리에 흙이 쏟아지고 아래에서는 바람이 불어오고 있습니다. 사오 미터정도 깊이에 떨어진 건가. 맹렬한 기세로 바닥에 떨어진 뒤 정신을 차려보니 그곳은 흙을 사각으로 파낸 두 평 남짓한 작은 방이었습니다. 떨어지면서도 칼은 놓지 않았기 때문에 누레쓰바메를 지팡이 삼아 아픈 몸을 억지로 버티며 일어나려고 하는데 그때 어둠속에서 목소리가 들렸습니다.

"오오, 사젠이 아닌가. 단게 사젠, 오랜만이군. 아하하하, 그간 격조했군."

(1934.4.15)

76

물방울 똑똑 1

사젠은 일직선으로 그대로 떨어졌다고 생각했지만 구덩이는 수직으로 난 것은 아니었습니다. 직경 3척 정도의 폭으로 급경사가 진 형태로 바닥에 연결되어 있었습니다. 생각해보니 이 지하실은 지상의 구멍에서 비스듬히 파고 들어와 산보시 강 바로 아래에 만들어진 것 같습니다. 왼손에 누레쓰바메를 쥐고 일어선 사젠, 허리를 세게 튕기며 빠져나가려 합니다.

"아 내 불찰이군……."

쓴 웃음을 지으며 토굴의 부드러운 흙바닥에 칼을 찔러 넣고 한 손으로 허리 근처를 잡으려고 했을 때, 지금 저, 단게 사젠이 아닌가, 오랜만이군, 그간 격조했군 하는 소리가 들린 것입니다.

"누구냐?"

사젠, 누레쓰바메를 고쳐 잡고 벽으로 몸을 붙이고 살펴봅니다. 이곳은 땅 속. 깊이를 모르는 지하에 지상의 구멍은 급경사가 져 어둠 속에서 땅위에서 들어온 희미한 불빛 한 줄기만 떠돌고 있을 뿐. 하지만 말을 건 사람은 그런 어둠에 익숙한 듯 보입니다.

"귀하도 발을 잘못 디딘 거요? 당했군, 하하하하."

이 목소리는 이가 망나니 야규 겐자부로입니다.

"겐자가 아니오? 그대는 이 시바가의 화재로 타죽었다고 들었는데, 그렇다면 이곳은 명부인가 보오. 나도 이제 저 세상에 온 건가."

가볍게 웃으며 사젠, 목소리가 들리는 곳을 바라보니 야규 겐자부로의 하얀 얼굴이 희미하게 보입니다. 그는 두 평 남짓한 이 작은 방 한가운데에 정좌하고 있군요.

"아, 겐자. 그대도 계략에 걸려 이 함정에 빠진 거요? 나는 때를 못 맞춰서 빠진 거네만."

사젠은 그렇게 말하고 겐자부로 앞에 책상다리를 하고 앉았습니다.

검으로 인해 이상한 운명으로 묶인 두 사람. 생각지도 못한 땅 밑에서 다시 마주하게 되었습니다.

"어디서부터 이야기해야 할지……."

겐자부로도 진심으로 반가운 것 같습니다. 사젠이 계속해서 말했습니다.

"이 함정은 화재로 정신없는 틈에 그대를 떨어뜨리려고 만든 것임에 틀림없소. 그대는 멋지게 이 함정에 빠진 거고. 단바가 저지른 이 일에 대해 나를 상대한 이가 사무라이들이 알았을 리 없으니 나는 멋대로 떨어진 거고. 하지만 놀랐소. 덕분에 이렇게 죽었다고 생각한 이가 망나니를 만났으니 사젠, 아주 안심이오. 이것도 내 손에 들어온 고케자루 차 항아리의 인도가 아닌가 싶소."

태연히 웃는 사젠의 한 손을 겐자부로, 기쁨과 놀람으로 꽉 쥐고 말했습니다.

"아니, 고케자루가 지금 귀공의 손에 있다고?"

"음, 들은 대로 고케자루는 내 손에 있었는데 귀하의 재난을 듣고 달려오느라 지금 나도 여기 이렇게 함께 있게 되었다는 이야기지, 아하하하."

두 사람은 갑자기 입을 다물었습니다. 어디선가 어둠속에서 똑똑하고 물이 떨어지는 소리가 들립니다……

(1934.4.16)

77
물방울 똑똑 2

가령 호우가 멎고 구름 사이로 푸른 하늘이 드러날 때, 지붕에 빗물을 모으는 통에서 아직 마르지 않은 물방울이 지면으로 떨어집니다. 그것과 아주 닮은 소리입니다. 똑! 똑! 일정한 간격을 두고 물 떨어지는 소리가 좁은 방에서 들리고 있습니다. 천장 어딘가에서 물이 떨어져 바닥에 부딪히는 것이겠지요. 두 사란은 그다지 신경을 쓰지 않고 이야기를 계속해 갑니다.

"여기 이렇게 살아 있다는 것을 알았다면, 그대의 곤경을 모른 척하고 나는 항아리가 가르쳐주는 대로 그대의 선조가 묻어놓은 보물을 찾으러 갈 것을 그랬군."

검우의 무사한 얼굴을 보고 안도의 한숨을 내쉰 사젠, 어떤 일이 있더라도 겐자부로를 못 본 체 할 수 없을 거면서 이렇게 얼굴을 마주하고 있을 때는 말이 험합니다. 남자끼리의 나쁜 말버릇인 게지요.

"야규의 금은 야규의 것이다."

언짢은 듯 말하는 겐자부로에게 사젠은 고압적인 태도로 웃어 보입니다.

"파낸 재보 중 닛코에 필요한 만큼의 금은 야규에게 돌려주지. 남은 것은 천하의 재산이다."

"닛코? 흠, 귀공은 쉽지 않은 일을 알고 있군."

"가모 다이켄이 보낸 글로 나는 모두 다 알고 있네. 한쪽 눈이라도 그대의 두 눈 이상으로 보이지."

"뭐라고? 가모 다이켄이 글을 보냈다고?"

"뭐, 나에 대한 것은 아무래도 좋아. 그것보다 그대, 어쩌다 이렇게 됐는가?"

"비겁한 것은 단바와 오렌이야. 검액도, 오렌의 미인계도 겐자부로 훌륭하게 벗어났는데…… 그 오렌한테 빼앗은 고케자루 항아리……."

"아니, 잠깐만. 고케자루는 나한테 있네. 어제 시바가의 별장에 같은 차 항아리가 있을 리 없지."

"뭐라는 건가! 정말 내가 이 눈으로 보고, 이 손으로 들어, 그 항아리를 베갯머리에 놓고 겨우 오렌을 피해서 별실에서 혼자 잠들었는데……."

"그랬더니?"

"그랬는데 새벽 무렵 그 화재가 난 거야. 사방팔방에서 일시에 불이 난 것을 보자니……."

말을 만들려고 하는 겐자부로를 사젠은 손을 들어 멈추게 합니다.

"자, 긴 이야기는 다음에 하고…… 이 구덩이에서 나올 방도는 없는가?"

"하하하하, 물을 것도 없이 귀공이 여기에 들어오기 전까지 샅샅이 뒤져봤네만. 사방은 흙이고 천장은 손이 닿지 않을 정도로 높네. 떨어진 구멍은 거의 바로 위에 있는 것 같네만 무엇보다 발판으로 삼을 것이 아무 것도 없어. 그 구멍으로 뛰어나갈 수도 없고 말이야."

"이가 망나니와 단게 사젠, 이 구덩이 속에서 동거하게 될 줄이야 생각지도 못했군. 하지만 그 사이 나갈 방법을 찾기로 하고, 새벽의 화재 말인데……."

"음, 사방에서 일시에 불이 일어난 걸 보면 단바일당의 방화가 틀림없네."

대답하면서도 겐자부로의 분함과 분노는 마치 타오르는 불꽃처럼 뜨겁게 느껴졌습니다. 물소리는 끊이지 않습니다. 땅에 떨어지는 물방울이 두 사람의 대화에 기묘한 장단을 만들어주고 있습니다.

(1934.4.17)

78

물방울 똑똑 3

지상에서 어떤 소동이 벌어지고 있는지 알 수 없습니다. 귀를 기울여도 이 깊이에서는 아무 소리도 들리지 않습니다. 야스는 어쩌고 있을까? 자신이 이 구덩이로 떨어지는 것을 봤을 테니 분명 뭔가의 방법을 강구하여 도와주러 올 것임에 틀림없다고 사젠은 생각하는 한편, 그래도 어린아이로서는 어떻게 할 방법도 없을 테고 게다가 이가놈들한테 붙잡히기라도 하면 야스, 꼼짝달싹 못하겠지. 어둠에 익숙해져 가자 그 구덩이의 모습이 어렴풋이 눈에 비칩니다. 위에서 좁은 구멍을 비스듬히 파내려와 여기만 방처럼 넓게 파놓은 것으로 보입니다. 사방은 점토가 섞인 흙. 땅속 특유의 비릿한 공기가 가라앉아 바닥을 치는 물소리가 귀에 가득하게 단속적으로 들려옵니다. 사젠은 생각났다는 듯 겐자부로에게 말을 걸었습니다.

"고케자루 항아리가 두 개 있을 리는 없소. 내가 손에 넣어 아는 여인 집에 숨겨두었으니 그대가 여기에서 오렌에게 빼앗은 것은 가짜임에 틀림없소."

겐자부로는 깊은 생각 끝에 두터운 눈썹을 들어 올리며 말했습니다.

"나는 아직 열어보지는 못했소. 귀공도 그 항아리를 아직 열어보지 못했겠지."

"음, 지금 말한 대로 막 열어보려던 차에 불이 나서. 결국 열어보지 못하고 여기로 달려왔지."

"그렇다면 어느 것이 진짜인지 어느 것이 가짠지 판단할 수는 없지."

"불탄 자리에 고케자루 항아리 같은 것을 껴안은 검게 탄 시체가 한 구 발견되었는데 그것이 겐자부로임에 틀림없다고들 하더군. 그대가 이렇게 멀쩡하게 살아있는 걸 보아 그 시체는 대체 누구일까?"

"단바의 흉계요. 별장 안에서 나를 둘러싸고 죽이려 했을 때 실수로 동료들에게 살해당한 시라누이쪽 젊은 사무라이일 거요."

"음, 그 시체를 시커멓게 태워 이가의 겐자부로로 보이려고 한 거군."

"고케자루 항아리를 죽은 사람과 함께 태우지는 않았을 테니 그건 이름도 없는 보통 항아리겠지."

초조한 마음에 사젠은 근처를 돌아봅니다.

"매장된 보물을 파내러 가야 할 내가 이렇게 파묻힐 줄이야."

자조적으로 중얼거리며 일어서는 사젠의 가슴은 부아가 치밀어 고통스럽습니다. 이렇게 겐자부로가 살아있는 이상 하기노에 대한 자신의 사랑은 키워서는 안 됩니다. 자신의 마음에 싹이 난 채로 묻어둬야 하겠지요. 지금 그의 가슴속에는 사랑하는 마음을 밝힌 연애편지가 들어있습니다만 이제 이것을 하기노에게 보내는 일은 없을 겁니다.

"이렇게 있어서야 아무 일도 안 되지."

겐자부로도 일어섭니다. 그때, 천장에서 떨어지는 물방울의 속도가 점점 빨라졌습니다. 어두운 곳에서 손으로 짚어가며 그 작은 방의 구석으로 가보니 위에 작은 구멍이 나 있고 거기에서 떨어지는 물이 발밑을 적시고 있습니다.

"이 바로 위가?"

겐자부로의 질문에 사젠은 조용히 방향을 생각하며 답합니다.

"산보시 강 아래 같군."

"이거야 원! 머리 위에 강이 흐르고 있잖아."

두 사람은 동시에 신음했습니다.

(1934.4.18)

79
물방울 똑똑 4

머리를 든 두 사람, 사젠과 겐자부로 사이에 천장에서 물방울이 계속해서 떨어지고 있습니다. 그 떨어지는 간격이 점점 빨라집니다.

"음, 이거 의외로 치밀한 계획이 있었던 것 같군."

이를 악문 겐자부로의 얼굴을 사젠은 어둠속에서 지그시 왼쪽 눈으로 바라보았습니다.

"떨어져 온 구멍으로 기어 올라갈 수는 없고."

떨어지는 물방울은 두 사람이 서 있는 바닥을 적시고 있습니다. 작은 수렁이 점점 넓어져 갑니다. 사젠은 쭈그리고 앉아 왼손을 내밀어 떨어지는 물을 받아 보았습니다. 톡 톡 하고 잇달아 손바닥을 치는 물방울.

"산보시 강의 강물일까?"

"이 위가 강바닥이라면 그 물이겠지."

"낙숫물이 돌을 뚫는다고 이런 물방울도 이렇게 끊임없이 떨어져 내리면……"

그보다 지금이라도 강바닥의 지반이 약해져 이 천장 전체가 일시에 떨어져 내릴 수도 있습니다. 그렇게 된다면…… 이 지하방 전체가 순식간에 침수되어 버리겠지요. 빠져나갈 새도 없이. 이 공포는 뜻밖에도 지금 두 사람의 마음에 동시에 일어났지만 감히 말로 표현할 수도 없이 두려워 어둠속에서 잘 보이지는 않았지만 아마도 이때 그 대단한 사젠과 겐자부로도 함께 안색이 변했을 것임에 틀림없습니다.

검에 대해서는 천만 명이 오더라도 상대할 자신이 있는 두 사람이지만 물을 상대로는 어떻게 할 방법이 없습니다. 어둠속에서 돌연 사젠은 자신의 외팔을 꽉 잡는 겐자부로의 손을 느꼈습니다. 그리고 귓가에 들리는 이가 망나니의 속삭임.

"이봐, 이미 물방울이 아니야. 물줄기가 떨어지고 있어."

정말로 그렇습니다. 지금까지 똑 똑 하고 떨어지던 물방울이 이제는 한줄기 가는 선이 되어 끊임없이 쏟아져 내리고 있습니다.

"겐자, 나를 어깨에 올려주게."

가슴속에 넣어둔 수건을 꺼낸 사젠.

"닿을지 안 닿을지 모르겠지만 어떻게든 저 천장의 구멍을 막지 않으면 안 되겠어."

물이라도 들어오지 않으면 그 사이에 탈출방법을 찾을 수 있을지도 모르고 구원의 손이 다가올 지도 모릅니다. 겐자부로는 사젠을 어깨에 태웠습니다. 캄캄한 구덩이 안에서 수상한 물막이작업이 시작되었습니다. 겐자부로 도련님의 어깨에 올라탄 사젠, 외팔을 뻗어 구멍을 수건으로 막으려 했지만 천장에 손이 닿지 않습니다. 조금만 더 가면 닿을 텐데……

"안되겠어. 귀공보다 내 쪽이 키가 크니 귀공, 나를 어깨에 올려주게."

"아아, 그새 물이 더 고였어!"

사실 방 전체에 물이 얇게 흐르는 듯 선이 가는 폭포수가 주룩주룩 흘러내리고 있습니다.

(1934.4.19)

80
물방울 똑똑 5

이번에는 차례를 바꾸어 사젠이 웅크리고 앉았습니다.

"실례."

겐자부로는 사젠의 머리에 다리를 걸쳤습니다. 야윈 사젠의 몸이 겐자부로를 메고 일어섰습니다. 두 손을 뻗은 이가 망나니.

"역시 안 닿는데."

초조한 손가락을 놀리듯 천장은 여전히 손가락 하나 정도 위.

"뛰어오를 수는 없을까, 사젠."

"그런 곡예는 못해. 설사 뛰어오른다고 해도 그 사이에 그대의 손이 긴 작업을 하지는 못하겠지."

갑자기 사젠은 큰 소리로 웃었습니다.

"이거 아무래도 당황하니까 일이 제대로 되지가 않는군. 할 수 없지. 그대가 밑에 오든지 내가 디딤대가 되든지 10척은 10척, 어떻게 더 늘리고 줄일 수는 없으니 말이야. 아하하하."

"정말 그렇군. 우리 두 사람, 당황해서 너무 허둥댔군 그래."

허둥대는 것도 당연하지요.

사젠의 어깨에서 내려온 겐자부로, 이제 발등에까지 물이 차오르는 것을 깨닫고 놀랐지만 아무 방책도 없습니다. 두 사람은 묵묵히 서로 마주 볼 뿐입니다. 사젠이 이 구덩이로 떨어지고 나서 얼마나 시간이 지났을까요? 겐자부로는 그 하루 전부터 먹지도 마시지도 못한 채이 지하에 유폐되어 있었던 것입니다. 대개의 일에는 꿈쩍도 하지 않는 이가 망나니인 만큼 그동안은 어떻게든 되겠지 하고 태연하게 땅밑에서 책상다리를 하고 앉아 있었습니다만, 물이 나오고부터는……이제 책상다리를 하고 앉지도 못합니다. 어느덧 두 사람은 옷을 걷어올리고 수해를 만난 행색을 하고 있습니다.

"일각에 어느 정도 물이 떨어질까?"

"글쎄, 그건 모르겠지만."

목까지 차오를 때까지는 시간이 상당히 걸리겠지. 그 사이에 어떻게든 해서 탈출방법을 찾아내야 한다. 뭐라도 해서. 하지만 어떻게 해야 할까?

두 평 남짓한 작은 지하의 방입니다. 지면에 닿는 유일한 구멍은 천장 저 위 너무 높이 있는 데다 경사도 나 있어서 디딜 발판이 없으면 올라갈 엄두도 나지 않습니다. 주위는 거칠게 깎아낸 흙벽. 이제 지상은 황혼 무렵이 되었을까요? 아까까지 구멍에서 흘러들어오던 희미한 빛이 완전히 사라지고 암흑 속에서 들리는 것은 물소리뿐이군요.

이가사람들은 어떻게 된 것일까요?

야스는요?

"어이!"

겐자부로가 사젠의 주의를 끌었습니다. 발로 물을 철벅철벅 찹니다. 어느새 종아리 반 정도까지 물이 올라와 있습니다. 곧 무릎이 잠기겠지요. 그리고 허벅지, 배, 가슴, 머리…… 결국 전신이 물속에……

사젠과 겐자부로, 침묵 속에서 광적인 눈으로 마주보았습니다.

물은 차갑게 종아리를 쓰다듬으며 올라오고 있습니다.

(1934.4.20)

81
토장(土葬)이냐 수장(水葬)이냐 1

이상한 일이 있습니다. 사젠이 이 화재현장에 왔을 때, 이것저것 그가 화재에 대해 물어본 동네사람이 있었습니다. 그리고 주변에 사는 것처럼 보이는 농부들이 불이 난 곳을 둘러싸고 와글와글 떠들고 있었지요. 이 마로도다이곤게숲을 빠져나와 은빛 비늘을 띄운 것 같은 싸늘한 산보시 강 조금 상류로 올라가자 나지막한 언덕 아래 곳간이 한 채 있습니다. 근처 농가에서 수확한 곡물을 공동으로 보관하고 있는 것 같습니다. 하늘은 붉고 작은 새 몇 마리가 석양을 향해 날아가고 있었습니다. 저녁이 되기를 기다리고 있었는지 초가지붕의 작은 집에 불이 켜지고 넓지도 않은 작은 공간에 늘어서 있는 농구들을 치우며 사람들이 떠들고 있습니다.

"아니, 이것으로 일은 성취한 것이나 마찬가지. 강하기만 하고 지혜가 모자라는 이가 망나니, 지금쯤 산보시 강의 차가움을 뼛속 깊이 느끼고 있겠지, 아하하하."

무리의 한가운데에서 멍석에 책상다리를 하고 앉아 소처럼 커다란 몸을 흔들거리고 있는 이는 세상에, 바로 시바도장의 사범대리 단바 미네가 아닙니까?

"참으로 잔혹하지만 적이라고 생각하면 이것도 어쩔 수 없지."

커다란 단바의 어깨에 가려져 보이지는 않지만 이렇게 말하며 한숨을 내쉬는 이는 오렌입니다. 둘러싼 시라누이일당들 사이에서 누군가 말합니다.

"흐흐흐, 마님은 지금도 겐자부로에 대해서……."

오렌은 쓸쓸한 미소를 지으며 그 소리가 들린 쪽을 향해 말했습니다.

"무슨 말을 하는 거예요. 검으로 죽는 것이 이가 망나니의 숙원이겠지만 당신들 중 누구 하나 그 겐님을 당해낼 사람이 없어 할 수 없이 함정을 판 게 아니예요? 겐님이 얼마나 분해하실지, 나는 그것을 말하는 거예요."

"그렇습니다."

단바는 히죽거리며 웃으며 일동에게 말했습니다.

"오렌님은 무사도의 본의에서 이가의 겐자를 동정하실 뿐이다. 쓸데없는 소리는 하지 말도록."

"거기에 단게 사젠이라는 무법자까지 달려와 부탁도 안했는데 구덩이에 빠져주다니, 우리로서는 이거야말로 일석이조……."

모두 생각나는 대로 이야기를 이어갑니다.

"이제 이것으로 모든 문제는 정리되었다. 지금 둘이서 구덩이 속 물바다에서 발버둥치고 있겠지."

양손으로 얼굴을 덮은 오렌을 지그시 바라보며 말했습니다.

"자, 이제 밤이 되길 기다려 위에서 저 구덩이를 메워버리기만 하면 되지."

"몇백 년쯤 뒤에 에도 마을이 커져서 이 근처에까지 마을이 서게 되면 그 옛날 산보시라고 하는 강 밑에서 두 개의 백골이 서로 껴안은 채 발견되겠지, 아하하하."

즐겁게 이야기를 나누고 있는 이들을 자세히 보니 모두 불탄 저택 근처에서 어슬렁거리던 농부나 마을사람들로 이들은 모두 시바도장의 제자들이 분장한 것이었습니다. 아마도 화재현장을 정찰하고 있었던 게지요.

"자, 술이 왔다."

큰 소리와 함께 술병을 몇 개나 껴안고 들어오는 사람이 있었습니다.

(1934.4.21)

82
토장이냐 수장이냐 2

보아하니 사젠에게 화재에 대한 것을 알려주던 그 마을사람. 술을 사러 나갔다가 이제 돌아온 것입니다.

"자, 여러분, 이걸로 축배를 들며 한밤중이 되기를 기다립시다."

라고 말하는 그의 어조는 겉모습과는 달리 사무라이의 말투입니다. 이 사람도 시바도장의 한 사람. 일동 환성을 지르며 여기저기에 나눠진 술병을 중심으로 모여 마시기 시작했습니다. 어느새 어둠이 깔리고 촛불이 켜져 일렁일렁 그림자를 만들고 있습니다.

긴장이 풀리자 갑자기 약속이나 한 듯 모두의 가슴속에 떠오른 것은 자신들이 실수로 죽이고 그 시체를 불탄 저택에 방치하여 겐자부로라고 속였던 동료의 일이었습니다. 시체 옆에 놓아둔 것은 이름도 없는 차 항아리로 진품은 진작 미네 단바의 손에 들어가 혼고 집에 숨겨놓았습니다. 단바의 생각은 그랬지만 그 항아리를 이미 몬노조가 훔쳐냈고 그 몬노조를 죽인 사젠이 항아리를 가져가 버렸지요. 그리고 사젠의 손에 넘어간 항아리는 오후지 덕분에 지나가던 넝마장수가 주워가 버렸습니다. 그래서 지금은? 어디에 있는지 모릅니다.

계략이 들어맞아 겐자부로를 함정에 빠뜨렸을 뿐 아니라 매우 방해가 되었던 단게 사젠까지 불속으로 날아드는 여름 벌레처럼 스스로 고맙게도 그 구덩이에 뛰어들어 주었으니 이거야말로 진정으로 일망타진이라고 할 만 한 일입니다. 이제 남은 것은 한밤중까지 여기에서 가만히 있으면서 세상 사람들이 모두 잠드는 것을 기다리다가 재빨리 지면에서 지하로 통하는 저 3척 정도의 구멍을 막아버리면 됩니다. 그렇게 하면 누군지 알아보지 못할 정도로 타버린 저 젊은 사무라이의 시체와 항아리를 겐자부로와 고케자루라고 주장하여 혼고의 도장으로 들고 돌아가는 것입니다. 이미 손을 써서 지금 이 집 한 구석에는 하얀 천으로 싼 소사체와 타버린 항아리가 정중하게 모셔져 있습니다. 미네 단바, 오늘밤처럼 술맛이 좋은 날은 없었을 겁니다. 좁은 창고에 한 자루의 촛불이 쓰쿠시의 시라누이불꽃처럼 타오르고 젊은 사무라이들의 유쾌한 이야기와 폭소가 이어집니다. 벌겋게 물든 단바의 웃는 얼굴. 하지만 그 축하의 한가운데에서 오렌만은 어두운 표정을 숨길 수가 없습니다. 도장을 뺏는 것은 좋지만 사랑스러운 남자를 속여서 죽였다는 자책 때문입니다.

그런데.

이 소란한 중에 드문드문 어디선가에서 바람을 타고 들려오는 소리는 어린아이의 이상한 외침이었습니다.

"아버지? 아버지! 아버지!"

일동, 순간 조용해졌습니다.

"아직도 곡을 하고 있군. 저 아귀 같은 놈."

누군가가 이를 악물고 말했습니다. 다시 슬픈 꼬마의 목소리가 밤바람을 타고 들려옵니다.

"아버지! 들리지 않으세요? 아버지!"

(1934.4.22)

83
토장이냐 수장이냐 3

멀리서 들리는 야스의 목소리에 떠드는 것을 멈추고 듣고 있던 시라누이 사람들.

"이가놈들은 저 아이를 그대로 두고 가버렸나 보지?"

"음, 아무리 데리고 가려고 해도 사젠이 떨어진 구멍 옆에 붙어 앉아 떨어지려 하지 않아서 말이지. 아주 쩔쩔매던데."

"게다가 우리가 마을사람처럼 분장해서 싸움소식을 듣고 관리들이 오고 있다고 떠들어댔더니 연관이라도 될까봐 두려운 지 그대로 도망가 버리더군. 와하하하."

그랬습니다. 고다이노신을 비롯한 쇼헤이관 사람들과 유키 사쿄 등 도장에서 진을 치고 있던 사람들은 깊이를 가늠할 수 없는 구덩이에 사젠이 빠지자 다행이다 싶어 우는 야스를 그대로 두고 철수해 버린 것입니다. 이 창고에서 나간 시바도장의 제자들이 마을사람들 행색을 하고 관리들이 온다고 떠드는 것에 놀라서. 그리고 그 사젠이 떨어진 땅 속에 자신들이 찾는 주군 겐자부로가 같이 갇혀있다는 것은 꿈에도 모르고.

"아버지! 올라올 수 없어요? 아버지!"

그때부터 야스는 이렇게 외치며 구덩이 주위를 돌고 있었습니다. 부쩍 길어진 날도 결국 저물고 산보시 강 물결에서 피어오르는 연자색 어둠.

구덩이는 지상에 입을 쩍 벌리고 어둠을 빨아들이고 있을 뿐, 들여다봐도 큰 소리로 불러 봐도 아무 대답도 없습니다. 어린 아이의 힘으로는 어떻게 할 도리가 없습니다.

"아버지! 아아, 어떡하면 좋지?"

야스는 미친 듯이 발을 구를 뿐입니다. 그러는 사이 밤이 되었습니다.

"맞은 편 숲의 곤겐님
한 가지 여쭐 테니 가르쳐 주세요
우리 아버지는 어디로 가셨나……."

쓸쓸한 노랫소리가 밤바람을 타고 근처 숲으로 퍼집니다.

"정말 나만큼 불운한 아이가 또 있을까. 친아버지와 친어머니는 얼굴도 모르고 저 멀리 이가에서 태어났다는 것만 듣고 이렇게 에도에 와서……."

야스, 구덩이 옆에 앉아 자신을 상대로 하소연을 하다 어느새 얼굴은 눈물범벅이 되었습니다.

"이렇게 에도에 와서 어머니 아버지를 찾았지만 아무런 단서도 못 잡고 있다가 이 단게 사젠이라는 거지 사무라이를 의붓아버지로 부르게 되었는데 그 아버지조차 이렇게 구덩이 속에 묻히게 되었으니 두더지도 아니고 어떻게 구해낼 수 있을지."

마침 야스가 이런 이야기를 늘어놓고 있을 때였습니다. 여기에서 조금 떨어진 숲속 창고에서는 미네 단바의 지시로 드디어 한밤중의 작업을 시작하게 되었습니다. 일동은 두 패로 나뉘어, 단바와 오렌은 다른 몇 명의 사무라이와 함께 겐자부로를 대신한 시체를 들고 바로 혼고의 도장으로 돌아가고, 다름 사람들은 창고에 있던 농기구를 들고 서둘러 사젠과 겐자부로가 빠진 구덩이를 메우러 떠났습니다.

(1934.4.23)

84
생명의 밧줄 1

"정말 너처럼 불효한 자식이 없다. 그 나이가 되도록 결혼도 하지 않고 아무리 넝마장수라고는 하지만 아들 하나밖에 없는 어머니를 이런 휴지나 누더기, 오래된 쇳덩어리 같은 것과 함께 살게 하면서 자신은 태연하게 잠이나 자다니 그러고도 술이나 찾고."

골목길 한가운데 등불이 가물거리는 어느 집에서 갑자기 노파의

잔소리가 들려왔습니다. 여기는 어딜까요? 물어볼 것도 없이 아사쿠사 류센지, 에도명소인 돈가리 나가야. 돈가리 나가야에 사는 구즈타케(屑竹)라고 하는 젊은 넝마주이의 집입니다. 어머니와 아들 둘이서 살고 있는데 지금 날카롭게 몰아붙이고 있는 오카네라고 하는 노파는 이 구즈타케의 모친이랍니다. 방 한 칸짜리 집에 거의 인간의 지식으로 생각할 수 있는 모든 잡동사니가 모여 있는데…… 폐지, 걸레로도 못 쓰는 옛날 옷, 오래된 가발, 불쏘시개가 될 운명의 오래된 책상, 고문서상자. 오래된 궤에는 낡은 버선이 가득하고 오래된 술병 옆에 못 쓰는 판자가 세워져 있습니다. 몸 뉘일 데, 발 디딜 데도 없는 형편입니다. 방안에 있는 모든 물건에 〈오래된 것〉이라는 글자가 쓰여 있는 것 같습니다. 오카네 할멈도 바로 이 〈오래된 것〉이라는 글자가 붙은 한 사람으로 오래된 화로 앞에서 오래된 담뱃대를 들고 앉아 있습니다.

"장사하러 나가기만 하면 꼭 중간에 술에 취해 사흘이고 나흘이고 집에 돌아오지도 않고. 이런 허랑방탕한 놈 같으니라고! 어미가 쥐에 물려가도 괜찮다는 거냐?"

이 노호의 대상인 구즈타케는?

뭐하고 있나 보니.

오래된 다다미 한가운데에 자빠져 누워 술 냄새 지독한 숨을 내쉬며 중얼중얼 잠꼬대 중입니다. 이삼일 전 대바구니를 지고 돌아와,

"넝마요, 넝마. 버리시는 물건 없습니까?"

하고 외치며 그 한밤중에 용케도 집을 찾아 들어온 참입니다. 달리 도락도 없고 악의도 없는 남자지만 젊은 나이에 벌써 술주정뱅이가 되었습니다. 어머니가 화내시는 것도 무리는 아닙니다.

"그래서 이제야 돌아왔나 했는데, 내 말은 소귀에 경 읽기라 이렇게 대자로 누워 코나 골고. 좋아! 오늘은 한번 다이켄 선생께 말씀드려 의견을 구해봐야겠다."

오카네 할멈이 일어서며 아들에게 말했습니다.

"지금 다이켄 선생을 모셔올 테니 어디 도망가지 말고 있어."

"헹! 도망가고 싶어도 다리가 움직이지 않네. 자랑은 아니지만 어젯밤부터 세 병은 마셨거든."

"아유, 정말이지! 질려서 들어줄 수가 없네. 어머니를 바짝 말려놓고 본인은 술에 취해 돌아다니다니."

분연히 일어난 오카네, 문 앞 봉당으로 내려서다 갑자기 소리칩니다.

"아야야야야!"

뭔가를 밟은 모양입니다.

"뭐야! 이런 데에 이런 게 굴러다니다니! 위험하지 않나. 뭐지? 차 항아리네. 아주 더러운 항아리군."

신고 있던 게다로 세게 차버린 오카네는 수채를 덮은 널빤지를 쿵하고 밟으며 집을 나섰습니다.

(1934.4.24)

85

생명의 밧줄 2

이것은 대체 어떻게 된 일일까요?

같은 돈가리 나가야의 사쿠야씨 집입니다.

토방 가득 게다가 쌓여 있는데 불길한 소리이긴 하지만 마치 장례식장에서 밤샘이라도 하고 있는 것 같은 풍경입니다. 집안에는 예의 다이켄 거사를 둘러싸고 나가야의 남, 녀, 할아범, 할멈, 청년과 젊은 여인이 가득 앉아있습니다. 사쿠야씨는 나오지도 않는 차찌꺼기를 짜서 차를 권하느라 바쁩니다. 귀엽게 머리를 올려 묶은 미야짱이 졸린 눈으로 그 차를 하나하나 나눠주고 있습니다.

"그러니까……."

다이켄 선생은 방안 한가운데에 앉아 야채가게 짐꾼으로 일하는 나가야의 젊은이를 바라보았습니다.

"그러니까 그 오마치라는 여인에게 진심이 있으면, 아무리 전당포 노인이 원한다고 또 부모가 권한다고 해서 그런 첩 자리에 갈 게 아니라 자네한테 와야 한다는 거지."

선생은 젊은이를 보며 말을 이어갔습니다.

"오마치씨 집이 그렇게 어려운 것도 아닌가."

"아니, 요 앞의 두부집인데 유복하다고까진 말할 수 없지만 그렇게 곤란한 지경도 아닙니다."

"그런데도 오마치는 집을 돕는다는 구실로 그 이세야 노인에게 몸을 데워주는 일을 하러 간다는 겁니다."

"아, 그렇게 약속한 거라면…… 내 참."

젊은 야채상은 주먹으로 흐르는 눈물을 막고 있습니다.

"이거야 원, 울지 말게. 꼴사납네. 자네 이야기로 오마치란 아가씨의 마음은 알겠네. 그런 여자는 포기하는 게 좋겠어."

"그, 그 포기가 안 되어서요."

"뭐야, 오마치보다 나은 부인을 찾아 그 사람이 후회할 정도로 잘 벌면 되지. 내가 자네라면 그렇게 하겠네."

"네? 선생님께서 저라면요?"

야채가게 청년은 급하게 되물었습니다. 다이켄 선생은 빙그레 웃으며 대답했습니다.

"음, 내가 자네라면 그렇게 할 걸세. 돈에 눈이 어두운 여자라면 이세야노인에게 지지 않을 정도로 재산을 모아 그 여자를 분하게 만들어야지."

"좋아요!"

야채가게 청년은 이를 악물고 말했습니다.

"저도 에도사람이예요! 깨끗하게 포기하겠어요. 포기하고 열심히 일해서 돈을 벌 거예요."

"오오, 그런 기백이라면 나도 상담한 보람이 있는 거지. 자, 다음!"

"저, 다이켄님."

작은 소리로 말을 꺼내는 사람은 앞줄에 앉은 붉은 색 옷의 부인이었습니다. 돈가리 나가야에는 드문 요염한 여인. 한 달 정도 전에 요시하라에서 나와 불쏘시개 가겟집 아들과 살림을 차린 아주 아름다운 부인입니다.

"자네 차례인가. 무슨 일인가."

"저어, 저는 열심히 일하려고 하는데 시어머니 마음에 들지 않아

매일 같이 괴로운 나날을 보내고 있습니다⋯⋯."

다이켄 선생의 대답은?

"흠, 그 모습을 보아하니 시어머니 마음에 안 드는 것도 당연한 일일세. 본인은 열심히 한다고는 하지만⋯⋯ 그, 하지만 말일세, 내가 봐도 마음에 들지는 않네."

이렇게 매일 밤, 다이켄 선생의 집은 돈가리 나가야의 인생상담소가 되고 있습니다.

(1934.4.25)

86
생명의 밧줄 3

불쏘시개 가게 며느리는 금세 버들 같은 눈썹을 올리며 말했습니다.

"어머, 이러실 것 같았어요. 노인은 노인편이지요. 다이켄님도 하루하루 흰머리가 늘어가니 무조건 시어머니 편을 드시는 거지요."

"이것 봐, 그렇게 마음을 쓰니 재미가 없는 거요. 노인은 앞날이 얼마 안 남았지. 때로 무리한 이야기를 하는 것도 무리는 아니라고 생각하면 시어머니의 무리한 이야기도 무리하지 않게 들을 수 있는 거지."

"하지만 저희 시어머니는 언제나 저를 유곽출신이라고⋯⋯."

"그런 말을 듣고 싶지 않다면 지금 내가 한 말을 잘 생각해서 시어머니의 무리한 이야기를 무리하다고 듣지 않도록 수행을 하도록 하게. 그러다 보면 자네도 무리 한 가지정도는 말하고 싶어지겠지. 그런 자네의 무리도 무리가 아니게 되네. 무슨 말을 하든지 무리가 무리가 아니게 되면 온 집안이 비로소 평온해지겠지, 하하하하. 알겠나."

"저로서는 불경말씀으로밖에 들리지 않네요."

"좋아, 내일 밤 서방을 보내게. 자, 다음!"

" 선생님!"

깨진 종 같은 목소리. 수건을 꽉 지고 콧등을 문지르며 다가온 사람은 나가야 입구에 사는 미장이인 덴지(伝次)입니다.

"오늘밤은 한 가지 선생님께 흑백을 가려 주십사 하고 왔습니다. 이 대머리가 괘씸해서 견딜 수가 없습니다. 어이, 앞으로 나오게, 앞으로!"

"이렇게 난폭한 놈은 본 적이 없네. 다이켄 선생님, 저도 부탁드립니다. 시비를 가려주십시오."

지지 않고 옆에서 나선 사람은 덴지 옆집에 사는 홀아비입니다.

" 선생께서도 아시는 바 같이 저는 원래 타고나기를 개나 고양이를 좋아하는 놈입니다."

실제로 이 남자는 자신이 말한 대로 개나 고양이를 좋아하여 삽화 책장사를 하면서 돈벌이를 나가는 것은 한 달에 며칠정도이고 매일같이 근처에서 버려진 개나 고양이를 주워와 자신이 먹을 것도 양보해가며 키우고 있습니다. 그것이 지금은 고양이가 열여섯 마리, 개가 열두 마리. 개와 고양이 아재라고 불리는 돈가리 나가야의 괴짜입니다.

"그쪽이야 좋아서 한다고는 하지만 옆에 사는 저한테는 재난입니다. 밤새도록 야옹야옹 멍멍 짖지, 벌레가 들끓고 그런 소동이 없습니다. 몇 번이고 이 집에 가 항의를 했지만……."

"내 집에서 내가 좋아하는 일을 하겠다는데 자네가 무슨 상관인가.”

“뭐라고! 내가 좋아하는 일이라면 남한테 피해를 줘도 괜찮다는 말인가.”

“아아, 잠깐!”

다이켄 선생인 커다란 손을 흔들며 두 사람을 말렸습니다.

“이건 영감이 조금 배려를 해줘야 하는 일일세. 사람이란 함께 사는 법. 아무리 좋아하는 일이라도 도를 넘어서는 곤란하네.”

“다이켄 선생님! 구즈타케 할멈이 청이 있어 왔습니다.”

오카네가 큰 소리로 외치며 들어왔습니다.

(1934.4.26)

87
생명의 밧줄 4

“그거 보라고.”

미장이 덴지가 개와 고양이 아재를 나무랐습니다.

“ 선생님! 잠깐 집에 와 주세요. 다케란 놈이 또 술에 취해 왔어요.”

그렇게 외치면서 사람들을 가르고 뛰어 들어온 오카네할멈, 갑자기 다이켄 선생의 손을 잡고 무턱대고 끌어냅니다. 큰일은 작은 일로부터 시작합니다. 후지산도 산기슭 한 걸음부터 오르기 시작하는 겁니다. 일본이라는 세상을 다시 세우려면 먼저 이 에도사람들의 인심부터 바꿔야 하는 거지요. 그러려면 제일 먼저 주변 돈가리 나가야의 인기를 아름다운 것으로 만들어야 합니다. 그렇게 생각한 다이켄 선생. 나가야 사람들의 인생 상담을 하고 있는 사이, 언젠가부터 매일 밤 이렇게 선생이 살고 있는 사쿠야씨 집에는 돈가리 나가야 사람들이 번민과 불평, 쟁론 등 크고 작은 일 모두를 가져와 서로 차례를 지키라며 와자지껄 하고 있습니다. 고부간의 갈등부터 여행 상담, 사랑의 고민, 돈 버는 방법, 남편에게 버림받은 부인의 한탄…… 몽땅.

그것을 또 다이켄 선생, 모조리 방법을 알려주고 해결해 주고 있습니다. 마치 이 인생상담이 가모 다이켄의 직업 같이 되어버렸지만 물론 돈은 받지 않습니다. 하지만, 순박한 나가야 사람들은 선생에게 폐를 끼치고 있다고 생각해서 토란이 익으면 가져오거나 솜옷을 만들어 오거나 혹은 술 한 병 들고 오거나 하며 은혜를 갚으려고 합니다. 그래서 결국은 공짜로 지혜를 얻는 일은 없었습니다. 다이켄 선생은 이 돈가리 나가야에 와 처음으로 아름다운 인정을 맛보고 세상은 아직 살 만 하다, 여기에 새로운 시대를 만드는 힘이 숨겨져 있다고 생각한 것입니다. 최근에는 돈가리 나가야뿐 아니라 멀리서 소문을 듣고 여지저기에서 오래된 고통이나 험난한 세상살이에 어떻게 해야 하나 같은 고민들을 들고 돈가리 나가야의 왕 다이켄 선생을 찾아오고 있습니다. 선생이 오고 나서 돈가리 나가야의 분위기는 일변하였습니다. 눈에 보이는 곳만 해도 골목에 종이 한 장 버려져있지 않게 되고 수채를 덮는 판자도 언제나 깨끗하게 청소가 되어 마치 이전에 대청소한 뒤의 나가야의 모습을 항상 보여주고 있어 격세지감을 느끼게 합니다. 눈을 부라리며 살던 나가야 사람들도 이즈음에는,

"안녕하세요."

"날씨가 아주 좋네요. 뭔가 도와드릴 일이 있으면 언제든지 말씀

하세요."

　하면서 인사를 나누게 되었습니다. 덕화(德化).

　다이켄 선생은 지금 오카네할멈에게 이끌려 구즈타케네 집으로 가고 있습니다.

(1934.4.27)

88

생명의 밧줄 5

　"술을 마시는 것도 좋지만 술잔 속에 모친의 얼굴을 떠올리며 마셔야지. 이렇게 젊은 녀석이 술을 마시는 게 아니라 술에게 먹혀 버리니, 이 몸으로 견뎌낼 수가 있나!"

　선생의 대갈에 구즈타케는 벌떡 일어나 무릎을 꿇고 앉았습니다. 뭐 이정도면 괜찮겠지 하고 슬쩍 모친쪽을 바라보며 미소를 지은 다이켄 선생.

　"정말로 선생님 여기까지 걸음 하시게 해서 고맙습니다. 이제 다케녀석도 버릇을 고치겠지요. 폐를 많이 끼쳤습니다……."

　오카네의 장황한 인사를 뒤로 하고 문으로 나가던 다이켄, 뭔가를 발견합니다.

　"뭐지, 이것은. 차 항아리가 아닌가."

　항아리를 손에 들고 등불에 비쳐보던 다이켄, 음 하고 신음하였습니다.

"음, 더러운 항아리군. 이런 더러운 항아리가 이 돈가리 나가야에 있어서는 나가야의 불명예가 아닌가. 아, 거슬리는 군. 실로 아주 오래된 더러운 항아리군."

하고 이상한 소리를 하면서 태연히 마루에 꿇어 앉아 있는 구즈타케를 돌아보며 말했습니다.

"다케씨, 자네 어떻게 이 항아리를 손에 넣었나?"

또 혼날까봐 구즈타케는 머뭇거리며 대답했습니다.

"아, 정말이지 너무 더러운 항아리라 죄송합니다."

"아니, 그렇게 사과하지 않아도 되네. 어디서 이 항아리를 주웠는가."

"아니, 주운 게 아니라 고마가타의 고려집이 있는 요코초에서 넝마요, 넝마 하면서 돌아다니다 어떤 부인이 잠깐만요, 넝마장수……."

"이보게, 성대모사까지 할 필요는 없네."

"죄송합니다. 그 부인이 이거 너무 더러운 항아리라 보는 것도 싫으니 부디 공짜로 가져가 달라고 하여……."

"고마가타의 고려집이라고?"

순간 다이켄은 진지한 얼굴로 머리를 갸우뚱하더니 곧 웃는 얼굴로 돌아와 말했습니다.

"아, 그렇군. 누구라도 이런 더러운 항아리를 보고 있으면 속이 안 좋아지지. 이런 불결한 항아리를 나가야에 둘 수는 없네. 다케씨, 나한테 이 항아리를 주게나. 뒤편의 도부강에라도 버리려고 하는 데 괜찮겠지?"

"당연히 괜찮습니다. 부디 선생님께서 가져가셔서 깨버리시던지 강에 버리시던지…… 부정한 항아리니까요."

다케는 모친 덕에 다이켄 선생에게 혼난 울분을 차 항아리에 풀고 있습니다.

"그러면 이 불결한 항아리, 내보내겠네."

다이켄 선생은 웃음소리를 남기고 그 항아리를 불쾌한 표정으로 들고 구즈타케의 집에서 나왔습니다. 나온 순간 그 얼굴이 다른 사람처럼 긴장합니다. 나가야의 희미한 등불에 소중하게 안은 항아리를 비쳐보면서 말하는 군요.

"고케자루여, 드디어 내 손에 들어왔구나. 너는 너도 모르게 세상의 모든 재액을 퍼뜨리고 있었지. 아, 이제 더는 그렇게 하지 못하겠지. 아하하하."

(1934.4.28)

89

생명의 밧줄 6

"나한테는 밤낮으로 감시가 붙어있으니 오늘 하룻밤이라도 이 항아리를 갖고 있을 수는 없어. 그리고 이것을 기다리고 있는 자에게 넘겨 기쁘게 해주고 싶고."

혼잣말을 하던 다이켄은 항아리를 들고 사쿠야의 집으로 돌아가면서 어떻게 할 것인지 고민하였습니다. 누구에게 이 항아리를 갖다 주려는 걸까요?

사쿠야씨는 병이 난 이래 운신을 못하는 사람이 되었습니다. 물론 집안에서의 일은 할 수 있었지만요. 이리저리 궁리하며 골목을 걷고 있는데 돈가리 나가야의 모퉁이에서 밤 가마 한 채가 기다리고 있었습니다.

"요금은 지금 주지. 잠깐 기다리게."

어른흉내를 내는 어린 목소리는 바로 꼬맹이 야스. 가마에서 내리다 다이켄 선생을 보고는 얼른 달려와 숨도 안 쉬고 말했습니다.

"오, 미야짱과 함께 사는 분이 아닌가. 친절한 아저씨, 가마비 좀 내주세요. 술값이 되게 넉넉하게요."

다이켄 선생은 별이 빛나는 밤하늘을 올려다보며 웃었습니다.

"와하하하, 아이인지 어른인지 모르겠는 녀석이로구나. 자네는 단게 사젠과 함께 사는 아이렷다."

"음, 그 아버지 사젠의 일로 왔어요. 어쨌든 아저씨, 저 가마꾼에게 돈을 내 주세요."

하지만 그게 무리인 게 다이켄 선생에게 돈이 있으면 사젠에게도 오른 손이 있을 겁니다. 하지만 얼굴이 벌겋게 된 아이의 모습에 보통 일이 아니다 생각한 다이켄 선생이 이웃에게 부탁하여 가마비를 내 주었습니다. 야스는 아까 미야짱의 집에 사는 다이켄 선생을 생각해 내고 그의 도움을 받기로 하고는 저 불이 난 시바별장에서 지나가던 가마를 불러 달려왔던 것입니다. 가슴께에 작은 돌을 넣어 부풀여서.

"돈은 여기 얼마든지 가지고 있어. 술값도 넉넉하게 쳐줄 테니."

야스가 그렇게 가슴을 두드리며 돈이 있는 척 하여 아이 혼자 밤에 나다니는 것이 의심스러우면서도 가마꾼은 여기까지 태우고 온 것입니다.

"그런데 아저씨. 내가 아버지가 떨어진 구덩이 근처에 있자니까 밤이 되어 마을사람들 같은 차림의 남자들이 쟁기며 괭이를 들고 와 나를 밀어내고 그 구덩이를 메우려고 하는 게 아니예요? 중과부적이라 나는 거기에서 도망쳐 가마로 여기까지 온 거예요. 이미 구덩이는 메워졌을 거예요. 아저씨, 아저씨는 아주 강한 사람이라고 단게 아버지가 늘 말씀하셨어요. 부디 소원이니 나와 함께 현장에 가서 아버지를 구하주세요. 네? 네? 이렇게 빌 테니까요.”

작은 얼굴은 새빨개지고 눈물을 흘리며 부탁하는 야스를 내려다 보던 다이켄 거사.

“뭐라고? 사젠이 생매장을 당해? 그거 아까운 일이군. 쓰기에 따라서는 잘 쓰일 수 있는 사람이거늘. 좋다! 걱정하지 마라. 아저씨가 가서 구해주겠다.”

(1934.4.29)

90
생명의 밧줄 7

그런데 이 항아리는!

고케자루 항아리를 한 손에 든 다이켄이 생각에 빠져 있는 사이, 그걸 본 야스가 큰 소리로 외쳤습니다.

“아, 우리 아버지랑 내가 열심히 지켜온 항아리네. 요전번에 아버지가 어디선가에서 가져왔는데 어째서 여기에 있지?”

“쉿! 큰 소리로 말하지 마. 이 항아리는 그것과 달라.”

"아니, 똑같은 항아리예요. 나는 제대로 기억하고 있어요."

"얘야, 이 항아리에 대해서 이러쿵저러쿵 이야기하면 사젠을 구하러 갈 수 없어."

"아, 야스네, 야스야."

소리를 들은 미야가 집에서 달려 나왔습니다.

"야스! 너 잘 돌아왔어."

"아, 미야짱. 만나고 싶었어. 보고 싶었어."

야스가 미야에게 인사하며 손을 잡으려 하자 문득 뭔가 생각이 난 다이켄 선생.

"이봐 야스, 지금 그런 인사나 할 때가 아니지 않나. 생매장당한 단게 사젠을 구하러 가야지."

"아, 그렇지! 미야짱! 그동안 못한 이야기는 다음에 천천히 하기로 하고. 아저씨! 어서 가요."

"기다려!"

다이켄 선생은 미야 옆에 쪼그리고 앉아 말했습니다.

"오늘밤에는 미야에게도 한 가지 일을 부탁하려고 한다."

그리고 뭔가 미야의 귀에 작은 소리로 속삭이자 미야는 귀여운 얼굴에 긴장된 표정을 지으며 바로 고개를 끄덕였습니다. 그러고는 곧 두 그룹의 인영이 이 돈가리 나가야의 골목입구에서 좌우로 나뉘어 짙은 에도의 어둠속으로 사라졌습니다. 그 하나는 다이켄 선생을 재촉하여 생매장현장으로 떠나는 야스. 또 하나의 작은 그림자는 커다란 보자기로 고케자루 차 항아리를 싸서 등에 맨 미야. 외로운 밤길에 자기 키만 한 등불을 들고 혼자서 걷고 또 걸었습니다. 살면서 이렇게 멀리 집을 떠나본 적 없는 미야짱. 게다가 한밤중. 양쪽에 늘어선 집들은 모두 대문을 닫고 개 짖는 소리만이 시커먼 바람을 타고 들려옵니다. 사쿠야는 걷지를 못해 도움이 안 되고 아침까지 기다릴 수 없는 급한 일이라고 듣고 무서움도 외로움도 잊은 채 미야는 등에 진 고케자루가 지친 작은 몸에 점점 무게를 더하는 것을 느끼면서 하염없이 길을 건너고 마을을 지나 걸어갔습니다. 드디어 도착한 곳은 사쿠라몬의 나무문. 경비를 서고 있던 관리가 놀라 물었습니다.

"아니, 꼬마아가씨. 너는 자고 있어야 할 시간에 그런 걸 메고 어디로 가니?"

봉을 든 또 한 사람이 옆에서 웃으며 말을 겁니다.

"이사하는 꿈이라도 꾸고 있는 거 아니야?"

"아니오!"

미야는 지금이 제일 중요한 순간이라고 생각하고는 귀여운 목소리로 크게 말했습니다.

"저는요, 미나미부교님댁에 가는 중이예요. 지나가게 해주세요."

(1934.4.30)

91

생명의 밧줄 8

"어이, 가라쿠마! 도비요시!"

한밤중 돈가리 나가야에 큰 소리가 폭발했습니다. 그 소리는 마치 터널을 질주하는 듯 나가야의 끝에서 끝으로 퍼져나갔습니다. 소리

지르는 사람은 이 나가야의 입구에 살며 중재자 역할을 하고 있는 석수 긴, 이시킨씨였습니다. 이름만 들어도 대단히 딱딱할 것 같은 사람. 그 딱딱한 면이 이 돈가리 나가야 주민들의 신용을 얻어 다이켄 선생에게 연결하는 나가야의 얼굴역을 맡고 있습니다. 지금 그 이시킨이 당황해서 쩔쩔매며 골목을 달려와 이렇게 소리 지르는 것입니다. 마치 병영에서 기상나팔을 분 것처럼 나가야에 늘어선 집들의 대문 위로 얼굴들이 차례차례 나타났습니다. 가라쿠마는 벌거벗은 상반신에 겉옷 한 장만 걸치고 뛰쳐나왔고 숯 파는 미요시, 사이몬가타리 한코, 우산 고치는 남부 무사 호소노님에 잠옷차림으로 잠에서 덜 깬 눈을 하고 나온 부인, 놀란 개, 고양이까지 뛰어와 나가야는 일약 비상사태. 막 잠이 들려다 이시킨의 거친 목소리에 일어난 일동, 뭐가 뭔지 모릅니다.

"상대는 누군가, 상대는?"

"야, 싸움 난 게 아니야?"

"경보가 울린 게 아닌가? 화재는 어디에서 난 거야?"

"아니, 싸움 난 것도 아니고 불이 난 것도 아니야."

나가야 입구에 선 이시킨은 골목을 메운 사람들을 향해 큰 소리로 외쳤습니다.

"어이, 자네들. 요즘 조금이라도 이 나가야가 살기 좋게 되고 또, 곤란한 일이 생겨도 들고 가 의논할 수 있어서 안심하고 살 수 있게 된 것이 대체 누구 덕분인지 알고 있겠지?"

골목에 가득한 나가야 사람들 고개를 끄덕입니다.

"다이켄 선생님이시지."

도비요시의 말에 이어 다른 삶들도 입을 모읍니다.

"그렇지! 다이켄 선생은 우리들의 은인이시지."

"다이켄 선생이 계셔서 돈가리 나가야가 사는 거야."

"그런데……."

군중을 향해 이야기하는 이시킨의 발밑을 보던 누군가가 옆에 있는 쓰레기통을 끌어와 그에게 권했습니다.

"자, 여기 올라서서 이야기하게. 소리가 잘 들리도록."

이시킨은 쓰레기통 위에 올라서서 연설을 시작하였습니다.

"이봐, 대 은인이신 다이켄 선생이 지금 정색을 하시고 무코지마 쪽으로 가셨다네. 지금까지 사쿠야씨의 옆집에 살면서 우리들의 동료였던 야스가 선생을 모시러 왔네. 내가 잘 살펴봤는데 선생님 표정이 뭔가 보통이 아닌 일이 벌어진 듯 했네. 선생과 야스의 이야기를 들어보니 잘 들리지는 않았지만 시부에무라의 불이 난 시바별장이라는 것 같았네. 거기에 무슨 일이 있어서 선생이 달려가신 듯 하네. 우리도 명색이 돈가리 나가야와 에도 사람인데 설마 선생을 못 본 체할 수야 있겠나."

(1934.5.2)

92
생명의 밧줄 9

한밤중의 주민대회.

쓰레기통 위에 선 위원장 이시킨의 연설은 바야흐로 모두에게 불을 붙였습니다.

"우리들이 이렇게 있을 수 있는 것도 다이켄 선생 덕분이지. 지금부터 모두 함께 나아가 선생께 힘을 보태야 할 터인데 반대하는 사람 있는가."

"에에, 이시킨. 이견이 있을 리 없지 않나. 뭐냐, 누구 하나 이견이 있으면 참을 수가 있겠나. 나무막대기라도 들고 가 선생님께 칼을 들이대는 놈들을 패주고 오자고."

"그래, 그래. 다이켄 선생을 돕는 일에 불만이 있는 놈이 있을 리가 있나."

"어이, 모두들! 이대로 밀고 가자!"

영차 영차, 마치 축제날 가마를 메고 가는 듯한 소란이 일어납니다.

"호소노 선생!"

누군가 이 나가야의 한 주민으로 낡은 우산을 고치는 남부 무사출신인 호소노를 불렀습니다.

"이런 때 야위어도 말라도 사무라이니 죽도라도 좋으니까 위세 좋게 들고 선두에 서주시오."

"말할 것도 없이 다이켄 선생을 위해서라면 이 몸도 물불을 가리지 않을 거요. 여러분!"

호소노 선생, 누덕누덕 기운 바지를 입고 칼 하나 허리에 차고는 앞으로 나섰습니다.

"늦지 않게 갑시다."

"아무 무기도 없는 사람은 상관없으니까 상대의 목구멍이라도 찌르라고."

"어이, 야채가게 하쓰. 자네 저울을 들고 가 어쩌려고?"

"뭐 이걸로 상대의 정강이라도 훑어 주려고."

"어, 풀집 할멈. 전장에 할멈은 필요가 없어. 할멈은 그냥 집으로 돌아가라고."

"무슨 말을 하는 거야. 우리 집 둘째아들놈 성깔을 고쳐 나쁜 데를 드나들지 못하게 한 사람이 누군데 그래. 모두 다이켄 선생 덕분이라 구. 그 선생의 큰일에 할멈이라고 해서 집에 틀어박혀 있을 수는 없 어. 이래봬도 돌 하나 던질 힘은 있어. 나무아미타불 나무아미타불."

돈가리 나가야 일동, 떼를 지어 나아갑니다.

속옷 하나에 머리띠만 맨 사람, 다 떨어진 작업복에 갈고리 하나 든 사람, 정신없이 삽 하나 꺼내온 사람 등 모두 생각난 무기를 들고 문자 그대로 백귀야행.

"다이켄 선생을 돕자!"

"야스를 구하자!"

심야의 거리에 울러 퍼지는 외침이 멀리 무코지마쪽으로 날아갑 니다. 이시킨, 가라쿠마, 도비요시, 호소노, 이 사대천왕이 선두가 되 어서 말이지요. 대단한 조력자들입니다.

(1934.5.3)

93

생명의 밧줄 10

"그러면 우리들은 겐자부로를 대신할 이 소사체와 다 타버린 가짜 고케자루 항아리를 가지고 오렌님과 함께 바로 도장으로 돌아가 겐자부로가 죽었다는 것과 고케자루 항아리는 이제 세상에서 없어졌다는 것을 발표할 거다. 알겠나? 그쪽은 일각을 다투어 이 구덩이를 메우도록. 놓치는 곳이 없도록 주의하고."

널빤지에 눕혀 백포로 싼 시체와 시커멓게 탄 가짜 고케자루. 이두 가지를 앞세운 미네 단바 일행. 오렌을 중간에 두어 마치 장례행렬같이 어둠을 안고 조용히 별장터를 떠났습니다. 달이 없는 밤은 그림자도 없습니다. 불과 하루 전까지만 해도 이 근처에서는 드물게 공들여 지은 별장 건물이 있었던 곳에 이제는 타다 남은 나무며 물과 재로 더럽혀진 다다미, 가재도구가 남아 뒹굴고 있습니다. 아직 화재 뒷정리를 못했군요. 뭐 하나 떨어져 있지 않는데 먹이를 찾는 야윈 개도 어쩐지 쓸쓸해 보입니다.

행렬의 후미를 맡아 가던 단바, 그곳에 멈춰 서서 구덩이 메우는 조원들에게 그렇게 마지막 명령을 내렸습니다. 마을사람으로 분장한 도장의 제자들은 지금 손에 손에 창고에서 갖고 나온 농구를 들고 장례행렬을 바라보며 여기까지 함께 왔습니다. 이제 여기에서 헤어지는 것입니다. 단바와 오렌은 슬픈 표정을 지어내어 힘없는 모습으로 쓰마코이사카로 떠납니다. 남은 구덩이 메우기 조원 중 한 명이 나서서 단바에게 말했습니다.

"사범대리님, 걱정 마십시오. 지금부터 바로 메우기 시작하면 뭐 별일 아닙니다. 순식간에 다 메우고 일 각 정도 뒤에는 따라가겠습니다."

"음, 서둘러 해주게. 물은 벌써 구덩이에 차 있을 거네."

"물론 이미 침수가 되었을 겁니다. 이 산보시 강바닥에 작은 구멍을 뚫어 처음에는 한 방울씩 물이 떨어지도록 설치해놓았는데 그 구멍이 점점 커져서 왈칵 물이 쏟아지게 되어 있습니다. 지금쯤 시체가 두 구 이 땅 밑에…… 하하하."

"거기를 또 흙으로 묻어버리는 거지. 그럼 제아무리 대단한 이가 망나니도 그 단게 사젠도 목숨이 두 개 있는 게 아니라면 다시는 우리 앞에 나타나지 못하겠지. 이걸로 모든 것이 해결된 셈이야. 그럼 우리는 한 발 앞서 가겠네."

단바 일행은 그대로 슬픈 행렬을 가장하며 깊은 밤길로 사라져 갔습니다.

오렌은 결국 겐자부로가 땅 속 귀신이 되었다고 생각하여 심란한 모습으로 말했습니다.

"이제 와서 겐님을 구하자는 건 아니지만 또 이미 손쓰기엔 늦었겠지만 적어도 물에 잠긴 시체만이라도 꺼내서 명복을 빌고 공물을 바쳐 극락왕생을 빌어야 하지 않을까……."

그 말을 지우려 단바는 큰 소리로 외쳤습니다.

"마님, 다리 아프지 않으십니까. 자 출발, 출발!"

(1934.5.4)

94

생명의 밧줄 11

오렌은 그래도 미련이 남아 있습니다.

"겐님! 겐자부로님!"

가슴을 쥐어짜는 한 마디. 다시 돌아가 구덩이를 확인하려는 오렌을 가리키며 단바가 지시하였습니다. 꼼짝 못하게 잡으라고. 전후좌우에서 오렌을 둘러싼 행렬은 걸음을 재촉하여 떠났습니다. 남은 것은 구덩이 메우기 조. 따뜻한 바람이 부는 심야의 화재현장에 모인 일곱 여덟 명의 시바도장 사람들은 기분 좋지 않은 얼굴로 서로를 마주보며 말했습니다.

"구덩이 아래 떨어진 놈을 흙으로 덮으면 이거야말로 확실한 무덤이 아닌가. 표식으로 돌 하나라도 세워 줄까."

"나중에 무주고혼이 되어 겐자부로묘라고 이름이 붙는 게 아니야?"

눅눅한 밤공기에 목을 움츠리며 누군가 큰 소리로 외쳤습니다.

"영차 영차! 슬슬 시작하자고."

"응, 마음에 들지 않는 일이야. 이런 일은 빨리 해치우는 게 나아."

"그런데 구멍은 작은데 아래로 가면 꽤 큰 방으로 파냈다고 했잖아. 거기까지 메우려면 우리 일곱 여덟 사람으로는 아침까지 걸릴 지도 몰라."

"그렇지. 먼저 큰 돌 두세 개를 밀어 넣어 구덩이 중간을 막고 그위에 흙을 덮으면 되지 않을까?"

그 착상에 따라 유키 사쿄(結城左京)를 비롯한 두세 명이 쓸 만 한 돌을 찾아 어둠속으로 흩어졌습니다. 남은 사람들은 쟁기나 괭이를 들고 구덩이 가장자리에 모여 섰습니다. 사젠이 떨어졌을 때 그대로 걸쳐놓은 얇은 판자가 갈라져 있습니다. 구덩이 아래는 더 어두운 데다 기분 탓인지 물소리가 들리는 것이 드디어 산보시 강바닥이 터져 지하실 전체가 물바다가 된 것처럼 느껴졌습니다. 이제 사젠도 겐자부로도 두 구의 익사체가 되어 떠오를 것임에 틀림없습니다. 물에 밀려 올라와 흙으로 된 천장에 막혀 정말이지 고통스러운 죽음을 맞겠지요. 그렇게 생각하니 일동, 그렇게 좋은 기분은 아닙니다. 구멍 속에서는 신음소리 하나 들려오지 않습니다. 탁수로 가득한 무덤. 야스의 모습도 이미 부근에는 보이지 않습니다. 아이 한 명 없는 것에 안심하는 일행. 곧 작업에 들어가야 할 텐데…… 지금까지 창고에서 마신 축하주. 그것이 밖에 나와 밤바람을 맞자 한 번에 올라오는 취기.

"뭐 그렇게 서두를 것도 아니야."

한 사람의 말에 좋은 게 좋은 거라고 모두 구덩이 주변에 둘러앉았습니다. 그리고 발로 흙을 차 넣으며 기분 나쁜 듯 잠자코 있었습니다. 돌을 찾으러 간 사쿄들은 근처의 어둠 속을 돌아다니는지 돌아올 기미도 보이지 않습니다.

"유키님, 돌은 있습니까?"

구덩이 가장자리에서 누군가가 물었습니다. 그러자.

"돌로 막지 말고 네놈들 몸으로 막는 게 좋겠어."

뒤에서 어둠이 대답했습니다.

(1934.5.5)

95

생명의 밧줄 12

돌로 구멍을 메우는 대신 네놈들 몸으로 메울 테니 그리 알아라…… 굵고 탁한 목소리가 어둠속에서 들려왔습니다. 가슴이 섬뜩해진 구덩이 주변의 무리들, 암흑을 노려보며 일어섭니다.

"어, 어. 유키님, 사쿄님. 무슨 농담을 그렇게……."

처음엔 정말로 돌을 찾으러 간 유키 사쿄가 몰래 돌아와 장난치는 것이라고 생각했습니다.

"적당히 하세요. 안 그래도 기분 나쁜 일을 맡아서 무섭단 말이예요., 놀라게 하지 마세요."

그런 말을 하면서 문득 생각해보니, 아무래도 목소리가 다른데? 그때.

"우후후후, 꽤나 간담이 서늘해졌나 보지. 이런 상태로 무덤 만드는 것 같은 굉장한 일을 해낼 수 있겠나. 와하하하."

다시 큰 소리가 눈앞에서 폭발하고 어둠이 응고된 듯한 한 덩어리의 인영이 스르륵 나타났습니다. 그래도 구덩이 주변에 모인 놈들은 설마 여기에 훼방 놓는 사람이 올 줄은 생각도 못했기 때문에 어디까지나 동료 중 한 사람이라고 생각했습니다.

"돌이 있냐고 물었는데."

"얼른 메워버리게 이리 주시오, 유키님."

저마다 한마디씩 하면서 무서운 듯 이삼 보 물러섭니다. 하지만, 유키 사쿄치고는 덩치가 큽니다. 그 사람 저렇게 묘한 복장을 하고 여기에 왔던가…… 이때, 어두워서 아무 것도 보이지 않는 그들도 한 순간에 알아차리게 된 계기가 있었습니다. 눈앞의 검은 사내 옆에서 어린아이의 소리가 들린 것입니다.

"아저씨, 이 구덩이예요. 아버지가 떨어진! 빨리 이놈들을 쫓아버리고 구해주세요. 네? 아저씨!"

"어! 이 아이는!"

"음, 밤이 되도록 이 구덩이 옆에서 서성대며 아버지, 아버지! 하고 사젠을 불러대던 그 소년!"

이구동성으로 외치며 구덩이 메우기조는 쟁기와 괭이를 고쳐 잡고 자세를 취했습니다. 검은 그림자의 발치에서 작은 그림자가 뛰어나와 구덩이 가장자리에 다가가 외쳤습니다.

"아버지! 아버지! 아직 살아 있어요?"

"어이, 유키님!"

일동은 정수리에서 튀어나온 것 같은 목소리로 계속해서 동료들을 불러 모았습니다.

"돌 같은 건 이제 아무래도 좋으니까. 방해꾼이 들어왔소! 여기에서 먼저 정리하지 않으면······."

"뭐? 방해꾼?"

여기저기 암흑 속으로 소리가 퍼져나가고 흩어져 있던 유키네 두세 명이 서둘러 이쪽으로 오고 있습니다. 다이켄 선생이 어떻게 하고 있나 보니 이런 위기에도 손에서 떼어놓지 않고 돈가리 나가야에서 올 때부터 들고 왔던 술병을 기울여 한 입에 마시고 있습니다. 먼저 기운을 만들어 낸다는 이유로······

"이놈들! 단게 사젠 같은 외눈외팔의 괴물은 과연 세상에 도움이 되지 않는 물건이지만 그러나 농공상을 괴롭히며 도쿠가와에게 아첨이나 하는 무사들이라는 무리를 싫어하고 세상을 백안시하고 있다는 점에서 우리와 일맥상통하는 바가 있는 유쾌한 녀석이지. 그런 녀석을 뭐라고? 실력이 안 되니 이런 간계를 부려 함정에 빠뜨려? 비겁한 놈들!"

(1934.5.6)

96
생명의 밧줄 13

　무기를 가지고 있지 않다는 것이 일생일대의 실수였습니다. 칼을 차고 있는 것은 유키 사쿄 등 두세 명뿐. 다른 사람들은 상인이나 평민으로 가장한 채 구덩이 메우기 작업에 투입되었기 때문에 창고에 굴러다니고 있던 괭이나 쟁기를 들고 있을 뿐이었습니다. 이래서야 지금 여기에 나타난 이상한 인물에게 대항할 방도가 없습니다. 창고로 돌아가 칼을 가져 온다······ 일동의 머리에 떠오른 것은 그 방법뿐이었지요.

　머리를 어깨까지 늘어뜨리고 겉옷 하나만 걸친 채 뒤꿈치가 떨어져나간 신발에 술병 하나 들고 어둠 속에 선 다이켄 선생. 이 사람이 다이켄 선생이라는 것은 모르고 시바도장 사람들은 턱없이 자신만만.

　유키 사쿄가 한 걸음 나가 말했습니다.

　"우리는 화재가 난 이 집 사람들입니다. 뒷정리를 하기 위해 온 참입니다. 누구신지 모르겠지만 이렇게 생트집을 잡으시면 아주 곤란합니다.”

“하필이면 한밤중에 화재 정리라니 들어본 적도 없다. 구덩이라도 메우려는 것이라면 나도 도와주지.”

사쿄는 동료들을 돌아보며 말했습니다.

“이 자는 내가 맡겠다. 상관없으니 바로 메우기 시작해.”

“아저씨, 아저씨. 빨리 아버지를 꺼내 주세요. 양손이 있어도 못 올라오는데 한손으로 어떻게 할 수 있겠어요. 이미 죽었을 지도 몰라요. 아저씨.”

구덩이 가장자리에 서 있는 야스를 노리고 괭이와 쟁기가 쇄도했습니다.

“에이! 이 녀석 비켜!”

그 중 한 사람의 얼굴에 갑자기 날아간 다이켄 선생의 술병.

“오! 뭔지 몰라도 아주 단단하군. 커다란 주먹이야.”

맞은 놈은 머리를 흔들며 감탄했습니다.

다이켄의 칼을 멋지게 피한 유키 사쿄, 과연 줏포 시라누이류의 제자입니다. 순간적으로 이 녀석은 쉽지 않다고 간파합니다.

“야! 나 한 사람으로는 힘들어. 자네들, 칼을! 칼을!”

일동은 쟁기와 괭이를 거기에 던져두고 조금 전까지 머물렀던 창고로 달려갑니다. 모두가 오기까지 어떻게든 버티려고 사쿄가 다이켄에게 칼을 들이대며 조용히 자세를 잡으려 할 때였습니다. 태풍 같이 많은 사람들의 발소리가 땅을 울리며 이쪽으로 다가오는 게 아닙니까? 놀란 것은 사쿄만이 아니었습니다. 다이켄도 야스도 놀라 돌아보았습니다.

“ 선생님, 선생님!”

가라쿠마 목소리군요.

"돈가리 나가야가 총출동하여 도우러 왔습니다."

신이 난 꼬맹이 야스.

"이야, 이시킨 아저씨다! 도비요시형이야! 아아, 나가야의 호소노 선생님도 있어."

"괜찮으십니까? 다이켄 선생님."

"아니, 이 놈은 내가 맡을 테니 어서 구멍을 파 주게."

다이켄 선생, 아까 사쿄가 말한 것과 똑같은 말을 반복합니다. 그것을 야스가 서둘러 설명합니다.

"어이, 나가야 여러분, 이 구덩이 안에 저의 아버지가 파묻혀 있어요. 거기 괭이와 쟁기가 있지요? 자, 모두 힘을 빌려주세요."

(1934.5.7)

97
생명의 밧줄 14

그것은 정말 이상한 광경이었습니다. 아사쿠사 류센지의 요코초에서 달려온 돈가리 나가야의 주민들, 다 떨어진 작업복을 입은 노인에, 상의도 안 입은 채 막대기를 들고 있는 씩씩한 젊은이, 아기를 업은 부인, 구깃구깃한 잠옷차림의 노파까지 보통 소동이 아닙니다. 그곳에 널려 있는 괭이와 쟁기를 주워 단숨에 구멍을 파헤치기 시작했습니다.

"이 밑에 우리 아버지가 묻혀 있어요. 서둘러요, 서둘러!"

야스는 구덩이 주변을 뛰어다니며 미친 듯이 소리 질렀습니다.

야스의 아버지라고? 나가야 사람들은 깜짝 놀랐습니다. 이전에 야스는 이 고케자루소동에 휘말리기 전까지는 역시 돈가리 나가야에 둥지를 틀고 여름에는 우뭇가사리, 겨울에는 감주를 팔고 있었기 때문에 그의 신상에 대해서는 나가야의 모두가 알고 있었습니다. 우리 아버지는 어디에 갔나…… 그 노래도 모두의 귀에 딱지가 앉을 정도로 아침저녁으로 들었기 때문에 이 꼬맹이 야스에게는 아버지도 어머니도 없을 터입니다. 멀리 이가 출신이라는 것 외에는 아무 것도 아는 게 없는 부모를 찾아 이렇게 에도에 와 어린 몸으로 고생하고 있다고 들었는데…… 그 야스의 부친이 이 구덩이 밑에 묻혀있다니, 돈가리 나가야 사람들은 놀라는 한편 환성을 질렀습니다.

"이봐, 야스의 친부를 찾은 거야?"

"그래! 야스네 아버지를 구해주자!"

가난한 사람들이 눈물도 많고 동정심도 깊은 법입니다. 다른 사람의 일을 내 일처럼 생각하는 겁니다. 돈가리 나가야 사람들은 더 열심히. 남자도 여자도 전심전력으로 힘을 모아 구덩이를 파내려갑니다. 평상시에는 거칠게 싸움이나 벌이는 돈가리 나가야 주민들이지만 이 아름다운 인정의 발로에 야스도 눈물을 흘리지 않을 수 없군요.

"고마워요. 제 은인은 이 나가야 여러분들이예요. 언젠가 꼭 은혜를 갚도록 하겠어요."

기쁜 눈물을 흘리며 야스, 한 마디 합니다.

구덩이 주변은 전쟁터처럼 시끄럽습니다. 풀집 할멈까지 막대기를 들고 흙을 파헤치고 있습니다. 이건 돕기보다 방해가 되는 것 같습니다만. 뒤편에서 갑자기 둥 둥 하고 북소리가 울렸습니다. 이것은 법화종을 믿고 있는 센베가게 아주머니가 한시도 떼어놓지 않고 가지고 다니는 북을 두드리는 소리였습니다. 사기를 올리고 또 남묘호렌쿄(南無妙法蓮華経)의 법력을 빌려 이 구덩이의 난을 해결하기 위해서였습니다.

둥 둥 두둥 두둥!

둥 둥 두둥 두둥!

아, 마치 법회라도 연 것 같습니다.

지휘를 하고 있는 이는 그 이시킨과 남부 무사출신 호소노입니다. 가라쿠마와 도비요시, 덴지, 이 세 사람의 활약이 제일 두드러집니다. 쟁기를 휘두르고 곡괭이를 내리치며 삽으로 퍼 올리자 구멍은 보기에도 커다랗게 파내어지고 있습니다. 일동 흙투성이가 되어 필사적으로 움직였습니다. 여자아이는 그렇게 파낸 돌과 흙을 옆으로 옮기고 있습니다. 심야의 토목공사.

다이켄 선생은 뭘 하고 있을까요? 찾아보니 열심히 하고 있습니다.

맞은편에서 유키 사쿄를 비롯한 칼을 들고 덤벼드는 시라누이류 무사 일곱 여덟 명을 상대로.

"이백은 술 한 말에 시 백편을 짓는다지, 흡!"

술 냄새 나는 숨을 내쉬면서 난투극을 벌이는 중입니다.

(1934.5.8)

98

생명의 밧줄 15

"이백은 술 한 말에 시 백편을 짓고, 스스로 칭하기를 시는 주중 신선이라."

다이켄 선생, 아주 여유롭습니다. 생각난 듯 이 두보의 주중팔선가 중 한 절을 낭랑하게 읊어가면서 칼을 휘두르고 있습니다. 불에 타 무너진 두꺼운 기둥을 들어 휙휙 돌리니 아무도 근처에 다가오지 못합니다. 주정뱅이인데다 무사태평한 성격의 다이켄 선생, 실은 지겐류(自源流)의 오의를 깨우친 이런 무도인의 일면도 갖춘 사람입니다. 돈가리 나가야 사람들은 다이켄 선생의 숨겨진 무예를 보고 잠시 구덩이를 파던 손을 멈추고 감탄했습니다.

"통나무 같은 팔로 통나무기둥을 휘두르다니, 아무도 근접하지 못하는 것도 당연하지."

"덤비지 말라고, 무사님들!"

"이봐, 감탄만 하지 말고 구덩이나 파, 서둘러."

시라누이 사람들은 사기가 말이 아닙니다. 다이켄 한 사람도 대응하기 어려운 판에 문자 그대로 백귀야행의 모습을 한 나가야 사람들이 마치 어둠속에서 솟아난 듯 뛰어 들어와 순식간에 구덩이를 파기 시작하니 유키 사쿄들은 당황해서 어쩔 줄 모르고 있습니다. 그건 그렇지요. 이 구덩이를 파내려가면 야규 젠자부로와 단게 사젠이 뛰어나올 겁니다. 고양이를 봉지에 넣어 서랍에 던져 넣어야 비로소 쥐들도 밖에서 기를 세우고 돌아다니는 법인데…… 그 날카로운 발톱을 가진 고양이가 그것도 두 마리, 당장이라도 봉지를 찢고 서랍에서 뛰어나올 지도 모르는 상황입니다. 그래도 시체기만 하면 다행이긴 하지만…… 물에 휩쓸려 이미 죽었을 것이 틀림없지만 이가 망나니와 불사신 사젠이니만큼 경우에 따라서는…… 혹시라도 아직 살아있을 지도 모릅니다.

"이놈 하나만 상대할 수는 없어."

사쿄가 큰 소리로 동료들에게 외쳤습니다.

"서둘러! 빨리 구덩이쪽으로 가서 저놈들을 쫓아내."

그 말을 듣고 칼을 쳐든 두세 명이 구덩이에서 일하는 나가야 사람들속으로 달려갔습니다만…… 휘익! 하고 다이켄 선생의 통나무기둥이 가는 길을 방해하여 아무리 애써도 구덩이 근처로 다가갈 수가 없습니다.

"쓰쿠시의 시라누이도 그렇게 빛나지는 않구나."

다이켄의 홍소가 길게 꼬리를 물고 어둠속으로 사라졌습니다. 그때! 필사적으로 구덩이를 파고 있던 무리들이 돌연 큰 소리로 외쳤습니다.

"야아! 물이다, 물이야!"

"수맥이 터졌어."

이건 마치 우물 파기. 그러나 농담이 아닙니다. 한참 파내려간 구덩이에서 물이 콸콸 솟아나오는 게 아닙니까.

"이건 안 돼. 이 구덩이는 산보시 강바닥과 이어져 있는 게 틀림없어."

이제 괭이와 쟁기로는 어쩔 도리가 없습니다. 일동 어떻게 해야 할지 고민에 빠졌습니다. 물은 그 와중에도 분수처럼 솟아오르고 있습니다.

"아버지! 아버지! 물 힘으로 올라올 수는 없어요? 네? 아버지!"

야스는 반광란 상태입니다.

"어이, 여러분! 머리띠를 풀어. 허리띠도."

반쯤 물소리에 가려지면서 이시킨의 굵은 목소리가 울렸습니다.

(1934.5.9)

99
생명의 밧줄 16

구덩이 안에서 물이 솟아나왔다는 것을 듣고 간이 콩알만 해진 것은 유키 사콘네입니다. 이제 끝났어…… 이 이상 여기서 우물쭈물하고 있다가는 자신들의 처지도 수상해집니다.

"안 돼, 끌어올려!"

뭐, 끌어올리면 안 되지. 도망쳐야 해.

"이제 이렇게 된 이상 미리 간 미네 단바님 일행을 쫓아가 도움을 받을 수밖에 없어."

몰래 말을 맞춘 시라누이 사람들은 칼을 물리기가 무섭게 어둠속으로 사라져갔습니다. 겐자부로와 사젠이 살았는지 죽었는지 그것을 확인할 새도 없이.

다이켄 선생은 통나무를 던져버리고 구덩이 가장자리로 달려갔습니다.

"뭐라고? 물이 솟아나왔다고?"

"예, 그렇습니다."

과연 밤눈으로 봐서는 확실하게 보이지 않지만 진흙이 섞인 시뻘건 탁수가 마치 까까머리가 포개지는 것처럼 뭉게뭉게 솟아올라 구덩이는 이미 물로 가득했습니다. 물은 마구 넘쳐나 주변에 선 사람들의 발을 적셨습니다.

"이상하기도 하지. 이걸로 야스의 부친은 이미 명이 다했겠군."

"아저씨, 어떻게든 아버지를 구해주세요. 나, 이 물 속으로 들어갈래요."

"바보 같은 소리 하지 마. 밑에서 솟아오르는 물로 들어가는 것은 수영의 달인이라 하더라도 어려운 일이야."

야스를 말리며 다이켄이 주변을 둘러보았습니다. 지휘자 이시킨이 띠를 풀고 있습니다. 띠라고는 하나 허리띠입니다. 낡은 허리띠를 푼 이시킨, 크게 외쳤습니다.

"어이, 모두들. 띠를 풀어."

나가야 사람들은 모두 하얀 목면으로 된 허리띠를 풀어 서로 잇기 시작합니다. 길이는 뻔합니다.

"이걸로는 안 돼. 훈도시도 벗어."

에도사람들인지라 아무리 가난해도 하라마키[39]나 훈도시정도는 무명천으로 만들어 몸에 두르고 있습니다. 그것까지 연결했더니 상당히 긴 밧줄 하나가 완성되었습니다. 즉석에서 만든 생명의 밧줄.

"아래를 탐색해보는 거다. 먼저 뭔가 끌어당길 만한 것을 달아야 해."

---

39 배를 따뜻하게 하기 위해 배위에 두르는 천

이미 발목까지 찬 물 속에서 일동은 죽을 각오로 미친 듯 움직였습니다. 누군가가 화재현장에서 나무통에 붙어있던 테를 찾아왔습니다. 그것을 띠 끝에 달았는데 그것만으로는 물속에 잠기지 않습니다.

"무거운 것을 달아야 해."

그래서 테에 돌을 붙였습니다. 이 기묘한 생명의 밧줄을 조용히 물속에 내려 보냈습니다. 초조한 마음을 누르면서 말입니다. 이상한 밤낚시가 시작되었습니다.

"뭐 걸리는 게 없는가."

그물망을 던진 듯 대여섯 명이 밧줄 끝으로 바닥을 탐색해가자 잠시 후,

"음, 무거워졌다! 뭔가 걸렸어."

그래, 올려, 끌어올려…… 힘을 모아 끌어당겨 올려보니! 이거야! 커다란 돌이 테에 걸려 있습니다. 물은 계속해서 솟아오르고…… 단게 사젠도 야규 겐자부로도 둘 다 형체도 그림자도 안 보입니다.

(1934.5.10)

100

인간의 항구 1

"도노[40]."

이부키 다이사쿠입니다. 사쿠라다 몬가이의 미나미부교 오오카 에치젠노카미의 사택 안쪽 서원에 아직 불이 켜져 있습니다. 에치젠노카미는 자는 것 같지 않습니다. 검게 칠한 책상에 앉아 초를 밝혀 뭔가 읽고 있습니다. 책을 넘기는 조용한 소리. 여느 밤과 같은 보고서 읽기.

"다이사쿠인가. 무슨 일인가."

아랫볼이 불룩한 온화한 에치젠노카미의 웃는 얼굴이 장지문쪽에 나타났습니다.

"자네 아직 깨어 있었나. 상관 말고 먼저 쉬라고 했는데. 하하하하. 날 기다릴 필요는 없는데."

다다스케는 웃으면 통통한 볼이 잘게 떨립니다. 그에 따라 옆에 있는 촛불도 살짝 흔들리고 작은 그림자가 흩어집니다. 장지문을 살짝 끌어당기자 벌어진 틈새로 다이사쿠의 얼굴이 보입니다.

"말씀 올립니다. 지금 입구쪽에서 연락이 왔는데 일곱 여덟 살 정도의 여자아이가 경비들에게 잡혀있다고 합니다."

다다스케의 눈은 언제나처럼 무표정합니다. 무슨 일이 있어도 결코 감정을 드러내지 않는 눈. 그렇습니다. 이 인간의 항구, 대 에도의 수로 안내인이라고도 할 부교직을 맡는다는 것은 다다스케로서는 인간수

---

40 남의 이름, 직명 등에 붙여 존경을 나타내는 말. 님, 씨, 귀하

행의 길이라고 할 수 있습니다. 일상의 모든 것이 이 도장에서 이루어집니다. 그렇게 스스로를 연마하는 사이 그의 눈은 정교한 세공품처럼 밖의 것은 비쳐도 안의 것은 나타나지 않게 되었습니다. 무서운 눈입니다. 지금 그 눈으로 다이사쿠를 지그시 바라보며 말했습니다.

"뭐, 여자아이?"

"네, 그 아이가 이렇게 밤늦게 혼자서 걸어 입구까지 온 것을 잡아두었다고 합니다. 이상하게도 도노를 뵙겠다고 고집해서 경비들도 어찌할 수 없어 일단 사용인들 방에 데려다 놓았다고 합니다."

"나를 만나겠다고?"

"네, 부교님을 뵙겠다는 말뿐 다른 것은 아무리 물어도 대답하지 않고 울기만 한답니다."

잠시 생각하던 다다스케.

"어떤 여자아이이지?"

"가난한 평민아이로 뭔가 커다란 상자를 등에 지고 있습니다. 항아리라던가 하면서,"

"항아리?"

당황하는 일이 없는 다다스케의 목소리에 살짝 당황한 기미가 서렸습니다만, 그것은 순간, 바로 심야의 정해 같은 얼굴로 돌아옵니다.

"왜 그것부터 말하지 않았나."

"네?"

"아니, 왜 진작 항아리에 대한 것을 말하지 않았나 말일세. 정원으로 오게 해."

다이사쿠는 의외라는 얼굴.

"그러면 직접 만나시렵니까?"

"정원으로 오게 하라고 했네만."

반복해서 말한 다다스케는 내려가는 다이사쿠의 발소리를 들으면서 중얼거렸습니다.

"다이켄이 보낸 아이인가."

그뿐, 벌써 그 일은 잊은 듯 다시 책상 위 보고서로 눈을 돌렸습니다.

곧이어 정원 저편에 두세 사람의 발소리가 들렸습니다.

"도노, 데려왔습니다."

다이사쿠의 소리와 함께 들려오는 여자아이의 우는 소리.

(1934.5.11)

101

인간의 항구 2

이미 죽은 것 같은 기분의 미야였습니다. 다이켄 선생이 시킨 일인데다 제일 좋아하는 야스오빠를 위한 일이라면서 이 무거운 항아리 상자를 등에 지고 먼 사쿠라다몬, 무서운 부교님댁까지 가라고 들었을 때, 미야는 두려움에 벌벌 떨었습니다. 정말 어떻게 하면 좋을지 사쿠야할아버지에게 상담해 보았지만 무슨 일이 있어도 가야 한다고만 했지요. 다이켄아저씨와 야스오빠를 위해.

"다이켄 아저씨와 야스오빠를 위한 일이야."

등에는 자기 키만 한 무겁고 무거운 항아리 상자를 지고 앞에는 이것도 역시 자기 키만 한 등불을 든 미야가 심야의 거리를 혼자서 타박타박 걸으며 끊임없이 주문처럼 입안으로 외운 것이 이 말이었습니다. 다이켄아저씨와 야스오빠를 위해……

그러자 작은 미야에게 이상하게도 커다란 힘이 솟는 것입니다. 태어나 줄곧 류센지 돈가리 나가야밖에 몰랐던 미야, 사쿠라다몬이라니, 마치 당나라 천축 같은 느낌입니다. 몇 백리나 가야 하는지, 몇 백리나. 에도에 이렇게 조용한 곳이 있는지 미야는 지금까지 몰랐습니다. 마치 죽음과도 같은 거리. 하얀 벽이 길게 늘어서 있고 그 안으로 보이는 은행나무가 괴물처럼 보입니다. 안마사의 피리소리며 밤우동 장사의 소리가 동행이 되어주기도 하였습니다.

사람들에게 묻고 물어 겨우 사쿠라다몬 근처에 와보니 새카만 어둠속에 커다란 집이 늘어서 있는데 이제 어떻게 해야 할지 몰라 당황한 미야 앞에 좌우에서 봉을 든 두 사람이 나타났습니다.

"이봐, 꼬마. 어디에 가나?"

미야는 두려움에 떨었습니다.

"저는요, 미나미부교님댁에 가요. 아저씨, 부교님댁이 어딘지 아세요?"

"뭐라고? 이보게, 들었어? 얘가 하는 소리? 이야, 꼬마아가씨, 여기가 부교님댁이다만."

"아, 그러면 어느 분이 부교님이세요?"

"아니, 무슨 무서운 소리를! 부교님께서 경비옷을 입고 봉을 들고 밤바람 맞아가며 서 있을 리 있겠니. 이상한 꼬마구나, 이 녀석."

더는 말 붙이기 무서운 미야, 양손을 눈에 대고 울기 시작합니다. 마음이 약해진 경비들이 사용인들 방에 데려다 주고 이부키 다이사쿠에게 보고를 올렸다는 것이 그간의 사연입니다.

이 항아리를 뺏겨서는 안 된다고 생각한 미야는 다시 온 힘으로 상자를 안고 울면서 그 우는 사이사이 여기저기를 둘러보다가 잠깐 코를 풀고 그리고 다시 울면서 딱딱한 다다미가 깔린 사용인 방에서 기다렸습니다.

"이봐라, 부교님께서 만나주신단다. 복 많은 아이로군. 이쪽으로 오너라."

다이사쿠와 경비들에게 둘러싸인 미야.

"나, 죄인이 된 거예요?"

할아버지를 다시 만날 수 있을까, 하면서 비참한 마음으로 정원에 깔린 징검돌에 비틀거리며 안으로 들어갔습니다.

(1934.5.12)

102
인간의 항구 3

마루가 긴 서원형태의 방이 눈앞에 있습니다.

그 밝은 장지문이 조용히 안에서 열리고 커다란 인영이 나타나자 정원 디딤돌 아래 앉아 있던 미야의 작은 몸이 부르르 떨렸습니다. 강도를 잡고 살인범을 체포하는 부교님이라니! 얼마나 무서운 아저씨인지! 그런데 그때, 미야의 귀에 들린 목소리는 깜짝 놀랄 정도로 부드럽고 친근한 것이었습니다.

"다른 사람들은 나가 보거라."

미야를 둘러싸고 있던 세 사람이 발소리도 내지 않고 정원의 어둠 속으로 사라졌습니다.

성질 나쁜 무사아저씨라고 생각했지만 이렇게 혼자 남겨져 부교님과 같이 있으려니 무서움에 갑자기 그 세 사람이 그리워졌습니다.

"아저씨들, 가지 마세요. 여기 있어요."

미야는 울면서 따라가려 합니다. 조용한 웃음이 마루 위에서 들립니다.

"아가, 아무것도 두려워할 필요 없다. 이 마루에 앉아 나에게 그 항아리라는 것을 보여주려무나."

등불을 뒤로 한 얼굴을 올려다보니 눈꼬리에 긴 주름이 새겨진 온화한 웃는 얼굴…… 정말로 이 분이 미나미부교님이실까? 미야는 수상하게 생각하면서도 대답했습니다.

"저는요, 아사쿠사 돈가리 나가야에서 왔어요."

한번 안심하고 나자 낯가림도 사라집니다. 미야는 항아리를 안고 에치젠노카미와 나란히 마루에 앉았습니다. 다다스케는 조심스럽게 한손으로 항아리를 싼 보자기를 풀며 말했습니다.

"음, 돈가리 나가야라면 너를 이곳으로 보낸 사람이 가모 다이켄…… 다이켄 아저씨겠구나."

"응, 잘 아시네요. 이 항아리를 부교님께 가져다 드리라고."

"오오, 좋아, 좋아."

다다스케는 미야의 얼굴을 쓰다듬으며 칭찬합니다.

"잘도 이 밤중에 혼자서 심부름 왔구나."

다다스케는 미야에게 말을 걸면서 보자기를 풀고 오동나무상자의 끈을 풀고 상자의 뚜껑을 열어 항아리를 꺼내 띠지를 떼어냈습니다. 이제 그의 손은 항아리 뚜껑에 닿아 있네요.

"네 이름은 뭐지?"

"저는요, 사쿠할아버지와 미야짱이라고 해요."

항아리의 뚜껑을 집어낸 다다스케는 살짝 그 안을 들여다보았습니다. 방안에서 새어나오는 빛으로는 잘 보이지 않습니다. 뭔가 바닥에 불그스름한 종이가 들어있는 것 같기도 하고 아닌 것 같기도 합니다. 어느 쪽이든 나중에 밝은 방안에서 천천히 확인하면 될 거라고 생각한 다다스케는 그대로 뚜껑을 덮었습니다.

"음, 미야짱이구나. 귀여운 이름이구나."

"네, 모두 그렇게 말해요."

"상으로 무엇을 줄까? 다이켄 아저씨의 심부름으로 이 아저씨의 집에 이렇게 멋진 항아리를 가져다주었으니 그 답례로 뭔가 좋은 것을 주고 싶은데……."

갑자기 눈을 빛내는 미야.

"정말요? 정말로 뭐든지 상으로 주세요?"

하고 확인했습니다.

(1934.5.13)

다다스케는 웃으며 대답했습니다.

"그렇게 확인하지 않아도 된단다. 거짓말은 도둑질의 시작이라고 하지. 이 세상에서 도둑놈을 없애는 것이 이 아저씨의 일이란다. 알겠니?"

미야는 마루에서 발을 흔들거리며 귀엽게 고개를 끄덕였습니다. 에치젠노카미는 웃으며 말했습니다.

"그런 일을 하는 이 아저씨가 거짓말을 할 리 없잖느냐."

"그러네요. 그럼 내가 말하는 것 뭐든지 들어 주시는 거예요?"

"말할 것도 없지. 뭐든지 말해 보거라."

"그럼 말씀드릴까요?"

"오오, 어떤 것이라도 말해 보렴."

"그럼요."

미야는 잠시 생각하다가 말을 이어갔습니다.

"제 친구 중에 야스라는 아이가 있는데, 정말 건강하고 재미있는 오빠예요. 고아이고요."

말하다말고 갑자기 울음을 참는 미야를 에치젠노카미는 상냥하게 바라보았습니다.

"그래, 무슨 일일까? 그 고아 야스라는 아이. 어떻게 되었니?"

"저는요, 제 것은 아무 것도 필요하지 않아요. 인형도 옷도 필요 없으니까 이 야스오빠의 아버지와 어머니를 찾아주지 않으실래요?"

야스를 생각하는 순진한 마음…… 어린아이인데도 그 눈가에 떠도는 진심을 다다스케는 지그시 바라보았습니다.

"음, 이 부교아저씨가 그렇게 해주마. 가까운 시일내에 그 야스란 녀석의 양친을 찾아주지."

"고마워요, 아저씨."

미야는 다시 울음 섞인 목소리로 말했습니다.

"아아, 그렇게 되면 야스오빠가 얼마나 기뻐하겠어요?"

"그래, 내일 꼭 미야짱에게도 기쁜 일이 있을 거야."

다다스케는 하인에게 다이사쿠를 불러오게 했습니다. 그리고 가마를 불러 미야를 돈가리 나가야로 데려다주도록 명했습니다.

다음날, 미야가 필요 없다고 한 인형이랑 예쁜 옷이 든 선물이 그 더러운 사쿠야의 집으로 배달되어 미야를 미치도록 기쁘게 하였습니다. 그러나 그것은 다음 일이고.

미야가 돌아가자마자 다다스케의 얼굴에 진지한 빛이 어렸습니다.

"참으로 대단한 다이켄이군. 말을 꺼내면 반드시 실행하지. 어떻게 손에 넣었는지는 모르겠지만 사방팔방에서 눈에 불을 켜고 찾는 이 고케자루가 잘도 다이켄 손에 떨어졌군 그래."

다이스케는 항아리를 안고 조용히 방안으로 들어갔습니다. 등불을 가까이 하여 항아리의 뚜껑을 들어 올렸습니다. 그 항아리의 안에는 야규의 선조가 어딘가에 묻었다는 몇백만, 몇천 냥이나 하는 거대한 재산의 소재를 알리는 오래된 지도가 들어 있을 터였습니다. 그리고 그 비밀지도 한 장에 지금 야규라는 한 번의 생명이 걸려있고 또 언제나 변하지 않는 사욕망념의 소용돌이가 끓어오르고 있는 것입니다. 항아리 뚜껑을 열고 안을 들여다 본 에치젠노카미! 아니, 이게 무슨 일입니까? 뭐 하나 들어 있는 게 없지 뭡니까? 등불쪽으로 항아리를 가까이 대어 다시 한 번 안을 살펴보았습니다. 좁다란 항아리 안, 다시 본다고 없는 것이 나올 리 없습니다.

"하하, 그런가……."

다다스케의 온화한 얼굴에 빙긋 미소가 떠올랐습니다.

(1934.5.14)

104
인간의 항구 5

버드나무 그림자가 물에 비치고 둥그런 흰 구름이 움직이는 모습을 띄운 강이 멀리 들판끝까지 뻗어있습니다. 산보시 강의 하류는 아름다운 물가 마을입니다. 새가 지저귀는 소리에 아침이 밝으면 여기저기 초가집이 세 채, 네 채. 나룻배 사공이나 물고기 잡는 어부의 집입니다. 그 중 하나. 앞뜰에는 그물을 펼쳐놓고 뒷마당에는 밭이 있습니다. 반농반어의 초가집.

"어떠신 가, 손님. 정신이 들었소?"

불이 없는 화로에 책상다리를 하고 앉아 담배를 피우며 느긋하게 보랏빛 연기를 뿜어내는 이 집주인, 어부가 그렇게 큰 소리로 말하며 안쪽 방을 돌아보았습니다.

"으음……."

신음소리가 들리더니,

"오오! 여기는 어딘가!"

누군가 일어난 것 같습니다. 어부는 일어나 안쪽 방을 들여다보았습니다. 무뚝뚝하지만 사람 좋은 것 같은 친절한 노인입니다.

"음, 어떤 가. 기분은?"

그러자……

이상한 일도 있습니다. 이부자리 위에 의아한 얼굴을 하고 앉아 있는 사람은 단게 사젠, 이 어부의 집에서 입혀준 것 같은 누덕누덕 기운 유가타를 입고 외눈으로 허공을 보며 혼잣말을 하고 있습니다.

"그 강바닥 천장이 떨어져 왈칵 물에 휩쓸려 운 좋게 구덩이에서 강물위로 떠오른 것까지는 기억하지만……."

의심스러운 듯 주위를 둘러보던 사젠, 옆에 푸르죽죽한 얼굴로 죽은 사람처럼 깊이 잠들어 있는 야규 겐자부로를 발견했습니다.

"오오, 그대도 무사했군."

정말 기적이라고 할 수밖에 없습니다. 천장에 난 구멍에서 떨어져 내린 물은 점점 양을 늘리더니 가슴이 잠기고 목전에까지 차올라 빠져나갈 길은 높은 천장에 난 떨어졌을 때의 그 구멍밖에 없었습니다. 그게 이렇게 물에 잠기니! 사젠도 겐자부로도 죽을 각오를 다졌습니다. 야스는 땅위에서 혼자 애쓰고 있는 것 같았지만 어떻게 도울 수도 없었습니다. 머리 위에는 산보시 강의 격류가 흐르고. 그때, 최후의 선고를 내리는 듯 그 강바닥이 무너져 내린 것입니다. 굉장한 기세로…… 토사와 강물이 한꺼번에 떨어져 내렸는데 그 여파로 흘러내리는 물에 휘말려 사젠은 무의식중에 산보시강위로 떠올랐던 것입니다. 단 하나의 왼 팔에 축 늘어진 겐자부로의 몸을 꽉 껴안은 채. 이것이 마지막이라고 생각했지만 도리어 살아남는 유일한 길이었던 것입니다. 떠내려가면서도 사젠은 겐자부로를 결코 놓지 않았습니다. 이 집 주인인 로쿠베가 밤낚시를 하다 떠내려 오는 두 사람을 발견하고 근처 사람들의 손을 빌려 배를 낸 것입니다. 구해냈을 때는 사젠도 겐자부로도 완전히 의식을 잃고 있었습니다. 외눈외팔의 이상한 사무라이와 유서 깊어 보이는 젊은 미남사무라이. 오늘 밤낚시에서 이상한 것을 낚은 셈입니다. 로쿠베는 그대로 두 사람을 집으로 데려와 젖은 옷을 갈아입히고 밤새 간병하여…… 이제 아침이 된 것입니다.

"같이 온 사람은 아직 정신을 잃은 것 같소. 뭐 이런 곳이지만 천천히 머물면서 회복을 기다리시오."

"오오, 그래 고케자루…… 음 고케자루를……."

갑자기 생각난 듯 사젠이 신음하였습니다.

(1934.5.15)

105
인간의 항구 6

밀물, 썰물. 항구에 서서 발아래 물결을 보고 있는 사람은 그 간만의 물결을 타고 여러 가지 물건이 흘러오는 것을 보고 있는 것이겠지요. 해어진 게타, 손이 떨어져나간 인형, 오래 사용한 통, 등, 등, 등…… 그런 모든 것이 인간의 생활에 연이 깊은 그것들이 한층 기괴한 애수를 불러일으킵니다. 항구의 물결에는 무엇이 실려 올지 모릅니다. 대 에도는 인간의 항구인 것입니다. 바다에, 항구에, 물결의 고독이 있는 것처럼 이 대 에도에도 눈에 보이지 않는 인간의 밀물, 썰

물이 있습니다. 미야라고 하는 작은 인간의 낱알이 고케자루 항아리를 등에 지고 나는 새도 떨어뜨린다는 부교 오오카 에치젠노카미앞에 나타난 것도 이 인간의 항구의 물결이 만들어낸 이상한 업이라고 할 수도 있겠지요. 또, 자신의 등에 있는 더럽고 오래된 차 항아리 안에 몇 백 명, 몇 천 명의 어른들, 이가 사무라이들을 비롯한 무서운 사무라이아저씨들이 생사를 건 소동을 일으키게 하는 거대한 재보가 숨겨져 있을 거라고는 전혀 몰랐던 미야짱…… 마치 색 바랜 신발에 금화 하나가 얹혀서 항구 돌담에 밀려온 것 같은 것이지요.

그리고 한편.

산보시강 어부 로쿠베의 그물에 외눈외팔의 여윈 사무라이와 창백한 미남이 걸려들었습니다. 대단한 어획물입니다. 이것도 인간의 항구가 알 수 없는 물결의 움직임이라고 할 수 있겠습니다. 인간의 항구는 비가 오나 바람이 부나 삼각파도를 만들어 어둡게 또는 밝게 솟아올라 생각지도 못한 운명의 이것저것을 돌담 안으로 싣고 옵니다. 치요다의 해자가 아무리 깊고 그 성벽이 아무리 높다고 해도 이 인간의 항구의 물결을 막을 수는 없습니다.

정원을 가로지르는 솔바람소리와 에도 거리의 떠들썩한 소리가 파도소리처럼 멀리서 들려오는 이곳은 성의 안과 밖을 가르는 경계, 조구치(錠口)입니다. 밖에는 정무를 보는 관청이 있고 안에는 쇼군의 거주지가 있습니다. 그 사이에 있는 관문이라고 할 수 있는 조구치에서는 용건이 있는 사람은 하나하나 확인해서 누구도 함부로 출입을 허락하지 않습니다. 조구치에서 들어가 복도 바로 옆에 있는 방을 받아 그곳에서 멋대로 지내고 있는 사람이 천하에 무서운 이 없는 구라쿠. 지금도 배를 깔고 엎드려 뭔가를 읽고 있습니다. 아직 한밤중. 실로 우스꽝스러운 광경입니다. 삼 척이 안 되는 일곱 여덟 살 아이 같은 몸에 얼굴은 늙은 노인. 거기에 등에는 커다란 혹을 달고 방 한가운데에 엎드려 두 발을 흔들거리며 짐짓 점잔을 빼며 한서를 읽고 있습니다. 성에서 이렇게 예의 없이 사는 사람은 구라쿠노인뿐입니다. 이건 마치 괴이한 모습을 한 거북새끼가 밀물에 타고 와 깨끗한 모래사장에서 일광욕을 하고 있는 형상이지요. 그때 복도에서 부드러운 발소리가 들리더니 조용히 문을 열고 시녀 한 사람이 들어왔습니다.

"저, 미나미부교님이 급히 어르신을 뵈어야 한다고……."

(1934.5.16)

106
옥상자 1

밤에 오오카 에치젠이 급히 자신을 만나고 싶다라, 구라쿠노인은 벌떡 일어났습니다. 벌떡이라고는 하지만 고라니에 등이 솟은 모양이라 삼 척 정도인 구라쿠노인으로서는 서든 눕든 큰 차이는 없습니다. 항아리! 고케자루! 머리에 번뜩 떠올랐지만 조용한 음성으로 시녀에게 일렀습니다.

"이곳으로 모셔오게."

노인은 종종걸음으로 구석으로 가 옷걸이에 걸린 하오리를 걸쳐 입었습니다. 쇼군에게 하사받은 아욱꽃무늬의 하오리입니다. 구라쿠는 이 하오리를 입지 않고는 사람들을 만나지 않습니다. 아이 같은 몸에 어른의 하오리를 걸쳐서 마치 옷을 질질 끌고 가는 모양새지만 점잖은 얼굴로 똑바로 앉아서 손님을 기다립니다.

"어르신, 여깁니까?"

미소를 머금은 에치젠노카미의 목소리. 이어서 소리도 없이 미끄러지듯 어둠을 등지고 들어옵니다. 노인의 눈은 부산하게 이 밤의 방문자의 손을 향합니다. 하지만 다다스케는 아무 것도 가지고 있지 않습니다. 빈손으로? 구라쿠노인의 얼굴에 실망의 기색이 어렸습니다.

"다이사쿠, 그걸 거기에 두고 기다리게."

다다스케가 뒤를 돌아보며 말했습니다. 부하 이부키 다이사쿠가 따라온 것입니다. 그 말에 다이사쿠는 커다란 꾸러미를 하나 방안으로 밀어 넣고 무언. 엎드려 구라쿠노인에게 인사한 뒤 뒤로 물러났습니다.

항아리 꾸러미를 끌어당긴 에치젠노카미 다다스케는 구라쿠 앞에 조용히 정좌하여 계속해서 미소만 짓고 있습니다.

"?"

구라쿠노인은 눈으로 물었습니다.

"그건가? 엣슈님?"

"뭐어, 그렇습니다."

"호오, 어떻게 입수하였나?"

"그 다이켄이 받아들인 이상 안 되는 일이 없지요."

구라쿠노인은 그것을 마음속으로 긍정하면서 크게 고개를 끄덕였습니다.

"그래서, 그 다이켄은 어떤 수단으로 어떤 방면에서 항아리를 입수한 건가."

"뭐, 그것은…… 어린 소녀가 사자가 되어 가지고 왔을 뿐이라 자세한 것은 모릅니다만……."

그렇게 말하면서 다다스케는 항아리를 싼 보자기를 풀기 시작합니다. 이를 제지한 구라쿠.

"그대, 항아리를 열어본 겐가."

"음, 네, 열어 보았습니다."

"그래서 종이는? 보물의 소재를 알리는 고지도는?"

연거푸 질문하며 추궁하는 구라쿠노인의 얼굴을 에치젠노카미는 지그시 응시하였습니다.

"안에는 없습니다."

"안에 없다고? 항아리 안에 없다…… 그러면?"

"네 그렇습니다. 어르신, 항아리 안에 없다고 하면?"

"항아리에 물건을 숨긴다면 항아리 안에 두는 게 당연하지. 그 항아리 안에 없다는 것은 아예 없다는 거지."

"네, 저도 처음엔 그렇게 생각했습니다만……."

"그렇군!"

구라쿠노인, 커다란 손을 펼치며 에치젠노카미의 말을 끊었습니다. 그리고 탁 하고 무릎을 쳤습니다.

"하하하, 그런가. 과연, 그렇구나."

(1934.5.17)

107

옥상자 2

야간담당 근시들이 옆방으로 물러나자 침실에서 자려고 누운 요시무네공이 깜박깜박 잠이 드려는 차였습니다. 몇 칸 건너 멀리 있는 방에서 뭔가 소곤거리는 소리가 들이더니 곧 큰 소리가 났습니다. 우에사마께 알려드리게, 아니 그럴 수 없습니다…… 그런 말이 오가는 것 같습니다. 처음에는 물속에서 바람소리를 듣는 것 같은 멍한 기분이었던 쇼군 요시무네도 그 소리가 계속되는 바람에 막 잠에 빠져들려던 의식이 되살아났습니다. 물론 자는 데 방해가 될 정도는 아니고 멀리서 희미하게 낮은 소리로 전해져 오는 소리가 귀에 익어 요시무네는 일어나 베개 밑 종을 울렸습니다. 근처에 있던 한 사람이 다가와 엎드렸습니다.

"부르셨습니까?"

"음, 구라쿠 소리가 들리는데."

"넷, 시끄럽게 해드려서 황송합니다. 구라쿠님과 미나미부교 오오카 에치젠노카미님께서 함께 오셔서 이 한밤중에 뵙고 싶다고 청하고 있습니다. 근신 마세 휴가노카미(間瀬日向守)님이 거절말씀을 드리고 있습니다."

"뭐라고? 구라쿠와 에치젠이 나를 만나겠다고?"

"항아리? 고케자루?"

하아, 왔구나 하고 생각하자 요시무네는 재빨리 잠옷을 벗어던지고 일어나 앉았습니다. 하얀 비단에 아욱꽃 무늬의 실내복을 걸치며 명했습니다.

"그럴 필요 없다, 두 사람 다 이쪽으로 오도록 마세에게 알려라."

때 아닌 한밤중에 침실에서 접견을 허락하다니, 보통 사건이 아닙니다. 근시는 눈을 커다랗게 뜨고 물러납니다. 잠시 후, 구라쿠노인의 으스대는 목소리가 가까워지고 있습니다.

"그러니 내가 말했지 않나. 우에사마께 말씀드리면 반드시 접견을 허락하실 거라고. 아무 것도 모르면서 중간에서 훼방이나 놓다니."

계속해서 야단치며 오는 구라쿠노인, 역시 대단하군요.

침실의 문을 좌우로 열게 한 요시무네는 가만히 구라쿠를 바라보았습니다. 서면 겨우 장지문 손잡이에 머리가 닿을 정도인 구라쿠와 키가 큰 데다 살집이 있는 당당한 에치젠노카미가 나란히 서서 발을 끄는 듯한 걸음걸이로 방에 들어서는 모습은 참으로 진묘하다고 하겠습니다.

"우후후후, 구라쿠. 그대가 안고 있는 것, 그게 뭔가?"

구라쿠는 커다란 항아리 상자를 힘겨운 듯 앞에 놓고 앉으며 대답했습니다.

"에헤헤헤, 드디어 이가의 고케자루를 오오카 에치젠이 입수하게 되었습니다."

그 옆에 정좌한 에치젠노카미 다다스케.

"한밤중인데도 불구하고 접견을 청한 무례를 벌하지 않으시고 이렇게 바로 뵙게 허락해주셔서 정말 황송하기 이를 데 없습니다. 항시 기분 좋게 맞아주시니 기쁘기 한량없습니다."

공손히 인사를 올리는데 구라쿠는 그런 의례 같은 건 일체 생략해 버리고 갑자기 친근한 어투로 쇼군에게 말을 겁니다.

"어떻게 이 항아리가 에치젠의 손에 들어왔는지 그 내용은 하문하시지 마시지요."

"호오, 예의 대금의 소재를 알리는 고케자루인가, 어디어디."

몸을 앞으로 내민 요시무네…… 구라쿠노인은 마치 자신이 악전 고투 끝에 겨우 그 항아리를 손에 넣은 것 같은 표정으로 앉아있네요.

(1934.5.18)

108
옥상자 3

요시무네는 기침을 하면서 물었습니다.

"구라쿠, 에치젠. 그대들은 벌써 그 항아리를 열어보았는가."

"넷."

에치젠이 엎드려 대답했습니다.

"하지만 종이 같은 건 안에 들어 있지 않았습니다."

구라쿠노인은 마치 목욕탕에서 등을 밀고 있을 때처럼 거리낌 없이 쇼군 옆으로 다가갔습니다.

"그것이, 우에사마. 이상하지 않습니까? 아무 것도 들어 있지 않다니."

요시무네는 팔짱을 끼고 눈을 감았습니다.

"으음, 들어있지 않다,라. 그렇다면 야규의 숨겨진 보물이라는 것은 그저 하나의 전설일 뿐이라는 건가. 아니, 아무 것도 아닌 이야기에 지나지 않았던가."

빙그레 웃음지은 구라쿠노인.

"우에사마, 말씀 올리지요."

"음? 뭔가?"

"만약 종이 같은 것을 항아리에 숨겨놓는다면 먼저 어디이겠습니까?"

"무슨 말을 하는 가. 항아리에 봉해두었다면 당연히 항아리 안이겠지."

"그것이, 그 몇 번이나 말씀드린 대로 들어있지 않았습니다만."

"그러면 처음부터 없었던 것이 아닌가."

"그렇습니다. 저도 그렇게 생각했습니다만 지금 한 번 더 생각해 보시지 않으시겠습니까?"

"음, 알겠다! 하하하, 알겠네."

눈을 반짝인 요시무네는 힘을 주어 무릎을 치면서 말했습니다.

"이중바닥인가?"

에치젠노카미와 구라쿠는 서로 눈을 마주합니다. 침묵에 빠지자 벌써 밤이 깊었음이 절절히 느껴집니다. 근신들이 물러나고 지금 이 침실에 모여 있는 이는 팔대쇼군 요시무네님을 사이에 두고 천하에 무서운 것 없다는 때밀이 하타모토 구라쿠와 지금 한창 위세를 떨치는 미나미부교 오오카 다다스케 세 사람뿐입니다. 검은 바탕에 금박을 입힌 촛대에서 타오르는 촛불이 세 그림자를 하나로 모아 크고 검게 다다미에서 벽에 걸쳐 흔들거리게 하고 있습니다. 일개 마치부교가 아무리 중대한 사건이라고 해도 야간에 쇼군과 무릎을 맞대고 이야기한다는 것은 절대로 없다……는 것은 말할 필요도 없습니다. 무릇 예외라는 것이 있습니다. 이것이 그, 가장 의외의 예외인 셈이지만…… 정사에는 나오지 않지만 이때 이 세 사람의 진지함은 실제로 대단한 것이었습니다.

구라쿠노인의 눈빛을 받아 에치젠노카미는 항아리의 보자기를 풀어 고색창연한 오동나무 상자를 꺼냈습니다. 오랜 시간이 흘러 검게 빛나고 있습니다. 뚜껑을 들어 올려 어전에 내민 것은 붉은 비단끈으로 묶인 바로 그 고케자루 차 항아리…… 많은 사람을 끌어들여 세상에 풍파를 일으킨 것도 보지 못하고 아무 것도 모른다는 얼굴로 차분히 자리하고 있는 모습은 과연 대 명물다운 품격입니다. 다른 사람의 머리를 숙이게 할망정 자신의 머리를 숙인 적은 없는 팔대 우도쿠인(有德院)도 이때, 이 고케자루를 마주한 이 순간만큼은 저절로 머리를 숙이지 않을 수 없었습니다. 음, 하고 요시무네는 항아리를 끌어와 자세히 살펴보았습니다.

"훌륭한 작품이구나. 품행도 좋고 맛도 좋고 대단한 물건이야."

가격이 얼마나 될까. 그런 골동품상 같은 소리는 하지 않습니다.

(1934.5.19)

109
옥상자 4

"열어보다 오히려 손해를 보는 옥상자…… 스윽 하고 연기가 나오고 이 요시무네가 바로 그대 같은 노인이라도 되어버리는가."

기분이 좋은 때는 입이 가벼운 팔대님, 그런 말로 구라쿠를 놀리며 항아리 뚜껑을 열었습니다. 아무 것도 들어있지 않습니다. 연기도 나오지 않습니다. 옥상자…… 요시무네는 거꾸로 뒤집어서 바닥을 통통 두드리며 소리를 듣고 있습니다. 가게에서 통을 사는 것 같은 모습. 바닥이 이중으로 되어 있는지 확인하는 것입니다. 에치젠노카미와 구라쿠는 웃음이 번진 눈으로 서로 마주보았습니다. 구라쿠가 말했습니다.

"어떠십니까? 우에사마. 바닥에 이중장치가 되어 있습니까?"

"아니, 안 그런 거 같은데."

요시무네는 그렇게 말하면서 항아리를 다시 바닥에 놓았습니다.

"이 항아리에 비밀이 들어있지 않다면 야규의 보물 그 자체가 수상해지는데."

"그럴 지도 모르겠습니다."

"그럴 지도 모르는 게 아니지, 구라쿠. 야규는 무력만 뛰어난 가난한 번이지만 선조가 숨겨둔 대금이 있다. 그것을 그대로 두면 위험하니까 닛코일을 맡겨 토해내게 해야 한다. 그렇게 나한테 진언한 사람이 구라쿠, 자네 아닌가?"

"네에, 말씀하신 대로입니다."

"네에가 아니라고. 그래서 그렇게 야규의 금붕어를 죽게 한 게 아닌가. 닛코에 당첨된 야규로서는 다도 선생 말만 믿고 그이래 죽을 둥 살 둥 미친 듯이 이 고케자루의 행방을 찾고 있고. 이 항아리를 지금 열어보니 공기만 들어있으니, 구라쿠 이건 전부 그대의 책임일세."

무리한 논리였지만 기대하고 있던 항아리를 열어보았는데 아무 것도 나오지 않자 요시무네는 생떼를 조금 부리는 건지도 모릅니다. 쇼군을 비롯하여 예전의 다이묘란 사람들은 모두 이렇게 어린애 같이 제멋대로 구는 사람이 많았답니다.

구라쿠, 당황했나 싶어 봤더니 태연하기만 합니다.

"우에사마, 뚜껑을 아직 가지고 계십니까?"

아하! 과연 그렇군. 팔대님은 아까 항아리를 열 때 들어 올린 뚜껑을 아직 그대로 오른손에 쥐고 있었습니다.

"그래서, 이게 뭐 어떻다는 건가."

요시무네는 그 뚜껑을 자세히 들여다보았습니다.

아시는 대로 차 항아리의 뚜껑은 나무를 둥글게 깎은 것입니다. 거기에 봉서 종이를 한 장 한 장 붙여 굳힌 것이지요.

"별달리 이상한 것은 없네만. 단순한 차 항아리 뚜껑이 아닌가."

요시무네는 그것을 다다미위로 툭 내던졌습니다. 뚜껑은 굴러가다가 에치젠노카미 무릎 앞에 와 멈췄습니다. 그것을 집은 다다스케는 조심조심 입을 열었습니다.

"매년, 신차가 나올 즈음 제번에서 차 항아리를 우지(宇治)에 있는 차 장인에게 보냅니다. 차장인은 꽤나 권위가 있으므로 부탁받은 제후들의 차 항아리를 각각의 선반에 장식해둡니다. 그때……."

한바탕 차 항아리에 대한 설명이 이어졌습니다. 고요한 성안의 밤공기에 굵고 차분한 에치젠노카미의 목소리가 조용한 파문을 그리고 있습니다. 요시무네도 구라쿠도 어느새 긴장하여 귀를 기울입니다.

(1934.5.20)

110

우지는 차의 고향 1

에치젠노카미는 조용한 목소리로 이야기를 이어나갑니다.

"아시는 대로 차 항아리는 여러 가지 굽기로 만들어집니다. 각 다이묘들의 항아리를 맡은 차장인으로서는 녹봉의 크기, 성내에서의 자리 순서와 관계없이 항아리의 좋고 나쁨에 따라 선반의 순위를 결정합니다. 아무리 큰 번의 차 항아리라도 항아리 그 자체가 명품이 아니라면 위쪽에 놓아두지 않습니다. 또 작은 번의 차 항아리라도 명기라면 윗자리를 주는 것이 우지 차장인의 하나의 권위라고 할까요? 아니, 우에사마 앞에서 다 아시는 이야기를 이렇게 올려서 정말 송구합니다."

다시 엎드리는 다다스케를 구라쿠노인이 옆에서 말리면서 끼어듭니다.

"아니, 이야기에는 순서라는 게 있는 법이니 상관 말고 계속하게나."

요시무네도 고개를 끄덕이며 재촉합니다.

"그래서?"

"넷, 그래서 각 다이묘들은 항아리 순위를 높이기 위해 서로 경쟁하여 만금을 던져서라도 전래의 차 항아리를 구하려고 야단인 상황입니다. 그리하여 신차가 채워지기까지 항아리는 우지의 차장인의 거처에 장식되는 것입니다."

"그렇다면 이 고케자루 차 항아리도 야규번에서 매년 그 신차를 넣으러 우지의 차 장인한테 보내졌다는 건가."

쇼군의 하문에 에치젠노카미, 바로 대답합니다.

"그렇습니다. 옛날부터 차 장인의 선반에서 일 위를 놓친 적 없는 고케자루 차 항아리, 이 항아리덕분에 여러 대 다이묘들을 제치고 일 위 자리는 줄곧 야규가 점할 수 있었던 것입니다."

"이렇게 훌륭한 명기이니 무리도 아니다."

"그런 항아리를 야규에서는 왜 동생인 겐자부로에게 주어 이 에도의 시바 줏포사이에게 넘기려고 했을까요? 알 수가 없습니다."

구라쿠노인이 고개를 갸우뚱합니다.

"자, 그것은 어떻게든 동생을 세상으로 내보내려는 형 쓰시마노카미의 진정이 아니겠습니까? 동생인 겐자부로라고 하면 검으로는 희대의 명예를 갖고 있지만 난폭한 자라는 소문도 좀 있고 해서 막내가 걱정되는 마음으로 천하의 인간도장이라는 에도로 내보내 넓은 세상을 보여주려는 형의 배려에서 나온 결정인 것 같습니다. 자, 그것은 그렇다 하고 우지에서는 각 다이묘들의 차 항아리에 신차를 다 채워놓으면 이런 뚜껑 위에 봉서종이를 붙여서 항아리를 봉하고 있습니다."

"흠, 그것은 나도 알고 있다."

"송구합니다. 그렇게 봉한 차 항아리를 각각의 번에 가지고 돌아가 다이묘 앞에 놓고 다도 선생이 봉을 떼어 신차를 권하게 되는데 이것을 봉절다회라고 합니다. 차 입장에서는 대단히 번거로운 연중행사의 하나입니다."

구라쿠노인은 조급한 마음에 등에 솟은 혹과 무릎을 같이 풀어 부드럽게 하면서 말했습니다.

"아아, 그것은 잘 알겠소. 그런데 모르는 것이 하나 있소. 이 고케자루도 매년 우지를 왕복하여 신차를 채워왔다면 안에 오래된 지도 같은 것이 들어있으면 어떻게 다른 사람들 눈에 띄지 않았겠소? 벌써 옛날에 누군가 발견하여 이미 보물을 다 파내갔을 게 아니오? 그렇지 않습니까? 우에사마.”

“그렇게도 생각할 수 있지만 그렇지 않다면 그 지도는 처음부터 항아리 안이 아니라 항아리는 항아리인데 다른 장소에…….”

요시무네의 이 말을 중간에서 끊은 구라쿠.

“대단하십니다! 과연 천하의 팔대님. 이 에치젠도 구라쿠도 그 점을 생각했습니다.”

(1934.5.21)

111
우지는 차의 고향 2

이것보다 앞서. 이 항아리를 열어 안에 있어야 할 고지도가 없다는 것을 알았을 때, 에치젠노카미는 한 번은 놀라고 실망도 했지만 곧 뭔가 알아차린 것 같습니다.

“하아, 그런가.”

하고 말했었지요. 그리고 또, 구라쿠노인도 아까 자신의 방에서 항아리 안이 텅 비어있다는 것을 듣고 잠시 생각해보고는 이 사람도 똑같이 뭔가 알아차린 듯,

“하아, 그런가.”

하고 고개를 끄덕였습니다.

바보 같은 인간이 생각하는 것은 대개 같은 것이지만 지혜로운 사

람의 지혜도 또 닮아 있습니다. 이 천하의 지혜로운 두 사람이 다 하아, 그런가 하고 자신 있는 듯 빙긋이 웃었으니 아직 비관하기엔 이릅니다. 비밀지도는 항아리 어딘가에 숨겨져 있을 겁니다. 이것을 바꿔 말하면 야규가 초대 다이묘님도 또 상당히 지혜로운 자였다는 것이 되겠지요.

그러면, 지금. 가만히 생각에 잠긴 팔대 쇼군 요시무네님, 미소를 지으며

"하아, 그런가."

마치 그대로 흉내 내는 것 같습니다. 그와 동시에 손에 들고 있던 항아리를 들여다봅니다.

"이 안인가, 이 뚜껑의……."

"황송합니다."

에치젠노카미와 구라쿠노인, 동시에 엎드렸습니다. 다다미에 손을 댄 채 다다스케는 입을 열었습니다.

"신차를 봉할 때 우지에서 붙인 봉서는 봉절다회 때 가장자리만 자를 뿐 뚜껑의 봉서는 그대로 남습니다. 그 위에 매년 다시 봉서를 붙여서 그 다음해에는 또 그 위에…… 해마다 한 장씩 위에서 위로 봉서가 겹쳐지므로 오래된 차 항아리의 뚜껑에는 두꺼운 봉서층이 생깁니다. 우에사마! 혜안으로 알아보신 대로 문제의 지도는 그 봉서 안에 붙여져 있을 것이라고 생각됩니다."

"과연, 그렇군. 생각한 대로다."

감탄한 요시무네는 한시라도 빨리 비밀지도를 꺼내고 싶어 갑자기 흥분한 모습입니다.

"누군가 있겠지? 뭔가 이 종이를 잘 벗겨낼 사람은 없는가?"

헤어핀으로는 안 될까…… 시종이 나타나는 것도 기다리기 힘든 요시무네는 질타하듯이 재촉합니다.

"이거, 뭔가 얇은 날붙이 같은 게 없나. 작은 칼이라도 좋다. 어서 가져오라."

시종이 들고 온 작은 칼과 차 항아리의 뚜껑을 요시무네는 구라쿠에게 내밀었습니다.

"영감, 그대는 손끝이 여물다고 들었다. 조심스럽게 벗겨내 보게."

이것은 대임입니다.

그도 그럴 것이 매년 봉서에 풀을 발라 매년 그 위에 겹쳐서 붙여 온 것이 몇 십 년 아니 백년도 넘게 계속 붙여왔으니 이제는 완전히 딱 붙어서 하나의 단단한 물질로 변화한 것입니다. 게다가 그냥 벗겨 내기만 해서 될 일도 아닙니다. 한 장 한 장 작은 칼끝으로 위에서부터 차례차례 벗겨내야 하기 때문에 구라쿠노인은 굉장히 힘든 임무를 맡게 된 것입니다. 초대 야규가 숨긴 것이니 아무래도 제일 밑에 있을 텐데 만약 찢어지기라도 하면 지금까지의 고심이 수포로 돌아갑니다. 무엇보다 닛코조영을 목전에 둔 야규 번은 구렁에서 헤어날 길이 없게 되겠지요. 칼끝으로 뚜껑의 종이를 쑤시는 노인의 뺨에는 어느새 식은땀이……

(1934.5.22)

112

우지는 차의 고향 3

좀처럼 긴장하는 일이 없는 구라쿠노인, 이때만큼은 작은 칼로 종이를 벗기는 손이 와들와들 떨렸다고 합니다. 그건 그렇겠지요. 무엇보다⋯⋯

가난과 검술로 천하에 이름난 야규번에 막대한 재산이 숨겨져 있다고 전국에 보내놓은 스파이들의 보고를 토대로 이번 닛코대수리 조영부교를 야규 쓰시마노카미에게 맡겨야 한다고 요시무네에게 진언한 것은 그 스파이들의 총수인 이 구라쿠노인. 지금 이 항아리의 뚜껑에서 보물지도가 나오지 않는다면 구라쿠의 책임이 되는 겁니다. 하지만, 백년의 세월동안 매년 덧붙여진 봉서가 두꺼운 층을 이루어 이만저만 잘하지 않고는 제대로 벗겨낼 수가 없습니다. 만약 칼끝에 찢기기라도 하면 모든 게 깡그리 사라지게 됩니다.

위의 것부터 벗겨지도록 종이를 긁어가는 노인의 주름 깊은 얼굴에는 수정 같은 땀방울이 흘러내립니다. 그리고 또 그 구라쿠의 손놀림을 지켜보는 팔대쇼군 요시무네와 오오카 에치젠노카미의 손에도 어느새 땀이 맺히고 있습니다.

항아리 하나를 둘러싸고 당시 천하를 움직였던 세 현인이 토하는 한숨이 시시각각 뜨겁고 거칠게 변해갔습니다.

"종이라는 것은⋯⋯ 이렇게 보니⋯⋯ 비교적⋯⋯ 튼튼하게⋯⋯ 보이는군."

구라쿠, 그렇게 한 마디 한 마디 잘라 말하면서 모든 정신을 작은 칼 끝에 모아 최선을 다하고 있습니다.

"풀로 붙여 굳어진 것이 세월이 지나니 돌 같이 변했군."

구라쿠는 너무 긴장된 실내 분위기를 부드럽게 하려는 듯 이런 소리도 합니다. 하지만 무슨 소리를 해도 아무 도움이 안 되는 군요. 점점 종이가 벗겨지면서 이제 야규시대쯤에 다다른 듯, 풀과 종이사이에 언제 벌레가 들어갔는지 벌레 먹은 흔적이 보였습니다. 그와 동시에 숨 막히는 세 사람의 긴장도 더 높아져 지금 방안의 공기는 그대로 고체가 된 듯…… 긴장의 폭발점. 그때였습니다.

"와아!"

구라쿠노인이 외쳤습니다. 그리고 손에 든 작은 칼을 던지고,

"있다! 나왔어! 아아, 우에사마. 옛슈라고 쓰여 있지요? 이 밑의 종이에 어렴풋이 글자가 보입니다요."

"어디어디. 호오, 과연 그렇군. 검은 먹의 흔적이 비쳐 보이는 군."

"어르신, 어서 그 위의 종이를 벗겨내세요."

"손상되어서는 안 되네."

"알고 있습니다. 여기가 천 번에 한 번 있는 승부처."

구라쿠노인은 종이 끝에 손톱을 살짝 대고 조용히 조용히 긁어내기 시작했습니다. 위의 봉서가 주의 깊게 떼어내지는 데 따라 밑에서 나온 것은 뭔가 문자와 지도 같은 것이 그려진 한 장의 오래된 종이! 고케자루의 비밀은 이제 세상으로 나오려 하고 있습니다. 몇 백만, 몇 천만 냥인지 모를 야규의 보물! 노인의 손이 위에 있던 종이를 다 떼어냈습니다. 여섯 개의 눈이 하나로 모입니다. 짓눌린 것 같은 침묵 속에서 소리를 내어 그 문자를 읽은 사람은 요시무네였습니다.

"항시 ○○○우쭐○○……."

(1934.5.23)

113

우지는 차의 고향 4

"항시 ○○○우쭐○○물 쓰듯 쓰고 없어도 ○○것이 황금이다. 따라서 후세에 ○일 있을 때 쓰도록 좌기의 장소에 금 팔○○냥을 묻어 둔다······."

거기까지 읽은 팔대쇼군은 종이에서 얼굴을 들어 구라쿠와 에치젠노카미를 돌아보았습니다.

"군데군데 벌레가 슬어 제대로 읽을 수가 없군. 모르는 부분에 글자를 맞춰 넣어 판독해 보자."

옆에서 구라쿠가 술술 읽어내려 갔습니다.

"항시 있으면 우쭐해서 물 쓰듯 쓰고 없어도 다름없는 것이 황금이다. 따라서 후세에 하루아침에 어려운 일이 있을 때 쓰도록 좌기의 장소에 금······ 아, 이것은 모르겠는데. 팔백만 냥인지 팔천만 냥인지 그것도 아니면 팔십오 냥인지 하여튼 팔자가 붙는 대금."

"그러면 매장장소는?"

"무사시(武蔵)국······ 아아 어떻게 하면 좋을지. 이 부분도 벌레가 먹어서 다음을 읽을 수 없네."

놀란 두 사람, 동시에 좌우에서 고개를 들이밉니다.

"아니, 이거 큰일입니다. 겨우 여기까지 왔는데 제일 중요한 장소를 벌레가 먹다니!"

문자 아래 작은 지도가 붙어있지만 그쪽은 벌레가 먹은 흔적이 더 심해 뭐가 그려져 있는지 전혀 알 수가 없습니다. 사라진 선을 손가락으로 더듬어 보던 요시무네.

"이것은 분명하게 읽어봤자 그리 중요한 것은 아닐 걸세. 그저 한 장소를 가리키는 지도일 뿐이니. 이봐, 이 산속의 오솔길이 사거리가 된 곳에 서서 오른쪽을 보면 두 그루의 삼나무가 있네. 이 다음은 아무래도 해독이 되지 않지만 이끼가 잔뜩 낀 사석에서 왼쪽으로 들어가…… 라고 되어있군."

"산속의 오솔길이 네 개로 합해져 그 사거리에서 두 그루의 삼나무가 보이고 사석이 있고 이것이 무사시의 어딘지 모르면 더 이상 찾을 길이 없구나."

암담한 구라쿠노인의 말에 에치젠노카미는 앞으로 나아가

"그러나 보물이 있다는 것은 사실이지 않습니까? 그런데 그 대소동을 일으킨 고케자루 항아리는 단지 이것뿐일 런지."

구라쿠는 우울한 어조로 말했습니다.

"야규는 어떻게 할까요?"

요시무네가,

"어떻게 하다니?"

"네, 닛코수리비용…… 야규는 이 항아리만 의지하고 있는데 무사시라고만 해서야 뜬구름 잡기라. 이렇게 되면 검에 관한 한 실력자만 모인 야규번이 힘든 나머지 천하를 소란하게 하지 말아야 할 텐데요."

"우에사마."

에치젠노카미는 양손으로 바닥을 집고 엎드려 쇼군에게 청합니다.

"야규를 구하기 위해 또, 닛코조영에 있어 불상사가 없도록 지금은 우에사마, 계획이 필요하다고 생각합니다."

"곤겐님 묘에 관한 일입니다."

구라쿠노인도 옆에서 거드는 것을 듣고 있던 요시무네는 잠시 후,

"음, 모두가 그렇게 말하니 그렇게 하게."

"넷, 그러면 닛코에 필요한 만큼의 금액을……."

"그래, 어딘가에 묻어서……."

"그 소재를 그림으로 남겨 이 항아리에 넣고 그대로 이가의 야규 손에 보내도록 하지."

침실모의는 언제까지나 계속됩니다.

(1934.5.24)

114
우지는 차의 고향 5

"그런데 우에사마."

구라쿠노인은 뭔가 생각이 난 듯,

"잠시 그 붙어있던 지도를 보게……."

"누가 봐도 똑같은 게 아닌가."

쇼군이 내민 오래된 작은 종이를 구라쿠노인이 받아들고는 말했습니다.

"흠, 이렇게나 환란의 원인이 된 고케자루가 단지 이정도의 물건인지는 사실 받아들이기 어렵습니다. 이보게, 에치젠님. 이 종이의 벌레 먹은 흔적이 그대에게는 어떻게 보이시는 가."

"고문서에 벌레가 먹은 것 같이 보이려면 선향으로 가늘게 태워 교묘하게 구멍을 내는 것을 말하는데 설마 그런 계략이 있는 것은……."

"아니, 모르겠어. 모르겠어."

구라쿠노인은 몸에 비해 불균형인 긴 팔을 꼬아 팔짱을 끼고는 생각에 잠겼습니다.

"이정도로 신경을 써서 대금을 숨긴 초대 야규, 세심에 세심한 주의를 기울였음에 틀림없습니다. 이것은 경우에 따라 똑같은 고케자루 항아리가 이것 외에 하나 둘 더 있을 지도 모릅니다."

"생각할 수 없는 일은 아니지."

팔대 요시무네공, 고개를 끄덕입니다.

"중요한 단서를 단 하나의 항아리에만 넣으면 분실 또는 도난의 위험이 있지. 전국시대 가케무샤처럼 같은 항아리를 두세 개 만들어 그 중 하나에 진짜 문서를 숨겨둔다고 하는 것은 있을 법한 일이지."

이런 세 사람의 이야기로 이 항아리가 진짜 고케자루인지 아닌지 위험해졌습니다. 그렇다면……

처음 혼례예물로 이가망나니가 야규의 고향에서 가져온 저것도 과연 진품 고케자루일까? 만약 진품 고케자루가 아니라면 진품은 아직 야규가에 있는 걸까? 말없는 세 사람 위에 조용한 성안의 밤이 무거운 돌처럼 덧씌워졌습니다.

"뭐 항아리의 진위는 두 번째 문제라 하고 닛코공사를 목전에 두고 야규는 지금 필사적이니만큼 조영에 필요한 돈은 신속히 받을 수 있도록 배려해주시기를 부탁드립니다."

닛코착수일이 다가오는 지금 무엇보다 먼저 재정적으로 야규를 도와 어쨌든 수리에 착수하도록 라는 것이 목하 급무입니다. 숨겨진 재산이 있으면 그 자손에 언젠가 모반을 일으킬 만한 이가 나타나 천하에 소동을 일으키지 않는다고 할 수는 없습니다. 그것을 방지하기 위해 재산을 토해내도록 대금이 드는 닛코대수리에 당첨되도록 했습니다만.

지금은 반대로, 쇼군님께서 기밀비를 내어 그걸로 명가 야규를 구하지 않으면 안 되게 되었습니다. 이건 마치 하늘을 향해 침 뱉는 식으로 그 금붕어추첨에서 죽은 불행한 금붕어가 맛 좀 봐라 하는 것과 같다고 할 수 있습니다. 하지만 공식적으로 돈을 내리면 야규도 체면상 받기 힘들고 다른 제후들 간의 평판문제도 있습니다. 구라쿠노인은 조급한 듯 손을 두드리며 시종을 불렀습니다.

"종이와 벼루, 그리고 선향을 하나 가져 오시게."

(1934.5.25)

115

우지는 차의 고향 6

그로부터 이삼 일 지난 아침의 일입니다. 아자부 린넨지마에 야규의 에도저택. 그 저택의 한켠에 쇼헤이관이라고 명명한 도장에 일부러 이가에서 하향한 항아리 탐색대를 이끌고 자고 있던 고다이노신…… 아, 놀랐습니다. 놀랄 만 하지요. 새벽에 꾸벅꾸벅 졸고 있는데 누군가 옆구리를 세게 차버린 것입니다.

"뭐야, 어떤 놈이야?"

놀라 일어나 보니 찬 게 아닙니다. 젊은 이가 사무라이 한 사람이 뭔가에 놀라 당황해서 방으로 뛰어 들어오다 다이노신의 옆구리에 발이 걸린 것입니다.

"무슨 일이야?"

"무슨 일이 아니라 큰일입니다. 큰일! 이상한 일도 있지, 지금 제가 아침 일찍 일어나 정원에서……."

이렇게 말하고 있습니다. 이 젊은 제자 언제나 무서울 정도로 잠꾸러기인데 하필 오늘아침 일찍 일어나 정원에 나가 라디오체조……이게 아니라 목검을 휘두르고 있는데……

"이거 놀라지 않을 수 없는 게, 저 정원 소나무에 뭔가 걸려 있는 겁니다. 고대장님."

"설마 선녀의 옷이라도?"

주위에서 자고 있던 이들도 차례차례 일어나

"누가 목이라도 맸나?"

"무슨 불길한 소리를."

젊은 사무라이는 기를 쓰고 외쳤습니다.

"선녀옷보다 중요한 것이예요, 대장님. 고케자루 항아리에 끈이 달려 소나무 가지에 걸려있지 뭡니까? 그게 산뜻한 아침바람에 흔들흔들……."

"잠꼬대하는군."

"꿈에도 고케자루를 못 잊으니 자네가 가엾게도 마음이 어지러워져 그런 환영을 보게 된 거지."

"고케자루가 소나무 같은 데에 달려있을 리 없지."

"거짓말이라고 생각한다면 나가서 보면 돼지."

일동은 왁자지껄하게 떠들며 그 발견자인 젊은 사무라이를 따라 줄줄이 정원으로 나가보니 고다이노신을 비롯한 쇼헤이관의 일동,

이야, 놀랐습니다. 놀랄 만 하지요. 정원 한쪽의 가산기슭, 에도가로 몬도노쇼가 무엇보다 자랑으로 여기는 한 그루 소나무. 그 가지에 검은 수박 같은 것이 매달려 있는데 바로 그 고케자루 차 항아리였습니다. 입을 떡 벌린 고다이노신, 눈을 껌벅이며 이렇게 중얼거렸습니다.

"아아, 우리들도 자나 깨나 고케자루, 고케자루 하다 보니 이런 이상한 환영을 다 보는 구나."

그것도 그렇겠지요. 무엇보다 그 고케자루를 위해서 지금까지 얼마나 많은 인간들이 피를 흘리고 또 그 때문에 지금 젊은 주군 이가의 겐자부로는 행방불명. 단게 사젠이라고 하는 엉뚱한 놈까지 뛰어들어 필사의 싸움을 벌이고 있는 그 중심, 고케자루 항아리가 대롱대롱 매달려 발견한 사무라이가 말한 대로 산뜻한 아침의 미풍에 흔들거리고 있으니 말입니다. 소헤이관의 모두는 아무 말도 하지 못했습니다.

(1934.5.26)

116
우지는 차의 고향 7

"음, 짓궂은 항아리구나……."

고다이노신은 소나무 아래로 달려가 항아리를 노려보면서 말했습니다.

"찾을 때는 모습도 보이지 않더니 이런 곳에 나타날 줄이야. 그런데 도대체 누가 이렇게 한 것이지?"

주위에 모인 이가 사무라이들을 살펴보았지만 이것만은 아무도 대답을 못합니다. 하여튼, 무섭도록 이상한 풍경입니다. 차 항아리를 거친 끈으로 묶어 그것을 소나무 가지에 매달아놓으니……

"어제 한밤중에 어떤 놈이 몰래……."

"하지만 이게 진품 고케자루라면 그놈은 상당히 우리들에게 호의를 가지고 있음에 틀림없습니다."

젊은 사무라이들이 항아리를 올려다보며 와글와글 떠들어댑니다. 뭔가 음모가 있는 것 같아 쉽사리 손을 내밀기 힘든 기분……

"내리자!"

다이노신의 명령으로 한 사람이 흠칫흠칫하면서 손을 뻗어 그 항아리를 내렸습니다.

"누가 항아리를 열어봐."

이번에는 일동 꼬리를 말고 아무도 손을 대지 않습니다.

"스윽 하고 한 줄기 이상한 연기가 나오면서 어느새 괴이한 형태를 띠고 한 맺힌 이가 사무라이가…… 이렇게 되는 건 아닐까?"

"세상이 험악하니 폭탄이라도 들어있을지도……."

그런 말을 하는 놈은 없습니다. 그 중에 한 사람 용감한 이가 있어 잔디에 무릎을 꿇고 항아리 뚜껑을 열었습니다.

"방심하지 말게, 여러분."

누군가가 크게 외쳤습니다. 동시에 모두는 쓱 뒤로 물러나 발을 벌리고 허리에 찬 칼 자루에 손을 얹고 자세를 잡았습니다. 이 항아리에는 누군가의 깊은 혼백이 있음에 틀림없다고 생각해서 긴장한 것입니다. 처음 오 분정도 살짝 뚜껑을 밀어 안을 들여다보았는데 별로 연기도 나오지 않고 이상한 장치도 없는 것 같아 또 살짝 뚜껑을 더 밀어 상태를 살펴보았습니다. 그래도 아무 일이 없자 안심하고 완전히 열어 안을 들여다봅니다.

"뭐야, 아무 것도 들어있지 않아."

"설마 빈 항아리를 이렇게 그럴듯하게 이곳에 갖다 놓다니 장난치고는 너무한데."

아무것도 들어있지 않다는 것을 알고 일동, 갑자기 기가 살아서 시끌벅적 떠들어댑니다.

"일단 가로님께 갖다 드리자."

고다이노신은 그 항아리의 주둥이를 잡고 한 손으로 들고 정원을 가로질러 다마루 몬도노쇼의 거실로 걸어가기 시작했습니다. 한 사람이 뒤에 떨어져 있던 항아리 뚜껑을 주워서,

"고 선생! 뚜껑이……."

"뚜껑 같은 건 필요 없어, 버려."

"하지만."

그는 쫓아가며 말했습니다.

"항아리에 붙어있는 거니."

"그런가. 그럼 뚜껑도 가져가자."

귀찮은 듯 받아든 고다이노신, 그 둥근 나무 위에 봉서를 몇 겹이나 붙인 항아리 뚜껑을 품속에 넣고 한 손에 든 항아리를 크게 흔들며 몬도노쇼의 거실로 다가갔습니다.

"가로님, 아직 주무십니까?"

"바보 같은 소리, 노인은 일찍 눈이 떠져 곤란하다네. 아까부터 정원쪽이 시끄럽던데 무슨 일인가? 금화라도 주웠나?"

(1934.5.27)

117

우지는 차의 고향 8

보물에 대한 일이 계속해서 머릿속에 남아있어 어떤 이야기에도 바로 금화를 파내는 걸로 귀결되어 버립니다.

"실례……."

다이노신은 마루 아래 디딤돌에 올라와 장지문을 열었습니다.

서원형태로 만든 거실. 야규가 에도가로, 다마루 몬도노쇼는 별갑테 안경을 쓰고 뭔가 읽고 있다가 다이노신쪽을 바라보았습니다.

"오, 무슨 일인가. 그런 더러운 걸 들고 와서……."

그렇게 말을 건네다 다시 살펴보고는 아, 놀랐습니다. 놀랄 만 하지요. 꿈에도 잊지 못하는 고케자루 차 항아리…… 몬도노쇼는 인형이 실에 매달려 춤추는 듯 양손을 흔들다 후와후와 하며 일어서려 합니다.

"이, 이거, 드디어 항아리를 손에 넣은 건가? 아니, 성공했구나, 성공했어! 다이노신."

"아니, 가로님, 진정하십시오. 어떤 놈이 무슨 생각인지는 모르겠지만 어젯밤 정원에 몰래 숨어들어와 이 항아리를 소나무 가지에 매달아놓았습니다. 지금 발견해서 열어보았습니다만……."

"음! 들어 있던가?"

"그러니까, 진정하시라고…… 아무 것도 들어있지 않았습니다."

"뭐라고? 항아리가 비어!"

꿈이라도 꾸듯 한참 생각하던 다마루 몬도노쇼, 그러자, 입니다. 바로 미소를 띠나 싶더니

"하아, 그런가."

여기에 에치젠노카미, 구라쿠, 요시무네 세 사람과 똑같은 말을 하는 다마루노인, 다이노신을 똑바로 보며 말했습니다.

"뚜껑이 있지 않았나? 이, 이 항아리 뚜껑은 어떻게 했나?"

갑자기 초조해하는 가로의 모습에 다이노신도 같이 초조해져서,

"뚜껑이라면…… 뚜껑은 아까 버렸습니다만……."

"뭐, 뭐라고? 항아리 뚜껑을 버려? 바보 같은 놈! 버렸다니 아직 정원에 굴러다니고 있겠지. 얼른 가서 주워와, 천치 같은 놈!"

넷! 하고 사죄하려던 다이노신, 뭔가 품속에 딱딱한 물건이 들어있는 것을 느끼고 문득 생각이 났습니다.

"아! 여기 있습니다. 제가 아까 받아서 품속에 넣어둔 것을 그만 잊어버려서…… 죄송합니다."

"변명은 아무래도 좋아. 내놔, 어서."

이런 항아리의 뚜껑 같은 거 아무래도 좋을 텐데 이 노인네, 나이를 먹어 이상해진 게 아닌가 하고 다이노신은 미심쩍은 마음이 들었지만 상대가 가로다 보니 어쩔 수 없습니다.

"안이 빈 데다 뚜껑마저 없으면 이건 정말 아무 짝에도 쓸 데가 없는…… 죄송합니다."

내미는 둥근 뚜껑을 몬도노쇼는 서둘러 손을 뻗어 받아들고는 한참을 들여다보았습니다.

"음, 그렇지. 매년 위로 덧붙인 봉서의 봉 밑에 붙여져 있을 것이 틀림없어. 아아, 이거야 아무도 몰랐겠군. 다이노신! 잘했네. 도코노마에서 작은 칼을 가져오게. 아, 기다려. 지금 이 자리에서 야규의 거대한 재보가 어디 있는지 표시한 선조의 지도를 꺼내려는 참이네. 얼른 가져오라는데. 에잇! 뭘 하고 있는 겐가."

118
우지는 차의 고향 9

항아리 뚜껑을 받든 다마루 몬도노쇼, 다이노신이 가져온 작은 칼로 조심스레 종이를 벗겨내기 시작합니다.

"고, 기사쿠(儀作)는?"

젊은 사무라이 기사쿠를 말합니다.

"있습니다. 아까 정원에 나와 있었는데 불러올까요?"

"아니, 여행준비를 시키게."

"어디 가십니까?"

"지금 보물의 소재가 밝혀지면 바로 기사쿠를 보내 번에 알리려고."

"그런데 아직……."

몬도노쇼는 고개를 갸우뚱합니다. 뚜껑에 덧붙인 종이에 최근 손을 댄 것 같은 흔적이 보입니다. 하지만 그것도 조금 이상한데 정도로 생각할 뿐 바로 조급한 마음으로 계속해서 종이를 벗겨냅니다.

"아, 있다! 나왔어!"

벌레 먹은 흔적이 선명한 종이에 뭔가 문자와 지도 같은 것이 적혀 있습니다. 벌레 먹은 흔적은 선향으로 가늘게 태운 것이고, 뚜껑에 붙어 있던 오래된 봉서 한 장에 묽은 먹으로 그럴 듯하게 구라쿠노인이 쓴 것을 지금 말한 것처럼 선향으로 태우고 군데군데 찻물로 더럽히거나 해서 오래된 것으로 보이게 만든 것입니다.

"항시 ○○○우쭐○○……."

이건 원본 그대로로, 정말 교묘하게 잘 만들었군요. 이거라면 누가 봐도 선조가 쓴 것이라고밖에 생각하지 않을 수 없습니다. 구라쿠노인, 실로 달인입니다. 치요다 성안에서 쇼군의 등이나 밀고 있다더니 의외로 재주가 있는 것 같습니다.

닛코에 드는 비용을 쇼군이 야규에게 바로 내리면 조영부교가 비용전체를 부담한다고 하는 기존 관습이 무너져 버립니다. 야규도 받기는 어려울 테니 요시무네, 구라쿠, 오오카 에치젠이 의논한 끝에 이렇게 정교하게 일을 꾸민 것은 앞서 이야기한 대로입니다. 몬도노쇼는 그런 일에 대해서는 모른 채 문자를 읽어나가는데 군데군데 벌레 먹은 것처럼 선향으로 태워 제대로 읽어내기는 어려웠지만 지도는…… 지도까지 알아내기 힘들게 하면 아무 일도 안 됩니다. 어떻게 알아볼 만한 지도에 한 줄 글을 붙여 무사시 에도 아자부 린넨지마에 야규번 에도저택.

우와! 몬도노쇼는 크게 소리 질렀습니다. 어딘가 본 적 있다 싶더니 지금 자신이 살고 있는 집의 지도가 아닙니까? 정원 모퉁이 모형 산기슭에 X자 표시가 있다는 것은 재산이 여기에 묻혀있다는 것이겠지요. 몬도노쇼와 다이노신은 얼굴을 마주 보았습니다. 둘다 침만 삼킬 뿐 아무 말도 할 수 없었습니다. 이윽고 다이노신이 말했습니다.

"가로님, 이 에도저택이 초대 도노때부터 계속 여기에 있었습니까?"

몬도노쇼는 대답하지 못하고 한참 생각한 끝에 말했습니다.

"이것은 진짜 고케자루가 아니다."

"네? 진품이 아니라면…… 하지만 가로님, 이렇게 오래된 문서에 매장장소도 아는 데가 아닙니까? 이 집의 정원이라고……."

"다이노신, 서둘러 준비를 해주게. 성에 가야겠다. 구라쿠님을 뵈어야겠어."

(1934.5.29)

119

우지는 차의 고향 10

그로부터 두 시간 뒤. 치요다성의 한 방에서 무릎을 꿇고 대좌하고 있는 사람은 구라쿠노인과 야규번 에도가로 다마루 몬도노쇼 두 사람입니다.

"하하, 이거 축하하네. 고케자루 항아리가 그렇게 손쉽게 발견되어 대금의 소재도 판명되었으니 이렇게 기쁠 수가!"

그렇게 말하는 노인의 얼굴을 몬도노쇼는 지그시 응시하며 미소를 지었습니다.

"그것이, 그, 이상하게도 린넨지마에 저희 집 정원구석에 묻혀있었습니다. 헤헤헤헤."

천연스러운 구라쿠노인.

"그거 또 그렇게 가까운 곳이라니 편리하겠구먼. 그게 어디 멀리 깊은 산중이나 규슈처럼 멀리 떨어져 있는 곳에 있다면 여비도 만만

치 않을 테니. 파넬 인부 등등. 무엇보다 다른 영지라면 협상도 해야
하고."

"예, 말씀하신 대로입니다."

"그런 걸 계산하면 어지간한 재산은 금방 없어지지. 파내는 비용
과 파내는 재산이 비슷하면 해나갈 수가 없지 않나. 아, 대단하군. 역
시 좋은 선조를 두었군."

"황송합니다. 그런데 이상한 일이 있어서……."

쓸데없는 말을 하면 안 되기 때문에 구라쿠는 서둘러 말을 돌렸습
니다.

"그래서 이미 그곳은 파보았는가."

"아닙니다. 아직입니다. 그보다 어르신께 먼저 사례를……."

"사례? 무슨, 내게 사례할 일이 뭔가. 음, 자기 집에 있으니 파려고
하면 언제든지 팔 수 있겠군. 뭐 그렇게 서두를 필요가 없겠군."

"그런데 이상한 일이……."

몬도노쇼, 아직 할 말이 남았습니다.

쳇! 성질 나쁜 영감을 가로랍시고 키우고 있군. 이쪽의 마음씀씀이
를 깨닫고 적당히 입 다물고 파내면 될 텐데. 구라쿠노인은 애를 태우
며 말했습니다.

"이상하다니 뭐가?"

"헤헤헤헤, 실은 아무래도…… 뭐라고 말씀드려야 할지……."

몬도노쇼, 급히 사과했지만 이번에는 구라쿠노인 쪽이 상황을 이
해하지 못합니다. 눈을 끔뻑이고 있으니 몬도노쇼는 목을 움츠리며
말하기 어려운 듯 겨우 말을 꺼냅니다.

"실은 이사를 해서 지금 있는 린넨지마에로 옮긴 것은 재작년의

일입니다."

아! 그런가! 거기까지는 생각 못했던 구라쿠노인, 낭패한 얼굴입니다.

"호오, 그랬군."

"그때까지 그곳은 교고쿠 사나카(京極左中)님의 저택으로, 아무래도 저희 선조는 남의 집에 몰래 재산을 묻어두신 것으로 보입니다. 이거 어떻게 불법을 저질러 실로……."

그런 것을 드러내지 않고 감사하게 받아두면 좋을 텐데 검술명가의 가로는 아주 꼬장꼬장 융통성 없는 영감이었습니다. 구라쿠노인은 그렇게 생각하며 몬도노쇼를 설득했습니다.

"아니, 그러고 보니 당시 그 주변은 들판인가 숲이었던 것 같네……."

(1934.5.30)

120

우지는 차의 고향 11

구라쿠노인과 몬도노쇼 사이에 어떤 긴 이야기가 오갔는지는 모르지만, 노인은 결국 그 완고한 야규가 가로를 설득한 것으로 보입니다. 양손을 짚고 엎드린 몬도노쇼 앞에 구라쿠는 웃는 얼굴을 내밀며 말했습니다.

"그래, 그렇게 된 일이니 번을 망치려는 그런 것이 결코 아니라네.

소위 고케자루가 가지고 있는 비재의 몇 분의 일, 아니 몇 십 분의 일, 그것은 진짜 고케자루를 발견하여 보물의 소재를 확인하게 되면 어느 정도 막대한 보물인지 모르니 확실하게 말할 수는 없지만 하여튼 그 일부분을 닛코에 쓰게 하자는 것이 쇼군가의 뜻이시네.”

그렇게 감사한 것도 아니지만 그렇게 말하는 이상 몬도노쇼, 너무나 감사한 얼굴로 백발의 머리를 한 층 더 깊이 다다미에 수그렸습니다.

구라쿠는 조용히 설득을 계속했습니다.

“게다가 고케자루에 뜻하지 않은 방해가 들어와 진위를 모르는 항아리가 몇 개나 나타났다고.”

“네, 그래서 저와 야규번 일동 실로 곤란해 하고 있습니다.”

“아아, 그럴 테지. 황금의 높은 가치는 동서고금을 통해 혼백까지 드러내는 사욕미혹으로 이끌고 있네. 쇼군께서도 이번 자네들의 곤란한 사연을 들으시고 어떻게든 진품 고케자루를 찾아주려 하셨네. 내게 그런 뜻을 밝히셨기에 이 구라쿠도 오오카 에치젠노카미와 의논하여 어떤 호협…… 그자의 이름은 밝힐 수 없네만……에게 부탁하여 탐색하였다네.”

“아름다운 뜻에 저희 주인과 함께 감사하고 황송한 마음 금할 길 없습니다.”

“그런데 그대에게 질문이 있네만 도대체 야규의 고케자루라고 하는 것은 몇 개나 있는가?”

“네?”

하고 이상하다는 표정으로 얼굴을 드는 몬도노쇼.

“몇 개라니, 물론 그것은 단 한 개뿐입니다. 다른 것은 전부 가짜.”

“아, 그것은 알고 있지만 그 가짜 고케자루가 두세 개 자네 번에 옛날부터 전해져 오고 있는 것은 아닌가?"

"그런 일은 없다고 알고 있습니다만, 그런데 고케자루에 대해서 잇푸라는 다도 선생에게 물어봐야지 제가 따로 말씀드리기는 어렵습니다."

"그렇겠지. 전날 모처에서 구한 차 항아리가 진품 고케자루가 틀림없다고 하여 우에사마와 엣슈, 내가 열심히 그 항아리의 종이를 벗겨내 보았는데 과연 심하게 벌레 먹은 오래된 지도 한 장이 나오더군. 그 글이나 지도를 살펴보았을 때 사려 깊은 야규 선조가 만든 진짜 문서라고는 생각할 수 없었네. 그 벌레 먹은 흔적도 상당히 괴이하고. 이렇게 계속 진품 고케자루를 못 찾아서야 야규님도 곤란하실 터. 그래서 고케자루의 탐색은 뒤로 미루고 조영에 필요한 비용만큼은 쇼군 우에사마의 포켓 머니로…… 이렇게 된 것이라네. 뭐, 아무 말도 하지 말고 정원 귀퉁이 쪽을 파보게. 정직한 영감, 상이예요. 금화가 자르르 자르르르. 아하하하."

(1934.5.31)

121
괭이제 1

"삼가 아룁니다. 저희 선조가 여기 지하에 묻은 황금을 파내게 되어 범천제석, 천신, 지신, 어둠 속 재보를 지켜주셔서…… 삼가 아룁니다."

이상한 문구이지만, 이래도 다마루 몬도노쇼가 그 백발머리에 벌써 네댓 개 흰 머리를 늘려가며 밤새 만들어낸 소위, 즉석 축문입니다. 고다이신을 비롯하여 쇼헤이관의 젊은 사무라이 일동, 오늘은 단정한 차림으로 다소 들뜬 듯 정렬해 있습니다. 장소는 아자부 린넨지 마에 야규 쓰시마노카미의 에도저택. 오곡신을 모시는 가산 기슭. 오늘은 오곡신이 아니라 그 사당 뒤 정원 구석에서 이 장대한 제례가 열리고 있습니다. 이름 하여 괭이제. 흙을 파낼 때 나쁜 일이 안 생기도록 비는 행사입니다.

구라쿠노인을 만나고 서둘러 돌아온 몬도노쇼, 은밀히 고케자루가 표시한 정원 구석으로 가보니 과연 거기에 삼 척 남짓 네모 모양으로 새로 흙을 쌓은 게 보입니다. 확실히 어젯밤 이곳을 파서 뭔가를 묻은 것 같은 형적. 구라쿠노인의 수하가 어젯밤 몰래 이 저택에 잠입하여 여기에 닛코 비용을 묻고 또 그 항아리를 소나무에 달아 놓은 것입니다.

"도노의 상경을 기다려 몸소 파내시도록 한다. 그때까지는 아무도 이 정원에 들어와서는 안 된다. 주야로 교대하여 지키도록 하라."

불과 작년까지는 남의 집이었던 저택에 고케자루의 재산이 묻혀 있다는 것은 아무리 생각해도 말도 안 되는 이야기였기 때문에 야규 일동은 이거야말로 오곡신의 권속의 조화라고 생각했습니다. 그래도 보물 발견 축하에 정결의식을 하지 않을 수는 없다고 하여 이렇게 정장으로 위의를 갖추고 진지한 얼굴로 정렬하였습니다.

저택 정원 모퉁이가 갑자기 성지가 되었습니다. 한 평의 지면에 청죽을 장식하고 새끼줄을 걸고 그 중앙에 새 괭이를 흙을 내리치는 형태로 꽂고 괭이자루에는 돈을 묶었습니다. 앞에는 계절에 맞는 해산

물과 채소가 가득 올려와 있습니다.

다마루 몬도노쇼, 이제 앞으로 나아가 삼가 아룁니다, 하고 제를 시작했습니다.

젊은 사무라이 한 사람이 옆 사람의 소매를 잡아당기며 말했습니다.

"우후, 이렇게 되다니."

"이런 수가 있다고는 생각도 못했어."

"이렇게 사기를 쳐도 되나?"

고다이신이 돌아보며 꾸짖었습니다.

"이보게들, 조용히 하게."

경사스러운 의식은 끝나고 이제부터는 축하연이 시작됩니다. 이때 여행복장을 하고 나타난 기사쿠가 사람들을 가로질러 몬도노쇼에게 다가가 고했습니다.

"가로님, 그럼 저는 이제 바로 이가로……."

"음, 서둘러서 출발해 주게. 도중에 조심하고."

(1934.6.1)

122
괭이제 2

도카이도(東海道)를 바람처럼 날아가는 초특급제비, 그래도 늦다고 하는 사람이 있습니다. 미국의 이십 세기급행, 런던 파리간의 골드 애로우, 런던 에든버러간의 플라잉 스코츠맨…… 이것들은 세계에서 제일 빠른 기차이고.

인간에게는 욕망 위에 또 욕망이 있습니다. 그 욕망이 진보를 만드는 것입니다. 어디에 가든 부리나케 걸어간 옛날에는 발 빠른 사람이 많았던 것 같습니다. 빠른 발은 수련을 요하는 하나의 기술이었습니다. 잘 걷는 사람의 짚신은 발가락 끝부분이 해져도 발뒤꿈치에는 흙 하나 없었다고 합니다. 그만큼 발끝으로 가볍게 밟아 슥슥 가는 겁니다. 호흡을 가다듬고 한눈팔지 않고 주위 풍광에 완전히 녹아들어 무념무상, 자연의 하나처럼 규칙적으로 걸음을 옮기는 것입니다. 이 발 빠른 사람에 대해서는 여러 가지 이야기가 남아 있습니다. 물이 가득 든 찻잔을 들고 하루 종일 걸어도 한 방울도 흘리지 않았다는 이도 있습니다. 전혀 불필요한 움직임 없이 온 정력을 쏟아 걷는 능력을 올린 것입니다. 또, 어떤 사람은 가슴에 종이 한 장 대고 걸어도 결코 그 종이가 떨어지지 않았다고 합니다. 그런가 하면 어떤 사람이 지나간 뒤에는 너무나 강한 기세에 공기가 소용돌이쳐 지붕의 기와가 흔들렸다는 이야기도 있습니다.

린넨지의 에도저택을 뒤로 한 야규가의 젊은 사무라이 기사쿠, 혼자서 이가를 향해 에도를 떠났습니다. 묘한 짐을 지고. 소나무에 달려 있던 가짜 고케자루를 보자기에 둘둘 말아 등에 진 것입니다. 이 도자기의 자초지종을 알리러 달리는 것이라 증거물로서 지고 가는 것이지요. 동시에. 도자기 소동을 아는 사람에 대해 고케자루는 여기에 있다는 선전도 되는 것입니다. 하지만 아무것도 모르는 사람들에게는 커다란 차 항아리를 등에 진 미친 놈!으로밖에 보이지 않습니다.

시나가와에서 오오모리해변에 걸쳐 김을 말리는 섶나무가지가 죽담처럼 둘러져 있습니다. 명물이지요. 이것이 에도의 에도다운 것과 헤어지는 마지막 장소.

급한 여행이라 좋은 경치도 눈에 들어오지 않습니다. 로쿠고(六鄕)의 물은 느릿하게 흐르고 넓은 하구 갈대사이에 오르락내리락하는 하얀 돛이 보입니다.

드디어 가나가와(神奈川), 가노가와강(狩野川)을 사이에 두고 남북으로 가늘고 긴 마을. 바다에 면한 멋진 장소에 찻집이 다닥다닥 붙어 있습니다. 낯익은 히로시게(広重)의 그림에 다마가와(玉川), 다루야라고 되어있는 대로입니다.

유명한 문구로,

"쉬다 가세요. 따뜻한 냉반(冷飯)도 있습니다요."

"주인님, 찐 생선 식은 것도 있습니다요. 쉬다 가세요."

좁은 길에 여인들이 나와 손님을 부릅니다. 기사쿠도 겨우 마른 목을 축이려 바닷바람 부는 평상에 앉았습니다.

"낮에는 꽤나 무덥군."

얼굴의 땀을 훔치고 있자니,

"쉬다 가세요."

앞에 손님을 부르는 여인의 새된 목소리가 들리고 기사쿠의 뒤를 쫓듯 그 찻집으로 들어온 한 남자. 줄무늬 옷을 걷어 올려 입은 멋쟁이 남자였습니다.

(1934.6.2)

123

괭이제 3

오랜만에 등장하는 요키치. 그는 같은 차 항아리가 몇 개나 나오는 바람에 어찌할 바를 몰라 애를 먹었습니다. 게다가 단게님까지 심한 일을 당해 그 이가 망나니와 함께 시부에 별장 화재현장에서 구덩이에 생매장이 되어버렸습니다. 그 뒤 다이켄 거사와 돈가리 나가야 사람들이 달려가 다시 파내려고 했지만 나온 것은 물, 물…… 물뿐이었다고 들었습니다. 그건 그렇고 젊은 주군을 잃은 겐자부로네 사무라이들은 겐신사이, 다니 다이하치를 비롯하여 일동, 아직 쓰마코이사카의 시바도장에서 버티고 있는 중. 그 젊은이만큼은 간계에 빠질 것 같은 사람이 아니기 때문에 반드시 가까운 시일에 어디선가에서 쓱 나타날 것임에 틀림없다. 변함없이 창백한 얼굴에 요령부득의 미소를 띠고 양손을 품속에 넣은 채 훌쩍. 그렇게 믿고 모두들 이제나 저제나 하면서 겐자부로를 기다리고 있습니다. 같은 저택 내 미네 단바 일당과 지금도 역시 서로 대립하면서요.

진품 고케자루가 어디에 있는지 모르기 때문에 어디에 붙는 게 좋은지 짐작이 안 가는 요키치. 무서워 떨면서 찾아간 사쿠토리 요코초의 오후지 집에는 임대라는 표찰이 붙어있었습니다. 근처 사람들에게 물어보니,

"글쎄요, 무슨 일인지. 이미 한참 전에 그 누님이 가게를 정리하고 어디 여행을 간다든가 하더니 훌쩍 사라져 버렸습니다. 이미 에도에는 없을 겁니다."

이렇게 대답하네요. 그래서 요키치, 여기저기 눈을 돌려 살펴보니.

야스는 다이켄 선생이 데리고 돈가리 나가야의 사쿠야씨 집으로 들어가 미야까지 네 명이서 식구끼리 즐거운 생활. 그렇다고는 하지만 다이켄과 야스, 어른과 아이 두 괴짜가 사쿠야씨의 지붕아래 기숙하고 있는 셈입니다.

"그 꼬맹이 야스를 안고 여기에서 무슨 연극이라도 하고 있는 건가."

그렇게 생각한 요키치, 머리를 흔들며 혼잣말을 합니다.

"아무래도 그 다이켄이라는 거지자식이 있는 동안에는 무서워서 접근도 못하겠어."

꼼짝달싹 못하는 요키치. 그래도 어떻게든 단바의 기분을 맞춰 쓰마코이사카 도장에 자리를 잡고 매일같이 아자부 린넨지마에의 야규 저택 근방을 서성거렸습니다.

그러던 어느 날. 정원에서 시끄러운 소리가 나서 살짝 들여다보았더니 새끼줄을 치고 괭이를 놓고 절을 하고…… 괭이제를 하는 것이었습니다. 이상하다 생각한 요키치, 날듯이 돌아가 단바에게 보고. 역시 시라누이류 사범대리로서 지도 략도 있는 인물. 눈을 감고 한참 생각하더니,

"요키치, 미안하네만 즉시 짚신을 챙기게."

"네에? 제가 신는 겁니까? 그런데 어디로 가는 겁니까?"

"음, 오늘이라도 린넨지 저택에서 야규번을 향해 급사가 출발할 것이다. 자네, 그 뒤를 쫓아 상황을 살피게. 겐자부로의 형 쓰시마노카미가 상경할 것 같으면 우리에게는 아주 큰 손해가 될 것이야."

알아볼 것도 없이 눈치도 발도 빠른 요키치 형님, 자, 간다 소리와 함께 그 자리에서 뒤를 쫓아 도카이도로 향했습니다.

(1934.6.3)

124

여행은 길동무 1

외길의 가도. 드문드문 앞서 가는 여행객 중 항아리를 지고 굉장히 빠른 걸음으로 날아가듯 가는 젊은 무사를 발견한 것은 요키치가 로쿠고 강을 건너 가와사키 숙소에 들어서려던 참이었습니다. 그동안의 일로 질렸기 때문에 그것을 진품 고케자루라고는 생각하지 않지만, 오랜만에 여기에서 항아리 같은 것을 보니 징조가 좋습니다. 많은 사람들이 대소동을 벌이며 지키는 항아리는 오히려 가짜일 수 있지만 이렇게 젊은이 한 명이 아무렇지 않게 드러내어 등에 달고 가는 항아리라면…… 이건 정말 괴이하다고 할 수 있지요. 연극적인 면이 있는 사람이라 길 한가운데 멈춰 서서 왼 소매에 오른 손을 넣어 심사숙고한 끝에 요키치, 고개를 비틀었습니다. 그리고 허리에 끼운 수건을 꺼내 쓱 뒤집어쓰니 아주 인상이 좋은 사내가 됩니다. 발을 재게 놀리며 따라간 것은 좋은데 앞선 젊은이도 무섭게 발이 빠릅니다. 처음 요키치가 생각한 것은 야규번의 급사인 이상 적어도 다섯이나 열 정도의 동행과 함께 가마를 불러 갈 거라고 생각했습니다. 자신이 한 발 앞서 가도로 나가 어딘가의 찻집에라도 앉아 살펴보면 절대 놓칠 리 없다. 발견하는 대로 뒤를 쫓으면 되겠지 하고 그렇게 생각하고 야규 사람보다 먼저 길을 나섰습니다. 그런데 아무리 둘러봐도 가마는 커녕 급사 비슷한 사람 그림자도 안 보입니다. 어떻게 된 거지? 요키치가 작은 머리를 갸우뚱하던 그때, 로쿠고의 숙소에서 앞서 가는 항아리를 발견한 것입니다.

기사쿠의 발도 빠르지만 요키치의 위태천도 유명합니다. 지금까지 번번이 위험인물이 되어 하룻밤사이에 몇 십리나 에도를 벗어나지 않으면 안 되는 상황도 있어 싫든 좋든 빠른 발은 세상을 사는 도구의 한 가지. 그래서 겨우 따라잡은 것이 이 시나가와의 찻집.

"쉬다 가세요."

"무슨 소리야. 쉬라니, 나는 이 집에 용무가 있다. 지금 여기로 차 항아리가 들어왔겠지?"

앗! 입을 막은 요키치, 보니 봉당으로 이어진 안에 그 차 항아리 보따리를 옆에 두고 앉은 젊은 무사가 차로 목을 축이고 있습니다. 아, 요키치 몹시 기뻐하며 청년에게 말을 걸었습니다.

"이거, 실례하겠소. 바람이 좋군요. 그 의자 끝에 내가 앉아도 되겠소?"

말 잘하는 놈답게 매끄럽게 말을 겁니다.

"저게 아와카즈사(安房上総) 산. 이야, 그림으로 그린 듯한 경치라는 건 이걸 두고 하는 말이군. 바다도 언제 봐도 기분 좋고."

혼자서 떠들며 바다풍경에 눈을 뺏긴 듯 있다가 은근슬쩍 옆에 있는 기사쿠가 마시던 찻잔을 들어 입으로 가져가려 합니다. 기사쿠가 놀라 저지했습니다.

"아, 이보시오. 그건 내 찻잔이오."

"아! 그렇군요. 아, 이렇게 경솔한 짓을 하다니. 하지만 당신이 마시던 거라면 나는 조금도 더럽다고 생각하지 않습니다. 아니, 당신이 마시고 남은 걸 마셔도 상관없을 정도요."

"무슨 말도 안 되는 소리를 하는 거요? 그대의 찻잔은 여기 있소."

(1934.6.4)

125

여행은 길동무 2

"그렇군요. 부정할 수 없군요. 내 찻잔은 여기에 있군…… 헤헤헤."

요키치, 무엇을 부정할 수 없다는 건지 바로 수긍합니다. 그리고 차 한 잔 마시면서 이러쿵저러쿵 이야기를 늘어놓습니다. 입담 하나로 사람을 사로잡는 것은 천재라고 해도 좋은 정도인 요키치. 무가에서만 살아 교제범위도 좁고 나이도 젊은 기사쿠정도는 쉽게 구워삶을 수 있습니다.

"여행은 길동무, 세상에는 정이란 게 있습니다만."

요키치, 옛 문구를 늘어놓으며

"어이, 누님, 찻값은 여기로 달아두게. 이 사무라이님 것도 함께."

기사쿠는 놀라 말했습니다.

"아니, 내 몫까지 부담하게 할 수는 없소. 그런 배려는 필요 없소."

요키치는 손바닥으로 볼을 두드리며

"그렇게 딱딱한 말씀은 그만두시오. 작은 마음의 표시, 헤헤헤, 그뿐이오."

상대가 아무 말도 못하게 요키치는 큰 소리로 외쳤습니다.

"사실 나는 무사님의 기품에 반했소. 젊은이답지 않게 대단하시오. 과연 무사님이시오. 나같이 보잘 것 없는 자와 같이 가는 건 폐가 되겠소? 방금 말했다시피 여행은 길동무요……."

먼저 의자에서 일어난 요키치, 아주 자연스럽게 항아리에 손을 뻗어,

"이 짐, 들어드리지."

하고 항아리를 들어 올리려 하자 기사쿠는 단호하게,

"아, 이건 주군이 맡기신 중요한 물건이오. 손대서는 안 되오."

무사의 기품 운운 하며 치켜 올려진 기사쿠, 살짝 기분이 좋습니다. 말투도 갑자기 무사답게 딱딱해진 것은 요키치의 변설이 즉효를 본 것이겠지요. 인간의 약점을 꿰뚫어 보는 요키치는,

"아아, 그렇게 말씀하시지 말고. 가지고 도망가려는 게 아니오. 무사님의 부하라고 생각하시고 내게 맡겨주시오."

말릴 틈도 없습니다. 공손히 항아리 꾸러미를 들고 요키치, 일어나 버렸기 때문에 기사쿠도 방법이 없습니다. 조금이라도 수상한 기미가 보이면 그때 제압하면 되겠지 하고.

"재미있는 사람이군. 그럼 출발합시다."

언제나 부하 입장이었던 자신에게 갑자기 부하가 생긴 터라 기사쿠는 몸을 뒤로 젖히고 으스대며 찻집을 나왔습니다. 소매를 스치는 것도 전생의 인연. 발에 걸리는 돌도 인연의 실마리. 여러 가지 편리한 말이 있습니다. 이럴 때 요키치가 쓸 만한 말입니다. 그런 것을 나불나불 지껄이며 요키치는 기사쿠의 한 발 뒤에서 따라갑니다. 원래 마음을 허락한 것은 아닙니다. 수상한 기미가 보이면 바로…… 기사쿠는 반쯤 그런 마음으로 길을 가고 있습니다.

"앗! 저것은!"

갑자기 손을 들어 요키치, 전방을 가리킵니다.

"뭐요? 뭐가 보이오?"

기사쿠가 걸려들어서 손가락이 가리키는 길 건너편을 바라보았을 때, 요키치 휙 돌아서서 오던 길로 달리기 시작했습니다.

(1934.6.5)

126

갑옷궤 1

그때부터 며칠이나 지났을까? 그러고 보니 벌써 열 며칠? 하여튼······ 지금도 야규 겐자부로가 나타나지 않는 걸 보면 그때 그 구덩이 속에서 산보시 강물에 잠겨 부처가 되었음이 틀림없습니다. 그렇게 단바일당이 생각하고 있을 무렵.

"아아, 나만큼 가여운 사람이 또 있을까. 사랑하는 사람을 그런 수단으로 죽게 만들다니."

제멋대로 사는 사람도 있다지만 이런 생각을 하며 혼자 틀어박혀 있는 사람은 시바 선생의 후처인 오렌입니다.

"하지만 그쪽도 너무 고집이 세서 그런 일을 당한 거야."

자문자답하며 방안에 틀어박혀 생각만 하고 있습니다.

이상한 것은 같은 저택 안에서 버티고 있는 겐신사이, 다이하치 등 이가에서 새신랑을 따라온 사람들입니다. 주군의 원수는 같은 저택에 있는 단바와 오렌이라는 것을 알고 있으면서도 주군인 겐자부로가 있든지 없든지 같다고 하면서 아무 것도 변한 것은 없는 것처럼 지금까지도 똑같이 지내고 있습니다. 시부에 화재 후 이 쓰마코이사카 도장으로 귀환한 당시에는 안채의 이가 사무라이들이 습격할 지도 몰라 밤낮으로 칼을 닦고 경계를 놓지 않던 단바일당도 며칠이 지나도 아무 일도 없자 점점 긴장이 풀리는 중입니다.

"야규일도류라더니 결국 한두 명 뛰어난 검사를 둘러싼 오합지졸로밖에 보이지 않는군."

"그렇지, 우선 야규 쓰시마노카미와 겐자부로, 무서운 것은 그 형

제뿐이고 달리 기개 있는 자는 한 명도 안 보이는 군. 주인이 해를 당했는데, 우리가 그랬다는 것을 알면서도 복수하려고도 않고 저렇게 태평하게 날을 보내고 있으니. 아아, 정나미가 떨어지는 군 그래."

"비웃어주는 게 어때? 모두 다 가서 비웃어 주자고."

하고 젊은 제자들이 대여섯, 마루에 나와 안채를 향해 큰 소리로 비웃었습니다. 부탁도 안했는데 수고스럽게 웃어주고 있습니다. 쓰마코이사카를 다스리는 넓은 시바저택. 숲과 잔디밭을 지나 멀리 저 건너편 별채에 이가 사람들이 모여 있었는데 모두 조용히 아무 대답도 하지 않습니다. 불끈한 젊은 사무라이들을 한손으로 제지하며 사범대리 겐신사이가 말했습니다.

"야, 기다려! 섣부른 짓을 해서는 안 돼. 지금이라도 주군이 돌아오실 지도 몰라. 그 이야기를 듣고 명령 하나로 검의 숲은 물론 혈지라도 뛰어들어 시체의 산을 쌓을 우리들이다. 이보게들, 지금은 참아야 한다."

하고 필사적으로 진정시키는 중입니다. 사실 지금이라도 겐자부로가 훌쩍 돌아올 것이라고 겐신사이는 그렇게 굳게 믿어 의심치 않습니다. 하지만 죽은 노 선생이 하기노의 신랑으로 원하여 번주 쓰시마노카미와 협의 끝에 새신랑으로서 들어온 이곳, 시라누이도장에 뜻밖의 음모가 용솟음쳐 제일 중요한 젊은 주인이 지금 행방불명이라니…… 겐자부로의 무사귀환을 비는 한편 도장쪽을 노려보는 수상한 생활이 계속되고 있습니다.

(1934.6.6)

127

갑옷궤 2

"괜찮으십니까?"

미네 단바의 커다란 몸에 복도가 삐걱거립니다. 표정은 어디까지
나 마님과 가신입니다. 조심스레 무릎걸음으로 장지문을 열고 오렌
의 방으로 들어갔습니다. 시녀도 물리고 혼자서. 사방침에 호리호리
한 몸을 기대고 있던 오렌은 후 하고 긴 한숨을 내쉬며 붉어진 눈꼬
리를 올리며 나른하게 그를 맞이하였습니다.

"몇 번이나 말했지만 마음이 개운치 않네. 단바."

"또 그런 말씀을……."

눈도 입도 다른 사람 두 배인 커다란 단바의 얼굴에 무시무시한 미
소가 떠오릅니다.

"오렌님씩이나 하는 분이 그런 풋내기를 아직까지도…… 하하하,
아. 저는 아직도 가슴이 답답하기 이를 데 없습니다. 저기에 가면 하
기노님은 하기노님대로 겐자부로를 생각하며 흑흑 울기만 하고, 여
기에 오면 여기에서는 마님이 똑같은 겐자부로를 단념하지 못하고
울적해하고 있으니…… 정말 재미없습니다."

그는 계속해서 말했습니다.

"안됩니다. 그렇게 끙끙 앓고 있으면. 돌아가신 선생님 뜻대로 겐
자놈을 하기노님에게 붙이면 우리는 이 도장을 물러나야 하는데 그
럴 수 없는 이상 저 정도 과감한 조치는 당연한 게 아니겠습니까? 자,
마님. 마음을 돌려 정원에 나가 산보라도……."

오렌은 대답도 하지 않습니다. 두통이라도 나는지 하얗고 가냘픈

손가락으로 관자놀이를 누르며 볼에는 팔자주름을 만든 채 가만히 있습니다. 단바도 잠시 무언. 지그시 그 모습을 보고 있더니 결국 그녀 앞으로 다가갔습니다.

"의논할 것이……."

"뭐라고요? 또 의논할 게 있다고요? 호호호, 그대의 의논이란 건 나쁜 계략일 뿐이잖아요."

"우리는 한 패 아닌가요? 이렇게 신용이 없어서야, 하하하하."

소리로만 웃은 단바, 눈을 번뜩이며 목소리를 낮춰 말했습니다.

"이제 와서 만의 하나라도 야규 겐자부로가 살아 돌아올 것이라는 걱정은 하지 마십시오. 오늘까지도 아무 소식이 없는 것을 보면 이미…… 그래서 오늘이라도 제가 돌아가신 선생님의 후계자가 되어 이 도장을 물려받는 상속피로연을 열고자 합니다만."

예정된 계획이기 때문에 오렌은 이제 와서 놀라지도 않습니다. 오히려 자신이 짠 음모입니다. 만약 그 겐자부로에게 사랑을 느끼지만 않았어도 오랜 염원이 드디어 성취되어 너무나 기뻐 춤이라도 췄을 텐데. 운명의 장난으로 전처 딸인 하기노의 신랑으로 맞이한 겐자부로를 이렇게 몰래 사랑하게 된 현재의 오렌으로서는……

"그렇군. 이제 그렇게 하는 수밖에 없겠지."

"무, 무슨 말을…… 이제 와서 무슨 말씀을 하시는 거요!"

단바는 이 성대한 줏포 시라누이류의 도장과 함께 오렌과 행복하게…… 물론 오렌보다는 도장쪽이 더 고마운 것이 그의 본심입니다. 그러나 그것도 선생의 후임으로 오렌의 남편이 되어야 자연스럽게 도장을 가질 수 있게 되기 때문에 이 마지막 순간에 이렇게 우유부단한 오렌의 태도를 그냥 두고 볼 수는 없습니다.

"법정에라도 나가서 제가 이 입을 열게 되면 공범인 겁니다. 오렌 님."

이렇게 다그치는 단바, 필사적이군요.

(1934.6.7)

128

갑옷궤 3

나른한 초여름 오후입니다. 저 멀리 쓰마코이사카 아래에서 들리는 모종 파는 행상의 외침이 여운을 남기며 사라집니다. 오렌으로서도 충분히 이 도장에 미련이 있는 데다 원래 단바를 싫어한 것도 아니기 때문에 두 말 할 생각은 없습니다. 서둘러 미네 단바를 내세워 이 도장을 상속받는다…… 이제 모든 준비는 끝나고 그날 밤, 요즘 시간으로는 오후 일곱 시경, 도장 정면에 죽은 줏포사이 선생의 위패를 세우고 그 앞에 유품인 목검을 놓았습니다. 시라누이 도장의 관습에 뭔가 새롭게 바뀌는 의식에는 반드시 대대로 내려오는 갑옷궤를 꺼내 그 앞에서 엄숙하게 치르도록 하고 있습니다. 새 입문자가 있어서 현대로 보면 선언식 같은 것을 할 때도 이 갑옷궤 앞에서.

면허개전(免許皆伝)[41]을 허락받은 사람이 그것을 피로하는 자리에서도 그 갑옷궤를 장식합니다. 평상시에는 창고에 치워 놓지만 오늘

---

41 스승이 예술이나 무술의 깊은 뜻을 모두 제자에게 전해 줌을 이르는 말

은 물론 상속피로식장에 운반해 오게 되어 두세 명의 제자가 그 일을 맡았습니다.

"자네, 그쪽을 들게. 생각보다 가볍지만 중요한 물건이니 소홀하지 않도록 모두 신경 써서 가져가야 해."

"그래. 이봐, 아오키. 자네도 도와주게."

"좋아. 그런데 말이지. 미네 선생은 드디어 숙원을 이루게 되었군. 손해를 본 것은 그 이가 망나니군. 혼인 약속은 물거품이 되고 고케자루 차 항아리는 도둑맞고. 선생님 장례 때 멋지게 등장할 때는 좋았을 텐데 말이지."

"그렇지. 뒤가 좋지 않군. 본인이야 어디까지나 하기노님의 남편이 될 셈이었겠지만 혼례식은커녕 조석으로 얼굴을 본 적도 없으니. 덕분에 저렇게 가신들을 데리고 와 무리하게 버티는 사이에 미네 선생의 속임수에 걸려 화재에 휘말리고는 결국 함정에 빠지기까지. 정말 운 나쁜 녀석이야."

"그런데 시바 하기노님이 안됐어. 매일매일 저렇게 울기만 해서야 지금쯤 검은 눈이 빠져버리지는 않을지."

"정말 그래. 저 슬픔에 잠겨 계시는 하기노님을 어떻게 오늘밤의 의식에 모셔올 수 있을지 애처롭기 짝이 없네."

"자자, 쓸데없는 소리는 그만하고 어서 식장을 정리해야 하네. 미네 선생이 기다리시기 어려울 걸세. 이봐, 야마구치. 그쪽 끝을 들었나?"

"음, 자, 가자. 아니, 이건 뭐지?"

"야! 놀랐잖아. 몸판이라고 생각했는데 이거 어떻게 된 거지? 꽤나 무거운데, 이 갑옷궤는?"

야마구치 다쓰마(山口達馬)에 아오토 이오리(青砥伊織)라고 하는 이름만은 한 사람몫을 하는 젊은 제자 두 사람이 가볍게 생각하고 들고 가려던 갑옷궤가 상당히 무거운 바람에 깜짝 놀라 서로 얼굴을 마주한 채 멍하니 서 있었습니다. 그때, 아오키 산자에몬(青木三左衛門)이라는, 이 자는 좀 나이를 먹었습니다. 옆머리가 횅한 분별 있어 보이는 얼굴.

"뭐 하나. 그렇게 무겁지도 않은 걸. 갑옷 한 벌이 다 갖추어져 있으니 조금 무거울 수도 있지만 자, 도와주지."

"음."

세 사람은 힘을 합쳐 갑옷궤를 들어 올렸습니다. 역시 무겁군요. 하지만 투구라든가 이것저것 다 들어 있을 테니 세 사람은 특별히 이상하다고 생각하지 않고 식장인 도장까지 들고 가서 정면에 놓았습니다.

(1934.6.8)

129
갑옷궤 4

자, 다다미를 몇 장이나 깔아놓은 걸까요? 넓은 마루방으로 된 도장.

정면에는 고 시바 선생이 쓴 줏포 시라누이 액자가 걸리고 그 아래 한 단 조금 높은 다다미 위에 노 선생, 노 선생이 살아있을 때에는 그 백발에 불그스레한 얼굴의 엄숙한 모습이 철선을 비스듬히 들고 거기에 앉아 있었을 텐데. 지금은 대신 금박무늬로 장식한 갑옷궤가 듬직하게 자리를 차지하고 있습니다.

창고에서 여기까지 들고 온 야마구치 다쓰마, 아오토 이오리, 아오키 산자에몬 세 사람은 그 이상하게 무거운 갑옷궤를 각별히 의심하지는 않았습니다. 쓰쿠시의 명가, 시바가입니다. 갑옷, 투구, 도검 등 대대로 전해지는 무구만도 엄청나게 많았습니다. 그것을 누군가가 갑옷궤에 넣어두었을 거라고 생각했습니다.

별채에 진을 치고 있던 겐자부로 휘하의 이가 사무라이들이 계속해서 주군의 귀가를 기다리는 사이에 그들 몰래 이 의식을 치러내지 않으면 안 됩니다. 미네 단바가 이 시라누이류의 이름을 받아 시바 줏포사이의 뒤를 계승하는 피로를 하고 난 뒤 저 야규일도류 무리들에게 정식으로 싸움을 걸어 저택 밖으로 완전히 쫓아낸다는 계획입니다.

가문의 문양이 들어간 하카마를 입은 시라누이 제자 일동은 위의 당당하게 도장으로 들어와 벽을 등지고 좌우로 정렬했습니다. 정면 단상에는 몇 개나 되는 촛대가 놓여 빛나고 있습니다. 여러 사무라이들 앞에는 딱 좋은 위치에 어마어마하게 큰 초가 세워져 창문에서 새어나오는 푸른 야광과 교차하여 도장전체를 꿈결 같은 분위기로 보이게 합니다.

갑옷궤 앞에는 하카마를 입은 미네 단바가 커다란 등을 보이고 앉아 있습니다. 그 옆에는 오렌이 앉아 고개를 숙이고 있습니다. 조용히 비단 끌리는 소리가 한쪽 입구에서 나 일동의 눈이 그쪽으로 향했습니다. 울기만 하던 하기노입니다. 평상시에는 맑은 호수 같던 아름다운 눈이 붉어져 지금 당장이라도 눈물을 흘릴 것처럼 보입니다. 좌우로 두 사람의 시녀가 부축하는 가운데 조용히 발을 옮기는 모습은 마치 중병에 걸린 환자 같았습니다.

자리가 정리되자.

"에헴."

나오지도 않는 기침을 하면서 일어선 사람은 유키 사쿄, 그 구덩이 메우는 임무를 받았던 남자. 허리를 굽힌 채 단바 옆으로 다가가 모두를 향해 서서 품속에서 뭔가 문서 같은 것을 꺼냈습니다. 봉서. 자기들 입맛대로 쓰여 있을 것이 틀림없는. 사쿄는 큰 목소리로 읽기 시작했습니다.

"선사, 시바 줏포사이 선생께서 고인이 되신 후 당 도장의 후계가 아직 정해지지 않아, 이제 이 이상 연기될 경우에는 외부의 평판도 문제가 되고……."

아주 멋진 말로 포장되어 있지만 결국 미네 단바 선생에 있어서는 이 이상 큰 폐가 없겠지만 문도일동의 총의로 천거하니 부디 부디 이 도장의 주인이 되어 주십사……

"……이상, 도장총대리 유키 사쿄."

다 읽어낸 그는 모두를 향해 엄숙하게 선언하였습니다.

"그럼 제군! 미네 선생을 후계로 세우는 일에 아무도 이의는 없겠지?"

모두 입을 다물고 일제히 고개를 숙였습니다. 그런데 그때.

"이의 있소."

어디선가에서 작은 소리가……

(1934.6.9)

130

갑옷궤 5

이의 있소! 라고 묘하게 잠긴 목소리가 조용한 공기를 뒤흔들며 확실하게 일동의 귀에 들어왔기 때문에 이놈들, 순간 가슴이 섬뜩했습니다. 무릎을 짚은 양손으로 그대로 하카마를 움켜잡고 저도 모르게 몸을 굳혔습니다. 누구보다 놀란 것은 당사자인 단바와 오렌, 사쿄, 이렇게 세 사람. 유키 사쿄의 손에 들린 선언문이 공포로 바스락거리는 소리가 들립니다. 핀이 떨어지는 소리도 커다란 파문처럼 울린다고 하는 정숙은 바로 이런 숨 막히는 순간을 말하는 것이겠지요. 입술을 하얗게 깨문 사쿄, 버석거리는 목소리를 높여 다시 한 번,

"미네 단바 선생이 당 도장의 주인이 되시는 것에 대해 물론 누구 하나 이의를 외치는 사람은 없겠지?"

"좋다! 나는 불복한다! 나는 인정하지 않겠어!"

지하? 지옥 솥 아래에서 음침한 목소리가…… 매우 빨랐습니다. 그때 일동의 움직임은. 팟 하고 제자들이 한쪽 무릎을 세우자마자 안에서 열렸던 것입니다. 갑옷궤의 뚜껑이.

오렌은 뒤로 손을 짚고 당장이라도 실신할 듯…… 하기노는 시녀의 손을 꽉 쥐고 찢어질 듯 눈을 크게 떴습니다.

"어떤 놈이냐!"

단바, 일어섬과 동시에 차고 있던 큰 칼에 손을 대면서,

"출입구를 막아!"

문도들을 향해 큰 목소리로 다급하게 외쳤습니다. 이놈이 어떤 놈이건 간에 도장에서 한 발도 못나가게 막아 처단하려는 것입니다.

"와하하하, 꽤나 재미있는 연극이었지만, 이렇게 좁은 곳에 몸을 굽히고 있자니 단게 사젠, 근래에 있어 가장 굴욕적이었다."

소리와 함께 그 갑옷궤 안에서 슥 일어선 흰옷의 이상한 형체를 보고는 오만하고 간악한 데다 사람을 사람으로 보지 않는 단바조차 아, 아,아, 하는 소리뿐 목이 굳어진 듯 아무 말도 못했습니다. 커다란 상투가 흐트러진 채 창백한 이마에 깊은 그림자를 만들고 바짝 마른 뺨, 오오! 그 뺨에는 눈썹중간에서 입 꼬리에 걸쳐 벌레가 기어간 것 같은 기다란 흉터가 한 줄…… 게다가 오른쪽 눈은 마치 조갯살같이 하얗게 찌부러져 있는 게 아닙니까? 오랜만에 단게 사젠 등장.

도장 가득 소연하게 술렁거린 것은 불과 일 이초. 뭔가 커다란 손으로 제압당한 것처럼 조용히 가라앉은 가운데 사젠, 텅 빈 오른 소매를 축 늘어뜨렸습니다. 마른 나무에 하얀 옷을 뒤집어씌운 것 같은 몸이 흔들흔들 흔들립니다. 웃고 있는 겁니다. 소리 없는 웃음을.

"출구 입구를 다 막아! 오늘밤은 한 놈도 남기지 않고 시라누이 불이 타오르는 서쪽 바다로…… 아니, 극락세계로 보내줄 테니까."

큭큭 거리는 이상한 웃음소리를 내며 사젠은 가느다란 정강이에 여성용 나가주반을 묶고 갑옷궤를 넘어 나왔습니다.

"자, 자, 준비하라고. 준비! 이 누레쓰바메는 네놈들의 따뜻한 생피를 마시려고 아까부터 날개를 치고 있다고. 자! 이 날개 치는 소리가 네놈들한테는 들리지 않나?"

사젠은 외쪽허리에 찬 큰 칼을 하나밖에 없는 왼손에 쥐고 몸을 숙이면서 뒤흔들었습니다. 달각달각 하고 칼끝이 웁니다. 일동 모두 선 채 꼼짝도 못합니다. 앉아 있는 사람은 단바뿐. 선생, 허리가 빠진 게 아닐까요?

131

내가 길잡이 1

"단바……!"

지옥에서 올라오는 것 같은 목소리로 사젠이 단바를 부릅니다.

"너, 이 여자."

사젠은 단바 옆에서 두려움에 질려 몸이 굳어버린 오렌을 쏘아보았습니다.

"너, 이 여자와 한패였군. 이야, 똑같은 냄새를 풍기는 군. 재미없네. 나는 이가의 겐자부로에게 아무런 원한이 없어. 하지만 인간에게는 인연이라는 게 있지. 또 이 단게 사젠의 가슴에는 남자의 의기라는 것이 있고!"

한마디씩 딱딱 끊어 말할 때마다 사젠은 한 발 한 발 미네 단바에게 다가갑니다. 어떻게 이 갑옷궤 안에 사람이, 이 하얀 얼굴의 살인귀가 숨어있었지? 아연한 단바의 가슴을 비구름처럼 빠르게 오고 가는 것은 다름 아닌 이 의문뿐이었습니다. 하지만 지금 이 순간 그 답을 찾을 여유는 없습니다. 워낙 연기와도 같은 검귀 사젠이다보니 어느새 창고에 숨어들어가 갑옷궤에 들어갔겠거니 하고 추측할 수밖에 없습니다. 그건 그렇고.

제대로 후계자로 상속받아 당당하게 이 도장을 물려받으려 하는 바로 그때에 제일 무서운 방해꾼이 갑옷궤에서 튀어나와 버렸으니 성미 급한 단바, 말이 안 나오는 것도 무리는 아닙니다. 느닷없이 상자에서 괴물이 나온 형국.

뺨에 난 도흔을 일그러뜨리며 턱을 비스듬히 내민 사젠, 뭔가 이렇게 짓누르는 듯 천천히 자신의 앞으로 다가오자 단바, 기겁했습니다. 그때 목소리가 돌아왔습니다. 아이의 딸꾹질은 놀라게 하면 멈출 수 있는데, 바로 저런 형태로 말이지요.

"무, 무, 무례한 놈! 뭣들 하는 건가! 쳐! 치라구!"

연거푸 외쳤습니다. 동시에 벌떡 일어섰습니다. 일어섬과 동시에 휘릭 튀어 오른 하카마의 한쪽 소매가 단바의 등에서 연처럼 펄럭거렸습니다. 몸집이 크고 풍채가 훌륭하여 마치 명배우의 무대를 보는 것 같습니다. 그 손에는 재빠르게 뽑아낸 한 자루의 칼이 가을의 시냇물처럼 빛났는데 이것이 바로 시라누이류에서 말하는 앞바다의 가을비. 싹 하고 물을 잘라내는 듯 가을비가 지나가는 듯 펼쳐진다고 해서 붙여진 이름입니다.

동시에 지금까지 놀라 가만히 서 있었던 문도 일동의 손에도 각각 은빛 막대기 같은 것이 촛불에 반짝이고 있습니다. 검림일도로 서서 사젠을 에워쌌습니다.

하기노는? 오렌은? 이 여인들을 찾아보니 이미 두 여인은 자리에 없습니다. 두세 명의 제자와 시녀들의 도움을 받아 멀리 복도를 지나 재빨리 사라져버렸습니다.

그때 시바일동이 흠칫 입을 다문 것은 요츠다케[42] 같은 사젠의 웃음소리가 낮게 낮게 도장 가득히 감돌았기 때문입니다.

"우후후, 우후후. 그쪽이 같은 굴의 여우라면 이쪽은, 나와 겐자부로는, 같은 굴의 호랑이다. 은혜도 원한도 없는 이가 망나니이지만 사젠을 움직이는 것은 의리와 우정 두 가지뿐. 나는 겐자부로대신 미안하지만 단바의 목을 받으러 왔다."

어느 샌가 칼끝은 바닥을 향해 있는 누레쓰바메. 하단베기입니다.

(1934.6.11)

132
내가 길잡이 2

세상에는 무서움을 모르는 것만큼 성가신 것은 없습니다. 지금 사젠의 발도를 우습게 보고 상가의 여윈 개처럼 변함없이 서있는 사젠의 모습을 눈앞에 두고도, 이것을 만만하게 본 시라누이류의 젊은 사무라이가 두세 명 있었습니다. 검안이 그렇게까지 밝지 않기 때문에 상대의 위대함, 대단함을 조금도 모릅니다. 무서움을 모른다는 것은 그런 것입니다.

"분수를 모르는 놈 같으니. 귀신만 모인 우리 도장에 잘도 혼자 들어왔군."

---

42 캐스터네츠 비슷한 일본의 타악기

"갑옷궤에서 나온 괴물무사는 뭐라고 해야 하나. 그믐달이라고 할까. 마음은 나온 적이 없으니."

그중에 태평한 놈이 있어서 그렇게 가볍게 입을 놀리며 이제 완전히 상대를 비웃는 분위기. 여럿이 동시에 칼을 빼자마자 전후좌우 정안자세로 서서. 좋아 이때다.

바싹 마른 사젠의 볼살이 벌레처럼 실룩실룩 움직였습니다.

"준비됐나? 혈우속을 종횡무진으로 날아봐, 누레쓰바메."

지그시 자신의 검을 내려 보면서 그렇게 중얼거린 순간! 죽었다! 오른쪽에 있던 한 사람이 무릎을 푹 꿇었습니다. 그 순간 터져 나오는 피, 피. 부글부글 솟아오르는 혈선, 혈호가 어느새 하카마를 적시고 마루에 퍼졌습니다.

"왓! 으음!"

큰 칼을 쥔 채 쓰러져버렸습니다. 발을 찔러서 죄송…… 사젠, 그런 시시한 인사는 하지 않습니다. 이제는 무언.

오랜만에 피를 맛본 누레쓰바메는 사젠의 외팔에서 날아다니는 것 같습니다. 이미 이때는 정면의 한 사람을 또 비스듬히 베어 그의 손에서 벗어난 칼은 재미있게도 별똥별처럼 날아가 벽에 부딪혔습니다. 칼 주인은 이미 상하 신체가 분리되어…… 뭐, 더 말하지 않겠습니다. 놀라운 광경에 일동, 순간 망연히 서있을 수밖에 없었습니다.

"실내는 불리하다! 밖으로 끌어내!"

누군가 했더니 미네 단바입니다. 지독히도 요령이 좋은 사람으로 뒤쪽으로 와 계속해서 지시를 내리고 있습니다. 안전지대.

하지만 아까 내린 명령으로 도장의 출입구는 엄중하게 잠겨 그냥은 열리지 않습니다. 한편 사젠은 이미 하얀 바람처럼 백의를 휘날리며 낮게, 높게 날고 있습니다. 날아다니는 누레쓰바메……

몇 사람이나 베었는지, 몇 시간이나 지났는지.

이 처참한 도장의 소리에 몸을 떨며 자신의 방에서 엎드리고 있던 하기노. 복도에서 누군가 달려오는 소리가 들리더니 갑자기 문을 열고 들어오는 사람이 있었습니다. 돌아다보니 이게 누굽니까? 피를 뒤집어쓴 사젠이 포위망을 뚫고 여기까지 온 것입니다.

"하기노씨라고 했지요. 자, 나와 같이 갑시다."

결국 사랑에 미친 건가요, 사젠은?

울며 외치는 하기노를 하나밖에 없는 왼손으로 끌어안고 입에는 누레쓰바메를 문 단게 사젠. 그대로 덧문을 걷어차 열고는 정원으로, 어두운 숲 너머로.

(1934.6.12)

133

내가 길잡이 3

사젠의 입에 물린 누레쓰바메……장맛비에 젖은 제비도 아니고 이것은 피에 젖은 괴조, 누레쓰바메. 그 요도에서 많은 사람의 피가 칼날을 타고 떨어지고 있습니다. 구름 어딘가에 달이 가려진 듯 정원수 그림자 아래 희미한 야광이 연기처럼 떠돌고 있습니다. 어두운 밤입니다.

반쯤 정신을 잃은 하기노는 사젠의 입에 물린 누레쓰바메로부터 방울방울 떨어지는 피가 그 하얀 목에 붉은 흔적을 남기는 것을 어렴풋하게 의식했을 뿐입니다. 입을 열면 칼날이 사랑하는 하기노 위에…… 사젠은 무거운 칼을 이로 꽉 문 채 거친 숨을 헉헉 내쉬었습니다.

"당신은 언젠가 몬노조를 벤 그 무사군요. 왜 오늘밤, 또 그 갑옷궤 안에 몰래 …… 그리고 나를 데리고 가서 어떻게 하려는 거예요?"

필사적으로 묻는 하기노, 허리를 묶은 매듭이 풀려 밤바람에 흐트러져 단정하지 않지만 여전한 아름다움. 옷자락 아래 드러난 처녀의 맨발은 어두운 밤에도 선명하게 보였습니다. 대답 없는 사젠이 무서운 하기노,

"아, 누군가 와줘요! 무례한 놈……!"

소리치려는 입을 사젠의 왼손이 막습니다.

뒤돌아보니 등불이 새어나오는 도장은 대혼란이었습니다. 몇 명, 몇 십 명, 아니 몇 십 명이 넘는 시체가 그곳에 쓰러져 있겠지요. 사람들은 사젠을 쫓아가는 것도 잊은 듯 저택 전체가 기묘하게 조용합니다. 뒷문을 나선 사젠은 하기노를 끌고 토담을 따라 마귀처럼 한밤중의 쓰마코이사카를 달려 내려갑니다. 이 쓰마코이사카의 길에 시바 저택 바로 아래에 해당하는 곳에 상당한 크기의 공터가 있습니다. 원래 은퇴한 가신들의 집이었는데 너무 오래되어 낡은 집을 무너뜨리고 그대로 둔 곳이었습니다. 무시무시한 구름이 흐르고 나무가 몇 그루 서 있습니다. 무너진 석담사이에서 치치치 하고 귀울음 같은 소리를 내며 울고 있는 것은 무슨 벌레인지?

사젠은 하기노를 끌어안고 그 공터로 들어갔습니다. 어두컴컴한 구석으로 달려 들어가 하기노를 내려놓고 왼손으로 누레쓰바메를 빼서 허리춤에 매달았습니다.

"하기노님, 놀라지 마시오. 나는 위험한 다리를 건너 당신을 구하러 온 거요."

모란꽃이 떨어져 내린 듯 하기노는 엎드려 움직이지 않습니다. 아무 말도 하지 않습니다. 그 기이하게 아름다운 하기노의 모습을 눈에 담고 사젠의 가슴은 마구 흔들렸습니다. 세상의 모든 약속을 저버리고 누레쓰바메로 남자와 남자간의 문제를 해결한다면…… 이 사랑의 미혹, 마음의 굴레는……

이 사람에게 보내는 그 부끄러운, 진심을 토로한 연문을 쓴 적도 있습니다. 지금 당사자인 하기노는 이렇게 자기 발아래 엎드려 두려움에 떨고 있습니다. 손만 뻗으면 모든 것이 자신의 것으로…… 무지개 같이 뜨겁고 긴 한숨과 함께 사젠은 한 마디 합니다.

"울지 마시오. 아가씨, 겐자부로를 좋아하지요? 그 사랑하는 겐자를 만나게 해주려는 거요. 내가 길잡이가 되어서……."

"네?"

(1934.6.13)

134

새벽녘 희미한 어둠 같은 마음 1

"네?"

눈물에 젖은 얼굴을 든 하기노, 사젠은 그 하얀 얼굴에서 괴로운 듯 눈을 떼고 말했습니다.

"그렇게 놀랄 건 없소. 설마 그대까지 그 단바란 놈처럼 겐자부로는 이미 죽었을 거라고 생각한 건 아니겠지. 온 에도의 인간들이 모두 겐자부로가 죽었다고 해도 하기노님, 그대만은 어딘가에 살아있다고 믿었겠지요?"

하기노는 뛰어오를 듯 기뻐하며 매달렸습니다.

"저, 그러면, 저, 겐자부로님은 무사하신…… 아! 그러면 어디에?"

만면에 떠오른 희색은 사젠의 한쪽 눈에 그대로 바늘처럼 아프게 비칩니다. 쓴웃음이라는 것은 예로부터 있어온 말입니다. 사젠은 지금 쓴웃음을 지으며 대답하고 있습니다.

"음, 그대를 겐자부로와 만나게 해주려고 내가 몰래 도장에 들어간 거요. 겐자부로도 그대를……."

"네? 그렇다면 그 분도 저를?"

"뭐어, 그녀석도 그대를 그리워한다고 생각하오. 이건 내 추측이지만. 어쨌든 입을 열지 않는 놈이라 그 이가 망나니의 흉중이 어떤지는 누구도 모르오."

"네……."

"자, 일어나시오. 조금 멀지만 내가 길잡이가 되겠소. 이리로 나오시오."

옷에 묻은 흙을 탁탁 털고 일어난 하기노, 사젠을 따라 공터에서 나오려할 때!

"윽, 그 괴물. 어디로 갔지?"

"이거 놓쳐서는 안 돼."

"뭐야, 내가 찾아서 일도양단으로……."

등불과 함께 시바도장의 젊은 사무라이들의 목소리가 쓰마코이사카를 날아갑니다. 괜찮다고 이제 저기에는 없다고 확인하고 나서 으스대고 있는 거라 어이가 없습니다. 그 무리가 지나치는 것을 기다려 사젠은 하기노를 데리고 쓰마코이사카를 뒤로 하였습니다. 때맞춰 기다리고 있는 것은 두 대의 빈 가마. 사젠과 하기노, 두 사람의 모습은 그 가마 속으로 사라졌습니다. 어디로 가는 걸까요?

같은 시각.

이야기는 이쯤해서 이 두 대의 가마가 가는 곳으로 미리 갑니다. 산보시강 하류입니다.

어부 로쿠제의 집. 안방…… 이라고는 하나 맹장지는 벗겨지고 문은 부서지고 기둥은 시커멓게 찌들은 그 방 한가운데에 때 묻은 잠옷을 입고 아직 병석에서 일어나지 못하고 누워있는 사람은 야규 겐자부로입니다. 이가 망나니의 모습은 지금 이 병자의 몸에 흐릿하게 남아있을 뿐입니다. 구덩이에 생매장되어 쏟아지는 물에 잠겼을 때 더러운 물을 너무 많이 마신 것 같습니다. 쇠약해진 몸에 병이 들어 그 때부터 계속 이 로쿠베의 집에 누워있습니다.

간병하는 이는 저 마른 귀신같은 사젠. 그의 어디에 그런 상냥한 마음이 있었는지 마치 피붙이라도 된 듯 세심하게 돌보고 있습니다.

그리고 이 집의 딸, 오쓰유.

"저어, 기분은 어떠신지……."

지금도 그렇게 말하며 머리맡에 앉는 이가 로쿠베의 외동딸 오쓰유입니다. 부서진 등불을 들고 손으로 짠 목면옷에 모양도 분명하지 않는 허리띠를 맨 초라한 시골소녀입니다만, 그 얼굴의 아름다움이란! 잘 차려입고 에도 거리를 걸어 다닌다면 돌아보지 않을 사람이 없겠지요. 게다가 그 요염한 눈이라니, 아, 이건 도대체 어떻게 된 일일까요?

(1934.6.14)

135
새벽녘 희미한 어둠 같은 마음 2

연령은 열일곱? 아니면 여덟? 발갛게 상기한 얼굴을 부끄러운 듯 등불로 가리면서 오쓰유는 베개쪽으로 다가가 말했습니다.

"저, 약 드실 시간이예요."

"음."

겨우 정신이 든 겐자부로, 머리를 베개에 둔 채

"폐가 많구나. 사젠과 함께 자네 아버지가 위급할 때 구해줘서 이제 어지간해졌다. 사젠은 그때 바로 회복했는데 나는 탁수를 마셨는지 아직도 이러고 있으니 면목이 없다."

괴로운 마음을 토하는 겐자부로의 모습에 오쓰유는 아름다운 눈썹을 찌푸리면서 다가앉았습니다.

"발이라도 조금 문질러드릴까요? 아, 그렇게 조바심내지 마시고 천천히 몸조리하시어요."

"이번에는 나도 인간의 정이란 것이 몸에 배었다. 사젠…… 본래 적이었는데 나를 상관 말고 어디로든 가라고 매일 부탁하듯 말했지만 내가 회복하는 것을 볼 때까지는 어떤 일이 있어도 내 곁을 떠나지 않겠다고 했다. 그리고 오쓰유도 이렇게 그, 가려운 곳을 긁어주는 사젠의 간호를 따라 해주고. 남자를 울리는 것은 남자의 우정이라는 것을 나는 이번에 처음으로 절실하게 알게 되었다."

사젠의 말만 하는 것이 오쓰유에게는 소녀다운 마음에 들지 않았는지,

"네, 그렇군요."

하고 살짝 머리를 숙여 말할 뿐입니다. 겐자부로도 그 마음을 눈치채고,

"하하하, 사젠만이 아니지. 자네 아버지 로쿠베도, 아니 누구보다도 오쓰유의 친절도 일생 마음에 새겨 잊으면 안 되지."

"그런 체면치레 같은 말씀을……."

오쓰유는 살짝 토라져서 말했습니다.

"그보다 언제까지라도 병이 나신 채로, 저, 너무 빨리 낫지 마시기를……."

"그런 이상한 말을, 언제까지나 병이 낫지 말라니……."

"하지만 계속 편찮으셔야 이 누추한 집에 계시면서 저 같은 여자가 조석으로 돌봐드릴 수 있으니까요. 나으시면 훌륭한 주인님으로 돌아가셔서 아름다운 부인과 많은 시녀들에게 둘러싸여……."

핫 하고 얼굴을 가린 오쓰유의 귀는 불같이 달아올랐습니다. 그보다 당황한 것은 겐자부로로, 자신이 이가의 야규 겐자부로라는 것을 알리지 않고 어디의 누구인지 신분을 감추고 있었기 때문입니다.

"무슨 말을 하는 거냐. 나는 그런 사람이 아니다. 사젠과 똑같이 떠돌아다니는 무사일 뿐."

"그렇다면 더 걱정이지요. 에도에는 아름다운 아가씨가 많이 있다던데요."

"하지만 오쓰유만큼 아름다운 사람은 그렇게 많지 않아."

겐자부로, 의식하고 말하려던 것은 아니었지만 무의식중에도 그런 말이 입에서 나오는 것은 여자에 한해 불량청년인 겐자부로이기 때문이겠지요. 자신이 그런 말을 하면 그것이 얼마나 강하게 상대의 가슴을 뒤흔드는 지도 생각하지 않고 말입니다.

"어머, 그런 말씀만……."

오쓰유가 양손으로 얼굴을 덮고 손가락 사이로 겐자부로를 지그시 바라보는데 그때, 마루로 나가는 장지문이 덜컥 열렸습니다.

"겐자! 선물이네. 이거 받게."

사젠의 한손에 잡혀 화사한 바람처럼 방안으로 들어와 앉는 사람은 하기노……

사젠도 그 옆에 털썩 책상다리를 하고 앉았습니다. 오쓰유는 부끄러운 듯 도망쳐 나가 그 모습은 이미 방안에서 찾을 수 없었습니다.

(1934.6.15)

136
새벽녘 희미한 어둠 같은 마음 3

투박한 사젠의 우정…… 하기노는 그 사젠에게 밀려 쓰러지듯 방안으로 들어왔습니다. 맞은편 이불이 깔린 데서 붉은 띠가 움직이는 듯 하더니 누군가 젊은 여자가 나간 것 같습니다. 도망치는 나가는 오쓰유의 모습을 보고 하기노는 마음 한 구석에서 의식하면서 아주 오랜만에 겐자부로 앞에서 고개를 숙이고 귀한 집 아가씨다운 우아한 인사를 합니다.

"겐자부로님, 오랜만입니다. 그동안 어떻게 지내시는지 항상 걱정하고 있었습니다만 이렇게 무사하셔서…… 겐자부로님, 보고 싶었습니다."

겨우 한 여자가 떠났다 싶었는데 또 한 여자. 여난에 여난이 겹치는 겐자부로입니다. 길게 찢어진 눈을 끔뻑이면서 옆에 앉아 있는 사젠을 돌아보았습니다.

"이건 도대체 어떻게 된 일이지? 사젠."

"우하하하, 내가 있다고 신경 쓸 필요는 없네. 끌어안고 손이라도 잡는 게 어떤가. 아니면, 이런 괴물이라도 인간이기는 하니까 다른 사람 앞에서 노닥거릴 수 없다면 나야, 싹 사라져주지. 아하하하하."

호쾌한 웃음소리 아래 흐르는, 몸을 자르는 것 같은 일말의 애수…… 겐자부로도 하기노도 그것을 알아차리지 못하는 것은 어쩔 수 없는 일이지만.

사젠이 불 같이 사랑하는 하기노는 지금 죽은 줄 알았던 좋아하는 남자를 눈앞에 두고 미친 듯한 기쁨으로 어쩔 줄 모릅니다. 그걸 보고 있는 사젠의 고뇌는 펄펄 끓는 용광로 같습니다. 검마 사젠의 사랑은 아무도 모릅니다. 아무도 모르지요. 병든 개처럼 마른 사젠의 늑골 속과 허리에 찬 요도 누레쓰바메 외에는.

어떻게 하기노가 여기에? 겐자부로는 아직도 의심스러운 얼굴입니다.

사젠의 외눈이 하기노와 겐자부로를 번갈아 보면서,

"나는 오늘 아침, 겐자에게는 아무 말도 하지 않고 여기를 떠나 그

길로 쓰마코이사카의 도장에 가 보았네. 뭔가 오늘밤에 의식이 있다고 해서 집이 시끄럽더군. 이거 다행이다 싶어 창고로 몰래 들어가 갑옷궤에 숨어있었지. 그랬더니 겐자부로, 그게 자네가 아직 운이 다하지 않았는지. 밤이 되니 내가 들어간 갑옷궤를 도장 정면으로 옮겨가 그 앞에서 후계상속의식을 하는 게 아닌가. 도장 주인이 되려는 놈은 말할 것도 없이 미네 단바."

하기노가 뒤를 이어,

"네, 단바는 줏포사이 이세의 이름과 계모 오렌을, 천하에 고하고 손에 넣으려는 겁니다. 그 때문에 저의……."

하기노의 뺨은 행등의 불빛을 받아 가을 햇볕에 익어가는 단풍처럼 붉습니다. 소녀다운 마음에 주저하다가 겨우 마음을 먹고 계속해서 말했습니다.

"제 남편으로 결정된 겐자부로님을 죽이려고, 또 저를 가두어서……."

그러자 사젠, 생각이 난 듯 웃으며 가까이 있는 칼을 들어 톡톡 칼자루를 두드리면서 말했습니다.

"이봐, 누레쓰바메, 너도 잘해주었는데, 유감이구나. 단바를 그냥 둔 것은."

잠시 뭔가를 생각하더니 갑자기 쾌활하게,

"뭐, 이걸로 됐겠지. 하기노와 겐자부로를 만나게 하는 걸로 단게 사젠의 역할은 끝난 거니까. 자, 그러면 나는 이쯤 해서……."

누레쓰바메를 지팡이 삼아 사젠, 그 자리에서 일어나려 하자 겐자부로는 당황하여 말립니다.

"이봐, 잠깐 기다려 주게. 하기노와 나, 둘만 두고 가면 곤란해. 아무래도."

(1934.6.16)

137
새벽녘 희미한 어둠 같은 마음 4

사젠은 일어서다 말고,

"좋아하는 여자랑 둘이서 있는 게 어떻게 곤란하다는 건가. 하하 하하."

"아니, 하지만, 그, 실은……."

겐자부로는 횡설수설합니다. 얼굴이 빨개진 하기노를 사젠은 목을 움직여 흘깃 바라보았습니다. 왼쪽 눈밖에 없어서 목을 움직이지 않으면 옆이 안보입니다. 가여운 단게 사젠, 울고 싶은 마음으로 쓴웃음을 지으며 말했습니다.

"아니, 아무리 생각해도 나는 이 자리가 어울리지 않아. 하기노님이 원망하기 전에 사라지는 게 나을 거다."

"아니, 그, 절대로 그렇지는……."

겨우 그 말만 입에 담은 하기노, 자신에 대한 사젠의 흉중 같은 건 알 도리가 없으니 뭐랄까 아주 세심하게 배려해주는 고마운 사람으로……! 무섭기만 한 것이 이 분의 본성이 아니었어. 정말 따뜻한 마음이 있는 분! 하기노는 눈동자에 천만무량의 감사를 담아 사젠을 올려다보았습니다.

"뭐라고 감사를 드려야 좋을 지요. 저 겐자부로님. 이분이 이렇게 당신 계신 곳으로 저를 데려와 주셨답니다. 어떻게 사례해야 할지……."

겐자부로는 곤란한 얼굴입니다.

"하지만 딱히 내가 하기노님을 데려와 달라고 부탁한 것도 아니고……."

"이봐, 겐자! 자네 무슨 말을 하는가. 나는 자네를 위해 한 일이 아닐세. 하기노님 마음을 생각해서, 이런 주제넘은 역할을 맡은 거지. 이렇게 자네 한 사람만을 생각하는 하기노님의 심중을 조금이라도 생각한다면 이런, 겐자, 그런 말을 하지 말게."

일어선 사젠은 누레쓰바메의 칼집으로 허리띠를 걷어 올리고는 하나뿐인 왼손을 가슴속에 집어넣고 걸어 나갔습니다.

"겐자, 이렇게 여자에게 사랑받는 것은 결코 대수롭지 않은 일이 아니야."

그렇게 말하는 사젠의 목소리는 희미하게 떨렸습니다. 겐자부로는 일어나 똑바로 앉았습니다.

"하지만, 난처하다고. 지금 여기에 하기노를 두고 가면…… 사젠, 부탁이니 조금만 더 나와 같이 있어주게."

"있고 싶어도 하기노님한테 방해가 돼. 이 사람이 얼마나 자네를 사랑하고 있는지 그걸 생각하면 겐자, 알겠나, 조금이라도 빨리 건강해져서 제대로 도장을 돌려받게. 그때 이 단게 사젠, 손을 크게 흔들며 놀러가겠네. 하하하하."

"어, 당, 당신도 함께 사젠을 말려 주시오."

겐자부로는 하기노에게,

"나를 위험에서 구한 것은 모두 사젠덕분이오. 구덩이 안에서 산보시강으로 떠오를 수 있었던 것도 또, 이 집 주인 어부 로쿠베에게 구조된 것도 모두 사젠이 있어서 가능했던 것이오. 하기노, 마음으로부터 사젠에게 감사인사를 해주시오."

하기노는 다시 사젠 앞에 양손을 짚고 고개를 숙였습니다.

"차음부터 끝까지 정말 감사드립니다. 겐자부로님의 일도 오늘밤의 일도, 은혜는 일생 잊지 않겠습니다."

그, 체면이고 뭐고 없이 기뻐하는 모습을 사젠은 잠시 내려다보다 말했습니다.

"아니오, 하기노님. 당신이 그렇게 말씀해 주신 것만으로도 나는 더없이 만족합니다. 무사한 겐자의 얼굴을 보게 되어 기쁘시겠소, 하기노님."

"네, 네에……."

"하하하하, 그렇지요. 소중히 대해 주게나. 겐자, 가네."

"사, 사, 사젠. 어, 어디로 가나?"

"어디로? 그건 나도 모르네. 이 허리에 있는 누레쓰바메에게 물어 보게나."

(1934.6.17)

138

새벽녘 희미한 어둠 같은 마음 5

새벽이 오기 직전, 어둠이 한 겹 더 깊어진다는 말이 있습니다. 새벽의 어둠은 한밤중의 어둠보다 더 깊어, 그 새벽어둠에 휩싸인 사젠, 겐자부로, 하기노 세 사람은 각각의 입장에서 가만히 생각에 빠져 있었습니다. 그런데 이들 말고도 한 사람 더, 새벽어둠보다 더 깊은 마음의 어둠속에서 흐느껴 우는 여인이 한 사람 있었습니다. 그녀는 옆방에서 이 자초지종을 다 들은 이집 딸 오쓰유였습니다. 연모하는 겐자부로에게는 자신보다 먼저 저렇게 저 분을 사랑하는 하기노라는 아름다운 아가씨가 있다는 것을 알고 그녀의 마음은 새벽어둠에 갇혀버린 것입니다.

하기노는 하기노대로 이렇게까지 사랑하는 겐자부로가 조금도 그 사랑에 대한 반응을 보여주지 않는 것이 마치 어두운 산길에서 헤매는 것처럼 쓸쓸합니다.

당사자인 겐자부로는…… 아마도 불량한 면이 있는 그이다 보니 하기노든, 오쓰유든 여자라고 하는 여자는, 얼굴을 마주하면 임시모면 격으로 호감 가는 말 한두 마디정도 내뱉기는 하지만 돌아서면 바로 잊어버리는 것이 이 겐자부로의 일상이다 보니…… 여자에 한해서는 악마 같은 겐자부로. 그를 사랑한다는 것은 하기노에게도 오쓰유에게도 불행한 일이라고 하지 않을 수 없습니다.

그보다.

사랑하는 여인을 우정 때문에 단념하고 이렇게 자신이 나서서 두 사람을 맺어주려고 하는 단게 사젠의 심중, 그 아픔은 어떨까요? 사인사색으로 검은 안개 같은 새벽녘 희미한 어둠 같은 마음입니다.

"그런데, 나는 왜 이런 곳에 멍하니 서서 생각하고 있는 거지? 뭔가 잘못됐나? 단게 사젠."

쓴웃음을 지으며 사젠은,

"그러면 겐자, 확실하게 하기노님을 사랑해 주게. 쪽박을 차고 살더라도 말이지."

이제 더는 있을 수 없습니다. 쇠약해진 겐자부로가 쫓아가려고 했지만 아무 장식도 없는 칼집을 보는 것 같은 단게 사젠의 모습은 이미 방에서 마당에서 그리고 문에서 문밖의 새벽어둠 속으로 사라져 버렸습니다.

"정말이지 쓸데없는 짓을 하는 사람 같으니라고. 저런 귀한 아가씨를 일부러 겐님이 계시는 데로 데리고 와서는 말이지. 사람 마음도 모르고 정말로 싫은 사람이야!"

남몰래 오쓰유는 문밖 그늘 속에서 이를 악물고 숨죽여 울었지만 그 소리는 일어서서 나가는 사젠의 귀에는 물론 옆방의 하기노와 겐자부로에게도 들리지 않았습니다.

아침의 어둠을 뚫고 나온 단게 사젠은 이다음 어디로 누레쓰바메를 휘두르며 나타나게 될까요?

그건 잠시 그대로 두고.

겸연쩍은 마음으로 하기노 앞에 남겨진 이가 망나니. 약혼자정도가 아니라 스스로 이미 아내라고 생각하고 단바와 오렌일당을 상대하고자 왔다는 건데, 이렇게 하기노와 마주 앉아 보니 이가의 겐자, 쑥스럽기 그지없습니다. 상대는 귀하게 자란 아가씨. 그런데 사랑하는 남자 앞이라 묘하게 굳어 있습니다. 겐자부로, 어떻게 해야 할지 전혀 모르겠습니다.

"에헴, 으흠, 어어, 아니 그게 말입니다. 이제 곧 여름이군요."

아무 말이나 하고 있습니다.

(1934.6.18)

139

다다미샤미센 1

"네?"

고개를 든 하기노의 얼굴은 발갛게 상기되어 있습니다. 그것을 겐자부로가 가만히 바라보며 말했습니다.

"아니, 그, 실은, 뭐라고 할지…… 하기노님, 잘도 오랫동안 저를 생각해주셨군요."

이가 망나니, 마음에도 없으면서 평소처럼 그런 바람둥이 문구를 토해냅니다. 불에 기름을 부은 듯, 겐자부로, 그만하면 좋을 텐데 여자를 유혹하는 데 익숙한 그에게 이런 말들은 그만 버릇이 되어 버린 것 같습니다. 자신의 사랑이 드디어 이루어졌다고 생각한 하기노는 소녀의 부끄러움도 잊고 허둥대며 그의 앞으로 다가갔습니다.

"저는 정말로 이제 어떻게 되는 걸까 하고 생각했어요. 형님이신 쓰시마노카미님과의 굳은 약속에 의해 훌륭하게 도장을 승계하게 되신 당신을 이제 와서 멋대로 거절하고 그 단바가 계모와 함께 흉계를 꾸며 시바가문을 탈취하려고 하다니, 정말 얼마나 무서운 일인지…… 게다가 제자들의 소문이 이 작은 귀에 들려왔는데 당신을 그 구덩이인가에 파묻어버렸다고 해서…… 하기노의 가슴은 무너질 수밖에 없었답니다."

"아니, 그렇게 쉽게 죽을 이가 망나니가 아니오."

하기노는 미소 지으며 말했습니다.

"하지만 겐님께서는 좋은 붕우를 얻으셔서 행운이십니다. 당신에게도, 그리고 이제부터는 저에게도."

"에? 좋은 붕우?"

"네. 그 단게 사젠이라고 하는……."

"오오, 그에게는 이 겐자부로, 매우 감명 받았습니다. 저의 은인일 뿐 아니라 들어보니 오늘밤, 단바의 손에 넘어갈 뻔한 도장을 방해해서 지켜준 것도 그 사젠……."

"그보다……."

하기노는 머뭇머뭇 얼굴이 붉어지면서,

"저를 여기로 데려와 주신 것이 무엇보다 기뻐서요…… 방에 들어와 갑자기 당신한테 안겼을 때, 저는 정말 제가 어떻게 되는 줄 알았답니다."

새벽빛이 희미하게 스며든 실내. 겐자부로는 이 하기노에 대해 아무런 마음도 없으면서 자못 연인과 함께 한 듯 무릎을 맞대고 이야기를 나누고 있습니다. 그 대화에 반주를 넣듯이 있는 듯 없는 듯 희미한 소리를 내며 집 뒤편에 흐르는 산보시 강물.

상대가 여자이기만 하면 사랑하는 척 하는 게 이 불량청년 야규 겐자부로의 일상입니다. 그런 것은 모르는 하기노는 불쌍하게도 이제 이 사람을 위해서라면 집도 필요 없다, 목숨도 필요 없다고까지 생각하고 있군요. 그렇게 자신을 사랑하는 사젠의 마음은 조금도 모르고 악마적인 겐자부로를 사랑하다니, 사람의 마음은 어떻게 이렇게 어긋나는 걸까요?

그런데! 아까부터 옆방에서 몰래 엿듣고 있던 로쿠베의 딸 오쓰유…… 자세한 것은 모르겠지만 두 사람의 이야기로 대략의 상황은 알게 되었습니다. 약혼한 사이구나, 이 두 사람은. 그렇게 생각하니 눈앞에 붉은 천을 본 소처럼 오쓰유는 벌떡 일어났습니다. 아버지 로쿠베의 잠자는 소리를 들으며 조용히 밖으로 나간 오쓰유, 작은 문을 열고 달려갔습니다. 어디로 갔을까요? 질투에 휘말려.

(1934.6.19)

140
다다미샤미센 2

갑자기 달려간 요키치. 정신없이 달리고 있습니다. 젊긴 해도 기사쿠도 무사이니 칼 한 자루는 차고 있습니다. 설마 죽도는 아니겠지요. 지금이라도 뒤에서 칼에 베일 수 있다고 생각하니 요키치, 지금 달려가는 속도가 굉장합니다. 보고 싶을 정도로 말이지요.

순간적인 임기응변을 잘하는 놈이라 등에 항아리 꾸러미를 메고 달리는 것은 쫓기다 뒤에서 칼에 베일 경우를 위한 대비책이라 할 수 있습니다. 방패를 등에 진 기분입니다. 한낮에 가까운 시나가와 숙소 교외. 한쪽은 잡목림으로 된 산이고 지금도 울고 있는 이름도 모르는 새들이 이 때 아닌 사람들의 기색에 놀랐는지 일제히 소리를 죽여 밝은 심야와 같이 무시무시합니다. 반대쪽은 낭떠러지입니다. 아래에는 밭이 있고 멀리 농부들이 사용하는 쟁기가 때때로 반짝 하고 빛을 내고 있습니다.

어리둥절한 사람은 기사쿠였습니다. 듣기 좋은 말을 하며 항아리를 들고 뒤를 따르던 그 씩씩한 젊은이가 갑자기 달아나버린 것입니다. 이보시오 하고 말할 겨를도 없습니다. 사람이 그렇게 놀라면 바로 몸이 움직이지는 않는 법입니다. 화재 때도 그렇습니다. 사람들이 뭐라고 소리 지르는 데도 혼자 멍하니 서서 실실 웃고 있는 사람도 있습니다. 나중에 모두가 감탄하며

"정말이지 저 사람은 대단해. 얼마나 침착한지. 저 사람, 옆에서 불이 났다고 야단인데 아무 말 없이 가만히 서 있더라고. 어지간히 담이 크지 않으면 못하는 일이지."

이렇게 말합니다. 그 말을 듣고 본인은 특별히 부정하지 않고, 아니, 뭐, 그 정도는…… 하고 턱을 문지르고 있지만 어찌 움직이지 않은 것이겠습니까? 움직이지 못한 것입니다. 갑자기 뇌가 마비되고 입이 바짝 마르고 혀가 말려듭니다. 먼저 무엇을 가지고 나와야 할지 생각하면서 머릿속은 마치 불붙은 차 같습니다. 이걸 옆에서 보면 대단히 침착하게 보일 수 있습니다. 이런 사람들이 금고대신에 재떨이를 들고 나오거나 서류함 대신에 고양이를 거꾸로 잡고 뛰쳐나오거나 합니다. 자주 있는 일입니다.

이렇게 생각해 보니 역사상 인물들도 실제의 몇 배쯤 상당히 득을 본 사람도 있고 또 한편으로 막심한 손해를 본 사람도 있는 게 아닐까 싶네요.

여담이 길었습니다.

그런데 이때의 기사쿠가 바로 그런 상태였습니다.

"아아, 아아, 저……."

큰 소리로 외치며 망연히 서있을 뿐이었습니다.

그런데 요키치도 요키치입니다. 쫓아오지도 않는데 뒤에서 발소리가 들려오는 것 같아 혼자 당황해서 으악! 하고 소리 지르며 오른쪽 잡목림으로 정신없이 달려 들어갔습니다.

항아리를 메고 버스럭버스럭 관목을 헤치며 가는데 큰 밤나무가 두세 그루 서있고 그 아래 츠츠츤, 츤, 츤, 조용히 가락을 맞추는 샤미센 소리. 느닷없이 그곳에 뛰어든 요키치, 털썩 앉아 말했습니다.

"오! 누님! 이거 정말 별난 곳에서, 이야, 죽은 줄 알았던 오후지님을 만날 줄이야. 헤헤헤, 단게형님도 이건 모르겠지요."

(1934.6.20)

141

다다미샤미센 3

허수아비 같은 옷차림에 샤미센 하나. 삿갓의 붉은 끈이 하얀 볼에 선명하고 토시에 각반, 그 각반의 발을 풀숲으로 뻗어 앉은 오후지는 풍우와 생활에 시달려 흐릿한 눈을 들어 요키치를 바라보았습니다. 잠시 후, 곧 그 얼굴은 생기 있게 빛나며 장난스럽게 끄덕였습니다.

"어머나, 아주 친밀하게 말씀하시는데 당신은 어디의 누구?"

서있으면 덤불위로 허리부터 위만 보여서 기사쿠에게 발견될 위험이 있으므로 요키치는 항아리를 발치에 내려놓고 웅크리고 앉았습니다.

"뭐라고요? 누님은 저를 잊으셨다는 겁니까? 박정하군요, 박정해."

일부러 눈을 비비며 눈물을 짜냅니다.

"십년 이십년 못 만난 것도 아니고 아니, 얼마 전에 샤쿠토리요코초에 누님을 뵈러 갔더니 임대라는 팻말이 붙어 있어서……."

"무슨 말을 하는 거예요? 당신 말은 잘 못 알아듣겠네요. 뭐 나도 에도사람이긴 하지만 그 요코초라든가 그런 데랑은 아무 인연이 없어서 말이지요. 에도라기보다는 시골출신이라는 게 맞아요."

"오, 누님. 이상한 말씀 하지 마세요. 이 요키치 앞에서 그러시면 후지누님도 너무하시는 거요."

요키치는 이참에 기사쿠가 지나가면 좋겠다고 생각하면서 목소리를 낮추어 문답을 계속하였습니다.

"이렇게 사람을 못 알아보는 척은 그만두세요. 누님, 서서 보나 앉아서 보나 누님은 오후지누님이오. 또 취미로 샤쿠토리의 춤추는 아이를 데리고 이렇게 기분전환 겸 짚신을 신고 길을 나서지 않습니까? 저도, 아아, 뭐부터 말씀드려야 좋을지……."

그렇게 요키치가 이야기를 늘어놓는데 정작 오후지는 눈을 크게 뜨고 이상한 듯 말끄러미 상대의 얼굴을 바라볼 뿐이었습니다.

그런데 여기서 이야기는 바뀝니다.

그렇게 가마를 따르는 사무라이가 계속해서 이야기하는 데도 가마 속 잇푸 선생은 조용히 눈을 감고 정면을 찬찬히 응시하고 있을 뿐입니다.

"에도에서 온 보고는 지금 새삼스러울 것도 없고. 에도가로 다마루 몬도노쇼님, 탐색대장 고다이노신님, 두 분 다 뭐하고 계시는 건지. 아직도 고케자루를 찾아내지 못했다면 닛코수리는 어떻게 되겠습니까?"

긴 여행이 지루한 나머지 이야기를 계속하는 동행무사는 문득 생각이 난 듯 또 쓴웃음을 지었습니다.

"아, 그렇지. 아무래도 안 되겠어. 잇푸 선생은 필담으로밖에 이야기를 할 수가 없는데 내가 또 잊었군. 이거야 원 혼잣말을 늘어놓았군 그래. 아하하하하."

그 가마에는 야규번의 다도 선생, 백 하고도 몇 살이나 되었는지는 모르지만 기적 같은 번의 보물, 잇푸 선생이 타고 있습니다. 앞서 가는 가마 하나, 이것은 말할 것도 없이 이가번주, 야규 쓰시마노카미. 이것은 야규번의 행렬로 갑자기 번을 떠나온 것입니다. 기다리다 지쳤겠지요. 이렇게 도카이도를 지나 에도로 향했습니다.

(1934.6.21)

142
다다미샤미센 4

엔다이지(延台寺)경내의 호자석(虎子石). 소가(曽我)의 주로(十郎)가 호어전(虎御前)에 머물렀을 때 스케쓰네(祐経)가 보낸 스파이 한 사람이 주로를 사살하려고 쏜 화살이 이 돌에 맞았다고 합니다. 그리하여

주로는 목숨을 건졌고 지금까지도 돌에는 화살자국이 남아 있습니다. 오이소(大磯)라고 하면 소가형제지요. 그밖에는 서행법사로 이름 높은 시기 다쓰사와(鳴立沢), 오래된 소나무가 춤추는 듯 이어진 언덕 위에는 서행당이 있습니다.

쓰시마노카미는 가마 안에서 행렬을 서두르도록 명합니다. 이가 망나니의 형.

왼쪽에는 수목이 울창한 고라이지야마(高麗寺山). 여기 해안은 그 옛날 고려인을 이주시킨 뒤 모로코시가하라라고 불렀다고 합니다. 하나미즈강을 건너면 곧 히라쓰카(平塚)입니다.

아무리 기다려도 에도로부터 고케자루 항아리를 찾았다는 기쁜 소식이 없습니다. 항아리가 삼킨 재산만이 이 야규에 있어 닛코비용을 충당하는 유일한 방법이니만큼 번의 상하를 막론하여 모두 초조해 견딜 수가 없습니다. 항아리는 여전히 행방불명. 닛코수리일은 사정없이 다가오고. 대개의 일에는 침착한 쓰시마노카미지만 이것만은 어찌해볼 도리가 없습니다. 드디어 행동개시를 한 셈입니다만.

"도카이도는 길이 하나다. 에도쪽에서 오는 여행객들에게 주의를 기울이도록 선두에 가는 자에게 전하라. 아무래도 나는 지금이라도 몬도노쇼로부터 사람이 올 것 같은 기분이 든다."

이렇게 길 위에서 완고한 상전이 항아리에 대해 신경 쓰는 것도 당연한 일입니다.

어쩐지 그런 예감이 든다고 했는데, 에도에 가까워질수록 뭔가 항아리에 대한 길보가 올 것만 같은 쓰시마노카미입니다. 백 살이 넘은 잇푸 선생도 이것이 마지막 봉공이라 생각하고 마른 장작 같은 몸을 가마에 싣고 겨우 여기까지 왔는데 무엇보다 너무 노령인 만큼 에도에 도착할 때까지 몸이 견뎌내야 할 텐데요.

가짜 고케자루가 두 개 세 개 나타났다고 합니다. 그 소문만은 야규번에도 전해져 와 유일무이한 진품 고케자루의 감정인으로서 어떻게든 이 잇푸 선생의 동행은 필요한 것이었습니다. 에도에만 가면 어떻게든 되겠지, 라는 게 지금 쓰시마노카미의 심정. 겐자부로와 시바 도장간의 분쟁도 어떻게 되어 가고 있는지…… 검으로는 천하일품, 기량으로 보더라도 최고인 겐자부로의 형 검호 야규 쓰시마노카미. 그의 마음에는 오만가지 생각이 난무하고 있습니다.

히라쓰카, 오야마 아후리(大山阿夫利) 신사. 그 삼각형의 큰 봉우리에 백의의 도인이 지팡이를 짚고 있습니다. 후지사와(藤沢), 사카이강을 사이에 두고 오토미(大富), 오사카, 두 마을이 있습니다. 유교지(遊行寺)는 잇펜쇼닌(一遍上人) 돈카이오쇼(四世呑海和尚)가 개창한 절입니다. 절 뒤편의 오구리도(小栗堂)은 오구리 판관 데라테히메(照手姫)의 이야기로 잘 알려져 있습니다.

도즈카(戸塚), 호도가야(程ヶ谷).

마침 지점이 하룻밤 묵기에 좋아 크고 작은 여관이 처마를 나란히 하여 늘어서 있는 숙소다운 숙소로 들어갔습니다. 마을변두리까지 나온 여관직원들이 무릎을 꿇고 엎드려 일행을 맞이하였습니다. 설사 촌장이라 하여도 평민인 마을사람들은 비단 하카마는 절대로 입을 수 없었기 때문에 줄무늬의 질 나쁜, 안에는 듣기 좋은 말로 표현해서 검은 비단 같은 것을 붙인 옷을 입고 있습니다.

쓰시마노카미와 잇푸가 탄 두 대의 가마가 여관 앞에 멈췄습니다.

(1934.6.22)

143

다다미샤미셴 5

여관 안 큰 방. 한쌍의 족자가 걸린 도코노마를 뒤로 하고 편안한
옷을 입고 촛불에 혈색 좋은 얼굴을 빛내며 책상다리를 하고 앉아 있
는 이는 야규일도류로 천하가 된 쓰시마노카미입니다. 오늘밤 숙소
는 이 호도가야. 하룻밤, 여행의 피로를 씻고 쉬고 있는데 시종이 와
보고를 올립니다. 에도가로 다마루 몬도노쇼가 보낸 종자 기사쿠라
는 자가 미친 듯이 흥분해 뵙기를 청한다는 내용입니다. 평상시라면
하급 사무라이가 다이묘를 직접 만난다는 것은 있을 수 없는 일입니
다. 몇 사람의 입을 거쳐 말씀을 올리고 또 하문하는 식으로 진행되어
야 하지만 여행 중인데다 급한 용건으로 판단되어 파격적으로 면담
이 받아들여졌습니다.

"기사쿠란 자를 이리로 들게 하라……."

그리고 지금.

하오리를 입은 여행복차림 그대로 기사쿠가 들어왔습니다. 그는
시나가와숙소에서 이름도 모르는 아첨장이를 만나 중요한 증거품인
항아리를 뺏기고 쫓아갈 새도 없이 그는 땅을 갈라 안으로 숨었는지
찾을 도리가 없어 그 후, 기사쿠는 반광란 상태입니다. 반병신……

이 죄송한 일을 어떻게 말해야 좋을까? 몇 번이나 할복을 생각했
는지 모릅니다. 하지만, 앞서 말한 대로 긴 여행길입니다. 지금부터
야규까지 가는 길에 다시 그 남자를 만날 지도 모른다는 생각에 그것
만이 유일한 의지가 되어 정신없이 길을 재촉하여 오다 저녁 무렵이
되어 도착한 곳이 이 호도가와 여관이었습니다.

오늘밤은 다이묘가 묵는다고 해서 여관이 시끌벅적하여 한쪽으로 길을 피해 지나가다가 문득 발견한 것입니다. 옛날에는 다이묘가 묵는 숙소에는 커다란 팻말을 세워놓았습니다. 그 팻말에 쓰인 한 줄의 문자는 야규 쓰시마노카미 숙소. 눈을 비비며 다시 확인한 기사쿠, 자신의 주군이 통보도 없이 에도로 올라오시다 여기까지 오신 줄은 몰랐습니다. 말도 안 되는 일을 저지른 이상, 이가로 돌아가면 사형을 당하게 되겠지요. 그렇다고 해서 이대로 뻔뻔스럽게 에도로 돌아가도 역시 몬도노쇼가 가만두지 않을 겁니다. 어느 쪽이든 저 항아리와 얽혀 사라질 운명이라면 지금 여기에서 번주 일행을 만난 것을 다행으로 여기고 빨리 결말을 내는 게 나을 겁니다.

반쯤은 이런 각오로 시종의 안내를 받아 무섭고도 무서운 쓰시마노카미 앞에 나온 기사쿠. 봉두난발이 된 머리에 구겨진 옷, 눈은 충혈되고 입은 일자로 굳게 다물어 인상이 변해있습니다. 측근 사무라이 두세 명이 무심코 다가가,

"다마루님의 종자라고 했나. 그게 틀림없는가."

자객이라도 든 게 아닌가 생각한 것입니다. 기사쿠는 그 말에 대답할 여유도 없습니다. 이제 무서운 것도 잊고 갑자기 번주 앞에 나아가 양손을 짚고 절을 했습니다.

"죄송합니다. 저는 다마루님의 명을 받아 번으로 돌아가던 도중…… 가지고 있던 항아리를 누군지도 모르는 놈에게 빼앗기고……."

"그대의 말은 무슨 말인지 잘 모르겠군. 항아리가 어떻게 되었다고 하는데 그런 것은 걱정하지 않아도 좋다."

웬일인지 쓰시마노카미, 조금도 당황하지 않습니다.

(1934.6.23)

144

다다미샤미센 6

쓰시마노카미는 당황하지 않습니다. 조금도. 큰 소리로 계속해서,

"바보 같은 소리를 하는 구나. 그 몬도노쇼가 진품 고케자루를 젊은 종자 한 사람에게 들려서 가져가게 할 리가 없다. 그런 것은 도둑맞아도 괜찮다. 그보다 몬도노쇼로부터 들은 전갈이 있을 터. 그 전갈에 대해 말하라."

죽을 각오로 어전에 나온 기사쿠는

"어?"

하고 무심코 목 언저리를 쓰다듬었습니다. 아아, 감사하여라! 아직 제대로 붙어 있다!

"어, 말씀드리는 것이 늦어서 죄송합니다. 다마루 몬도노쇼가 말씀하시기를 항아리의 대금은 발견했다. 그것도 아자부 린넨지마에 에도저택의 정원구석에 확실히 묻혀있다고 하셨습니다. 제가 에도를 떠나는 날에는 그 장소에 울타리를 치고 사람들을 가까이 오지 못하게 막고 도노가 오시는 것을 기다린다고 하셨습니다."

잠시 침묵이 흘렀습니다. 그 대단한 쓰시마노카미도 안색이 변해,

"뭐라고? 보물을 발견했다고?"

반신반의하는 얼굴로 좌우 근신들을 돌아보았습니다. 일동, 춤이라도 추고 싶은 충동, 소리 높여 외치고 싶은 환희를 겨우 참고 있는 것 같습니다.

"에도저택 구석에?"

중얼거리는 쓰시마노카미의 낮은 목소리는 모두의 귀에 들리지는

않았습니다. 도노는 여기에는 뭔가 사연이 있고 계략이 숨겨져 있다는 것을 바로 알아차렸지만 가신들 앞에서는 그런 내색을 하지 않습니다.

"그래서? 몬도노쇼는 나에게 에도로 오라고 자네를 보낸 것인가?"

"에, 빨리 오셨으면 한다고 저를 보내신 것입니다."

"왔으니 잘되었구나. 여기는 벌써 호도가야가 아닌가. 에도 바로 코앞이다. 에도에 가까워지면 닛코도 가깝지."

가로 다마루를 만나면 모든 것을 알게 되겠지만 분명 이 일에는 제 실속을 차리는 막부쪽의 뜻이 움직이고 있음에 틀림없습니다. 항아리의 재산이 발견되어 모두 기뻐하는 와중에 쓰시마노카미는 점점 안색이 창백해지면서 양손을 부르르 떨고 있습니다. 평상시 갑자기 버럭 성질을 낼 때의 모습이라 측근은 왜 그러시는지 이유를 몰라 두려움에 비명을 억지로 삼킵니다.

"에잇! 도쿠가와를 상대하려면 철저하게 서로 속고 속여야 하는 법."

다른 사람이 들어서는 쉽게 용서되지 않는 말씀. 모두 두려움에 창백해진 순간, 깊은 한숨을 내쉰 쓰시마노카미,

"잇푸 선생은 아직 일어나 있겠지? 이 자를 선생 방으로 안내하라."

그 순간입니다. 여관 앞 호도가야 거리에 맑은 샤미센 소리와 함께 높다란 노랫소리가 흐릅니다……

"자벌레, 벌레. 길이를 재네.
발끝에서 머리까지.
길이를 재면 목숨을 잃네."

아까 오키치와 만났을 때 어디까지나 모르는 체 다른 사람인 체 했던 오후지는 그 후 어떻게 되었을까요? 지금 이렇게 요키치와 오후지, 불빛이 새어나오는 여관거리를 사이좋게 노래와 샤미센과, 샤미센과 노래와 함께 가고 있습니다. 무슨 생각을 했는지 요키치가 한 단소리를 높여 노래 불렀습니다.

"건드리지 마, 손대면 아파……."

"쉿!"

누님이 제지했습니다. 북채를 들어서.

(1934.6.24)

145

다다미샤미센 7

오후지의 마음은.

아아, 이젠 시끄러운 건 다 싫어.

사랑하는 사젠은 항아리 쟁탈전에 뛰어들더니 어딘가의 도장 아가씨에게 반해 정성을 다하는 자신의 친절도 모른 채 한 지붕아래 살고 있어도 아직껏 남남사이. 게다가 그날 아침, 안색이 변해 야스를 데리고 달려나고는 그 후 아무 연락도 없습니다.

"아아, 바보 같아. 어째서 나는 그런, 능력이라곤 사람 죽이는 것밖에 없는 사젠님 같은 사람을 이렇게 좋아하게 되었는지. 내 일이지만 정말 이유를 모르겠네."

쓴웃음을 지은 오후지, 히스테릭하게 짜증을 내며 혼자만의 집에서 머리를 쥐어뜯거나 찻잔을 집어던져 깨거나 하다가 결국 헛수고라는 걸 깨닫고 지나가던 넝마장수를 불러 고케자루 차항아리를 한 푼도 받지 않고 줘버렸습니다. 그러고는 불쑥 여행을 떠났습니다. 그동안 살던 샤쿠토리요코초의 나가야에 임대라는 푯말을 붙이고. 자벌레를 춤추게 하는 기이한 여성예인이 있다고 해서 사람들이 샤쿠토리(자벌레) 요코초라고 부르는 그 명물거리의 본존이 사라진 것입니다.

"삿갓 하나에 샤미센 하나, 거기에 이 귀여운 벌레씨까지 있으면……."

거친 세로줄 무늬옷에 허리띠를 두르고 셋으로 갈라진 다다미샤미센과 장사도구인 자벌레를 작은 벌레통에 넣어 긴 소매 안에 집어넣은 오후지는 마음을 정하자마자 바로 에도를 뒤로 하였습니다.

기묘한 전설이 있습니다. 머리 정수리에서 발끝까지 이 자벌레로 길이를 재면 목숨을 잃는다는 전설입니다. 거짓인지 어떤지는 모르지만 오후지는 그것을 믿고 있습니다. 믿어 의심치 않습니다. 그래서 평상시라면 자벌레를 키워 샤미센 소리에 맞추어 몇 마리의 벌레가 등을 세워 늘어났다 줄었다 하며 기어 다니게 합니다. 그것이 벌레가 춤추는 것으로 보여 이 장사의 자랑거리입니다. 하지만 어려운 재주입니다. 잘못 몸을 구부리면 상대벌레의 키를 재게 되어 벌레가 죽을 수도 있습니다. 정말로 키를 재면 죽는지 보고 싶다고 생각하는 오후지, 최대의 무기를 지니고 여행하는 기분입니다.

한때 기소가도에 나왔다가 바로 돌아가 기분 내키는 대로 가는 혼자여행. 이번에는 도카이도로 발 닿는 데까지 가보자 하고 왔는데…… 생각나는 것은 또 사젠에 대한 것……

"어떻게 되었을까, 그 꼬맹이 야스는. 내가 데리고 다니며 벌레춤을 추면서 여기저기 간 적도 있었는데. 되바라진 꼬마였는데…… 불쌍한 아이였는데……."

시나가와 가도에서 문득 추억에 잠겨있을 때 등장한 것이 요키치였습니다. 이제 완전히 세상을 버릴 작정이었던 오후지, 요키치를 봐도 모르는 얼굴로 쫓아내려고 했지만…… 그렇게 되지는 않았습니다. 요키치, 이 진드기 같은 남자는 어물어물 동행이 되어 버렸습니다. 묘한 조합의 동행 두 사람. 지금 이 호도가야의 밤거리에서 어쩌다 부르기 시작한 요키치의 이가 망나니 노래를 오후지가 막았을 때였습니다.

"이보게, 거기 가는 두 사람."

누가 부르고 있습니다.

(1934.6.25)

146
요염한 여인 1

"앗! 야규 쓰시마노카미다."

여관 앞을 지나가면서 요키치가 아까 발견했습니다. 앞일은 운수에 맡기기로 한 두 사람입니다. 요키치는 기사쿠에게 뺏은 이 항아리를 매달고 적당한 때를 가늠하여 에도로 돌아가려 하고 있습니다. 에도에는 미네님이 기다리고 계십니다. 하지만 지금 바로 에도로 가자고 오후지에게 말해보았더니 난 네가 아는 그 오후지가 아니라는 겁니다. 그렇다고 혼자서 에도로 돌아가려니 위험천만이고. 다행히 여기에서 오후지라는 사람을 발견하여 떠돌이 예인인 척 엉터리노래라도 부르면서 하다못해 하코네 정도까지 간 뒤에 오후지가 기분 좋을 때 에도로 돌아가자고 권해도 늦지는 않다. 이런 속셈으로 요키치, 수건을 머리에 두르고 기억나는 노래를 부르며 이 밤에 다다른 곳이 여기 호도가야입니다.

이가에서 올라온 쓰시마노카미일행이 여기에 묵고 있다는 것을 안 요키치, 설마 시나가와숙소에서 한방 먹인 기사쿠가 자신보다 빨리 여기 와서 있을 줄은 꿈에도 모릅니다. 그놈은 항아리를 빼앗기고 면목이 없어서 울면서 에도로 돌아갔을 것이 틀림없습니다.

좀 놀려줄까. 엉뚱한 생각에 기세를 올려

"건드리지 마 손대면 아파, 이가 망나니와 밤……."

하고 들으라는 듯 노래를 불렀습니다.

"그만둬요, 당신. 이가 사무라이들을 화나게 하면 뒷감당이 무서운 것은 누구보다도 요키치, 당신이 제일 잘 알고 있잖아요."

오후지가 말렸지만 이미 때는 늦었습니다.

"이보게, 거기 가는 두 사람. 잠깐 기다리게."

"어, 우리들은."

멈춰선 요키치가 돌아보자 어깨를 치켜든 건장한 사무라이가 넓은 여관 문 앞에서 나오려 하고 있습니다. 오후지는 요키치의 팔꿈치를 치면서 말했습니다.

"그거 봐요, 당신. 그러니까 하지 말라니까. 수풀을 쑤셔서 뱀을 나오게 한 거잖아요."

사무라이는 위압적으로 다가와 말했습니다.

"이봐, 밤이 뭐 어쩌고 어째?"

그 큰 소리에 옆에 있던 젊은 사무라이들이 대여섯 우르르 달려 나왔습니다. 그보다! 요키치를 놀라게 한 것은 마루 끝에 걸터앉아 줄곧 밖을 지켜보고 있던 인영…… 에도로 돌아갔을 거라고 생각했던 기사쿠가 아닙니까? 도노의 어전에서 물러난 기사쿠, 문 앞에서 떠드는 사람들 소리에 나와 보니 그 아첨장이 도둑놈이 샤미센을 든 여인과 함께 서서 뭔가 번사들에게 혼나고 있는 모양. 한눈에 알아본 기사쿠는,

"앗! 잡아라! 그 남자야, 그 남자다!"

소리 지르며 봉당으로 달려 나왔습니다. 당황한 사무라이 두세 사람이 얼결에 오후지를 붙잡으니 기사쿠가 미친 듯이

"여자가 아니야! 그, 그 남자! 남자를!"

뭐야, 똑같이 붙잡는 거라면 여자쪽이 좋지, 사무라이들이 그런 소리를 하는 동안, 요키치는 어깨에 맨 항아리를 땅바닥에 내던지고 바쁘게 뛰어다니다 드디어 방향을 정해 쏜살같이 도망쳤습니다. 꼬리를 잡은 기사쿠, 밤하늘을 향해 달리며 쫓고 쫓고 쫓습니다.

(1934.6.26)

147
요염한 여인 2

이상한 노랫소리와 함께 여관입구에서 뭔가 와글와글 시끄러운

일이 생긴 것 같습니다만. 쓰시마노카미는 그것을 흘려들으며 마루에 나와 섰습니다. 장지문을 스스로 열고 닫는 것은 있을 수 없는 일입니다. 시종들이 좌우로 대기하고 있다가 여는 것입니다. 또 한쪽만여는 것도 안 됩니다. 소리 없이 조용히 열면 거기를 스윽 하고 지나갑니다. 옛날 다이묘들은 이런 생활에 익숙해져 있기 때문에 그 중에는 문이나 장지문은 저절로 자동으로 열리는 것이라고 생각하는 사람도 있다고 합니다. 느긋하게 맹장지 앞에 서서 문이 열리기를 기다렸는데 언제까지 서 있어도 문이 열리지 않아 이상하게 생각하면서다다미 위에 가만히 서서 초조하게 기다린 다이묘가 있다는 이야기.설마……

우리 야규 쓰시마노카미는 그런 인간답지 않은 다이묘는 아닙니다. 그 대신, 시종들이 문을 여는 것이 늦으면 손을 내밀어 여는 대신 걷어차서 여는 격한 성격의 소유자. 동생인 이가 망나니가 어느 정도 연파(軟派)인데 비해 형 쓰시마노카미는 무골일변도의 검술다이묘. 걷어차는 것 같은 발걸음으로 여관의 긴 복도를 지나갑니다. 앞서서 초롱으로 발밑을 밝히는 시종은 떠밀려가듯 빠르게 걸어 마치 달려가는 듯쫓겨 가는 듯…… 그렇게 잇푸 선생의 방 앞에 도착하였습니다.

" 선생, 어떤가."

쓰시마노카미는 고함치듯 말하면서 안으로 들어갔습니다.

"노령으로 긴 여행에 쇠약해지지 말아야 할 텐데……."

도노의 뒤에 두꺼운 깔개를 두 장 들고 온 어린 시종이 서둘러 정면에 그 깔개를 깔았습니다. 그것을 쓰시마노카미, 손가락으로 가리키며 저쪽으로 가 있으라고 따라온 사람에게 눈짓을 합니다. 일동, 허리를 숙여 물러나는 것을 기다려 쓰시마노카미는 잇푸를 향해 앉았습니다. 야규번의 명물, 다도 선생 잇푸. 백 십 몇 살이라는데 어쩌면 백 이십 이상일 수도 있고 자신도 세기 어려워 선생의 나이는 아무도 모릅니다. 팔십, 구십의 노인을 손자취급하고 있으니 굉장한 사람이지요. 야규번의 살아있는 역사, 지금이라면 지사의 잔 같은 건 몇 개나 가지고 있을 지도 모릅니다.

사람도 이렇게 마른 장작처럼 되면 남녀 성별 같은 건 초월하여 뭔가 물체 같은 느낌입니다. 유지를 비벼 만든 것 같은 얼굴로 미소를 지으며 작은 눈으로 쓰시마노카미를 올려다 보고 있습니다. 혀가 움직이지 않습니다. 말을 못합니다. 그래도 얼마 전까지는 귀가 잘 들려 이쪽이 하는 말은 알아들었습니다만 지금은 귀도 안 들리게 된 듯 뭘 말해도 빙그레 웃을 뿐입니다. 눈뿐입니다. 남은 것은. 쓰시마노카미는 조용히 벼루를 꺼내와 종이를 펼치고 글을 쓰기 시작했습니다.

" 선생에게 묻겠소. 고케자루라고 칭하는 가짜가 에도에 다수 나타나고 있어 진품을 알아볼 안표가 필요하오."

몸을 기울여 쓰시마노카미의 손을 보고 있던 잇푸는 고개를 끄덕이며 양손을 내밀었습니다. 종이와 붓을 이쪽으로…… 라는 뜻.

(1934.6.27)

148
요염한 여인 3

어렵사리 잇푸의 왼손에 종이를 쥐어준 쓰시마노카미는 그 나무

뿌리 같은 오른손에 먹을 묻힌 붓을 건넸습니다. 잘게 떨리는 손으로 선생의 붓이 다음과 같은 문자를 쓰기 시작했습니다. 촛대를 가까이 끌어당겨 쓰시마노카미는 옆에서 이상하게 타오르는 눈으로 그 붓끝을 응시합니다. 항아리의 진위를 판별하는 열쇠가 지금 여기에서 명확해지는 것이라 쓰시마노카미, 저도 모르게 진지해졌습니다. 크게 흔들리는 읽기 어려운 문자입니다.

"가짜가 얼마나 나타나든 급소를 구명하면 감별은 용이해진다. 당가에 전해져오는 고케자루 항아리에는……."

잇푸 선생의 붓이 거기까지 움직였을 때! 조급한 발소리가 도노를 찾는 듯 긴 복도를 달려오고 있습니다.

"도노! 여기 계십니까?"

중요한 대목에서 뜻하지 않은 방해가! 쓰시마노카미는 거친 목소리로 장지문밖 복도를 향해 말했습니다.

"지다유(治太夫)인가. 무슨 일인가. 시끄럽게! 지금 선생과 중요한 필담을 나누고 있다. 물러가."

지다유라고 불린 시종이 말했습니다.

"아니, 도노. 급히 드릴 말씀이……."

"에잇, 물러가라고 했다. 그쪽보다 이쪽이 중요하다는데…… 선생 그 다음은 무엇이오?"

쓰시마노카미, 필사적으로 잇푸에게 계속해서 쓰도록 종용했습니다만 노 선생의 붓은 거기에서 그만 멈추고 말았습니다. 멍한 얼굴로 쓰시마노카미를 바라보는 잇푸.

"오오, 그렇지. 아무리 큰 소리로 말해도 말이 통하지 않지. 에잇! 노인들이란!"

"도노, 도노! 화급한 일이 있습니다. 도노, 도노!"

"시끄러워! 이쪽이 훨씬 더 화급하다."

짜증내는 쓰시마노카미, 갑자기 선생의 손에서 붓을 뺏어 먹을 묻히자마자 다다미 위에서 습자 연습하듯 글자를 썼습니다.

" 선생, 그래서 어떻게 되었소? 고케자루 항아리에는 어떤 안표가 있다는 거요?"

엉망진창으로 써 내리더니 붓을 내던집니다. 잇푸 선생은 조금도 움직이지 않습니다. 그리고는 봉지 같은 입으로 작게 하품을 하고는 손을 흔들었습니다. 귀찮은 듯 눈썹을 찌푸립니다.

이제 그만. 오늘은 질렸으니 놓아주고 또 다음 번 기분 좋을 때에…… 그렇게 말하고 있는 것입니다. 안달하던 쓰시마노카미, 소리를 들을 수 없다는 것도 잊고 선생의 귀에 대고 이를 악물고 말했습니다.

"아니, 내가 나빴다. 다다미에 글 같은 걸 써서 선생을 놀라게 한 것은 정말 미안하다."

쓰시마노카미는 선생 앞에서 양손을 짚고 머리를 숙여 열심히 사과했습니다.

"자, 이렇게 사과할 테니 마음을 바꾸어 계속해서 알려주지 않겠나. 조금이라도 좋으니까 진품 고케자루를 알아볼 수 있는 안표란 것을……"

잇푸는 재미있는 연극이라도 보는 것처럼 변함없이 갓난아기 같은 미소를 지으며 연달아 하품을 하였습니다. 이제 싫어. 오늘은 기분이 나지 않아. 나는 이제 잘 거니까 어서 저쪽으로 가줘…… 그렇게 말하고 있는 것 같습니다.

"아, 선생. 제발 소원이니, 부디……."

다른 사람이 머리를 숙이기만 했지 태어나서 지금까지 자신의 머리를 숙인 적은 없는 쓰시마노카미, 필사적으로 납거미처럼 연방 고개를 숙이며 계속해서 사죄하고 있습니다.

(1934.6.28)

149

요염한 여인 4

말이 통하지 않으니 잇푸 선생은 태연합니다.

'이 도노는 무슨 일인지 손을 맞잡고 나한테 절을 하거나 자꾸 사죄를 하고 있으니 정말 이상한 분이시군.'

그렇게 말하는 것처럼 멍하니 쓰시마노카미를 바라보고 있습니다. 다른 사람에게 머리를 숙이는 느낌은 태어나서 처음. 그다지 좋은 건 아닙니다. 쓰시마노카미는 울컥 화가 치밀었지만 화내봤자 상대는 여전히 웃고 있을 게 뻔합니다. 그보다 어떻게든 이 잇푸로부터 고케자루의 진위감정법을 알아내야 합니다. 선생 외에 그것을 아는 사람은 이 세상에 한 사람도 없습니다. 뿐만 아니라 그 중요한 잇푸 선생은 벌써 백 이십이 넘는 노인으로 이번 도카이도여행은 상당히 무리한 여정입니다. 날마다 쇠약해져가 만약 오늘밤이라도 갑자기 죽어버리기라도 하면…… 그렇게 생각하니 쓰시마노카미, 마음이 마음 같지 않습니다. 파랗게 되었다가 빨갛게 되었다가……

"선생, 어떤 소원이라도 들어줄 테니 자, 고케자루의 안표를⋯⋯."

양손을 짚고 이마를 다다미에 댄 순간.

덜컥 하고 문이 열렸습니다. 더 이상 기다릴 수 없게 된 지다유가 도노의 허락을 얻지 않고 문을 열어버린 것입니다.

"도노! 지금 이 여관 앞 큰길에서⋯⋯."

말하기 시작한 지다유, 과연 이게 있을 수 있는 일인지 도노가 엎드려 절하는 현장을 본 것입니다.

"아니 이게 무슨! 아무리 다도 선생이지만⋯⋯."

"무례한 놈! 누가 거기를 열라고 했나!"

추태를 보이고 쓰시마노카미는 창피한 나머지 노발대발 소리 질렀습니다.

"지금 지금 이 방에 선생이 바늘을 떨어뜨렸다고 해서 노인의 일이니 내가 찾아주고 있었던 거다."

바늘은 좀 너무 갔습니다⋯⋯

그 앞에 지다유, 안고 온 항아리를 불쑥 내밀었습니다.

"말씀드립니다. 기사쿠가 빼앗긴 항아리가 돌아왔습니다. 노래 부르는 남자가 숙소 앞에서 기사쿠에게 쫓기며 내던지고 도망갔는데 운 좋게 깨지지 않아서 무엇보다도 다행입니다."

"뭐? 항아리가 돌아왔어? 좋아, 마침 딱 좋을 때다. 잇푸에게 감정하라고 해야겠다."

다부진 팔을 내밀어 덥석 항아리를 집은 쓰시마노카미는,

"선생! 이게 고케자루가 맞는가?"

또 귀가 들리지 않는 것을 잊고 큰 소리로 질타하면서 선생 눈앞에 항아리를 들어보였습니다. 소리는 들리지 않아도 잇푸 선생은 그 의

미를 알아들었습니다. 지금까지 자고 있는 것 같던 눈이 어느새 생생한 빛을 더했습니다. 이 초, 삼 초, 한참동안 항아리의 한 부분을 응시하더니 아무 말 없이 고개를 흔들었습니다. 고케자루가 아니라는 겁니다.

"에잇, 그럴 줄 알았다!"

고함치는 쓰시마노카미, 지다유의 머리를 겨냥해 항아리를 던졌지만 지다유도 보통은 아닌지라…… 닛코수리가 다가옴에 따라 안달하는 도노의 짜증은 언제나 있는 일이라 익숙합니다. 머리를 재빨리 숙여 항아리는 덧문을 맞추고 큰 소리와 함께 가루가 되어 흩어져버렸습니다.

(1934.6.29)

150
요염한 여인 5

동시에 쓰시마노카미는 바로 일어나 재빨리 잇푸의 방을 나섰습니다. 그때, 복도 건너편에서 기사쿠를 선두로 두세 명의 사무라이가 급히 다가왔습니다. 도노의 발아래 무릎을 꿇은 기사쿠가

"유감스럽게도 또 놓쳐버렸습니다. 얼마나 발 빠른 놈인지."

"버려둬. 그런 놈 같은 건. 모두 잘 들어라. 내가 구하는 것은 진짜 고케자루 차 항아리야. 금후 가짜를 가지고 오는 놈은 참형에 처할 테니 그렇게 알도록."

여덟 개나 있었으니 무리도 아닙니다. 닛코는 가차 없이 다가오고 야규 일번의 존망이 오늘 내일 하고 있습니다. 쫓아온 기사쿠는 결연한 목소리로 말했습니다.

"그 남자와 동행한, 샤미센을 타는 수상한 여자를 억류해 두었습니다."

"여자를 잡아 두어봤자 무슨 소용이 있겠나. 천치 같으니!"

토해내듯 말한 쓰시마노카미는 곧 생각을 바꾸어 명했습니다.

"음, 큰 방으로 끌고 와. 내가 직접 물어볼 것이 있다."

"넷, 알겠습니다."

달려 나간 기사쿠는 그대로 넓은 여관 복도를 종종걸음으로 지나 뒤편의 대기실로 갔습니다.

"아무리 이런 여자라도 아무려면 야숙은 못한답니다. 어딘가 숙소를 잡아야겠다고 생각하고 이렇게 여러분께 폐를 끼치게 되었네요. 여관비만이라도 크게 도움이 되었어요. 감사드려요. 네."

많은 사무라이들에게 둘러싸여 담뱃갑을 끌어당기는 오후지. 태연히 앉아 허리띠 사이에서 담뱃대를 꺼내 한 모금 피우고는 훅 하고 길게 내뿜습니다.

"뻔뻔한 사람이군."

기사쿠가 노려보며 말했습니다.

"도노께서 부르신다. 어서 따라와."

"아, 그래?"

오후지는 가볍게 담뱃대를 치우고 일어섭니다.

"얼른 얼른 일어서라는 거지? 오호호호."

에도의 고케자루 소동에 어떤 식으로든 이 여자가 중대한 관계를 가지고 있음에 틀림없을 거라고 생각한 일동, 오후지를 둘러싸고 어전으로 데리고 갔습니다. 초조한 쓰시마노카미. 건장한 몸을 기대자 옻칠한 궤가 삐걱거립니다. 앞에 앉은 오후지를 무섭게 쏘아보며 하문하였습니다.

"에도에서 왔나?"

"시골출신으로 보이나요? 흥."

동석한 사무라이들이 흥분해서

"이봐, 여자! 어느 안전이라고 생각하나. 조심해서 입을 열지 않으면 손봐주겠다."

"아아, 재미있는 녀석이 아닌가. 내버려둬. 그래, 여자, 묻겠네만 도망친 남자는 어떤 놈인가?"

"저, 시나가와에서 처음 만나 천천히 도카이도를 올라가자고 뭐, 이야기가 되어서 함께 다닌 것뿐이예요. 어디의 어떤 사람인지는, 네, 저도 잘……."

"모른다는 건가?"

잠시 뭔가 생각하던 쓰시마노카미, 갑자기 미소를 지으며 말했습니다.

"이봐 여자, 잠시 연극을 해볼 생각은 없나? 내 밑에서."

"아이, 그거야 어떤 것을 하느냐에 달려 있지요. 어차피 세상은 연극 같은 것이니까요. 역에 따라서는 못할 수도 있어요."

"흠, 이건 좀 이야기해야 하는데…… 이봐, 여기는 됐어. 저쪽으로!"

쓰시마노카미, 늘어앉은 가신들에게 가볍게 턱을 치켜들었습니다.

(1934.6.30)

151

덤불속 백호 1

간단한 것을 복잡하게 한다. 멍청한 제도, 안이 부패한 조직을 무리하게 유지해 가려면 이것보다 좋은 방법은 없습니다. 형식, 의례의 존중이라는 것은 여기에서 생기는 것입니다. 시대를 건너뛰어 보면 정말로 무용한, 무용할 뿐 아니라 웃긴다고밖에 생각되지 않는 의례나 형식이라도 당시 그 사회에서 생겨나 그 속에서 호흡하고 있으면 전혀 부자연스럽지 않게 그대로 받아들여질 수 있을 겁니다. 제도, 조직의 힘이 거기에 움직이고 있기 때문입니다. 가령, 이 차 항아리라는 것. 차를 넣은 항아리라고 해버리면 그뿐인 물건이지만 이것을 우지의 차 장인에게 보내서 차를 채워서 가지고 온다고 하는 절차가 대단한 것입니다. 항아리 주인인 다이묘와 똑같은 격식을 갖춰 우지로 갔다가 돌아오는 것입니다. 일만 석은 일만 석, 십만 석은 십만 석의 권위를 가지고 차 항아리가 가도를 왕래합니다. 창을 세우고 기타 제도구를 늘여놓은 행렬, 가마 안에는 다이묘가 아니라 차 항아리님이 하나 떡 하니 타고 있다고 합니다. 기마, 도보의 경호무사가 항아리를 둘러싸고 엎드려, 엎드려……! 평민은 모두 땅바닥에 엎드려 항아리 한 개를 환송해야 합니다.

첫날은 시나가와 마쓰오카야가 숙소입니다.

"자, 축의금이 나오니까 이렇게 편한 여행이 없다. 천천히 가자."

이렇게 말하며 함께 온 사람들을 돌아본 사람은 이시카와 사콘쇼겐의 중신으로 다케다 모모씨. 닛코공사일에서 빠질 수 있도록 뇌물을 가지고 야규번 에도가로 다마루 몬도노쇼를 찾아온 그 사람입니다. 이번에 그 이시카와의 차 항아리가 우지로 가게 되어 다케다가 인솔자가 되어 지금 에도를 출발하려고 합니다. 여행가기 좋은 계절. 아침 일곱 시에 간다 렌자쿠초(神田連雀町)에 있는 이시카와 저택을 출발한 일행은 이제부터 쉰 세 차례에 걸쳐 각각의 숙소에서 항아리 숙박을 하며 가야 합니다. 숙소에서는 축하의 뜻으로 진수성찬이 나오거나 기념선물이 일행 앞에 산처럼 쌓이거나 합니다. 부수입을 밝히는 일동은 벌써부터 매우 기뻐합니다. 며칠이나 여행을 계속하며 오이소에서 오다와라에 들어가면 소위 하코네식 주효가 나옵니다.

다케다일행은 아주 좋은 기분으로 하코네를 지나 누마쓰(沼津)로 향했습니다. 누마쓰의 명물은 미꾸라지탕입니다. 시나가와에서 열세 번째 숙소입니다. 미시마에서 내려와 누마쓰로 들어가면,

"대단하군, 오른쪽에 보이는 것이 후지산, 왼쪽은 다고노우라(田子の浦)군. 절경이구나."

항아리 행렬은 센본마쓰하라(千本松原)를 지나가며 잠시 휴식. 따라가는 무사들은 소나무 뿌리나 돌 위에 앉아 근처의 절경을 질리지도 않는지 보고 있습니다. 경호대장 다케다도 편안한 기분이 되어 가마 옆 걸상에 앉아 쉬면서 담배를 꺼내 한 모금 맛봅니다. 그때였습니다. 죽 늘어선 소나무 맞은편에 덤불이 무성한 곳에서 하얀 기둥 같은 것이 슥 하고 일어섰습니다. 하지만 아무도 눈치 채지 못했습니다.

"자, 잠시 쉬었으니 슬슬 출발해 볼까?"

다케다가 손바닥으로 담뱃대를 두드려 재를 떨었습니다.

(1934.7.1)

152

덤불속 백호 2

사랑을 양보하는 마음만큼 비참한 마음은 없습니다. 그렇다면 지금 단게 사젠만큼 어두운 마음도 또 없겠지요. 산보시 강의 어부, 로쿠베의 집에 하기노와 겐자부로를 함께 두고 새벽녘 희미한 어둠 같은 마음을 안고 떠난 사젠. 아아 이제는 다 싫다, 시끄러운 일은…… 뜻밖에 오후지와 같은 심경이 되어버렸습니다. 세상을 버리고 싶은 단게 사젠…… 사젠이기 때문에 그 버리는 방법도 조금 다릅니다.

"나 혼자만의 힘으로 어떻게든 고케자루를 발견하는 거다. 처음에 요키치가 훔쳐낸 것을 야스가 낚아채 도망가고 그리고 내 품에 떨어졌으니 그 최초의 항아리야말로 진짜 고케자루임에 틀림없다. 그런데 그것이 어느새 돌고 돌아 그 수를 헤아릴 수도 없는 가짜가 나타나니, 고케자루는 지금 어디에 있는 걸까? 이렇게 되면 천하의 차 항아리라고 불리는 차 항아리는 모조리 손에 넣는 거다. 그러려면 우지를 오르내리는 차 항아리행렬을 노려서…… 음! 어떤 다이묘의 항아리에도 동반하는 사무라이가 많이 있을 거니까 오랜만에 나도 이 누레쓰바메도 마음껏 날뛰어도 된다는 거지. 이 몸이 괜찮은 생각을 했는데!"

빙긋이 웃은 사젠, 보는 대로 항아리 행렬을 덮쳐 칼로 베고 베고 또 베어, 그리하여 결국 하기노를 포기한 슬픔을 잊으려는 것입니다.

여행에 나선다고 해서 특별히 준비하는 것은 없습니다. 언제나 그런 것처럼요. 땀과 먼지에 더럽혀져 여기저기가 누렇게 된 하얀 옷에 닳아서 해어져 심이 나오려 하는 하카다 허리띠를 매고 그에게 있어서는 아내와도 같은 예의 누레쓰바메를 차고…… 팔짱을 끼는데 애초에 팔이 하나밖에 없기 때문에 오른손을 소매 속으로 넣기만 하면 됩니다.

"항아리는 어느 다이묘의 것이라도 괜찮으니까."

아아, 사람을 베고 싶어 못 견디겠다는 얼굴로, 어슬렁어슬렁 가는 거라 여행객들은 모두 그를 피해 옆으로 지나갑니다. 옆에 와 짖는 것은 들개들뿐입니다.

"내 몸에서 붉은 피 냄새가 나나 보군. 후후후, 개들이 짖는군, 짖어. 야, 야, 짖어라! 더 짖어라!"

유령 같은 모습으로 잠은 길가 작은 불당에서 자거나 절의 마루 밑으로 기어들어가거나 하면서 가다보니 가도 건너편에 우지로 올라가는 이사카와 사콘쇼겐의 항아리가 보였습니다. 많은 수의 발이 먼지바람을 일으키며 한 무리가 되어 가는 것을 멀리 뒤에서 바라본 단게 사젠.

"오오, 드디어 하나 만났군."

사젠은 걸음을 재촉하여 앞서거니 뒤서거니 하며 행렬에 따라붙었습니다. 이윽고 누마쓰를 빠져나간 사젠, 여기에서는 먼저 가서 행렬이 오는 것을 기다리기로 했습니다. 이름 하여 센본마쓰하라. 가게를 열기에는 안성맞춤인 배경이라고 생각하며 사젠은 버스럭거리는 덤불을 헤치고 소나무 안으로 나아갔습니다. 마치 친구와 이야기라도 하러 가는 모습입니다.

괴상한 떠돌이 무사가 나타났군. 가만히 멈춰 서서 이쪽을 보고 있던 다케다에게 경련이 일어날 것 같은 미소를 띠고 말을 걸었습니다.

"어느 분의 항아리인가? 아니, 누구의 항아리라도 상관없어. 하나,

개시다. 위세 좋게 죽어주지 않겠나."

왼손은 여전히 품속에 넣어둔 채입니다. 단게 사젠, 부탁하듯이 그렇게 말했습니다.

(1934.7.2)

153

덤불속 백호 3

마음 가는 대로 검을 움직이는 단게 사젠. 이럴 때의 사젠은 평소와 사람이 완전히 달라집니다. 평상시에는 석탄 찌꺼기 같이 사람을 대할 때 텅 빈, 말없이 이상한 외눈만 빛내고 있는 남자지만…… 허리의 누레쓰바메에 재촉 받아 사람을 베고 싶다, 사람을 죽이고 싶다! 하며 바작바작 목구멍이 마르는 것 같은 기분이 되었을 때의 단게 사젠은 다릅니다. 아주 상냥하고 부드러운 사람이 됩니다. 밀랍 같은 하얀 볼에 살짝 홍조가 어리며 계속해서 입술을 핥는 것은 무슨 징조일까요?

"아아, 모처럼 이 누레쓰바메가 여기까지 뒤를 쫓아 왔으니."

사젠이 허리에 찬 칼을 왼손으로 두드리자 차랑! 하고 칼집 속에서 칼이 울었습니다.

"이 누레쓰바메에게 헛수고를 시키고 싶지 않아."

지금까지 몇 십 명이나 죽여 온 사람의 기름이 한꺼번에 분출하는 것 같은 묘하게 끈적끈적한 어조입니다. 꿈이라도 꾸는 듯 몸을 앞뒤로 살짝 흔들며 서 있습니다.

"미친놈이 아닌가!"

다케다는 내뱉듯이 말하며 항아리 행렬을 향해 돌아섰습니다.

"신경 쓰지 마. 뭐야, 이 센본마쓰하라에 백주대낮에 저런 도깨비가 나올 줄이야! 물러서, 물러서!"

사젠을 노려보며 그대로 걸어가기 시작합니다. 가마는 조용히 바닥에서 들어 올려져 삐걱거리며 흔들거립니다. 젊은 사무라이가 좌우로 세 사람씩 따라붙어 마치 주군인 이시카와 사콘쇼겐의 여행을 수행하고 있는 것 같이 엄숙한 모습입니다.

사젠은 무엇을 하고 있을까요? 멀리 바다 저편을 바라보는 것 같은 외눈. 왼손을 허리띠에 찔러 넣고 발은 살짝 올려서 번갈아가며 정강이를 문지르는 걸 보니 벌레에라도 물렸나 봅니다. 살짝 건드리면 넘어질 것 같습니다.

경호하는 무사들이 재미있어 하며 조롱합니다.

"아무리 농공상 위에 무사가 있다지만 저런 꼴이어서야 모양이 안 나지."

웃으며 지나치면서 툭 하고 사젠의 가슴을 쳤습니다. 사젠은 아무 말 없이 웃으며 비틀거렸습니다.

"이봐, 실성한 양반. 행렬에 끼어들면 방해가 된다고."

다른 한 사람도 그렇게 말하며 뒤에서 쿡 찌릅니다.

"그래도 칼을 두 개나 차고 웃기는 군."

손 하나가 왼쪽에서 사젠을 냅다 밀칩니다.

"우하하하하, 대나무 두 개 차고 있으니 말린 정어리 아닌가."

또 하나의 손이 오른쪽에서 사젠을 다시 밀어버렸습니다.

"미치광이도 여자라면 벚꽃가지라도 들고. 이거 연극에 자주 나오는 거지만 미친 사무라이로는 정취가 없지."

"이래도 옛날에는 어느 번에서 사관을 한 적도 있었을 텐데⋯⋯ 불쌍하게도."

동정어린 말을 중얼거리며 가는 놈도 있습니다. 일동은 전후좌우에서 사젠을 찔러가며 하얀 모래를 밟고 지나쳐 갑니다. 맨 뒤에 서 있던 까맣고 입이 큰 사무라이가

"에잇! 바보 같은 놈, 비켜!"

흔들거리는 사젠을 지나가면서 발을 들어 허리를 툭! 찼습니다.

허공을 바라보던 사젠, 버티지 못하고 모래위에 엉덩방아를 찧은 채 행렬이 멀어지는 것을 가만히 보았습니다. 길고 긴 센본마쓰하라에 창이 빛나고 가문의 문장에 파도소리가 얽혀 점점 작아져 갑니다. 그림처럼⋯⋯

"우후후!"

콧방울을 실룩이며 웃은 사젠, 모래를 털어내고 일어섰습니다.

(1934.7.3)

154

덤불속 백호 4

그 마쓰하라도 거의 다 빠져나올 즈음, 아까 사젠을 마지막으로 차고 온 까만 사무라이.

"아니, 그때 나는 이건 순서가 다르다고 사카키바라(榊原)에서 말하지 않았냐. 아무리 양자라지만 그렇게까지 배려할 필요는 없다고 생각하는데…… 뭣보다 상대가 상대니까."

한창 동료에 대한 이야기 중입니다. 나란히 가는 연두색 하오리를 입은 마흔 남짓한 사람과 이야기를 나누고 있습니다. 그때, 갑자기 뒤에서 인기척이 났습니다. 무심코 돌아보니 바로 뒤에 아까 본 볼품없는 거지무사가 해어진 신발로 날아오는 듯 쫓아오고 있었습니다.

"이 자식, 어느 틈에?"

씹어 먹을 듯 노려보는데 그 백의의 떠돌이무사는 평온한 얼굴로 바싹 붙어 쫓아오고 있습니다.

"이봐, 적당히 하라고. 보니 자네도 망한 사무라이 같은데 아무리 미쳐도 부질없는 장난은 그만두는 게 좋을 거네."

연두색 하오리도 말합니다.

"뭐, 괜찮겠지. 저런 자는 상관 말게. 아까 사카키바라문제 말인데 본인의 심정은 대체 어땠을 거 같나."

두 사람 모두 사젠은 안중에도 없습니다. 세상 이야기를 이어가면서 다시 걸음을 재촉하려는 순간. 바로 뒤에서 쉰 목소리가 들렸습니다.

"심정이라고? 우후후후. 내 심정을 보여줄까?"

다른 사람의 이야기에 끼어든 사젠, 두 사람을 헤치고 안으로 들어옵니다.

"시끄러워! 에잇! 끝도 없는 놈이잖아."

짜증이 난 까만 무사, 돌연 은빛이 가로로 번쩍인다 싶더니 칼을 뽑아 사젠을 겨냥합니다.

"오오오옷! 위험해, 위험."

사젠, 처음으로 소리를 냈습니다. 유쾌해서 견딜 수 없다는 듯 웃고 있습니다. 하지만 여전히 손은 품속에 그대로.

"뽑았군, 뽑았어. 이봐, 일단 칼을 뽑은 이상, 그대로 집어넣을 순 없겠지. 싫어도 단게 사젠, 상대해주지 않을 수 없군."

볼을 실룩거리며 얼굴을 비스듬히 내밀어 상대를 보면서 천천히 왼손을 꺼냅니다. 동시에 사젠, 깜짝 놀랄 정도로 크게 하품을 했습니다.

"아함! 그래, 생각났어. 둥근 원에 한 일자라면 이시카와가문이군. 음 이시카와 사콘쇼겐이라……."

사젠이 하품을 하는 것은 왕성한 검마의 살기가 치밀어 오르기 때문입니다. 하지만 상대는 그렇게 위험한 인물이라고는 전혀 몰랐습니다.

"미친 놈 주제에 무슨 말을 하는 거냐. 그냥 베어버려!"

한 칼에…… 하고 생각했는지 기세 좋게 정면에서 내리쳤습니다. 하지만 이상하군요. 사젠은 언제 빼들었는지 그리고 언제 베어버렸는지 그저 왼손을 왼쪽으로 돌리는 것 같았는데 이미 허리의 누레쓰바메는 칼집만 남아 있습니다. 그 칼집 끝에 가늘고 긴 삼각형 구멍이 검게 나있고 칼은 이미 사젠의 손에 들려있습니다. 그보다 누레쓰바메에서 한 줄기 핏줄기가 칼날을 타고 내려와 하얀 모래에 떨어졌습니다. 어떻게 된 일일까요? 검고 입이 큰 사무라이가 배를 끌어안고 모래위에 앉은 채 움직이지 않습니다. 한 칼에 몸에 구멍이 난 것입니다.

"어이! 돌아와, 돌아와! 불한당이닷!"

연두색 하오리가 앞서 가는 행렬을 향해 외쳤습니다.

(1934.7.4)

155

덤불속 백호 5

긴 행렬의 선두에 서있던 다케다 뭐라든가 하는 사람. 뒤에서 사람이 쓰러지는 소리가 들려와도 처음에는 그렇게 큰일이라고 생각하지 못했습니다.

"중요한 용무다. 싸움은 피하라고. 피해!"

동료들끼리 싸우는 거라고 생각한 것입니다.

두세 명의 젊은 사무라이들을 데리고 모래바람을 일으켜가며 후미로 달려가 보니 이미 대여섯 명의 동료들이 물가나 소나무뿌리에, 몇 명은 웅크리고 몇 명은 괴로워하며 뒹굴고 있었습니다. 연두색 하오리를 입은 한 사람은 당황하여 허둥대면서 바다로 달려가다 넘어졌는지 얕은 물가에 나자빠져 죽어 있었습니다. 죽은 사람의 평화로운 얼굴을 스루가만의 파도가 어루만지고 있습니다.

"다케다씨, 다케다씨! 아까 그 마른 떠돌이입니다."

"이야, 놀랐어. 그 대단한 실력이라니. 눈 깜짝할 사이에 이렇게 만들어 놓았어."

"그런 솜씨는 본 적도 들은 적도 없네."

일동, 입을 모아 떠들었는데 그건 그렇겠지요. 놀라지 않는 게 오히려 이상하지요 어쨌든 상대가 단게 사젠 아닙니까?

하지만 이렇게 되어도 다케다는 자신이 지금 이 센본마쓰하라에서 목숨을 잃어버리게 되리라고는 꿈에도 생각하지 못했습니다. 생각을 못하니 자신만만하게 검륜 속 사젠에게 호통을 치기 시작했습니다.

"이런 고약한 놈 같으니라고! 이사카와님의 항아리행렬을 공격하다니 죽음이 두렵지 않으냐? 거기서 움직이지 마!"

움직이지 말라고 해봤자 항아리를 차지하지 않은 이상 사젠이야말로 움직일 생각이 없습니다. 수십 명의 이시카와 가신들에게 둘러싸인 단게 사젠은 손잡이까지 피로 더럽혀진 누레쓰바메를 왼손에 꽉 쥐고 잠든 듯이 가만히 있습니다. 가슴은 풀어헤치고 옷자락은 흐트러진 여성용 화려한 나가주반에 부드러운 바닷바람이 불어옵니다. 어느새 맨발이 되어 벗은 짚신을 허리띠 사이에 끼워놓고 당장이라도 쓰러질 것처럼 흔들거리며 서 있는 모습은 왠지 기분 나쁘긴 해도 겉보기엔 약해 보입니다. 조금 전에 이 사람들을 베어 죽인 사젠의 움직임을 만약 다케다가 봤더라면 조금이라도 경계를 하고 또 달리 취할 수단도 있었을 테지만 행렬 선두에 있느라 아무 것도 모릅니다. 사젠의 사젠다운 점을……

쓰러진 동료는 너무 당황한 나머지 실수로 자기 편 검에 당했겠지 정도로 생각한 다케다 모는, 동료의 조심하라는 소리를 뒤로 하고 갑자기 발도하여 사젠 앞으로 나갔습니다.

"호오, 그렇게 죽고 싶다면……."

사젠은 그렇게 말하며 희미하게 웃었습니다. 그리고 아랫입술을 내밀고 후후 하고 숨을 내쉬는 군요. 얼굴에 늘어진 머리가 방해가 되었기 때문이지요. 다케다의 존재 같은 건 전혀 안중에도 없는 듯 언제까지나 머리카락을 불고 있을 뿐입니다.

"지옥으로 가랏!"

낮게 으르렁거린 사젠은 나무젓가락을 벌리듯 두 개의 가는 발을 교차하며 상체를 옆으로 젖혔습니다. 다케다의 오른쪽 어깨에서 왼쪽 허리에 걸쳐 하얀 섬광이 번쩍 합니다. 그것으로 끝. 으스대던 얼굴 그대로 모래투성이가 되어 두세 번 굴러간 다케다의 시체. 일동은 소리 지르며 흩어졌습니다.

(1934.7.5)

156
덤불속 백호 6

이상한 미소를 띤 사젠, 쫓아가며 타타타 모래를 차올리는 가 싶더니 또 한 사람, 두 사람, 뒤에서부터 베어갑니다. 얕잡아본 상대에게 이렇게 신을 닮은 검술실력이 있을 줄이야! 이시카와 사콘쇼겐의 가신들은 하얀 모래사장에 깨를 뿌려놓은 듯 여기저기 쓰러져 있습니다. 인솔자인 다케다가 피를 뿌리며 쓰러졌기 때문에 이제 항아리가 있는 곳에는 아무도 없습니다. 섬세하게 옷칠한 가마가 모래투성이가 되어 넘어져 있습니다. 달려간 사젠은 빙긋이 웃으며 이게 그 항아리군 하고 생각합니다. 손에 든 누레쓰바메로 가마의 미닫이문을 부수고 비단보자기에 싼 차 항아리를 칼끝으로 끌어냈습니다.

이시카와 사콘쇼겐이 자랑하는 여송시대에 전래된 차 항아리입니다. 누레쓰바메를 모래에 꽂아두고 사젠은 하나뿐인 왼팔과 이를 사용하여 보자기의 매듭을 풀었습니다. 나온 것은 붉은 끈으로 묶여진 차 항아리. 하지만 찾고 있던 고케자루와는 전혀 다릅니다. 사젠은 그다지 실망하지 않습니다. 이것이 고케자루가 아니라는 것은 처음부터 알고 있었습니다. 이렇게 우지의 차 장인에게 오가는 다이묘의 항아리를 몽땅 덮치는 사이에 우연히 누군가의 손에 들어간 진짜 고케자루를 만날 수도 있다. 이것이 사젠의 계획입니다. 뭐라도 좋아, 항아리만 보이면 탈취하는 거다. 오늘의 그 첫 번째 시도.

푹 졸인 것 같은 하카다 띠에 사젠은 휴대용 문방구를 넣어두었습니다. 그걸 꺼내고 다음으로 품속에서 종이를 반으로 접어 만든 장부를 꺼냈습니다. 표지를 보니 사젠일류의 휘어진 듯 품격 있는 글씨로,

기원 항아리 백 개 모으기
교호(享保)―년 칠월 길일

이라고 쓰여 있습니다. 다이묘의 차 항아리 행렬을 공격하여 지금부터 백 개의 항아리를 모으겠다는 것 같습니다. 칠월 길일이라고 되어 있지만 칼에 베어 죽는 쪽에서 보자면 아무리 생각해도 그다지 길일은 아닙니다. 이것은 그 첫 번째 줄.

한쪽 무릎에 장부를 놓은 사젠, 첫 번째 페이지를 폅니다. 이럴 때는 팔이 하나인 것이 정말 불편합니다. 문방구를 모래위에 놓고 붓을 왼손으로 잡아 먹을 듬뿍 묻힌 뒤 써내려가기 시작합니다.

이시카와 사콘쇼겐 항아리 하나. 모모시오(百潮)라는 이름 있음
슨슈(駿州) 센본마쓰하라에서.

그리고는 항아리를 들고 밀려드는 파도에 텀벙 던져 버리고는 뒤도 돌아보지 않고 터벅터벅 걸어갑니다.

"모모시오, 백 개의 물결이라니 바다로 돌아가는 게 좋겠지."

백 개의 항아리를 모으는 동안 어떻게든 진짜 고케자루가 나타날 거라고 사젠은 정말 믿고 있는 걸까요? 그건 아무래도 좋습니다만. 차 항아리라는 것에 대해 망집을 품기 시작한 단게 사젠, 항아리를 손에 넣기만 하면 되는 겁니다. 아니, 누레쓰바메를 사람의 피로 씻어내기만 하면 되는 겁니다. 사젠은 표표히 떠나갔습니다.

(1934.7.6)

157
덤불속 백호 7

도카이도의 가도에 백의를 걸친 무서운 실력을 가진 로닌이 잠복해 있다가 갑자기 길가 덤불속에서 뛰쳐나와 그것도 기묘하게 차 항아리 행렬만 노린다는 소문이 돌면서 사람들이 그를 일러 덤불속 백호라 하였습니다.

이 소문이 숙소가 모인 거리거리마다 퍼져 사람들은 모두 두려워하던 때였습니다.

"스루가에 나타났다가 우쓰노야마로 갔다는 군. 담쟁이덩굴, 단풍나무는 무성해서 길이 좁고 어두워 수행자를 만나기 쉬워. 그런 길은……."

이세모노가타리[43]의 한 소절 같습니다. 이 우쓰노야토게(宇津谷峠)에서 만난 것은 수행자라서 괜찮다는 이야기입니다.

아베카와를 서쪽에서 넘으면 오른쪽에 기다란 띠 같은 산이 연달아 이어지는 모습을 볼 수 있는데 하코네 서쪽의 유명한 우쓰노야토게가 이것입니다. 산의 기세가 흘러내려 다카쿠사야마(高草山)가 되고 바다와 아주 가깝습니다.

우지의 차 장인으로부터 돌아오는 길, 차를 가득 채운 항아리를 여느 때와 같이 가마에 태우고 많은 사람들의 수호 속에서 지나가는 것은 호리구치 다지마노카미의 항아리 행렬입니다. 에도저택을 향해 가고 있습니다.

"무슨, 이 정도의 사람들이 모여 있는 곳에 그 덤불의 백여우라는 놈이 나타날 리가……."

큰 소리로 이렇게 이야기하는 사람은 일행 중 한 명인 머리가 벗겨진 사십 오륙 세 정도의 사무라이입니다.

"백여우가 아니라 백호야."

한 사람이 정정하고,

"아니 어느 번이라도 항아리 수호는 소홀히 할 수 없지만 그래도 소문에 의하면 상당히 당했다더군. 오카모토님, 이노우에님, 이들도 모두 항아리를 빼앗기고 더군다나 적지 않은 인명을 잃었다는 거야."

"뭐라고? 아무리 실력이 대단하다고는 해도 상대는 떠돌이무사 한 사람, 그렇게까지야……."

---

43 최초의 우카모노가타리(노래로 된 이야기). 아리와라노 나리히라로 추정되는 한 남성의 일대기를 그리고 있다.

또 다른 한 사람이 이렇게 으스대듯 말할 때였습니다. 바로 뒤에서 쇠 긁는 것 같은 목소리가 들려왔습니다.

"하코네를 넘으면 바로 여기지. 하코네에서 저기 에도 사이에 괴물은 없으니까."

깜짝 놀라 돌아본 일동의 눈에 비친 것은 방금 일행이 지나온 길가 커다란 삼나무, 그 삼나무가지 사이에서 빙글빙글 웃으며 이곳을 보고 있는 외눈외팔의 사나이였습니다. 호랑이도 제 말 하면 온다더니 호랑이가 나타났습니다.

그 후 눈 깜짝할 사이에 우쓰노야토게의 산길에 피어난 풀은 사람의 피로 흠뻑 젖었습니다. 그리고 단게 사젠의 수첩〈기원 항아리 백 개 모으기〉에는 호리구치 다지마노카미 항아리, 이름 시노노메, 우쓰노야토게에서…… 라고 한 줄이 늘었습니다. 이것은 몇 번째의 항아리인지 알 수 없습니다.

일. 아키모토 아와지노카미 항아리, 이름 후쿠로쿠쥬(福禄寿), 히사카여관 앞 기쿠가와에서

일. 오타키 이키노카미 항아리, 이름 가스가노노(春日野).

일. 후지타 겐모쓰……의 경우에는 이건 빈 항아리를 들고 우지로 가는 여행이었는데 저녁 무렵, 마루코여관에 다다를 즈음, 안개처럼 엄습하는 저녁어둠에 아무도 눈치 채지 못하고 있다가 당황한 한 사람의 고함에 정신을 차렸지만 언제 잠입했는지 사젠이 행렬에 들어와 발맞추어 함께 걷고 있었습니다. 후지타 대대로 내려온 마쓰노시타쓰유(松の下露)라는 이름의 옥항아리가 이때 깔끔하게 탈취된 것은 말할 것도 없습니다. 하지만 기원한 백 개까지는 아직 몇 개나 남아 있습니

다. 사랑의 슬픔을 잊으려 가도에서 미친 칼을 휘두르는 단게 사젠.

(1934.7.7)

158
산길 사십 리 1

에도에 도착한 야규 쓰시마노카미일행. 아자부 린넨지마에의 에도 저택에서 마중나온 가로 다마루 몬도노쇼를 흘깃 본 쓰시마노카미는

"몬도노쇼! 공의의 정으로 이름도 없는 항아리에 비밀지도를 봉해 저택의 정원구석에 대금을 묻었다니, 자네 그쪽 생각대로 놀아난 게 아닌가."

하고 호통을 쳤습니다. 매보다 예리한 야규 쓰시마노카미, 과연 쇼군과 구라쿠와 에치젠노가미가 짠 계략을 이야기를 듣기도 전에 훌륭하게 간파한 것입니다.

"송구하오나 그 구라쿠노인으로부터 넌지시 설명을 들었습니다. 닛코는 다가오는데 고케자루는 찾지 못하여 당가에 있어 위급존망의 경우라, 그리하여 이 정원 구석에 묻어놓은 금은을 파내어 급한 일에 쓰는 것이 득이라고 생각되어……."

쓰시마노카미는 불쾌한 듯 입을 다물고 있습니다. 이것은 몬도노쇼가 말한 대로 쇼군 요시무네의 생각이라 하여도 닛코를 핑계 삼아 숨겨져 있는 금을 사용하게 하려는 것이 목적. 고케자루가 없으면 일본 제일의 빈궁한 번에 큰돈이 드는 닛코공사를 시켜 야규가를 무너

뜨린다는 것은 결코 본의가 아닐 겁니다. 야규인들 없는 소매가 흔들리지는 않으니 거기에서 어떤 소동이 벌어지지 않는다고 단정할 수는 없습니다. 너무 괴로운 나머지 난폭해져서 천하의 화근이 될 수도 있습니다. 그래서 이제 와서 구원의 손길을 내미는 것입니다.

이것은 구라쿠노인과 오오카 에치젠노카미의 헌책. 제아무리 완고한 쓰시마노카미라도 이 경우, 이것을 고케자루에 의해 얻은 것처럼 가장하여 파내지 않을 수 없습니다.

"언제나 그렇지만 쇼군의 배려는 용의주도하시군. 감사하기 이를데 없다."

고소를 머금으며 중얼거린 쓰시마노카미는 낮은 목소리로,

"그런데 다마루, 진품 고케자루는 아직인가?"

"넷, 워낙 가짜만 나와서…… 언제 어디에서 뒤섞여서 누구의 손에 들어갔는지 전혀 행방을 모릅니다. 정말로 유감천만이지만 소인의 생각에 고케자루라는 것은 이미 세상에 없는 것은 아닐까 하고……."

"뭐라고? 이미 세상에 없어?"

분노한 쓰시마노카미가 늙은 가로를 노려봅니다. 이때,

"어머나, 도노사마, 여기 계셨어요? 어? 이 노인네는?"

드센 여인의 목소리가 옆의 장지문을 열고 에도저택의 주종이 앉아있는 자리로 들어왔습니다. 사람을 사람으로 생각하지 않는 말투에 몬도노쇼는 깜짝 놀라 올려다보니 오후지! 라는 건 원래부터 몬도노쇼는 모르는 일이고.

버섯모양으로 머리를 올려 묶고 붉은 입술에, 쓰시마노카미의 측근시녀복장을 하고 있지만 말투나 태도는 샤쿠토리 요코초의 오후지 누님 그대로입니다. 그런 여자가 이쑤시개를 물고 쑥 들어와 상전 옆

에 찰싹 붙어 앉으니 얼마나 기묘한 조합인지요. 다마루노인이 놀란 것도 무리는 아닙니다.

"도노, 이 여자는 도대체…… 여행의 위안이라 해도 아무래도 좀 보기 괴로운……."

"아니, 그런 게 아니다. 제멋대로 자란 여자 예인이다. 내게 생각이 있어서 이렇게 포로로 잡아두고 있다. 첩 같은 건 절대 아니다. 안심해, 안심해."

"호호호, 다이묘의 첩 같은 거 그런 굴욕적인 일은 제 쪽에서 거절이에요. 노인장, 안심해요. 뭘 그렇게 놀란 얼굴을 하고 있담?"

(1934.7.8)

159

산길 사십 리 2

쓰시마노카미는 문득 생각이 난 듯 물었습니다.

"겐자부로는 어떤가."

"네, 그것이, 그, 실은……."

몬도노쇼는 말을 머뭇거립니다.

"때때로 서면으로 상신한 대로 시바 선생 생전부터 쓰마코이사카 도장에 용이하지 않은 음모가 있어……."

"아니, 그건 들었다, 들었어. 그 후 어떻게 되었는지 그것을 묻는 거다."

"어디까지나 겐자부로님을 배제하고자 하는 일당의 음모로 겐자부로님은 전부터 행방불명이 되셔서……."

그걸 알면서 왜 수수방관하고 있는가? 고다이노신을 비롯하여 실력 있는 자를 골라 내보냈는데. 그보다 겐자부로를 수행한 아사카 겐신사이, 다니 다이하치 등은 도대체 뭘 하고 있는가! 하고 덮어놓고 호통을 칠 거라고 생각한 몬도노쇼, 목을 움츠리고 지금이라도 벼락이 떨어지는 것을 기다리고 있습니다.

그런데 웃는 겁니다, 쓰시마노카미가. 어깨를 흔들거리며 배를 붙잡고.

"핫핫핫, 아니, 걱정마라. 그 겐자부로라면 자기 몸 하나 지키지 못할 놈이 아니다. 특별히 겐신사이도 붙어 있고. 시바도장의 일은 겐자부로에게 맡겨두면 된다. 사위로 간 이상, 이른바 그의 집안 분쟁이 아닌가. 그 정도도 처리 못해서야 이 쓰시마노카미의 동생이라고 할 수 없지. 아하하하하."

화통한 웃음을 머리에서 받으며 몬도노쇼는 한숨 돌렸습니다. 여전히 배포가 큰 도노사마라고 신뢰하는 마음이 눈물과 함께 솟아나오고 있습니다.

갑자기 쓰시마노카미는 먼 곳을 바라보는 듯 하더니,

"어디에 있을까, 겐자부로는. 이 형이 온 것도 모르고 있겠지. 몸은 괜찮은지, 별일 없는지……."

비할 데 없는 형제의 정입니다. 하지만 쓰시마노카미는 그것을 뿌리치듯 다시 몬도노쇼에게 말했습니다.

"맞춰볼까?"

"무엇을, 말씀이십니까?"

"우에사마가 밤사이에 이 저택 구석에 묻어놓은 금액…… 자, 아마도 닛코수리에 딱 필요한 만큼만. 그보다 백 냥 더 많지도 않고 또 백냥 더 적지도 않을 거다."

"어쨌든 그런 것이라면 그 구라쿠노인이 하는 일이니까요."

몬도노쇼는 처음으로 미소를 지었습니다.

"다마루, 우에사마께 닛코 돈을 받다니 정말 수치스러운 일이다. 하지만 우리 번에 돈을 쓰게 하려고 그 돈을 공들여 몰래 정원 구석에 파묻어둘 수밖에 없게 된 것은 도쿠가와로서도 체면이 깎이는 일이지."

몬도노쇼는 깜짝 놀라

"이거 도노!"

하고 입으로 제지하면서 눈은 날카롭게 옆에 앉은 오후지에게 향했습니다. 그의 경계를 보고 오후지가 빙긋 웃었습니다.

"흥, 내 앞에서 윗전의 욕을 한다고 해서 그렇게 조심할 필요는 없어요. 쇼군님이든 외눈외팔의 떠돌이무사든 사무라이의 욕이라면 이쪽에서 먼저 하고 싶은 정도니까요."

"이런 여자다."

쓰시마노카미는 유쾌한 듯 웃으며 몬도노쇼에게 말했습니다.

"벳쇼 시나노(別所信濃)에 빨리 내 도착을 알리는 게 좋을 거다."

(1934.7.9)

160

산길 사십 리 3

겐나(元和)2년 이에야스가 슨푸에서 죽자 처음에 구노잔(久能山)에 매장했다가 뒤에 이장의식을 통해 그해 가을부터 다음해 봄에 걸쳐 현재의 자리에 건립한 것이 다이유묘(大猷廟)를 비롯한 닛코의 고건축물입니다. 그것이 겐나조영. 그 뒤 새로 간에이(寛永)에 대대적으로 개조하여 대체로 지금 보는 것 같은 아주 아름답고 장중한 건물이 되었습니다. 이 간에이 대조영에는 사카이 빈고노카미(酒井備後守), 나가이 시나노노카미(永井信濃守), 이노우에 가즈에노카미(井上主計頭), 도이 오오이노카미(土井大炊頭), 이 네 명이 연서한 문서 및 조영부교 아키모토 다지마노카미(秋元但馬守))의 문서가 전해지고 있습니다. 간에이 8년부터 준비하여 실제 작업에 들어간 것이 12년 가을. 약 1년 반 만에 공사를 마쳤습니다. 그 사이 임시건물을 세워 천궁을 하고 그 뒤 본전의 오래된 건물을 허물고 거기에 신축한 것이기 때문에 1년 반 만에 이런 대공사가 끝났다는 것은 실로 놀라울 정도로 신속했다고 할 수 있습니다.

부속건물은 그 후 생긴 것도 많지만 보탑은 이때 석조로 바꾸었고, 기타 닛코조영장부에 의하면 본사를 중심으로 중요한 건조물은 모두 스물세 채, 대단한 사업이었습니다.

유명한 미타라시(水屋)[44]앞 동으로 만든 도리이도 이 간에이사 건축 때 주물사 시이나 효고(椎名兵庫)가 만든 것입니다. 이 도리이 비용

---

44 신사 입구에 있으며 참배자들이 손이나 입을 씻는 곳

이 이천 냥, 지금 같으면 칠, 팔만 엔이니까 얼마나 호사스러운 것인지 상상이 되겠지요.

"그러니까 대략 이 간에이조영을 기준으로 하여 계산하면 되지 않겠습니까?"

린넨지마에의 에도저택, 광서원에 손님을 초대한 쓰시마노카미는 자리를 정해 한 차례 인사를 나눈 뒤 곧 이렇게 말하며 상대를 보았습니다. 상대는 쓰시마노카미의 입성 통지를 받아 지금 고이시가와 자택에서 협의하러 온 벳쇼 시나노노카미입니다.

뇌물이 적다고 해서 이번 닛코조영의 부단장이라고 할 다다미부교를 맡게 된 인물로, 저택을 나오면서 울상을 지으며 계속 중얼거렸습니다.

"명예지, 명예야. 아니, 운 나쁜 명예지."

지명을 받은 이상 불응할 수는 없습니다. 겸연쩍은 듯 울 것 같은 얼굴로 지금 쓰시마노카미 앞에 앉아 있습니다. 창백한 볼에 마른 몸. 돈이 드는 다다미부교는 과연 무거운 짐임에 틀림없습니다. 빈상의 사람입니다.

여기에서 한마디라도 쓰시마노카미가, 정말로 이번에는 호되게 당해…… 라고 할 만한 일을 말한다면 동병상련으로 곧 본심을 토해 내어 푸념을 늘어놓을 작정인 벳쇼 시나노노카미입니다만. 주역인 조영부교가 말하지 않으니 좀처럼 불평을 늘어놓을 계제가 아닙니다. 서툴게 곤란한 심정을 밝혔다가 쇼쿤쪽에 들키기라도 하면 곤란합니다. 쓰시마노카미도 같은 심정입니다. 아마 맥을 못 추고 있을 거라고 생각은 하지만 상대의 기분이 확실하지 않은데 이쪽에서 미리, 아주 곤란하게 되어…… 이렇게는 말할 수 없습니다.

"여러 번에서 부러워하는 일을 맡게 되어 일신 일번의 영예, 경사스럽기 이를 데 없습니다."

"그렇습니다. 저는 이번에 닛코를 위해 봉사할 수 있게 되기를 마음을 다해 기원했습니다만 드디어 그 염원이 이루어져서……."

두 사람은 지극히 진지한 얼굴로 본심을 탐색하는 눈빛을 교환하고 있습니다.

"그런데……."

벳쇼 시나노노카미가 말하기 어려운 듯 잠시 머뭇거리다 각오한 듯 물었습니다.

"저, 준비는……?"

(1934.7.10)

161

산길 사십 리 4

준비…… 품위 없는 자라면 엄지손가락과 집게손가락으로 둥근 원을 만들어 보이겠지만, 그런 짓은 하지 않습니다. 질문을 받은 쓰시마노카미는 겐자부로와 아주 비슷한 날카로운 눈을 부드럽게 휘며,

"귀하는?"

하고 되물었습니다.

시나노노카미는 조금 머리를 숙이며,

"네, 그럭저럭 간신히…… 존가에서는 고케자루 차 항아리가 발견

되었다면서요…….”

“그렇습니다. 모처에 묻혀있던 전래의 재보도 지장 없이 파낼 수 있었습니다. 바로 저기에…….”

쓰시마노카미는 개운한 얼굴로 도코노마 쪽으로 눈을 돌렸습니다. 벳쇼 시나노카미도 지금 처음으로 눈치 챈 것은 아닙니다. 실은 아까 광서원에 들어왔을 때부터 그것이 신경 쓰였습니다. 도코노마에는, 금화를 몇 개씩 하얀 종이로 싼 것 같은 가늘고 긴 것을 산처럼 쌓아올린 삼보가 장소가 비좁을 정도로 이 단, 삼 단 쌓여있었습니다. 도코노마의 끝에서 끝까지 금화를 만재한 삼보가 늘어서 있습니다.

이 저택에 도착한 다음날 아침, 쓰시마노카미는 몬도노쇼의 안내로 그 정원 구석, 가산기슭으로 가 보았습니다. 쇼군이 내민 구원의 손으로서 구라쿠노인은 부하를 시켜 하룻밤 사이에 묻어둔 황금. 그 장소에 몬도노쇼는 더 그럴싸하게 보이도록 새끼줄로 경계를 짓고 밤낮으로 번사가 지키게 하였습니다. 막부의 마음을 알게 된 이상 이걸 파내어 목전의 닛코수리비용으로 충당해야 합니다. 연극에 출연하는 기분이 된 쓰시마노카미는 어디까지나 조상전래의 대 재산을 그 고케자루 항아리에서 찾아내었다는 엄숙한 자세로 발굴에 임했습니다. 목욕재계를 몇 차례나 한 쓰시마노카미가 제일 먼저 괭이를 휘두르는 의식을 치렀습니다. 마치 시구식 같은 것으로 정말 흉내만 내는 것입니다. 쓰시마노카미의 괭이가 비질하듯 살짝 지면을 쓰다듬자 정장차림의 다마루 몬도노쇼가 진지하게 기쁨의 말씀을 올렸습니다. 어디까지나 고케자루 차 항아리가 발견되어 그것에 의해 이 재보를 발굴하게 되었다는 것을 가신의 입으로 세간에 전하여 믿도록 하기 위해 잇푸 선생까지 이 의식에 끌려나온 것은 참으로 수고스러운 이야기…… 그리고 쓰시마노카미 다음의 괭이 휘두르기는 잇푸 선생. 너무 노령이기 때문에 서 있는 것만으로도 힘든 형편입니다. 물론 괭이 같은 것을 들 힘도 없습니다. 고다이노신이 괭이를 들고 파내는 흉내를 낼 때 잇푸 선생이 잠시 그 손위에 자신의 손을 대었을 뿐입니다. 이렇게 땅속에서 파낸 금은 예상한 대로 닛코 비용에 딱 맞을 정도였는데 이것으로 야규는 어쨌든 살아난 것입니다.

여기에 도코노마 가득 삼보를 늘어놓아 장식된 것이 이런 계략이 숨어있는 금입니다. 그런 건 전혀 모르는 시나노노카미는 부러운 것 같습니다. 한참 감탄하고 있자니 야규 쓰시마노카미가 사무적으로 상담을 진행합니다.

"자, 입산금지의식 말입니다만……."

하고 말을 시작했을 때,

"도노……."

멀리 복도 저편에 뭔가 알리러 온 사무라이의 숙인 머리가 보였습니다.

(1934.7.11)

162

산길 사십 리 5

복도에서 엎드려 있는 젊은 사무라이의 목소리.

"말씀 올립니다. 지금……."

그런데 대개 이 야규 쓰시마노카미는 완고한 사람의 전형으로서 대단히 옹고집이 센 사람입니다. 평상시에도 기분이 내키지 않으면 누가 뭐라고 말을 걸어도 모르는 얼굴, 대답 하나 하지 않습니다. 게다가 지금은, 다다미부교 벳쇼 시나노노카미와 중요한 닛코착수 회의를 하고 있는 중이기 때문에 쓰시마노카미, 시끄럽다는 말조차 하지 않고 눈썹을 조금 찌푸릴 뿐 아무 일도 아닌 듯 시나노노카미를 향해 이야기를 계속했습니다.

"아시는 대로 에도에서 닛코로 오가는 역, 통로, 다리 등의 수리의식은 공령은 대관, 사령은 성주, 지토지(地頭寺) 사령에 이르기까지 모두 우리가 감독하고 빠지는 곳이 없도록 해야 하니……."

"말씀 중에 죄송합니다만……."

시종이 그렇게 한 단 소리를 높이는 것을 쓰시마노카미는 또 무시합니다.

"그래서 닛코조영부교가 저로 결정되었기 때문에 에도에 있는 가로에게 명해 닛코를 중심으로 사십 리 안의 지방과 에도의 여행 관계자와 역마 등을 남김없이 조사했습니다만."

"도노! 잠시 말씀을!"

어디에 바람이 부나 하고 쓰시마노카미는 계속합니다.

"하지만 오 석, 칠 석의 밭을 가진 농부들은 물론, 밭을 많이 가지고 있는 자도 말을 키우는 자는 대단히 적습니다. 먼저 이 운반에 사용할 말을 찾는 것이 첫 번째가 아닌가 합니다."

젊은 사무라이는 말을 붙여볼 수가 없어 입을 다물었습니다.

"그렇습니다."

벳쇼 시나노노카미는 팔짱을 끼고 말했습니다.

"농부들은 최근 들어 이만저만 힘든 게 아닌 것 같습니다. 곡종을 다른 데서 빌려 겨우 모내기를 끝내 체면치레 할만 한 돈을 마련할 수 있는 자는 적다는 군요."

"실로 궁핍한 것으로 보입니다. 그래서 이번 도쿄쿠 수리는 각령, 그 액수에 따라 호적 조사를 하도록 하는 겁니다."

"도노, 송구하옵니다만……."

"닛코산에서 사십 리 사이는 수복될 때까지 주민들의 여행, 기타 모든 사람의 출입을 금하는 것은 입산금지라고 하여 이것은 선례대로입니다. 각소에 관문을 설치하여 경비를 철저하게 해야 합니다."

"그렇습니다. 그러면 일체의 잡역은 종교조사[45]를 마친 후에 각 촌에서 인원을 차출하는 것으로 하지요."

"그렇습니다. 장년조는 이십오 세부터 오십 세까지, 청소년조는 십오 세부터 이십삼 세까지로 하여 마을마다 인부를 차출하고 주야 수당과 점심값을 내도록 해야 합니다."

쓰시마노카미는 이번 임무에 대해 조사한 것을 생각해내면서 계속해서 말했습니다.

"닛코를 둘러싼 사십 리 땅이 수리에 힘을 합치게 되는 일이니 여자에게도 의무가 부과되어야 한다고 기억합니다. 십삼 세부터 이십 세까지 여자 한 명당 한 달에 목면 한 필정도를 상납하도록……."

언제까지 계속될지 모릅니다. 계속 기다리기 힘든 젊은 사무라이.

"도노! 시바도장에서 아사카 겐신사이가 왔습니다."

---

45 宗門改め. 에도시대 기독교 금지를 위해 막부에서 실시한 종교조사. 집집마다 불교신자임을 소속된 절에서 증명하게 함

무심코 그렇게 말을 해버리자 쓰시마노카미, 휙 돌아보며 말했습니다.

"뭐, 뭐라고? 겐신사이가 왔다고? 왜 빨리 말하지 않았나?"

말하려고 해도 할 기회를 주지 않았던 사람이 누군데……

(1934.7.12)

163

물 뿌리는 모습 1

여자아이가 인형의 머리를 쥐어뜯거나 망가뜨리거나 하는 것과 같은 심리. 여성에게는 흔히 이런 면이 있을 지도 모릅니다. 중요한 물건이라도 자신이 가질 수 없다고 생각하면 차라리 파괴해 버리려고 하는 본능이 솟구칩니다. 이 경우는 그것에 질투가 더해져서.

아버지 로쿠베의 집을 뛰쳐나온 딸 오쓰유. 밖은 아직 어둡지만 곧 아침이라 어둠이 걷히는 기운이 강합니다. 촉촉하게 이슬을 머금은 지면에 게타를 딸각거리면서 오쓰유는 하얀 맨발로 달리기 시작했습니다. 눈앞의 어둠보다 그녀 마음의 어둠이 더합니다. 그도 그럴 것이……

아버지가 산보시강에서 구해낸 야규 겐자부로, 자신의 집 안방에서 병을 치료하고 이 오쓰유가 조석으로 간병하는 사이에 보는 사람이 놀랄 정도로 잘생긴 미남 겐자부로다 보니 오쓰유는 언제부터인지 산보시강 강물보다 시끄러운 가슴을 겐자부로에 대해 품게 된 것이었습니다. 비밀이 있는 사람, 처음부터 그렇게 생각했습니다. 이리 저리 핑계를 대며 신분을 밝히지 않는 점이 더 그렇게 생각하게 했습니다. 그러나, 몰랐습니다…… 몰랐어요!

그 사람이 혼고의 유명한 도장의 사위이고 저렇게 아름다운 부인이 있을 줄은!

"분명히 혼고 쓰마코이사카, 시바도장이라고……."

아까 옆방에서 몰래 들었을 때는 정신이 없었지만 어쨌든 그런 이야기.

"그래도 정말로 부인인지 아닌지는…… 아무래도 두 사람 이야기로는 확실하지 않지만 서로 좋아하는 사이인 것은 분명해. 게다가 뭔가 저 무사님은 사위로 들어간 도장과의 사이에 사정이 있어서 아마 죽은 것으로 된 것 같지."

양 소매로 가슴을 꾹 누르며 오쓰유는 걸음을 재촉하면서 마음의 어둠에서 외부의 어둠으로 괴로운 혼잣말을 토해내고 있습니다.

"아무래도 사정이 있는 것 같아. 그 쓰마코이사카의 도장에 알리면 어떻게 될까?"

자세한 사정은 모르는 오쓰유, 오로지 질투에 눈이 멀어 저 사무라이님이 있는 곳을 알게 되면 반드시 그 도장에서 사람이 와 저 아가씨와의 사이를 떼어놓을 것이 틀림없어. 그래서 저 아름다운 무사님이 혼자가 된다면 다시 자신에게 사랑스러운 말을 걸어줄 지도 모른다고……

오쓰유의 머리에는 이 생각 말고는 아무것도 없습니다. 이렇게 그녀가 겐자부로의 소재를 도장에 알림으로써 어떤 분란이 일어날지, 자신은 무의식중에 어떤 운명의 일역을 맡고 있는지 그런 것을 생각할 여유는 전혀 없습니다.

구르는 듯 서둘러 들어선 길에 점점 작은 돌의 형체나 흙의 색깔이 희미하게 보이기 시작했습니다. 동쪽이 훤해지고 있습니다. 이윽고 새벽이 밝아오고 피로에 지친 오쓰유는 지나가던 가마를 불러 이른 아침에 여자 혼자 가는 것을 미심쩍게 생각하는 가마꾼에게 말했습니다.

"저 가마아저씨, 아버지께 급환이 생겼는데 아버지와 인연이 있는 의사 선생님이 혼고의 쓰마코이사카에 계셔서요. 거기까지 서둘러 가고 싶으니 데려다 주세요."

그리고 가마꾼이 고개를 끄덕이는 걸 기다려 옷자락으로 발을 감싸고 가마에 올라탔습니다.

(1934.7.13)

164

물 뿌리는 모습 2

상당히 느긋한 이야기…… 하지만 쌍방이 고집을 부리고 있습니다.

쓰마코이사카, 시바도장에는 아직도 이상한 버티기가 계속되고 있습니다. 처마를 빌려 본가를 빼앗는다는 말이 있습니다. 바로 그런 상태. 광대한 저택의 아주 일부에 오렌, 미네 단바 등 이전부터 지내온 시라누이도장 사람들이 밀려나 좁은 곳에서 어렵게 살고 있는 데 반해, 안에서 제일 좋은 곳은 이가 사무라이들이 점령하여 밤낮으로 무언의 대립.

젊은 주군 겐자부로는 없어도 아사카 겐신사이, 다니 다이하치 등 조금도 밀리지 않습니다.

"무슨, 겐자부로님만은 잘못되실 리 없어. 반드시 당장이라도 그 창백한 얼굴로 훌쩍 귀환하실 거야."

일동, 이렇게 굳게 믿고 겐자부로가 없어도 태연합니다. 변함없이 방약무인하게 행동하며 버티고 있습니다. 다만, 어젯밤.

어젯밤, 외눈외팔의 떠돌이무사가 도장으로 쳐들어와 많은 시바 제자들을 죽이고 하기노를 데리고 사라졌다…… 그 소란에 겐신사이를 비롯한 다니 다이하치, 어느 쪽에 붙는 게 좋을지 여러 의론이 난무하였는데 아침이 되어 상황을 살펴보니 오렌과 단바는 아무 일도 없었던 듯 고요히 있습니다.

"아직 혼례는 안 올렸지만 하기노님은 도련님의 부인이 아닌가. 이건 이대로 둘 수 없어."

이런 생각이 이가 사람들 사이에 유력했지만 여기에는 뭔가 사정이 있을 거라고 생각한 겐신사이, 오늘이나 내일, 어디에서 단서가 나올 것이다, 이럴 때 공연히 소란을 피우는 것은 지혜로운 일이 아니다, 믿는 구석이 있는 것처럼 겐신사이는 그렇게 말하여 겨우 모두를 진정시켰습니다. 그런데 시바저택에는 문으로 들어오는 길이 두 개로 나뉘어져 한쪽은 도장을 중심으로 한 집이 있고 여기에 오렌과 단바일당이 진을 치고 있습니다. 그리고 또 하나의 길은 그대로 안채로 연결되어 정원 맞은편 웅장한 건물, 겐자부로의 귀환을 기다리는 이가사람들이 머물고 있습니다.

오쓰유는 길을 잘못 들었습니다. 와보니 상상한 이상으로 거대한 저택이었습니다. 먼저 멋진 대문에 놀란 오쓰유는 차마 못 들어가고 잠시 문 앞에서 왔다 갔다 하다가 이래서야 끝이 없겠다 싶어……

"여기 아가씨가 지금 우리 집에 있는 도련님을 사모해서 어젯밤에 몰래 만나러 왔다고 하면 얼마나 큰 소동이 일어날까? 대소동이 일어나게 해야지."

하기노와 겐자부로의 일을 생각하면 약한 오쓰유도 질투로 강해집니다. 총총걸음으로 문으로 들어가 멋진 정원수 사이를 지나 안채로……

벌써 아침식사가 끝난 시각. 밝은 햇빛이 정원수 위로 황금비처럼 내리쬐고 그 아래 서둘러 지나는 오쓰유의 어깨에 희고 검은 얼룩을 춤추게 합니다. 다행히 누구에게도 들키지 않고 안채의 마루근처까지 온 오쓰유는 몸을 굽히고 낮은 목소리로 말했습니다.

"저, 혹시 누구 계십니까?"

"아이고, 놀라라!"

방 한가운데에서 대자로 누워 자고 있던 다니 다이하치가 벌떡 일어났습니다.

(1934.7.14)

165

물 뿌리는 모습 3

말을 할 때마다 목을 흔듭니다. 그러면 상투가 흔들립니다. 이것이

다니 다이하치의 버릇입니다.

"무슨 일인가? 아가씨. 그대는 어디에서 왔는가?"

"저어, 저는 가쓰시카의 산보시강 하류의 로쿠베라고 하는 어부의 딸로 오쓰유라고 합니다."

"뭐? 어부의 딸? 그런데 뭘 하러 여기에? 누가 보냈나? 문지기가 들여보내줬나?"

"아니오, 그냥 들어왔는데요. 저 무사님 큰 일이 생겼어요. 겐자부로님이 계신 곳에 어젯밤 여기 아가씨가 도망쳐 와서……."

"뭐? 겐자부로님이 계신 곳? 이, 이, 겐자부로님은 어디에 계시는가. 아니, 도련님은 어디에……."

"그리고 저기, 분하게도 두 분이 무릎을 맞대고 앉아서 볼을 찌르기도 하고 만나고 싶었다, 보고 싶었다면서. 그렇게 징그러운 짓을 하셔서 정말 보고 있을 수가 없어서……."

"이거 보게. 순서대로 말해 보게. 어부 로쿠베의 딸이라고 했지. 그래, 겐자부로님은 그대의 집에 계시는가?"

"네, 아버지가 강에서 구해내셔서 그때부터 계속 저희 집에서 주무시거나 일어나시거나 하고 계세요."

"음, 그래?"

다이하치는 끓어오르는 두 손으로 무릎을 꽉 쥐고

"그래서 어제 그 겐자부로님 계신 데에 하기노님이 만나러 가셨다는 건가?"

"네, 그 단게님이라고 하는 외눈외팔의 무서운 사무라이님이 데리고 오셔서……."

돌연 일어선 다니 다이하치, 복도를 향해 큰 소리로 외쳤습니다.

"어이, 겐신사이님, 아니, 모두들, 도노가 계신 곳이 판명되었다!"

그러자 지금까지 옆에 있는 큰 방에서 어젯밤의 소동을 화제로 떠들던 일동이 겐신사이를 선두로 달려왔습니다.

"뭐라고? 그래. 이상하다고 생각했어. 이가 망나니라고 불리는 우리 도련님이 단바 같은 놈의 간계에 넘어갈 리가 없어. 그거 잘됐군, 잘됐어. 빨리 모시러 가자."

"그래, 모시러 가자!"

이렇게 되면 알려준 산보시강 마을의 오쓰유는 제일의 수훈자, 이가 사무라이들의 눈에는 구원의 여신으로 보입니다.

"여인의 몸으로 아른 아침부터 멀리 정말로 수고가 많았소. 자, 자, 올라오시오."

"이거야 원, 대 은인이 아니오. 대접이 허술해서야 안 되지. 방석을 가져와. 누가 차 좀……."

"넷, 보잘 것 없지만 목을 축이시오."

뭐가 뭔지 모르는 오쓰유, 어느새 방안으로 들어와 도코노마 앞 상좌에 앉게 되었습니다. 반드시 소동이 일어날 거라고 생각하고 그걸 기대하며 달려왔는데 그 계산은 완전히 빗겨나고 일동은 눈물을 흘릴 정도로 감사하고 있습니다.

"그러면 빨리 댁으로 가서 겐자부로님과 하기노님을 이쪽으로 모셔오겠습니다. 도노께서 돌아오시면 또 감사인사를 하시겠지만 오쓰유님이라고 하셨지요. 부디 아가씨는 그때까지 여기에서 푹 쉬고 계십시오."

오쓰유는 멍하니, 겐신사이와 다이하치 등 대여섯 명이 급하게 채비를 해서 허둥지둥 저택을 나서는 것을 보았습니다.

(1934.7.15)

166

물 뿌리는 모습 4

인간은 생각한 것이 뜻대로 되지 않아 불안하게 느끼는 순간, 본심으로 돌아오는 법입니다. 지금 오렌이 그렇습니다. 시바 선생이 살아 있을 때부터 사범대리 미네 단바와 얽히게 되어 이 시라누이도장의 탈취를 꾀해온 그녀, 그때부터 이쪽은 실책투성이입니다. 책동에서도 마음에서도.

먼저, 의붓딸 하기노의 남편으로 온 이가 망나니를 짝사랑했지요. 도장도 갖고 싶고 겐자부로도 손에 넣고 싶고…… 이래서야 오렌의 예봉도 완전히 무디어져 미네 단바의 눈으로 보면 답답하기만 한 것도 무리는 아닙니다.

단바도 오렌도 야규 겐자부로 같은 건 아무래도 좋았습니다. 그보다 그가 예물로 가지고 오는 야규가 대대로 내려오는 비보, 고케자루 차 항아리를 노려 항아리도 손에 넣고 겐자부로도 배척하려고 했는데 그것이 처음부터 어긋나 버린 것입니다. 하지만 뭐니 뭐니 해도 겐자부로를 연모하게 된 것이 오렌에 있어 예상 밖의 계산착오였습니다.

여기는 헛방[46] 뒤 조금 떨어진 곳에 있는 비밀의 방입니다.

처마도 어둡고 울창한 수목이 방안 가득 차가운 그늘을 만들어 낮인데도 다다미의 줄이 잘 보이지 않을 정도입니다. 나뭇잎 그림자로 사람의 얼굴이 푸르게 보이는 지금 여기가 혼자서 뭔가를 생각할 때 오는 오렌의 도피장소입니다. 하지만 지금 이 방안 한가운데에 외로

---

46 의복, 가구 등을 보관하는 방

이 고개를 숙이고 있는 오렌의 옆얼굴이 죽은 사람처럼 창백한 것은 나무들이 빛을 반사해서일까요?

"아직 시체가 나오지 않았지만 아무래도 살아있다고는 생각할 수 없어."

적이어야 할 겐자부로, 그에게 연심을 품은 탓에 단바와 둘이서 꾸민 모처럼의 연극은 아직도 결말이 나지 않았습니다. 그 얄밉고 사랑스러운 이가 망나니!

"단바와 의논해서 몇 번이나 죽이려고 했는데 그때마다 나는 살려주기를 원했지."

마지막에 그 구덩이 속에 떨어뜨려 산보시 강물에 빠져죽게 하였지…… 오렌은 부르르 몸을 떨었습니다.

"아아, 정말로 가여운 짓을 해버렸어."

그 하얀 옷을 입은 떠돌이무사가 쳐들어와서 도장의 후계가 되려던 미네 단바를 방해하고 많은 제자들을 죽였을 뿐 아니라 하기노를 끌고 사라져버린 소동 같은 건 오렌의 안중에도 없습니다. 그것은 모두 자신과 아무 관계도 없는 먼 나라 이야기, 아주 옛날에 일어난 사건으로밖에 생각되지 않을 정도로 그녀의 가슴은 겐자부로에 대한 회한으로 가득 차 있었습니다.

"아아, 이제 아무런 욕심도 낙도 없어. 겐님만 살아계신다면."

시바도장, 미네 단바, 그것들에 대한 흥미는 완전히 없어지고 이때의 오렌은 마치 다른 사람처럼 침울해 있었습니다. 하기노 따위, 그 외팔사내에게 끌려가 무슨 일이라도 당했으면 좋겠어. 무의식적으로 혼잣말을 하면서 오렌은 핏기 없는 입술을 꽉 깨물었습니다.

고 줏포 선생은 이 방에서 검도의 비전을 구술하였는데 큰 복도에서 둘로 나뉘어 이곳으로 통하는 작은 복도에 사람의 체중이 실리면 소리가 나도록 마룻널을 깔았습니다. 숨어들어와 훔쳐 들을 수 없도록 한 것입니다. 지금, 그 좁은 복도에서 끼익 하는 수상한 소리가 울렸습니다.

"누구예요? 거기 있는 사람은?"

오렌이 낮은 목소리로 물었습니다.

"누구냐고 물었잖아요. 누구? 누군가요?"

(1934.7.16)

167

물 뿌리는 모습 5

"누구예요?"

오렌은 다시 물었습니다. 복도에서 그 질문에 답하는 듯 다시 끼익 하고 소리가 울렸습니다. 하지만 대답은 없습니다. 혀를 찬 오렌이 슥 일어나 문을 열었습니다. 단바, 미네 단바가 서 있었습니다. 그의 얼굴을 본 오렌은 놀라 악 하고 소리 질렀습니다. 표정이 바뀐 단바가 오른손을 큰 칼의 자루에 얹은 채 서 있는 것이 아닙니까?

"아, 당신! 무슨 일이예요? 나를 죽이려는 거예요?"

그것에 답하지 않고 단바는 헉헉 헐떡이면서 말했습니다.

"어디에 있소? 어디에 있어?"

그렇게 말하면서 눈을 실내로 돌려 구석구석 쏘아봅니다. 엉거주

춤하게 몸을 뒤트는 모양새가 지금이라도 칼을 뽑을 것 같습니다. 보통 일이 아닙니다.

"어디에 있어? 방금 분명히 이 방에서 그놈의 소리가 들렸어."

"어디에 있다니 누가 말이예요? 그놈이라니?"

단바의 검막에 놀란 오렌은 한 발 한 발 구석으로 물러나면서 문득 생각했습니다. 단바, 미친 게 아닐까? 하지만 그렇지도 않은 듯 단바는 큰 칼을 잡은 채 오렌을 응시하면서 말했습니다.

"지금 당신은 이 방에서 누구와 밀담하고 있었소? 아니 누구를 상대로 이야기 하고 있었소?"

"누구를 상대로? 아니, 단바. 당신 무슨 소리를 하는 거예요? 나는 여기 아까부터 혼자……."

깊은 생각에 빠져 있던 오렌, 마음속 생각이 소리로 나와 무심코 이러쿵저러쿵 혼잣말을 한 것을 그녀 자신도 몰랐습니다. 이제 벌써 저녁입니다. 여름 저녁은 일종의 어수선한 무상함이 떠돌아 연한 자줏빛 어둠이 물결처럼 여기저기 구석구석에서 솟아오릅니다. 어딘가 고개아래 민가에서 두드리는 일련종 딱따기 소리.

겨우 단바는 납득한 듯 이상하게 머리를 갸웃거리더니 칼을 내렸습니다.

"허, 참 이상도 하지. 지금 분명히 어딘가에서 그 겐자부로, 이가망 나니의 웃음소리가 들린 것 같은 기분이 들어서."

순간 오싹해진 기분을 숨기고 오렌은 요염하게 웃었습니다.

"호호호, 부처님이 웃으셨겠지요. 기분 탓이예요. 계속해서 신경이 예민해 있으니……."

"그건 그렇지만 마님, 그 단게 사젠이라는 놈은 하기노님을 데리고 도대체 어디로 갔을까요?"

"그런 건 아무래도 좋지 않아요? 나는 뭐랄까 벌써부터 기분이 우울해서……."

"핫핫핫하, 그것은 혼자 이런 곳에 틀어박혀 이런저런 생각을 하니까 그런 게 아니오? 자, 저쪽으로 갑시다."

하고 손을 끌어당겼습니다. 단바는 오렌과 함께 긴 복도를 지나 도장으로 향했습니다. 석양이 지는 서쪽하늘이 붉습니다. 정원에도 어둠이 내려 잎사귀를 흔드는 저녁바람이 하루의 땀을 식혀주고 있습니다.

문득 보니 정원에 서서 수통의 물을 국자로 떠서 잡초나 석등에 좍좍 뿌리고 있는 사람이 있습니다. 홑겹 옷에 갈색 허리띠, 입안에서 노래라도 부르는지 무심하게 물을 뿌리는 모습. 그런데 단바와 오렌, 깜짝 놀라 발을 움츠렸습니다. 슬쩍 돌아본 그 젊은 사무라이의 창백한 옆얼굴을 보고 순간 가슴이 섬뜩해졌습니다.

(1934.7.17)

168
거리의 춤 1

누시초다이치(塗師町代地) 앞은 마쓰다이라 엣츄노카미(松平越中守)의 에도저택입니다. 모퉁이에서 모퉁이까지 죽 담이 이어져 있습니다. 그 좁은 골목에 사람이 가득합니다. 잠자리 머리를 한 아이를 업은 근처의 아주머니, 연습하고 돌아가는 사람들, 도구상자를 어깨에 메고 끈으로 꼭 묶은 짚신을 신은 목수, 두건을 쓴 영감, 삿갓을 쓴 떠돌이무사까지 많이도 모였습니다. 그 거리의 사람들이 빙 원을 만들어서 있습니다.

술집 심부름꾼이 배달하는 술병을 두세 개 지면에 내려놓고 기름을 팔고 있으면 들개가 그 병을 뭐라고 착각했는지 핥으려고 돌고 있는 것도 에도 거리다운 하나의 정경입니다. 이건 겨울 분위기이고, 지금은 여름이니까 열두 셋쯤 되는 한창 장난을 즐길 나이의 술집소년이 맨몸위에 미카야라고 쓴 겉옷 하나만 걸치고 코를 비비며 사람들 사이에서 안을 들여다보고 있습니다.

"에잇, 젠장. 울잖아."

사람들이 모여 있는 곳을 보니, 아니 볼 것까지도 없습니다. 좁은 골목 가득 노랫소리가 범람하고 있는 것입니다. 그 노래를 들어보니, 아니 들을 것까지도 없습니다. 그 노래는 모두가 아는 그 노래……

"건너편 큰 길 지장보살님, 침을 흘리며 진상합니다. 만두를 진상합니다. 잠깐 물을 테니 가르쳐 주세요."

꼬맹이 야스가 만든, 부모를 찾는 노래입니다.

사람들 속에서 큰 소리로 노래 부르는 야스형님…… 오랜만에 등장한 야스인데 그 옷차림이 또 대단하군요. 사, 오십 대 아저씨가 입을 것 같은 푸른 색 홑겹 옷에 동그라미 무늬로 염색한 허리띠를 졸라매고 수건을 머리에 덮어썼습니다. 일부러 폭이 좁은 옷을 입어 풀어헤친 가슴 사이로 흰 목면으로 만든 복대가 빛나 보입니다. 형편이 좋을 때 요키치가 이런 복장을 하고 다녔는데 지금 야스가 마치 그때의 요키치 인형 같아 보입니다. 이런 의외의 모습으로 꽹과리를 들고 박자도 재미있게 칭칭 두드리면서 야스가 말했습니다.

"여기 모인 여러분들! 불탄 들의 꿩, 밤의 학, 아이를 생각하는 부모의 정에 변함은 없으나 부모를 생각하는 아이의 정은 부모 없는 아이가 비로소 깨닫는 법. 효행을 하고 싶을 때 부모는 없고 돌에 이불을 덮지 않는다고 옛날부터 여러 가지 말하고 있지만 그것은 부모가 죽은 뒤 비로소 부모의 은혜를 알게 된 심정을 말하는 것. 나는 자랑하려는 것은 아니지만 태어나서부터 부모의 얼굴도 본 적이 없어요. 여기 있는 미야짱도 어머니가 어디에 있는지 모른답니다. 우리 양친은 이가 야규사람이란 것밖에 아무 단서가 없어요. 만약 여러분 중에 짐작 가는 데가 있는 분이시라면 조금 알려주세요. 좋은 공덕이 될 거예요. 자, 여름입니다. 말이 길어지면 예능이 썩어버리죠. 자, 미야 배우님, 미야짱! 어디 있어요? 태평한 배우구나."

"여기요."

옆에 서 있던 미야가 웃으며 대답합니다. 이렇게 더운 날, 후리소데를 입고 허리띠를 강아지풀로 묶고 틀어 올린 머리에는 금빛 머리꽂이를 꽂은 미야, 귀여운 얼굴을 빨갛게 물들이고 땀투성이입니다.

"좋아, 좋아! 부부인형이로구나!"

"기다리셨습니다! 쪽박을 차더라도 좋아하는 남자랑 살겠다는 의기로 한 가지 부탁드려요."

여러 소리가 들려옵니다.

(1934.7.18)

169

거리의 춤 2

예능이라 해도 단 한 가지를 파는 것. 야스의 〈큰 길 지장보살님〉
에 맞추어 미야가 이렇게 저렇게 부모를 그리는 춤을 추어 보여줍니
다. 안무가는 당연히 후지마 야스.

〈건너편 큰 길 지장보살님〉에서 미야가 목을 애교스럽게 갸우뚱하
면서 왼손으로 오른쪽 소매를 잡고 오른손의 검지로 건너편을 가리
키는 동작을 합니다. 관객들은 몹시 감동하면서 보고 있습니다.

〈잠깐 물을 테니〉에서 그 손을 돌려 지장보살의 어깨를 두드리는
손짓. 〈가르쳐 주세요〉부분에서는 가슴에 양손을 맞대고 몸을 비비는
듯 열심히 기원하는 마음을 나타냅니다.

〈침 흘리며 진상합니다. 만두를 진상합니다〉는 미야가 침 흘리는 시
늉에 만두를 반죽해서 속을 넣고 찌는 동작을 하며 상당히 바쁩니다.

"오 누나, 그 만두 여기로 하나."

"두 사람 친해 보이는 군. 귀여운데."

"상당히 재치 있는 동작이야."

"이봐, 요시짱. 이 오빠나 언니, 둘 다 아버지 어머니가 없다는 거
아니야. 그걸 생각하면 이렇게 어머니가 있는 요시짱은 정말 고맙다
고 생각해야 해."

이것을 기회로 부모의 은혜에 대해 한바탕 설교하는 아주머니도
있습니다.

노래가 클라이맥스에 들어서자 구구절절 남의 일 같지 않은 야스,
무심코 자신과 자신의 노래에 취해 눈물을 흘리며 한 단 소리를 높여

서 불렀습니다.

내 아버지는 어디에 가셨나
내 어머니는……

"꼬마가 울면서 노래하고 있어."
"어이어이, 노래하는 거랑 우는 거 따로따로 하라고."
"무슨 소리야, 멍텅구리! 정도 없는 놈! 이 소년의 처지가 되어 보라고. 좋아서 취미로 이런 일을 하는 게 아니라고. 부모를 찾으려는 일념으로 이러고 있는 거다."
"그래, 그렇지. 그런 동정심도 없는 소릴 지껄이다니. 에도사람으로서 불명예야. 이보라고. 자네 이 꼬마의 심경을 알겠나. 입 다물라고."
까딱하면 싸움이 날 것 같습니다.
〈네네, 애가 타는 지장보살님〉을 부르는 노랫소리에 맞추어 미야짱은 양 소매를 흔들며 자못 애타는 것 같은 동작을 보이고, 〈돌에는 입이 없으니〉에서는 입을 양손으로 막고 몸부림치면서 광란의 몸짓을 해보입니다. 이것으로 끝. 챙 하고 꽹과리를 친 야스,
"오오, 여기 모이신 여러분, 이중에도 부모의 마음도 모르고 나쁜 곳을 드나들어 신세를 망쳐 무엇과도 바꿀 수 없는 소중한 부모님을 울리는 사람이 한둘은 있겠지요. 내 노래를 듣고 가슴에 손을 얹고 생각해 보세요. 자아, 미야 배우님."
"응응, 그래요. 그렇고말고요."
미야는 어떤 말에도 맞장구를 치는 역할을 맡았습니다.

군중이 조금 조용해지는 것을 기다려 야스는 큰 소리로 외쳤습니다.

"어이, 어이! 뭘 멍하니 그냥 있는 거야? 나도 미야짱도 가만 안 있고 노래 부르고 춤을 추었지 않나. 이만큼 이야기했으면 알아들었겠지? 그럼, 듬뿍 동전을 던지라고, 던져! 차랑 하고 좋은 소리가 나는 금화 한두 장이 내려올 것 같은 날씨구나."

동전을 던지라고 재촉합니다.

(1934.7.19)

170

거리의 춤 3

"와, 이것 봐. 당신들 감동하라고 노래도 부르고 춤도 쳤는데."

야스는 작은 손으로 주먹을 쥐고 콧등을 문질렀습니다.

"애고, 칭찬만 하지 말고 돈을 던져주라고. 어이, 거기 가는 아저씨. 돈 받는 시간이 되어 도망가면 안 되지. 뭐야, 인색하게 굴지 마."

일류 독설도 야스가 하니 귀여운 애교가 되어 여기에서도 저기에서도 동전이 날아옵니다.

"무턱대고 던지지 말고 어차피 주는 거라면 종이에 싸지 말고 줘요. 신불한테 바치는 돈도 아니니까."

주워 모은 동전을 양손에 모아 미야의 귀에 대고 잘그락 잘그락 흔들어 보입니다.

"배우님, 관객들이 이렇게 동전을 주셨네. 미야짱도 감사인사를 해야지."

"아, 정말로 고맙습니다."

미야는 부끄러운 듯 틀어 올린 머리를 숙이며 손님들에게 두루 인사를 했습니다. 그 사이 야스는 뒤에 있는 빗물통 옆에 가서 앉아 바닥에 깐 수건 위에 하나요, 둘이요, 하면서 동전을 떨어뜨리며 세었습니다. 그리고는 구경하는 관객들을 향해 말했습니다.

"네에, 이게 오늘 번 거예요. 조금 모자란 데. 조금만 더 주실 분 없어요? 어, 거기 있는 영감님, 다도 선생처럼 멋지게 옷도 입으셨는데 지갑을 꽉 쥐고만 있으면 안돼요. 그 지갑 끈을 조금 여는 게 어때요?"

지명된 노인은 쓴 웃음을 지으며 동전을 쥔 손을 옷소매에서 꺼내 야스에게 건넸습니다. 확 터져버린 폭소.

벌써 은밀한 석양의 그림자가 마쓰다이라 엣츄의 기와로 장식된 벽에 기어들어오고, 머리 위 느티나무 가지를 스치는 저녁바람에는 서늘한 느낌이 넘칩니다. 재빠른 집에서는 등불을 켜 간판에 상호가 떠오르게 합니다. 그리운 에도의 황혼 무렵입니다.

"자아, 끝났습니다, 끝. 언제까지 서 있을 작정이예요? 오늘은 이만 이것으로 장사를 접습니다. 내일도 여기에서 〈큰 길 지장보살님〉 공연이 있을 거니까 지인분들을 많이 불러와서 떠들썩하게 구경을 하세요. 자, 미야짱. 둥지로 돌아가자 사쿠야할아버지와 다이켄 선생님이 기다리고 계셔, 저 류센지의 돈가리 나가야에서."

"네에."

후리소데를 입은 귀여운 여자아이와 씩씩한 오빠의 전형 같은 깜찍한 야스, 두 사람의 작은 그림자가 손을 맞잡고 긴 골목을 걸어갑니다. 그리고 석양이 비치는 모퉁이를 돌아 아사쿠사 쪽으로 사라져 가는 것을 거리의 사람들이 그대로 멈춰 서서 바라보았습니다. 왁자하게 웃으면서요.

"남맨가?"

"아니, 그렇지 않는 것 같던데. 그 말 잘하는 남자애는 아버지도 어머니도 없어서 그들을 찾기 위해 저렇게 길거리 공연을 하며 에도를 걸어 다니고 있다고 했어."

"하지만, 자네. 여자아이도 모친이 없다고 하지 않았나."

"그건 그렇고 두 사람 사이가 좋으면 소꿉친구가 그대로 어른이 되어 부부가 되겠지."

(1934.7.20)

171

마중 온 가마 1

"미안해, 미야짱. 오늘은 아침부터 계속 춤추느라 지쳤지?"

"아니, 그렇지도 않은 걸."

"발이 아프지는 않아?"

"응, 조끔. 하지만 심하지는 않아."

"정말로 너한테는 미안해. 한창 놀고 싶은 나이인데 이렇게 나랑 매일 같이 거리에 서서 돈이나 벌고."

야스는 말하는 것만 들으면 어엿한 어른이 아이를 상대로 하고 있는 것 같습니다. 한창 놀고 싶은 나이라니, 자신은 몇 살이라고 생각하는지.

푸른 색 옷소매에 한쪽 손을 찔러 넣고 이렇게 어깨를 치켜 올린 야스. 머리에 썼던 수건을 지금은 어깨에 걸치고 있습니다. 눈을 내리 뜨고 걸으면 가로로 묶은 하얀 목면 띠가 비뚤비뚤해집니다. 길이가 짧은 옷이라 귀여운 정강이가 살짝살짝 보이고, 어딘가 기개 있어 보이는 모습은 정말로 보여주고 싶은 정도입니다. 야무지고 남자답게 생겼다고 하고 싶지만 얼굴만은 어떻게 방법이 없습니다. 이 얼굴에 상처라도 있으면 꼭 맞는 옷차림이겠지만, 그야말로 사거리 지장보살님께 바치는 만두 같이 사랑스러운 얼굴입니다.

한 손에 미야의 손을 잡고

"있잖아, 이걸로 오늘밤에도 다이켄 선생에게 술 한 잔 사드릴 수 있겠다."

"그런데, 야스⋯⋯."

미야는 야스의 되바라진 면이 옳았는지 이 아이도 언제부터인지 조숙해졌습니다.

"나는 말이야, 매일 그렇지만 언제나 그 대목에서 눈물이 나. 그 뭐야, 우리 아버지는 어디에 있나, 우리 어머니는 어디로 갔나, 거기. 그래서 나는 이렇게 손을 치켜 올려 아버지 어머니를 찾아 돌아다니는 그런 연기를 하는데, 몇 번을 해도 그 대목에서는 몸이 움츠러져. 오늘도 울었어."

"나도 그래. 아무래도 그 대목은 참을 수 없어. 무의식적으로 우는 소리가 나버려서 얼마나 부끄러운지. 그래도 말이야, 생각해 보면 나처럼 운 나쁜 아이도 다시없을 거 같아."

미야는 그 작은 손으로 야스의 손을 꼭 잡고 말했습니다.

"아이, 왜 그렇게 불안한 소리를 해? 나도 울고 싶어지잖아."

"나도 말하고 싶지 않지만 말이야, 하지만 그렇잖아. 겨우 다리 밑 거지오두막에서 가짜라도 아버지라는 이름이 붙은 사무라이를 하나 주워서 아버지니까 효도하려고 생각했는데. 그 아버지가 생매장되어서 물에 빠져 죽은 거야. 얼마나 강한 아버지였는데 저렇게 되다니. 그런데 시체가 안 나오는 걸 보면 혹시나 하고…… 어디서 어떻게 하고 있는지, 그 아버지는…….."

나막신에 짚신, 두 사람은 서로 발을 맞춰 류센지 돈가리 나가야로 향해 갑니다.

이윽고 그 골목의 술집, 가와고에야로 달려간 야스는 기세 좋게 외쳤습니다.

"할아버지! 항상 사던 거 오 홉만 주세요. 마시는 입이 기다리고 있어서 빨리 가야 해요."

(1934.7.21)

172

마중 온 가마 2

야규가의 문장이 박힌 가마가 한 대, 돈가리 나가야에 있는 사쿠영감의 집 앞에 서 있습니다. 역시 야규라고 쓰인 푸른 상의에 범천띠를 맨 가마꾼이 좁은 골목 가득 으스대며 대기하고 있습니다.

"어, 어. 다가오지 마."

"이런, 이 아귀들! 그런 더러운 손으로 가마를 만지지 마."

가마꾼 한 사람이 그렇게 말하며 아이들을 쫓아냅니다. 아장아장 가마 옆으로 다가와 금색으로 장식한 멋진 가마를 만져보려고 한 세 살 남짓의 남자아이가 와락 울음을 터뜨립니다. 어머니 같은 여인이 아이를 안고 항의했습니다.

"뭐예요, 당신. 무슨 짓이예요? 아이에게 죄는 없잖아요?"

둘러싸고 있던 나가야 사람들 중에서

"이 돈가리 나가야에 와서 건방지게 굴면 돌아갈 때는 가마를 짊 어지는 대신 부처님이 그 가마에 태워주실 거다."

"어디 다이묘님인지 모르겠지만 이 돈가리 나가야는 가난한 사람 들의 영지다. 조심해서 입을 여는 게 좋아."

"무슨 겉멋만 들어서. 야규일도류와 싸우려면 덤벼봐."

가마꾼과 나가야 사람들이 와글와글 말싸움을 계속했습니다. 그 시끄러운 소리를 바깥에서 들으며 다마루 몬도노쇼는 여기 사쿠야의 집…… 방 한 칸밖에 없는 집에서 엄격한 얼굴로 앉아 있습니다.

"자, 그런 이유로, 부디 서둘러 린넨지마에의 에도저택에 와주기를 바라오. 당대 유일무이한 명성을 갖고 있는 사쿠아미님이 이런 곳에 이름을 바꾸고 숨어있다니……."

정중하게 고개를 숙이는 몬도노쇼 앞에 곤란한 얼굴로 오도카니 앉아 있는 사람은 사쿠야입니다. 늙은 몸에 병이 있어 기분 탓인지 이 번 병으로 부쩍 쇠약해진 것 같습니다. 누덕누덕 기운 세로줄무늬의 작업복 위에 여름인데도 소매 없는 하오리를 걸치고 단정하게 꿇은 양 무릎을 옷자락으로 덮으면서 말했습니다.

"아니, 뭐가 뭔지 말씀하시는 것을 하나도 모르겠습니다. 저는 사 쿠야라고 하는 아무 것도 아닌 사람입니다."

아주 공손한 사쿠야씨. 구원을 바라는 듯 옆 사람을 바라봅니다.

"아, 그렇게 숨으려고만 하시면 저도 정말 곤혹스럽습니다."

다마루 몬도노쇼도 옆으로 눈길을 줍니다. 그곳에 작은 산처럼 앉아있는 사람은 전부터 이 돈가리 나가야의 왕으로 추앙받는 거리의 은자 가모 다이켄 선생입니다. 양쪽에서 도와달라는 눈빛을 받은 다이켄, 우후후 하고 웃으며 말했습니다.

"이쪽을 도우면 저쪽이 문제가 되니…… 야규의 사자님. 이 노인은 돈가리 나가야의 사쿠야씨로 충분하다고 하시는 군요. 무익한 이전 신분에 대한 취조는 그만두고 빨리 돌아가시는 게 좋겠소."

"말도 안 되오! 그럼 가로인 제가 일부러 직접 와서 말씀드린 취지가 어긋나지 않소? 아까부터 말한 대로 우리 주인인 야규 쓰시마노카미, 이번에 닛코조영부교를 명받아 뭔가 후세에 남을 만한 조각을 세워 묘조 신군의 영을 위로하고자 하시오. 그래서 생각한 것이 신마상……."

"우와아! 뭐야! 물러나, 물러나. 야스님과 미야짱이 돌아오셨다…… 왓! 이 가마는?"

봉당 앞에서 야스가 크게 소리 질렀습니다.

(1934.7.22)

173

마중 온 가마 3

다마루 몬도노쇼는 필사적으로 계속해서 설득했습니다.

"아시겠지만 닛코의 보물 중, 먼저 필두에 들 수 있는 것은 혼보린 노지(本坊輪王寺)에 수장된 가이산쇼닌(開山上人)이 만든 약사불 목상입니다."

몬도노쇼는 마치 그 영험한 불상을 마주 대하고 있는 것처럼 정중하게 절을 했습니다.

"가이산쇼닌, 시호는 쇼도(勝道). 닛코산의 개조로 성은 와카다(若田), 하가군(芳賀郡) 출신입니다. 엔랴쿠(延曆) 3년에 후타라산(二荒山) 산비탈에서 큰 계수나무를 발견하여 그것을 그대로 존상으로 깎아내었는데……"

"뭐야? 노름판이라도 연 거야?"

미야의 손을 끌고 들어온 야스가 옆의 벽을 등지고 미야와 나란히 앉았습니다.

"아저씨는 이 나가야에 볼 일이 있을 것 같지 않는데. 밖에는 멋진 가마가 서 있고, 방안에서는 또 불교 냄새 나는 이야기가 시작되고 있으니. 사쿠할아버지, 다이켄아저씨, 이거 도대체 어떻게 된 일이예요?"

야스는 둥근 눈을 반짝거리며 사쿠야와 다이켄 거사를 바라보며 질문을 던졌습니다. 두 사람 다 대답이 없습니다. 야스를 보지도 않습니다. 그렇기는커녕 일종의 절박한 공기가 실내에 가득했습니다. 미야와 야스가 돌아온 것조차 이들은 의식하지 못하는 것 같습니다.

그보다 지금.

마치 다른 사람처럼 급격한 변화를 보이고 있는 것은 이 집의 주인인 사쿠야씨, 사쿠아미입니다. 평상시에는 자고 있는지 깨어 있는지 모를 눈이 환하게 열려 생생하게 불타오르고 언제나 짚신 속처럼 생기 없던 얼굴이 지금은 뭔가에 홀린 것처럼 밝게 빛나고 있는 것입니다. 오랜 병으로 폐인처럼 된 몸조차 꼿꼿해져 어깨를 펴고 정좌한 무릎에 양손을 얹은 사쿠아미, 몬도노쇼의 말을 막고 꿈꾸는 사람처럼 말을 꺼냈습니다. 이제는 이미 돈가리 나가야의 사쿠야가 아닙니다. 당대에 유명한 조각가, 사쿠아미의 예술혼으로 불타오르는 모습입니다.

"그렇습니다만, 말씀하신 가이산쇼닌의 약사불은 후타라산의 계수나무를 세워놓고 손으로 깎아낸 것이 아닙니다. 나중에 우타가하마(歌ヶ浜)에서 같은 계수나무 남은 것을 사용하여 조각한 것이 그 약사존상입니다. 네, 정말 고금의 묘작이지요."

다이켄 선생은 아무 말 없이 고개를 깊이 끄덕였습니다. 다마루 몬도노쇼도 끼어들 데를 못 찾고 입을 다물었습니다. 야스와 미야는 병상시와 다른 사쿠야의 태도에 도대체 무슨 일인가 하고 어안이 벙벙하여 지켜보기만 합니다.

"닛코에는 홍법대사가 만든 부동명왕 목상도 있습니다만, 그것은 쥬쿠코지(寂光寺)의 보물이었던가요?"

"네."

몬도노쇼는 공손하게 대답했습니다.

"그 외에도 지겐(慈眼)대사의 동제 탄생불, 석존고행목상, 또 입열반상, 모두 희대의 명작입니다."

"네, 들었습니다. 살아있는 동안 한 번은 보고 싶다고 생각한 사쿠아미 일생의 소원이었던 작품들이지요."

"네, 그것을 편하게 보실 수 있습니다. 게다가 실력을 발휘하여 신마를 조각하신다면 그 명품들과 어깨를 나란히 하여 대대로 전해지겠지요. 사쿠아미님, 가마가 모시러 와 있습니다."

(1934.7.23)

174

마중 온 가마 4

"과연 야규가 아닌가. 세상을 버린 명인을 찾아내어 일생일대의 작품을 남기게 하다니, 이번 닛코조영은 아주 의의가 크다. 그 사쿠아미의 신마와 함께 야규의 이름도 오래도록 남을 것이다, 라고 우에사마의 칭찬의 말씀 한 마디도 받자는 거지요."

몬도노쇼는 다시 설득을 시작하였습니다.

사쿠아미는 눈을 지그시 감은 채 조금도 움직이지 않습니다. 그 작은 노인의 모습이 이 좁은 방안 가득 넘쳐나는 듯 크게 보이는 것은 그가 가진 기술의 힘이 방사선처럼 퍼지기 시작했기 때문일까요?

"내게, 말을 조각하여, 세상에 남기라니……."

입 안에서 씹듯이 사쿠아미는 한마디씩 끊어서 말하면서 잠시 눈을 열어 다이켄 선생을 보았습니다. 어떻게 할까요, 하는 무언의 상담입니다. 다이켄은 바로 그 뜻을 이해하고 말했습니다.

"당신 마음 내키는 대로요. 옆에서 무슨 말을 하겠소?"

"할아버지, 어디 가?"

야스의 질문에 미야도 걱정스러운 듯 묻습니다.

"할아버지, 아무 데도 가면 안 돼!"

사쿠아미는 다시 눈을 뜨고 어린 두 사람을 흘깃 보았습니다.

늙은 몸, 게다가 병이 나은 지 얼마 안 되었습니다. 먼 닛코로 가서 기력을 있는 대로 다 짜내어 신마를 조각한다! 자신이 갖고 있는 모든 것을 이 작품에 쏟아 붓는 것입니다. 전 생명을 다져넣어 한 선 한 선 생명을 새기는 것입니다! 그 조각이 완성되었을 때가 사쿠아미의 목숨이 다하는 때가 될 것입니다. 이 요청을 수락한다면 그것은 죽음으로 가는 여행. 미야와 야스, 귀여운 두 아이와도 이것이 영원한 이별이 되겠지요. 사쿠아미는 망설이고 있습니다.

침묵을 깨고 다이켄이 몬도노쇼에게 말했습니다.

"그건 그렇고 어떻게 사쿠아미님이 여기에 계시는 것을…… 아니, 이 돈가리 나가야의 사쿠야가 사쿠아미의 가명이라는 것을 귀하는 어떻게 아셨소?"

몬도노쇼는 잠시 망설이다가 대답하였습니다.

"신마를 조각하여 닛코에 기증하고 싶다고 우리 주인 야규 쓰시마노카미가 결심하셨는데 말 조각이라고 하면 누구라도 바로 머리에 떠올리는 사람이 이 사쿠아미님이시오. 언제부터인가 세상에서 사라져 거리에 몸을 숨기고 있다고 듣고 팔방에 손을 써서 찾았습니다. 아무도 행방을 몰라 그만 포기해야 하나 하고 생각하고 있던 터에 모처로부터 이 나가야의 사쿠야라는 사람이 있는데 그가 바로 사쿠아미인 것 같다고 들어서……."

야스가 끼어듭니다.

"저기, 사쿠할아버지! 할아버지는 그냥 할아버지지? 그냥 돈가리 나가야의 할아버지이고 그런 사람은 아니지?"

"음, 그래! 그냥 할아버지고 말고."

사쿠아미가 빙그레 웃으며 대답했습니다.

"다마루님이라고 하셨지요. 역시 저는 들으신 대로 그냥 이 돈가리 나가야의 사쿠야입니다. 그 편이 무사할 겁니다. 모처럼 말씀하셨지만 이번에는 거절할 수밖에 없습니다. 제게는 이미 도구도 없는……."

"그, 모처라는 게 누구요?"

하고 다이켄이 몬도노쇼에게 물었습니다.

(1934.7.24)

175
마중 온 가마 5

"오오카 에치젠노카미……."

다마로 몬도노쇼는 몰래 털어놓듯이 빠르게 중얼거렸습니다.

미나미초 부교 오오카 에치젠노카미가 이 돈가리 나가야의 사쿠야야말로 희대의 장인, 사쿠아미라고 살짝 야규가에게 알려줬다는 것입니다. 다이켄의 눈이 번쩍 빛났습니다.

"음, 그 사람이라면 정보통이니 에도 지붕아래 일어난 일은 하나에서 열까지 다 안다고 해도 과언이 아니지…… 그렇군, 엣슈가 알려준 건가."

다이켄은 혼잣말처럼 조용히 말했습니다.

하지만 어떻게 다다스케가 이 사쿠야의 원래 신분을 알고 있었는지 또 그것을 왜 야규에게 알렸는지 그 자세한 내막은 모르지만. 지금 다이켄이 말한 대로 에도 하늘에 명경을 걸어 놓은 듯 대소의 모든 일 하나하나, 오오카의 눈을 피할 수 있는 것은 없으니 이, 거리에 은거하는 사쿠아미를 진작부터 지켜보고 있었다고 해도 조금도 이상한 일은 아닙니다.

쓰시마노카미가 이번 닛코수리에 사쿠아미의 힘을 빌리려고 여러 방면으로 손을 뻗어 그의 소재를 물색하고 있다는 것도 에도 전체에 펼쳐놓고 있던 부교의 그물망에 걸려 바로 에치젠의 귀에 들어갔을 것임에 틀림없습니다. 항아리로 호되게 당한 야규번을 에치젠노카미는 도와줄 마음이었겠지요. 정보를 받은 쓰시마노카미는 좋아서 덩실거리며 바로 오늘 밤. 이렇게 이 에도 가로 다마루 몬도노쇼에게 마중할 가마를 붙여서 나가야로 보낸 것입니다. 하지만, 아까부터 아무리 저자세로 예의를 다하며 다시 활동해줄 것을 촉구하여도 사쿠야, 사쿠아미는 전혀 승낙해주지 않습니다.

한번은 몬도노쇼의 필사적인 권유로 까마득히 잊고 있었던 예술혼이 불타올라 어느 정도 해볼까 하는 기분이 된 것 같았지만, 지금 자신이 나가야를 나가게 되면 귀여운 미야와 야스는 어떻게 되지? 다이켄 선생에게 부탁하면 괜찮을 거라고 생각하지만 나이 들어 앞날이 얼마 남지 않는 처지에 사랑하는 두 사람과 헤어지는 슬픔을 생각하니 그것은 점화된 예술적 흥분에 찬 물을 끼얹기에 충분했습니다.

다이켄 선생은 팔짱을 끼고 고개를 숙인 채 아무 말도 없습니다.

야스와 미야는 좌우에서 사쿠아미의 무릎에 앉아 귀여운 눈썹에

근심의 팔자를 새기고 밑에서 가만히 할아버지의 얼굴을 올려다봅니다. 은애와 생사를 건 예술혼과의 두 갈래길……

돌처럼 움직이지 않던 사쿠아미, 입을 열어 몬도노쇼에게 말했습니다.

"오오카…… 오오카 에치젠노카미입니까? 음 언젠가 이 미야가 오오카님 댁에 심부름을 갔는데 바로 만나주신 일이 있습니다. 그때 이아이가 엣슈님께 부탁한 게 있었는데……."

갑자기 생각이 난 듯 말을 이었습니다.

"음, 그렇지! 부탁이 있소. 쓰시마노카미님께 부탁이 있습니다. 들어주시오. 여기 이 야스라고 하는 아이는 귀하의 번인 이가국 야규출신이라고 합니다. 아버지도 어머니도 모르는 아이입니다. 이렇게 에도에 와 어린 몸으로 세상 풍파에 시달리고 있는 것도 그 얼굴도 모르는 부모를 찾느라 그런 겁니다. 그러니 다마루님, 부탁은 이거 한 가지입니다. 귀번의 손으로 야스의 양친을 찾아주시면 안되겠습니까?"

(1934.7.25)

176

마중 온 가마 6

"같은 이가라면 아마도 야스의 양친을 아는 자가 있을 수도 있겠지. 번 중에 널리 사람을 써서 찾아본다면 생각지도 못한 실마리가 잡힐 수도 있지 않겠습니까?"

사쿠아미의 말에 몬도노쇼는 놀란 눈으로 야스를 바라보았습니다.

"호오, 이 아이가 이가 아이라고요? 핫핫핫, 그리고 보니 어쩐지 미간 사이에 어린데도 사람을 사람으로 생각하지 않는 이가정신이 보이는 군. 이야, 속일 수가 없겠는데."

무엇을 생각했는지 야스는 그것을 듣고 책상다리를 하고 앉아 말했습니다.

"쳇! 놀리지 말아요. 할아버지를 데려가려고 갑자기 나한테까지 빈말을 하는 거죠? 그런 수에 넘어가지는 않아요."

몬도노쇼는 정곡을 찔려 쓴웃음을 지으며 얼굴을 쓰다듬었습니다.

"아니, 아주 신랄한 녀석이군. 이봐요, 야스님. 같은 이가사람이라고 들으니 뭐랄까 갑자기 그리워지네."

그러자 뭔가 결심한 듯 사쿠아미는 몬도노쇼를 향해 앉아 말했습니다.

"상담할 것이 있습니다. 귀하의 손으로 이 야스의 부모를 찾아주신다고 약속하시면 이 사쿠아미, 바로 나가야를 떠나 맡기신 일에 분골쇄신하겠습니다."

그러자 몬도노쇼는 저도 모르게 손뼉을 치며 답했습니다.

"음, 그게 조건이시군요. 저희쪽에서 야스의 부모를 찾는다면 바로 지금 저희들이 모집한 장인의 한 사람으로 닛코로 가주신…… 알겠습니다. 야스님의 부모는 제가 주체가 되어 반드시 찾아내겠습니다."

다이켄이 옆에서 덧붙였습니다.

"그럼 사쿠아미님, 야스를 위해 닛코합류를 결심하신 거요? 가든 안 가든 그대 마음이오. 이 다이켄은 아무 것도 말할 게 없소이다."

이것으로 야스오빠의 양친을 알게 된다면 미야도 이 이상 기쁜 일은 없습니다. 하지만 그 때문에 하나밖에 없는 할아버지와 헤어지는 것은 죽기보다 괴롭습니다. 울다 웃는 미야짱, 작은 손으로 사쿠야의 무릎을 흔들며 말했습니다.

"할아버지, 야스오빠를 위해서라면 나 아무리 외로워도 참을 수 있어요. 네, 닛코에 말을 조각하러 가주세요."

그러고는 쓰러져 웁니다. 야스, 가만있을 수 없습니다.

"오, 할아버지. 그건 잘못된 생각이예요. 그렇게까지 내 일을 생각해주시는 것은 고맙지만 지금 할아버지가 없으면 미야는 누구를 의지하고 살겠어요? 내 부모에 대한 일 같은 건 아무래도 좋으니 그 닛코일은 뻥 차버려요. 네, 할아버지?"

좌우에서 미야와 야스가 매달려 애원하자 사쿠아미, 동시에 두 사람의 손을 뿌리치고 일어섰습니다.

"다마루님, 가마가 기다리고 있다고 하셨지요."

"다이켄님, 여러 가지로 오랫동안 신세를 많이 졌습니다. 폐를 끼치는 김에 이제부터는 이 두 아이를 보살펴주시기를 부탁드립니다. 다이켄 선생님."

"이거야 원, 너무 이르군. 벌써 출발하는 거요? 아아, 알겠소이다. 남은 일은 걱정 마시오. 다마루님만 약속을 지키면 야스의 양친도 알게 될 거고 미야짱은 미흡하나마 이 다이켄이 딸이라고 생각하고……."

(1934.7.28)

177

마중 온 가마 7

갑자기 심경의 변화가 일어날 때가 있습니다.

그 일례가 시바도장의 오렌. 그렇다고는 하나……

최근 오렌이 뭔가 인생의 덧없음을 느끼고 허전한 마음에 큰 타격을 받았다는 것은 사실입니다. 그것도 그렇겠지요. 어디까지나 배척하려고 했던 겐자부로에게 끊으려 해도 끊을 수 없는 사랑을 느낀 것입니다. 스스로 꾸민 음모와 자신의 연심 사이에서 그녀의 마음이 얼마나 괴로웠는지요. 그리고 또. 찢어질 듯한 마음으로 겨우 애착을 떼어내고 제대로 죽였다고만 생각했던 그 겐자부로가! 지금! 어떻습니까? 놀랍게도 아무 일도 없었다는 양 천연스럽게 저녁 무렵 안뜰에서 나무에 물을 주고 있는 것입니다. 그때부터 아무 일 없이 계속 이 도장에 있으면서 평범한 나날을 보내고 있었다는 듯. 시부에무라의 집…… 화재…… 구덩이…… 침수…… 그것들은 모두 악몽의 연쇄였던가?

순간 오렌은 자신의 눈을 의심한 것도 무리는 아니었습니다.

"어! 겐님이!"

무심코 낮은 목소리로 중얼거리며 옆에 서 있던 단바의 소매를 살짝 끌어당겼습니다. 미네 단바와 오렌, 지나가던 복도에서 멍하니 멈춰 서서 나가지도 뒤로 물러서지도 못하고……

유령을 본 것 같은 기분이라는 것은 그런 때의 일이겠지요.

헉헉 신음하는 단바의 숨소리를 오렌은 귀 가까이에서 들었습니다. 죽었어야 할 겐자부로가 여유롭게 국자를 흔들어 어두워지는 정원에서 조용히 물을 주고 있습니다. 괴담에 안성맞춤인 여름입니다. 뿐만 아니라, 원령이 나타난다는 해질녘입니다.

마루에 선 두 사람이 물을 뒤집어쓴 듯 떨고 있다는 것을 아는지 모르는지 겐자부로는 뭔가 입속으로 노래를 흥얼거리면서 계속해서 풀잎, 나무뿌리에 물을 주었습니다. 이윽고 뒤도 돌아보지 않고 한 마디.

"단바! 사례를 하지. 조만간 반드시 인사할 테니까."

깊어지는 어둠에 가려 촉촉하게 젖은 작은 목소리.

겐님! 오렌은 있는 힘껏 외치고 싶은 기분이었지만 소리가 나오지 않았습니다. 갑자기! 탁탁 하는 발소리에 돌아본 오렌은 안색이 변한 단바가 복도를 달려 원래 오던 방향으로 도망쳐가는 것을 보았습니다. 생각지도 않게 겐자부로가 살아있다! 살아서 이 도장에 돌아왔다! 이젠 다 끝났어! 모든 건 허사야! 그렇게 단바는 생각했겠지요. 큰 덩치를 흰 생쥐처럼 빨리빨리 움직여 시라누이의 제자들이 있는 큰 방으로 달려갔습니다만……

망연히 그 모습을 보고 있던 오렌이 문득 정신이 들어 겐자부로쪽을 바라보니 그는 물통을 내려놓고 풀잎에 젖은 소매를 걷어 올리고는 맞은편으로 돌아가고 있습니다. 그때입니다. 단바의 태도 하나, 겐자부로의 신호 하나에 단숨에 덤벼들려고 숨어있었던 게지요. 그쪽에 심어진 나무 사이에서 이가 사무라이 복병이 서넛 튀어나와 오렌에게는 눈길도 주지 않고 겐자부로의 뒤를 따라 갑니다.

"반드시 그 하기노도 지금 겐님과 함께 있을 것임이 틀림없어…… 이제 끝이야! 모든 게 끝났어!"

오렌은 창백한 입술로 중얼거렸습니다.

그 후 마루의 기둥에 기대어 옷깃에 턱을 묻고 생각에 잠긴 그녀,

시녀 한 사람이 저녁이 준비되었다고 와도 고개를 흔들어 물리고
는……

(1934.7.29)

178
마중 온 가마 8

저녁도 물리고 정원에 칠흑 같은 어둠이 깔릴 때까지 오렌은 외로
이 기둥에 기대어 생각에 빠져 있었습니다. 도장탈취 음모도 이제 여
기까지입니다. 하기노까지 겐자부로의 손에 넘어간 이상 이제 자신
이 취할 수단은 아무데도 없습니다. 실의. 신세를 비관하는 기분, 무
정한 마음이 때 아닌 찬바람처럼 가슴 깊이 찔러 옵니다. 어디에 의지
하지? 어디에서 이 마음을 위로받지? 그 순간 인간이라면 누구라도
떠올리는 것은 육친의 정입니다.

"아아, 그래. 이럴 때 그 아이만 곁에 있어 준다면 나는 아무 것도
필요하지 않아. 도장도, 사랑도 이 세상 모든 것은 아이의 사랑과 비
교하면 아무것도 아니야."

오렌이 이런 기분이 되다니, 어지간히도 마음이 약해졌나 봅니다.

외모는 여보살인데 내면은 여자야차인 그녀에게 돌연 끓어오른
불심. 오렌에게는 아이가 하나 있습니다. 전남편과의 사이에. 그 전남
편에 대한 것은 다음 기회에……

일단 마음이 자기 자식에게로 달려간 오렌은 대체로 생각이 나면

바로 움직이는 타입. 방으로 돌아와 얼마간의 돈을 허리춤에 끼워 넣고 실내화를 신은 채 정원을 지나 몰래 옆으로 빠져나가 한밤의 쓰마코이사카를 떠났습니다.

아이라니, 어디에 있지? 오렌은 대체 어디로 가는 걸까요?

"올해 이제 일곱 살이 되었겠지. 같이 가마를 타고 내가 안아서 어딘가에 데려가면 얼마나 기뻐할 런지. 같은 에도에 살면서도 왕래는 커녕 편지 한 장 없었던 죄를, 아버지께 차분히 사과드려야겠어."

입속으로 중얼거리면서 언덕아래를 둘러보니 때마침 지나가던 밤가마 한 대. 오렌은 흰 손을 들어 가마를 불렀습니다.

"네에, 어디로 가시는지?"

가마꾼이 물었습니다.

여기에서 장면은 한 바퀴 크게 회전해서.

"네에, 어디로 가시는지?"

도랑을 덮은 판자를 쿵쿵 울리면서 사쿠할아버지 집으로 달려온 것은 나가야 입구에 살고 있는 이 일대 중개인이라고 할 수 있는 석수 긴, 이시킨입니다.

다시 돈가리 나가야입니다.

"내가 목욕하러 갔는데 가라쿠마놈이 달려와서 누군지 모르겠는데 아주 훌륭한 무사님이 멋진 가마를 가지고 와 우리 나가야의 사쿠야씨를 모시러 왔다고 하는 게 아니오? 이야, 놀랐어요. 무슨 사정이 있는지 모르겠지만 병신자식, 사쿠야씨를 데려가게 할 수는 없지. 그래서 말이지 닦지도 않고 이렇게 속옷만 입고 달려왔는데, 아아, 이럴 수가!"

숨도 쉬지 않고 떠들어대는 이시킨을 선두로 오랫동안 친하게 지낸 돈가리 나가야의 주민들이 와글와글 사쿠야의 집으로 밀고 들어옵니다.

"이거 이거, 이놈들! 들어오지 마. 사쿠아미 선생께 무례를 범한다면 용서하지 않겠다. 길을 열어라."

다마루 몬도노쇼가 호통을 칩니다.

꿈꾸는 듯한 표정의 사쿠야가 몬도노쇼의 뒤를 따라 마당으로 내려오고 있습니다.

"할아버지, 역시 가야 해요?"

야스와 미야의 쥐어짜낸 듯한 목소리가 뒤를 쫓습니다.

사쿠아미는 나가야 사람들의 얼굴을 죽 바라보며 인사했습니다.

"오랫동안 신세 많이 졌습니다."

(1934.7.30)

179

마중 온 가마 9

조용한 가운데 뜨겁게 타오르는 열기를 품은 사쿠아미의 모습은 차가운 불꽃처럼 보는 사람의 가슴을 찔렀습니다. 오랫동안 숨겨놓았던 예술혼에 점화된 사쿠아미. 이미 손에 끌을 들고 있는 듯 오른손을 실룩실룩 움직이면서 봉당으로 내려섭니다. 야스와 미야의 사랑에 뒷머리가 당기는 듯하지만 그것도 일생의 명작을 남기고자 하는 마음의 맹세 앞에서는 끊어버리지 않을 수 없었습니다. 냉정하게 몬도노쇼를 돌아보며 말했습니다.

"갑시다. 안내해 주시오."

여기에 올 때는 아무리 일본 제일의 명장이라고는 해도 손을 쓰는 기술자, 돈만 듬뿍 내놓으면 달려올 거라고 생각했던 다마루 몬도노 쇼였습니다. 전혀 움직일 기미가 없는 사쿠야를 상대로 필사적으로 밀어붙인 끝에 이제 겨우 엉덩이를 들 수 있었던 것입니다. 그렇게 이야기를 나누는 사이 몬도노쇼는 완전히 뒷골목 초라한 집의 볼품없는 노인의 품위에 주눅이 들어버렸습니다.

기품이라고 해야 할까요? 인간의 깊이라고 할까요? 어느 쪽이든 몸에 배인 예술이 발산하는 만고불변의 빛임에 틀림없습니다.

"넷."

무심코 고개를 숙인 몬도노쇼, 마치 종자와도 같은 자세입니다.

"아까부터 가마가 기다리고 있습니다. 그럼 이리로……."

짚신을 신은 사쿠아미는 대나무 지팡이를 손에 쥐고 한 걸음 골목으로 나아갔습니다.

집안에서 봉당, 골목에 걸쳐 나가야 사람들은 꼼짝 않고 서있습니다.

"불쌍하게도 사쿠야씨, 어떤 나쁜 짓을 저질렀는지 모르지만 저런 부처님 같은 사람은 용서해주면 좋을 텐데."

그 중에는 뭔가 오해를 해서 사쿠야가 잡혀가게 되었다고 말하는 사람도 있습니다. 한참 자다가 이 소동에 깨는 바람에 잠꼬대를 하고 있는 겁니다.

"닛코에 따라가신다던 데 가끔 나가야를 생각해서 빌어 주시오."

"사는 곳이 바뀌면 배탈이 나니 조심하시오, 노인장."

별리는 이곳 돈가리 나가야에서조차 조금 센티멘털합니다.

내려가다 말고 장승처럼 벌떡 멈춰선 가모 다이켄은 두 손으로 야스와 미야의 머리를 쓰다듬으며 수염이 말을 하는 것 같은 음성으로,

"촉한의 유미, 제갈공명의 초려를 세 번 찾아갔지. 이것을 삼고초려라 하네. 사쿠아미님, 명작을 남기실 수 있도록 기원하고 있겠소. 미야와 야스의 일은 내가 맡겠소."

다이켄 거사, 전에 없이 굳어져서 그렇게 말했을 때였습니다.

갑자기 모인 사람들이 술렁거리나 싶더니 돈가리 나가야 골목에 가마가 또 한 대 다가왔습니다. 소란한 사람들 속으로 내려오는 모습을 보니 무가 집안의 후처 같은 품위 있는 여인이었습니다. 아무 동행도 없이 무엇 하러 이 밤에 빈민굴에?

그러는 사이 여인은 재빠르게 사람들을 헤치고 들어가 사쿠아미 앞에 섰습니다.

"아! 아버지, 오랜만이예요."

"음, 오렌이냐."

그 소리를 뒤로 하고 오렌은 집안으로 달려 들어가 순식간에 작은 미야의 몸을 끌어안았습니다. 일동 아연해져서 아무 소리도 내지 못합니다.

(1934.7.31)

180

마중 온 가마 10

"누구?"

미야가 의아한 얼굴로 오렌을 올려다보면서 아픈 듯 몸부림치며 꼭 껴안은 팔에서 벗어나려 합니다. 비처럼 쏟아져 내리는 오렌의 눈물이 창백해진 미야의 귀여운 얼굴에 떨어졌습니다.

"어머니야, 얘야. 네 엄마잖니!"

오렌은 다시 힘껏 작은 미야의 뼈가 삐걱거릴 정도로 끌어안으려 합니다.

야스는 놀라 멍하니 두 사람을 바라보며 말했습니다.

"이거 무슨 이상한 연극이지?"

다이켄이 사쿠아미에게 물었습니다.

"이거 대체 무슨……?"

"딸아이입니다."

사쿠아미는 망연자실하여 선 채로 가만히 오렌을 바라보았습니다. 세상의 풍파로 몇 십 줄의 깊은 주름이 새겨진 얼굴에는 감개무량한 기색이 떠올랐습니다.

"제 딸입니다만 모처에 시녀로 들어가 어물어물 후처로 들어앉은 후, 이날 이때까지 아무 소식도 없었답니다. 다이켄님, 여기 이 미야는 이 녀석이 집을 나가기 전에 낳은 아입니다."

갑자기 사쿠아미는 무서운 눈을 하고 오렌을 쏘아보았습니다.

"이제 와서 친정생각이라도 났더냐, 이 가벼운 녀석. 네가 아이를 찾아온 것을 보니 어지간히 나쁜 처지가 되어 새삼 인생의 허무함을 알게 된 것으로 보이는 구나.”

다다미에 손을 짚은 오렌은 한쪽 소매를 눈에 대고 말했습니다.

“제발 아무 말도 하지 말아주세요. 의지할 데라곤 이 어린 딸 하나 뿐이라는 걸 알게 되어, 그래서 이렇게 전날을 후회하며 온 거예요.”

“괴로워해야 해! 얼마든지 울어야 해! 위세 당당할 때는 같은 에도에 살면서 코끝 하나 비추지 않더니, 이제 와서 뭐가 어째? 오렌! 내가 너한테 당한 뜨거운 맛을 이제 너도 알겠느냐.”

계속되는 의외의 사건에 나가야 사람들은 파도가 밀려오듯 밖의 골목에 모여들고 봉당에 조용히 서 있는 사람은 다마루 몬도노쇼, 한 사람뿐이었습니다. 숙연한 분위기 속에서 몬도노쇼가 떨리는 음성으로 낮게 말했습니다.

“사쿠아미님, 그럼 출발은…….”

“지금 갑니다.”

사쿠아미는 오렌을 돌아보며 말했습니다.

“네가 자신의 영광에 눈이 멀어 아이를 버린 것처럼 나는 내 자신의 예술을 완성하기 위해 너에 대해서는 마음에 두지 않겠다. 이후의 일은 다이켄 선생의 지시를 받아 좋을 대로 하거라. 자, 야스. 미야의 모친은 이 사람이 아니다. 어쨌든 미야에게 어머니라고 이름 붙은 것이 하나 나타나긴 했다만…… 이번에는 야스의 양친을 찾는 것이 우선이다. 그에 대해서도 다마루님! 야스의 부모를 이가의 힘으로 찾아주신다는 조건으로 제가 닛코에 가는 겁니다. 반드시 이 약정을 지켜주십시오.”

“뒷일을 맡기다니 곤란하군…….”

다이켄은 수염을 쓰다듬으며 말했습니다.

"오렌이라는 사람에게도 또 여러 가지 사정이 있겠지만 그건 언젠가 듣기로 하고 어떠냐, 미야짱. 너는 이 여인을 어머니라고 생각하느냐?"

미야는 겨우 오렌의 품에서 벗어나 다이켄의 허리춤을 잡고 대답했습니다.

"나, 이런 아줌마 몰라요."

오렌이 왁 하고 울음을 터뜨렸습니다. 그때 밖에서 들린 한마디.

"그거 봐라!"

그 말을 남기고 사쿠아미의 가마는 떠났습니다.

(1934.8.1)

181
마중 온 가마 11

"무슨 말을 하는 거니, 미야짱! 이렇게 어머니가 데리러 왔는데 그런 말을 하는 아이가 어디 있니!"

오렌은 반광란상태로 손을 뻗어 또 미야를 안으려 합니다.

"싫어요, 싫어. 내가 생각한 어머니는 이렇게 무서운 사람이 아니에요. 모르는 아줌마가 와서 어머니라니 누가 그것을 진짜라고 믿겠어요? 싫어요!"

"어머나, 그렇게 무정한 소리를! 지금 이 수염 난 아저씨가 말씀하신 것처럼 내가 지금까지 너를 돌보지 않고 내버려둔 것은, 그건, 정말 여러 가지 사정이 있어서였어. 아니, 내가 생각한 대로 일이 잘 풀렸으면 언젠가는 귀한 아가씨로 아버지와 함께 도장으로 데려가려고 했었어. 언제까지나 이런 나가야에 둘 생각은 없었단다."

사쿠아미의 가마를 보내고 나가야 사람들은 슬슬 류센지 거리로 행렬을 지어 나간 것 같습니다. 돈가리 나가야는 갑자기 쥐죽은 듯 조용해져서 여기, 지금은 주인이 없는 사쿠야의 집에는 깨어진 행등만이 누르스름한 빛을 벽으로 흘려보내고 있습니다. 그 앞에 앉은 다이켄, 오렌, 미야, 야스, 대소 네 명의 그림자를 복잡하게 얽으면서……

책상다리를 하고 앉은 다이켄 거사는 가만히 눈을 감고 야규 쓰시마노카미의 눈에 띄어 목숨을 걸고 신마상을 조각하기 위해 이번 닛코조영에 합류한 사쿠아미를 조용히 생각하고 있습니다.

인간이 이렇게도 변할 수 있나 싶을 정도로 완전히 다른 사람이 되어 풀이 죽은 사람은 오렌입니다. 혼고의 시바도장에서는, 이즈음 점점 겐자부로 일당에게 밀려 자기 집이라면서도 주눅이 들어 있었는데 그럼에도 불구하고 시녀 수십 명을 턱으로 부리고 노회한 미녀 단바를 비롯한 다수의 검사들을 거느리고 있었던 오렌입니다. 그랬는데 지금은……

머리는 풀리고 화장은 벗겨진 채 옷도 흐트러져 차마 볼 수 없을 만큼 초라한 모습입니다. 마치 이 돈가리 나가야에 사는 여인 중 한 명 같은……

"생각한 건 뭐 하나 들어맞지 않고, 아아, 하나밖에 없는 아이까지 이렇게 쌀쌀하게 굴다니, 나란 인간은 앞으로……."

거기까지 말한 오렌, 갑자기 벌떡 일어났습니다. 핏줄이 터진 눈으로 미야를 바라보며,

"자! 가자. 밖에 가마가 기다리고 있어. 데리러 온 거야. 싫다고 할
때가 아니야."

마중온 가마가 또 하나.

그러자 그때까지 잠자코 있던 야스가 어깨에 걸친 수건을 풀어 머
리에 동여맸습니다. 그리고 천천히 양쪽 소매를 걷어붙이더니 반항
적인 태도로 털썩 앉았습니다.

"에고! 어디서 일하는 부인인지 모르겠으나 뻔뻔스러운 짓은 삼가
는 게 좋소."

시작되었습니다. 조그만 형님이 동글동글한 무릎을 모으고 기세
좋게 몰아붙이기 시작하자, 오렌이 깜짝 놀라,

"뭐야, 너는? 아기배우기라도 하니? 물러나 있어."

"물러나라니 나한테 말한 거요? 미야짱은 내 혼약자요. 그런 나한
테 한 마디 인사도 없이 가마로 마중 왔다니 무슨 말도 안 되는! 썩 사
라지시오!"

"그래, 그래. 야스! 이거 점점 재미있어지는 구나."

다이켄 선생, 손을 두드리며 부추겼습니다.

(1934.8.2)

182

두드리는 뜸부기 1

밤.

요즘 시간으로는 12시.

도코노마 옆에 새까만 도깨비가 꿈틀거리고 있습니다. 이건 미네 단바의 네모난 그림자입니다.

"음, 불사신인지 뭔지 실로 정말 놀라운 놈이야. 그 물이 가득 찬 구덩이에서 어떻게 살아나왔지……."

단바의 혼잣말입니다. 미네 단바는 팔짱을 끼고 어떻게 해야 할지 고민을 거듭하고 있습니다.

여기는 쓰마코이사카의 시바도장. 시라누이 문도들이 모여 있는 거실입니다. 요전번 밤, 갑옷궤에서 튀어나온 단게 사젠 때문에 상당히 많은 무사들이 죽어버려 지금 이 심야의 방에 성질 급한 단바를 둘러싸고 있는 시라누이줏포류 제자들은 약 스무 명 정도입니다. 삿사 겐하치로(佐々玄八郎), 마에야마 히코시치(前山彦七), 우미즈카 슈메(海塚主馬), 니시고몬 하치로에몬(西御門八郎右衛門), 마세 데쓰도(間瀬徹堂), 등, 등, 등.

"그런데 정말 놀랐습니다. 내가 봤을 때는 그놈, 정원 아래 서서 손수 등롱에 불을 붙이고 있더군요. 어두워지는 정원에 누가 서있는 겁니다. 뒷모습이며 어깨 언저리가 어딘가 낯익은 것이 뭐지 싶어서 마루에서 자세히 들여다보는데, 휙 돌아보면서 씨익 웃는 거요! 불빛에 한쪽 얼굴이 드러나는데 글쎄, 죽은 줄 알았던 이가 망나니지 뭡니까? 그래서 내가 얼마나 놀랐는지……."

두려움에 떨리는 목소리로 이야기하는 사람은 우미즈카 슈메입니다. 니시고몬 하치로에몬이 그 이름처럼 긴 얼굴을 한 층 더 길게 해서 말을 덧붙입니다.

"아니, 실은 정말로 뭐라 말할 수 없이 놀랐습니다. 나는 겐자부로

놈이 화장실에서 나와 손을 씻는 걸 멀리서 흘낏 봤는데 그것만으로도 벌써 이 허리 관절이 전혀 말을 안 들어 나도 모르게 장지문을 붙잡고 겨우 우리 쪽으로 도망왔습니다."

말하는 것까지 어지간히 깁니다.

산 같은 덩치의 마에야마 히코시치가 수은이라도 들이마신 것 같은 쉰 목소리로

"귀하도 유령이라고 생각한 쪽이군. 어디를 어떻게 했는지 모르겠지만 그때부터 아무 일없이 계속 도장에 살고 있었던 것 같은 얼굴로 태연하게 정원에서 물을 주고 있어서…… 정말이지 얄궂은 놈이라…… 나는 보자마자 털썩 주저앉았다오."

"하하, 기겁을 해서 말이지."

"아니, 그렇게 말하면 안 되지. 사실 밑에서부터 살펴봐서 그놈한테 발이 있는지 확인하는 거지."

"유령인지 아닌지 말이지. 과연, 그렇게 사려 깊은 행동을……."

기겁해서 주저앉은 것이 사려 깊은 행동이 되다니, 동료들끼리 서로 추어주는 데는 어이가 없습니다. 농담은 이 정도로 하고.

그 어부의 딸 오쓰유의 질투에서 나온 신고로 겐신사이와 기타 여럿이 정신없이 산보시강 로쿠베의 집으로 달려가 병을 앓고 난 겐자부로를 바로 도장의 별채로 모셔왔습니다. 그렇게 돌아온 겐자부로가 전부터 여기에 있었다는 듯 일상을 보내는 자신의 모습을 슬쩍슬쩍 시라누이 녀석들에게 보인 것은 이 시라누이들 사이에 대공황을 불러일으켰습니다.

그리하여 단바를 중심으로 생존자들이 모여 이렇게 회의를 하게 된 것입니다. 이때, 바깥의 복도에서 사각사각 부드럽게 옷 끌리는 소

리가 들렸습니다.

"아, 오렌님이 오셨군,;

일동은 일제히 자세를 바로 하여 앉았습니다.

(1934.8.3)

183
두드리는 뜸부기 2

"여러분, 여기 계셨군요."

장지 밖 복도에 무릎을 댄 여인의 음성. 삿사 겐하치로가 의아한 듯 낮은 음성으로,

"아아, 오렌님이 아니군"

"저, 그 오렌님의 일로⋯⋯ 실례합니다."

소리와 함께 조용히 장지문을 열고 얼굴을 내민 사람은 오렌의 시녀, 사나에입니다.

비단벌레빛깔의 작게 오므린 입이 무슨 일인지 살짝 헐떡이면서 시녀가 말했습니다.

"미네님께 여쭙니다. 오렌님께서 어디 가셨는지 혹시 아시는지요? 저녁 무렵 아주 우울해 하시더니 저녁을 권해드려도 안 드신다고만 하시며 젓가락 하나 대지 않으시고 그대로 물리셨는데 어느새, 모습이 보이지 않으셔서⋯⋯."

"뭐라고?"

단바는 눈을 크게 뜨고 위협적으로 시녀를 쏘아보았습니다.

"이곳저곳 찾아보았겠지?"

"그거야 말씀하시지 않아도…… 방이란 방은 물론 정원 구석구석까지 저희 일동이 분담해서 찾아보았지요. 물론 도깨비들이 사는 곳에는 무서워서 가까이 갈 수 없었지만요."

시녀들이 〈도깨비가 사는 곳〉이라고 하는 것은 겐자부로와 그 일당이 버티고 있는 같은 저택내의 일각을 말합니다.

"흐음."

단바는 눈을 찌푸리며 생각에 잠겼습니다.

"열 대여섯 된 소녀도 아니고 뭔가 생각이 있어 잠깐 밖에 나가셨겠지."

"그렇다 해도 저희한테 아무 말씀도 없이 가시다니…… 왠지 가슴이 두근거려서……."

창백한 얼굴의 사나에를 단바는 성가시다는 듯 바라보았습니다.

"별일 아니다. 곧 돌아오시겠지."

"하지만 이 밤중에 모시는 이도 없이 도대체 어디에?"

"그건 나도 모른다. 무슨 일인지 최근 이삼일 몹시 기가 죽어 계셨지. 그 나이때 부인들은 갑자기 무정함을 느끼는 일도 있으니 말이야."

단바도 외로운 얼굴을 했지만 문득 깨달은 듯 큰 소리로,

"어쨌든 시녀들이 알 건 없다. 이쪽은 오렌님의 거처가 아니다. 모두 소란 떨지 말고 일찍 쉬라고 전해라."

"그렇습니까? 그럼……."

사나에는 황망히 물러났습니다.

남은 무사들은 빙 둘러앉아 불안한 얼굴을 마주보며 말했습니다.

"어떻게 된 것이지? 오렌님은."

"처음부터 끝까지 뜻대로 되는 게 없으니 히스테리라도 일으키고 있는 건 아닌지."

히스테리 같은 편리한 말은 그 당시에는 아직 없었습니다. 여자가 말하거나 행동하거나 하는 것이 남자한테 불리하면 세상의 남편제군은 모두 히스테리라고 결론을 내버립니다. 이건 여담.

"살아있는 겐자부로를 보고 심경에 큰 변화를 일으켰는지도 모르지. 엇! 뭐야, 지금 이 소리는?"

이상한 소리를 들은 모두는 정원에 면한 덧문쪽을 일제히 돌아보았습니다. 심야인데다 비밀회의중인데다 덧문은 닫혀있었습니다. 그런데 텅! 하고 그 판자로 된 문에 뭔가가 부딪히는 소리가 난 것입니다. 바로 지금. 가령 사람 한 명이 힘을 다해 몸을 부딪치고 있는 것 같은 소리였습니다.

"뭐지? 어떤 놈이 엿듣고 있었던 건 아닌가?"

"열어봐."

"아니, 자네가 열어봐."

"이런 겁쟁이…… 좋아 내가 열게."

의욕적으로 일어선 사람은 젊은 사무라이 야마와키 사콘이었습니다.

(1934.8.4)

184

두드리는 뜸부기 3

위세 좋게 일어선 주제에 벌벌 떨고 있습니다. 하지만 나란히 앉은 동료를 보는 체면도 있어서 이제 와서 도로 앉을 수도 없게 된 야마와키 사콘.

"누구냐?"

외치면서 덧문을 슬쩍 밀어 열었습니다. 휘익 하는 소리와 함께 불어오는 밤바람. 문밖에는 한밤의 어둠에 둘러싸인 나무들이 묵묵히 서있고 그 위에 곡옥처럼 걸려있는 것은 생긴 지 얼마 안 된 젊은 초승달. 사람 한 명, 개 한 마리 없습니다. 겸연쩍은 사콘은 젊은 사무라이, 작은 유흥 하나라도 하자는 마음에 잔잔한 목소리로,

"두드리는 뜸부기에 그만 속아서……달 아래 부끄러운 내 모습…… 이런 상황입니다."

무인만 모인 도장에는 그다지 흔하지 않은 차분한 음성을 들려주고 그대로 쾅, 찌익! 문을 닫으려고 하자 그 덧문의 틈에 끼어 찌그러진 것이 있었습니다.

"뭐야, 이건……."

그 반 정도 방 쪽으로 들어와 있는 것을 잘 살펴보니 산단꽃입니다. 풍류라고 하기는 어딘가 이상합니다. 누가 무슨 목적으로 이 방 바깥에 산단꽃을 가져왔을까요? 게다가 몰래 말이지요.

시라누이 문도들은 단바의 얼굴로 시선을 모았습니다. 지휘를 바라는 것입니다.

"사콘, 한 번 더 덧문을 열어 그 꽃을 찾아보는 게 좋겠어."

그리하여 사콘이 다시 덧문의 살을 떼어내고 살짝 문을 열어 틈새에서 그 산단꽃을 꺼내 보았습니다. 역시 꽃가지에 한 장의 편지가 묶여있었습니다. 누군가가 정원을 타고 들어와 이것을 덧문 틈에 밀어넣고 탕 하고 문을 두드리고는 도망친 것입니다.

어디서? 하고 묻는 건 촌뜨기지요. 이 정원 맞은편에서 대치하고 있는 이가 사무라이들의 수작이 틀림없습니다. 이가 망나니. 야규 겐자부로의 사자. 미네 단바, 손이 떨리는 것을 부하들에게 보이지 않으려고 노력하면서 편지를 펼쳤습니다.

곧 사례를 하겠다고 진작 말씀드린 대로 내일 아침, 이 집 도장에서 진검으로 승부를 냅 시다. 언제까지 이렇게 서로 노려보고 있는 것도 끝이 없는 일. 미네 단바님과 저 겐자부로, 내일 아침을 기해 하얀 칼날 아래 서로 맞서 누가 이 도장의 주인이 될지 힘으로 즉각 결정합시다…… 운운.

이런 의미의 글.

다 읽은 단바는 싹 바뀐 안색이 모두에게 보이지 않도록 가만히 고개를 숙이고 생각에 빠진 시늉을 합니다. 두려워하던 것이 오는 것입니다. 드디어.

걱정이 가득한 얼굴, 얼굴, 얼굴이 전후좌우에서 단바를 둘러쌉니다. 약한 모습을 보일 수는 없는 입장입니다.

"이제껏 몰랐던 날붙이의 맛, 그걸 한 번 몸으로 맛보는 것도 재미있을 것이다."

이상한 억지입니다. 단바는 그렇게 수수께끼 같은 말을 입에 올렸지만 그 심중은 비장함으로 가득했습니다. 죽을 각오를 해야 합니다. 내일을 기해 사십 몇 년 삶의 막을 내리는 것입니다.

이가의 겐자부로에게 칼로 이겨내지 못하는 것은 누구보다도 미네 단바가 제일 잘 알고 있습니다.

"벼루와 종이를."

"겐자부로가 보낸 겁니까? 뭐라고 했습니까?"

"내게 아무 것도 묻지 말게. 아침이 되면 알 일이야. 종이를, 붓을……."

단바는 부들부들 손을 떨면서 누구에게랄 것도 없이 명했습니다.

(1934.8.5)

185

조릿대편지 1

"어땠나? 문틈에 끼워놓고 왔나?"

겐자부로는 예의 면도칼 같은 창백한 얼굴에 딱딱하게 굳은 웃음을 보이며 때마침 정원을 따라 돌아온 다니 다이하치를 맞이했습니다. 다이하치는 하카마 뒤를 탁 치며 무릎을 구부리고 대답했습니다.

"넷! 잘하고 돌아왔습니다. 많이 모여서 와글와글 논의 중이더군요."

"우훗, 단바놈. 지금쯤 퍼렇게 되어 있을 걸."

그렇게 말하고 겐자부로는 배를 깔고 엎드려 누웠습니다.

무늬 없는 생모시에 갈색 허리띠. 길게 찢어진 눈꼬리에 촛불이 춤추고 있습니다. 남자든 여자든 아름다운 사람은 유리한 법입니다. 어떤 옷을 입든 그대로 멋진 포즈가 됩니다.

조금 빠른 이야기지만 지금 이 젊은 이가의 사무라이.

격식을 차린 모습으로 깔개 위에 문장이 들어간 옷을 입고 앉아 사방침에 팔을 괴고 있을 때는 형 쓰시마노카미와는 다른 색다른 관록이 보여 아주 젊은 가운데 잘 꾸민 경주마 같은 남성미가 넘칩니다. 이렇게 평상복차림으로 누워 뒹굴 때는 또 묘하게 영락한 하급무사 같은 뒤틀린 멋이 나 여자아이들의 얼굴을 붉히게 합니다. 기요모토 [47]인가 뭔가를 흥얼거리며 뱀처럼 냉혹한 눈으로 봄비를 피해 싱긋 웃으며 묻지마 살인이라도 할 것 같습니다.

그런 것을 생각하면서 옆에서 이 겐자부로의 옆얼굴을 홀린 듯 보고 있는 것은 하기노아가씨입니다.

"그러면, 역시 단바를 베시는 거예요?"

하기노는 잠옷차림의 겐자부로에게 부채로 바람을 보내면서 그렇게 물었습니다.

그 단게 사젠에게 끌려가 공포와 기쁨이 교차하는 이상한 기분으로 달려간 로쿠베의 집에서 병을 치료하고 있던 겐자부로와 정말 오랜만에 만났습니다.

그런데 어떻게 알았는지 그 다음날 저녁, 도장에서 아사카 겐신사이, 다니 다이하치 등이 맞으러 와 겐자부로와 함께 여기로 온 것입니

---

47 기요모토부시. 에도시대 유행한 조루리의 하나. 무용음악.

다. 도장에 돌아오고부터는 이 방에서 겐자부로의 옆에 붙어 있으면서 아직 계모 오렌과 미네 단바를 비롯한 시라누이 사람들에게는 그림자 하나 보여주지 않고 있습니다.

질투로 사로잡혀 밀고할 작정으로 알리러 온 오쓰유는 생각했던 것과는 달리 오랫동안 행방불명이었던 젊은 주인이 있는 곳을 가르쳐준 대 은인이라는 이유로 떠받들어지고 있었습니다. 사례로 큰 돈까지 받고 겐자부로와 하기노가 돌아오기 조금 전에 아버지 로쿠베의 집으로 정중하게 돌려보내졌습니다.

하기노와 겐자부로의 귀가와 길이 엇갈리는 바람에 뭐가 뭔지 제대로 모르는 채 오쓰유는 여우에 홀린 것 같은 기분으로 아버지 집으로 돌아갔습니다. 이것으로 보면 이 아가씨는 무의식중에 겐자부로를 다시 도장으로 돌려보내는 역할을 완수한 것입니다. 그러면 앞으로 어떤 모습으로 오쓰유가 다시 이야기에 등장할까요?

그것은 후일 생길 일이고 지금은!

역시 단바를 죽일 거냐고 묻는 하기노의 말에 겐자부로는 귀찮은 듯 목을 비틀면서 대답했습니다.

"그가 죽는다고 단언할 수는 없지. 내가 죽을 지도 몰라."

"아, 무서워!"

하기노는 부채로 얼굴을 가리며,

"그렇게 되면 나는 어떻게 하나요? 하지만 역시 당신이 반드시 이길 거예요."

겐자부로는 이 하기노를 도대체 어떻게 생각하고 있을까요? 사랑하는지 아닌지 아무도 모릅니다.

그때였습니다.

덧문 밖 정원에 연이어 손뼉 치는 소리가 났습니다.

(1934.8.6)

186

조릿대편지 2

바로 밖의 정원에서 손뼉 치는 소리를 들은 겐자부로는 씨익 웃으며 말했습니다.

"신에게 배례하고 있나 보군[48]."

그리고는 옆방의 사람에게,

"단바한테 답장이 왔다."

그 말에 일어나 마루로 나간 시종이 닫아놓은 덧문에 서서 정원 앞을 바라보니 바로 밑의 디딤돌위에 녹색 나뭇가지가 놓여있는 것이 방안에서 새어나온 불빛에 비쳐 보였습니다.

"네, 역시 왔습니다."

시종은 웃으며 손을 뻗어 그것을 주워들었습니다. 밝은 곳으로 가져와 보니 잎이 붙은 조릿대입니다. 먹이 배어나온 종이 한 장이 매어져 있었습니다.

겐자부로는 그것을 받아들고

"이제 와서 도망도 못 치겠지. 뭐라고 하나 볼까."

---

48 신에게 배례할 때 손뼉을 치며 소리를 냄

그렇게 말하면서 매듭을 풀어 두세 줄로 된 문자를 훑어본 이가 망나니.

"바보 같으니! 진검승부에 무슨 심판이 필요해! 칼에 베어 죽는 쪽이 지는 게 당연하지 않나."

"오오, 무서워!"

옆에 있던 하기노가 양 소매로 껴안듯이 얼굴을 감싼 것은, 웃음을 머금고 그런 말을 하는 겐자부로에게 일종의 말할 수 없는 무시무시한 기운이 번갯불처럼 찌릿 하고 흘렀기 때문입니다.

겐자부로를 수행하는 이가 사무라이들 중 대장급 몇 명이 무릎걸음으로 다다미를 쓸며 옆방에서 나타났습니다. 겐자부로는 종이를 흔들며,

"이거, 이거 보라고. 단바자식, 완전히 겁쟁이 귀신이 붙었어. 심판이 없으면 거절한다고 하네."

다니 다이하치가 들여다보더니,

"흠, 말씀드리고자 하는 것은 진검승부라고 하나 야규일도류와 시라누이줏포류, 이른바 타 유파 간의 승부에 있어 상호의 실력이상의 심판을 세우는 것이 지당하다고 생각합니다. 따라서 심판으로 적당한 사람이 없을 경우에는 모처럼이지만 사퇴하는 수밖에 없음을…… 핫핫핫핫하. 미네 단바 이제 와서 목숨이 아까운가 보지. 벌레 같은 소리를 하는군."

옆에서 목을 내밀어 보고 있던 다른 한 사람이 그 다음 구절을 읽어 내립니다.

"심판 없이 타 유파 간 결투를 하는 것은 당 시라누이도장이 엄격하게 금하는 바…… 핫핫핫, 잘도 빠져나갈 길을 찾았군 그래."

"그러면 저쪽에서 말하는 대로 판정을 붙입니까?"

다이하치의 이 말은 주군인 겐자부로를 향한 것이었습니다. 벌떡 일어난 이가 망나니, 품속에 넣은 양손을 목 언저리로 올려 지팡이처럼 턱을 떠받치며 이야기했습니다.

"나도 그렇게 생각하던 참이네. 그러나 이 심판은 나 이상으로 실력이 뛰어난 사람이어야 한다니……."

이때 겐자부로의 머리에 그림자처럼 떠오른 것은 외눈외팔에 흰 옷을 입고 누레쓰바메를 찬 어떤 사람의 모습이었습니다.

"하지만 사젠이라는 놈은 지금 어디에 있는 건지. 볼일이 있을 때는 안 나타나고 볼일이 없을 때만 휙 나타나는 게 그녀석이라."

무릎을 탁 친 겐자부로.

"그래그래! 형님한테 부탁하자. 향님 쓰시마노카미를 심판으로 세워야겠어. 아사카영감, 서둘러서 린넨지마에 집에 이 뜻을 전해주게나. 그리고 다이하치, 벼루와 먹을 가지고 오게. 한 번 더 단바에게 조릿대편지를 보내야겠어."

(1934.8.7)

187
조릿대편지 3

아자부 린넨지마에 에도저택.

야규 쓰시마노카미가 다다미부교 벳쇼 시나노노카미를 불러 여러 가지 닛코조영에 대한 의논을 하고 있는 데 시종이 들어와 맞은편 마루에 엎드려 보고를 올립니다.

"지금 쓰마코이사카에서 사범대리 아사카 겐신사이님이 와 뵙기를 청합니다."

겐신사이가 겐자부로의 명으로 급거, 사자로 온 것입니다.

닛코의 산을 둘러싸고 사십 리에 걸친 구역에 관문을 설치하고, 재목이나 돌등을 수송할 인원도 결정해야 합니다. 미리 상의해야 할 것은 산만큼 쌓였고 착수일은 목전에 다가와 있기 때문에 쓰시마노카미는 전혀 여유가 없습니다. 마음이 내키지 않는다는 이유로 대답도 하지 않는 사람인만큼 여느 때와 같이 나 몰라라 하는 표정입니다. 그런데 아사카 겐신사이…… 라, 갑자기 생각이 났습니다. 동생 겐자부로한테 붙여놓은 영감이 이 밤중에 왜?

"무슨 일이지? 아사카영감이."

잠시 생각하더니 명을 내렸습니다.

"별실에 안내해."

그리고 마주 앉은 시나노노카미를 향해 양해를 구했습니다.

"개인적인 일로 누가 온 것 같소이다. 실례지만 잠시 자리를 비우겠소. 기다려 주시오."

일어나 복도로 나섰습니다. 여기저기에 놓아둔 등에서 새어나온 빛으로 긴 복도는 맞은편까지 한 눈에 보입니다. 하인에게 안내받은 겐신사이가 조금 떨어진 작은 방으로 들어가는 것이 보였습니다.

단순한 쓰시마노카미는 저벅저벅 큰 걸음으로 걸어가 아사카노인 바로 뒤에 그 방으로 들어갔습니다. 손을 뒤로 내밀어 문을 닫으며 선 채로 물었습니다.

"무슨 일인가? 용무라는 것을 빨리 고하라."

엎드려 예를 취한 겐신사이, 눈 같이 하얀 머리를 숙이고

"도노, 항상 건승하시기를 ……."

"인사 같은 건 됐네. 무슨 일이냐고 물었다."

"또 지금은 중요한 회의 중에……."

"손님이 기다리고 있다. 겐자부로가 뭐라고 했나?"

"도노와 시바 줏포사이님 사이에 겐자부로님과 하기노님의 혼례에 대해 굳게 약속하신 바, 저를 비롯한 가신들은 겐자부로님을 모시고 정식으로 이 에도 도장에 들어갔음에도 불구하고……."

쓰시마노카미는 겐자부로와 닮은 길게 찢어진 눈에 웃음을 담고,

"처음부터 시작하는 군. 긴 이야기는 사양하지, 영감."

"네…… 아니, 그런데도 저쪽에 생각지도 못한 방해꾼이 잠재해서 줏포사이 선생이 돌아가신 것을 기회로 겐자부로님께 공공연히 칼을 들이대서……."

"나는 몇 번이나 그 음모꾼들을 죽이라고 이가에서 겐자부로에게 일렀는데 그때마다 겐자부로의 답은 정해져 있었다. 적어도 계모라는 오렌이라는 자가 저쪽의 중심인 이상 어머니를 향해 칼을 휘두를 수는 없다, 따라서 지구전으로 나가 거기에 버티고 있다는 것이었는데……."

"넷, 그동안 여러 가지 일이 있었습니다만 도노, 기뻐해 주십시오. 내일 아침을 기해 원흉 미네 단바와 겐자부로님이 진검승부를 하게 되었습니다. 그래서 저쪽의 신청에 따라 그 심판을 도노께 부탁드리고자……."

(1934.8.8)

"바보 같은 소리!"

호통을 친 쓰시마노카미, 재빨리 일어나 복도로 나가면서 질타했습니다.

"영감은 대체 뭐 하는 사람인가. 그런 어리석은 일을 고하러 여기까지 오다니. 돌아가 겐자부로에게 그렇게 전해. 자신의 일은 자신이 처리하라고 말이야."

아사카노인은 상전의 소매라도 잡고 싶은 심정으로 손을 내밀며 쫓아갔습니다.

"처음부터 그럴 생각으로 지금까지 이런 저런 대사건이 일어나도 아무것도 여쭙지 않고 말없이 버티기를 계속해 왔습니다. 내일이야말로 단바를 죽이고 겐자부로님이 도장의 당주로서 바로 설 절호의 때입니다. 저쪽에서는 무슨 일이 있어도 심판 없이는 결투하지 않겠다고 주장하고 있습니다. 형식적으로만 잠깐 얼굴을 비추시면 됩니다."

"진검승부에 무슨 심판이 필요해?"

"물론 그렇습니다. 하지만 미네 단바로서는 그것만이 살 길이라 여기는지 심판 없이 다른 유파와 결투할 수 없다는 것이 시라누이의 규칙이라고 주장하며 어떻게든 도망갈 길을 찾고 있습니다. 도노께서 입회하시면 단바놈이 결투를 기피할 구실이 없어지게 되니 부디 겐자부로님을 위해 승낙해 주시기를…… 도노, 이렇게 부탁드립니다."

무표정한 얼굴의 쓰시마노카미.

"그렇다고는 하나 왜 그 심판역을 내게 맡기려 하는지 그걸 모르겠군."

"그건, 그, 자신보다, 또, 겐자부로님보다 실력이 뛰어난 사람이 입회해야 한다고…… 그것이 미네 단바가 내건 조건입니다."

"자기보다, 겐자부로보다 검술에 있어 상위인 자가 입회하지 않으면 승부를 내지 않겠다고……."

"미네 단바의 장점이 자신을 잘 알고 있다는 것입니다. 자신을 아는 자는 적도 압니다. 자신이 겐자부로님께 미치지 못한다는 것을 충분히 알고 있습니다. 따라서 뭐라도 해서 빠져나가려는 심산입니다. 자신보다 강한 자는 얼마든지 있지만 겐자부로님보다 뛰어난 사람은 그다지 없다. 그래서 그런 조건을 걸면 그걸 충족하기 어려울 것이라고 계산한 것입니다."

"흠, 그래서 나한테 왔다……."

"그렇습니다. 제일 곤란한 조건일 거라고 내놓은 것이겠지만 도노께서 얼굴을 비추시면 단바는 찍소리도 못하고 내일아침 겐자부로님께 죽게 될 것입니다."

"하하하하, 아아, 그런가. 알겠다. 그놈의 계략을 뒤집는다는 건가."

쓰시마노카미는 잠시 생각하다 말했습니다.

"가고 싶은데…… 아니, 개인사 아닌가. 중요한 닛코조영을 준비하며 심신을 정결하게 보존해야 할 몸이 그렇게 중요한 닛코 출발 전에 보기 흉한 시체를 눈에 담는다는 것은, 이봐, 겐신사이. 보류하지 않으면 안 되겠군."

"하지만……."

"게다가 시간이 없어. 오늘밤 철야로 벳소님과 회의해야 해."

쓰시마노카미가 거기까지 이야기했을 때 갑자기 바깥 복도에서 목소리가 들려왔습니다.

"도노 어디 계십니까? 몬도노쇼입니다. 지금 마침 사쿠아미를 설득하여 데려왔습니다. 숙소에 대기하고 있습니다만."

"오오, 다마루인가. 뭐라고? 사쿠아미가 합류한 건가. 그거 수고 많았다. 대성공이군."

자신의 사정은 어디론가 사라져버린 상황에서 멍하니 있던 겐신사이에게 쓰시마노카미, 갑자기 생각난 듯 빙그레 웃으며 말했습니다.

"영감, 안심하게나. 몬도노쇼, 잠깐 이리로 오게."

(1934.8.9)

189

조릿대편지 5

오렌은 도망쳤다.

겐자부로로부터는 결투장이 날아왔다.

어떻게든 한 치 앞을 볼 수 없는 이 상황에서 도망가고자 입회인이 없으면 결투하지 않겠다고 조릿대편지를 보냈건만…… 원하는 대로 단바보다 겐자부로보다 실력이 위인 대검사가 심판으로 설 것이라는 조릿대 답장이 바로 겐자부로로부터 왔습니다.

넓은 정원을 사이에 두고 조릿대에 묶은 편지가 두 번, 세 번 동과 동 사이를 왕복한 후, 제출한 조건이 받아들여졌다는 소식이 온 것입니다. 막다른 골목에 몰린 것이나 마찬가지인 미네 단바, 이젠 아무

구실도 내세울 게 없습니다.

드디어 아침.

정원의 한쪽 구석에서 겐자부로를 따라온 이가 사무라이들이 와글와글 떠들며 결투 준비를 하고 있습니다. 단바, 이쪽 방에서 그 소리를 듣는 심정은 어땠을까요? 어젯밤 한숨도 자지 못해 핏발이 선 눈에 이 쾌청한 아침의 방문은 너무나도 잔혹하게까지 느껴졌습니다. 실제로 눈이 아플 정도로 반짝반짝 빛나는 금색의 아침햇빛입니다.

지금 와서도 단바는 포기하기 힘듭니다.

"그 이가 망나니 이상의 실력자가 그렇게 많을 리 없는데 의외로 간단하게 수락하고 심판을 세운다고 하는데 대체 누구를 부른 것이지?"

당황한 눈으로 좌우를 돌아봐도 누구 하나 대답하는 사람이 없습니다.

"짐작 가는 자가 없나?"

한 사람이 부질없는 말을 꺼냅니다.

"경우에 따라서는 경우에 따르는 것이……."

"뭐야, 경우에 따라서는 경우에 따르는 것이라니, 무슨 말이야?"

"저, 그, 혹시, 그, 외눈외팔의 하얀 연기 같은 떠돌이가 날아오는 게……."

단바에게 있어 단게 사젠은 이가의 겐자부로 이상의 원수.

"앗! 그렇군! 그럴지도 모르지. 그놈이 있다는 것을 잊었어. 이거야 정말 어쩌면 그렇게 될 수도 있겠군. 음, 어쩐다. 긁어 부스럼을 만든 꼴이 아닌가."

그렇게 안색이 변해 있는데,

"준비가 끝나셨으면…… 주인님이 기다리고 계십니다."

듣기 싫은 이야기를 하러 겐자부로의 사자가 왔습니다.

이제 어쩔 수 없습니다. 이렇게 되니 과연 미네 단바. 각오가 단단히 섰습니다. 있는 힘껏 날뛰다 기회를 봐서 도망치는 거다!

일어난 단바, 떨리는 손으로 하카마를 정돈하고 흰 버선발로 밝은 빛이 흘러넘치는 정원으로 내려갔습니다.

어깨를 치켜 올리고 왼손으로 칼을 조금 뽑아내면서 재빠르게 정원 한 모퉁이로 나아갔습니다. 눈빛을 주고받은 제자들은 마치 장례식에 참석한 듯 힘없이 고개를 숙이고 줄지어 서있습니다.

원래 활터였던 곳이라 거기만 나무가 없이 땅에는 모래가 깔려 있습니다. 짙은 그림자를 땅에 떨어뜨리며 맞은편 귀퉁이에서 떠들고 있는 이가 사람들 속에서 아무렇게나 걸쳐 입고 품속에 손을 넣은 겐자부로가 예의 창백한 얼굴에 뒤틀린 미소를 지으며 나왔습니다.

"오랫동안 실례가 많았소. 오늘 아침의 이 진검승부, 바로 응해주어서 고맙소."

비꼬는 듯한 인사입니다.

하지만 미네 단바는 그 말에 인사를 되돌리지 않고 무엇보다 신경 쓰이는 오늘의 심판, 이 겐자부로보다 뛰어난 실력자를 찾아 그쪽에 모인 사람들을 바라보았습니다.

"입회는 어느 분이……?"

(1934.8.10)

190
고양이와 쥐 1

"음, 이번 건은⋯⋯."

겐자부로가 평상시와 다르게 진지한 얼굴로 불쑥 몸을 비키자 뒤
에 뚱뚱한 중년의 사무라이가 위의를 갖추고 서 있었습니다. 코끼리
같이 가늘고 부드러운 눈, 벗겨진 이마. 뒷짐을 지고 여유롭게 서 있
는 다이묘다운 풍채. 큰 칼을 높이 받들고 있는 어린 하인을 거느리고
작은 칼을 허리에 찬 야규번 에도가로 다마루 몬도노쇼.

"형이오. 형, 야규 쓰시마노카미."

겐자부로가 정색을 하고 단바에게 소개했습니다. 그리고 몬도노쇼
에게,

"형님, 이 사람이 시라누이도장의 사범대리, 라기보다 오랫동안 저
를 방해해온 미네 단바님⋯⋯."

물론 이름은 일본전역에서 천둥처럼 울러 퍼진 이가의 다이묘님
이지만 미네 단바, 아직 만나본 적이 없습니다. 쓰시마노카미의 얼굴
을 모르는 것입니다. 그래서 바꿔치기 같은 것은 애초에 생각할 수도
없었습니다. 흠칫 놀란 단바는 무너지듯 땅바닥에 무릎을 꿇고 고개
를 숙였습니다.

"아! 대 선생님이 아니십니까? 선생님께서 오실 줄은 생각도 못해
서 이런 괴이한 복장으로 뵙게 되어⋯⋯."

당황해서 하카마 자락을 쓸어내렸습니다.

"보기 흉한 모습을 부디 용서해 주시기를⋯⋯ 저는 방금 겐자부로
님이 말씀하신 미네 단바라고 하는 보잘 것 없는⋯⋯."

"아아, 그런 인사는 되려 송구스럽소."

다마루 몬도노쇼, 상당히 연기를 잘하는 군요. 완전히 주군 쓰시마노카미가 되어 느긋하게 몸을 뒤로 젖히고 거물다운 태도를 보여줍니다.

어젯밤 늦게 겨우 사쿠아미를 설득하여 돈가리 나가야에서 아자부의 에도저택으로 데려와 보니 이 도장의 겐자부로의 명으로 아사카 겐신사이가 사자로 와 있었습니다. 덕분에 임무가 하나 더 늘어 버렸습니다. 당치 않게도 번주 쓰시마노카미로 변장하여 오늘 아침 이 겐자부로 대 단바의 진검승부에 입회하게 된 것입니다.

"내 얼굴을 모르니 괜찮다. 다이묘처럼 행동하면 된다. 그대라면 할 수 있을 것이다."

그렇게 쓰시마노카미가 말했습니다. 그리하여 기분 좋게 온 몬도노쇼, 최선을 다해 한 번의 주인다운 태도로 말했습니다.

"단바라 했나, 뭐, 일어서도 좋다. 지금은 정식으로 알현을 허락한 경우가 아니다. 나는 단순히 심판 자격으로 왔으니, 나라고 생각하지 말고 한 명의 검사라고 생각해서 목례정도로 그치는 게 좋겠군. 그렇지 않으면 내가 곤란하다. 음, 곤란해. 아하하하."

가가대소하는 모습이 여간이 아닙니다.

입회인으로 그 단게 사젠이 오는 게 아닐까 하고 두려워했던 미네 선생, 그 사젠보다 위라고 할 수 있는 야규 쓰시마노카미가 나타나니 이젠 무슨 일이 있어도 빠져나갈 수 없게 되어버렸습니다. 창백해진 얼굴로 이렇게 말했습니다.

"대 선생님께서 입회해주시다니 분에 넘치는 영광입니다."

정말 분에 넘치는 일이라 전신이 부들부들 떨려왔습니다.

(1934.8.11)

191

고양이와 쥐 2

고양이와 쥐라고 할 때 쥐는 고양이의 적이 아님은 분명합니다. 하지만 다른 경우도 있는 법이라, 세상에는 궁지에 몰린 쥐가 도리어 고양이를 문다는 말도 있지요. 지금이 그 예의 하나.

그렇게 간단히 성사될 리 없을 거라는 생각에 겐자부로 이상으로 검술실력이 뛰어난 사람을 심판으로 세워야 한다고 이쪽에서 제안한 것에 응해 바람대로 검술으로도 더 위인 형 야규 쓰시마노카미가 심판으로 나타났습니다! 이제는 피할 수도 물러날 수도 없습니다. 그렇게 생각함과 동시에 미네 단바, 지금까지 부들부들 떨고 있던 쥐가 궁지에 몰린 그런 처지가 되었습니다. 어차피 구할 수 없는 목숨! 어쩔 수 없다면 조금이라도 줏포시라누이류의 정화를 발휘하자…… 드디어 무사다운 자세로 돌아왔습니다.

뿐만 아니라, 뒤에는 자신의 제자들이라고 할 수 있는 시라누이류의 문도들이 숨을 죽이고 기다리고 있습니다. 여기에서 단바, 싫어도 죽음으로 꽃을 피워야 하는 것입니다.

인간이 죽을 각오가 되면 다른 사람이 됩니다. 여러 가지 물욕아집에 사로잡혀 있다가 이즈음의 소나기처럼 깔끔하게 씻어 내려져 한순간에 열린 것입니다. 마음의 눈이.

미네 단바, 침착해졌습니다. 그래서 지금.

단바는 그 새로운 눈으로 이 야규 쓰시마노카미 - 가로인 다마루몬 도노쇼가 대역으로 온 가짜라고는 단바를 비롯한 시라누이사람들은 전혀 아무도 모른다[49]-의 모습을 지그시 바라보았습니다. 그런데 가짜라는 것은 입을 다물고 있으면 그것으로 통하는 경우가 많지만 진짜가 아니기 때문에 신경이 날카로워져서, 하여튼 이 가짜에 한해 자꾸 말이 많아집니다. 쓸데없는 말이 자꾸 나옵니다. 게다가 다마루 몬도노쇼는 잠깐이라도 겐자부로의 형이 되었다는 것이 기쁘고 기뻐서 참을 수가 없었습니다. 언제나 다마루영감, 다마루영감이라고 부르며 덮어놓고 호통만 치는 겐자부로였습니다. 어찌 할 도리가 없는 젊은 주인 이가 망나니. 그런데 지금 이 순간만은 그 겐자부로를 내려다보며 꾸짖을 수 있으니 아, 몬도노쇼, 그만 기분이 좋아져서,

"어이, 겐자부로, 빨리 준비를 하게."

"네, 형님, 지금 바로."

겐자부로, 젠장! 다마루영감, 나중에 꼭 혼내 주겠다! 하고 이를 악물면서 측근이 권하는 대로 흰 어깨띠를 두르고 십자모양으로 교차시켜 매었습니다.

"이봐, 이봐. 겐자부로!"

몬도노쇼, 또 시작했습니다.

"단바님이 기다리시지 않나. 이 마당에 이르러 기가 죽었는가, 겐자부로! 야, 겐공!"

마지막 말은 하지 않았습니다.

"기가 죽었다고? 영감, 지금이다 싶어 지독한 소리를 해대는 군."

49　시라누이(不知火)는 작품에 나오는 검술유파이름이기도 하고 음력 7월 밤에 규슈 야쓰시로해상에 나타나는 이상한 불빛을 가리키는 말이기도 하다 또한 시라누이(不知矣)는 〈모른다〉라는 뜻을 가진 일본어이기도 하다

겐자부로가 낮은 음성으로 중얼거리며 슬쩍 흘겨보자 몬도노쇼는 천연스러운 얼굴로,

"무례하군. 겐자부로! 그런 눈으로 형님을 보는 거냐. 눈이 찌부러 지겠군."

할 수 없으니 겐자부로,

"죄송합니다. 승부는 시운이 따라야 하는 법, 경우에 따라서는 이것이 금생의 마지막인가 하여 무심코 형님의 얼굴을 우러러보았습니다."

"그런 약한 소리를 해서 어쩌려는 겐가! 음? 어서 제자리에 서게 겐자부로! 그, 칼을 뽑지 않나? 겐자부로. 뭘 하고 있나, 겐자부로!"

이래서야 겐자부로가 몇 명 있어도 모자랄 지경입니다.

(1934.8.12)

192

고양이와 쥐 3

겐자부로! 겐자부로! 마치 겐자부로를 팔러 나온 것 같은 다마루 몬도노쇼의 허세를, 결투준비를 하면서 옆눈으로 지켜보고 있던 미네 단바. 나쁜 지혜의 본존답게 다른 사람의 나쁜 지혜를 간파하는 것도 빠릅니다. 하아! 이건 가짜구나. 마음속으로 몰래 생각했습니다. 하지만 그런 생각을 겉으로 드러내지 않고,

"겐자부로님, 그러면……."

하고 딱딱한 표정으로 가볍게 머리를 숙임과 동시에 쑥 칼집에서

빠져나온 칼은 쓰루베 오토시라는 이름의 이척 팔촌 길이의 비젠 오사후네의 칼입니다. 가을 햇빛은 쓰루베 오토시, 가을 햇빛은 떨어지는 두레박처럼 빠르게 진다. 가을 해처럼 빠르고 격렬하고 또 떨어지는 두레박처럼 질풍뇌전으로 움직인다는 의미로 이렇게 불리는 단바의 자랑스런 명도입니다.

오척 팔촌이 넘는 커다란 남자. 어깨는 빨래판 같이 사각형이고 커다란 눈을 부릅뜨고 방금 설명한 대도 쓰루베 오토시를 하단자세로 낮게 겨눈 채 흰 버선발로 정원의 흙을 밟으며 발돋움하여…… 당당한 풍채입니다. 바로 천 냥짜리 배우의 관록을 보는 거 같습니다.

단바, 곁눈질로 몰래 입회한 야규 쓰시마노카미-가 아니라 다마루 몬도노쇼를 보니, 몬도노쇼는 가짜임이 들통난 것은 전혀 알아차리지 못하고,

"두 영웅은 함께 할 수 없다. 단바님과 겐자부로는 양립할 수 없다 어느 한쪽의 명이 떨어질 때까지 진검승부다. 이봐, 겐자부로 실수하지 말고."

어디까지나 이가 망나니 형 행세를 하고 있습니다. 단바의 어마어마한 공격에 대해 겐자부로는 얄미울 정도로 침착합니다. 입 안에서 노래를 낮게 웅얼거리며,

"자, 갑니다."

혼잣말 같은 읊조림, 빼낸 칼을 푸른 눈에 딱 붙인 채 한발 한발 발끝으로 다가갑니다. 벌써 풀에 맺힌 이슬도 마를 정도로 여름의 태양은 강하게 내리쬐어 숨 막히는 열기가 이 정원의 흥분을 더해가고 있습니다. 마른 나무에 꽃이 핀 듯 백일홍 하나가 바로 옆에 피어 있습니다. 그 가지 끝 위에서 갑자기 매미가 울기 시작했습니다. 치이, 하

고 귀에 스며드는 매미소리만이 이 순간의 정숙을 깰 뿐입니다.

겐자부로를 따르는 이가 사무라이들도 시라누이 도장의 무리들도 솟구쳐 오르는 검기에 짓눌린 듯 두 사람을 둘러싼 사람들의 원이 무의식적으로 뒤로 넓어집니다. 누구든 여차하면 칼을 뽑을 생각입니다. 모두 칼자루에 손을 걸치고……

그것을 보자마자 다마루 몬도노쇼가 큰 소리로 질타했습니다.

"쌍방 도움은 필요 없다! 개입해서는 안 돼!"

흰 부채를 비스듬히 잡고 호통을 칩니다. 그것이 단바가 기다리고 있던 기회! 야규류에서 말하는 간누키 세이간[50]…… 밀어도 쳐도 두드려도 깨지지 않는 이가 망나니의 도법에 아무 대응도 할 수 없는 단바는 만약 다음 순간 겐자부로가 움직이기만 하면 바로 그 칼을 맞게 됩니다. 결국 여기에서 죽는 건가 할 때 갑자기 머리에서 번뜩인 것이 궁지에 몰린 쥐 신세인 그에게 의외의 활로를 주었습니다.

"실례!"

하고 외쳤습니다. 이성을 잃었는지 단바, 갑자기 그 쓰루베 오토시를 휘두르는데 그야말로 가을 햇빛이 아니라 가을 서리, 추상열일의 기세로 위에서 내리쳤습니다.

겐자부로에게?

(1934.8.13)

---

50 검술에서 칼을 빗장처럼 수평으로 하여 상대방의 눈높이로 겨누는 자세

193

고양이와 쥐 4

미네 단바의 칼, 쓰루베 오토시는 갑자기 으르렁거리며 발동했습니다. 상대인 이가의 겐자부로를 향해? 아닙니다! 옆에 서 있던 심판, 야규 쓰시마노카미…… 실은 다마루 몬도노쇼를 겨냥하여.

이 사람이 진짜 쓰시마노카미라면 조금도 당황하지 않고 손에 들고 있던 부채로 쓰루베 오코시의 칼날을 멋지게 날려버렸을 겁니다. 명인묘수에 얽힌 전설적 일화가 또 하나 늘었을 지도 모르지요. 그건 슬픈 일이군요. 가짜 야규 쓰시마노카미.

대체로 에도가로라고 하는 사람은 주군이 번에 머무는 동안 에도에 주재하는 다른 가문이나 다이묘들과 교제하는 것이 본업입니다. 소위 외교관. 아무리 검술로 이름을 날리는 야규번의 가로라 하더라도 실제로는 문관으로, 몬도노쇼, 무인이 아닙니다. 그래서 이때의 몬도노쇼, 전혀 놀라지 않다 -는 식으로는 되지 않았습니다. 굉장히 놀랐습니다. 보기 괴로울 정도로.

"뭐, 뭐 하는 게냐! 이거, 정신이 나간 거냐?"

우는 것 같은 비명을 지르며 옆으로 도망간 몬도노쇼, 지금까지 열심히 하고 있었던 다이묘님 역할도 완전히 잊어버리고,

"하, 발광이라도 한 건가! 나, 나는 상대가 아니다. 젊은 주, 주군, 게, 게, 겐자부로님이 그대의 적이 아닌가."

그 당황하는 모습이 어지간히 우습게 보여 성질 나쁜 겐자부로는 칼을 끌어당기며 킬킬 웃기 시작했습니다.

이것이 유일한 살길이라고 생각한 단바, 열심히,

"가짜! 계략이 밝혀졌다!"

하고 소리 지르면서 쓰루베 오토시를 정면에서 휘두르며 다시 몬도노쇼를 겨냥해 뛰어들려고 하였습니다.

"야규 쓰시마노카미가 이 단바의 칼을 못 막을 리 없지. 실례지만 들어갑니다, 쓰시마노카미님!"

큰 소리로 외치면서 단바는 몬도노쇼를 공격했습니다.

"기다려! 기다려! 이 무슨 성급한 양반인가. 나는 그저 윗전이 시킨 대로 했을 뿐인데 이렇게 난폭하게!"

낭패한 몬도노쇼는 나무줄기를 방패삼아,

"이봐, 사람 잘못 봤다니까. 나는 쓰시마노카미가 아니오. 가로인 다마루……."

단바는 이것으로 임시모면하여 목숨을 건지려고,

"다마루고 뭐고 알 게 뭐냐. 자, 심판을 맡은 수완가부터 먼저 뵙겠소."

"이봐요, 겐자부로님! 웃지만 말고 이 무법자를 처치해주시오."

나무를 가운데 두고 두세 번 돌면서 고양이와 쥐처럼 쫓고 쫓기고 있던 몬도노쇼는 기회를 보아 쏜살같이 뒷문으로 나가 쓰마코이사카 거리로 빠져나가 버렸습니다. 그리고 헉헉거리는 몸으로 아자부 린넨지마에의 에도 저택으로 돌아갔습니다.

미네 단바도 빈틈없는 자, 쓰루베 오토시를 칼집에 넣고 의연한 태도로 겐자부로 앞에 나섰습니다.

"조건이 다르지 않소, 겐자부로님. 저보다 귀하보다 실력이 위인 사람이 심판으로 입회하지 않으면 다른 유파와의 결투는 일체 사양하고 있소. 이것이 우리 시라누이류의 규정이라고 말씀드렸잖소. 이런 사정으로 오늘의 결투는 없는 것으로 흘려보내야 하오…….”

단바는 흰 부채를 펴서 자신의 얼굴을 덮었습니다.

(1934.8.14)

194

인신주(人身柱) 1

닛코를 보기 전에 훌륭하다고 말하지 말라…… 그 훌륭한 곳의 입구입니다.

예의 삼목가로수입니다.

멋진 삼나무 고목이 우뚝 솟아 길의 양쪽에 줄을 지어 서있습니다.

“어이! 아래로! 아래로!”

길게 늘어선 행렬이 지금 풍속화처럼 지나가고 있는 것은 에도 아자부의 저택을 떠나온 수리부교, 야규 쓰시마노카미, 뒤따르는 일행은 다다미부교, 벳쇼 시나노노카미와 그 수행원들입니다. 박고지와 매달린 천장[51]으로 유명한 우쓰노미야(宇都宮)를 지나 도쿠지로(德次郎), 주도쿠지로(中德次郎), 오사와(大沢), 이마이치(今市)……

그리하여 행렬은 이제 닛코 레이헤이시(日光例幣使) 가도에 있는 삼목가로수 쪽으로 다가가고 있습니다.

---

51 달아매어 놓았다가, 떨어뜨려서 밑에 있는 사람을 죽이게 장치한 천장. 도쿠가와 히데타다를 죽이려고 우쓰노미야에 이런 천장을 만들었다는 전설이 있다

아주 옛날이야기인데, 게이안(慶安)원년에 스루가의 구노산에 매장된 곤겐님을 닛코산에 이장하고 도조궁을 조영할 때 모든 다이묘들이 여러 가지 물품을 기부했습니다. 무엇보다 도쿠가와에게 아첨하는 것이 당대 다이묘들의 가장 중요한 보신술이었기 때문에 너도 나도 지혜를 짜내어 훌륭한 물품을 기부하던 중에 조영총부교중 한 명으로 마쓰시타 우에몬다유(松下右衛門太夫) 미나모토노 마사쓰나(源政綱)라는 부슈 가와코에(武州川越)의 성주가 ,

"아, 곤란한 데. 모두 훌륭한 물품을 기부하는데 아무 것도 헌납하지 않을 수도 없고……."

"그렇기는 하지만 저희 번은 재정상태가 좋지 않으니…… 어떠십니까? 뭔가 심는 것은……."

"그거 좋은 생각이구나. 나무는 생물이니 후세에도 멋진 풍물을 만들어주겠지."

그리하여 너무 가난한 나머지 볼품없는 삼나무 묘목을 그 가도와 산나이 일대에 심어 헌납한 것입니다. 가와코에의 도노라면 감자라도 심을 법 하지만……

간에이 원년에서 게이안 원년까지 이십여 년 동안 심었습니다. 그 가로수길은 도조궁부근에서 이마이치까지 나와 세 갈래로 나뉘어 가누마(鹿沼)가도, 우쓰노미야가도, 아이즈가도까지 이어져 가히 천하의 장관이라 할 수 있습니다.

당시는 빈약한 묘목이라 헌납자의 주머니 사정을 말해주는 것 같았던 어린 삼나무가 지금은 장대하고 화려한 건축물과 아름다운 조화를 보여주어 기부품 중에서 선두를 달리는 것이 되었습니다.

"상당히 고민하면서 이 삼나무를 심었겠군,"

지금 가마를 타고 삼나무 아래로 지나가며 쓰시마노카미, 동병상
련의 정을 느끼고 있습니다.

"예로부터 닛코 때문에 가난한 다이묘들이 모두 눈물을 뽑았지."

재보의 소재를 숨겨놓은 고케자루 차 항아리는 아직도 행방을 모
릅니다. 곤란에 빠진 야규번을 차마 볼 수 없던 구라쿠와 에치젠노카
미가 가짜 항아리를 정원 소나무 가지에 매달고 하룻밤 사이에 에도
저택 정원 구석에 이 닛코에 필요한 만큼의 비용을 묻어 두어 야규를
도와주었습니다. 소위 요시무네의 포켓머니로 겨우 조영에 나설 수
있었기 때문에 쓰시마노카미, 내심 재미없는 일 천지입니다.

그건 그렇고 고케자루는 지금 어디에 있는 걸까? 생각하는 건 이
것뿐입니다.

주군대역으로 진검승부에 입회했다가 하마터면 미네 단바의 칼을
맞을 뻔한 다마루 몬도노쇼, 지금은 말을 타고 이 행렬에 합류해 있습
니다.

(1934.8.15)

195
인신주 2

완만한 오르막길로 된 하치이시마치(鉢石町)를 행렬은 조용히 올라
갔습니다. 졸졸 거리며 흐르는 물소리가 들려온 것은 세찬 물이 바위
에 부딪혀 물보라를 일으키는 오오야 강 근처였습니다. 신사의 다리

가 여기 있었습니다. 닛코팔경 중 제일 아름답다고 하는 야마스게세키쇼(山菅夕照). 유명한 뱀다리 전설에 옛날을 생각하면서 오오야 강물소리를 뒤로 하고 늙은 삼나무로 낮에도 어두운 나가사카(長坂)를 오르자 미코시타비쇼[52]로 알려진 산노샤(山王社)가 나타났습니다.

야규 쓰시마노카미, 벳쇼 시나노노카미의 조영부교임시사무소는 미리 여기 산노근처에 설치되어 있었습니다. 이때의 공사 상황에 대해 쓴 것을 보면 초소실록에 다음과 같이 적혀 있습니다.

일. 야규쓰시마, 벳쇼 시나노 양 부교, 궁 수복을 위해 경내에 공사사무실 설치, 바로 소방에 관한 회람 제출

일. 다음날부터 목수장, 시타부교 등 신관일동의 안내로 본사, 배전, 옥원을 비롯한 임시전각, 다비쇼에 이르기까지 모조리 답사

건축사무소라고 해야 할 임시조영부교소로 돌아온 쓰시마노카미는,

"괜찮은가, 인부는? 각 지역에서 종교조사를 통해 내놓아야 하는데."

그날 아침, 미네 단바의 칼을 피해 삼십육계를 이용한 다마루 몬도노쇼, 서둘러 린넨지 저택으로 돌아왔습니다.

"뭔가 저쪽에서 불만이 나와 오늘아침의 결투는 중지되었습니다. 단바놈과 겐자부로님은 아직 여러 가지로 논의 중이십니다만 저는 그대로 돌아왔습니다. 당분간 쓰마코이사카 도장에서는 대치가 계속

---

52 신사의 제례 때 사용하는 신위를 모신 가마를 잠시 멈춰 두는 곳

될 것으로 보입니다."

이렇게 저 좋을 대로 보고를 하고는 어전을 빠져나왔습니다.

그리고 그 다음다음날.

주군 쓰시마노카미를 모시고 이 닛코현장을 향해 에도를 출발한 것입니다.

괴상한 시녀로 쓰시마노카미의 측근이 된 오후지. 그리고 고케자루의 진위를 가릴 감정역으로 멀리 이가 야규의 침상에서 끌려나온 기적적인 노령자 다도 선생 잇푸, 이 두 사람을 비롯하여, 고다이노신을 대장으로 고케자루 탐색을 사명으로 하는 쇼헤이관 무리, 이들은 아직 에도저택에 남아 있어 함께 닛코로 가는 것은 아닙니다.

그리하여, 무엇보다 주군 바로 밑에서 익숙하지 않는 공사 지휘를 해야 하는 다마루 몬도노쇼, 몸이 몇 개라도 모자랄 정도로 바쁩니다.

"에, 인부는 이십오세부터 오십세까지로 했습니다. 영락전으로 주야의 수당 및 중식비를 주도록…… 분명히 그렇게 했지요?"

"몰라. 그쪽 좋을 대로 해."

"그러면 곤란합니다. 이 공적인 사업에 있어 모든 것에는 재래의 관례라는 것이 있습니다. 그래요, 닛코산에서 사십 리 안에 있는 여자 십삼 세에서 이십 세까지의 사람은 목면사를 한 사람당 한 달에 한 필을 상납하고 그 마을의 관리들이 이것을 모아 그 실을 이십삼 세부터 사십 세까지의 부녀자들에게 주어 한 달에 백포 한 필씩 짜도록 한다. 백포끝단에 는 그 지역명을 쓰고 그것을 각각 관리가 보관하다가 명령에 따라 바로 수송한다. 이렇지 않습니까? 실로 까다롭기 짝이 없군요. 그런데 관문 수배는 어떻게?"

(1934.8.16)

인신주 3

지금 몬도노쇼가 말한 관문이라고 하는 것은 닛코수리 중 임시로 설치되는 것으로, 이때는 나미키모토무라(並木本村), 시모유키무라(下幸村), 가누마신덴(鹿沼新田), 삼개소에 새로 관문을 설치하여 선발대가 돌아가며 근무하게 하였습니다.

이 제도는 하코네, 후에후키(笛吹) 양 관문에 준해 실시되어 출입도 증명서가 있어야 허락되었습니다. 그중에서도 특히 오 관이상의 하물은 가령 관청의 물건이라 하도라도 검사하는 것이 규정으로 되어 있었습니다.

산노 옆 공사부교소에서는 정부 양 부교를 둘러싸고 주야를 가리지 않고 평정과 협의로 눈이 돌아갈 지경으로 바빴습니다. 서기가 붓을 귀에 끼우고 거실을 서성거리면서 몬도노쇼의 모습을 찾습니다.

"이렇게 입산허가에 품을 들이면 공사착수는 우두머리만 올려 보내서 식을 여는 겁니까?"

다른 한 사람이 누구에게랄 것도 없이 큰 소리로,

"벌써 조는 다 짰습니까? 짰으면 한 번 모여서 얼굴을 기억하도록 하는 게 좋겠습니다."

"가로님도 아까 그런 말씀을 하셨습니다. 일단 다마루님께 여쭤보는 게 좋아."

"다마루님은 지금 어디에?"

"도노 뵈러 가셨을 걸."

하고 대답한 사람이 바쁜 듯이 가 버립니다.

이 조를 짠다는 것은, 이로하 가나문자 순으로 조를 나누어 목수 스물다섯 명에 동량 두 명, 제직 오십 명, 잡역 삼십 명, 합해서 백 일곱 명으로 한 조를 만들어 여기에 도장을 찍습니다. 칠장이, 금속세공사, 연마사, 석공 등도 스물다섯 명이 한 조가 됩니다. 물론 일동은 산에 올라간 것을 끝으로 우두머리들은 마을의 작은 집, 제직공은 현장의 가건물에 기거하면서 준공할 때까지 하산할 수 없었습니다. 만약 공사 중에 이들의 본가에 불행한 일이 생겼을 경우에는 바로 본인을 내보낸 뒤 금강, 보현 양원의 수도승들을 초대하여 부정을 씻도록 하였습니다. 그 외에도 이 닛코조영에 대해서 모든 경우에 대응하는 실로 세밀한 규정이 있었습니다.

드디어 이 조영부교소 앞에 한 장의 커다란 게시가 걸렸습니다. 인근을 우왕좌왕하던 이들이 한꺼번에 그쪽으로 가 와글와글 떠들며 내용을 읽어보았습니다.

금회 대수복담당 제직 게시

목수장 고라 무네토시(甲良宗俊)

대동량 쓰지우치 오오스미(辻内大隅)

지붕 오야기 치쿠젠(大柳築前)

조각동량 사쿠아미

화가 가노 도타쿠(狩野洞琢)

칠장이 스이슈 헤이주로(推朱平十郎)

금속세공사 하치아미 야마시로(鉢阿弥山城)

주물사 시이나 효고(椎名兵庫)

이와 같이 당대의 명인명장을 망라한 가운데 우리 돈가리 나가야의 사쿠야씨 이름도 제대로 들어가 있습니다.

이외에.

본사는 목수가 누구고, 칠공예에는 원재, 배전, 옥원, 당문, 호마당, 신락전, 신여사, 회랑, 윤장, 세수대, 마굿간, 수행소…… 등 각각의 담당구역에 따라 사람과 작업이 세밀하게 구분되어 있습니다.

마침 이때.

이 조영부교소 안에서 다른 사람들을 물리고 세 사람이 삼발이처럼 모여 앉아 있는 그림자가 보였습니다.

(1934.8.17)

197

인신주 4

인주(人柱)라는 것이 있습니다.

지금 이 말은 단순히 희생 같은 추상적인 의미로 쓰이고 있습니다만 옛날에는 실제로 있었던 것입니다. 이 인주라는 것이.

무엇보다 확실한 역사적 사실로 남아 있는 것은 아니지만 각 지방의 여러 가지 전설이나 구비로 사실, 인주라는 것이 행해졌다고 믿을 만한 구절이 있습니다. 대건축이나 대토목공사의 경우, 혹은 토대를 단단히 하기 위해 혹은 미신으로 신의 뜻을 편안히 하고자 하는 마음에서 살아있는 인간을 기둥 밑에 집어넣거나 교각을 껴안은 채 강에 빠뜨리거나 하는 그런 것을 인주라고 합니다.

그중에 유명한 것이……

'꿩도 울지 않으면 총에 맞지 않는다'는 나가라 강의 고사로 이것은 다들 알고 있겠지만.

고닌(弘仁)때의 일인데, 나가라 강에 다리를 세우는 대형 공사가 있었습니다. 몇 천이나 되는 인부, 목수를 불러 기만의 비용을 썼지만 탁류가 거세 수력을 누를 수가 없었습니다. 세찬 수세를 바라보면서 아무 것도 못하고 방관할 수밖에 없었답니다. 다리가 언제 완성될지 아무도 모릅니다. 적수공권 인간의 힘과 자연과의 싸움. 흘러넘치는 대하를 사이에 두고 목재나 돌을 짊어진 사람들이 개미처럼 우왕좌왕하는 장면을 상상해 보세요. 그때, 누가 말했는지 수신에게 인주를 바치지 않으면 다리가 절대로 완성되지 않을 것이라는 소문이 양안에 군집한 사람들 사이에서 돌았습니다. 그래서.

그 인주가 될 자를 뽑기 위해 관문을 설치하여 나가라의 관리들이 대기하고 있는 곳에 가끔 지나다니던 다루미무라(垂水村)의 이와우지(岩氏)라는 사람이 물었습니다.

"무슨 일입니까?"

이와우지, 그냥 가면 될 텐데

"하아, 그건 아무 것도 아닌 일입니다. 하카마에 기운 자국이 있는 자를 찾아서 그 사람을 인주로 하면 됩니다. 명안이 아닙니까?"

하고 말했습니다.

제안한 것이 들어맞는 경우는 자주 있는 일입니다. 하카마의 기운 자국이라는 것은 재미있는 착상이다 싶어 일동 각각의 하카마를 확인해 보았습니다. 그러자! 이와우지 자신의 하카마에 기운 자국이 있었습니다. 그래서 불응하거나 싫다고 하지도 못하고 붙잡혀 이와우지는 이 나가라 강의 인주가 되어 버렸던 것입니다.

이 이와우지에게는 아주 아름다운 딸이 있었습니다. 부친의 죽음을 애도하기 위해 대원사를 세워 일생 혼자 살 거라고 결심했지만, 그 비교할 수 없는 용색에 홀려 구애한 젊은이들 중에 유달리 열렬한 한 남자의 정에 얽매어 가와치 마을로 시집갔습니다. 그러나 부친의 죽음에 질린 나머지 입은 화의 근원이라 하여 굳게 입을 다물고 벙어리처럼 지냈기 때문에 아무리 홀린 남자라도 이래서야 인형이랑 사는 것과 같아 즐겁지 않습니다. 결혼해소가 되어 여자는 다루미 본가로 돌려보내지게 되었습니다. 가타노(交野)에 막 도착했을 때, 울며 날아온 한 마리 꿩이 화살에 맞아 죽는 것을 본 그녀는 부친의 비참한 죽음을 연상하고 가마 안에서 말했습니다.

"이야기한 아버지는 나가라의 인주, 울지 않으면 꿩도 화살에 맞지 않았으련만."

유명한 이야기입니다.

그런데, 지금 이 닛코조영부교소의 한 방에서는……

(1934.8.18)

198

인신주 5

〈이야기한 아버지는 나가라의 인주……〉

이 노래를 부르며 우는 여자의 마음을 처음으로 알게 된 남편은 그랬었나, 부친의 죽음을 슬퍼하여 벙어리로 산 것이고 자신에게 정이 없는 것은 아니었나, 그렇게 깨닫고 다시 부인을 데려와 오래도록 사이좋게 살았다고 합니다. 그리고 가타노의 사거리에 꿩무덤을 만들어 세 그루의 삼나무를 심어 기념했다고 합니다.

그 외에도 인주의 전설은 여러 지방에 많이 전해지고 있습니다.

그래서 지금.

산노산 닛코조영부교소의 안의 안, 벽이 두터운 한 방에 세 사람의 인영이 조용히 팔짱을 끼고 있습니다. 벽이 두터운 것은 밀담이 새어 나가는 것을 방지하기 위해서입니다. 공사 진행상황, 경비 건 등등 닛코조영에는 여러 가지 비밀이 많았기 때문에 부교소에는 반드시 이런 밀실이 하나 둘 준비되어 있었습니다.

"그러면……."

다다미부교 벳쇼 시나노노카미가 무엇인가 겁을 먹은 표정으로 다른 두 사람의 얼굴을 번갈아 바라보았습니다. 창백한 볼에 깊은 주름을 새기고 어둡게 가라앉은 음성은 상당한 중대사를 의논하고 있는 것 같습니다.

미미하게 눈을 올려 벳쇼 시나노의 말이 끝나기를 기다리는 두 사람은 말할 것도 없이 야규 쓰시마노카미와 가로 다마루 몬도노쇼.

뭔가 무시무시한 공기가 꽉 닫힌 실내에 고여 있습니다.

"호마당 벽 이야기였던가?"

"네."

몬도노쇼와 쓰시마노카미는 서로 눈빛을 교환했지만 바로 쓰시마노카미가 혼잣말처럼 계속해서 말했습니다.

"그 유명한 간에이 조영은 영구책으로서 여러 가지 계획이 있었다고 하는데 완성되는 날 그 결과는 모두 어긋나 그 후 때때로 수리를 더하지 않으면 안 되게 되었다는 것이군."

쓰시마노카미는 이번에 닛코를 인수하는 데 있어 가신을 독려하여 조사시킨 닛코수복에 관한 문헌을 하나하나 생각해내면서 말을 계속했습니다.

"막부에서 이십 년마다 닛코를 수리하게 한 것이 그때부터였지."

"네, 바로 그렇습니다."

뒤를 이은 몬도노쇼는 손가락을 꺾으며 수를 세었습니다.

"쇼호(正保)이년, 조오(承応)삼년, 간분(寛文)사년 구월, 엔포(延宝)칠년…… 잠깐 세어봐도 실로 수많은 수복이 있었습니다. 그런데 그 모든 경우에도 제일 먼저 손상되어 손질할 필요가 생기는 것이 항상 그 호마당 북측의 벽……."

"이번에도 그렇다는 것입니다. 그래서 닛코관리들은 계속 호마당 북측 벽을 신경 쓰다가 그곳이 파손되면 드디어 다른 부분도 대대적으로 손질해야 할 시기가 온 것이라고 판단하여 바로 에도로 보고한다고 합니다. 그리하여 성에서 금붕어 추첨을 하여 그 때의 조영부교를 뽑는다…… 이런 수순으로 간다는 것입니다."

"실로 기이한 이야기군."

쓰시마노카미의 눈이 번쩍 빛났습니다.

삼인을 연결하는 삼각형의 중심에 놓인 촛대 하나, 그 빛을 받아 세 사람의 얼굴은 적귀청귀처럼 보입니다.

"뭔가 이 북측 벽에 지벌이라도 있는 건 아닌지……."

"그렇지, 그래서 이번에 그 벽에 인주를 넣자는 의견이 나온 것입니다."

(1934.8.19)

199
인신주 6

무엇을 생각했는지 쓰시마노카미는 큰 소리로 웃기 시작했습니다.

"이번 이 조영에서 그 문제의 호마당 북측 벽에 살아있는 인간을 인주로 묻지 않으면 안 된다고 의견을 낸 자가 도대체 누구인가?"

벳쇼 시나노도 몬도노쇼도 대답하지 않습니다.

으스스한 정적이 좁은 밀실에 떨어집니다.

"예로부터 인주는 말을 꺼낸 사람이 하는 것이라고 한다. 몬도, 자네가 아닌가? 그런 것을 말하기 시작한 사람이?"

흠칫 놀란 몬도노쇼, 요전 번 쓰마코이사카의 시바도장에서 미네 단바에게 죽을 뻔 했을 때보다 더 당황하여,

"아, 아닙니다! 제가 왜 그런 말을!"

양손을 눈 앞에 세워 계속해서 흔듭니다. 가만히 보고 있던 쓰시마노카미, 성질 나쁜 고소를 머금으며 말했습니다.

"그거 봐라, 그 손이 벽을 바르는 동작과 똑같지 않느냐. 아무래도 몬도, 이번 인주는 그대에게 떨어지겠군."

몬도는 새하얗게 질려버렸습니다.

"노, 농담 마십시오."

하고 바로 양손을 무릎위로 가져갔습니다. 그러자 벳쇼 시나노노 카미도 미소를 지으며 말했습니다.

"그런데 말을 꺼낸 사람이 인주가 된다는 것은 옛날부터 자주 있던 일이지."

"그렇지요."

쓰시마노카미는 진중한 태도로,

"이즈모(出雲)에 마쓰에 다리를 세울 때 인주를 쓰게 되었는데 누구도 스스로 희생하고자 한 자가 없었다. 그때 겐스케(源助)라는 자가 옷에 기운 자국이 있는 자를 찾아 인주로 삼는 것이 좋다고 제안했는데, 조사해 보니 그 겐스케의 등에 기운 자국이 있어 제안한 겐스케가 인주가 되었고 그리하여 그 난공사도 무사히 낙성했다고 한다. 겐스케는 사후 오랫동안 교각을 지켜 지금도 겐스케기둥이라는 이름이 남아 있다고 하지. 어떤가. 몬도노쇼, 그대도 이제 충분히 살았는데 지금 누구누구 인주를 찾기보다 그대가 그 호마당 벽에 들어가 몬도벽…… 아니 이건 발음이 안 좋군. 다마루벽이 좋겠다. 하하하하. 떳떳하게 인주가 되는 게 어떤가."

"도노, 농담이 심하십니다."

당치도 않다는 얼굴로 몬도노쇼가 엎드리는 것을 벳쇼 시나노노 카미가 조용히 바라보다 말했습니다.

"아니, 야규님. 호마당의 인주는 부인이나 아이, 그것도 모자가 함께 하는 것이 제일 좋다고들 합니다."

살았다는 듯 몬도노쇼가 얼굴을 들었습니다.

"바로 그렇습니다. 이런 늙은 뼈로는 호화현란한 호마당 인주로는 어울리지 않습니다. 아아 살았다."

"그런가. 여자와 아이, 게다가 모자 두 사람이 아니면 안된다라…… 하아……."

이 호마당의 천장은 자단목으로 되어 거기에 어미사자와 새끼사자가 그려져 있습니다. 지금은 없지만 그 어미사자쪽은 가노 히데노부(狩野秀信)의 작품입니다.

새끼사자는 히데노부의 아들인 가노 스케노부(狩野助信)가 그렸다고 전해집니다.

그 탓인지 이 호마당 벽에 모자를 넣어 바르지 않으면 이번 대조영은 성공하지 못한다…… 누가 말했는지 지금 이런 이야기가 돌아다니고 있는 것입니다.

"그럼 지나가는 여행객을 잡아 인주로 삼는 수밖에 없겠군. 몬도! 그쪽한테 일임하지. 가누마신덴 관문에 나가 되도록 모자여행객을 물색하도록. 극비니까 절대 실패하지 말고!"

(1934.8.20)

200
모녀여행 동행하는 두 사람 1

"오! 거기에 서있는 건 미야짱이 아닌가?"

이렇게 말을 건 사람은 한쪽 어깨를 드러내고 국자를 든 석공 긴입니다. 이 돈가리 나가야의 입구에 살고 있습니다.

지금 이 저녁에 골목 앞에서 물을 뿌리고 있습니다.

"너 어두운 곳에서 그렇게 멍하니 서 있으니 전혀 알아차리지 못했다. 오오, 발에 물이 튀었구나. 정말 미안하다."

이시킨은 그렇게 말하면서 한 손에 든 국자에 남은 물을 털어내고 미야쪽으로 다가갔습니다.

희미한 꿈 같은 보랏빛 황혼 속에 하얀 나팔꽃 같은 미야의 얼굴이 어렴풋이 떠오릅니다.

더운 에도의 하루도 끝나고 이 가난한 돈가리 나가야에도 자연은 조금의 차별도 없이 저녁이 되면 서늘한 저녁바람을 불어 보내 줍니다.

아무것도 없지만 골목입구의 수세미 선반, 가까운 류센지의 밤나무 가지 끝에 쓰르라미 우는 소리. 상점가에는 오늘밤도 바람 쐬러 나온 사람들로 붐빕니다. 거리의 모퉁이마다 평상이 나와 장기, 잡담, 모기잡기…… 그리운 에도생활의 한 페이지. 물을 뿌리고 있던 이시킨은 지금 뿌린 물이 미야의 옷매에 튄 것에 놀라 미안한 얼굴로 옆으로 다가가 어깨에 손을 얹고 사과했습니다.

"나쁜 아저씨구나. 귀여운 미야짱에게 물을 뿌려서 아, 이렇게 젖게 하다니. 용서해 주려무나. 어, 너, 우는 거냐?"

얼굴을 들여다보자 과연 미야는 크고 맑은 눈 가득 눈물입니다.

"물에 젖었다고 해서 울면 안돼. 그래도 여자애의 일이니. 예쁜 옷을 더럽혔으니 슬픈 거겠지. 정말로 내가 잘못했다. 자, 기분을 바꿔서 집으로 돌아가렴."

세련되지 못한 이시킨이 열심히 달랬지만 미야는 대답도 하지 않습니다. 작은 석상처럼 쓸쓸히 서있는 미야의 귀여운 볼에 굵은 눈물이 방울방울 떨어집니다.

우두커니 서서 가만히 바라보고 있습니다. 목화솜 같은 구름이 떠다니는 서쪽 하늘을.

이시킨의 말은 전혀 귀에 들어오지 않는 미야. 발에 물이 튄 것도 전혀 모릅니다. 뭐라고 해도 가만히 있다가 한참 지나 딱 한 마디 합니다.

"아저씨, 할아버지는 저 구름 아래 있어?"

이시킨은 깜짝 놀라

"어? 사쿠할아버지? 오오, 가엾게도. 미야는 그렇게 사쿠야씨만 그리워하는구나."

"저어, 아저씨. 저 붉은 구름 아래가 닛코라는 것이예요?"

"아니, 닛코는 훨씬 더 북쪽에 있단다."

이시킨은 손을 들어 어두워지는 북쪽 하늘을 가리키면서 한 마디 합니다.

"과연, 낳아준 부모보다 키워준 부모지. 모친이라는 그 오렌님이 갑자기 돌아와 나무에 대나무 접붙이듯 어르고 달래봤자 너는 역시 태어나면서부터 돌보아준 할아버지를 잊을 수 없는 거겠지. 무리도 아니야, 무리도 아니야……."

(1934.8.21)

201

모녀여행, 동행하는 두 사람 2

문득 뒤에서 흐느껴 우는 소리가 들렸습니다. 이시킨, 깜짝 놀라

뒤돌아보니! 야스입니다. 언제 여기에 왔는지 유카타옷의 소매를 걷어붙이고 콩알 무늬 수건을 꽉 쥔 야스가 미야와 이시킨 바로 뒤 용수통 옆에 서 있습니다.

"에이, 젠장. 또 울었어."

콩알수건으로 코끝을 쓱 문지르면서 야스는 두 사람 앞에 나타났습니다.

"이봐요, 이시킨 아저씨. 들어보세요. 아저씨도 아는 것처럼 사쿠야 할아버지가 야규 쓰시마노카미의 가로를 따라가고 나서 미야는 잘 먹지도 않고 밤이고 낮이고 이렇게 울기만 해요. 그걸 보면 나도, 나도 눈물이 나요."

"아, 야스오빠, 오빠도 거기 있었어? 지금 이시킨 아저씨에게 들었는데 닛코는 저, 저기 봐, 건너편 이세진 창고 위에 불빛이 보이지? 저기 오른쪽에 물고기 모양을 한 작은 구름이 지나가잖아. 그 밑이 닛코래. 할아버지는 저기 계셔. 나, 저 구름이 되고 싶어."

"아니, 정말."

야스는 아주 약해진 얼굴을 하고 이시킨을 돌아보며 말했습니다.

"아저씨. 애한테 쓸데없는 소리 하지 마세요. 내가 어떻게든 잊게 하려고 하는데 아저씨가 그런 쓸데없는 소리를 하면 미야가 점점 더 센치하게 되잖아요."

혼난 이시킨.

"뭐어, 네가 왔으니 나도 안심이다. 식구들끼리 잘 설득하는 게 좋겠다."

그렇게 말하고 집으로 들어가 버립니다.

"무슨 말을 하는 거야."

하고 혀를 내민 야스,

"자, 미야짱. 이런 곳에 서있으면 모기한테 물려. 그렇게 울기만 하면 눈이 빠질 걸. 나를 봐. 동서동서! 흉내내기 명인 돈가리 나가야의 야스배우님, 핫! 이건 요코초의 검은 고양이가 생선가게를 노려 한발 한발 몰려 다가가는 장면입니다!"

휙 하고 재주넘기를 한 야스, 큰 길에 납죽 엎드려 도둑고양이가 마냥 기어서 미야에게 다가옵니다. 미야의 슬픔을 없애려는 마음 하나로 뭐라도 해서 웃게 하려는 야스는 정말 열심히 합니다.

"자, 다음은, 고케가 바지를 거꾸로 입고 화재현장에 달려갑니다!"

혼자서 설명까지 하면서 일인연극을 하느라 얼마나 바쁜지! 유카타 소매를 머리에 뒤집어 쓰고 당황해서 허둥대는 모습으로 미야 옆을 달립니다.

"아아, 이래도 아직 웃게 하지는 못했네. 좋아 그러면…… 아, 그래. 이번에는 안마사가 개한테 쫓겨 쩔쩔매는 광경! 핫!"

탁 하고 손을 두드린 야스, 허수아비 같은 모양으로 미야 앞에 서서 눈을 가느다랗게 뜨자, 미야는 그것을 보지도 않고 눈물로 젖은 눈을 들어 북쪽 하늘을 올려다보고 있습니다.

"이렇게 열심히 해도 웃게 하지는 못하는 구나…… 아아, 지쳤다."

야스는 울상이 되어 털썩 길가에 앉아 버렸습니다.

(1934.8.22)

"하지만 내가 아버지처럼 생각해온 그 할아버지를 좋아하는 것은 당연하잖아."

미야는 겨우 눈물을 닦고 말했습니다.

"야스오빠도 아버지와 어머니를 만나고 싶어서 항상 그 노래를 부르잖아."

그렇게 말하면 이번에는 야스가 풀이 죽습니다. 하지만 그는 사정이 있는 듯 목을 살짝 돌리며 대답합니다.

"그렇게 말하지만 너는 오렌이라는 멋진 어머니가 나타났잖아. 너는 그 사람을 아주 싫어하긴 하지만 말이야. 거기에 비해서 이 야스는 불쌍해. 아직도 어머니도 아버지도 못 만났으니."

힘없이 고개를 떨어뜨리자 미야는 당황해서 위로하려고 합니다.

"무슨 말이예요. 설마 부교님이 거짓말하시겠어요?"

"부교님이 왜?"

"아니, 전에 다이켄아저씨가 사쿠라다몬가이의 오오카님 집에 항아리를 가져다주라고 하셔서 갔을 때 뭐든지 상으로 주시겠다고 해서 나는 아무것도 필요하지 않으니 그 대신 이러 이러한 야스오빠란 사람의 아버지와 어머니를 찾아달라고 했거든. 내가 잘 부탁하고 왔어. 그런데 아직까지 아무 연락도 없네."

"흠, 그렇게 생각해줄 줄이야 고마워. 정말 고마워."

다감한 야스, 코를 문지르면서 말했습니다.

"오오카인가."

이런 말투는 사숙하고 있는 다이켄 선생을 따라한 것입니다.

"부교만이 아니야. 미야도 알고 있듯이 요전번에 사쿠야할아버지가 나가야를 나갈 때 그 다마루라는 야규의 가로한테 부탁한 것도 내부모를 찾아달라는 것이야. 같은 이가의 야규니까 뭔가 실마리를 찾기 쉬울 텐데 아직까지 아무 연락도 없는 걸 보면 그 다마루 자식, 사쿠야할아버지와 나를 속인 거야. 이 야스, 세상사람 모두에게 버려진 거지. 응, 미야."

"아아, 그렇지 않아. 하지만 오빠라면 할아버지만 생각하는 내 마음을 이해해 주지 않겠어?"

"음, 알고말고."

"있잖아, 그래서 말인데 나, 그 오렌이라는 사람한테 부탁해서 할아버지를 찾아 닛코에 데려다 달라고 할까봐."

아무리 생모라고는 하지만 이제 와서 미야에게 달려온 오렌을 미야는 도저히 어머니라고 생각할 수 없었습니다. 그래서 오렌이라는 사람이라고 이상하게 부르는 것입니다.

"뭐? 네가 닛코에 간다고? 그 오렌놈이랑?"

"호호호, 오렌놈이란 건 이상해. 응, 나, 그럴까 하고 생각하고 있어."

"이봐, 미야짱. 너는 도대체 오렌을 어떻게 생각하는 거야? 좋아해?"

미야는 일언지하에

"아주 싫어. 절대로 엄마라고 생각하지 않아."

"그런데 닛코에 같이 간다고?"

"하지만 나, 할아버지를 만나고 싶은 걸."

언제까지나 똑같은 문답입니다.

(1934.8.23)

203

모녀여행, 동행하는 두 사람 4

언제까지나 똑같은 문답이 계속되니 야스는 미야를 끌고 집으로 돌아왔습니다. 나가야에는 벌써 등불이 켜지고 주인 없는 사쿠야의 집에는 좁은 부엌에서 오렌이 부지런히 저녁을 준비하고 있었습니다. 인간이란 마음먹기에 따라 이렇게도 변하는 것일까요?

어제까지는 검술다이묘 시바도장은 주인마님으로서 나갈 때도 들어올 때도 많은 시녀들을 거느리고 이쑤시개보다 무거운 것은 들어본 적도 없는 오렌님.

겐자부로를 향한 사랑을 단념하고 단바와 함께 계략을 짠 도장탈취음모도 포기한 그녀. 눈이 떠진 것 같이 생각난 것이 몇 년이나 이 나가야에 버려두고 덥든지 춥든지 편지 한 장 안 한 아버지와 딸이었습니다. 세상을 버리고 모든 것을 뿌리치고 이곳으로 달려와 보니 아버지 사쿠아미는 닛코로 불려가 버렸습니다. 게다가 자신의 아이가 틀림없는 미야는 시간이 지나도 따르기는커녕 야스라는 선머슴하고 다니면서 자신은 차가운 눈으로 볼 뿐이니……

"그대가 잘못한 거요. 참고 견디면서 어머니의 사랑을 보여줘야 할 거요. 소위 자업자득이라는 거지."

다이켄 거사의 이 말이 지금 오렌에게 있어서 단 하나의 길이 되었습니다.

그렇다고는 하나 이렇게나 변하다니요. 마치 다른 사람 같습니다.

여기 나가야에 사는 여인이라고 해도 될 것 같은 초라한 입성에 만약 도장 사람들이 이 모습을 본다면 뭐라고 할지…… 조개를 세공한 것 같던 손가락도 지금은 물일에 거칠어져 버렸습니다.

"자자, 이리로. 네에, 선생님은 안으로……."

잠시 집안을 돌아보니

"안이라고는 해도 방 한 칸뿐인데, 또 선생님은 큰 대자로 벌러덩 누워 계시고. 저, 다이켄 선생님, 지붕집 도요시(銅義)씨라는 사람이 왔어요."

도요시가 말했습니다.

"이거 실례. 나는 선생한테 재판을 받아 마누라를 쫓아내려고."

성큼성큼 올라가 다이켄 거사 앞에 무릎을 꿇었습니다. 늘 하던 인생 상담입니다.

이 돈가리 나가야는 다이켄 선생의 덕풍에 완전히 감화되어 지금은 돈가리 나가야는 이름뿐이고 싱글벙글 나가야가 되어버려 에도 명물이 하나 줄었습니다. 이제는 선생의 고명을 전해 듣고 이렇게 멀리서 인생 상담을 청하러 오기도 합니다.

"자네가 다이켄이라고 하는 영감인가. 처음 보는군. 나는 후카가와(深川)의 후루이시바(古石場)에 사는 도요시라는 놈이요. 한 가지 자네한테 물어볼 게 있어서 말이지. 나는 원래 성질이 고등어를 보는 게 정말 싫은데 마누라란 여자가 그놈의 고등어를 좋아해서 오늘도 고등어, 내일도 고등어, 도대체 가풍에 맞지 않는 단 말이지."

"뭐라고. 대단한 분이 오셨군 그래."

다이켄이 쓴웃음을 지으며 벌떡 일어났을 때,

"다이켄아저씨, 나도 상담할 게 있어요."

문 앞에서 야스가 말했습니다.

(1934.8.24)

204

모녀여행, 동행하는 두 사람 5

부인에 대한 불평을 늘어놓으려고 하는 도요시를 옆으로 밀어낸 야스는 미야의 손을 잡고 둘이 나란히 다이켄 앞에 앉았습니다.

"아저씨! 들어보세요."

다이켄 거사는 입을 열기 전에 늘 그렇듯 수염을 훑었습니다.

"뭔가, 야스. 지금 손님이 계신데. 이따 이야기하지."

"왜요! 상담손님이라면 우리도 손님이잖아요."

야스는 작은 무릎을 끌어 앞으로 나가 말했습니다.

"여기 미야가 모르는 이야기를 하며 내 말을 듣지 않으니 아저씨가 납득이 가도록 설득해 주면 좋겠어요."

"오, 야스. 벌써 미야랑 부부싸움이라니, 조금 빠르지 않나, 하하하."

도요시는 완전히 소외되어 듣고만 있습니다.

"미야짱은 오렌씨와 함께 닛코에 가겠다는 거예요. 사쿠야 할아버지를 찾아서."

하고 야스가 말했습니다.

그것을 듣고 부엌에 있던 오렌, 무슨 생각을 했는지 서둘러 젖은 손을 닦고 구르듯이 방으로 달려왔습니다.

"미야, 너 그거 정말이니? 오오, 잘 말해주었어. 나도 할아버지와 그렇게 서운하게 헤어져서 신경이 쓰였단다. 저어, 다이켄 선생님. 부탁이니 이 아이와 둘이서 닛코에 가는 것을 허락해주세요."

의외의 도움에 미야는 금세 눈을 반짝거리며 말했습니다.

"엄마도 할아버지를 만나고 싶어? 그럼 함께 가요."

오렌의 눈에서 뜨거운 눈물이 솟아나왔습니다. 갑자기 그녀는 미야의 손을 꼭 잡았습니다.

"오, 고마워. 고마워. 처음으로 어머니라고 불러주었구나. 나는 그걸 들으니…… 이제, 이제 죽어도 좋아……."

툭 떨어지는 눈물이 미야의 얼굴을 적십니다. 미야는 어쩐지 불쾌한 느낌에 놀란 모양입니다.

"네, 나, 점점 어머니처럼 생각되어요. 그러니까 함께 아저씨한테 부탁해서 빨리 닛코로……."

야스는 어안이 벙벙하여 멍하니 입을 벌리고 그 모습을 바라보았습니다.

"그러면 나는 돌아갔다가 다시 올테니."

끼어들 순간을 찾지 못한 도요시는 살금살금 마루로 내려가 거기에서 야스에게 인사하고 나갔는데 누구 하나 그에게 신경 쓰는 사람이 없었습니다.

한참 눈을 감고 생각하던 다이켄 선생. 야스에게 조용히 말을 건넸습니다.

"야스대인. 이걸 막을 수는 없다."

"네? 보낸다는 거예요? 미야짱이랑 오렌씨를 닛코로 보낸다는 말씀이세요?"

"부모처럼 키워주신 할아버지를 만나고 싶다는 미야짱의 진심, 또 불효한 아버지에게 마지막 사죄를 하겠다는 오렌님의 단심. 이 두 가지가 일치되었다는 것은, 아무리 생각해도 그것을 멈추게 할 수 있는 힘은 인간에게 없다."

"무슨 소리를 하는 거야, 다이켄자식! 그럼 나도 갈 거야."

야스는 눈을 비볐습니다.

(1934.8.25)

205
모녀여행, 동행하는 두 사람 6

"그렇게 쉽게 봉이 걸리면 좋은데."

육척 봉을 툭 하고 땅에 붙이고 이렇게 말한 사람은 이 관문을 맡은 야규출신 관리, 쓰다 겐바(津田玄蕃)라는 하급무사입니다.

"그렇지. 이렇게 닛코조영이 시작되어 주위 사십 리 입산금지가 되고부터는 호적관리가 엄격하다는 것은 천하주지의 일이니 이 시기에 태연히 모녀가 함께 이 소란한 닛코에 오려는 그런 일은 없겠지."

"그건 그렇지만. 산을 넘어 어딘가로 통하는 가도나 닛코로만 통하는 닛코가도에서 생각대로 모녀인주가 그물에 걸려주면 좋을 텐데."

삼나무 사이사이 무시무시한 대나무 울타리를 치고 출입구에는 활활 타오르는 화롯불이 밤하늘의 별을 그을리고 있습니다. 여기는 닛코수복을 위해 가누마신덴에 새로 만든 관문입니다.

"도대체 누가 말을 꺼낸 거야. 호마당 벽에 모녀인주를 만들어 넣어야 한다고."

"쉿! 소리가 높아. 이번 공사가 아무 탈 없이 끝나기를 기원하여 도노가 생각하신 거라잖아."

"아니, 누가 말을 꺼냈든 그런 건 아무 상관없어. 우리 임무는 인주로 쓸 모녀를 잡아야만 하는 거고."

주변은 쥐죽은 듯 조용하여 여행객은 그림자도 보이지 않고 관문의 관리들은 와글와글 잡담 중입니다. 구름 뒤로 달이 숨어 있는 듯 하얀 가루 같은 빛이 나뭇가지며 풀잎에 맺힌 이슬에 떠다니고 있습니다.

화롯불 아래 관리들의 얼굴이 적귀와 같이 멀고 작게 비추고 있는 것을 저편에서 바라보면서 피로한 발을 끌고 관문으로 다가오는 크고 작은 여자 두 명의 모습이 보입니다.

여행준비로 세죽 지팡이를 짚은 어머니 같은 사람은 한쪽 손에 여자아이의 손을 잡고 걸으면서 말했습니다.

"피곤하지 미야, 발이 아프지는 않아?"

"아니오, 나는 산에 가신 할아버지를 생각하면 발 아픈 것 같은 건 잊어버리는 걸요."

"아유, 정말이지. 할아버지를 그렇게 따르는 그 긴 시간동안 나는 어머니라면서 이 귀여운 너를 내버려 두었다니……."

"할아버지는요, 언제나 나한테 너의 어머니는 사람이 아닌 사람이라고 하셨어요. 그래서 나는 어렸을 때 내 어머니는 인간이 아니라고 생각했었어요."

"이제 그런 얘기는 하지 말아 줘. 하지만 정말로 그렇게 생각했어도 할 수 없지. 하지만 이제부터는 절대로 너를 버리지 않을 거야."

에도부터 몇 밤이나 자며 온 끝에 이제 닛코까지는 바로 코앞. 여기까지 오는 동안 여행이란 새삼스레 사람 사이를 가깝게 만드는 법. 하물며 피가 통하는 모녀사이입니다. 미야도 이제는 완전히 오렌과 친해져 각반과 짚신을 신은 귀여운 발을 끌면서,

"저기 어머니, 이제 곧 닛코예요?"

"응, 이제 금방이야."

그렇게 이야기하며 관문에 다가갈 때였습니다.

"기다려!"

옆에서 갑자기 봉을 들고 나타난 한 사무라이.

"성명주소는 말하지 않아도 돼. 다만 한 가지, 너희들 모녀지간인가?"

(1934.8.26)

206

모녀여행, 동행하는 두 사람 7

이전의 오렌이라면 눈썹 하나 까딱하지 않고

"무례하게 굴면 용서하지 않겠다."

정도는 위엄 넘치게 일갈했겠지요. 하지만 지금은 이름 없는 여행자.

"네."

하고 대답하면서 재빠르게 옷자락을 매만지며 웅크리고 앉았습니다.

"미야, 얘야! 서 있으면 안 돼. 무사님께 실례를 저지르면……."

하고 손을 뻗어 앉히려 하면서 가능한 한 공손하게 굴며 빨리 이 관문을 지나가려 했습니다.

제지한 무사는 그대로 봉을 겨누며 다시 물었습니다.

"확인하기 위해 한 번 더 묻겠다. 확실히 그쪽은 모녀가 틀림없겠지?"

부모자식간이라고 불리는 것은 이즈음 갑자기 모성애에 눈 뜬 오렌에게 있어 무엇보다 기쁜 말입니다. 눈썹을 민 자국이 파랗게 빛나는 아름다운 얼굴로 무의식중에 생글생글 웃는 것도 꼭 파수꾼에게 잘 보이려는 것만은 아니었습니다.

"네, 당신들 눈에도 저희가 틀림없는 모녀지간으로 보이십니까? 아이, 고마워라."

"이거, 묘한 인사구나. 분명히 이 아이가 그쪽의 딸이냐고 묻고 있다."

"아이, 묘하게 의심이 많은 말씀을. 누가 뭐래도 이 미야짱은 저의 하나밖에 없는 딸이에요. 저는 미야의 하나뿐인 어머니고. 누가 물어봐도 똑같은 걸요. 자, 여자들끼리 여행이라 서두르고 있어요. 의심이 풀렸으면 지나가게 해주세요."

미야도 옆에서 거들었습니다.

"네에, 어머니, 이 무사님들한테 부탁해서 빨리 지나가게 해달라고 해주세요."

가만히 두 사람의 모습을 바라보고 있던 관문의 파수꾼은 지금 이 미야짱의 말을 듣고 머리를 끄덕이더니 말했습니다.

"좋아, 좋아. 지금 확인서를 써줄 테니 여기서 기다리게."

말을 끝내고 정신없이 번소로 달려갔습니다.

"이봐들, 드디어 부모 자식간에 여행하는 자들이 들어왔어. 게다가 아름다운 어머니에 귀여운 딸이야. 이것으로 우리들의 대임도 완수된 거야."

차를 마시고 있던 쓰다 겐바가 급하게 의자를 떠나

"그거 큰 공을 세웠군, 나도 이제 안심이다. 그러면 절차대로……."

낮은 음성으로 명령을 내린 겐바는 오렌과 미야가 기다리고 있는 곳으로 다가갔습니다.

"이거, 잘 오셨소. 물론 그대는 아직 모르겠지만 이번 닛코조영부교인 우리 번에서는 입산금지관문에 처음으로 온 모녀 두 사람은 행운을 비는 의미로 성대하게 대접하게 되어 있소."

살면서 벽속에 묻히는 것이 성대한 대접이 된다는 건 처음 들었습니다.

아무 것도 모르는 오렌이 어리둥절하여 가만있으니 겐바는 그에 상관없이 말을 이어갔습니다.

"두 사람 지금부터 부교소의 소중한 빈객이 될 거요. 우리와 함께 가마를 타고 갑시다."

겐바가 손을 탁탁 치자 미리 준비해둔 가마가 한 대 화롯불 너머에서 나타났습니다.

"걱정 말고 자, 여기에……."

도망 못 가게 손발을 꼼짝 못하도록 어서 가마로…… 과연, 소중한 인주, 이래서야 도망도 못갑니다.

(1934.8.27)

207
예술 아수라 1

환하게 내리쬐는 태양빛 아래 어딘가 희미하게 가을의 기색이 스며드는 오후입니다.

지금은 닛코소학교가 있습니다. 그것을 따라 왼쪽으로 돌면 시혼

류지(四本竜寺) 앞을 지나 그 길을 똑바로 가면 오른쪽에 이나리강(稲荷川)의 현수교가 나옵니다.

거기에서 왼쪽으로 꺾으면 소토야마(外山), 일직선으로 가면 기리후리길(霧降道)입니다.

소토야마는 현수교로부터 오륙 정 정도 가면 바로 산기슭인데 산록에는 동암, 습자암이 있고 산상에서 내려다보면 닛코 제일이라고 알려져 있습니다만……

현수교 옆으로 가서 리쓰인(律院)과 우메야시키(梅屋敷)를 지나 다리를 건너면 오구라산(小倉山)의 고원.

그래서 이 고원을 지나 아카나기(赤薙) 동쪽으로 나가면 거기에 당당히 땅을 울리며 들려오는 것이 있으니, 닛코 삼대 폭포의 하나인 기리후리 폭포입니다. 길이는 십삼 장, 폭은 다섯 간, 상하 이 단으로 되어 있습니다. 산위에서 날아오르는 물보라는 겹겹이 쌓인 암석에 부딪혀 흩어지고 그 옆 산길에 서 있는 나무까지 튀어 오른 물방울이 반짝입니다.

어떠십니까?

지금, 멋진 일곱 빛깔 무지개가 걸려 있습니다.

그 무지개다리에 전망대가 있어 거기에서 완만한 소로가 생겨나 폭포와는 반대편 계곡 아래로 이어져 있습니다. 대낮이 더 어둡다는 것은 이곳을 말하는 것 같습니다.

소로를 내려가 계곡 아래에 얼마 전 나무문이 있는 하얀 집이 한 채 생겼습니다. 어떤 사람인지 머리가 하얗고 허리가 굽은 노인이 이 산 속에서도 외롭지 않다는 듯 혼자 살고 있습니다. 사쿠아미입니다.

사람 키만 한 잡초나 관목에 둘러싸여 이 사쿠아미의 작업실은 폭포 전망대에서도 보이지 않습니다. 세상을 떠나 무아지경의 경지에 들어가 일심불란하게 제작하고 싶다는 그의 희망에 따라 가장 인적이 끊어진 이 계곡에 쓰시마노카미의 명으로 급히 지어진 소위, 사쿠아미의 아틀리에입니다.

단 혼자, 라고는 했지만 그렇다고 하기에는 수상한 소리가 납니다. 이 작업실에서 때때로 사람이 이야기하는 소리가 새어나옵니다.

하지만 조석으로 사쿠아미가 작은 집 옆을 흐르는 계곡가에 웅크리고 앉아 쌀을 헹구거나 그릇을 설거지하는 것을 맞은편 산 나무 사이에서 나무꾼이 볼 때가 있는데, 사는 사람은 확실히 사쿠아미노인 한 사람뿐인 것 같습니다.

"뭐, 굉장한 것을 조각하여 무사히 올릴 수만 있으면 대법사 호겐 야스네(法眼康音), 가노 단유(狩野探幽), 히다리 진고로(左甚五郎) 등 닛코 기록서에 전해지는 명인명장과 어깨를 나란히 하여 자네도 오래도록 곤겐님 옆에 남을 수 있게 되겠지. 그렇게 생각한다면 잠시 가만히 있는 것 정도는 아무 일도 아니지……."

지금도 이 작업실에서 계속해서 사쿠아미가 말하는 소리가 새어나옵니다.

"아! 여기에 하나 이렇게 끌로 파내면, 이봐, 어때! 전체가 달리 보일 정도로 살아나지 않나."

그 다음에는 또 끅끅 하고 나무를 깎는 소리만 한참동안 계속됩니다.

심산의 정적은 아플 정도로 귀를 찌릅니다. 수많은 벌레, 새가 우는 소리가 이 조용함 속에 고여 있습니다. 작은 집 안은 쥐죽은 듯 조용합니다.

(1934.8.28)

208

예술 아수라 2

그렇게 생각했는데 다시.

"이봐, 이봐. 움직이지 마! 응? 뭐라고? 벌써 피곤해졌다는 건가? 가만히 서 있는 것이 질렸다는 거야? 하하하하, 좋다, 잠시 쉬자."

다른 사람처럼 젊고 밝아진 사쿠아미의 음성. 혼잣말일까요? 그렇다 해도 이상합니다. 마치 말하는 상대가 있는 것 같은 어조입니다. 만약 여기에 조각을 완성할 때까지 다른 사람을 만나지 않겠다는 사쿠아미의 절대경에 오른 예술혼에 약간의 존경도 표할 수 없는 사람이 있어 지금 이 작은 집을 몰래 들여다본다고 한다면…… 앗! 그 사람은 놀란 비명을 지를 수밖에 없을 겁니다. 역시 사람이 있나요? 말하는 상대가 있습니다. 말입니다.

지금으로 치면 모델이지요. 일생일대의 작품으로 살아있는 것 같은 말을 조각하고자 끝에 심장 전부를 쏟아 붓게 된 사쿠아미는 말의 골격, 체형 등은 구석구석 알고 있지만 그래도 이번에는 모델이 필요하다고 생각하여,

"단순히 본으로 쓰기 위한 것이 아닙니다. 살아있는 말을 조석으로 함께 기거하면서 그 습성을 충실하게 나무에 옮기고 싶습니다. 그것이 이 어리석은 노인의 소원입니다."

야규 쓰시마노카미는 사쿠아미의 이 소원을 듣고 이루어주려 했습니다. 야규는 고케자루 차 항아리가 없으면 이 닛코일도 감당하지 못할 만큼 가난한 번이지만 무예로 행세하는 집안답게 명검 명창등과 함께 말도 훌륭한 말들을 여럿 가지고 있었습니다. 아직 이것은 닛

코로 출발하기 전 에도 저택에 있을 때의 일이었는데, 재빨리 사쿠아미를 마구간에 데려가 한 마리씩 꺼내와 보였는데 어떤 말을 봐도 입을 다물고 머리를 흔들 뿐이었습니다. 마지막으로 꺼내온 말이 〈아시비키(足曳)〉라는 이름의 쓰시마노카미가 가진 최고의 말로 이를 본 사쿠아미는 처음으로 크게 고개를 끄덕였습니다.

길게 늘어진 산새의 꼬리깃처럼 기나긴[53]……

옛 시에서 따와 아시비키라고 명명한 이 준마는 들에 풀어놓으면 산새처럼 재빠르게 풀을 짓이기고 숲을 뚫고 나가는데 아니, 마치 새처럼 천공을 날아다니는 명물이었습니다. 이 말 외에는 달리 모델이 없다! 그리하여 아시비키가 지금 이 닛코의 산속 작업실에 들어와 불타오르는 사쿠아미의 제작욕의 대상이 된 것입니다.

"자, 여물을 주지."

사쿠아미는 마치 사람에게 말하는 것처럼 쉼없이 갈기를 매만지면서 말했습니다.

"이번에는 머리를 쑥 올려서 정면을 노려봐 주겠나."

부드럽게 부탁하듯 말하지만 아무리 대단한 말이라도 그렇게 주문대로 움직이지는 않습니다.

도구를 꺼낸 사쿠아미는 조금 떨어져서 반쯤 깎아낸 머리상을 보고 있습니다. 머리에서 몸통은 하나로, 대략 깎아낸 거친 말의 모습이

---

53 あしびきの山鳥の尾のしだり尾の ; 가키모토 히토마로의 시.

반쯤 완성된 채 서 있습니다. 하지만 이 미완성품, 이미 사람을 흘리는 힘을 가진 이것은 역시 사쿠아미가 사쿠아미인 까닭일 것입니다.

"음, 요메이몬(陽明門)의 올라가는 용과 내려오는 용이 밤마다 물을 마시러 나온다는데 내가 조각한 말은 그 용을 태우고 기리후리 폭포를 뛰어넘을 터!"

"아, 훌륭하다, 훌륭해."

사쿠아미의 혼잣말에 대답하는 다른 소리가 들렸습니다. 말이 말을? 놀란 사쿠아미가 뒤를 돌아봤습니다.

(1934.8.29)

209

예술 아수라 3

어느새 이 계곡으로 내려왔는지 발소리도 나지 않았는데 놀란 사쿠아미가 문을 돌아보았습니다.

야규 쓰시마노카미. 그리고 가로 다마루 몬도노쇼, 두 사람이 달리 수행인도 없이 와 있었습니다. 제작진행상황을 보러 잠행한 것입니다.

"어떤가? 아시비키는 얌전히 본이 되어주고 있는가?"

쓰시마노카미가 자귀며 나무부스러기 등 흩어져 있는 도구를 헤치고 작은 집으로 들어왔습니다. 반 정도 판자를 붙여 구분한 맞은편 방에 쓰시마노카미의 말 아시비키가 있었습니다. 마구간처럼 말과 동거하고 있어 냄새가 코를 찌릅니다. 그보다 당황한 것은 사쿠아미로, 조각이 완성되기까지는 누구에게도 보여주고 싶지 않았습니다. 설사 다이묘라 하더라도 눈에 띄게 하고 싶지 않았기 때문에 서둘러 커다란 천을 꺼내 조각중인 말위에 휙 씌웠습니다. 그리고 무서운 눈으로 쓰시마노카미와 몬도노쇼 두 주종을 노려보았습니다.

"무례하오. 누구에게 양해를 구하고 여기에 들어왔단 말이오!"

그것은 상대가 누군지도 잊어버린 것 같은, 오로지 예술혼으로만 불타는 아수라와도 같은 무시무시한 형상이었습니다.

"마지막 끌을 칠 때까지는 다른 사람들에게 보이지 않겠다는 것이 나의 바람이었소. 이 산속에 들어온 것도 그 때문이었고. 알고 있을 텐데."

이 기세에 쓰시마노카미도 압도되어

"아니, 그대를 애먹이고 있는 그 말 조각을 어디에 둘지 장소가 결정되어, 그래서 이제 어느 정도 되었는지 잠깐 보자 싶어서……."

몬도노쇼도 앞으로 나와,

"이보시오. 사쿠아미님. 말씀이 지나치시오. 예술에 열심인 것은 좋으나 도노 앞인 것도 분별 못하고 너무 일에 열중하여 마음이 혼란해졌나 보구려."

"어디에 두든 그런 건 내 알 바 아니오. 빨리 나가 주시오."

"아아, 용서하게, 용서해."

쓰시마노카미는 오히려 올곧은 장인기질이 흥미로운 듯 눈을 가늘게 뜨고 말했습니다.

"호마당의 수호로서 그 앞에 장식해 두기로 했네, 사쿠아미."

도노의 말을 몬도노쇼가 받아,

"사쿠아미님. 여기에는 깊은 사연이 있소이다. 무엇이냐 하면 그 어떤 때의 조영에서도 그 호마당 벽이 제일 먼저 망가져 금방 무너져 버렸소. 그래서 거기에 희생양을 넣어 벽의 재앙을 막아야 하게 되었다오. 그리하여 이 수리를 탈 없이 끝내기 위해 그 호마당 벽에 모자 두 사람의 인주를 발라 넣기로 하였소."

그 말을 듣고 왠지 사쿠아미는 갑자기 불안한 마음이 치미는 것을 느꼈습니다. 가슴이 두근거리며……

"인주를? 모자의?"

"음, 그래서 그 모자의 시체를 넣은 벽을 영원히 수호하고 또 지켜보기 위해 천리를 가는 그대의 말을 호마당 앞에 두기로 했다. 중대한 임무다, 사쿠아미! 모녀의 영혼을 진정시킬 수 있는 강한 기운의 신마를 조각해다오."

왠지 사쿠아미는 마음이 술렁거려 물었습니다.

"그러시다면 그, 그 모녀인주라는 것은 벌써 결정되었습니까?"

"손님으로 모셔서 소중하게 대하고 있소이다. 본인들은 인주라고는 꿈에도 생각하지 못할 거요. 나도 아직 만나지는 못했지만……."

몬도노쇼가 대답했습니다.

(1934.8.30)

210

대나무통 1

다모자와(田母沢)다리를 건너가면, 왼쪽에 대일당이 있습니다. 아라자와(荒沢)다리 바로 앞에서 오른쪽 길을 올라가면 폭포 뒤가 나옵니다. 이 폭포길 도중에 잡목림 속에 소로가 있는데 아무 것도 모르는 근방 사람들이 이 길로 들어가려 하면 옆의 수풀 속에서 갑자기 두세 사람이 나타나,

"이보시오, 어디로 가는 거요?"

평민들이라면 허리를 굽히고,

"예, 계곡 뒤에 풀을 베러 갑니다요."

"안 돼! 이 길을 지날 수는 없소."

두 세 사람이 입을 모아,

"촌장한테 회람이 내려왔을 터인데. 그래, 자네들 글을 모르지? 글을 모르면 읽어달라고 해야지."

"이 길은 통행금지이다. 이 부근으로 들어오면 안 돼."

엄하게 질타하자 할 수 없이 쫓겨 돌아갑니다.

잠자리 잡으러 온 아이들은 감시의 눈을 피해 이 숲의 소로를 상당히 안에까지 들어가기도 하는데…… 건너편 빽빽이 들어선 나무 사이에 초가지붕을 한 작은 집이 보입니다. 매우 고요한 것이 사람이 살고 있는 기색은 없습니다. 하지만 이 지붕이 보이는 곳까지 접근하면 갑자기 어디선가에서 조영부교 관리들이 나타나

"음! 여기까지 들어오면 안 돼!"

하고 눈알이 빠질 정도로 혼을 내 정신없이 도망치게 됩니다.

극히 엄중한 경계입니다.

이 작은 집 한 채를 둘러싸고 몇 중으로 감시하고 있는 것처럼 보입니다.

집은 예전부터 꽤 형편이 좋은 평민이 살고 있었던 것으로 보입니

다. 자그마하고 아담한 집으로 언뜻 보기에 별다른 것도 없는데 도대체 이렇게까지 물샐 틈 없이 지키고 있는 것은 무엇일까요? 아주 흉악한 죄수들일까요?

집 안에는 기품 있는 무가의 마님 같은 여인과 그 딸인 사랑스러운 여자아이, 거기에 스무 살 정도 되어 보이는 아름다운 시녀가 한 명, 식사 등을 챙기기 위해 붙어 있을 뿐입니다.

"아니, 정말 언제까지 이런 곳에 이렇게 있어야 하는 건지……."

오렌은 감나무 낙엽이 굴러다니는 작은 마루에 서서 혼잣말처럼 중얼거렸습니다.

크고 작은 산들이 겹치듯 솟아있는 닛코의 산이 가을 공기의 마술인지 오늘은 아주 가깝게 보입니다. 오렌의 말을 들은 미야가 애교스럽게 옆으로 다가와,

"저어, 어머니, 여기는 닛코지요? 언제 할아버지 계신 데로 갈 수 있을까요?"

오렌은 걱정스러운 듯 허리띠에 양손을 끼워 넣으며 대답했습니다.

"그게, 나도 모르겠구나."

"아, 그러면 여기는 아직 닛코가 아닌 거예요?"

"호호호호, 아니란다. 닛코는 닛코인데 언제 할아버지를 뵐 수 있을지는…… 그걸……."

(1934.8.31)

211

대나무통 2

가만히 생각하던 오렌은 납득하기 어렵다는 얼굴로,

"정말 어떻게 된 것일까? 그 가누마신덴 관문에서 조사를 받았을 때, 모녀지간이라는 것을 묘하게 신경 써서 묻는 것 같았는데."

바람에게 말을 거는 듯 오렌은 혼잣말을 계속했습니다.

"모녀라는 것에 뭔가 의미가 있는 것일까? 네, 분명히 어머니와 딸이라고 하니 그 관리들 굉장히 기뻐하면서 서둘러 우리를 가마에 태워 이 집으로 데려왔지⋯⋯."

오는 도중 가마 옆에서 슬쩍슬쩍 들리는 무사들의 이야기에, 중요한 손님이라든가 운 좋게 모녀가 지나가다니 징조가 좋다 하든가⋯⋯ 그런 말들이 오렌의 귀에 들어와 가마 안에 있는 그녀의 고개를 갸우뚱하게 만들었습니다.

이 집은 전부터 준비가 된 것으로 보입니다. 아마 주인에게 집을 사들여 집을 비우고 손님을 맞이할 준비를 해두었던 것 같습니다. 이런 산 속의 집치고는 내부가 작긴 해도 깨끗하게 치워져 있고 최근 손을 본 흔적도 보입니다.

다음날 아침이 되면 반드시 관리한테 불려가 왜 이렇게 예기치 않은 좋은 대우를 하는지 그 이유를 들을 수 있을 거라고 생각하여 그때 자신들은 이 닛코조영에 참가한 조각명인 사쿠아미의 가족으로 그를 찾아 여기까지 왔다고 말하면 될 거라고 생각했는데⋯⋯

오렌은 그런 생각으로 그날 밤은 여행의 피로에 지친 몸을 뉘여 쉬었던 것입니다.

그런데 다음날이 되어도 그 다음날이 되어도 아니, 며칠이 지나도 아무 소식도 없을 뿐 아니라 이 집에 갇혀버린 듯 완전히 잊혀져 버렸습니다.

어디에서 가져오는지 하루 세 번의 식사는 진수성찬. 일용품 같은 것은 시녀가 잘 챙겨줘 아무 것도 부족한 게 없었습니다. 하지만 이래서야 마치 닛코에 자러 온 것 같습니다. 사쿠아미를 만나고 싶다고 전하려 해도 방법이 없습니다.

벙어리였습니다. 그 유일한 시녀는……

먼저 지루해진 것은 미야였습니다.

"어머니, 닛코마을로 할아버지를 찾으러 가요."

"그래. 언제까지 여기에 멍하니 있을 수도 없지. 도중에 관리들이라도 만나면 할아버지 계신 데를 알게 될지 몰라."

그다지 문단속이 엄한 것도 아니고 울타리가 쳐진 것도 아니어서 오렌은 미야의 손을 잡고 마당을 지나 잡목림 속 소로를 따라 나가려 하였습니다.

갑자기 대여섯 명의 하급무사풍의 사람들이 나타나 그대로 집으로 쫓아 보내 버립니다. 허울 좋은 감금이라는 것을 오렌이 깨달은 것은 그 때부터였습니다.

"에도에서 이 산에 온 사쿠아미라는 사람을 찾으러 왔습니다. 제발 사쿠아미를 만나게 해주세요."

오렌의 필사적인 청에도 무사들은 전혀 상대도 하지 않습니다.

(1934.9.1)

212

대나무통 3

폭포 뒤 숲 속의 집 한 채.

거기에 사는 여자와 딸은 광인과 백치기 때문에 무슨 말을 해도 상대하지 말라…… 경비하던 관리, 하급무사들은 그렇게 전해 들었습니다.

"저렇게 보고여도 미쳤다는 군. 딸도 또 태어날 때부터 바보라, 모녀가 다 저런 상태라니 정말 불쌍하군."

"조영준공까지 엄중하게 경계해야 하는 닛코에 어떻게 저런 미친 모녀가 들어왔단 말인가."

"그러니까 어디에서 왔는지 갑자기 가누마신덴 관문에 나타났다더군."

"체포했는데 무슨 말을 하는지 대체 못 알아듣게 하더라는 거야. 끌어내려 해도 어디출신인지 모른다니, 저런 자들을 돌아다니게 하면 청정삼엄해야 할 조영공사에 큰 방해지. 조영부교 체면문제도 있고."

"추방하면 되지 않나?"

"그게 말이지, 가난한 차림새를 하고 있긴 해도 얼굴모습이나 말투 같은 걸 보면 무가나 부잣집 출신 같은 데도 있어서…… 이대로 산에서 쫓아냈다가 나중에 생각지도 못한 데서 연루가 될 수도 있고 해서 여기에 가둬두는 거라더군."

"하하, 그렇군. 제멋대로 거리를 돌아다니다 소란을 일으켜도 쫓아내지 못한다는 그런 건가. 그래서 저렇게 집에 가둬두고 우리보고 감시하라는 거군. 별 이상한 사람이 다 들어왔군 그래."

"그런데 상대는 광인과 바보 딸이니, 집에서 나오게만 하지 않으면 되니까 쉬운 임무를 맡았어."

수풀에 책상다리를 하고 앉은 부하들은 햇볕을 쬐면서 잡담을 일삼아 그렇게 떠들고 있습니다.

이상하게도 미친 사람이라고 생각하고 보면 보통 사람도 이상하게 보입니다. 조금 눈빛이 다르다든가 웃는 소리가 수상하다든가. 그렇게 믿고 있는 사람을 향해 〈아니오, 나는 미치지 않았습니다〉라고 변명하려고 하면 그때는 미친 사람의 십팔 번이 시작되었다고만 여기고 한층 더 미친 사람취급을 할 뿐입니다.

"사쿠아미라든가, 나무아미라든가 자꾸 이상한 소리를 하더라고."

오렌은 하루에도 몇 번씩 마당을 건너 관리들이 있는 곳에 와서 애원합니다.

"어느 분이든 윗분을 만나게 해주세요."

"네네, 성주님이든 쇼군님이든 어느 분에게라도 말씀드릴 테니 제발 집안에서 기다리시오."

오렌은 짜증을 내며,

"뭐야, 무슨 말을 하는 거예요? 닛코에는 미친 사람만 있나. 기분 나빠."

사무라이들은 웃음을 터뜨렸습니다.

"와아, 이거 한 방 먹었군. 그러고 보니 미친 사람을 지키는 우리도 이렇게 지루해서야 언제 미치게 될 지도 몰라."

"뭐야? 내가 미쳤다고?"

"아니, 아니. 그게 아니에요! 당신들한테 결코 그런 실례를 범할 생각은……."

(1934.9.2)

213

대나무통 4

뭐가 뭔지 모르는 오렌.

"계속 말씀드렸습니다만, 저희 모녀는 사쿠아미를 찾아 왔습니다."

"또야! 사쿠아미가 시작되었어! 아하하하하. 와하하하하."

일동은 배를 잡고 웃어젖힙니다. 그 중 한 사람, 묘한 모습으로 오렌 앞에 넉살좋게 나서서,

"사쿠아미님을 만나려면 못 만나게 할 것도 없지. 해가 저물면 저 타로산 정상에 별이 반짝반짝 빛나는데······."

"이봐, 이봐. 그만둬, 그만둬."

"원래 이 별이 빛난다는 것은 별님이 하계를 향해 푸른 실을 던지는 것이라, 사쿠아미님은 그 실을 붙잡고 슬슬 내려올 거요. 봐봐, 저 삼나무 꼭대기에 매일 밤 내여 온다고."

"그만 두라는 데도. 정말인 줄 알면 더 귀찮아진다고!"

오렌은 멍하니 서서 그 우스꽝스러운 남자의 얼굴을 뚫어져라 보았습니다. 입을 떡 벌리고.

에도를 떠나면 가는 것마다 도깨비가 나온다더니 어떻게 닛코에는 이런 이상한 사무라이들만 모여 있는지······

울고 싶은 기분으로 다시 집으로 들어가니 딱 한 사람 있는 젊은 시녀가 뒷문에서 가을꽃을 꺾어 와 도코노마에 장식하고 있습니다. 오렌모녀를 위로하려 하는 상냥한 마음에서일지도 모릅니다.

오렌은 그 옆에 앉아,

"이봐요, 어떻게 안 될까요? 당신, 잠깐 조영부교소에 가서 윗사람

한테…… 아, 그렇지. 당신 벙어리지. 에잇, 속상해."

소녀는 웃기만 할 뿐 어디서 바람이 부냐 하는 표정으로 가을꽃을 늘어놓고 잎을 고르고 있습니다.

애타고 고민스러워도 표현할 수 없는 날이 이어졌습니다.

그래도 식사만큼은 삼시세끼 푸짐하였습니다. 소중한 인주. 제물로 삼을 때까지 모녀를 통통하게 살을 찌우려는 건지도 모릅니다. 이건 마치 시장에 내놓는 날을 기다리며 돼지를 키우는 것 같습니다.

그런데 여기에.

인정이라는 것은 정말로 미묘한 것입니다. 적끼리도 한 지붕아래 살다보면 어느새 그곳에 정이 샘솟습니다. 특히 장애인들이 그런 붙임성이 좋다고 합니다.

벙어리소녀, 그녀의 이름은 가지(梶)입니다.

그녀는 이번 조영을 위해 멀리 교토에서 올라온 이스케(伊助)라는 미장이의 여동생으로, 오렌을 시중들게 되어 이 집으로 오기까지 오빠와 다른 미장이들과 함께 부교소 옆 작업실에서 기거해왔습니다. 벙어리기 때문에 귀는 들리지 않아도 오빠 이스케가 이런저런 손짓을 통해 이번 호마당 서쪽 벽에 인주, 그것도 모녀 두 사람을 넣어 바르게 되었다고 알려주었던 것입니다. 그래서 가지만은 오렌모녀의 슬픈 운명을 알고 있습니다.

(1934.9.3)

214

대나무통 5

육지에서 떨어진 작은 섬…… 이 지금 오렌의 생활입니다.

그녀와 미야와 시녀 가지, 세 사람은 외부와 완전히 단절되어 마치 유배된 것 같은 그런 처지에 함께 있습니다. 나날이 친밀도가 높아집니다. 특히 미야는 더.

외부로 놀러나가지 못하는 지루함. 한창 놀 나이의 아이가 매일 갇혀있게 되니 아침부터 가지를 상대로 소꿉놀이나 숨바꼭질로 떠들썩합니다.

아이는 빨리 친해지기 마련이라 밤에도 눈을 비비며 베개를 들고 와 가지의 침상에 들어오곤 하였습니다. 가지도 어느새 미야짱에게 어린 여동생을 보는 것 같은 애정을 느끼게 되었습니다.

벙어리 가지, 어릴 때부터 모자란 사람취급을 당해 어둡고 비뚤어진 성격이었는데 처음으로 이 천진난만한 미야덕분에 인간적인 마음의 눈을 뜨게 되었습니다. 귀가 들리지 않아도 아름다운 인정은 알 수 있습니다. 말은 하지 못해도 애정을 전하는데 어려움은 없습니다.

어느새 미야와 가지는 잠시도 곁을 떠나지 않을 정도로 유일무이한 친구가 되었습니다. 이것도 기연이라고 할까요?

"있잖아, 가지. 사쿠할아버지의 산일이 끝나 모두 에도로 돌아가게 되면 너도 같이 가. 야스오빠라고 아주 좋은 사람이 집에서 기다리고 있어."

무엇을 말해도 가지는 생글생글 웃으며 우와와 하고 입을 누르거나 계속 벽을 칠하는 손짓을 하거나 하는데, 무슨 뜻인지 잘 몰라도 미야는 재미있기만 합니다.

"저어, 가지를 보고 있으면 춤추는 것 같아. 말을 못하다니, 가엾게도."

미야도 가지의 손을 잡고 방긋 웃어줍니다.

그 가지가 요 이삼일 갑자기 부쩍 울적해진 것은.

"이렇게 귀여운 미야짱과 오렌님을 인주로 삼아 산 채로 벽속에 넣어 봉해야 한다니!"

친밀해질수록 슬픔도 깊어집니다. 인정이란 그런 것이지요.

이 인주에 대한 것은 아무리 극비로 하여도 미풍과도 같은 속삭임이 조영부교소를 둘러싼 작업실에서 옆에서 옆으로 전해져 직공들 사이에서는 누구 하나 모르는 이가 없습니다. 벙어리 가지조차 오빠의 손짓을 보고 알아차렸을 정도지요.

말을 못하는 사람이니 비밀이 샐 염려가 없다고 해서 그런 이유로 뽑혀 이 모녀를 돌보게 되었습니다만. 장애인인 만큼 정이 깊고 상냥하게 대해주면 배로 은혜에 보답하고 싶어 한다는 것을 관리들은 몰랐던 것 같습니다.

처음 오렌은 힘없이 풀이 죽어 고개를 숙이는 가지를 이상하게 생각하고 머리를 가리키며 얼굴을 찌푸리거나 배를 안고 신음하거나 여러 가지 동작으로 물어보려고 했지만, 아니오! 하듯 머리를 흔들 뿐. 두통도 복통도 병도 아니라고 합니다.

불민한 사람이라 때때로 이렇게 침울해지나 보다고 오렌과 미야 두 사람은 한층 더 친절하게 대했습니다. 그것이 또 가지에게는 혼나는 것보다 괴롭게 다가왔습니다.

결국 견딜 수 없게 된 가지, 어느 저녁, 갑자기 오렌의 소매를 붙잡고……

215

대나무통 6

저녁 무렵부터 내리기 시작한 비.

산의 날씨는 변하기 쉬워서, 아! 비가 오나? 하고 생각하는 사이에 산 전체에 굵은 빗방울이 마치 작은 돌멩이처럼 떨어져 내려 대나무 잎을 적십니다.

세차게 내리는 비.

거기에 천둥까지 가세하니 얼마나 무시무시한지 오렌은 놀라 일어서서,

"미야, 도와주겠니? 가지는 저렇게 우울해하기만 하고 요즘은 웃는 걸 한 번도 못 봤구나. 불쌍해서 심부름도 못 시키겠다. 착한 아이니 엄마랑 함께 이 덧문을 닫자."

"정말 가지는 왜 저럴까? 어머니. 지금도 부엌에 앉아 이렇게 울고 있어요. 아주 슬프게 말이예요."

미야는 긴 소매로 얼굴을 덮고 우는 흉내를 냅니다.

"자, 그보다 얼른 덧문을. 어머, 벌써 이렇게나 비가 들이쳤네."

모녀 두 사람이 함께 손을 합쳐 겨우 방문을 닫았습니다.

그때, 눈이 빨갛게 되도록 운 가지가 행등을 들고 들어오다가 그대로 서는가 싶더니 등을 방에 놓아두고⋯⋯ 그때였습니다. 가지가 갑

자기 오렌의 소매를 잡았습니다.

"어머, 왜 그러니, 너는?"

돌아본 오렌은 깜짝 놀랐습니다.

가지 얼굴에 핏기라곤 없었습니다. 퍼렇게 된 얼굴에 눈은 충혈되고 볼에는 눈물자국이 가득한 끔찍한 형상.

"아, 정신이 이상해지기라도 했나, 얘가!"

오렌은 섬뜩했지만 필사적으로 자신을 붙잡는 가지의 손에 눌려 그 자리에 털썩 주저앉았습니다. 가지는 옆에 서있던 미야를 갑자기 한 손으로 끌어당겨 아플 정도로 끌어안고,

"무무무무무무무."

뭔가 말하고 싶은 모양입니다.

말을 못해 답답해하는 모습에, 이건 무슨 일인지 꼭 말하고 싶은 게 있구나 생각한 오렌. 양손을 무릎에 대고 바로 앉아서 물었습니다.

"무슨 일이예요?"

그런 뜻을 담아 바라보았습니다.

거기에 기운을 얻은 듯 가지는 비틀거리며 일어나 벽으로 달려갔습니다.

그리고 양손을 펴고 벽 앞에 이쪽을 향해 서서 오렌과 미야를 가리키며 이상한 울음소리를 내기 시작했습니다.

당신들 두 사람은 꿈에도 모르겠지만 이렇게 벽속에 갇히게 된답니다……

그런 의미를 보여줄 생각이었지만 인주라는 복잡한 것이 이렇게 간단한 동작으로 알려질 리 없습니다. 오렌은 이상한 듯 미야를 돌아보았습니다.

"뭐지?"

"나, 기분이 안 좋아."

미야는 무서운 듯 어머니 옆으로 다가갑니다.

실제로 그것은 기묘한 장면이었습니다. 벙어리 소녀가 뭔가 열심히 알려주려고 혼신의 힘을 다해 여러 가지 동작을 하는 실내. 행등의 불빛이 가지의 그림자를 크게 벽에서 춤추게 하고. 문밖에서는 땅이 갈라지는 듯 엄청난 폭풍우가 치고 있었습니다.

(1934.9.5)

216

대나무통 7

가지는 열심히 몸짓을 이어가, 등을 벽에 문지르거나 벽 앞에 서서 계속 흙을 바르는 시늉을 했습니다. 미장이 여동생답게 벽을 바르는 시늉은 잘합니다.

그러다 이번에는 오렌과 미야을 가리켜 눈을 찌푸리고 숨을 못 쉬는 모습을 보여주는데 죽는다는 것을 표현하려고 했지만 마치 춤추는 것처럼 보여 이번에도 알아차리지 못합니다. 오렌과 미야는 멍하니 서서 바라보고만 있을 뿐입니다.

가지는 답답한 듯 몸부림치다 드디어 새로운 방법이 생각난 듯 갑자기 웃기 시작했습니다. 그리고.

"우우우."

하고 이상하게 신음하면서 모녀의 손을 잡고 끌어당겼습니다.

빗속에서 순간 하얀 빛이 들어와 다다미 위에 번쩍 하였습니다. 벼락이 바로 머리 위에 친 것 같습니다.

장지문이 흔들리고 지붕이 울고 이 작은 집은 지금이라도 날아갈 것 같습니다. 등불에 비치는 그림자로 어두운 방안에 미친 듯 초조하게 움직이는 가지의 그림자만이 도깨비처럼 흔들려 어딘가 으스스한 풍경입니다.

벙어리미인…… 그것은 아름다운 짐승을 연상시킵니다. 미야도 무서운 나머지 벌벌 떨고 오렌도 뭔가에 사로잡힌 듯 모녀는 가지에게 손을 잡힌 채 비틀거리며 일어섰습니다.

"이거 무슨 짓이야, 가지."

"어머니, 무서워요."

우와, 우와! 가지는 이런 소리를 계속해서 내면서 전신의 힘을 그 가는 팔에 담아 어머니와 딸을 벽으로 밀었습니다.

그리고는 재빨리 벽에 흙을 바르는 시늉.

이래도 모르겠어! 하는 처절함이 얼굴 가득 나타나 가지의 눈은 필사의 눈물로 흐릿해졌습니다.

오렌과 미야는 백치 상대로 놀고 있는 것 같은 멋쩍은 기분으로 시키는 대로 벽 앞에 나란히 서 있었는데 가지가 계속해서 미장이 흉내를 반복하자 오렌은 비로소 이거 이상하다, 뭔가 중대한 의미가 있다…… 고 생각하게 되었습니다.

문득 가슴을 죄여오는 것은 어릴 때 유모가 들려준 그 〈이야기한 아버지는 나가라의……〉인주 이야기! 큰 토목공사에는 지신, 목신의 신령을 달래기 위해 인주를 바친다는 이야기는 다른 데서도 들은 기억이 있습니다.

그러자 바로 이 밤과 같이.

캄캄한 밤하늘을 가로지르는 한 줄기 번개처럼 이때 오렌은 모든 사정을 알아차린 것입니다.

인주! 있을 수 없는 일은 아닙니다.

어딘가의 벽에 나와 미야를 산채로 넣고 봉한다…… 그렇게 생각하니 짐작 가는 일 투성이입니다. 가누마신덴에서 붙잡혔을 때 모녀냐고 그렇게 다짐을 했던 것도 모녀인주가 필요했기 때문이었습니다.

지금은 이렇게 여기에 자기들을 가두어 키우며 그때가 오기를 기다리고 있는 것입니다.

핏발선 눈으로 허공을 노려보던 오렌,

"미야, 자 정신 차리고……!"

무심코 작은 어깨를 꽉 쥐었습니다.

(1934.9.6)

217

대나무통 8

이것으로 모든 것은 밝혀졌다!

오렌은 재빨리 가지를 향해 고개를 끄덕였습니다. 알았다는 의미가 들리지 않는 귀에도 통했는지 가지는 미소를 지으며 아까부터 계속해온 수화에 진기가 빠져나간 듯 털썩 주저앉았습니다.

아버지 사쿠아미를 만날 수만 있다면……

"그것만 가능하다면 아무 것도 무서울 게 없는데……."

입을 붙이고 나오는 오렌의 혼잣말은 마침 그때 처마를 휩쓰는 폭풍우 소리에 가려져 사라져 버렸습니다. 가지는 죽은 사람처럼 옷으로 얼굴을 덮고 몸을 둥글게 감싸 안고 다다미위에 쓰러졌습니다.

사쿠아미를 만나기만 하면…… 하지만 자신을 감시하는 수많은 하급무사들은 상관으로부터 미친 사람이라고 들었기 때문에 아무리 부탁해도 헛수고라는 것은 그동안의 노력으로 알고 있습니다. 대신 오늘밤 이 어둠과 비바람을 타고 이 집을 빠져나간다면…… 이 주변을 얼마나 엄중하게 지키고 있는지는 누구보다도 오렌이 제일 잘 알고 있습니다. 게다가 닛코조영중 산을 둘러싸고 사십 리 안에 몇 개나 되는 관문이 세워져 문자 그대로 개미 하나 드나들 틈도 없으니 다리가 약한 자신이 아이를 데리고 이 산길을 어떻게 빠져나갈 수 있을지!

오렌은 아프도록 미야를 꽉 껴안고 눈을 부릅뜨고 입술을 깨물었습니다. 도움을 청할 방법을 찾아 온갖 어지러운 생각이 머릿속을 떠다녔습니다.

무섭게 변한 어머니의 얼굴을 미야는 밑에서 올려다보며,

"어머니, 가지는 잠들었어요. 이런 곳에서 선잠을 자다 감기에 걸리면 안 되는데……."

"응응, 그래……."

대답하는 마음도 허공에 뜨고 오렌은 오랫동안 생각에 잠겼습니다.

어떤 폭풍우라도 갑자기 모든 소리가 멈추고 홀로 떨어져 나온 듯 이상하게 불쾌한 순간이 있습니다. 지금이 그때입니다.

비도 바람도 갑자기 폭위를 누르고 부러진 나무, 흔들리던 집이 돌

연 멈추어서면 어두운 지옥에 빠진 것 같은 정적. 그 고요함 어딘가에서 물 흐르는 소리가 납니다. 그것은 이 집 뒤에 흐르는 계곡물에서 나는 소리입니다.

매일 낮 오렌은 마루 끝에 서서 멀리 삼나무 숲을 바라보았습니다. 그때 나무 아래 흐르던 작은 시내가 기억났습니다.

"그래! 운을 하늘에 맡기고. 그 외는 달리 방법이 없어."

스스로에게 대답한 오렌이 여기저기 방안을 둘러보다 가지가 도코노마에 장식한 꽃바구니를 발견했습니다. 가을꽃을 꽂아놓은 그 바구니 안에는 대나무 통이 들어있었습니다. 이거야!

오렌은 소매를 뒤져 벼루와 종이를 꺼내 구석에 있는 책상위에 놓았습니다.

"미야! 너한테 이런 일을 시키고 싶지 않지만 우리 두 목숨 생사의 갈림길에 있단다. 지금 어머니가 편지를 써서 이 대나무 통에 넣어줄 테니 너는 그것을 가지고 이 뒤에 흐르는 시내로 가야 해. 알겠니?"

(1934.9.7)

218

대리참배 1

우지로 가는 차 항아리 가마를 털고 또 털어 도카이도에 하얀 선풍이 소용돌이친다고까지 평판을 세운 단게 사젠.

수없이 많은 항아리를 손에 넣어도 목표로 한 고케자루 항아리는

아직 찾지 못했습니다. 호중천지(壺中の天地)라고 했던가요? 옛 고사에 항아리를 파는 노인이 다 팔고 나면 항아리 속에 들어가는 것을 본 어떤 사람이 같이 들어가 보니 항아리 안은 별천지였다는 이야기가 있습니다. 한 가지에 망집을 품고 별세계에 사는 사젠은 아침저녁으로 꿈의 고케자루를 찾아 흘러 흘러 다시 에도로 돌아갔습니다.

제이의 고향.

백발, 강을 건너 옛길을 찾다.

몇 년이나 에도를 비운 것도 아닌데 어쩐지 그런 기분입니다.

산과 들, 가도의 모래먼지에 사람 피로 물든 예의 백의를 입고 해어진 하카다 허리띠를 매고 그 위에 찬 요도 누레쓰바메의 무게.

빠져나온 상투를 짚으로 묶은 괴이한 얼굴. 대나무 같이 마른 장신에 외팔. 처음부터 팔 하나는 없었습니다. 게다가 얼굴에는 오른쪽 눈을 망가뜨리고 비스듬히 내려 그은 칼자국이 깊이 나 있습니다. 턱을 내밀고 유령처럼 어슬렁어슬렁 걸으며 입속에서 중얼거리는 것을 들으면,

"연작은 배회하며 옛집으로 돌아가지 않는다……."

분수에 맞지 않는 시구를 읊조리고 있습니다.

"어이, 사젠. 이렇게 에도로 돌아온 걸 보니 너도 향수병에 걸린 건가."

자신을 상대로 혼잣말. 한 걸음 걸을 때마다 누레쓰바메가 흔들리며 덜그럭 우는 것이 〈사람을 죽이고 싶어, 아아, 사람을 죽이고 싶어〉라고 하는 것 같습니다

야스는 어떻게 되었지?

야규 겐자부로는? 하기노는?

생각할 것은 산처럼 많습니다. 어쨌든 야스가 있다고 하는 아사쿠

사 류젠지의 돈가리 나가야에 가보면 상황에 따라 그 다음에 어떻게 해야 할지 알 수 있을 지도 모릅니다.

뭐, 그런 마음으로, 시나가와에서 에도로 들어온 사젠은 곧바로 우에노산 아래 산마이다리로 향했습니다. 때는 한밤중.

산 위에는 희미한 달이 떠 있어 주변은 수묵화와 같은 풍경. 상가는 큰 문을 굳게 닫았고 천수통에 크게 쓰인 물이라는 글자가 흐릿하게 보이는 옆에 개가 둥글게 몸을 말고 자고 있습니다. 뭔가 사건이 터질 것 같은 밤이었습니다.

"야야! 이런 한밤중에 가마가……."

지금 산마이다리에 들어선 사젠의 눈에 희미하게 들어온 것은 정면에 있는 우에노산을 내려오는 가마 하나입니다. 네댓 명의 고위무사들이 앞뒤를 경비하며 어딘가 주변을 꺼리는 기색입니다. 맨 앞에 있는 등의 문장을 보니! 기억이 난다. 저것은 분명히 야규가……

가마라고 하면 바로 항아리를 연상하는 것이 이즈음의 사젠입니다.

"차 항아리 가마인가?"

그렇게 생각했습니다. 하수구 옆 버드나무의 늘어진 가지 밑에 몸을 숨긴 사젠이 가까워지는 가마를 어둠 속에서 바라보니 옻칠한 귀부인용 가마입니다.

그렇다면! 어둠에 빛이 번쩍합니다. 동시에 가마 옆 한 사람이 으윽! 하고 어깨를 누르며 쓰러졌습니다.

"기다려! 유감이지만 그 가마에 용무가 있다."

(1934.9.8)

219

대리참배 2

"야잇! 이 불한당놈!"

"사람 잘못 본 거 아닌가. 당황하지 마."

"그거, 우리……."

여러 가지 소리가 한꺼번에 터져 나오고 사무라이들은 가마에 딱 붙어 나란히 섰습니다. 어깨를 찔린 한 사람은 뭔가 화급한 용무가 있는 사람처럼 타타타 앞으로 넘어질 듯 산마이다리를 건너 뛰어가다 푹 쓰러졌습니다. 일동은 그쪽을 돌아볼 여유도 없이,

"이름을 대라! 우리는 야규 쓰시마노카미의……."

"오! 야규네 가마라는 걸 알아서 용무가 있는 거다."

이미 한 사람의 피를 맛본 누레쓰바메를 사젠은 왼손에 쥐고 비틀거리는 듯 두세 걸음 앞으로 나아갔습니다.

"자, 그 가마 안을 한 번 보여 주게나. 항아리가 아니라면 점잖게 물러나지."

하고 기대는 듯 사무라이들 쪽으로 몸을 기울였습니다. 얕게 웃으면서. 안에서 솟아오르는 살기에 팔이 부들부들 떨리는데 사젠은 잘도 이렇게 취한 같은 태도를 취하는 것입니다. 이른바, 단게 사젠이 가장 사젠다운 위험한 상태에 다다른 바로 그때입니다.

그건 전혀 모르는 한 사람이,

"이 바보가!"

하고 외치며 휙 춤추는 것처럼 한 발을 열어 허리를 숙이자마자 바로 칼을 뽑아 사젠의 가슴을 노렸습니다. 도신에 하얗게 달이 떴

습니다.

투욱! 뭔가 물을 머금은 무거운 이불을 땅에 내려치는 것 같은 소리가 났는데 과연 이번의 이 일검이 멋지게 사젠의 가슴을 찔렀을까요?

그 찰나. 비틀거리며 옆으로 기울어지는 사젠의 몸, 아무렇게나 쥔 누레쓰바메의 자루가 그 칼끝을 받아내고 대신 발이 걸린 듯 허공에 춤추고 있는 것은 사젠을 공격한 바로 그 사람.

이상하지요.

언제 누레쓰바메가 날개를 펼친 걸까요?

방금 난 무거운 소리는 그의 상반신을 비스듬히 갈라놓은 누레쓰바메가 피를 핥는 환성이었던 것입니다.

"오는가? 응? 올 마음이 들었나?"

입가 가득 미소를 띄운 사젠의 얼굴을 달이 흐릿하게 비춥니다.

눈 깜짝할 사이에 동료 두 사람을 잃은 야규 사무라이들은 제정신이 아닙니다.

"오, 그렇군. 지금부터 도로로 나가면 쓰마코이사카는 그다지 멀지 않지."

"음, 우리 힘으로는 이겨낼 수가 없어. 겐자부로님을 모셔 와야 해."

도망갈 구실을 잡았는지 한 사람이 달려가자 남은 세 사람정도도 그 뒤를 따라 혼고 쪽으로 달려갑니다.

이렇게 되면 희대의 야규일도류도 이런 말단으로는 형편없군요.

도망가는 그들을 보며 웃음을 지은 사젠이 피가 떨어지는 누레쓰바메을 땅에 꽂고 가마 옆으로 가 문을 열려고 한 순간 가마 안에서 웃음소리가 났습니다.

"변함없군요. 단게도노. 오랜만이예요. 호호호호, 소리를 듣고 알아차렸어요."

(1934.9.9)

220
대리참배 3

소리를 듣고 알아차렸다는 여자의 말이 가마 안에서 들려왔습니다.

사젠이 놀라 몸을 당긴 순간.

문이 안에서 열리며 어둠속에 피는 커다란 꽃 마냥 나타난 사람은 시녀복 차림의 오후지. 멍하니 서있는 사젠의 어깨를 두드리면서 인사합니다.

"아! 지금까지 어디서 무엇을…… 만나고 싶었어요."

밤중에 몰래 가마를 타고 급히 오길래 분명히 고케자루 항아리라고 생각했는데 나타난 것은 뜻밖에도 여자! 그것도 고마카타의 샤쿠토리요코초에 남겨두고 온 그 오후지가 이렇게 바뀐 모습으로 야규의 가마를 타고 있었습니다.

재미없다는 얼굴의 사젠, 불쾌한 듯 누레쓰바메를 칼집에 넣습니다.

"그댄가…… 출세한 모양이지. 어떻게 그런 신분이 되었는지 모르지만 난 그대에게 용무가 없다. 또 만나지."

입술을 비틀며 인사한 사젠, 빠른 걸음으로 걷기 시작했습니다. 오후지에게는 여전히 무뚝뚝한 사젠입니다.

"어머, 당신처럼 정 없는 사람이 또 있을까. 나, 이렇게 싫어하는 연극을 하느라 이렇게 답답한 데도 하루 반시라도 당신을 잊어본 적이 없는데…… 겨우 만났는데 변변히 얘기도 못하고 그렇게 돌아서 버리다니!"

오후지는 왕년의 성격을 발휘하여 갑자기 수를 놓은 아름다운 겉옷을 벗어 땅바닥으로 던져버렸습니다.

"좋아! 나도 한때는 큰 누님으로 유명했었어. 이렇게 된 이상 오기가 나서라도 못 참아. 어디까지라도 따라갈 테니까."

긴 소매를 걷어붙이니 밤눈에도 희게 빛나는 손목이 드러났습니다. 앞을 보니 사젠은 이미 한참 앞에서 아무 일도 없었다는 듯 걸어가고 있었습니다.

"아악! 안 돼! 아이들을 두고 가면……."

하고 중얼거린 오후지는 가마로 돌아가 안에 손을 넣어 이리저리 뒤져 꾸러미 하나를 꺼냈습니다. 다다미 샤미센과 통에 든 사쿠토리 벌레, 장사밑천입니다. 이것만은 한시도 떼어놓지 않고 이렇게 외출할 때도 가마에 넣어 가지고 다녔습니다.

지기 시작한 달을 밟고 훌쩍 걸어가는 사젠의 뒤를 옷자락을 걷어 올린 오후지가 조금 떨어져서 따라 가고 있습니다. 기묘한 동행입니다.

"시녀일 같은 거 나, 벌써 질려서 오늘 도망갈까, 내일 갈까 그러고 있던 차였어. 딱 좋을 때 당신을 만났네."

앞서 가던 사젠, 돌아보지도 않고,

"그 모습은 어떻게 된 거요?"

"아이, 묻는 걸 보니 그래도 조금은 신경 쓰였나 봐요. 우후! 도카이도를 요키치와 함께 돌아다니다 야규의 도노님한테 붙잡혀 재미있는 여자라며 옆에서 일하라고 하셔서…… 지금 그분은 닛코조영부교가 되어 닛코로 가버리고 나는 백 몇 살이라던가 하는 도깨비 같은 영감님 시중을 들면서 짜증스러운 나날을 보내고 있었다고요. 정말 당신을 다시 만날 거라고는 꿈에도 생각 못했어요."

(1934.9.10)

221

대리참배 4

오후지를 흘깃 보고 이거 쓸 만 한데, 싹수가 있어, 하고 생각한 야규 쓰시마노카미는 시녀로 오후지를 데려와 에도저택에 머물게 했습니다. 무슨 생각에서였을 까요?

그 후, 아무 일도 시키지 않고 단지 옆에서 시중만 들게 할 뿐. 이번에 닛코에 갈 때도 오후지는 잇푸 선생전담으로 린넨지마에의 저택에 남겨두었습니다.

그리고 지금 오후지는 사젠의 뒤를 쫓아가면서

"그래서 내 일이라는 건, 그 잇푸라는 영감님이 자고 일어나는 걸 돌보는 거랑 매일 밤 이렇게 가마로 우에노의 곤겐님을 참배하여 멀리 에도에서 이번 닛코조영이 별 탈 없이 끝나도록 기원하는 거 두 가지예요."

앞서 가던 사젠의 어깨가 잘게 움직였습니다. 화가 난 것 같습니다.

"흥! 그대가 기도하면 잘 나가던 닛코도 탈이 생길 걸……."

"놀리지 말아요. 나라고 이런 바보 같은 일 하고 싶어서 한 건 아니니까. 그 잇푸라는 영감님을 대신해 이렇게 밤마다 곤겐님께 참배하는 거라구요. 그런데 이상한 일이 있었어요."

오후지가 웃으면서 꺼낸 이야기는.

농염한 오후지가 조석으로 선생의 시중을 들게 되면서부터 잇푸 선생, 회춘이라도 한 듯 다른 사람이 되었다는…… 그래도 상대는 백 살도 한참 넘은 전설적인 노인이라 물론 두 사람 사이에는 아무런 일도 없었습니다. 대체로 오후지 같은 독부형 미녀에게는 일종의 정기라는 것이 몸에서 발산되어 매일 그것을 호흡하는 사이에 마른 고목에 꽃이 피듯 잇푸 선생의 생명의 등이 새로운 기름을 얻어 잠시 희미하게 불타오르기 시작한 것입니다.

호르몬이라는 것에 대해 최근에 요란하게 말하고 있는데 이 교호 시대 쓰시마노카미는 그런 이론을 알고 있었는지도 모릅니다. 고케자루 항아리를 찾아 그 진위를 판정하기 위해서는 조금 더 잇푸 선생이 살아있어 주어야 했습니다. 그 중요한 잇푸 선생이 이가에서 에도로 오는 여행으로 완전히 쇠약해져 오늘 내일 하게 되었을 때 마침 우연히 오후지가 날아온 것입니다. 이 요염한 중년부인을 보고 쓰시마노카미는 이 여자는 잇푸의 회춘도구로 써야겠다고 생각했음에 틀림없습니다.

"마치 어린아이 같았던 영감님이 요즈음에는 거뜬하게 혼자 방안을 걸어 다니고 귀도 제대로 들리게 되었답니다."

"이제부터 더 키워서 그 백 몇 년을 한 번 더 반복하는 게 어때. 옆에 붙어있는 게 좋을 텐데. 공덕도 쌓고 말이야. 머지않아 단게 사젠이라는 자가 고케자루 항아리를 가지고 감정을 부탁하러 올 거라고도 하고."

"미운 소리만 하네! 여기에서 당신을 만난 이상 나는 어떤 일이 있어도 떠나지 않을 테예요. 야규에는 두 번 다시 돌아가지 않아요."

사젠은 무언.

따라올 테면 맘대로. 성큼성큼 걸음을 재촉하여 아사쿠사 류젠지 쪽으로 향합니다. 오후지도 뒤처지지 않도록 서두릅니다. 이상한 두 사람의 행렬이 이어집니다.

(1934.9.11)

222

생명의 십자로 1

여자 쪽에서 좋아하면 그 여자에 대해 대단한 흥미를 가지지 못하게 된다. 이것이 바람둥이의 상례라고 하겠습니다. 야규 겐자부로도 그 중 한 사람.

무가의 귀한 아가씨다운 조신함으로 하기노가 자신을 사랑하고 있다는 것은 잘 알고 있기는 합니다. 하지만 그렇게 되고 보니, 하기노와 정말로 일생을 맹세하고 이 도장의 주인이 되어 영원히 여기에 뿌리를 내리고 싶을 정도로 집착이 생기지 않습니다. 그리고 특히 거기에는 한 가지 방해가 되는 것이 있습니다. 그것은 미네 단바의 존재.

후처인 오렌은 어느날 밤, 몰래 도장을 나가 행방불명이 되었는데 단바는 아직까지 저택내 별채에서 버티며 어떠한 움직임도 없습니다.

진검승부를 하려면 심판이 있어야 한다고 해서 다마루 몬도노쇼를 형 쓰시마노카미라고 내세워 단숨에 단바를 베어 죽이려 했는데 그만 연극이 들통 나는 바람에 단바의 목은 하루 더 붙어있게 되었습니다.

하기노와는 한 지붕아래 살게 된 셈인데 지금도 이 심야에 하기노는 긴 복도 끝 자신의 방에서 혼자 어떤 꿈을 꾸고 있는지……

머리맡에 하오리를 걸어두고 등 하나만 켜서 이불위에 누워 책을 보고 있던 겐자부로는 복도를 지나는 발소리에 몸을 일으켜,

"뭐냐?"

하고 물었습니다. 그때 장지문이 열리고 두세 명의 흥분한 젊은 사무라이들의 얼굴이 나타났습니다.

"린넨지마에 저택 사람들이 잇푸 선생을 대신하여 참배를 가는 여인을 가마에 태우고 우에노에서 돌아오던 중 산마이 다리에서 백의의 로닌과 만나 지금 도움을 요청하러 왔습니다."

백의의 로닌? 듣자마자 겐자부로의 머리에 떠오르는 하나의 영상.

"설마, 그놈인가?"

혼잣말을 한 겐자부로는 뭔가 심중에 생각난 것이 있는 듯,

"지금 달려가면 제때 도착할 수 있는 건가? 누가 온 거냐?"

"고다이노신 휘하의 쇼헤이관 두 명입니다."

"좋아, 두세 명, 따라와."

빙그레 웃은 겐자부로가 재빨리 침의를 벗으니 옆방에서 상황을 살펴보고 있던 하인이 바로 외출채비를 하여 올립니다.

옷을 챙겨 입은 이가 망나니, 여럿을 불러 소란을 떨 정도는 아니라고 생각하고 정원을 따라 뒷문으로 나가보니 과연, 눈에 익은 얼굴의 저택사람이 두 명, 헉헉거리며 서있었습니다.

"외팔은 아니었나? 그 수상한 놈은?"

"넷! 분명히 왼손뿐이었습니다. 아, 정말 무시무시한 실력으로, 붙자마자 두 명이……."

오랜만에 단게 사젠이 나타났습니다. 그렇게 생각하니 겐자부로의 젊은 혈관은 우정과 검술의 적에 대한 그리움과의 미묘한 감정이 교차하는 것을 느꼈습니다. 그는 잠자코 빠른 속도로 걷기 시작했습니다. 꽉 움켜쥔 흑두건으로 얼굴을 감싸면서.

겐자부로의 부하가 셋 정도 합세하여 일행은 여섯 명. 조용히 심야의 에도를 걸어갑니다.

"사젠자식, 아직 거기서 어슬렁거리고 있어야 할 텐데."

겐자부로는 옛 친구를 만난다는 기쁨에 온통 마음이 두근거렸습니다.

(1934.9.12)

223
생명의 십자로 2

"오오, 여기다! 여기다!"

한 사람이 외치며 산마이다리를 구로몬초(黑門町) 방향으로 달려가 길가에 다랑어 같이 가로 누워 있는 시체에 등불을 가까이 대고 살펴보았습니다.

"아! 이 녀석은 틀렸어! 도노, 이 녀석 완전히 숨이 끊어졌습니다."

"한 사람 더 죽었는데……."

가마를 수행한 에도저택의 사무라이가 혼잣말처럼 말하면서 어둠 속을 둘러보았습니다. 근처에서 단발마의 신음소리가 들려왔습니다. 마치 땅 밑에서 흔들려 올라오는 것 같은.

귀 밝게 알아들은 겐자부로가 그 소리를 찾아가자 왼쪽에 있는 집 대문에 기대어 앉아 있는 한 사무라이를 발견했습니다. 그는 피웅덩이 속에 책상다리를 하고 앉아,

"가마는…… 가마는……."

하고 중얼거리고 있었습니다.

"가마는 여기 있네. 정신 차려!"

겐자부로가 그 사무라이의 어깨에 손을 얹고 살펴보았습니다.

"음, 가마는 여기에 있는데 타고 있던 오후지님은 그 로닌 뒤를 쫓아……."

"그래, 그 로닌 말일세, 어느 쪽으로 갔는가?"

"네…… 저, 저, 산 아래 구루마자카(車坂)쪽으로. 그, 그런데 아무래도 두 사람 이야기로는……."

"두 사람이 이야기했다고? 잇푸 선생의 시녀와 그 로닌하고 서로 아는 사이라는 건가? 그럼 두 사람이 어디로 간다고 하던가?"

"뭐, 뭐라더라, 아사쿠사 류젠지?"

"이봐! 정신 바짝 차리게! 아사쿠사 류젠지 어디?"

"네…… 저는 이제 그만 여기에서…… 류젠지 돈가리 나가야라던 가…… 어둠속에서 그렇게 말하는 것을 들었습니다."

사람을 둘이나 죽인 한밤중의 소동. 길 양쪽에 늘어선 집들에서 깜짝 놀란 사람들이 나와 문을 살짝 열고 이쪽을 훔쳐보고 있습니다. 야

경꾼의 급보로 관리들도 곧 나올 것 같습니다.

관련자가 되어 그 자리를 떠나지 못하게 되면 곤란한지라, 겐자부로는 두 사람의 사상자에 대한 처리를 위해 에도저택소속 사무라이를 거기에 남겨두고 바람 같이 아사쿠사쪽으로 달려갔습니다.

낯익은 아사쿠사 돈가리 나가야.

사쿠야의 집에는……

이름을 숨기고 세상으로부터 숨어 미야와 단 둘이서 오랫동안 그냥 사쿠영감으로서 나날을 보내던 사쿠아미가 야규 쓰시마노카미에 의해 닛코조영에 불려간 뒤.

곧 그 뒤를 쫓아 미야짱이 모친 오렌과 함께 역시 닛코로 떠나버렸습니다.

남은 사람은.

크고 작은 두 괴짜가 기묘한 생활을 이 집에서 보내고 있습니다. 가모 다이켄과 야스형님.

야스는 지루한 나날입니다. 얼굴을 본 적도 없는 부모가 그리워 〈건너편 큰 길 지장보살님〉이라는 노래를 부르며 부모를 찾으러 에도까지 왔습니다만…… 이가 야규사람이라는 것 말고는 알아낸 것도 없이 아직까지도 부모는 만나지 못했습니다. 대신 아버지로 삼은 단게 사젠과도 이별하고 부모대신 돌봐주던 사쿠야는 닛코로 떠나버렸습니다. 어린 마음에 좋아하던 미야는 어머니가 나타나 둘이 함께 또 닛코로.

남은 다이켄 선생은 꿀꺽꿀꺽 술을 마시며 매일 같이 몇 건이고 들고 오는 에도사람들 인생상담을 하고 있을 뿐입니다. 야스의 〈부모를 찾는 인생상담〉만은 그 대단한 다이켄 선생도 해결하지 못하고 있습니다.

그런데 오늘 밤, 드물게도 이 집에 손님이 들었습니다.

몹시 숙연한 대화소리.

(1934.9.13)

224
생명의 십자로 3

막 저녁이 시작하려는 때였습니다.

"그럼 다이사쿠, 자네는 여기서 기다리게."

그렇게 말하고 이 돈가리 나가야의 위태위태한 하수구 덮개를 밟고 들어온 사람이 있었습니다. 얼굴을 가린 복면, 무늬 없는 옷을 입은 풍채 좋은 무사입니다. 아주 덩치가 큽니다.

골목 입구에 남겨진 이부키 다이사쿠. 미나미초부교 오오카 에치젠노카미의 수하입니다. 그가 주위를 경계하면서 살짝 눈을 치켜뜨고 뒷모습을 지켜보는 모습으로 보아하니 이 복면의 사무라이는 아마도 다이사쿠의 상관이거나 주군 같습니다.

죽 늘어선 나가야의 집들을 한 채 한 채 들여다보면서 나아가는 이 무늬 없는 옷차림의 사무라이는 드디어 골목 중간쯤 있는 사쿠야의 집 앞까지 왔습니다. 그는 살짝 문을 열고는 말했습니다.

"미야라는 여아가 여기 있나?"

마침 마루 끝에서 두 무릎을 꺼안고 앉아 있던 야스가 대답했습니다.

"미야짱은 닛코에 가고 없어요. 당신은 누구지요? 남의 집에 들어오려면 가면 같은 건 벗고 와요."

복면의 사무라이는 그렇게 말하는 야스를 무시하고,

"뭐라고? 닛코에? 그거 큰일이군. 약속이 있어서 왔는데."

그 소리를 들은 다이켄이 큰 대자로 누워 자다 일어나 마루로 목을 내밀었습니다.

"오오! 귀공은 미나미초의……."

"쉿! 다이켄 선생이군. 아니, 그대가 여기 있다는 것은 그때 미야라는 아이가 그대의 명으로 항아리를 나한테 가져다주었을 때, 들은 적이 있네만. 아직 이 집에 있을 줄은 몰랐네. 어떤가. 여전히 술만 마시고 계신가? 그런데 그 항아리는 가짜 고케자루였네."

놀라 멍하니 있는 다이켄과 야스를 앞에 두고 약간 뚱뚱한 그 사무라이는 봉당으로 올라가면서 계속해서 말했습니다.

"아니, 그것과 이것은 다른 이야기지만, 그때 미야짱에게 어떤 소원이라도 들어주겠다고 했는데……."

"음, 그 이야기는 나도 들었소. 미야가 아무 상도 필요 없으니 집에 있는 야스라는 아이의 부모를 찾아달라고 부교, 아니, 귀하에게 부탁했다지…… 여기 있는 아이가 바로 그 야스님."

다이켄 거사는 입을 떡 벌리고 있는 야스의 머리를 쓰다듬었습니다. 보통 손님이 아니라고 어린 마음에도 생각한 야스는 당황해서 책상다리를 하고 있던 다리를 재빨리 바로 했습니다.

"오오, 이 아이인가. 야스라는 아이가."

복면의 사무라이는 다이켄에게 말했습니다.

"아니, 나라고 생각하지 말고 아는 사람이 보낸 심부름꾼이라고 대해주게."

　복면 속 부드러운 눈으로 조용히 미소지으며,

　"자네도 알고 있겠지. 그 구라쿠노인, 그가 전국 각 지역에 정보꾼들을 뿌려놓았지 않나. 문득 생각이 나서 그 구라쿠노인에게 야스의 부모를 찾아달라고 부탁했지. 이가사람이라는 것만 알려주고. 그랬더니 그가 알려줬네."

　"엣! 저, 저, 제 어머니와 아버지를요?"

　"오오, 그래. 오늘 들었어. 그래서 미야짱과의 약속을 지키기 위해 이렇게 내가…… 아니, 이렇게 심부름꾼을 보내서…… 이봐, 야스. 그대의 부친은 지금 닛코에 있다네. 그대도 닛코에 가겠나? 어떤가? 이번 닛코조영 준공식에 길례에 따라 보라색 옷을 입고 나타나는 자가 그대의 부친이라네."

(1934.9.14)

225

생명의 십자로 4

　"네에, 다이켄아저씨. 어서 출발해요. 우리 아버지를 찾았잖아요. 아침까지 기다릴 수 없어요."

　야스는 눈물이 가득한 눈으로 다이케을 조릅니다.

　"우리 아버지는요, 이번 닛코식에 보라색 옷을 입고 나오는 사람이라고 했잖아요. 시간에 맞추지 못하면 큰 일이예요. 아저씨. 데리고

가 주세요. 닛코에는 미야짱도 사쿠할아버지도 모두 있잖아요."

신나서 떠들던 야스는,

"이봐요, 다이켄아저씨. 어서 가요."

하고 박자에 맞추어 노래까지 부릅니다.

심부름꾼이라고 했던 복면의 사무라이는 조용히 다이켄에게 목례를 남기고 돌아간 뒤였습니다.

얼굴을 빛내며 눈에는 눈물이 가득한 채 열심히 부탁하는 야스를 보고 다이켄 선생도 어쩔 도리가 없었습니다.

"음, 그래. 그렇겠지. 이거야말로 부모자식간의 정이라고 할 수 있지."

"무슨 소리를 하는 거예요? 빨리! 빨리!"

하도 재촉하는 바람에 다이켄 선생, 이 한밤중에 급하게 야스의 손을 잡고 저 멀리 닛코로 출발하게 되었습니다.

준비는?

농담이 아니라 두 사람 모두 엉덩이를 들고 짚신 하나 신으면 그걸로 준비 끝.

구색만 갖춘 덧문을 닫고 골목으로 나온 다이켄 거사, 나가야 전체에 들리도록 큰 소리로,

"여러분! 잠시 이별이오. 다이켄과 야스는 지금부터 닛코에 다녀오겠소. 야스의 부친이 누군지 알게 됐소."

이 소리에 나가야 전체에서 영감들과 부인들, 형님, 누님들이 줄줄이 나타나 저마다 말했습니다.

"아, 야스. 축하해. 아버지를 찾았다고?"

"야스, 이렇게 기쁠 수가. 네 아버지는 어디의 누구시냐?"

야스의 부모 찾기는 근처 누구 하나 모르는 사람이 없는 유명한 일입니다. 이제 그 부모가 판명되어 다이켄 선생과 함께 여행을 떠난다니 나가야 사람들은 모두 자신의 일처럼 기뻐해주었습니다. 아름다운 인정의 발로, 아니, 더 대단한 소란입니다. 류젠지 모퉁이까지 배웅을 나와 거기에서 다이켄과 야스는 일동과 아쉬운 작별을 나누고 닛코를 향해 어두운 거리로 나섰습니다. 크고 작은 두 개의 그림자가 사라지고……

그 후 얼마 안 있어.

나가야의 중개역이라고도 할 수 있는 석수 긴의 문을 두드리는 자가 있었습니다.

잠이 덜 깬 눈을 비비며 긴씨가 나가보니……

외눈외팔의 백의를 걸친 떠돌이 무사가 뒤에 시녀복 차림의 여인을 한 명 달고 와 초겨울 찬바람 같은 목소리로 물었습니다.

"이 나가야에 야스라는 아이가 있다고 들었네만……."

"아, 야스라면 오늘 저녁에 아버지를 찾았다고 닛코로 떠났소."

"뭐? 닛코로?"

이렇게 반문한 단게 사젠은 오렌을 데리고 그대로 야스의 뒤를 쫓아 그 길로 닛코를 향해 떠났습니다.

그리고 또 얼마 뒤, 사젠의 행방을 찾아 이 돈가리 나가야에 온 야규 겐자부로, 그 로닌이라면 방금 전에 여기 왔다가 바로 닛코로 갔다는 이시킨의 말에 그도 그 자리에서 바로 닛코로, 닛코로.

(1934.9.15)

226

생명의 십자로 5

희미하게 밝아오는 새벽, 에도를 벗어난 가모 다이켄과 야스 두 사람. 한 발 뒤에 단게 사젠과 오후지.

오후지는 이미 어딘가에서 가지고 있던 비상금으로 여행 준비를 갖추고 머리도 예전처럼 틀어 올려 빗 하나로 고정했습니다. 다이묘의 시녀가 아니라 보통 여행자에 걸 맞는 머리모양. 끝단을 접은 하오리를 입은 모습이 길 가는 행인을 돌려세울 수 있을 만큼 매력적인 부인으로 차려입었습니다.

늦게 돈가리 나가야에 도착하여 역시 석수 이시킨으로부터 단게 사젠 비슷한 로닌이 아까 나가야에 왔다가 누군가를 쫓아 바로 닛코로 갔다고 들은 이가 망나니, 조급하게 굴어서는 따라잡지 못합니다. 시바도장에서 데려온 제자들을 시켜 근처 가게에서 각반이며 짚신, 삿갓 등을 준비하여 점점 밝아오는 에도를 뒤로 하였습니다.

에도에서 이 리만 가면 센쥬(千住), 또 이 리 더 가면 소카(草加), 그리고 고시가야(越ヶ谷), 가스카베(粕壁)……

닛코가도에 세 그룹의 이상한 여행자들이 각각 앞을 주시하며 점점이 쫓아가듯 가고 있습니다.

그런데 여기에.

다른 수상한 움직임이 보입니다. 그 어른인지 아이인지 본성을 알 수 없는 야스를 중심으로 이 모든 일이 야기되었다고 생각하여 한동안 계속 돈가리 나가야 부근에서 잠복하며 상황을 살피던 남자가 있었습니다. 다른 누구도 아닌 쓰즈미노 요키치.

이놈, 언제 에도로 돌아왔는지, 젊은 기사쿠가 들고 가는 항아리의 뒤를 쫓아 겨우 빼앗은 것을 다시 되빼앗기는 실패에도 굴하지 않고 머리를 굴려 시바도장의 미네 단바에게 가 잘 둘러댄 것 같습니다.

"넷, 이번에야말로 제가 그 야스란 꼬마에게 붙어 반드시 고케자루를 찾아오겠습니다요. 누워 식은 죽 먹기지요, 네네."

자신 있다는 듯 단바에게 장담을 하고나서 바로 돈가리 나가야로와 밤이고 낮이고 계속해서 망을 본 것입니다. 요키치 녀석, 야스에게 잊을 수 없는 한이 있습니다.

애초에 이 사건이 시작될 때.

시나가와 숙소에서 고케자루 차 항아리를 멋지게 훔쳐내었는데 도중에 그것을 빼앗고 도망쳐 버린 것이 바로 그 꼬마 야스입니다. 그것이 분규의 시초가 된 셈이니 야스에 대한 요키치의 원망은 산보다도 높고 바다보다도 깊습니다.

"이번에야말로 저놈의 꼬마를 혼내주겠어."

그렇게 주야로 지켜보고 있었는데.

오늘 밤.

누군지 모르겠지만 대단해 보이는 복면의 사무라이가 이 나가야를 방문하더니 곧 야스와 다이켄이 함께 여행을 떠나는 겁니다. 배웅하는 나가야 사람들 뒤에 서서 무슨 일인지 들어보니, 닛코라는 거예요. 뭐라고? 생각할 새도 없이 이번에는 정말 오랜만에 사젠과 오후지가 모습을 드러내 이들도 닛코로. 그리고 세 번째로 이가 망나니까지 닛코를 향해 에도를 뜨는 것 같습니다.

돈가리 나가야 부근에 숨어 거기까지 본 요키치.

"와아! 대단한데, 대단해! 오늘밤은 닛코로 가는 게 유행이구나. 나도 가야겠는데……."

그는 새벽이 밝아오는 거리에서 재빨리 발을 놀려 쓰마코이사카의 도장으로 돌아가 아직 단바가 자고 있는 방으로 향했습니다.

"도노, 미네 도노! 주무시는데 죄송합니다만."

(1934.9.16)

227

생명의 십자로 6

요키치로부터 자세한 상정을 들은 미네 단바.

"음! 이거 닛코쪽에 뭔가 심상치 않은 일이 일어나고 있는 게 틀림 없군. 어쩌면 그쪽에 고케자루 항아리가 있다는 유력한 정보가 들어와, 그래서 이렇게 세 조의 사람들이 서둘러서 닛코로 향했구먼."

가만히 뭔가 생각에 빠져있던 단바, 무릎을 탁 치더니 빙그레 웃었습니다.

"요키치, 닛코를 보기 전에 훌륭하다는 말을 하지 말라는 이야기가 있지. 자네도 구경하러 갈 텐가."

"네에, 꼭 모시겠습니다."

그리하여 단바, 무슨 책략을 부리려는지 부산하게 막 일어난 하기노에게 면담을 청했습니다.

"자, 아가씨. 오늘까지 저는 억지로 마음에도 없이 겐자부로님을 적대시하여 아가씨께도 말로 다할 수 없는 고통을 드렸습니다. 아시

는 대로 오렌님은 나가셨고 저도 곰곰이 생각해 본 결과 이번에 전향
하기로……."

전향? 이런 말을 안 쓰지요.

"이번에 겐자부로님께 용서를 빌었습니다만, 아가씨께도 지금까
지의 무례를 용서해 주십사……."

이렇게 하기노를 구워삶았습니다.

무슨 일인지 겐자부로는 어젯밤 갑자기 닛코로 떠나버렸다. 그리
고 단바에게 하기노를 부탁하여 따라오도록 전언을 남겼다. 그럴싸
한 이야기군요.

형 쓰시마노카미는 조영부교로서 목하 닛코에서 작업을 이끄는
중이니 겐자부로가 필요해져서 그쪽으로 오라고 하는 것은 자연스러
운 일입니다. 그러고 보니, 겐님은 어제 세 사람을 데리고 갑자기 집
을 빠져나갔었습니다. 자신이 어릴 때부터 이 시라누이도장에서 아
버지 줏포사이의 신임이 두터웠던 미네 단바가 하는 말입니다. 특히
겐자부로와도 이미 화해를 했다고도 하고요. 하기노가 믿은 것도 무
리는 아닙니다.

미네 단바 일부러 요키치만 데리고 아무도 따라오지 못하게 하였
습니다.

곧 삼엄한 도장의 문을 뒤로 하고 나선 세 사람. 아무 것도 모르는
하기노를 중간에, 오른쪽에 단바, 왼쪽에 요키치, 이렇게 여행을 떠납
니다. 많은 시라누이 제자들의 배웅을 받으며 삿갓을 쓰고 쓰마코이
사카를 내려가는데 벌써 여행기분에 도취된 요키치, 즐거운 마음에
떠들어대기 시작합니다.

"저어, 미네님. 여행은 동행이라지만 정직하게 말씀드려서 사내들

끼리의 여행은 너무 재미없지 않습니까? 이렇게 쓰마코이사카의 하기노님을 한가운데 모시고 가니 길 가는 사람들이 다 돌아봅니다. 실로 하기노님은 살아있는 변재천이라 할 수 있습니다요."

입 다물고 세 걸음을 못 가는 요키치.

"저기, 미네도노, 아니, 선생님. 이렇게 우리 세 사람이 닛코 구경을 나섰으니, 아마도 높은 신분이라고들 생각하겠지요. 모르는 사람이 보면 저는 인간이 순수하게 생겼으니 분명히 큰 가게의 젊은 도령, 아가씨는 그 약혼자, 헷, 미네 선생은 고용인으로 데려온 로닌…… 그렇게들 생각할 거예요."

"장난이 심하군. 무례한 자가 아닌가. 하지만 좋아. 여행은 기분전환을 위한 것이니."

한 길로 쭉 나 있는 닛코가도.

다리가 약한 이를 데리고 빨리 갈 수는 없어도 하룻밤 자고 나니 가스카베, 조금 더 가니 스기토. 더 가면 샷테(幸手). 그러자 아! 저 멀리 콩처럼 조그만 네 명의 그림자가 보이는 군요.

(1934.9.17)

228

생명의 십자로 7

"앗! 겐자부로님이다!"

멀리서 손을 이마에 대고 요키치가 외치자 그걸 들은 하기노는 지금까지 느리던 다리가 갑자기 빨라졌습니다. 겐자부로와 완전히 화해하여 그에게 부탁받아 하기노를 데려다 준다는 말에 따라 나왔기 때문에 미네 단바도 요키치도 지금 미친 듯 서두르기 시작한 하기노를 말릴 수가 없었습니다. 반쯤 뛰듯이 걸음을 재촉한 하기노에게 끌려가듯 별 도리 없이 단바와 요키치는 점점 겐자부로 일행에 가까워져 갑니다.

삿테제방의 숲에 멈춰 서서 주위를 돌아보며 기다리고 있던 겐자부로.

드디어 얼굴을 마주한 이가 망나니와 미네 단바.

양웅……

발을 멈추고 얼굴을 마주한 단바 옆을 빠져나간 하기노는 겐자부로에게 달려가 말했습니다.

"아아, 드디어! 에도를 떠나 지금까지 정말 걱정이 되어 마음을 놓을 수 없었어요. 그래도 단바와 화해하셨다니 이제부터 도장은 평온해지겠지요. 이렇게 기쁜 일은 없을 거예요."

겐자부로가 입을 열어 이 연극이 깨져 버릴까봐 단바는 서둘러 말했습니다.

"이야, 여러 가지 말씀을 드려 또 사죄를 드릴 것은 사죄드려야겠다고 생각하여 이렇게 따라왔습니다."

열심히 무마하려는 것을 겐자부로는 이미 그 속내를 알아차리고,

"아, 이런 일이 있을 것 같아서 기다리느라 천천히 갔지. 여행은 여럿이 떠들썩하게 가야 맛이지. 그럼 함께 가볼까."

표면적으로는 허물없어 보여도 내심은 틈만 생기면 바로 죽이려는 각오.

그것은 단바도 마찬가지로 흰 날을 품은 웃는 얼굴로 담소하며 길을 갑니다. 일행은 이제 일곱 명.

구리바시(栗橋), 나카다, 후루가……

후루가는 오오이노카미(土井大炊頭), 팔만 석, 에도에서 십육 리입니다.

거기서 노모토(野本), 마마다로 나아가면, 오야마에 가까운 관목림이 나옵니다.

누구의 솜씨일까요?

손끝으로 타는 샤미센 소리가 흘러나옵니다.

자벌레, 벌레.

키를 재어라

발끝에서 머리까지……

누구? 당연히 오후지입니다. 오후지가 잠시 휴식하는 김에 수풀 안에서 발을 뻗고 샤미센을 꺼내 그렇게 나직하게 노래하고 있었던 것입니다. 그 옆에는 누레쓰바메를 끌어당겨 옆에 두고 큰 대자로 누워 풀 위에서 자고 있는 단게 사젠이 있군요. 머리맡에는 가을꽃이 한창 피어있고 가을바람이 살랑살랑 불고 있습니다.

갑자기 그 수풀에서 조금 떨어진 가도에 여행자들의 발소리가 들려왔습니다.

"아, 저 노래! 샤쿠토리무시 노랜데? 주인님, 조심하세요! 오후지가 있으면 그 단게 사젠이라는 괴물도 이 근처에 있는 게 틀림없어요."

괴상한 비명을 지르는 자는 말할 것도 없이 요키치입니다.

순간, 겐자부로가 큰 소리로 외쳤습니다.

"뭐야? 단게 사젠이 가까이 있다고? 어이, 사젠님! 어이! 단게……."

그리운 목소리로 불러대면서 수풀을 헤치고 이쪽으로 나오는 기색입니다.

(1934.9.18)

229
생명의 십자로 8

이정표가 서있는 네 개의 모퉁이. 단바에게 있어서는, 모르는 사이에 생명의 십자로.

허리까지 자란 억새풀 위로 모습을 드러내고 가도로 나타난 단게 사젠을 보고,

"산보시강 어부 로쿠베네 집에서 본 이래 처음이군."

활짝 웃으며 인사하는 이가 망나니, 갑자기 오른쪽 어깨가 쑥 올라가더니 하얀 봉 같은 빛이 작은 거울처럼 햇빛에 빛난다고 생각한 순간 칼이 뽑혔습니다. 베어버린 것입니다. 앉은 자리에서 잽싸게 칼을 뽑아 적을 치는 검술, 그것이 발휘된 것입니다.

"으윽! 아파!"

썩둑 옆구리를 베여 신음하면서 비틀거리는 자는 바로 미네 단바였습니다.

"무, 무슨 짓이오! 겐자부로님, 무슨 짓을!"

실력차이에는 방법이 없습니다.

발도 벌리지 않고 몸도 움직이지 않고 돌연 칼로 가리키듯이 옆으로 휘두른 겐자부로의 검을 미네 단바, 받기는 받았습니다. 단, 몸통으로 받았지요. 이래서야 받았다고 할 수는 없겠군요.

요키치는 이미 달아날 태세. 사젠에 이어 풀숲에서 나타난 오후지를 비롯하여 겐자부로 수하 세 사람, 하기노들이 놀라 서 있는 사이, 이가 망나니의 늠름한 소리가 들려왔습니다.

"그때 보류해둔 진검승부다. 그대보다 나보다 실력이 뛰어난 자가 심판으로 서야 승부하겠다고 하였지. 지금 여기에 단게 사젠이라는 입회인이 왔으니."

"너!"

시시각각 좁아드는 숨을 헐떡이면서 단바의 손가락 끝은 벌레처럼 부들부들 떨면서 허리춤에 있는 칼을 잡으려 했지만 이미 뺄 기력도 없는 것 같습니다.

"……."

소리 나지 않는 소리, 무음의 음. 무서운 기세로 휘둘러진 겐자부로의 검에 불쌍한 단바! 몸통과 머리가 두 개로 나뉘어 가도의 모래 위에 굴렀습니다. 끈적끈적한 피로 물든 목이 자갈을 씹었습니다. 가을 수풀에 튄 검붉은 피.

"이렇게 되었소."

이가 망나니는 하품을 참으면서 꺼낸 혈도를 부하 한 사람에 맡겨 닦도록 시켰습니다.

"그 단게 사젠이 나보다 실력이 뛰어난 지는 아직 결정되지 않았소. 우선 백중이라고는 생각하지만 언젠가 한번 승부를 내야지, 우후 후후."

"하잘 것 없는 놈을 베었군. 그보다 밭에서 무라도 잘라오는 게 나았을 걸. 닛코에 가는가?"

"음, 형님이 가 계셔서. 그대는 또 뭐 하러 닛코로 가는가?"

질문을 받은 사젠의 외눈은, 잊으려 해도 잊을 수 없는 아름다운 얼굴이 거기에서 빙그레 웃으며 서 있는 것을 발견하고 하기노에게 눈으로 인사했습니다.

"어이! 이가 망나니! 너무 거칠게 굴지 않는 게 좋을 걸. 그럼 단게 님, 오후지누님, 또 에도에서 뵙겠소이다. 다이켄 선생이 그랬소. 군자는 위험한 데 가지 않는다고."

저 멀리 가도에서 이런 대사를 내뱉고 달아나는 요키치입니다. 발 빠르게 도망치는 것이 요키치의 재능. 벌써 에도를 향해 멀리도 달려 나갔습니다. 짚신에 걷어 채인 흙먼지 속으로 그는 사라졌습니다.

뜻밖에 여기에서 다시 만난 이가 망나니와 단게 사젠.

양웅.

검술을 겨루는 열렬한 경쟁심을 숨기고 일견 옛 친구를 만난 듯 담소하면서 미녀 두 사람을 포함한 일곱 명의 일행은 고야마에서 고가네이(小金井), 시모이시바시(下石橋)로 여행을 계속하였습니다. 거기에서 더 가면 오자와, 이마이치, 그리고 드디어 닛코입니다.

(1934.9.19)

230

영원한 물음표 1

한 발 앞서 닛코에 도착한 다이켄 선생과 꼬맹이 야스, 관할관청에 바로 신청하여 사쿠아미를 만나게 해달라고 할 셈은 아니었기 때문에 거리의 소문이나 사람들이 말하는 것을 넌지시 건너들어 종합하여 생각해보니…….

기리후리노다키(霧降りの滝)[54] 근방의 계곡에 얼마 전부터 작은 집을 지어 아무도 가까이하지 않고 무슨 일인지 하고 있는 노인 한 명이 있다는 말씀.

그보다 두 사람에게 몹시 신경 쓰이는 일은 호마당(護摩堂)[55]의 벽 같은 것에 인주(人柱)를 넣기로 하였는데, 이미 그 산제물이 될 모녀를 어딘가의 산속 비밀장소에서 돌보고 있다는 것이었습니다.

사람의 입에 문을 달 수는 없다. 이미 이렇게 알려져 마을 사람들은 두려운 듯 소근거리고 있었습니다.

설마하니 오렌님과 미야짱은 아닐까?

그렇게 생각하니 야스도 다이켄 거사도 조금도 지체할 수가 없었습니다.

그렇다고 해서 어디에 그 두 사람이 숨겨져 있는지 그것을 물어보기라도 한다면 그 자리에서 이쪽의 목숨이 위험해질 것이 틀림없습니다. 그래서 먼저 사쿠영감을 만나야 했습니다. 그리하여 지금.

---

54 霧降りの滝; 닛코에 있는 닛코 삼 폭포의 하나
55 불교 사찰건물의 하나 호마를 수련하는 곳

기리후리길을 벗어나 깎아지른 듯한 낭떠러지에서 계곡 아래로 더듬더듬 찾아간 야스와 다이켄 선생.

"할아버지! 저예요. 야스예요! 다이켄아저씨도 함께요. 에도에서 할아버지를 찾아 왔어요. 문 열어주세요."

미심쩍은 듯 사쿠영감이 문을 살짝 열고 얼굴을 내밀었습니다.

"오, 야스! 이거야 원, 다이켄 선생도."

"이런저런 이야기는 다음에 하고."

하고 다이켄 거사는 여느 때와 달리 허둥대면서 말했습니다.

"갑작스런 이야기지만, 미야짱과 오렌, 여기에 오지 않았나?"

"뭐요? 미야와 오렌도 여기 닛코에 왔다고? 하!"

탁 하고 손바닥을 침과 동시에 안색이 확 변한 사쿠아미.

"짚이는 데가 있긴 합니다만. 모녀여행자를 제물로 잡았다는 이야기를 들었는데 그렇다면 ……."

"자, 우리가 우려하는 것도 그 일일세. 한시라도 빨리 구해내야 해. 어디에 숨겨두고 있는 건지."

갑자기 야스가 뒷산 위를 가리키면서 외쳤습니다.

"앗! 큰일 났다, 큰일 났어! 산불이 난 것 같은데요."

그 소리에 다이켄과 사쿠아미가 돌아보니, 과연…… 닛코 건너편에서 커다란 불길이 활활 타오르며 하늘을 태우고 있습니다.

"마을도 소란한 것 같군, 음! 이 북새통을 타 찾으면 어쩌면 알아낼 수 있을지도 모르겠군."

사쿠영감은 무엇을 생각했는지 공방의 마루를 넘어 그 안의 봉당으로 뛰어 들어갔습니다.

"이봐, 아시비키(足曳)! 우리 오랫동안 한 지붕 아래 살면서 서로 마음까지 잘 아는 사이지. 지금 내 딸과 손녀가 비참하게도 제물이 되느냐 마느냐 하는 고비에 있어. 한번 마음껏 일해 주겠나."

마치 사람에게 말하는 것 같습니다. 갑자기 재갈을 풀어 그대로 끌고 나왔습니다.

"음, 이거 괜찮은데!"

하고 뛰어올라 말을 탄 다이켄 거사, 몸이 가벼운 노인과 아이니만큼 사쿠아미와 야스를 앞뒤로 앉혔습니다. 세 사람을 태운 명마 아시비키는 한 길 화염을 향해 길도 없는 산길을 달려 닛코마을로 향했습니다.

(1934. 9. 20)

231
영원한 물음표 2

"오오, 이런 곳에 개울이 있네."

하고 발밑의 어둠을 비춰보며 겐자부로가 말했습니다.

가까스로 일행이 닛코마을 아래까지 헤매다 온 한밤중.

눈앞에는 시커먼 산이 깎아지른 듯 치솟아 있고, 저 멀리 낭떠러지 옆에 잡목림으로 둘러싸인 집이 한 채 있었습니다. 그 집에서 흘러나오는 불빛이 뭔가 말하려는 듯 깜박깜박 했습니다.

이 낭떠러지 끝자락을 둘러싸고 썩은 낙엽 사이를 흐르는 한 줄기 개울물이 맑고 청량한 소리를 내고 있습니다. 하류로 내려가 다이야가와(大谷川)와 합쳐지겠지요.

한 걸음으로 뛰어넘을 수 있는 작은 개울.

하지만 하기노는 망설이다 겐자부로 부하 한 사람에게 업히고, 일동은 개울을 건넜습니다. 오후지누님만 아무렇지도 않게 곁눈질로 등을 돌리고 있는 한 사람에게 까불지 말라며 쿡 지르더니 하얀 다리를 드러내고 휙 뛰어넘어가 호호호 하고 웃었습니다.

그때 사젠이 무엇을 발견했는지 물가에 털썩 주저앉았습니다.

"뭐지, 이런 곳에 이런 죽통이 걸려 있네."

손가락을 차가운 물에 담가 개울가 수초뿌리 사이에서 집어올린 것을 보니 꽃바구니에서 떨어진 것 같은 죽통입니다.

"뭔가 했더니 별 거 아니네."

중얼거리는 사젠, 그대로 풀숲으로 던져버렸습니다. 아니, 던져버리려다 문득 생각이 나서 들여다보니, 그 죽통 주둥이에 납덩어리가 붙어있는 게 아닙니까!

죽통의 주둥이부분이 납으로 봉해져 있는 것입니다. 뭐야, 호기심이 생긴 사젠, 똑똑 대나무 끝을 옆에 선 나무줄기에 부딪혀 납을 떼어냈습니다. 그리고 그 안을 들여다보니!

"와, 종이가 들어있는데."

"흐음, 이 상류에서 흘러온 것인가."

겐자부로도 자세히 들여다보며 다가왔습니다. 둘러싸인 사람들 속에서 신경이 쓰인 한 사람이 등불을 들고 사젠의 얼굴을 비추었습니다.

어둠속에 떠오른 애꾸눈의 칼자국이 난 괴이한 얼굴.

"뭐라고?"

죽통 속에서 꺼낸 종이를 한번 묵독한 사젠은 흠칫 하고 안색을 바꾸었습니다.

"우리 모녀는 호마당의 산 제물로 바쳐지게 되어 지금 이 낭떠러지 위에 있는 한 채 집에 갇혀 있습니다. 구해주신다면 영원히 그 은혜 잊지 않겠습니다. 오렌, 오미야 올림."

끙끙거리는 겐자부로를 선두로 일행은 부스럭거리며 등나무덩굴에 매달려 낭떠러지를 기어오르기 시작했습니다. 하기노와 오후지까지 씩씩하게 소매를 걷어 올리고 올라갑니다.

뭐라도 좋아, 사람을 벨 수 있는 곳이라면 어디라도 얼굴을 내밀고 싶은 단게 사젠, 누레쓰바메를 뺄 준비를 하고 이가 망나니와 앞을 다투어 갑니다.

이렇게 일동이, 오렌님과 미야짱이 유폐된 집 뒤편으로 몰려들었을 때는…….

집 안에는 두 사람의 그림자도 없습니다.

벙어리 소녀 한 명만 쓸쓸히 앉아 사젠과 겐자부로를 향해 계속해서 닛코마을쪽을 가리키며 뭔가 말하려고 할 뿐이었습니다.

"그렇지! 호마당 벽에, 라고 구조요청에 쓰여 있었지. 이거 서두르지 않으면 늦겠어."

눈치를 챈 사젠이 먼저 일어나고 이어서 일행은 바로 조영부교소에 가까운 호마당으로 달려갔습니다. 난투가 벌어진 마당…… 불은 이렇게 일어났습니다.

(1934.9.21)

232

영원한 물음표 3

폭풍우가 치는 사이 구조요청을 써 넣은 죽통을 미야짱에게 들려 뒷산을 따라 계곡물에 던져 넣었습니다. 언젠가 누군가의 눈에 띄어 주워 들 기대도 없이.

불안한 중에 날은 사정없이 지나갔습니다. 동시에 눈에 보이지 않는 많은 사람들이 감금장소를 몇 겹이나 빙 둘러쌌습니다.

그리고 오늘밤.

그 눈에 보이지 않는 감옥의 창살문이 끼익 하고 소리 없는 소리를 내며 열렸습니다.

"자, 미야짱. 이렇게 되면 이제 구조될 길은 없어요. 비록 어떻게 되더라도 나랑 너는 어머니와 딸로서 언제까지나 헤어지지 않을 거야. 같은 벽 안에 묻히는 거니 적어도 그것을 기쁨으로 삼아 함께 죽자꾸나. 응? 미야."

어머니와 딸의 정리를 산제물이 되어 그대로 영원히 남긴다는 것이 오렌으로서는 도리어 더할 수 없는 만족.

사람이란 죽음을 각오하면 곧바로 행복감이 뒤따릅니다.

미야와 오렌은 손을 마주잡은 채 호마당 안으로 끌려들어갔습니다.

이때! 겹겹이 둘러싸고 있던 경호무사들이 갑자기 술렁거린다 싶더니 사젠의 누레쓰바메가 어둠속에 번쩍였습니다.

겐자부로로서는 이 조영을 담당하고 있는 것은 형인 쓰시마노카미. 칼을 휘두르며 맞서서 같은 가문의 사람들을 죽여야 합니다. 그렇다고 해서 불쌍한 모녀를 인주 같은 황당무계한 미신의 희생양이 되도록 내버려 둘 수도 없습니다. 따라온 부하 세 사람에게 재빨리 귓속말을 한 이가의 난봉꾼.

"사젠의 행패를 막는 것 같이 보이면서 그가 모녀를 데리고 탈출할 수 있게 그 도주로를 만들어 줘. 알았지? 실수하지 마!"

이렇게 된 것이었습니다. 네 사람은 일제히 칼을 빼들고 사젠을 둘러싸고 무턱대고 칼을 휘둘렀습니다. 호마당 안으로 몰려 들어갈 뿐 사젠을 베기는커녕 또 이가 사무라이들을 상대로 칼부림을 하지도 않았습니다. 겐자부로들은 단지 부근을 일대혼란의 소용돌이 속으로 말려들어가게 했을 뿐이었습니다. 하지만 그것으로 충분했습니다. 사젠의 누레쓰바메에 걸려든 이가사무라이는 십수 명.

하얀 연기와 같은 호마당 깊숙이 피로 물든 칼을 들고 헤메는 단게 사젠.

그곳의 거친 벽 앞에 모녀는 서로 끌어안고 실신해 있었습니다. 오렌과 미야를 발견하자마자,

"이봐, 자 이제 괜찮아. 양민을 잡아 인주로 삼다니. 이것도 이 도쿠가와의 종교의식이라는 건가. 뭐야. 이 닛코 같은 거 개인묘에 지나지 않는 것을…… 이 단게 사젠이 왔으니 그런 무도한 일은 결코 하게 두지 않겠어."

하고 두 사람을 안고 빠져나가려하자 근처 작업실에서 불이 타올랐습니다. 이것도 겐자부로가 한 사람에게 명해 혼란을 더 크게 하기 위해 불을 낸 것이었습니다.

이 불이 저 멀리 기리후리노다키 아래 사쿠영감의 눈에 띄었습니다. 마침 그때 그곳에 찾아온 야스, 다이켄 거사 두 사람은 사쿠영감과 함께 셋이서 한마 아시비키에 주렁주렁 매달려 혼잡한 호마당 부

근으로 달려왔습니다. 바로 그때 무리를 베어내며 모습을 나타낸 사젠과 딱 마주쳤습니다.

"오오, 아버지!"

야스는 울음 섞인 목소리로 외쳤습니다.

"오, 미야짱도 무사하군!"

"아, 야스짱! 할아범도 와주었군."

"음, 위험에서 구해준 건가. 이거, 오렌, 미야, 여기서는 이야기도 못하니……."

하고 한손으로 아시비키의 재갈을 잡은 사쿠영감의 옆얼굴에 활활 타오르는 작업실의 불이 붉게 비췄습니다.

(1934.9.22)

233

영원한 물음표 4

소란한 틈을 타 닛코산을 내려간 일동이 뒤돌아보니 작업실의 불은 크게 번지지 않고 곧 꺼져버린 것 같았습니다. 막 밝아지려고 하는 밤하늘에 불꽃은 어디에서도 보이지 않았습니다.

그로부터 얼마 후.

상쾌한 가을 아침빛이 내리쬐는 닛코가도에 마을 쪽을 향해 서둘러 가는 이상한 모습의 일행이 보였습니다. 〈호의 반려〉라고 굵은 필체로 쓴 종이를 말의 재갈에 묶어 그대로 아시비키를 놓아준 사쿠영감은, 멍하니 있는 미야와 오렌의 손을 잡고…… 그들을 둘러싼 사젠, 겐자부로, 하기노, 오후지, 꼬맹이 야스, 다이켄.

갑자기 생각이 난 듯 걸음을 멈춘 다이켄이 물었습니다.

"야스대인, 자네 하산해버리면 그리워하던 부친을 만날 수 없지 않나."

"오, 야스의 부친이 누군지 아십니까?"

벌떡 선 사쿠영감의 질문에 야스가 대답했습니다.

"음, 우리 아버지는 어쩌면 이번 닛코조영 준공식에 보라색 옷을 입고 오는 사람일 거라고 들었어요. 그것 때문에 이 닛코까지 일부러 만나러 왔지만요."

"뭐라고? 보라색 옷을 입고 오는 사람이라고?"

사쿠영감은 그대로 멈춰 서서 생각에 잠겼습니다.

"음, 보라색이라…… 아니, 하지만, 설마…… 그럴 리가, 이가와 관계있다고……."

드디어 결심한 듯 사쿠영감이 말했습니다.

"이봐, 야스, 정신 차려야 해. 네 부친인지 아닌지 모르겠지만, 준공식에 보라색 옷을 입는 사람은 단 한 사람이야. 조영책임자인 야규 쓰시마노카미님이시라고 들었어."

"엇! 그러면 그분이 우리 아버지?"

꼬맹이 야스는 무엇을 생각했는지 눈에 눈물이 그득했습니다. 놀란 것은 겐자부로로 만약 그것이 사실이라면 야스는 자신의 조카입니다.

"야스! 너 야규 쓰시마노카미의 사생아라는 건가. 굉장한 일이군."

사젠은 아연실색하였습니다. 그런 그에게 야스는 흐느끼며 말했습니다.

"무슨 말을 하는 거예요. 나는 기뻐서 우는 게 아니예요. 내 아버지가 다이묘라니. 이상해. 뭐야, 이게. 다이묘아버지 같은 거 이 야스형님에게는 필요 없어. 그렇게 생각했다면 한 번에 흥이 깨어지지. 나의 아버지는 이 무사님. 네? 아버지. 언제까지나 아버지가 되어주세요…… 건너편 큰 길 지장보살님, 잠시 여쭤볼 테니 가르쳐 주세요……. 왜 내가 다이묘의 자식 같은 거냐고. 돈가리 나가야의 야스형님이고 싶다고."

높아져 가는 웃음소리 속에는 말 못할 눈물이 섞여 있었습니다.

사젠과 오후지가 양쪽에서 야스의 손을 잡았습니다. 사젠은 부끄러워하는 하기노의 손을 잡아 겐자부로와 나란히 걷게 합니다. 다이켄만 혼자서 큰 길도 좁다는 듯 걸었습니다. 그리하여 일동은 에도를 향해 돌아갔습니다.

사쿠아미는 역시 돈가리 나가야의 사쿠영감. 미야와 야스, 모성애를 되찾은 오렌과 함께 즐겁게 살아갈 것입니다.

에도에 들어가기 직전 오후지의 손을 잡은 사젠은 하기노와 겐자부로를 축복하면서 연기처럼 사라졌다고 합니다. 아쉽게도 이가 망나니와의 승부를 못낸 채로.

그 야규의 보물을 숨겼다고 하는 고케자루 차 항아리만은 영원히 의문으로 남게 되었습니다. 지금이라도 어딘가의 고물상에 잡동사니와 함께 내팽겨쳐져 있을 지도 모르지만 잇푸 선생이 없는 오늘날, 감정할 방도도 없습니다.

이 닛코조영이 끝났을 때, 구라쿠노인은 성안에서 빙글빙글 웃으며 오오카 에치젠노카미에게 속삭였다고 합니다.

"어쨌든 다 끝났군. 꽤나 인연이 많은 일이었네만, 뭐 잘 끝났으니 더할 나위 없지 않나."

에치젠노카미, 픽 웃으며 말없이 고개를 끄덕였습니다.

(1934.9.23.)

조선총독부 기관지인 『경성일보』에는 정치, 경제, 사건, 사고 등 시 사기사 외에도 문화, 문예관련 기사 및 문학작품도 다수 게재되어 있 다. 특히 연재소설은 대중문학의 발전과 함께 현대소설, 시대소설 등 다양한 형태로 독자의 흥미를 끌고 있었다. 그 중 시대소설은 과거를 배경으로 하여 강담이 발전한 형태로, 무용전(武勇伝), 검호담(劍豪譚), 만유기(漫遊記) 등을 주된 테마로 하고 있다.

『단게 사젠』은, 일본의 소설가이자 번역가인 하야시 후보(林不忘, 1900~1935)의 작품으로, 『경성일보』에는 1934년 1월 30일부터 1934 년 9월 23일까지 총 233회에 걸쳐 연재되었다. 『경성일보』에 게재된 다른 신문소설과 달리 이 작품은 일본 국내의 『요미우리신문(読売新 聞)』과 동시에 게재되었다는 특징이 있다. 보물지도가 숨겨진 항아리 를 둘러싼 보물찾기소동을 중심으로 인간의 신의와 탐욕, 우정과 사 랑, 배신 등을 그리고 있다. 이 작품은 기존의 무사상과는 결을 달리 하는 독특한 주인공이 특히 인기를 끌어 소설이외에도 영화, 드라마 로 최근에까지 여러 차례 각색되어 발표되고 있다.

하야시 후보는 하세가와 가이타로(長谷川 海太郎)의 필명 중 하나로,

하세가와는 주로 시대소설을 쓸 때 이 이름을 내세웠다. 그 외에 마키 이쓰마(牧逸馬)라는 필명으로 범죄소설이나 가정소설, 번역을, 다니 죠지(谷讓次)라는 필명으로 미국체험기인 『아메리칸 잽』을 발표하는 등 다양한 분야에서 활발한 작품 활동을 펼쳤다.

단게 사젠은 하야시 후보의 전작 『신판 오오카 세이단(新版大岡政談)』에 처음으로 등장하였다. 『신판 오오카 세이단』은 1927년 10월에서 28년 5월까지 『도쿄일일신문(東京日日新聞)』에 연재된 오오카 에치젠(大岡越前)의 범죄수사물로, 단게 사젠은 조역의 한 사람으로 사실상 악역을 맡고 있었다. 오오카 에치젠은 에도 중기의 부교이자 명판관으로 이름 높은 인물로 『단게 사젠』에서도 중요한 조역으로서 등장하고 있다.

여기서 단게 사젠은, 세키시치류(関七流)의 마고로쿠(孫六)가 심혈을 기울여 만든 희대의 명검, 간운마루(乾雲丸), 곤류마루(坤竜丸)를 가져오라는 주군의 명을 받아 에도로 올라오게 되는 데 검을 차지하기 위한 치열한 쟁탈전 속에서 독자들의 인기는 주인공이자 해결사 오오카 에치젠이 아닌 사젠에게로 집중되었다. 보통의 무사와는 성격이 다른 소위 네거티브 히어로 단게 사젠은 전통적인 무사도를 구현한다고 볼 수 없는 새로운 형태의 무사로서 제시되었다. 캐릭터 자체의 매력도 뛰어났지만 삽화를 담당한 오다 도미야(小田富弥)에 의해 역동적으로 그려진 것도 인기를 높인 원인 중 하나라고 할 수 있을 것이다. 검은 깃을 단 하얀 윗옷에 아래에는 화려한 여성용 나가주반을 입은 외눈 외팔의 무사이미지는 그의 네거티브적 성격을 잘 드러내어 이후 다수의 영화, 드라마, 만화 등에서 재현되고 있다.

『신판 오오카 세이단』의 스핀오프 작품으로 단게 사젠이 본격적으로 주역으로서 등장하는 것은『간운곤류 권(乾雲坤竜の巻)』,『고케자루 권(こけ猿の巻)』,『닛코 권(日光の巻)』이다.『경성일보』에는『고케자루 권』,『닛코 권』을 합하여『단게 사젠』이라는 제목으로 게재되었다.

명도 쟁탈전을 그린『신판 오오카 세이단』과『간운곤류 권』의 사젠과 고케자루 항아리를 노리는『고케자루 권』과『닛코 권』의 사젠은 조금 성격이 다르다. 전자에서의 사젠은 네거티브 히어로로서의 전형성이 강한 캐릭터였다. 시대소설에서 최초로 나타난 네거티브 히어로는 나카자토 가이잔(中里介山)의『다이보사쓰도게(大菩薩峠)』의 주인공 맹인 검객 쓰쿠에 류노스케(机竜之介)이다. 그 계보를 잇는 인물로서 사젠을 들 수 있는데 세상에 절망한 음울한 히어로이다. 단게 사젠이 쓰인 1927년은 니힐리스트 검객이 많이 등장하였다. 그 중에서도 사젠은 명백한 장애를 가지고 등장하고 있다. 그런 그가 인기 히어로가 될 수 있었던 것은 쇼와 초기 사회의 폐색상황이 관계된 것으로 보인다. 의표를 찌르는 외견과 부자유한 신체에도 불구하고 압도적인 실력을 자랑하는 파괴에너지는, 불경기로 불안정한 시대를 살아가는 사람들의 마음에 일종의 카타르시스를 주었던 것이다. 외눈 외팔의 괴검사의 폭주는 대중의 갈채를 받아 히어로로 평가받게 되었다.

세간의 인기를 얻을수록 사젠의 캐릭터도 변모하게 된다. 염세적 검괴에서 인간애를 가진 무사로서의 성격을 갖추어가게 된 것이다. 그것이『고케자루 권』이후의 단게 사젠이다. 여전히 피를 좋아하고 사람을 죽이는 데 거리낌이 없지만 고아소년을 돌보고 친구와의 우정을 중시하는 인간적인 면모를 보이게 된 것이다.

『단게 사젠』은 하야시 후보가 〈신강담〉이라고 규정한 것처럼 강담스타일로 전개되는 데, 작품의 문체를 보면 마치 누군가 앞에서 이야기를 해주고 있는 것처럼 말하는 말투 그대로 쓰여 있다. 1930년대를 살고 있는 연사가 에도시대 이야기를 해주면서 〈지금은 그렇지 않다〉는 둥 현대의 이야기를 끌어오거나 〈히스테리〉, 〈오케이〉, 〈윙크〉 등 에도 시대에는 없는 단어를 사용하여 이야기의 재미를 높이고 있다.

작품은 에도중기 8대 쇼군 요시무네의 시대를 배경으로 하여 닛코신궁 수리와 야규 겐자부로의 결혼이라는 두 가지 사건을 둘러싸고 이야기가 진행된다.

닛코신궁 수리는 당시 20년마다 행해지는 대규모 건축공사로, 닛코신궁은 초대 쇼군 도쿠가와 이에야스의 묘를 모신 신궁이다. 막부에서는 이 공사를 통하여 다이묘들의 세력을 억누르고 쇼군의 권위를 높이는 정책을 펴고 있었는데 이번 시기의 공사는 일본에서도 가난하기로 유명한 야규번에 돌아갔다. 이는 야규번에 조상이 몰래 숨겨놓은 재물이 있다는 정보를 듣고 무력으로 일본 제일을 자랑하는 야규번에 재력까지 더해질 경우의 위험성을 경계한 막부에서 그 재물을 닛코수리에 소진하도록 계략을 꾸민 결과였다.

한편 야규 번주의 동생 야규 겐자부로는 에도의 유명한 검술가문 시바도장의 사위가 되어 시바도장을 물려받기 위해 에도로 향하고 있었다. 하지만 시바도장에는 가주의 뜻을 거역하고 도장을 탈취하려는 후처와 사범대리의 세력이 그 결혼을 방해하고 야규 겐자부로를 해치기 위해 음모를 꾸미고 있었다.

이때 야규의 보물지도가 고케자루 차 항아리에 들어있다는 것이 밝혀져 야규번과 시바도장, 쇼군측의 뺏고 뺏기는 항아리 쟁탈전이 벌어지게 된다. 이 소용돌이에 휘말리게 된 단게 사젠 역시 항아리의 비밀을 알고 참전한다.

결국 고케자루 차 항아리는 누구의 손에도 들어가지 못하고 행방불명된다. 수십 개의 가짜 항아리만 나타나 사람들의 마음을 흔들었다. 그 과정에서 등장인물들은 각각 현세의 보물이 아닌 마음의 보물, 가족을 얻게 된다. 니힐리스트 단게 사젠은 고아소년의 아버지가 되고 경쟁자였던 야규 겐자부로와 깊은 우정을 나누게 된다. 망나니에 바람둥이로 이름난 겐자부로는 자신을 맹목적으로 사랑하는 아내를 얻어 정착하게 되고, 도장을 빼앗아 일신의 영화를 꾀한 시바도장의 후처 오렌은 딸과 아버지를 찾아 소박한 가족애에 만족한다. 결국 보물보다 사랑이라는 다소 교육적인 결말을 맞이하게 된 것은 당시 독자들의 희망에 부합한 결과라고 할 수 있다.

결과적으로 닛코수리비용은 쇼군의 비자금으로 해결된다. 쇼군으로서는 자신이 벌인 계략의 뒷수습을 하지 않을 수 없었던 것이다. 작품 속에는 막부를 비난하는 다이켄 거사의 언설이나 닛코수리진행상황을 통해 에도시대 정치체재를 부정하고 메이지유신의 정당성을 옹호하는 내용이 포함되어 있다. 이 또한 1930년대 쇼와초기의 일본 사회의 역사인식을 반영한 것이라 할 수 있다.

지은이

하야시 후보(林不忘, 1900~1935)

일본의 소설가, 번역가.

본명은 하세가와 가이타로(長谷川 海太郎).

마키 이쓰마(牧逸馬), 다니 죠지(谷讓次)라는 필명으로도 활동하였다. 처음 다니 죠지라는 이름으로 도미 경험을 기록한 『텍사스무숙(テキサス無宿)』 등, 소위 『메리켄잽(めりけんじゃっぷ)』을 발표하고 이후 마키 이쓰마라는 이름으로 해외탐정소설을 번역하고 주부들의 인기를 모은 『지상의 성좌(地上の星座)』 등 통속소설을 발표하였다. 하야시 후보로서는 시대물인 『단게 사젠』을 발표. 3개의 필명을 병행하여 다양한 작품군을 양산하였기 때문에 〈문단의 몬스터〉로 불리었다.

옮긴이

강원주

고려대학교 글로벌일본연구원 연구교수.

고려대학교에서 일본근대문학 전공으로 박사학위를 받은 후 주로 문학 속에서의 무사도에 대해서 연구하고 있다. 주요논문으로 「일본현대일본문학작품에 나타난 무사도 인식연구」(『일본어문학』78집, 2017), 저서에 『재조일본인일본어문학사서설』(역락, 2017, 공저)가 있고, 번역서로 『재조일본인여급소설』(역락, 2015, 공역), 『교양인을 위한 로마사』(문학동네, 2016), 『흑사관살인사건』(이상, 2019) 등이 있다.

『경성일보』 문학 · 문화 총서 **7**

신강담 **단게 사젠**

초판 1쇄 인쇄	2021년 2월 15일
초판 1쇄 발행	2021년 2월 26일
지은이	하야시 후보(林不忘)
옮긴이	강원주
펴낸이	이대현
편집	이태곤 권분옥 문선희 임애정 강윤경
디자인	안혜진 최선주
마케팅	박태훈 안현진
펴낸곳	도서출판 역락
주소	서울시 서초구 동광로 46길 6-6 문창빌딩 2층
전화	02-3409-2060(편집), 2058(마케팅)
팩스	02-3409-2059
등록	1999년 4월 19일 제303-2002-000014호
전자우편	youkrack@hanmail.net
홈페이지	www.youkrackbooks.com

ISBN	979-11-6244-512-9 04800
	979-11-6244-505-1 04800(세트)

* 책값은 뒤표지에 있습니다.
* 파본은 구입처에서 교환해 드립니다.